中国百年工业文学大系

丛书主编　贾玉民　樊洛平

# 中篇小说卷 II

樊洛平　主编

中国工人出版社

本卷主编简介

- 樊洛平，郑州大学文学院二级教授，黄河科技学院特聘教授，中国世界华文文学学会学术工作委员会主任委员，河南省台湾研究会副会长。主持完成国家社科基金项目3项，出版个人专著《当代台湾女性小说史论》等5部，合著《中国当代戏剧文学史》等多部，发表学术论文120余篇，人大复印资料转载10余篇。为《20世纪中国工业文学研究》（国家社科基金项目）副主编，致力于工业文学研究。

## 编委会

（按姓氏笔画排序）


主　编：贾玉民　樊洛平

编委会主任：贾玉民　樊洛平　宋　杨

编　委：田　丰　刘宏志　刘福泉　孙拥军　宋　杨
李　骁　李惠敏　贾玉民　柴高洁　傅　娉
樊洛平　潘　磊

## 顾　问

（按姓氏笔画排序）

何向阳　张　炯　谈　歌

梁晓声　董学文　蒋子龙

# 出版说明

**一、缘起**

为庆祝中华全国总工会成立100周年，中国工人出版社特组织编纂《中国百年工业文学大系》丛书。文学作品是社会现实的形象反映。本丛书的编纂，全面整理百年来工业文学作品及相关资料，精选优秀作品，按体裁分类，编成20卷的丛书，生动、形象地呈现百年来中国工业化的历程，呈现中国工人阶级的命运和奋斗历史，呈现中华全国总工会在中国共产党领导下，与工人运动一同发展壮大的图景，有助于讲好中国工人阶级故事、中国工业故事和中国工会故事，为更好继承弘扬革命传统，创造未来提供历史借鉴。

**二、编纂团队**

本丛书编纂团队由《20世纪中国工业文学史》和《中国工人文学史》的作者为基础，邀请郑州大学、河北师范大学、河北大学、河南师范大学、河南理工大学、中原工学院等院校为合作单位，以研究中国工业文学的专家、学者共同组成编辑团队，分工合作，在中国工人出版社的指导下共同完成编纂工作。

**三、选录作品范围**

重点选录反映工业生活、描写工业人物、揭示工业领域社会问题的优秀作品，根据中国具体情况，适度收录有关传统手工业、商业、人力车夫、纤夫等生活的作品。兼顾各历史阶段、各阶级、各阶层、各个地域、各种产业、各种体裁作品；兼顾专业作家、工人作家、业余作者。

**四、编纂原则**

真：选录的作品，基本以初发或初版为准，个别作品使用与初版接近“最佳”版本，使其成为中国工业文学发展史的可靠文献。其中繁体字须改为规范简化字；标点符号改为规范格式；错别字给予纠正，加注说明。原作署名为非通用笔名的，注明其真名或通用笔名。

专：各卷按文学体裁编列，分别为史论卷、报告文学卷、短篇小说卷、中篇小说卷、长篇小说卷、诗歌卷、散文卷、剧本卷、电影文学卷、电视文学卷、资料卷。各卷均有独立性，组合又具统一性、逻辑性。

精：各卷首的“导读”，长篇作品的“提要”、节选作品的“简介”，各篇所加注释，务求内容准确、文字简明。

鸦片战争后，中国近代工业开始萌芽，至今已近 200 年；从中国工人阶级队伍略具规模，至今也已百年以上。这期间出现的各类工业题材文学创作，虽然赶不上“乡土文学”等传统题材作品数量之多，但也可称数量巨大。我们的编纂工作肯定存在不少缺陷，切望有关作家、专家、学者，广大读者批评。

2025 年 4 月

《中国百年工业文学大系》在编纂过程中，有幸收录了众多作家描绘工业岁月的珍贵作品，这些文字是中国工业发展的重要记忆载体。由于时间跨度长、信息更迭等客观因素，书稿付梓之时仍有部分作者未能取得联系，对此我们深感歉意与遗憾。恳请尚未联系上的作者或家属看到成书后，及时与我们取得联系，以完善作品收录的后续事宜。

# 总序

## 深刻反映时代巨变，描绘时代精神图谱
## ——新时代呼唤工业文学的繁荣

“文化是民族的精神命脉，文艺是时代的号角。”习近平总书记的这一重要论断，深刻揭示了文艺与时代的紧密联系。文艺作为社会生活的镜像与人类精神的诗性表达，始终与时代同频共振、血脉相连。它不仅是时代变迁的见证者，更是时代精神的塑造者和引领者，在为我们展现历史巨变的同时，也将中华民族伟大复兴的壮阔征程熔铸成一幅可触可感的精神图谱。

100 多年前，我国近代工业刚刚产生，就陷入帝国主义列强的围堵和封建专制的压迫之下，在其筚路蓝缕的艰辛跋涉中，20 世纪上半叶就有茅盾、夏衍等作家描写民族资产阶级“工业救国”梦的破产，描写工人阶级的悲惨处境和觉醒斗争，创作了《子夜》《包身工》等优秀作品。新中国成立后，在大规模经济建设中，更多作家长期深入工矿生活，创作了许多新作，如草明的《乘风破浪》、雷加的《潜力》三部曲、艾芜的《百炼成钢》、艾明之的《火种》等长篇小说以及李季赞颂玉门石油基地的诗歌等，出现了工业文学的初次繁荣。而工人

作家胡万春、万国儒等的崛起，则开了工人写工人的先河。到了改革开放大潮中，反映工业战线生活的作品更如雨后春笋，蒋子龙的《乔厂长上任记》等系列，张洁荣获茅盾文学奖的《沉重的翅膀》、程树臻的报告文学《励精图治》，以及众多作家反映工人生活的中短篇小说、诗歌和剧本等，势如乘风破浪，冲上改革文学的前沿。伴随着改革深化和经济转型，在“新写实”和“现实主义回归”文学潮中，又涌现出一批沉甸甸的作品，如张宏森、肖克凡、谈歌等作家真实反映国企工人经历的转型期阵痛的佳作。而“打工文学”在珠江三角洲等沿海经济特区异军突起，更成为新时期工人写工业文学的一道新风景。

从党的十八大开始，中国特色社会主义进入新时代，进一步强化了工人阶级是国家的领导阶级和主人翁地位。在《关于繁荣发展社会主义文艺的意见》指引下，文艺界克服价值扭曲、娱乐至上、唯市场化等倾向，用现实主义精神和浪漫主义情怀观照生活，歌颂光明、抒发理想，鞭挞丑恶、抵制低俗，给人民以信心和力量，在工业文学方面产生了一批讴歌大国重器、“中国制造”的响当当的作品。同时以“知青文学”而闻名的梁晓声，创作了长篇小说《人世间》，描写知青回城前后几个工人家庭两代人的生活变迁，以其动人肺腑的笔力而荣获茅盾文学奖。一向书写矿山工人生活的刘庆邦，以现实主义笔触展示了不同类型的煤矿工人的人生。不少剧作家也创作或改编了描写工业和工人生活的剧本，搬上屏幕，受到广大观众的欢迎。

百余年来，中国工业文学由小到大，由弱到强，形象地记录了中国工人阶级的发展历程。从百年前郁达夫笔下的女工陈二妹，到蒋光慈小说中的工人形象，从《百炼成钢》的秦德贵到报告文学中真实的英雄孟泰、王崇伦、王进喜、赵梦桃等等，构成了中国工业领域的英雄人物画廊，构成了工人阶级光辉的斗争史和成长史。感谢中国工人出版社和主编本丛书的贾玉民、樊洛平诸位教授学者，经过多年努力，辛勤劳作，为广大读者编成此套规模宏大、内容丰富的选本，自是一项盛举！

如今，中国工业文学作家面前仍然任重而道远。

首先，和我国工业迅速崛起的势头相比，工业文学的反映还远远不够。工业文化，尤其是21世纪以来，极速变化，迅速飞腾，节奏之快，前所未有。这就要求我们身在工业战线、对这种伟大变化有深切感受的工业作家，肩负起历史使命，拿出更多新的好作品来。

其次，和经典作品相比，相当一部分工业文学作品对现实的剖析和人物心理世界的开掘还不够深刻，还少有触及这方面深层次的观念冲突、心理变化和复杂的矛盾斗争的新作。随着城市化的加速，新工人、新市民成亿增加，对工业文学的期待必将日益强烈。

中国实现工业化、现代化，是多少代人的理想和立国之本。新时代呼唤工业文学的繁荣。这既是挑战，更是机遇。工业文学作家和工业战线的文学业余作者，自应把握这个历史机遇，全身心地投入这场新的工业革命，投入由农业文明向工业文明的深刻变革之中，在实践中观察，体验，对工业基础以及高端装备等建设成果努力深切了解，对这场变革中的各种人物表现有更生动把握，从而掌握扎实的生活素材，奠定工业文学更生动更深厚的基础。我们深信，广大读者都会殷切期待作家、艺术家的进一步努力，充分认识所承担的历史重任，开出灿烂的文艺之花。希望广大工业战线的文艺工作者不辜负时代召唤、不辜负人民期待，描绘出中华文明古国在21世纪工业腾飞的足迹，绘出民族的精神图谱，奏出时代的最强音。

**张　炯**

2025年春于苏州

# 导言

对于我们这样一个曾经有着几千年自然经济形态的农业国度来说，工业化始终是1840年以来中国必须面对的基本问题之一。它不仅维系着民族工业的萌生与发展、产业工人队伍的成长与聚集、传统社会如何走向时代进步的现代化问题，更与作为工人阶级和中华民族先锋队的中国共产党的使命息息相关，即怎样谋求人民解放和国家独立，在追寻工业现代化的道路中推动和实现中华民族的全面复兴。文学作为时代脉动与社会进程的敏锐感应，它不可能不关注到工业时代生活对于我们民族的政治、经济、文化、世态人心和现实生存所产生的巨大影响，它无时无刻不在追踪着、沉思着、表现着这种时代的递嬗演进，由此成为工业时代生活的真实反映和历史借镜。正是在这种意义上，工业时代生活孕育了中国工业文学的萌生和发展，而工业文学创作也成为中国工业化历史与现实的文学写照。

回眸1900年以来的中国工业文学历史长河，现代意义上具有工业题材辨识度的中篇小说，创作伊始就连接着一部海外华工的血泪史，并随时代变化不断再现了产业工人的抗争史以及民族工业的发展史。五四迄今，从现代文坛上的《短裤党》（蒋光赤）、《沙丁》（巴金）、《饥饿的郭素娥》（路翎），到新中国成立前后的《原动力》（草明）、《为了幸福的明天》（白朗）、《女厂长》（江帆），再到进入改革开放新时期以来的《开拓者》（蒋子龙）、《年轻的朋友们》（郑万隆）、《烦恼人生》（池莉）、《大厂》（谈歌）、《破产》（关仁山）、《最后一个工人》（肖克凡）、《乔师傅的手艺》（李铁）、《那儿》（曹征路）、《女工》（毕淑敏）、《国家订单》（王十月）、《红骆驼》（王松）……这些带有鲜明时代特征的工业题材中篇小说，与其他多种文学作品一起，见证和表现了中国工业化进程风雨坎坷又奋勇拼搏的足迹，共同创造了百年工业文学历史的辉煌。

《中国百年工业文学大系·中篇小说卷》分为三卷，依据其发展脉络，收入了中篇小说 42 部，列入中篇小说存目 53 部，基本上涵盖了 1900 年到 2020 年以来工业文学领域中篇小说的重要作品。有关篇目的编选，我们选录的标准为：一看篇幅，大致以 3—10 万字的小说为中篇；二看社会影响，选入那些经过历史沉淀，能够反映中国工业发展进程、讲好工人故事，对某个时期有代表性的优秀作品；三看学界和读者反应，获得普遍好评或重要获奖的作品。诸如新时期以来入选或列入存目的 70 部作品，其中获国家级等重要中篇小说奖项的有 32 部，约占比 46%。总的来看，百多年来，工业文学的中篇小说数量众多，它来自一代又一代作家无法释怀的工业情感动力和执着坚守的创作投入。这些作品不仅成为感应工业时代生活脉搏和表现工人阶级命运的文学重镇，也以独特的文体优势，展现了工业文学书写的别样风貌与审美观照。

## 一

中国工业文学的起点，是从清末民初的反美华工禁约运动拉开序幕的；工业题材中篇小说的第一页，即浸染着海外华工的斑斑血泪。

1840 年鸦片战争爆发，外国资本主义的船坚炮利打破了古老中国的闭关锁国，中国从此沦为半封建半殖民地社会。“西方商品的‘重炮’”和资本输出“在华经营近代工业，瓦解着中国小农业和家庭工业牢固结合的生产体，破坏着整个封建的社会经济，使产生资本主义近代工业的前提条件——市场、资本和劳动力加速出现了。”[①] 从鸦片战争结束到中日甲午战争之前，外国资本已在华非法设立工厂 100 多家，包括英、美、俄、德、法商，总投资约 2800 万元。[②] 与此同时，西方疯狂夺取廉价劳动力，使华人成为被掠卖的“猪仔”，卷入世界工业化的潮流中。华工在西方的悲惨遭遇，亦进入萌芽期的工业文学书写视野。1903 年，佚名的《猪仔记》是最早涉及华人被贩卖到南洋、美洲大陆当“猪仔”悲剧的短篇小说。1905 年佚名的《苦社会》、1907 年碧荷馆主人的《黄金世界》，皆以中篇小说形式讲述了被掠卖到美国、拉丁美洲的华工悲剧。《苦社会》中阮通甫、鲁吉园、李心纯三位穷苦知识分子被诱骗远赴美洲做华工，在船上，阮通甫受到百般虐待身亡，与许多死亡同胞一起葬身大海；鲁吉园、李心纯和其他华工上岸后，又被带着锁链押赴山上做苦工。华工遭受美国殖民主义者的种种排斥和迫害，其惨状血泪横飞，令人发指。小说主人公虽非现代产业工人，但作为其先声，工业题材中篇小说为他们留下了最初的悲情影像。

五四前夕，中国产业工人约 200 万人，主要分布在沿海地区与大城市。中国共产党成立之际，就开始谋求马克思主义与工人运动的结合。1921 年 8 月 11 日，中国劳动组合书记部在上海成立。1925 年 5 月，中华全国总工会宣布成立，规定“本会以团结全国工人，图谋工人福利为宗旨”。20 世纪 20 年代至 40 年代，随着工人阶级逐步登上政治舞台，反映劳工题材和工人运动的作品不断涌现，并受到革命文学、左翼文学、抗战文艺的多重影响。工业题材中篇小说在世事

① 范西成、陆保珍：《中国近代工业史》（1840—1927），陕西人民出版社，1991 年版，第 2 页。

② 范西成、陆保珍：《中国近代工业史》（1840—1927），陕西人民出版社，1991 年版，第 41—42 页。

动荡的中国现代史背景下，一方面是描写产业工人在资本家残酷压迫下的悲惨人生，如巴金的《沙丁》(1933)、《萌芽》(1933)，草明的《缫丝女工失身记》(1933)、《绝地》(1937)，茅盾的《少年印刷工》(1936)，葛琴的《窑场》(1937)，路翎的《饥饿的郭素娥》(1943)，杨朔的《红石山》(1948)等。另一方面，最早倡导革命文学的蒋光慈，以直接描写上海产业工人武装起义的《短裤党》(1927)，走在了时代的斗争前列；另有龚冰庐的《黎明之前》(1928)，也涉及了上海工人罢工的风起云涌和挫折失败；华汉1930年的《地泉》三部曲(《深入》《转换》《复兴》)，也是革命文学的代表作。《复兴》主要描写上海法租界电车公司工人的罢工斗争，受到当时党内"左"倾盲动主义影响，小说表现出某种狂热冒险的情绪。

上述作品中，一是主人公多以产业工人的身份出现，活跃在矿山、铁路、机械、冶金、纺织厂、窑场等环境，有了工人群体的聚集。二是当时写工业题材中篇小说的作家，多是现代文坛上的著名作家，他们的创作壮大了工业文学的阵势。巴金对那些被迫走向死亡深渊的锡矿矿工命运的揭示；葛琴对奸诈狠毒、剥削成性的窑场老板形象的刻画；路翎讲述的工人张振山以"原始的强力"的反抗故事，以及郭素娥被封建家族恶势力所扼杀的女性悲剧；还有杨朔对红石山矿区工人在日本侵略者掠夺压榨下的生死挣扎写真，都显示出较强的艺术功力。

新中国成立以后，我国于1953年开始大规模的经济建设。第一个五年计划以工业建设为中心，拉开了中国走向工业化火红年代的序幕。作家纷纷深入工厂、矿山、工地体验生活，在20世纪五六十年代文坛推出了一批工业生活的中长篇小说。

描写新中国成立之初的护厂斗争和恢复生产运动、歌颂工人阶级的主人翁精神，是解放区走来的老作家的中篇创作侧重。草明以深入东北镜泊湖水力发电厂的生活体验，1948年率先创作了歌颂工人阶级创造力的中篇小说《原动力》，由此成为新中国工业文学的拓荒者。1954年到1964年，草明与工人群众朝夕相处的“鞍钢十年”，那些代表了17年工业文学高度的长篇小说《火车头》《乘风破浪》，都让她当之无愧地成为“一生写工人的唯一女作家”（贺敬之语）。白朗《为了幸福的明天》（1951），描写青年女工邵玉梅为保护军工厂三次负伤的英雄事迹，特别突出了她从一个逃荒要饭的苦孩子，到新中国的护厂英雄和共产党女儿的女性成长历程。

江帆的《女厂长》（1950）、杜鹏程的《在和平的日子里》（1957）写到的主人公，无论是有着延安革命经历、勇挑女厂长重担的知识分子林苇，还是从炮火硝烟战场转向铁路工地建设的领导干部阎兴、梁建，他们都面临着学习理论、学习经济工作的新任务，面临着开展思想斗争、反对官僚主义、永葆革命青春的和平建设时代的新命题。

从新中国文坛出发的新作家，重在表现工厂生产和劳动竞赛热潮中工人阶级的精神面貌，以及新人新事新风尚的时代变化，诸如左介贻的《红花朵朵开》（1952）、万忆萱的《小组长》（1956）、王黎拓的《春到工地》（1958）、陆俊超的《浪涛滚滚》（1961）、胡万春的《内部问题》（1963）等。陈淼的《劳动姻缘》（1950）描写青年工人的婚礼场面，一副对联“庆祝解放新婚礼，争看劳动自由花”，横批“劳动姻缘”，就鲜活地反映了当时社会的时代氛围，道出了新中国工人在工厂劳动中成就的择偶新标准。

总之，这一时期的工业题材中篇小说，见证和记录了中国工人阶级为改变祖国“一穷二白”面貌的时代奉献，作品风格质朴、明朗，但艺术视野和表现方法还不够丰富，受到“车间文学”不同程度的制约。

1966年至1976年遭遇特殊政治年代，文学的独立品格被打压排斥，工业题材中篇小说也在文坛的一片荒芜中走向低谷，创作几近断裂停顿。

1978年12月党的十一届三中全会的召开，宣告了中国社会进入历史新时期的巨大转折，党的工作重心全面转移到改革开放、实现四个现代化的新征程。曾经荒芜的工业文学在思想解放运动的旗帜下重新启程，适逢“丛刊丛生，中篇复兴”的东风，工业题材中篇小说创作平地崛起，蔚为大观。

20世纪80年代工业改革文学的主旋律，是由蒋子龙的短篇小说《乔厂长上任记》（1979）首先引领的。随着中篇小说《开拓者》（1980）、《赤橙黄绿青蓝紫》（1981）、《锅碗瓢盆交响曲》（1982）等作品的接踵而来，工业改革文学的破冰之旅得以开启。蒋子龙跳出了“车间文学”的框架，更多地思考国家的经济结构和管理体制，特别是大动荡、大变革时代人的精神面貌变化。由此，他改变了新中国成立30年以来的传统的工厂文学形态，创造了充满现代改革意识的全景性社会文学。这是他对当代工业文学做出的具有突破意义的贡献。

纷至沓来的工业中篇小说，汇聚成改革文学的潮流。水运宪轰动一时的《祸起萧墙》（1981），以改革者形象令人震撼的时代轰毁，直面推动工业改革进程的艰难和悲壮。郑万隆透过《年轻的朋友们》（1981），敏锐地感应到新时期价值观念更新、人的改革先行的思想解放命题。陈冲的《厂长今年二十六》（1982）描写工厂经营体制和管理模式革命，在工厂小人物身上寄予对改革新生力量的勇敢期待。《无反馈快速跟踪》（1982）则以超前的科学化思维，形象地表现了科学技术是国防工业改革巨大生产力的新前景。邓刚写《我的兄弟们》（1985）的工厂境遇，呈现出知识改变命运、学习提升人生的时代变动。面对男性改革者风起云涌的文学场景，雪珂《女人的力量》（1985）为工业改革文学人物画廊增添的，是一种别样的色彩。

与这种红红火火的“工业改革题材热”不同，另一类着意表现普通工人现实生活、充满人性色彩和平民精神的工业中篇小说，开始向着真实的“人学”迈进。谭谈的《山道弯弯》（1981）、陈国凯的《工厂姑娘》（1983）、达理的《无声的雨丝》（1983）、肖复兴的《井架上的星》(1985)、冯敬兰的《夏日辉煌》(1985)等，都写出了普通工人艰辛而温馨的人生情调和精神力量。

周梅森在新时期文坛的跃出，是以《沉沦的土地》为先导，随着《荒郊的凭吊》《庄严的毁灭》《崛起的群山》《喧嚣的旷野》等中篇发表，共同构成了《历史·土地·人》煤矿系列小说。透过黄河故道上几个煤矿的兴衰荣辱，围绕开矿与土地和人的多重矛盾冲突，在民族资产阶级与古老土地所蕴涵的历史惰性不无残酷的较量中，作品写照了大地和乡民的深重苦难，更寓意深刻地勾勒出从洋务运动到1940年代民族矿业风雨多蹇的发展历史。

20世纪80年代后半期，随着作家对现实主义文学精神的新理解，一批反映普通工人生活底蕴与原生状态的作品纷纷问世。以池莉《烦恼人生》(1987)为代表的新写实小说，一反传统现实主义表现工人生活的典型化路径，作品更着意表现人的生命体验，表现工人在生存困境中的无奈、挣扎与执着。《烦恼人生》追踪普通工人印家厚一天的生活日程，把底层工人生存的艰辛与烦恼、生命的挣扎与耗费全盘拍摄下来，让人从中体味“一日即是百年”的生命流逝状态。

1992年，邓小平的南方谈话和党的第十四次全国代表大会提出建立社会主义市场经济体制的目标以来，随着计划经济到社会主义市场经济的重大转型，文学开始进入商品经济语境下的创作。“90年代中期，国有企业面临体制转轨、供需关系变化和对外开放格局演进的严峻考验。”[①] 如何解决传统经济体制下国企历史上遗留的债务重、人员过多、企业办社会问题的三大难题，如何建立“产权清晰、权责明确、政企分开、管理科学”的现代企业制度，特别是如何走出1997年的经营状况低谷、实现国企改革三年脱困的目标，都使得工业战线以及工业文学创作充满艰难和挑战。面对国有企业改革的新形势，那些曾为国家做过重大贡献的国营工厂前景、工人阶级的历史地

① 陈清泰:《国企改革：过关》，中国经济出版社，2003年版，第52页。

位和现实命运落差，就成了牵动社会关注的迫切问题。20 世纪 90 年代中期，以谈歌的《大厂》（1996）、关仁山的《破产》（1996）、肖克凡的《最后一个工人》（1996）、徐坤的《沈阳啊沈阳》（1996）、梁晓声的《钳工王》（1997）等为代表的创作，直面国有企业面临的改革境遇，勇敢地触及了当前工业改革中的“雷区”，对文坛和社会形成强烈的“现实主义冲击波”。1995 年至 1997 年这三年，作家们大力推出工业题材中篇小说；仅 1996 年，谈歌就井喷似的发表了 10 部中篇小说，其中多以反映工业改革现实生活为主。上述作品着力于表现“壮士断腕”的阵痛和分享时代艰难的总主题，作品在三个层面上依次推进：写现实困境，写困境中的突围，写困境突围中的人格力量、人生调适以及新的伦理道德选择。它把工厂、工人放在整个社会关系的网络中，多角度地揭示了国有大中型企业所面临的困境，将生活中日益突出的金钱与道德、物质与精神、灵魂与肉欲、恶的手段与善的目的之间的矛盾，以生活自身的形式，以更加社会学的方式，同时也以文学的悲剧力量，触目惊心地展示出来。

新世纪初期的文坛上，面对国企改革的深化和城乡经济结构的变动，关注“弱势群体”的底层书写成为突出的文学现象。对“社会底层”“弱势群体”这种巨大而艰难的现实的重新发现，触动了 20 世纪 90 年代以来有关贫富分化、阶层固化等各种超出人们理解能力的社会现实问题。2004 年，曹征路中篇小说《那儿》的发表，引发了文坛和知识界有关“新左翼文学”的讨论，《天涯》杂志专门开辟“底层和底层的表述”专栏。21 世纪的“底层文学”，是以反映社会底层群体生存境遇为核心的文学思潮，具有鲜明的现实主义特质与社会批判性。其创作主要沿着三条路线展开。

一是对“下岗潮”中的普通工人群体命运和生存境遇的深层写照。《女工》（毕淑敏）、《且看满城灯火》（榛子）、《蚂蚁上树》（马秋芬）、《一日三餐》（常芳）、《白乌鸦》（杨刚良）等作品，与 20 世纪

90 年代文学有关“工厂破产”“工人下岗”等问题的集览性揭示相比，更多了生存困境中的自我拯救，多了底层弱势人群相濡以沫的温情，多了作家人性关怀的悲悯意识。

二是有关“黑色矿难”题材的集中书写。表现煤矿生活见长的刘庆邦，以《神木》（2000）揭开了矿难背后最黑暗的人性博弈，那种图谋金钱而人为制造的生命悲剧令人惊悚，颠覆了无数人的现实认知。迟子建的《世界上所有的夜晚》（2005）、葛水平的《黑脉》（2006）、傅爱毛的《嫁死》（2007），以女作家描写矿难的悲悯情怀和绵密心路，为作品平添了丰富的情感色彩。

三是“打工文学”中的人生关怀与现实发声。农民务工者的大量进城，带来了当今工人队伍成分的新变化，成为相较于国企工厂工人的一种“新工人”，其主体是作为现代企业雇佣劳动者的“农民工”。他们开始在城市定居生活，但户籍依然在农村，是以“农 + 民工”而命名的城市劳动者。根据 2017 年 4 月 28 日国家统计局发布的《2016 年农民工监测调查报告》，截至 2016 年，我国农民工总量达到 28171 万人，其中“80 后”新生代农民工逐渐成为主体，占全国总量的 49.7%。[①] 反映打工族这一社会群体人生命运与思想情感的打工文学，既包括作家的书写，也蕴含打工者自身的创作。在中国最早和最大的打工城市深圳，从第一代打工文学作家林坚 1984 年发表《深夜，海边有一个人》肇始，1988 年，深圳宝安县创办了面向打工族的内部刊物《大鹏湾》，真实呈现“我们的命运与遭际”。随着张伟明、周崇贤、郑小琼、王十月、安子、黄秀萍、黎志扬、戴斌等打工文学作家的相继出现，特别是郑小琼诗歌获“人民文学奖”、王十月中篇小说获“鲁迅文学奖”，打工文学得以新的提升。21 世纪以来，孙惠芬的《民工》、王十月的《国家订单》、戴斌的《深南大道》、黄秀萍的《江南雪》、马秋芬的《朱大琴，请与本台联系》、熊育群的《无巢》、吴

① 《2016 年农民工监测调查报告》，国家统计局网，2017-04-28。

君的《亲爱的深圳》《菊花香》……则从更开阔的视野上反映了农民工问题在当下社会的多重纠葛和现实关注。

2012年11月，党的第十八次全国代表大会明确提出中国特色社会主义进入新时代，标志着我国发展进入了新的历史方位。在全球化背景下的网络信息时代，随着我国工业化的迅速发展，国企改革进一步深化，产业工人队伍得以壮大，工业领域法治建设逐步健全，社会保障体系日趋完善，新时代的工业文学开始弘扬“中国梦·劳动美”的主旋律，追寻工业现代化的色彩。工业题材中篇小说在走向新时代的书写中，如何“增强新时代工人阶级的自豪感和使命感，爱岗敬业、拼搏奉献，大力弘扬劳模精神和工匠精神”（习近平语），反映我国社会从中国制造走向中国智造的现代化前景，理应成为我们感应时代脉动、把握社会前沿信息的文学窗口。

具体而言，一是表现“大国工匠精神”。李铁从《乔师傅的手艺》（2003）开始，经《手工》（2021）、《煞气》（2022）、《雄蚕蛾》（2022）……那种爱厂如家、技术当家的主人翁精神的骄傲，那种一门技艺连缀一个工人的人生乃至一个车间的信仰的历史记忆，那种一门技艺救活一宗产品乃至一座工厂命运的神奇力量，可以说，作为工业产业基础和灵魂的工匠精神，一直是李铁所钟情、所痴迷表现的内容。另一位有着23年三线生活经验的川蜀作家凸凹，他所创作的诗集《劳动万岁——为129名中国工匠造像》入选2019全国十大劳动者文学好书榜，再鲜明不过地凸显了新时代文学创作的一种指向：“有一种精神叫工匠，有一种工匠叫鬼斧神工。”

二是表现科技人员、工人群体在核工业、三线军工业默默奉献的家国情怀与人生命运。从胡破卷的《上善若水》（2009），到凸凹的《球时代》（2013）、张策的《和田玉》（2019），都唤起了人们对三线军工厂历史的遥远记忆。特别是王松荣获第八届鲁迅文学奖的中篇小说《红骆驼》（2019），作为共和国70华诞的献礼之作，它以“青春无悔、事业无悔”的人生主题，致敬扎根在祖国茫茫大漠核工业基地的无名英雄。小说中的母亲在垂暮之年重返“矿区”的执拗旅行与青春懊悔，蕴藏着不为人知的情感世界秘密；女儿陪同母亲前往寻找以生命奉献事业的父亲的墓地，而父亲遗留给她的“红骆驼”石头，则成为一种红色信仰与坚毅品格的传承象征。

当然，在飞速发展的工业化时代，工业题材中篇小说的创作还远未登上文学高原。怎样跟上时代步伐，怎样走在文学前沿，怎样沉入工业第一现场，在作品中营造劳动光荣、技能宝贵、创造伟大的社会氛围，表现产业工人大国工匠的生命历练，关注知识型技能型创新型产业工人队伍的新形象，凸显中国工业现代化的历史记忆和全景图画，这始终是一种时代的职责、文学的使命。

## 二

工业题材中篇小说以其丰富的创作实绩，带给我们诸多有益的文学启示。

第一，工业题材的中篇小说始终坚守现实主义创作阵地，反映中国不断走向工业化的历史进程和时代脉动，它所勾勒的那些真实生动的时代画幅，成为共和国几代人的工业记忆。

一方面，就其表现内容来看，无论是五四以后中国工业萌生发展的历史记忆，还是解放战争时期工人保护工厂、恢复生产付出的巨大劳动；无论是新中国第一个五年计划开启的重工业建设时代，还是产业工人为改变祖国“一穷二白”面貌的倾情奉献；无论是新时期工业改革的崛起阵势，还是市场经济背景下国企体制转型的阵痛与深化；特别是进入新时代以来追寻中国工业现代化的奋斗历程……所有这一切，都以真实鲜活的文学画幅历历在目：第一个大油田的开发，第一条大铁路的建设，第一辆“解放”牌汽车驶下生产线，第一颗原子弹升上太空，一座座的新工厂、无数的工业生产线在创造着巨大的社会财富；从轻工业发展到重工业建设，从中国制造到中国智造，从能工巧匠到大国工匠，从传统工业到高科技产业，不断走向工业现代化的进程在改变着一个巨大的传统的农业国度，代表先进生产力的产业工人力量无时无刻不在影响着社会的进步。工业题材中篇小说不仅真实地记录了这种时代巨变，形象化地反映了走向工业时代生活的社会氛围，也以文学的方式参与了工业化建设这一伟大历程。

另一方面，以其创作传统来论，坚持革命现实主义的创作原则，坚持为工人阶级立命、为工业化进程写真的文学路线，弘扬主旋律，这使它在令人眼花缭乱的文坛变化中跃出，立于不败之地。单就21世纪以来的文坛而言，工业题材中篇小说的创作实绩亦可重重书写一笔。掠过那些一味吟哦小情小调花样翻新的所谓“个性化”写作，也不在意那些“批量生产”的文学时尚产品，在某些题材、体裁、手法的写作仿佛无预兆地陷入了“疲软”之际，似乎被“多元化”格局冷落的工业文学领域，反倒是那群执着于工业文学的作家，从蒋子龙、水运宪、梁晓声、刘庆邦，到肖克凡、李铁、曹征路、周梅森、孙少山、王十月、武歆、马秋芬、吴君、榛子、刘建东、翟永刚，还有路内、鬼金、班宇、双雪涛、郑执、侯磊……他们以一种对国家的高度责任感，以对工人群众深厚的阶级感情，拂去生活表层五光十色的浮沫，发掘工业领域深层的、内部的问题症结，探究工人群体的命运故事和精神世界，以现实主义的写作追寻抵达现实生活深度的路径。当读到《工厂上空的雪》《乔师傅的手艺》《最后一座工厂》《那儿》《且看满城灯火》《世界上所有的夜晚》《蚂蚁上树》《窑衣》《国家订单》《老工人谢瑶环》《亲爱的深圳》《慈悲》《贫嘴张大民的幸福生活》《完美的焊缝》《国家工人》《红骆驼》《纺织厂的女儿》《鸡架之城》《父亲和雕像》这些作品时，你不能不为工人群体的悲欢离合而心灵震撼，你不能不为他们所依存的工厂命运变迁而忧患挂牵，你同样不能不为怀着希望艰难前行的工业化前景而鼓舞感动。这就是焕发着现实主义光芒的工业题材中篇小说给予现实的力量所在、希望所在。

第二，工业题材中篇小说始终坚持以“工人”“工厂”和“工会”的“三工”文学写作路线，这使它以不同于其他文学题材的鲜明辨识度，占据属于自身的文学高地。

坚持工业题材的选择，需要勇气，更需要不断的创新和超越。对于我们这样一个有着乡土中国历史的民族来说，乡土题材具有与生俱来的文学优势，被作家世代传承。但若步入工业文学创作领域，必须积累丰富的工厂生活经验，而大工业本身的复杂性，让工业文学作家时时面临创作挑战。比如工业战线行业众多，隔行如隔山，由此带来工业文学创作复杂的特定性；比如工业文学的种种矛盾纠葛多缠绕在生产过程中，可流水线的操作又日复一日的单调平凡；工人的人生和写工人的作品，亦容易囿于“车间文学”的模式。如何立足车间、面向社会，发掘工业建设和工业生产种种错综复杂的人物关系，这些都是工业题材创作必须面对和亟待解决的问题。《井架上的星》（肖复兴）、《夏日辉煌》（冯敬兰）、《红骆驼》（王松）在更开阔的工业建设背景上，别开生面地再现了大油田、核工业基地的劳动场景与精神氛围；而《蚂蚁上树》（马秋芬）、《且看满城灯火》（榛子）、《贫嘴张大民的幸福生活》（刘恒）亦通过看社会的眼睛，体察错综复杂的社会关系、变动不居的世态人心，将普通工人的现实境遇，融入有关工地、工厂、车间以及周遭世界的生活书写之中。这都是作者在长时间工厂生活的观察、体验、思考中，方获得的成功。

回眸工业题材中篇小说的创作历程，有一种特别强烈的感觉，无论我们的作家写了怎样的工业场域，无论中篇小说中的生活故事如何的色彩纷呈，作品的手法和风格怎样求新变异，最能吸引我们目光、让读者为之心动的，是工业时代生活中的“工业人”。他们作为工业小说中的核心和灵魂，连缀了工厂的历史，映现出工业化的图景，维系着工业时代错综复杂的社会关系；透过这些人物形象塑造，你能触摸到特定时代的脉动，感受到那些具有生命温度和精神向度的工厂记忆。事实上，工业题材中篇小说中丰富多彩的人物类型，它所构成的正是一代又一代工人群体的形象谱系，其中蕴含的无疑是一部工人阶级的精神成长史。正如蒋子龙所说："即便是工业题材，最迷人的地方也不是工业本身，而是人的故事——生命之谜构成小说的魅力。"[①]

第三，要进一步克服工业文学创作单薄、狭窄的弊病，应该探讨如何从开发工业文化意识入手，为创作注入丰厚的文化底蕴。中国工业文化在发展过程中逐步与农业文化相脱离而形成的特点与传统，当代工人阶级创造的生产方式、思维方式和行为方式为中国工业文化注入的新鲜活力，改革开放时代的工业文化与其他文化形态的多元碰撞，不同地域、不同行业的文化特色，现代社会的企业文化精神，这一切都为工业人的文化生存提供了广阔的背景。关注到这一点，将会改变工业文学的传统思维方式，有利于工业文学新视野的开拓。

第四，中篇小说文体不断走向成熟的过程中，以后来者居上的创作优势，使它在反映工业生活方面拥有了追踪工业时代生活的快捷和表现复杂社会内涵的丰富性。

如果回到历史语境，工业文学最初起步发展的阶段里，与短篇小说等文学体裁相比，中篇小说无论是作家队伍的聚集，还是发表阵地的拥有，并不占据有利地位，创作数量相当有限，在整体上还显得相当滞后和边缘化。

进入历史新时期之后，党的十一届三中全会引领思想解放潮流，大型文学丛刊的创办提供了新的文学阵地，中篇小说平地崛起，可谓"丛刊丛生，中篇复兴"。其中，工业题材的中篇小说创作也占据重要

---

① 蒋子龙：《新支点：泛工业题材时代——"新支点长篇小说丛书"·序》，见李肇正：《无言的结局》，百花文艺出版社，1997年版。

一页。究其原因，可能在于中篇小说文体本身的优势：在当今高速运行的工业时代生活中，它既可以像短篇小说那样追踪生活步伐，又比短篇小说拥有更丰富的社会生活容量；而在故事情节的复杂性、人物形象塑造的丰满度方面，它既融合了长篇小说的优长，又比长篇小说来得迅捷。当然，我们也清醒地意识到，工业题材中篇小说创作的数量和质量都还有更多的提升空间，文学的冲击力还需特别加强。

针对近年中篇小说叙事方法比较守成、艺术创新氛围不够浓厚的情形，工业题材中篇小说怎样以开放的现实主义文学精神，有效地融入新的文学元素和叙事方式，创作出更具生命情感、更具生活鲜活度和艺术魅力的工业文学作品，以期赢得广大读者的喜闻乐见，这也是传递工业文化精神、凸显工业美学特质的一种艺术使命。

总之，在工业发展牵动经济命运、经济问题又成为当今社会多种矛盾焦点的当下，在工业化迅猛发展的信息化时代，中篇小说如何直面现实勇敢回应工业社会生活提出的重大命题，为时代见证，来描绘风雨兼程的工业化历史图景，为工人阶级立言，去发掘他们的时代奉献和命运变迁；如何提供比现实更强大的真实力量，探索文学赋能经济社会发展的有效路径，创作出新时代文坛上追寻中国梦和弘扬劳模精神、劳动精神、工匠精神的精品力作，创造出具有工业文学独特风格和审美价值的经典作品，这应该成为工业题材中篇小说不断追求的创作标高。我们有理由这样相信，我们满怀希望地期待着。

**樊洛平**

# 目录

# 存目

《祸起萧墙》 水运宪
原载《收获》1981年第1期
（1981—1982）全国优秀中篇小说奖

《赤橙黄绿青蓝紫》 蒋子龙
原载《当代》1981年第4期
（1981—1982）全国优秀中篇小说奖

《工厂姑娘》 陈国凯
原载《芙蓉》1983年第1期

《无声的雨丝》 达 理
原载《上海文学》1983年第9期
首届《上海文学》奖（1982—1983）

《走通大渡河》 陈 村
原载《百花洲》1984年第3期

《凡人》 徐孝鱼
原载《收获》1984年第6期

《女人的力量》 雪 珂
原载《当代》1985年第2期

《太阳神》 苏 渝
原载《红岩》1987年第1期

《烦恼人生》 池 莉
原载《上海文学》1987年第8期
（1987—1988）全国优秀中篇小说奖

《黑砂》 肖克凡
原载《天津文学》1987年8月号
天津市鲁迅文艺奖优秀作品奖（1986—1988）

《黑色的诱惑》 孙少山
原载《北方文学》1990年第10期

《打工妹咏叹调》 周崇贤
原载《佛山文艺》1991年第6期

《蓝领》 张抗抗
原载《花城》1992年第1期

《苇子林》 周绍义
原载《中国作家》1992年第5期
《中国作家》1992年度优秀中篇小说奖

《归去》 焦祖尧
原载《人民文学》1993年第10期
第三届全国煤矿文学乌金奖·中篇小说奖（1996）

《孔雀绿》 刘醒龙
原载《芳草》1994年第4期

《道碴无言》 孙春平
原载《十月》1997年第3期

《贫嘴张大民的幸福生活》 刘 恒
原载《北京文学》1997年第10期
第八届《小说月报》百花奖（1999）
第一届老舍文学奖优秀中篇小说奖（2000）

《工会》 卢 郎
原载《红岩》1998年第3期

《暖冬》 肖克凡
原载《百花洲》1998年第6期

# 开拓者

蒋子龙

信，就是真的，
不信，就是假的。

## 一

不知是由于人类掌握了自然的缘故，还是自然仍在嘲弄人类，近十几年来，自然界的气候像人类发明的政治一样，多变而又反复无常。

正值早春，两天前还飘过一阵小雪，水坑还结着薄冰，本应是春寒料峭，但吹了一天一夜的西南风，突然像吹跑了两三个月的时光，一下子进入了懒洋洋的、只想睡觉不想干活的春困季节。骤冷骤热，人们不敢脱掉棉衣，万一老天一变脸，再来场大冻，就会得感冒。

太阳似乎已经得了感冒，并且正在发着高烧。它抖着通红的大脸，早早地跳出了海面，烧干周身的雾气，向着高空升腾。

城市的东郊，靠近海岸的地方，一座规模巨大的化工联合企业正进入最后的安装试车阶段。工地上的节奏，紧张而又紊乱。有的地方人喊车鸣，人为地制造热烈的气氛；有的地方却停工待料，工人们安闲地、慢腾腾地干着自己想干的事。经济的规律比地球的旋转还要难以驾驭。工厂的成长比历史的进程还要缓慢。在综合车间五十米高的大平台上，几个年轻的装配工上班后干了还不到一个小时的活，就又想歇一会儿了。一个蓄着小胡子，不论春夏秋冬和刮风下雨，总是戴着一副变色眼镜的小伙子，打了个哈欠，伸了伸懒腰。那神情仿佛他不是刚上班，而是几天几夜没下火线了。他用一种玩世不恭的口吻说："哎，我说头儿，歇一会儿吧！"

被称作头儿的人，是个二十七八岁的小伙子，精明强悍，干活的动作洒脱、漂亮。他有一张鹫鹰似的好斗而又难以对付的面孔。眼睛里老是闪出一种对什么都睥睨不屑的神情。他扫了一眼小胡子，嘴角只轻轻一动，吐出来的声音却又响又硬："'业余华侨'，你还有良心吗？打上班来你还屁活没干，小组天天替你背黑锅，你可别踩着鼻子够脸！"

"金城，得了吧！你们给我背黑锅，我给谁背？我们少干点，就给国家少浪费点。""业余华侨"并不害怕他的首领，嘻嘻哈哈地抽出一支烟叼在自己嘴上，又掏出一支朝着金城一抬下巴："张嘴！"扬手一甩，那支烟不偏不歪正扔进金城的嘴里。金城双唇把烟咬住了。

"业余华侨"点着烟吸了一口，一本正经地说："告诉你，咱们干的这个活很可能还得返工，全部推倒重来。"

"谁说的？"

"我还没说完哪。咱们安装的这些设备全是按烧油设计的，现在又发现油不多了，还得改成烧煤的！"

"他妈的，早干什么去了！"小伙子们都停下了手里的活计。

"咱们倒就倒在瞎折腾上了。当头儿的脑袋一热，一会儿这，一会儿那，穷折腾，折腾穷，越折腾越穷！"

金城把手里的工具使劲往平台上一摔，"当！"的一声，半天空像炸了一颗雷，铁架子一阵摇晃。他紧绷着脸发布了命令："歇一会儿！"

工人们找来了木板和草袋子，有的躺下，有的坐着，有的半躺半卧靠在木板上。有的眯起了眼，有的抽起了烟，全都舒舒服服地就了位。在这半天空的平台上，他们就这样躺上一天，也不会被人发觉。工地上只有一个人看得见他们，那就是开百米吊车的司机。他居高临下，见装配工们都躺倒了，便拉掉了电闸，头往后椅背上一靠，也闭上了眼。舒舒坦坦的装配工们，海阔天空地聊起来了。话题随着他们活泼多变的思想，像一匹脱缰的马，在思想的原野上任意驰骋。

“听说又不让跳舞了……”

“不会吧，金城。前一段时间不是还叫你们这些团委委员带头学会跳舞吗？”

金城眯着眼抽烟不搭腔。

“听说省团委要下个文件，不许跳舞，不许穿喇叭裤，不许留长头发。”

“省里的头头正事不会干，干这些闲事倒有能耐。一会儿说要普及跳舞，青年团的干部必须首先学会，一会儿又下令禁止。一会说要推广喇叭裤，百货公司橱窗里搞样品展览，贴出通知说谁要做喇叭裤可以当天交货，一会儿又说谁要穿喇叭裤就要挨批评！朝令夕改，一会儿一个章程。”

“你们还是应该跟我学，头头说东，我偏说西；他要说好，你就往坏处想；他不叫你干的你偏干，他不叫你说的你偏说。我并不喜欢戴大眼镜，可是现在头头见了戴大眼镜的打心眼里腻烦，所以我故意买了一副戴上。我并不认为穿上喇叭裤就漂亮，可是现在头头讨厌喇叭裤，所以我就做了一条穿上。”“业余华侨”摇头晃脑，非常得意。

“你这叫吃饱了撑的！”有个小伙子刺了他一句。

“你们听说了吗，这个厂从国外买来的东西都不是最好的，而是一些次货。打桩机都是破旧不堪的，重新涂了一层漆又卖给了我们，还不如我们自己的打桩机好！”一个关心国家大事的人又转了话题。大家借这个题目又发起了牢骚。

“化工局提出来了，全套设备都要日本货。连电线杆子，瓷瓶子、坛坛罐罐都要进口。日本人也不愿意生产这些破破烂烂，就叫台湾和南朝鲜干。”

“他妈的，我们为什么当这个大头？”

“现在只要沾上个‘洋’字，就什么都是好的。还好，外国没有卖爸爸的，不然咱们这些头头非得一人买一个洋爸爸回来不可！”“业余华侨”的嘴里总有新名词儿。他很为自己的口才得意。

“哎，那不是咱们的团委书记？”有人站起身在平台上撒尿，指着楼下叫了一声。

金城欠起了身子，锐利的目光盯住地面上坐在一块谈话的两个人。

平台上的装配工继续着他们的议论。他们骂天骂地骂领导，没有他们不骂的。这一下，话题又转到地面上正在谈话的那个姑娘和小伙子身上了。

“听说王廷律他爸爸也是个高干。”

“屁！你瞧他那份德性，高干子弟有这样的？要说他是高干子弟，顶多也就跟我一样，是个‘业余高干子弟’。”

“你别狗眼看人低，王廷律肯定有来头。要不然凤兆丽一脚把咱们金头儿给蹬了，这么快就和姓王的那小子好上了！”

“你别脏心烂肺，人家王廷律也是团委委员，两个人这是研究工作。”

“金城也是团委委员，怎不找他来研究？”

“金城能跟王廷律比？人家是大学生，现在大学生够多吃香，哪个女的不想往高攀！”

金城噌地站起来，眼里闪着凶光，死死地盯着自己的伙伴们：“告诉你们，我和凤兆丽过去从来没有过那回事，谁要是再拿这件事寻开心，可别怪我不客气！”

金城说完把手指放进嘴里，冲着吊车司机响亮地吹了个口哨。司机立刻启动闸把，吊车的钩头挂着一个安装用的铁笼子，飞快地落到平台上。金城跳进笼子，又吹了声口哨，打了个手势。铁笼子载着金城像直升飞机一样，忽上忽下，颤颤悠悠，越过平台，越过车间的屋顶和像山岭一样高高低低的厂房和设备，在凤兆丽和王廷律的身边突然降落，把两个人吓了一跳！

王廷律从表面上看是个老实，甚至有些窝囊的小伙子。他盯住金城：“你怎么能这样干？这是违反操作规程的，吊车万一出点毛病，就会造成大事故！”

金城不理他，只是把锥子般的目光盯住风兆丽。

风兆丽似乎已经猜到了一点金城发火的原因，但是她不动声色，大大方方地说：“我们正要去找你。青年民意测验的结果已经出来了，百分之六十的青年对实现四化信心不足，主要原因就是对领导缺乏信心。你看我们怎样针对这次民意测验开展一次团的活动？”

金城仍旧不开口，只是死死地盯住风兆丽的眼睛。风兆丽努力控制着自己，不让自己的脸色发红，不让自己眼睛里带出怒气。她那双乌黑而细长的眼睛也盯住金城。不管什么样的小伙子，碰上这双眼睛都不敢做非分之想。她口气变得冷淡了：“金城同志，你哑巴了，还是刚才坐飞机出风头把舌头咬断了？”

这下轮到金城脸红了。他从风兆丽身上掉开眼光，但是心里的怒气并没有减退。他说：“开展什么活动？是不是请王廷律给大伙讲一课，讲讲老干部如何劳苦功高，如何为了四化呕心沥血，给青年们打打气！”他扫了一眼红头涨脑的王廷律，从哪一方面讲王廷律都不是他的对手。他嘴角一撇，尖刻地说：“听说你爸爸也是高干，你完全可以讲讲你爸爸。”

金城听很多人讲王廷律姓他妈妈的姓，说明他没有爸爸，却故意叫这个板，就是要王廷律的难看。王廷律看看他，却一言不发。

风兆丽把话接过来：“刚才我们两个也正商量这件事。现在老年人对我们这些年轻人看不惯，年轻人对老同志也有一肚皮情绪。十几年来，年老的和年轻的经历了几个回合：对老干部一律打倒，对受迫害的老干部又一律无比尊敬和无比信任，现在对他们又不那么尊敬和不那么信任了。这是为什么呢？我们对自己的领导，特别是对高级领导干部缺乏了解。他们好在哪儿我们不知道，他们哪儿不行我们也不知道，——他们离我们太远。我有个想法，能不能请省委的领导到工地来和我们青年开个座谈会，过个团日，回答我们的问题。我们也好借此机会了解一下高级领导干部的思想、工作和生活情况，加深相互的了解，增加相互的信任。你们说怎么样？”

金城冷冷一笑。他无论如何也捉摸不透眼前这个姑娘的心气。她一会儿比谁都更老练、更成熟，一会儿又比谁都更单纯、更幼稚。论长相，在全安装公司的姑娘中可能她要算最秀气，最大方的了。平时的穿衣打扮，要数她最朴素、最不合时，可是有一个星期天，金城在公园里看到了凤兆丽，他简直惊呆了。凤兆丽那天的打扮可以说是全公园最时髦、最漂亮的一个。而且她的表情仍然是那么自然、那么大方。她对他简直是一个谜，从那天起他也就真的迷上她了。但他从不敢对她靠近一步。

“你们为什么都不说话？”凤兆丽又催问了一句。

金城说：“你纯粹是想入非非。省委书记会跟你一块过团日？你恐怕连他们的面都见不到。”

“我有关系，走点小后门。”凤兆丽抿嘴笑了笑，“没办法，在不能击鼓、不能拦轿的现代化时代，想见领导人就得走关系。我舅舅落实政策后叫他回省委调研室，他原是哲学系毕业的大学生，可他不干，一定要开汽车。现在他给省委车书记开车。他好像跟我说过，车书记就很不错。我们先去找我舅舅打听一下情况怎么样？”

王廷律站起来：“我认为搞这种活动没什么意义，要去你们去，反正我不去。”

一听说王廷律不去，金城倒来了劲头。他对凤兆丽说：“行，我跟你去。”

## 二

省委书记车篷宽的秘书刘亚，拿着一叠开会通知去收发室。路过汽车库看见司机曾淮正在擦车，他拐了个弯凑过去。刘亚没有马上打招呼。他望着曾淮专心擦车的样子，心里总不免有一种惋惜之感。曾淮当过他的“司令”，当时是省委机关最大的一派造反队的头头。刘亚深知，无论是胆识才学，还是组织指挥能力，曾淮都有过人之处，绝不是等闲之辈。可是这次落实政策又回到省委，他坚决不上楼，一定要当工人，而且还就得给车篷宽开车。真是个怪人，看他的长相更怪，刚过四十岁，头发全白了；看衣着，是个地地道道的工人；看脸相，又白又细，睿智而文静，俨然是个专家、博士之流的人物。粗细、文野、雅俗全都集于他一身，但是又不大协调。他的脸上老是挂着一种挺自然的微笑，极其平易近人，眉宇间却似乎又有一股傲气。这真是个不容易琢磨透的人。

“难道他就真想开一辈子汽车？”看见曾淮保养汽车的这份精细劲，刘亚禁不住又想劝他上楼，但到底忍住了。他知道一提这个问题，曾淮只是笑而不答，任别人磨破嘴皮子也不行。他改口说：“老曾，歇一会吧，汽车毕竟是汽车，它为人服务，不是人为它服务，用得着一天擦好几遍吗？”

曾淮停住手，抬起头冲着秘书笑了笑。他的眼睛并没有看刘亚手里的通知单，却问：“要开会？”

刘亚心事重重：“老头下决心了，下周召开各局、公司和大厂的行政一把手会议，公开提出企业之间要竞争，开展市场经营。你等着看吧，这个会一结束，在全国的经济界又得引起一场轩然大波。”

“你把一吨重的石块投进大海，也不会掀起多大的波浪；可是你把一块砖头扔进一潭死水，却会引起好多波澜。”曾淮眼里有一道光，但一闪即逝，“再不走这一步，不光是我们省，全国的经济也是一盘死棋。我们走进了死胡同，越走路越窄，不改就过不下去了。”

“走这一步国家的经济也许活了，可是他本人要承担什么后果，却很难预料。但有一点可以肯定，对他本人只有坏处，没有好处！”刘亚不能不多想，在我们国家里秘书的命运，往往是和首长的命运连在一起的。前些年车篷宽倒台的时候，刘亚就被遣送回农村监督劳动。直到车篷宽恢复工作以后，他亲自到刘亚的原籍，把他又接了回来。

其实刘亚也不是多虑，前面刚有一场风波，还没完事呢！两年以前，全国人民刚喝完了庆功酒，酒后人人都有一副好脾气，对祖国、对党，对未来充满了信心，人民正沉浸在十个大庆、十个鞍钢等美好的憧憬里。车篷宽却把刘亚叫进了自己的办公室，忧心忡忡地说："这时候大家都热，我们需要冷，要把真相告诉群众，要打开群众的眼界，要让大家知道外边的世界是什么样子，知道自己是什么样子。许愿容易还愿难。人民不能再经受第二次欺骗、第二次失望了。人心一失，将不可收拾！"

他给中央领导又是写信，又是打报告，主张打开门户，学习外国的先进技术和经济管理办法。他要求省委召开常委会讨论他的计划。他想在自己的省里首先引进外国技术，打开局面。这使稳健而忠厚的省委第一书记潘景川非常作难。潘景川过去是车篷宽的助手，因为他老实、平庸，像鸭子一样温厚，一生谨慎，善于忍耐，宁肯让别人说自己无能，也决不让锋芒压过别人。所以很早以前他就被提到车篷宽的前面了。他对车篷宽是尊敬的，钦佩的，甚至认为车篷宽的主张也很有道理。但他的心里却非常明白，决不能按车篷宽的主意办，这样重大的方针政策问题，只能由中央下决心，省委无权决策，应该等待。潘景川又不愿意当面否定车篷宽的计划，他不善于争论。对付车篷宽最好的办法就是拖。他拖住时间，迟迟不召开常委会。他这样一拖，车篷宽心里也就知道他的态度了。车篷宽也决不愿意使第一书记为难。他不再催促召开常委会，利用自己在省委分管工业的权力就先干起来了。

大门一开可就关不上了。外国的技术、设备，甚至连外国人的思想和生活习惯也一起灌进来了，就像又掀起了一阵"洋务运动"。这个省一干，别的省也干。中国这么大，什么人物都有。在和外国人打交道的时候，受骗的、赔钱的、不要廉耻的种种事情都发生了。如果说打开门户有好处的话，功劳不知道记在谁的账上，可是所有的罪过都栽在车篷宽身上。当车篷宽听到了自己的同胞那些丢人现眼的事，也异常愤怒。这种愤怒倒是冲淡了他对因此而挨骂的不满。他虽然也是身居要职的老干部，但到底是书生出身（他是清华大学毕业以后才到重庆给周恩来同志做技术参谋，兼做国民党技术人员的工作），有时难免犯点书生气。他对那些搞外贸工作、搞技术工作的干部估价太高了。一想到这一点，他似乎是甘愿承担一切责难。

“鞭打快牛！”——刘亚担心的是他并不记取这一教训。

曾淮问：“常委开会讨论过了吗？”

刘亚摇摇头：“老头现在改变了策略，他估计常委们开会也不会同意的事，就干脆不在常委会上提出来。他自己召开会议布置下去，让下边先干起来再说。”

曾淮不再说话，又拿起棉纱轻轻地擦起汽车来。

首长的秘书、司机等工作人员，背后是不该议论首长的。可是不管首长是好、是坏，真正背后不遭到一点议论的，几乎没有。

刘亚说：“老曾，我有预感，车书记这次搞工业产品的自由市场，搞企业间的竞争，所受到的非议要比打开门户引进国外的技术、经验还要大，因为这牵涉到整个国家经济体制的改革。”

曾淮不看刘亚，像是自言自语：“车书记是决心要搞经济改革，而且是想利用自己的权力，在我们这个省内先搞起来。经济上的竞争，必然要带来政治上的竞争。经济体制的改革，不可避免要使一部分人权力增加，一部分人权力缩小，这就会涉及各种利害关系。按车书记的设想，组织现代化的大生产，进行科学的经济管理，就要求有科学文化知识的专家来当领导。可是我们的领导大多缺乏专业知识，是凭资格占据领导岗位的。要搬动他们是容易的吗？这是权力的再分配，也就是物质利益和特权的再分配。阻力一定会非常大，斗争的尖锐性也就可想而知了。不管老头自己意识到没有，他实际上成了经济体制改革的带头羊。可是他能走多远？会不会做因搞改革而牺牲的替罪羊？……”曾淮猛然咬住话头，他看见有两个人，手里捏着会客单朝自己走来。

“老舅。”姑娘眼尖，老远就甜生生地喊了他一声。

曾淮认出了来者。他笑着答了一声：“兆丽，家里有什么事吗？”他的眼光却不易觉察地盯住了兆丽身后的年轻人。

“家里没有什么事，找您来是为了公事。来，”凤兆丽把金城介绍给曾淮，“这是我们团委委员金城同志。”

金城不笑也不点头，目光审视着省委大院，脸上那种睥睨不屑的神情更强烈了。

曾淮却笑了，冲着金城点点头。金城的脸色他很熟悉，他了解这种年轻人。十几年前红卫兵小将第一次冲进省委机关的时候，大多数都是带着这样一副脸色。

金城扫了一眼站在旁边的刘亚。根据刘亚的神色和打扮，他断定这一定是省委机关的干部。就用一种带着讥刺嘲讽味道的语气说：“这儿真是楼大院深门坎高，找个省委开车的就得等上一刻钟，填表登记，还得过两道门岗。就甭说要想见到省委头头会有多难了！”

凤兆丽赶紧把话接过来：“老舅，我们能不能见一见省委领导？”

曾淮既不为金城尖刻的话发怒，也不为外甥女提出的问题感到奇怪，仍然笑嘻嘻地问：“你们想见哪个省委领导？”

兆丽说：“哪个都行。哪个肯见我们，哪个容易见，就见哪个。”

曾淮不笑了，开始仔细地打量着兆丽，间或也扫一眼金城。

金城心里猜测着：“下面他一定还会打着官腔问，你们找省委领导有什么事呀？先跟我讲讲吧，我们替你先反映一下。就好像他不是给省委书记玩轮子（方向盘）的，而是省委书记的秘书一样。”他要不是怕得罪兆丽，还会说出一些更难听的话来。因为他一见曾淮那副不伦不类的长相和打扮，心里就起反感，明明是个开车的工人，却装出一种斯斯文文的干部模样。

曾淮并没有提出金城心里想的那个问题。他扫了一眼刘亚，很随便地说：“这很容易，你们安装公司不是正在化工联合企业施工吗？

只要定个时间，叫书记到工地看你们也行，把你们请到书记的办公室也行。但是你们总得有个打算，到底想解决什么问题？想见谁？是想见省委第一书记潘景川同志，还是想见管工业的书记车篷宽同志，还是想见管农业的书记田笑同志？”

兆丽说：“如果我们可以选择的话，当然是想和车书记谈一谈。我们在下边听说，车书记还能解决问题。潘书记嘛……”她突然不往下说了。

刘亚问：“这么说你就是安装公司的那位女团委书记了。你们搞的民意测验结果出来了没有？”

这下轮到凤兆丽和金城惊讶了：“你怎么知道的？”

“车书记叫我打听一下你们测验的结果，然后向他汇报。”

凤兆丽把通过民意测验反映出来的问题，一个一个仔细讲给刘亚听。刘亚飞快地往小本子上记着。

曾淮又专心致志地擦起他的车来。但是从他偶尔抬起眼睛瞟一下兆丽和金城的目光来看，他的耳朵对于兆丽的话一个字都没有漏掉。金城也感觉到，只要曾淮的目光一瞟他，他周身就像被电焊弧光烧着了一样。这个人的眼睛真厉害，像个能摄人魂魄的无底洞，谁碰上这样的眼光都会掉进去。

等兆丽讲完，刘亚又问她对车书记还有什么要求。兆丽笑着说：“要问的问题很多，等见了面再说吧。”刘亚又转向金城：“你还有什么意见？”

金城不客气地说：“请省委的领导多管点正事，别尽管那些不让跳舞、不叫穿喇叭裤的小事。”

刘亚记下了他们的意见，热情地说：“我一定把你们反映的情况和意见汇报给车书记。但是最近他恐怕抽不出时间见你们，因为下星期车书记要主持一个会议，会期是七天。这两天他要为会议做准备。等会议一结束，我就提醒他安排时间见你们。”

金城抽抽鼻子：“闹了半天只是给我们个热火罐抱，赚傻小子。

这个会散了，还有下一个会，头头还有不开会的。我早就知道，想见头头没这么容易。你就是想跟公司一个小经理反映点情况，还得过好几道关，别说是个省委书记。其实见不见还不是一个样！”

刘亚脸色很不好看，但他极力控制着。

凤兆丽也觉得很不好意思，但又不便在这儿说金城，以免触发了他的牛性子，使他说出更难听的话来。她除去团委的工作在身，还有一股强烈的好奇心，促使她十分想见一见车篷宽，就抱歉似的对刘亚笑笑：“我们等您的消息，或者您定好了时间告诉我舅舅也行。”

“好的。”刘亚也点头一笑。

“有这工夫真不如在家里躺一会儿。”金城又甩了一句。

凤兆丽脸色一红：“金城，你今天怎么啦？是我们自己要来，不是人家请我们来的。这是我们的工作。”

一见姑娘的脸色要变，金城不吭声了。其实刚才他的火气有一半是由兆丽的态度引起的。这个领导着几千青年人的团委书记，是个柔中有刚、绵里藏针的姑娘，在小青年当中说话可是占分量的。就连一些嘎杂子、琉璃球儿，也不敢轻易拿她起哄耍笑。可是今天她对省委干部的态度过分亲热，甚至可以叫人怀疑到是有意讨好，是千方百计想见省委头头。其实他们想见省委头头不是为了说好听的，而是提意见。任何一个能获得她的好感和尊敬的男人，都会引起金城的愤怒和憎恨。这是他自己意识不到，情不自禁流露的。而能制止他这种感情爆发的最好的清醒剂，又是兆丽的目光。

曾淮还是那副笑模悠悠的样子，说：“小伙子，在这个世界上不光你一个人存着一肚子肝火。有人所以不发作，是因为他的智慧足能熄灭怒火。只有无知和浅薄的人，才认为他最有权力可以无缘无故地向任何人发一顿脾气。”

金城憋了一大口气。他觉得自己从哪个方面都治不住眼前这个人，只能嘲笑他为当官的开汽车这个职业。但是得罪了这个凤兆丽的亲娘舅，将来对他和兆丽的关系往新的方面发展很为不利。金城心里暗暗憋气，没有再吭声。他还很少吃这样的亏。

兆丽趁机告辞："舅，我们走了。"

"你不能稍微再留一会儿吗，我还有话要跟你说。"

兆丽看看金城："那你先回去吧。"

没办法，金城一扭身走了。刘亚也到收发室去发开会通知。

兆丽盯住曾淮的满头白发，语气中带点撒娇："舅，你回到省委上班一年多了，也不到我们家去。"

曾淮只笑不答腔。

"舅，你为什么不给自己落实政策，非要给车书记开汽车呢？

"听说你每天夜里都在偷偷地写小说，你到这儿是猎奇找材料来的吧？"

兆丽脸红了："什么都瞒不过你。不过我那是只写给自己看的。"

"说假话。世界上没有一个作家希望他的作品只有一个读者，那就是他自己。我们的现实是这么错综复杂，多灾多难，凡是有责任感、有良心的作家，都不应该逃避现实。中国现在是女作家驰骋文坛，对于一个民族来讲，这种现象是可喜呢？还是可悲呢？我还说不准。但你要是想写车篷宽，一定会一鸣惊人。"

"我可不想惊人。"

"不想惊人的作家是没有出息的。"

"我不是作家！"

"可你想当作家。"

兆丽红着脸躲开了舅舅的目光："你给我讲一讲关于车篷宽的事好吗？"

"行倒是行，不过我得先看你的作品，看看你是什么水平，配不配听我的故事。"曾淮含笑的目光盯住兆丽，有意逗着外甥女，将正经话用玩笑的口吻说出来，"不过今天不行了，你那个保镖还在门外等着你呢。"

"保镖，什么保镖？"兆丽一愣。

“就是那个叫金城的粗小子。他是看上你了，看他那个没出息的样子，当眼睛瞧你的时候，真恨不得一口把你吞下去。”

兆丽只是朦朦胧胧有这种感觉，有时觉得金城的目光里有一种发烫的东西。但是舅舅才第一次见他，刚说了几句话，就观察得这么细，这么准，真叫她惊奇。谈起这件事，反而不像谈起写作那样使她觉得难为情和不好意思。她大大方方地说：“金城可不像你挖苦他的那样浅薄和无知。”

“你喜欢他吗？”

“没想过，今后可能也不会想这件事。但到现在为止我还没有感到讨厌他。”

“你们两个的气质完全不一样。不过有他做你的保镖，我和你妈妈对你的安全就完全可以放心了，任何一个小流氓也不敢靠近你。”

“舅舅！”兆丽不高兴地斜了曾淮一眼。

曾淮亲切地扶住了外甥女的肩头：“好了，这么长时间没见到你，本应留你吃了晚饭再走，可是不能让金城在门外等一个多小时呀，怎么办？”

“你真的认为他会在门外等我？”

“一定的！”

“那我就在您这儿吃了晚饭再走。”

曾淮惊奇地看看外甥女，领着她走了。

## 三

曾淮能做一手好菜。凤兆丽看着她的舅舅煎炒烹炸，自得其乐的样子，又一次深深地感到了好奇。这位舅舅似乎是无所不能的，五行八作全能来两下子。曾淮的爱人还没有回来，兆丽在外间屋洗菜切肉，给他当下手。

有人敲门；“老曾同志！”

“请进。”兆丽开了门，看见门口站着一个老人，须发灰白，身材矮小而瘦弱，文质彬彬。他不肯进屋，又问了一句：“老曾同志不在家？”老人的声音温和而柔弱，但是使兆丽听得很清楚。普通话里带着浓重的南方口音，兆丽去的地方不多，听不出老人到底是哪里人，也看不出他究竟有多大年岁。

曾淮听见说话声急忙从厨房里走出来：“哎呀，车书记，请进！”凤兆丽大吃一惊：他就是车书记？车书记就是这样一个貌不惊人的小老头？

“谢谢，我不进屋了。我想问你今天晚上出去吗？”

“您想要车？走，我马上去。”曾淮说着就解掉围裙，披上衣服。

“不，不，”车篷宽拦住了他，客气地说，“如果你不出去，我想借你的自行车骑一骑。”

“哎呀，这……”曾淮作了难，“您想到哪儿去，我开车送您去。”

“谢谢，用不着。我去办点私事，看一个老朋友。”

“我这辆自行车太旧了，铃铛不响，闸也不灵，万一出点事，我可负不起责任。司机的责任就是给您开车，您何必那么客气，放着汽车不用，非要借自行车骑呢？”

车篷宽态度还是那么温和，语调还是那么客气，声音也还是那么柔软，主意却还是那么坚定：“老曾同志，我骑车是很小心的，绝不会出事，也不会撞坏你的自行车。”

曾淮知道，多说也没有用，他就把自行车推出来，交给车篷宽。车篷宽接过车把，笑着点点头：“谢谢你，打搅了。”

曾淮把车篷宽送到大门口，看见车篷宽的老伴也推着一辆小轱辘的坤车在大门口外边等着呢！

车篷宽对曾淮摆摆手：“请回去吧，你还有客人呢。”说完翻身骑上自行车，和老伴并排着缓缓地向前骑去，一边骑还一边说着什么。

曾淮望着他们的背影，愣了一会儿，突然转身回家对兆丽说："你要肚子饿了就先吃，不饿就等你舅母回来一块吃，不要等我。"

他说完转身走进另一个门口，很快就推出一辆自行车，飞身上车，朝着车篷宽夫妇去的方向尾随而去。

凤兆丽心里突然一惊，怦怦地跳起来。舅舅跟上去干什么？

曾淮在凤兆丽的眼里是个古怪、倔强的人，是个为了报复对手能够卧薪尝胆的人。前几年，她好像影影绰绰听妈妈讲起过关于舅舅的事。曾淮六四年大学毕业分配到省委调研室，雄心勃勃，一年半的时间，写了两本厚厚的书，还在一个社会科学杂志上发表了四篇经济学和哲学方面的论文。六六年他跟着车篷宽的工作组到大学搞"社教"。车篷宽是全国第一批被中央"文革"公开点名批判，四处游斗，然后被撤职的大学工作组的组长之一。据说就是因为曾淮告密。工作组撤销以后，曾淮回到省委就挑头组织了造反队，第一个把潘景川和车篷宽拉上了批判大会。以后曾淮又被打成五一六分子，坐了三年牢，在省劳改农场劳动了四年。起初，兆丽妈妈担心曾淮的性子倔，闹不好会自杀。可是曾淮不仅没有寻死，这几年反而向犯人学会了一套好拳脚，据说动起手来三四个小伙子不能靠近他。还学会了开汽车，取得了各种汽车的驾驶执照。这次重回省委，不当干部，非要给车篷宽开车。兆丽几次听妈妈讲，曾淮可能是不怀好心！兆丽想，舅舅是聪明人，难道会干出像古人那种行刺暗杀的傻事？可是妈妈的多心也不是没有根据，他可以制造车祸，他身上有功夫，自己不会出事，坐车的人却可以致命！

想到这儿，凤兆丽心里发冷，身上打战。她才发现出来时身上没有披外衣。太阳已经下去了，天气有点凉了。她想，她也应该借辆自行车跟上去。可是舅舅叫她看家呀！她正要转身回屋，突然从旁边一座房子的后面钻出一个人："兆丽！"

凤兆丽着实吓了一跳，定睛一看，竟是金城："啊，你真的还等在这儿？"

金城的脸色很难看，腔调里也带着刺儿："我怕你进了省委大楼就把工地给忘了。干脆叫你舅舅把你办到省委来，给哪位书记当个女秘书算啦！"

凤兆丽的嘴也不是饶人的，但一想到金城为了等自己在门外边站了很长时间啦，心就软了。说："你快回家吧，我舅舅留我吃完饭再走，你就别等了。"

"你舅舅刚才不是走了吗。"

"他是跟着车书记去了，他还没有吃饭，叫我给他看家。"

"车书记？"

"就是刚才骑自行车的那个老头。"

金城摇摇头："我不信。省委书记还用骑自行车？"

"信不信由你。你是走，还是进来和我一起吃饭？"

金城想了想，赌气地说："我也不进去，我也不走，还在这儿等！"说完他眼睁睁地望着兆丽。

兆丽来了气："好吧，请便。我今天不回去啦！"

说完扭身进屋去了。

## 四

老伴比车篷宽年轻几岁，身体也比他好。她自己在外边靠近快车道的地方骑，让车篷宽在里边靠着便道骑，有什么情况自己在外边先看到，随时可以提醒丈夫，保他不会出事。这老两口是去看他们的老朋友——省机械局局长孙长恕。

车篷宽骑了一会儿，发现路走错了，对老伴说："剑秋，我们拐弯太早了，走这条路绕远。"

王剑秋说："你就跟我走吧。时间还早，你要是每天骑这么一趟车也是个锻炼。"

车篷宽不再说话，高高兴兴地跟着老伴往前骑，渐渐来到了市里最繁华的地区。在一个十字路口，王剑秋停住车，眼睛死死地盯住迎面最显眼的一块巨大的广告牌。上面画着两只日本精工牌手表。这是一块日本广告牌。王剑秋偷眼瞧瞧老伴，车篷宽双眼也盯住了广告牌，而且眼睛眯起来，右手的手指开始敲打自行车的车把。王剑秋心想："他动心了！"

车篷宽果然说话了："这一带最繁华，这个地方又最招人眼，却给日本人竖起了一块大广告。我们自己的广告呢？你们机械局的广告呢？难道都挂到厕所里去了？为什么这一路上你们一块广告也没有？"

王剑秋嘴角动了动，那表情仿佛在说，你先别着急，叫你着急的事还在后边哪！可是话到嘴边说出来却是这样的："老车，难道今天你没看报纸？我们省的报纸用了一个整版，给外国人登广告。我挂了个电话向报社打听了一下，外国人登一版广告给报社二十万美元。报社为了赚钱，就忘了自己是哪国人啦！这就是你这位书记的主张，把门户打开，按经济规律办事，大家都围绕着钱打主意。"

车篷宽警觉地看了看老伴，没有作声。

天完全黑了。大街上的各种路灯、霓虹灯和商品招牌全亮了。两个人没有上车。王剑秋推着自行车在前边走，走到一个门脸跟前停下来。车篷宽抬头一看，是日本人开设的精工牌手表修理部。车篷宽脸上的气色本来就不大好，现在更难看了。过去中国人买了外国手表，总担心坏了不好修理，零件配不上，现在不用愁了，外国人把修理部设到中国的大街上来了。

王剑秋知道丈夫动气了，继续火上浇油："不光是日本一家，西德奔驰的修理车也在我们这里满街跑。他们卖给我们的奔驰车在什么地方抛了锚，打个电话，修理车就来了。我们局的鼓风机厂进口了美国电子计算机，美国人提出每三个月来检修一次。国际资产阶级跑到我们家里来了，再这样下去怎么行！国民经济一调整，我们局本来就吃不饱，很多厂都没活干，再叫外国人把买卖抢了去，我们还干什么去？”

车篷宽态度温和而口气尖刻地说：“你们去喝西北风！”

“我们不能喝西北风。”王剑秋从口袋里掏出一盒牡丹牌香烟，抽出一支递给丈夫：“抽支烟吧。”丈夫惊奇地看看她，还是把烟接过去。王剑秋给他点着了烟。平时她是绝对不许车篷宽抽烟的，而且禁止家里买烟和存烟，来了客人也不拿烟招待。她就是用这种强制的办法迫使丈夫戒烟。但是车篷宽遇上了激动的事，还得抽上一两支，那都是王剑秋不在跟前的时候。今天王剑秋竟然在口袋里藏了一盒烟，主动让他抽烟，真是够稀罕了！老两口推着车，拐进了一个街心公园。

王剑秋等丈夫吸了一口烟，才说：“老车，决定吧。”

“决定什么？”

“不许外国人在我们省做广告，不许外国人在我们这里设推销部、修理部。必须保护我们自己的利益，尽量取缔外国货。四十多年前，我们作为学生第一次参加革命行动，不就是举着小旗子游行，抵制日货吗……”

“抵制了半个多世纪，到现在也没有把日货抵制住。你要是买了块日本手表，坏了找不到地方修理，你也会有意见。”

“我不戴外国表，我们家里不用外国电视，不用外国录音机。”

车篷宽笑了：“副局长同志，你的爱国热情可嘉。不过你不能要求群众也都像你一样，为了维护你那个机械局的利益，宁用自己的次货，不用外国的好货。”灯光下他看见老伴突然变颜变色，面带怒意，赶紧一摆手：“别着急，当然中国货不一定就次，外国货不一定就好！”车篷宽深深地吸了一口烟，沉吟了一会儿，接着说：“唯一的办法就是用经济的手段打退经济的进攻，用我们的技术打垮他们的技术，用我们的产品打败他们的产品。就让他们来做广告，就让他们对自己的产品大吹大擂，就让他们到我们国家来办服务部，他搞你也搞嘛！有本事你就能代替他。你的产品比他的好，比他的便宜，你就能把他顶回去！要善于动脑筋，想办法，展开竞争。在国内要竞争，在国际市场上也要竞争。外国人无孔不入，他们有推销术，我们要有对策，要研究市场。下周省里要开会，叫你们的老孙来吧……”

王剑秋上去一把将吸了一半的香烟从丈夫手里夺过来，扔到脚底下一脚踩灭了。生气地说：“这么说，你的主意是不能变了？”

车篷宽不着急，继续说：“你们的思想要开阔一点，机械产品前途大得很。西德的机械产品出口占百分之五十五，日本也差不多。我们国内的市场很大，还要开拓国际市场。只要你搞得好，就不怕没任务。香港招商局要在深圳办个小型轧钢厂，在国内招标。你们局光设备就向人家要八百五十万元，还不负责成套。上海要一千万元，负责成套，生意叫人家抢走了。你们的机械厂闲着，轧钢机的买卖却叫别人揽走了，这样的机械局还不喝西北风！今天报纸上登了一条消息，上海到大连要建一条集装箱航线，我劝你们赶快动脑子，集装箱运到码头要用起重机、专用汽车等等。要提前动手，主动派人去联系，不能在家里等着。”

王剑秋叹了口气，调转了车把：“好吧，留着你这本经回家去念吧。”

“咱们不是要去看老孙吗？”

“不去了！”王剑秋又气又恼。这一年多，她一直在老孙和丈夫之间受夹板气。今天本想用开现场会的办法说服丈夫，谁知车篷宽平时对妻子温柔体贴，在他的工作上却不喜欢她插嘴。他已经决定了的事情，妻子劝说也没用。王剑秋深知丈夫的脾性，又无可奈何，只好说：“老孙今天请你去就是要谈这个问题，你们省里领导再不改变政策，我们就无法干下去了。老孙已经给中央写了信，要告你。看来只好让他去告了。”

车篷宽还是那么温文尔雅：“这么说，今天晚上我更应该去看看他了！”

“不行，他的脾气那么暴，最近心脏又很不好，一直上半天班。

你又是这么固执，两个人一吵，万一出点事怎么办？走吧，回家去，反正你说不服我，就甭想说服老孙！”王剑秋带头骑上了自行车，车篷宽在后边慢慢地跟上了老伴。两个人又缓缓地向回家的路上骑去，但都不再说话了。王剑秋这个急性子的老太太尽管心里老大不痛快，还是没忘记让丈夫在里边骑，自己骑在外边保护着他。

## 五

凤兆丽意外地接到了省委书记车篷宽的信。她召集团委会，宣读了这封信。

凤兆丽同志：

谢谢你向我反映的情况。

关于化工联合企业建设中的混乱情况，我知道一些。人力、时间、财力的浪费都是很大的，但最大的浪费还不在于工厂的管理，而在于计划的失误，设计的失误。三十年来，我们在经济建设上一条深刻的教训，就是违背经济规律，搞瞎指挥。现在已经开始认识到这个问题，正在逐步扭转。我们省工业系统很快要开个会，重新制定一些经济政策。赔钱的企业不仅要影响工人的切身利益，赔到一定程度，企业还要垮台。企业要养国家，而不是让国家养企业。新的政策一颁布，估计化工联合企业和你们安装公司都会有所变化。

在引进外国技术和设备方面，确实有很多问题。上当受骗、吃亏赔钱，甚至丧失民族尊严的事情都发生过。但不能因为存在这些问题，就全部否定开放政策。打开门户在历史上的重要贡献，就是使人民打开了眼界，知道了整个世界的实际情况，使中国的社会逐渐变成一个开放的社会，用人民群众的力量阻止一个国家、一个民族的大倒退。

对你所反映的青年思想状况，我很感兴趣。应该承认，现在青年人头脑里有一堆没有解决的问题，逼得他们要往深处想。一种可恶的怀疑主义到处蔓延：怀疑自己的民族，自己的国家，自己的社会制度，甚至怀疑自己的父母。许多人对一切最宝贵、最重要的东西都持怀疑态度。我能不能向你提一个希望呢？你是做团的工作的，自己又是个青年人，应该成为党的出色的思想政治工作者。我所说的思想政治工作，不能简单地理解为谈心，解疙瘩，交朋友。这远远不够。思想政治工作是一门科学，在我们的企业里一直没有得到重视，甚至连它的定义都被曲解了。因此，有些人，特别是年轻人，一听到思想政治工作这几个字就有点反感。其实企业的思想政治工作，应该渗透到生产和管理中去，把思想政治工作同现代化生产更紧密地结合起来。而且还要结合工业的特点，吸收现代科学中合理的成分，如工业工程学、工业心理学、工程心理学、工效学和社会学中那些确实反映了事物客观规律的部分，加以整理，使之成为一门科学。这个工作具有非常重要的意义。不知你有没有兴趣研究它？为了提起你的兴趣，我随便举个例子。生产是生产手段和劳动力的结合。现代工业让工作人员在最适合生理和心理的环境下工作，才能最大限度地发挥效能，减少差错和次品。这就是工程心理学与人机工程研究的内容。比如，不同颜色对人就起不同的影响：红色有温暖感，青色有清凉感。红在生理上起增高血压及加速脉搏跳动的效果，心理上起兴奋作用，但也会引起不安感和神经紧张。青色在生理上起降低血压的作用，心理上起镇静作用，有清洁感，但大面积使用它使人有单调感，因此只能配合其他颜色使用。黄色有增进食欲的作用，适于食堂里用。绿色使人有平稳感，绿色用在工作场合最适宜。天花板在我国习惯用白色，白色反射率高。但在面积大而天花板又低的车间内，一抬头就见白色天花板，会产生一种压抑感。在这种情况下如采用青色，使人产生仿佛在青空下的广阔感觉。总之有好多东西需要我们，特别是需要你们青年人，去学习和掌握。

希望我们以后经常联系。为了了解在实现四个现代化的进程中，各种人的思想、愿望、情绪、观点，我们应当有一套能够迅速准确地收集群众反映的方法。这样，领导机关在制定一些政策或采取某些措施时，就更有针对性。

对于那个跳舞和穿喇叭裤的问题，我认为采取行政命令的办法是愚蠢的。我还没有进过八十年代初的跳舞场，所以没有更多的发言权。

向做青年工作的同志们

敬礼！

车篷宽　三月二日

省委书记的信在团干部中间引起了很大兴趣。在这以前，他们中间没有一个人曾接到过像省委书记这样高级干部的来信。凤兆丽把信读了一遍，大家首先关心的不是信的内容，甚至信里的很多话都没有听懂；大家都抢着要看省委书记的信是什么样子，用什么纸写的，使的什么笔，省委书记的字写得漂亮不漂亮。说实在的，这伙青年人还真是开了眼界。车书记的信是用铅笔写的，整整写了四页纸，字迹潇洒遒劲。用青年们的话说，叫龙飞凤舞，帅！他们之中还没有一个人能写出这笔字来。除去王廷律似乎不大感兴趣，没有凑过去看信，别的人都仔细地传看了省委书记的亲笔信。好奇心得到了满足以后，他们才议论车书记来信的内容。金城举着信左看右看，他怎么也不能把眼前这笔好字，和他脑子里高级干部的形象统一起来。不知什么时候，他脑子里模模糊糊形成了这样一个概念：干部越老越不读书不写字，顶多在文件上画几个圈儿，还不见得画得圆。差一点的，是粗鲁，顽固，保守，搞特权；好一点的，是有魄力，有干劲，敢于决断。但是不管好坏，都是没有多少文化，没有多深的修养，和文雅、才气无缘。这个车篷宽怎么信手一划拉，竟写出一笔这么帅气的好字？而且信里的内容有好多处显示出他的视野很开阔，具有相当深的专业知识。这肯定是车篷宽的亲笔信吗？

“唉！”金城突然一拍大腿，“你们先别这么高兴，这根本不是车书记的亲笔信，这是他的秘书替他写的。”

大家一愣，谁都不愿意相信金城说的话是真的，可是也没有办法证实他的话是错的。

兆丽问：“你是怎么知道的？”

金城什么时候都是理直气壮。他抬高了嗓门说：“那么大的干部只在文件上写写批示，他怎么会有耐心给我们写这么长的信呢？一定是我们那天到省委去碰到的那个车书记的秘书，把我们提的问题反映给车篷宽，车篷宽听了不往心里去，他感到在中间坐了蜡，才以书记的名义给我们写封信，以此打发我们！”

他说得有鼻子有眼，还真把大伙给唬住了。

凤兆丽不相信金城的话。虽然她跟车篷宽只在舅舅家里匆匆见过一面，可是她坚信车书记决不会干出像金城说的那种事。她看看始终一言不发的王廷律，问他道：“小王，说说你的看法。”

“我？”王廷律看看凤兆丽，从桌上拿起车篷宽的信，飞快地扫了一眼，又把信放回桌上，低声然而很肯定地说：“这是车书记亲笔写的。”

“你怎么知道？”金城那锥子似的目光又逼上来。这几天凤兆丽对他有点公事公办的冷淡劲，他一直怀疑是王廷律捣的鬼。

王廷律红着脸不吭声。

大伙也都希望他说出这信的确是车书记亲笔写的理由，便催促他：“廷律，你快说呀，为什么你肯定这是车书记的笔迹？”

“小王，你快说吧！”凤兆丽相信王廷律的话一定是有根据的。

王廷律想了想，终于红着脸慢吞吞地说：“车书记本来打算昨天到咱们这儿来，想见见凤兆丽和团委的干部，可是前天下午突然接到国家经委的电话，昨天一早就坐飞机去北京开会了。这信是在飞机上写了寄回来的，不信你们看，这信封上盖的是北京的邮戳。”

有几个人立刻抢过信封看：“对，是北京的邮戳，没错！”

金城还是不服气：“哎，这些事你怎么知道？”

大家也感到惊奇，一致追问：“对，你是怎么知道的？”

王廷律被问得没有办法，挺生气地说：“他是我爸爸。”

大家一下子全愣住了。王廷律进厂一年多了，这件事竟瞒得这么严实。而且看他穿衣打扮那份窝囊样，哪一点像个省委书记的儿子？

金城却用一种近乎敌视的目光盯住王廷律。他猜想凤兆丽一定早就知道了王廷律是省委书记的儿子，不然这小子刚进厂才一年多，选进团委也不到半年，有他妈的什么能耐，竟一下子就把凤兆丽抢过去了！得找机会教训一下这小子！

凤兆丽招呼大伙说：“好吧，我们现在讨论正题。我对信里的有些话，一下子还没琢磨透。请大家发言吧。”

金城尖刻地说：“这有什么好讨论的，书记的儿子在这儿，请他给咱们辅导一下不就行了。”

“你……岂有此理！”王廷律站起身推门走了。

## 六

人民大会堂二楼一间小会议厅，雅致而富丽。它的位置是在这个巨大建筑的心脏部位，却使人觉得空气新鲜。暖气的热度正合适，既不叫人感到燥热，也没有冷意。怕冷的人穿着棉衣，也不会觉得热；怕热的人只穿件毛衣，也不会觉得冷。嵌在屋顶的莲花喷头子母灯全部打开，给人一种阳光充足的感觉。墙上没有过多的装饰品，只在正中有一个巨大的镜框，里面似有一汪清水，一群长须青虾在游戏。这显然是白石老人的名作。墨绿色的地毯，四周一圈米黄色的大沙发，实用而考究。但国务院几个部委的负责人和部分省市的工业书记，没有一个躺在后面的大沙发里，全都直着腰板，坐在绛紫色谈判桌两边的软椅子上。这显然是国家领导人经常和外国人谈判的地方。不过今天不像招待外国人那样，杯里早已沏好了茶；而是在会议开始之前，服务员端着茶盘默默走过来，想喝茶水的首长交一角钱，她就给他的杯子里放进一包茶叶。屋里很安静，气氛虽不紧张，可也没有轻松的谈笑声。

会议由国务院D副总理主持。国家冶金设计总院院长吴昭年报告冶金系统今后十年内的引进计划。国家为了要保证这个重点引进项目，不得不削减对其他行业的投资。原来对其他各部和省市已经确定的投资数字需要修改，因此才请这些有关的部委和省市的负责人来参加会议。

吴昭年讲得生动有力，富有感情。看得出来吴昭年的冶金设计总院对这个计划是花了很大心血的。本来是一些枯燥的数字、技术术语和机器设备的名称，在他的报告里却完全变成了立体有声的、活生生有血肉的东西。他在这些高级领导干部面前，也可以说是在掌握中国经济发展命脉的决策人物面前，描绘出了一幅美好而极有吸引力的中国钢铁工业的远景。据他说，如果他的计划能获批准，按他计划里开列的项目引进外国的先进技术和先进设备，前十年下本钱，后十年就会见成效。到那时，中国不仅会有不止十个鞍钢，而且钢铁产量就能和我们的人口、我们这么一个大国的尊严相称，从而敢和苏、美抗衡。钢铁呀，这是工业的粮食！人不吃饭不行，发展国民经济没有钢铁也不行。工业要钢铁，农业要钢铁，国防要钢铁，打仗打的也是钢铁呀！一句话，“四化”没有钢铁做后盾，就“化”不起来啊！

随着吴昭年有声有色的描绘，D副总理苍老而威严的脸变得开朗而坚定起来。他一支接一支地吸烟。他的目光像潭水般深沉，闪出一种坚强的自信，慢慢地扫过每个与会者的脸。当他看到车篷宽细眯着眼，右手的手指不停地轻敲着茶杯盖时，便毫不掩饰地笑了。D副总理眼梢边通向雪白鬓角的鱼尾纹颤抖着，他笑得非常慈祥。他知道车篷宽的毛病。这位老弟动心了，他激动了，他是开放政策的积极倡导者，有雄心大志，他听了这样宏大的计划怎能不激动，不全力支持呢？

等到吴昭年讲完，进行讨论的时候，D副总理首先点了车篷宽的将：“老车，你来打头一炮。”

车篷宽摆摆手：“先请别的同志讲吧。”他低下了头，没有敢碰一下副总理那锋利而兴奋的目光。

有几个同志陆续发言，有的热烈地支持了吴昭年的计划，也有的对削减本行业的投资持保留意见。

副总理再一次点名请车篷宽表态。老车是搞工业的老手，在高级领导干部中间可以称得上是个技术权威了。他的态度在这样重要的会上是有一定影响的。

可是车篷宽装作没听见，连头也没抬。

副总理皱皱眉头，有些不高兴了，这个老弟卖什么关子，拿什么架子呀！

又讨论了一阵，许多人已经看出D副总理是全力支持这个计划的，便都没有多说什么就表示了同意。高级领导层里开会，特别是像这种类似“内阁”的会议，气氛总是冷静的，甚至是僵硬的。远不像下层开会那样热烈、活泼，可以随意争吵和发牢骚。违心的事是经常发生的。车篷宽始终一言不发，看样子他是不想说什么了。

D副总理急了，第三次点了他的名：“老车，你得表态呀！这不仅关系到咱们国家钢铁工业的发展前景，也涉及你们省的具体利益，你不说话怎么行？”

“嗯……”车篷宽眼睛看着别处，显然是在斟酌措辞，沉吟了半天才说："这个计划要是得以实现，中国人连裤子也穿不上了！"

大家一惊。身材高大的吴昭年先按捺不住，冲着车篷宽一连提了几个为什么。D副总理摆摆手止住了他。老人很恼火，他完全没有想到车篷宽会是这么个态度，会说出这样的话来！副总理生气地说："车篷宽同志，你想往回缩啦？两年前不正是你三番五次给中央和国务院打报告要求引进外国技术吗？我们是穷一点，但是正因为穷，才更要大刀阔斧地干，不然就永远受穷，而且还要受气！钢铁打不上去，经济上不去，说话就不硬。就是搞外交，也得有实力。你说卡特怎么样？他说话顶话，他的钢铁多，有力量。苏联不讲真理，他说话也硬。你生产上不去，讲的都是真理，资本主义也不听你那一套。你不要听到一些闲言碎语就摇摆不定，装出一副悲天悯人的样子去讨好群众。我们这些老头子呕心沥血，拼上老命搞四化，还不是为了民富国强？"

一见副总理发了脾气，大家都不作声了。车篷宽也有些后悔，不该说那种带有感情色彩的气话。明知道说了也没有用，何苦找这份不痛快。

"大家还有什么不同的意见没有？"副总理又一次征询大家的意见。

在座的人没有表示新的异议。

副总理最后做结论说："那就这样定了，把这个计划上报中央。先由冶金设计总院和冶金部做好准备工作，等中央批准以后执行。"

但是当这个计划就这样拍板定案后，车篷宽心里一震。他突然抬起头盯住副总理。D副总理的目光也在盯着他，他赶紧掉开头。可他的心里却在呼喊。他很想大声地劝阻副总理：不，D副总理，你不能这样做！你劳苦功高，人民尊敬你，拥护你。你身负重任，有拍板的权力，可是你有没有拍板的能力和足够的智慧？你有指挥战争的经验和知识，在战场上你可以稳操胜券，那是因为你打了几十年仗，死了很多人，流了很多血，你才懂得了战争规律，学会了打仗，当上了将军。可是解放以后呢？不管你是当部长，当省长，还是当副总理，虽掌握着国家的经济大权，可是你认真地钻研过经济吗？你像学习战争那样努力学习过经济规律和各种科学知识吗？不！你没有钻研，也没有学习。战争学不会就要打败仗，死人流血。现在政权在手，太平天下，你不学习仍然当你的副总理，仍然有权下令，而且一声令下就排山倒海。你知道这会带来什么后果？这些年你的精力都用在一场场政治运动、一次次路线斗争上了。你在权力的更迭中时沉时浮。你并不懂得经济规律，情况不明，却要在重大的经济问题上拍板决策，这多危险。你不愿听听专家的意见。尽管你是为国为民一片好心，可是你一板拍下去，成千上亿的人民币就扔掉了。对你这种大气魄，群众已经害怕了。东扔一把，西丢一把，到头来还不都是老百姓吃苦头！

车篷宽尽管这样想，到底还是克制住了自己，没有再张口。政治斗争的规律，战胜了他的经济规律。权力角逐的教训提醒了他。他带着没有吐出来的一肚子话和一肚子气，心情沉重地走出了人民大会堂。他一刻也没有停留，直接乘车去机场，——因为家里还有个会等他回去主持。他坐上飞机，强迫自己冷静下来，为即将召开的厂长以上领导干部会议做些准备。他平时有个习惯，路途上、车船中思想最容易集中，是思考问题的好时候。可今天，他坐在飞机里，思想老是往吴昭年的计划上跑。每逢他心烦意乱，或是怒不可遏的时候，他有一个能使自己平静的好办法，就是看小说。他从提包里掏出一本美国的现代小说《金融浊流》，认真看起来。小说写了两个人为了争当美国一家大银行的董事长，怎样不择手段地明争暗斗。他没有看几页，思想就开小差，联想起生活中的人物来了。二十多年前，一位国家领导人到一个工厂去视察，发现这个工厂的厂长对一些生产上的数字倒背如流，领导生产、组织放卫星有非凡的才能。于是这个人很快就被提拔到省委当了工业厅厅长。十年后，由于一场很大的政治运动，他又意外地成了这个省的临时负责人。不久他就提出了一个震动全国，也可以说震动了世界经济界的宏伟计划。他说在他的省里发现了一个特大的油气田，其规模甚至比大庆油田小不了多少。仅天然气一项，不仅能满足本省工业生产和生活的需要，而且还有很大的富余，每天可以向首都输送三百亿立方米的天然气，供给首都的工业生产和民用。听了他的报告，国家立刻投资，动员了十几万名职工，用了两年多的时间，在地下修了一条长达几千公里的天然气输送管道，一直从他的省通到首都。还有数不清的附属工程：加压站、铁路、公路、桥梁、隧道，耗资三亿多元。那位老兄因这场会战打得响，提到中央当了副部长。可是输送管道修好以后，他的省里却根本没有天然气可送。油气田倒是有一个，甚至连开采的价值都没有。可是从上到下再没有人提这件事。这样一个足以对当事人治罪的大事件，似乎很快就被人们忘记了。但是记录国库开销的大账上没有忘记这件事，参加会战的人不会忘记这件事。老百姓的裤腰带莫名其妙地又紧了一圈，也会思索这件事。可是我们的经济体制，我们的干部制度，注定不会追查这件事情。究竟当初是谁吹牛皮说每天能向首都输送三百亿立方米的天然气？当时他发现特大油气田的根据是什么？造成了这么巨大的损失，他应负什么经济责任，或者法律责任，一概无人问津。所以这个说大话的人一次又一次高升，终于当上了相当于部长级的冶金设计总院的院长！

车篷宽捧着小说，回想起吴昭年这个人奇特的晋升过程，不禁慨叹道：什么时候才能制定法律，让说大话、吹牛皮的人负起巨大的经济责任呢？

车篷宽索性放下了手里的小说。他知道不管多好的小说今天也不能够吸引他了。在会议上，在国家领导人面前，他可以克制自己，或者是装出一副冷漠超然的样子，但是当他一个人独处的时候，他怎能不愤怒，不痛苦，不焦虑？他知道自己的脾气，一旦对事物形成了自己的认识，是十分固执的。他在自己将要主持的全省大厂厂长以上干部会议上，一定会谈起这件事，一定会阐明自己的观点。他立即掏出纸和笔，把自己的思想、自己所焦虑的东西记下来，必要的时候给中央的负责人写信。他的铅笔飞快地在稿纸上移动着——

在国民经济的调整、改革中，看来最重要的还是决策问题。一着不慎，全盘被动。情况不明，匆匆忙忙作出决定，必然要走弯路。瞎指挥使我们吃了多少苦头！孔子说，一言可以兴邦，一言也可以丧邦。在我们这样一个大国里，领导人一句话有着多大的分量！

“文化大革命”损失了有多少？搞三线损失了有多少？“大跃进”损失了又有多少？如果这些钱不丢，中国人目前的生活水平又可比现在提高多少？那将是一种什么状况？难道我是装出悲天悯人的样子讨好群众吗？我们在生产上的巨大浪费还不都要摊到老百姓的身上？人家是生活上极大的浪费，生产上极大的节约；我们却正相反，是生产上极大的浪费，生活上极大的节约。历史上因国家加重人民的负担，搞得人民穷困、国家动荡的教训难道还少吗？“四人帮”的倒台，难道仅仅是由于政治因素？国民经济这个基础几乎要崩溃了，他们能不倒台！？

我决不是反对引进国外的先进技术，但是我坚决反对整个儿地从国外买一个中国的钢铁工业进来，买一个现代化进来。实际上这是办不到的！我们应该认真地总结一下和外国人打交道的经验教训。我们花了大量的外汇，却做了许多得不偿失的买卖。在对外贸易中，我们有些人还缺乏起码的常识……

车篷宽写着写着，突然意识到这不是单纯想记下自己的思想，而是在纸面上和D副总理开展辩论。这些话为什么不在会上当着副总理的面说出来？方案已经通过，事情已经决定，背后发一阵牢骚，这有什么用！？

他生气地把自己刚才写好的两张纸全撕碎了。他的头往后一仰，靠在椅背上，闭住眼，双手捏住了太阳穴。不知是因为飞机颠簸，还是精神作用，他的头剧烈地疼起来。突然一阵心灰意懒，他劝慰自己：算了吧，别着这份急啦。中央的事管不了就不要管嘛，能管好自己省的事就不错了。就怕连自己应该管的事也管不好哪！……

## 七

曾淮开车去机场接车篷宽。他人还没有回来，可是关于他在北京顶撞D副总理、惹得副总理发脾气的事却已经在省委机关轰动开了。北京的会一散，D副总理就给省委第一书记潘景川打来电话，追问车篷宽在会上的表态是不是省委讨论的意见。

要是讲心里话，潘景川是同意车篷宽的意见的，但是他在电话里没有这样讲，却对副总理说车篷宽的意见只代表他个人，省委并未讨论过。这也是实话，车篷宽动身前省委的确没有开会。但是如果潘景川在电话里回答说，他也同意车篷宽的意见，这其实也是他的真心话，那这件事的结果也许是另一个样子了。可是现在他把责任都推到车篷宽一个人身上，车篷宽肩上的压力就增大了。车篷宽的秘书和司机都担心这件事会影响老头的情绪。被车篷宽视为很重要的那个全省厂长以上干部会议后天就要开始了，老头的决心一动摇，这个会就要砸锅，那就会影响全省的经济形势。要是那样的话，还不如不开，但是再下通知撤销会议已经来不及了。

曾淮心里一直想着这件事。他担心的是通过这件事暴露出来的另外一种令人不安的预兆。D副总理只给潘书记打了电话，只有潘书记知道这件事，为什么这么快就传开了呢？第一书记散布这件事意味着什么呢？车篷宽一走下飞机，曾淮就发觉老头面色焦黄，神情憔悴。他上前接过车篷宽的提包，顺口问道："您的身体不舒服？"

"没有，挺好。"车篷宽把提包交给曾淮，还没忘记说了声："谢谢！"

曾淮拿不准主意要不要把D副总理的电话和省委机关对这件事

的议论告诉他。告诉他吧，说这种话显然不符合一个司机的身份；不告诉他吧，老头毫无准备，一回到省委里来一个措手不及，要是顶不住，往后一退，不仅影响开会，这个省的工作也就没有指望了，许多想干点事业的人也会失去主心骨。其实，一个省委书记，或者别的什么级别的干部和副总理的意见不一致，或者是顶撞了副总理，甚至是顶撞了总理、中央主席，又有什么了不得呢？不是说要反对一言堂吗？这不是很正常吗？允许普通老百姓发脾气，也应该允许像总理和副总理这样的大人物发脾气，这是人之常情嘛。为什么像车篷宽这样一个省的负责人，和副总理唱了几句反调，吃了几句批评，副总理打个电话来问一问，竟在下边引起了这么多的猜测、议论，甚至是恐惧？这哪里是正常的政治生活呢？人们不去议论这件事情本身谁是谁非，却一味猜度这件事情本身之外的后果，真是可怕而又可恶！在这样污染的社会环境里，人和人之间，上级和下级之间，怎么可能有正常的、平等的关系呢？人的创造性、积极性怎么能充分发挥出来呢？

曾淮一阵恼怒，突然下了决心，我当司机的目的是什么？这个时候正应该起点作用了。

他打开车门，让车篷宽先上了车，关好门。他坐在司机的位子上，打着了火，盯住后视镜里车篷宽的脸色，说：“车书记，您在北京说，如果吴昭年的计划得以实现，中国人连裤子也穿不上了。是吗？”

“是的，我是这样说的。”车篷宽淡淡地说，可是他的眼光中却透出了惊异，灰白的眉峰往上耸着，分明在问：“你是怎么知道的？”

“D副总理打电话给潘书记，询问这话是您个人的意见，还是经过省委讨论过的。”

车篷宽淡淡地一笑：“当然是我个人的意见，他怎么不当面问我？”

曾淮改用一种和省委书记平等的、严肃的语调说：“现在我们还是用战争年代指挥军队的办法，用行政命令的办法来指挥生产；如果还用这种办法指挥经济的调整和改革，必然要走大弯路。过多少年以后，再来一次调整，纠正现在的错误。”

车篷宽没有说话，只是将身子稍稍向右偏了一点，这样他就可以看清曾淮的侧脸。

曾淮并不需要书记答腔，他只管说下去："我们的国家，几十年来实行的这一套经济管理体制，已经根深蒂固，极大地妨碍着改革的步伐。而我认为围绕着改革，最终必然会导致权力的斗争，这样改革的阻力必将更大！"

车篷宽仍然不动声色，但是他在心里点了点头。

"但是，不改革无论如何是混不下去了。西德、日本这些资本主义国家自不必说，就是苏联和东欧各国从五十年代起也先后开始了改革。它们虽然几经反复，但毕竟取得了一些成效。而匈牙利和南斯拉夫的改革成果，尤其显著。时代在前进。我们古老的中国怎能例外？我们不改革，就不能前进……"

曾淮意犹未尽，汽车已经开到了省委机关大院门前。他只好问："回家还是回办公室？"

"不，开出去。找一条宽阔清静的马路，把车速放慢，不要出事。我想听你把高论说完。"

曾淮把车开到了郊外环城公路上，带着歉意说："我今天可能有点狂妄和不知分寸了。"

"不必客气，请接着讲吧。"

"苏联和东欧一些国家，当改革和保守的斗争发展到十分尖锐的时候，总有一些主张改革的人做了牺牲品，被撤掉了职务，缓和一下矛盾，但是改革还得进行。政治上的原因对经济改革的关系很大。中国现在需要的是坚定性和彻底性，就怕再来一次半途而废！因此，有许多人把目光盯在您的身上，对后天要开始的会议寄予很大希望。有人把实行开放政策，说成是您的第一步棋，把后天开始的讨论经济竞争和市场调节的会议，说成是您的第二步棋。但是我也担心，北京的会议会不会对您的决心有影响？"

"谢谢你的关心。"曾淮从镜子里看到车篷宽温和的脸上露出坚强果断的神色，便放心了。车篷宽沉了一会说：“相信几项决议、开几次会就能改变几十年来形成的经济体制，是过于天真了，新鞋刚一穿上，脚是肯定要疼一阵的。改革过程中一旦出了问题，反对派就出来反对，阉割改革成果。这时甚至赞成改革的人也会思想迷惑，行动踌躇不前。种种复杂情况我们都要预先估计到。我们的国家好比一只大船，拐起弯来不容易。”

曾淮仔细地听着，没有搭腔。心里却说：“这老头，老谋深算。”

车篷宽突然转了话题：“老曾，会议期间你就不要开车了，我跟代表们一起活动，用不着小车。你作为我的代表到机械局那个组里去参加讨论，掌握机械局的领导和他们所属公司、厂一级干部的思想状况，随时和我联系。”

曾淮没有马上答声，他猜不准车篷宽这一手是什么意思。他知道机械局问题最多，干部思想混乱，生产上不去。而主要原因是在局领导习惯于用老一套行政办法领导生产，看不惯现在进行的改革。估计在这次会议上要有一场大的争论。机械局局长孙长恕是车篷宽的老朋友。四十年前是重庆船厂的工人，有一次特务要杀害车篷宽，多亏他相救。副局长王剑秋又是车篷宽的夫人。这种复杂关系，谁能拱得动？但曾淮考虑了一下，却意外痛快地说：

“好吧，我可以参加机械局小组的活动，但不影响开车。您什么时候出车，打个招呼就行。”

“不！你什么也不要干，就作为我的代表，去听机械局小组的讨论。”车篷宽严肃地又叮嘱了一句。

“好！”曾淮点点头。

## 八

晚上，凤兆丽又来到曾淮的家里。她已经几次三番地缠着曾淮，要他把自己和车篷宽的故事讲给她听。她的语气中不仅是出于好奇，还有某种隐隐的不安。曾淮只好答应了她。但是他讲得极其简单，甚至是干巴巴的。因为他害怕她听了自己的故事，会把车篷宽写进小说里。现在的文艺作品往往帮倒忙，把挺好的事情搞坏了。中国有着特殊的国情，作家又往往是太天真，结果成事不足，败事有余。尤其是像兆丽这样的青年人搞写作，更使曾淮不能不存有戒心。但他被缠不过，只好用最简单、最枯燥无味的语言讲起来：

先从六六年我被省委抽调到大学工作组说起吧。我当时离开大学还不到两年，对大学的生活很熟悉，也喜欢和学生们一块聊天。因此我经常在系里和同学们泡在一块，学生中间的事情我知道很多。很快就发现有几个学生私下串联，要反工作组。我就把这个情况报告给工作组长车篷宽。当时车篷宽在师生中间威信很高，论资历有资历，论水平有水平。工作组进校的头一天，学校组织了五千人的欢迎大会，名义是欢迎，实际是出了好几道难题，要给工作组一个下马威。车篷宽毫无准备，站到台上讲了四个小时，中间都没有休息。学生们一下子就服气了。我们心里很清楚，绝大多数师生是支持工作组的，对那几个想反工作组的人很气愤。车篷宽自认为这个工作组是中央决定派去的，他就给中央写了个报告，把那几个学生要反工作组的打算报告了中央。可是几天后，那几个学生不仅没有收敛，反而公开贴出大字报，说车篷宽推行资产阶级反动路线，对学生进行打击陷害。车篷宽正要第二次给中央写报告，中央“文革”来了通知，突然宣布让车篷宽停职检查，并追问学生反工作组的情报是谁提供的。我建议车篷宽向中央报告，就说是我在下边发现的情况，然后向工作组长做了汇报。车篷宽没有那样干，他已经预感到这里面有更复杂的政治背景，自己显然已经钻进了人家设好的圈套。他注定要成为一个政治事件的牺牲品，即便把我推出去，也顶多是增加一个陪斗的，并不能减轻他的责任。他嘱咐我不要犯书生气，保持沉默。但是，他不把我推出去，他的沉默就等于默认自己的确像中央“文革”通知里所说的那样，对学生进行了陷害和打击。事情果然和他预料的差不多，他很快在报纸上被点名批判。以他为突破口，发起了全国范围对“资产阶级反动路线”的反攻。我们所在的学校，百分之九十的人都同情工作组，对车篷宽根本批不起来。于是就把他拉到别的大学里去批判、游斗。我当时对政治斗争缺乏经验，车篷宽被诬陷使我异常愤怒。我们是中央派去的工作组，中央不为我们撑腰，却偏向那几个学生。我还不知道当时我们国家已有好几个中央。不少有着领袖欲的人，正在进行凶狠的权力角逐的准备。我决心查清事实，给中央写报告，替车篷宽喊冤。后来等我真正摸清了情况，却大吃一惊，觉得给中央写报告不仅不顶用，反而会加重车篷宽的罪过。原来想反工作组的那几个学生是通天的，并不是他们自己想反工作组，他们直接听命于江青、陈伯达、康生一伙。一切全是按江青、陈伯达、康生的指示干的。我借送饭的机会，到车篷宽被隔离的小屋子里，把这一情况报告给他。我请示他想把这一内幕公之于众。车篷宽严厉地制止了我。他说：“风暴已起，很难断定风是从哪儿刮来的，不可妄动，保持沉默。”我可受不了这口气。我们是中央派去的工作组，却正是中央把我们出卖了！车篷宽当了中央“文革”的垫脚石。我替他抱冤，他却对我说了一句使我终生难忘的话。他说：“你还年轻，要学会忍耐。忍耐是苦的，但果实是甜的。”

但我终于没有忍耐住，当工作组宣布解散，我回到省委以后，就扯旗造反了。我记得有人说过这样的话：不吃就得被吃，做牙齿总比做草料强。那种年代也许真是史无前例。人们眼睛发红了，有一股想摧毁一切的、疯狂的复仇情绪。权力斗争的规则，变成了兽性的规则。弱肉强食，胜者为王。权力的交接，人们关系的颠倒，像走马灯，比万花筒的旋转还快。潘景川、车篷宽都成了走资派，靠边站了。我却转眼间成了全省的主宰。但是，我主持批判大会的时候，从来不叫他们在台上低头弯背，或者是“坐飞机”。特别是车书记，只要有我在台上当一天造反派的头头，他就不会受到非人的待遇。我造反难道不正是为了自己出口气，也为了保护他吗？我废除了陪斗制，批判谁就让他一个人在台上坐着，别的走资派都坐在台下听会。有一次批判潘景川，吴昭年作了个爆炸性发言。他对造反派亮相，对走资派反戈一击，揭发了潘景川六条罪状。每一条都耸人听闻，情节恶劣，性质严重。而且吴昭年的揭发批判有根有叶，说得像实有其事那样。造反派们正红着眼找这样的材料还找不到哪，会场上一下子就乱了。有好几个人蹿到台上要打潘景川，眼看要出事。我心里拿不准，吴昭年揭发出潘景川这么多事情，我为什么平时一点也没听说过？当时群众非常气愤，闹不好就要出乱子。我不敢犹豫，当机立断，立刻宣布散会，让几个人把潘景川保护起来。好多人当场向我提出质问，包括许多和我一派的战友，问我为什么批判会刚到高潮就宣布散会？是不是有意包庇走资派？我无法向他们解释，在那种场合也根本解释不通。我只是感觉吴昭年发言里面有问题。但是我又没有充足的根据能够断定吴这个揭发是假的。我不知道中途宣布散会是做对了，还是做错了。散会后又争吵了好半天。等到人们气呼呼地都走了，我一个人坐在大礼堂里想这件事。不知道过了多长时间，突然听到礼堂后面的座位上有响声，我吓了一跳。回头看，在大礼堂最后边的一个角落上，还坐着一个人。他就是车篷宽。他慢慢地朝我走过来。我问他："你怎么还不走？"我已经不习惯对他称呼"您"了。

"我有一句话想跟您说，不知道您敢不敢听我说。"他却已经习惯对我用"您"来称呼了。自从政治运动把我们的关系做了颠倒，他不再是我的上级，而成了我批判对象之后，我们两人的目光就没有相遇过。他有意躲避着我的视线，我也故意回避着他。可是他这次目光却直率地盯住我的眼睛。

我说："什么话，你说吧。"

"吴昭年的揭发全是捏造！"他说得很平静，但可以看出来他是抑制了自己的愤怒，"曾淮同志，我现在是什么身份，处在什么地位，您当然很清楚。我说这句话担着怎样的风险，您心里也很明白。如果群众知道我现在还替潘景川说话，把群众对走资派的批判说成是捏造，我的罪过就比潘景川更严重。但我是个共产党员，我如果不把这句话告诉您，我就永远不能原谅自己，我会吃不下饭，睡不着觉。您也是个共产党员，是造反派的负责人，我把真实情况告诉您，就尽到了自己的责任。”他说完，不和我打招呼就转身走了。

他穿着一件破旧的棉袄，双手操在袖筒里，低着头，背有些驼，身体显得更加瘦小枯干。我望着他颤颤巍巍、缓慢地走出大礼堂的背影，眼睛突然潮了。这才是人，是共产党员，是一条汉子！全省委的人谁不知道，论能力，论资格，他都比潘景川强，而职位却排在潘景川之后。可是当潘景川遭到诬陷的时候，车篷宽竟然勇敢地站出来替他说话。我暗自庆幸，毅然决定散会是对的，总算没有惹出大乱子！

但是乱子毕竟惹下了。第二天我的造反队分成了两大派，而且支持我的一派成了少数派，支持吴昭年的成了多数派。当吴昭年结合进革命领导小组，开展清查“五·一六”运动的时候，我便成了“五·一六”分子被抓了起来。我想跳、想叫、想厮杀，但是终于没跳，没叫，也没有厮杀。是车书记那句话帮了我的忙：忍耐是苦的，但果实是甜的。

凤兆丽听完不满足，又提出了许多问题，曾淮一律笑而不答。兆丽有点急了，她说：“老舅，实话告诉你吧，我就是想写一写车书记，不拿去公开发表，至少也要在我们团刊上登一登。你知道，现在青年人对未来没有信心，对四化没有信心，就是因为对领导没有信心。既然我们党内还有这样好的高级干部，为什么不好好宣扬一下呢？”

曾淮收起了逗弄孩子的笑容，严肃地说：“以前我也有过这样的想法，但是现在觉得不能这样干。我们国家的政治情况很复杂，特别是通过这次北京会议，肯定会有人盯着车篷宽。他是老干部中的宝贝，我们要保护他。不能因为一两篇文章，给他带来不必要的麻烦。你一写他，势必要写对立面，让大人物从反面人物身上看到了自己的影子，一旦对号入座，岂不要惹出一场是非来。何况我们的政治对文艺又特别敏感，甚至到了神经过敏的程度。中国有出息的、有思想有头脑的作家，一般名声都不好。在他们身后，总跟随着一连串谣言、非议甚至人身攻击。他们根本不是政治棍子们的对手。何况你目前还不成熟，算了，你还是不要写车篷宽，让我们一起好好保护他吧！”

“好吧。”凤兆丽虽然同意舅舅老于世故的分析，但她还是不甘心。她无法抑制想歌颂车篷宽的创作欲望，但是想通过舅舅进一步了解他的这条门路算是堵死了。

## 九

按规定中午吃饭的时间是十一点半。已经到了十一点二十分，钳工班还没有干完活。他们今天的任务是在地面上安装一台操作机。从上班以后基本上没闲着，既没有在中间休息一阵，更没有一边干着活，一边抽烟、喝水、聊闲天，可以说上班以后就紧忙乎。尽管这样干，定额还不一定能完得成。像一群野马突然被套上了笼头，拴上了缰绳，小伙子们多少年没有像这样干活了。他们简直忍受不了！一开始，他们都不说话，赌着气干。干到十一点多钟，肚子饿了，手、眼、腰、腿等几个关键部位都觉得累了。往常不到十一点钟就早早地收工了，今天到了这个钟点，从班长金城那儿还没露出一点想收摊的意思。小伙子们这口气可再也赌不下去了，一上午没得空说的闲话，在肚子里闷了几个小时，现在全变成牢骚话发出来了。

“业余华侨”在这一群人里最见过世面，天神不敢管，地神不敢拿，穿戴时髦，嘴也最尖刻。他觉得这时候骂别人都不解气，就得朝着金城下嘴。县官不如现管，正因为金城这个“现管”对上顶不住，才有今天这种局面。他先拉着长声叹了一口气：“唉——”

这声“唉”等于是开场锣鼓。钳工班的人都知道“业余华侨”这个毛病，支起耳朵听他说些什么。平时人们并不太喜欢他这张嘴，现在倒想听他发发牢骚，骂骂领导，替大伙出出心里这口闷气。大伙越是这样，“业余华侨”的精神头就越足。在他的精神生活里有一种很重要的享受，就是在他口若悬河瞎吹的时候，得到热心听众的捧场。何况今天还有点打抱不平、为民请命的味道。他先是冲着金城的后背抽抽鼻子，不酸不凉地说：“别看咱们班长五大三粗，气壮如牛，就是对咱们横，对上边可是百依百顺，见困难就抢，见方便就让。”

他一边说，还一边挤鼻子弄眼睛。于是捧场的立刻接上说：“那当然啦，咱们班长是老共青团员嘛。而且到了退团的年龄都不想退，不实现四个现代化，怎么能轻易地离开共青团呢！”

“业余华侨”嘴一撇：“你懂个屁，一退了团不就跟咱们一样成了民主人士啦！像金城也算是咱们公司里的头面人物，应该这边退团，那边入党。忙活了好几年要是入不了党，那不成了鸭子孵鸡——白忙活！再说，一变成白牌就没人理了，狗屁不如。你看咱们漂亮的团委书记到下边来，什么时候主动跟咱说过话，不是找金城，就是找王廷律。金城要一退团，再想跟人家书记说句话都难了！”

金城脖子一扭：“假华侨，你想找倒霉呀！”

“业余华侨”嘻嘻一笑：“金城，你别上脸。大伙这不是说着玩嘛，你还当真的？不说不笑不热闹，这一上午，把大家都给累坏了，说句笑话解解乏你还不让？其实这也是为你好。我们大伙苦点累点都不怕，一块帮着你努力，争取让你今年入党，入了党你可得请客啊！”这小子真是骂人不吐核，太损了！

金城扔掉工具，一步蹿过去，揪住了“业余华侨”的衣领子。他满脸涨得通红，两道目光一下子能把对方摁到地里去。他咬着后舌根，声音很轻，却是发着狠说：“你再说一句！”

“业余华侨”害怕了。他看看那些热心的听众，希望他们来解围，可是那些捧场的都在旁边看热闹，谁也不上手。他只好自己服软：“金城，你看你，怎么说翻脸就翻险，这不是跟你闹着玩吗？松手，快松手，你不吃逗，咱以后不逗就算了。”

金城松开了手，怒气冲冲地说："我愿意这么干？哪个王八蛋愿意受这份累呢？咱们不这么拼命，就完不成定额；完不成定额，全组谁也甭想拿奖金。这是我个人的事吗？你他妈的真不知道，还是装三孙子？"

"业余华侨"哭丧着脸："你没有把话说清楚，我实在不知道。"

"昨天下班的时候我跟全组交代过。"

"昨天下午我请假了，不知道。""业余华侨"口气一转，"这他妈的是谁出的馊主意？纯粹是要巴咱们傻小子！"

"省里正在开会，是车书记亲自主持制定的竞争政策。昨天咱们公司经理回来亲自部署的。化工局告了咱们的状，说如果化工联合企业的安装不能按合同保证进度，他们就要把咱们辞退，另请别的安装公司。"

"不让咱们干不是更好，反正到月头得发工资。"

"你想得倒美，赔钱的单位不能发工资，赔到一定程度，就得垮台。"

"国家还能叫我们失业？"

"自己找门路，找不到就改行，修马路，挖地沟，搞城市建设。假华侨，实话告诉你吧，往后再想吊儿郎当，光凭一张嘴混钱混饭吃是不行了！"

"他妈的，他们当官的坐在屋里说句话，政策就变了，受累的还是我们这些当工人的。""业余华侨"眼珠一转，又有了主意："金城，事在人为，县官不如现管，咱们组的定额卡得太死，这是谁定的？"

"技术组定的。管咱们组定额的是王廷律。"

"业余华侨"一拍大腿："你看，我猜着就会有这一手。王廷律不就比咱多上了几年学，他懂个屁！打眼划线，剔槽卧键，刮瓦锉方，哪一样他拿得起来？他凭什么给咱制定定额！这定额定得太高了，叫他来干干看。他这是欺负你，因为你是他的情敌，我们算跟你倒霉啦！"

“你小子嘴里说不出人话！”

“我这说的都是大实话。我们跟着你，吃亏吃老鼻子了。你这个组长就是跟组员能耐大，一沾上跟别人就尿了。我问你，队里发电视机、缝纫机、自行车的票证，我们组轮上过几回？发电影票你哪一次拿回来好票？你当头的不能给小组抢好处，算个什么屌头！有难干的活，倒霉的事，别人完不成的定额，都给你干，拿你当大头。你就由着人家要。”“业余华侨”摸准了金城的性子：他火了你就软，他软了你就硬。这一番话又使金城来了个大憋气。他正要发作，下班的铃声响了。“业余华侨”把工具一扔：“到点啦，管他定额不定额，反正不能不让老子吃饭！”

“对，吃饭啦。”工人们都放下手里的活计，伸伸腰，准备散伙。

金城一看定额还差一块没完成，心里着急。实行定额的头一天就完不成，以后怎么办？这都是刚才假华侨挑逗大家，打了半天嘴仗的缘故。要不然，上午的定额吃饭前肯定可以完成。刚才“业余华侨”那几句话又勾起了他的火气。一看大伙不等他下令就想收工，火气更大了，拦住大伙，硬邦邦地说：“谁也不许走，今天不干完活不吃饭！”

“你连饭都不让人吃！”

“凑合点吧，干完了再吃。”

“这个月的奖金我不要了还不行吗？”

“你不要可以，但是别人还要呐！告诉你，我没写入党申请书，也不想再当这个小组长。谁给我出难题，我也不客气！”大家一看金城红着眼珠子，真是要拼命的样子，便都转身拾起了工具，继续干起来。没有人再说话了，可是大家心里都不痛快，干活的效率也不高。时间却过得特别快，半小时以后食堂就没有好菜了。好几个人，一边干活，眼睛一边瞄着通向食堂的大道。渐渐地只有从食堂里出来的人，进去的人少了。他们心里叫苦，今天这顿午饭算吃不好了。小伙子们肚子里的火气越憋越大。突然，“业余华侨”看见凤兆丽和王廷律从食堂里端着饭盒走出来，边吃边朝他们走来。心想：这可是冤家路窄，今天要在这小子身上出出气。就挑逗地说："哎，快看这一对，真他妈的形影不离了。上班在一块，下班在一块，跳舞在一块，连吃饭也分不开了。"

有人热烈地响应："嘿，他把定额定得这么高，我们连饭都吃不上，他却吃饱喝足了往咱们这儿找乐儿来了！"

凤兆丽老远就喊："金城，你们怎么还干，连饭都不吃了？"

金城怒气冲冲，不搭理她，连头也不抬。

"业余华侨"怪腔怪调答了话："吃饭？连吃屁都赶不上热的！"

王廷律老实巴交，看不出眉眼高低，也关切地插上一句："金师傅，这是怎么回事，为什么不吃饭？出了什么问题？"

"业余华侨"抢着回答："王技术员，你看这儿出了什么问题？你琢磨完人，装得倒挺像！也就是我们组长老实，要是换一个别人行吗？"

王廷律仍然看不清阵势，追问："你这是什么意思？"

"你是真不知道，还是装不知道？你的定额是怎么定的？"

"定额？"

"鼻眼插葱——装象。你要想不叫我们拿奖，不想叫我们好受，要折腾折腾我们，就痛痛快快地直说，别来这套蔫坏损。你爸爸在省里定政策，你在下边搞定额，你们爷俩一使劲，我们在下边就活不成啦！"

王廷律最厌烦别人老把他和父亲连在一起，脸也红了，腔调也变了："你把话说明白，不要东拉西扯！"

"你的定额不合理，我们不吃饭也完不成！"

王廷律到底是老实人，一听说定额过高，立刻心里感到不安。他放下饭盒："来，我帮你们一块干。你们认为定额不切合实际，提出来可以考虑修改。"

他这种态度，使"业余华侨"那几个想找事惹气的家伙反而没有气了。“业余华侨”回头对金城说：“你看看，人家技术员还是通情达理的，关键就是你这个组长。你领定额的时候不说话，给多少要多少。”

这一来金城肚里的气更大了。他认为王廷律两头买好。他从口袋里掏出工票，朝王廷律跟前一摔：“那好，你承认定额不符合实际，现在就改过来！”

凡是老实人一定都有他的犸脾气。王廷律捡起了工票，认真看了看，然后又检查了钳工班一上午的工作量，郑重其事地说：“我一个人没有权力说改就改。制定这定额是有根据的，不是瞎定的。再说事先不是都请你们班组长讨论过吗？你们认为能够完得成才发下来的。哪能一天的定额刚干了半天就修改呢？”

“刚才不是你说定额不符合实际，可以修改吗？”金城的两只眼睛逼上来，“反正都是你的理，天下的好都叫你落了！”

“业余华侨”用劝慰的口气挑逗说：“金城，算啦。人家事先征求过你的意见，你不提，现在后悔也晚了。咱们吃亏认倒霉算啦，胳膊断了往袄袖里退。”

“话不能这样说，要是定额确实不合理，当然要改。问题是今天的定额不算高。”

“我们到现在还没吃饭，你眼总不瞎吧？”金城一搭上腔，和王廷律接上火，那几个坏小子都退到一边装好人，净等着看热闹。

“那你们一上午都干什么去了？进度并不快。”

“一上午我们也没闲着，不像你那么清闲，跟着姑娘到处窜。”

“请你说话干净点，我在工作时间跟着哪个姑娘窜啦？你用没闲着来要求自己，标准也太低了。没闲着并不能说明定额高。新的管理办法要求生产讲究科学、纪律、效率。”

“你少跟我来这一套，留着它谈情说爱时用吧！”

“现在就是要讲这一套。”王廷律的犸劲上来了，“金城同志，你在团委开会的时候多次发牢骚，对国家发展缓慢，对领导不力，对公司管理混乱提了许多意见。现在公司刚要抓一抓，按经济规律管理企业，你又受不了，大嚷大叫。国家不管，你不满意；国家要管，你也不满意，你说该怎么办？原来你们只想过外国人的生活，并不想像外国人那样工作。”

金城总觉得王廷律在心里是怵他的。在他的跟前，王廷律是说不出三句整话的。没想到王廷律被激怒以后，一条条一套套，话里不带脏字，可是很有力量。金城找不到合适的反驳理由，在组员和凤兆丽跟前感到栽了筋斗。他恼羞成怒，破口骂了起来：“你小子别在我跟前卖狗皮膏药，我不是娘们，不稀罕你这一套。什么四化呀，管理呀，全是假的，还不是替你爸爸吹喇叭。你爸爸要不是省委书记，你比谁都反动！”

“你，你……”王廷律气得浑身打战，“你怎么骂人！”

“骂你了，你想怎么样！”金城说着凑过去。工人们一看事情要闹大都慌了。金城眼珠子都红了，要动手。王廷律也被气疯了，同样怒气冲冲地迎过去。

凤兆丽飞快地插在了他们两人中间，怒视着金城：“金城同志，你想干什么？”

“滚开！你管不着！”金城已控制不住自己。

“金城！”凤兆丽两眼冒火，站着不动。

金城一只手搭在她的肩上，想把她推开。兆丽一使劲推开了他的手。金城脸一红，恶狠狠地说：“怎么，你怕他吃亏，心疼了？想拉偏手？他不就是个省委书记的儿子吗，你就值得这样偏袒！他要是中央书记的儿子，你又怎么样呢？”

“你……下流！”兆丽嘴角打战，气得说不出话来。

王廷律感到团委书记因为他才受了这样的污辱，推开兆丽，也嚷起来：“金城，你说这话不觉得可耻吗？”

金城又气又急，又羞又恼。事情已逼到这儿，没有退路了，他抡起拳头朝王廷律打去。凤兆丽冲上一步，举起手里的饭盆一挡，

“哐！”饭盆被打飞，砸在兆丽的头上。有两个小伙子冲上去抱住金城。金城叫喊着，还要冲过去打王廷律。凤兆丽火了，突然叫道：

“你们松手，放开他，叫他打！”

这一声真把金城镇住了。他举起来的拳头，停在了空中。

“你今天可露脸了，真有本事，真是个英雄好汉！”兆丽那挑战的，讥讽的，蔑视的目光刺得金城无地自容。

金城心里醒过来了，觉得自己刚才干了一件混蛋的事，这股邪火是哪儿来的呢？但是他不能马上服软认输，傻呆呆地愣了一会儿，气呼呼地转身就走。

“站住！”凤兆丽像下命令一样，用不容抗拒的口吻喊了一声。金城果然站住了，但没有回头。

凤兆丽扫了一眼大伙，说：“今天这场不大不小的事件，除去定额问题，还有别的原因。我知道你们背后喜欢议论男女之间的事，尤其喜欢造一个姑娘的谣。刚才，金城同志当众侮辱了王廷律同志，也侮辱了我，我得当众把话挑明。我和王廷律像和金城一样，都是同志关系，工作关系，没有发展一点私人友谊。到目前为止，我还不曾爱上咱们公司的任何一个人，包括王廷律同志。且不说王廷律同志有没有爱人，对他的情况我一概不知，也不想打听。但是，如果你们硬要给我们造谣，说我是势利眼，追求省委书记的儿子，我也不在乎，而且要追个样子给你们看看。当然王廷律同志同意不同意那是另一回事，他有他的自由。希望你们不要把我逼急了，我们都是同志关系，应该好好相处。现在，你们去吃饭，我去跟食堂讲，给你们重新炒点菜。”

“业余华侨”和那几个坏小子吐吐舌头挤挤眼，拿起饭盒，故意亲热地招呼金城：“金城，走吧，去吃饭。”他们把事情挑起来了，却又装得好像什么事情也没有发生一样。

“金城，”凤兆丽在后边又叫了一声，“今天下班后到团委开生活会，讨论你今天的问题！”

“我不去！”金城赌着一口气，只好继续硬充好汉。

“不去可以，你先声明退团！”凤兆丽说完扭头先走了。

## 十

大厂厂长以上领导干部会议已近尾声，就等明天车篷宽给会议做总结了。全省几年来，甚至几十年来形成的各种矛盾，各种复杂的人事关系和社会关系，在这个会上全暴露了出来，明朗化、尖锐化了，这两天甚至达到了白热化的程度。因为政策一变，人事就要变；人事一变，权力也要发生变化。各种势力全盯住了车篷宽，看他怎么做结论。

比这个会早开始几天的全省政工会，硬是叫车篷宽这个会给搅散了。省委各部、委和区、县、局负责政工的领导干部们在自己的会议室里坐不住了，都跑到“竞争会”上去旁听。这样一来，主持省政工会议的省委第一书记潘景川，觉得很尴尬。

潘景川和车篷宽共事几十年，他深知车篷宽为人正派，不会整人，是搞技术的，而不是搞政治的。但他认为，车篷宽表面上很谦虚，实际上瞧不起他，心里是很傲慢的。许多事情不跟他商量，不通过常委会，自作主张。不管他多清高，多正派，他也是个人，他也是吃五谷杂粮长大的，他也有人的共同的弱点。他看到自己过去的助手当了第一书记，自己还是个书记，心里能不嫉妒？自己的助手成了中央委员，而自己还是候补中央委员，心里能不生气？老实厚道的潘景川，刚当上第一书记的时候，心里感到不安和惭愧，还像尊重上级一样尊重车篷宽，觉得省里的工作，也的确离不了车篷宽。但是现在，他却再也不能容忍车篷宽老是压住自己一头了。他不能忍受自己老是当个名义上的第一书记，而车篷宽不论是群众威望，还是在全省工作的决策方面，都是实际上的第一把手。他必须改变这种局面！权位——这是一种能改变人的灵魂的酒浆，喝得越多，瘾头越大。即使是老实人，也会受到权力的腐蚀。但是潘景川并没有把政工干部们的心思都估摸透。他们关心“竞争会”，想听车篷宽做结论，有各种各样的动机。有的想听听车书记经济改革的主张；有的担心大权旁落，实权将被具有专业知识的干部掌握；也有一部分人是想去找毛病的。

车篷宽自己统辖的全省工业这一块，对这个会议的看法也不一致。冶金、轻工、纺织、仪表、商业等系统的业务领导干部，给车篷宽叫好！会议刚开到一半，他们就按捺不住，立刻通知自己的单位，组织供销经营班子，举办产品展销会，印样本，登广告，原来的一盘死棋开始活泛了。有的单位只几天的工夫，就由任务吃不饱变成吃不了。

但是机械局、化工局的日子却很不好过。他们的领导几乎用吵架的嗓门，在讨论会上咒骂这个会议。特别是机械局下属的一些单位，搞大爷买卖，产品价格高，质量差，还不能执行合同，保证按时交货，只靠行政命令维持着局面。现在一开展竞争，企业的自主权扩大了，订户纷纷到机械局要求退掉合同。哪个单位物美价廉，就到哪个单位去订货。机械局任务本来就不足，再退掉一批合同，日子怎么混？有的企业就得关门。机械局局长孙长恕，本来是在家里歇病假，听到副局长王剑秋的汇报，在家里呆不住了，跑到宾馆来找车篷宽，两人谈了一上午没解决问题。孙长恕又去找潘景川，向第一书记又是诉苦又是告状，还发了一通脾气！

更不用说有的干部凭着多年搞政治斗争养成的敏感，从考虑个人的权力地位这个角度出发，对会议采取的敌视态度了。特别是那些虽然多年占着业务领导的位子，但从五十年代以来就一直领导运动而不领导业务，只懂运动而不懂业务的干部，思想就更复杂。他们惶惶然不可终日，内心里十分忧虑自己未来的命运。

这个会牵动了许多人的神经，上至省委第一书记，下至工厂的厂长。这些被触动的神经线，织成了一张无形的大网，不知什么时候，就会朝车篷宽罩下来。

当初，车篷宽正是考虑了这种种复杂的因素，才没有拿到常委会上去讨论，只是跟老潘打了一个招呼，就决定召开这样一个会。他为这个会已经做了八个月的调查研究。他研究了外国十几个大企业的管理办法，研究了许多不同社会制度的国家的经济体制。但他对这个会议将给他自己带来什么政治后果，却没有充足的思想准备。

他主持的这个会议，他在这个会议上制定的一些新的管理办法，将给他这个省的工业建设打开新的局面，给经济带来新的动力，注入新的血液。

也正是这个会议，使他在和一部分人的关系上留下了新的裂痕；从这些裂痕里流出的血，得由他自己吞下去。

明天的闭幕式很可能闭不了幕。他要给大会做结论也是一件相当困难的事。很多人都认为车篷宽已经骑虎难下。连车篷宽的“铁杆保皇派”曾淮和刘亚也非常焦急。他们两个经过商量，决定一块去找车篷宽，劝他尽量把关系缓和些，不要使矛盾激化，把事情搞僵。会议已经取得了相当可观的成果，在有些方面可以做些适当的让步。

两个人来到了车篷宽的房间，老头正在写什么东西。一见他们进来，放下笔，抬起头说：“老曾同志，请坐。你们有什么事吗？”他对任何人，一向都是十分客气。他神色镇定，看不出有异常的变化。

曾淮控制住自己，故意平平淡淡地说：“没什么大事，有几个情况想向您汇报一下。”

“嗯，好。”车篷宽又转向自己的秘书，“刘亚同志有事吗？”

刘亚不好说是两个人商量好了一块来劝解，对一个秘书来讲那是不合适的。他只好临时编了一个借口，说：“明天您就要给会议做总结了，要不要我给您誊清一下讲稿？”

“不用了。”

车篷宽说得很随便，关心他的秘书心里却很着急。刘亚扫一眼曾淮，也只好自己先退出去了。

车篷宽笑着说：“老曾同志，你讲吧。”

曾淮说：“机械局压力很大，有些单位撤销合同，要把产品拿到外省市去加工。机械局领导很希望省里下道命令，本省的产品一律不许拿到外省去加工，保护本省的利益。”

“这个令不应该下。他的产品质量次、价格高，人家不想跟他打交道，硬要用行政命令的办法逼人家，这不叫保护本省利益，是保护落后。”车篷宽用手指敲着写字台，又加重了语气，“我不管，他垮了台我也不管。人家要退合同，他就应该提高产品质量，改善经营和服务态度。他不在产品上下功夫，却乞求于行政命令，真是本末倒置！企业家的上帝就是市场，用户是生产单位的帝王。可是咱们机械局，把自己当成老爷，把用户当成孙子，这能搞好经营？”

“从全省角度看，这样干我们不是吃亏了？”

“吃点亏就能逼我们的工厂搞上去，提高我们企业的竞争力。如果我们的企业搞得好，物美价廉，服务质量好，外省市也会找我们订货。我们开展市场调节，就是逼着工厂往前赶！”

“可是……”曾淮犹豫了一下，“有些企业吃了亏，自己不想改进工作，却怪罪我们的新经济政策，这怎么办？”

车篷宽突然抬起眼睛，盯住了曾淮：“是啊，你说到根本上来啦。目前重要的问题，就是干部水平跟不上时代的需要。我们需要一大批这样的干部：他们真正懂得经济规律，懂得我们的历史经验，善于用人，又有广泛的知识，了解国内外市场，通晓世界各国情况，能独立判断经济发展的趋向。可惜，这样的干部太少了！我们倒是有一批脑子里一大二空的干部，一看二等三慢的干部。他们像盒子枪一样装着几个保险，只要保着自己不丢掉乌纱帽，就心满意足了。”

谈到干部问题，可能触疼了车篷宽的神经，他的手指敲得写字台桌面“咚咚”作响，反映出他内心的焦急。曾淮曾见车书记不得不亲自给局长、经理们用通俗语言讲解经济管理上一些最基本的常识。他们明明不称职，可是你要不让他们占个职位，他们就会吵破天。曾淮突然意识到，自己是来解劝省委书记的，而不是给他火上浇油的。他冷静下来，观察着省委书记的神色，换了一副口吻说：“车书记，对干部问题您也不能太着急，慢慢来吧。几个人改变不了社会，社会却能改变人。”

“我不敢同意你的观点。我们的责任就是要改变社会。我们的社会之所以是这个状态，也和我们的干部制度有关。干部从上到下都是上级任免制，群众很少有权选举和罢免，没有正常的新陈代谢。就连工资报酬也和干部的工作成果没有多大关系。这就使有主动进取精神的干部，发挥不了作用；而更多的人是考虑怎样保持自己的职位，如何利用它追求更多的特权，决不愿冒风险去搞各种改革。他们要维持现状，吃现成饭，于是经济改革就不可避免地会遇到严重阻力。在这个会议上，我们对这一点了解得更深了。”车篷宽和曾淮谈起心来，而且两个人越谈越深。车篷宽有个特点，很喜欢和有头脑的下级干部谈心，交换思想。通过这种交谈，他能够了解很多情况。

曾淮毕竟不是车篷宽的对手，谈着谈着，彻底缴了械，心里有什么说什么，知道什么讲什么，完全忘记自己来劝解的职责了。其实也用不着他再做什么劝解了，省委书记对自己的处境了解得很透彻，完全用不着别人来提醒。

车篷宽谈着谈着转了话题，用一种异样的目光盯住曾淮：“老曾同志，你对机械局的情况摸得比较透了吧？”

“不能说摸透了，只能说掌握了一些表面的情况。”

“还记得你在汽车里跟我说过的一句话吗：有时候人一换，改革就能进行。我认为这句话有道理。”车篷宽温和地笑了。

曾淮突然感到省委书记的神色不对头，似乎有什么事情要发生。

车篷宽又说下去：“曾淮同志，我已经和景川同志打过招呼，想调你到机械局去。当然我们也留点余地，你去了先当副局长，在没有派去局长之前，你负责全面的行政工作……”

不等车篷宽说完，曾淮已经跳起来了：“不，不行。车书记，这步棋不能走。我干得了干不了暂且不说，这样一动，会引起一系列复杂的人事纠纷。”

车篷宽还是那么温和地笑着：“不会的，你去了以后就由你主持工作，没有什么复杂的。孙长恕同志和王剑秋同志决定退休，我已经同意了，很快就办手续，不会妨碍你。因此要求你赶快接工作，这个会一结束你必须去上任。”

“退休？”曾淮十分惊讶，他在下边一点风声没有听到。孙长恕前天在讨论会上还大发脾气，喊着要到中央去告状，怎么会退休呢？他急切地说：“车书记，这步棋您走错了，您怎么能自己拉响导火索，让反对您的势力爆炸呢？”

“这个导火索迟早要拉，这股势力早爆炸比晚爆炸好。从我的好朋友、我的爱人身上开刀，总比从别人身上开刀要顺利些。”

“这样可就使您腹背受敌了，有人要幸灾乐祸。而且不应该先捅孙长恕，这个人依仗自己资格老，是个很不好对付的马蜂窝。”

“不搬走他，你去了以后就无法工作。退休也的确是从他们自己嘴里说出来的，我相信这样对他们个人、对国家都有好处。他们只要别再占着位子挡道，我宁愿再给他们提一级，保留他们应该享受的一切物质利益。”

“难道潘书记会同意您这个决定？”

“没置可否，但也没有反对。特别是对你没有提反对意见，对老孙的退休有些顾虑。”

曾淮不再说话。他心里明白了，车篷宽已经下了破釜沉舟的决心。看来老头后边还留着一手，那就是为他自己万一失败后准备的后路。曾淮一时还想不透，车篷宽这样干究竟是利多，还是弊多。他更不知道自己该怎么办。

车篷宽见他不说话，又问：“怎么样？曾淮同志，没有什么好犹豫的。上吧，我们面前没有别的路。你到机械局以后把工作搞上去，我们的日子就好过；你去打了败仗，我们一起受罚！”

曾淮缓慢地说："车书记，您下了这样的决心，我要是还有一点党性，还有一点中国人的责任感，就不能推辞。但我犹豫的，是您这样早就拿出破釜沉舟的劲头，值得不值得？改革才刚刚开始，斗争还在后头，您过早地把自己搞得筋疲力尽，甚至是焦头烂额，往后怎么办？"

"你还看不出这阵势？我要是稍微犹豫一下，就全完了。只有拿出勇往直前的劲头，叫他们一看车篷宽要拼老命了，也许才能打开局面。我不咬紧牙顶住，我们那些有作为的干部在下面就更难工作了。"

"我对您这招棋，保留自己的意见。如果不是您已经和潘书记讲过了，我一定劝您收回命令。今天我要跟您讲实话。我所以一定要坚持给您当司机，是经过反复掂量，权衡得失，最后才下了死决心！我和刘亚应该全力协助您，当您的左臂右膀。我的观点是，国家近十年，还得靠您这样的老同志来领导。像我们这一辈人十几年内还轮不上掌实权，更谈不上决策国家的方针大计。我与其在调研室当个无足轻重的说客，还不如借开车的便利条件，随时可以向省委书记进言。如果讲十条意见被您采纳一条，也是一种贡献。万一有个风吹草动，还可以保护您，保证您的身边不会出奸细。历次运动，我们的领导人都吃过身边人的亏。我们省现在必须保重点，试想，如果您出点什么事，不在省委书记的位子上了，咱们省一切改革的努力和已经取得的成果，岂不全得付诸东流？"

曾淮这一席真诚的话感动了车篷宽。他站起来在屋子里走了几步，又坐下来对着曾淮说："谢谢你们对我的这番好意。不过你们的看法却未必妥当，怎么能把赌注全押在我们老头子身上？希望在中青年身上。试想，如果有一批能干的、富有才识和经验的、四十岁左右的干部，站在全省各个重要的领导岗位上，我这个管工业的书记会这么狼狈吗？曾淮同志，你准备一下吧，明天会议一结束，我就陪你到机械局去上任。"

"好吧，我去试一试。我去了以后，摸摸情况，先拿出个方案再请示您。”曾淮总算认真地答应下来了，“不过，您也得给我一个实底，您是不是也准备了退路？如果您一撤走，我可就不好办了。”

“放心吧，我没有退路，也不会撤走。”车篷宽主动伸出手，曾淮使劲握了握。书记的手细长柔软，像个女人的手。

可是，曾淮握过这只手以后，立刻把一副担子，一种很重的责任，接了过去。他的心已经飞到机械局去了。

## 十一

车篷宽表面上沉稳冷静，内心里却并不平静，甚至相当紧张。任何人都不能超脱时代的局限。更何况地位越高，了解的情况越多，顾虑就越重，胆子就越小。在中国，政治很强，经济很弱，头重脚轻根底浅，任何一个和政治无关的领域里的矛盾和斗争，发展到一定程度，总要被政治抓过去，为它所利用，一变而成为政治上的斗争。这一种政治泛滥的现象，像瘟疫一样毒害了人们的灵魂，不是三年五载能医治好的。

吃过晚饭，车篷宽在宾馆的院子里溜达，心里还想着明天的总结大会，信步来到宾馆的大门口。他看见宾馆对面的“工人俱乐部”门前贴了一张花花绿绿的海报。他走到近前一看，是舞会的海报，每张票售价两元。他十分惊异，过去举办舞会都是发票，有时还要发请帖，现在怎么卖起票来了，而且票价还这么贵。他走到俱乐部门口，把门的是个流里流气的小伙子，斜叼着烟卷，伸手拦住了他：“老大爷，你也想进去跳跳？”

车篷宽心里想，叫这样的人把门多煞风景，岂不影响人家来跳舞的兴致。他扭头正想回宾馆，看见来了几个不三不四的小青年，不买票就想往里进。把门的小伙子眼一瞪，伸出胳膊一挡，嘴里不干不净地骂上了。荤的素的全有，软的硬的全会，连损带挖苦一顿臭骂，把那几个小青年赶走了。车篷宽明白了，现在给舞场把门，还非得找这种神头鬼面的人物不可。他看到门口清静了，就又凑过去。守门的小伙子看他一眼，又搭腔了："别犹豫了，快点买票进去吧，里边早就开始了。"

车篷宽笑了："像我这个年纪，还能进舞场？"

"怎么着？越是这个年纪越得赶紧跳，跳一回少一回啦！"

"啊？跳一回少一回？"车篷宽摇摇头，他没有料到小伙子竟说出这么一句话。

小伙子还以为老头子没听明白，又解释了一句："像你这岁数还能玩几年？还不趁着腿脚利索多玩几回？"

"票价太贵，一张舞票怎么定这么高的价钱？这是哪儿规定的？"

"嘿嘿，这叫一举两得！"小伙子得意地用手指点点自己的鼻子尖，说："我们俱乐部自己就可以规定。"

"怎么个一举两得？"

"第一，真正想跳舞的人，你就是十块钱一张票，他也买。那些没有钱、又想到舞场上去捣蛋的小流氓，就叫这两块钱给卡住了。"

车篷宽不相信："真正的流氓就花不起这两块钱？"

小伙子显然是舞场上的行家，很有把握地说："真正的流氓进去也不怕。任何流氓在舞场上也不敢搞流氓活动。跳舞是个文明的玩意儿，别看男女脸对着脸，你看着我我看着你，谁敢搞太下流的小动作？流氓也不敢在这种场合栽跟头，你说是吧？"

"你不是说一举两得吗，那第二呢？"

"嗬，这还不懂，第二就是赚钱。按经济规律办事，举办这一次舞会，俱乐部全体职工一个月的奖金就不发愁了。"

"这也叫按经济规律办事？"车篷宽哭笑不得。他突然下了决心，买了一张票进去了："我倒要看看你们这个经济规律！"

小伙子在后边冲他挤挤眼，嘲讽地小声骂了一句："老桃毛！"

车篷宽没有听见。他寻着音乐声找到了舞场，轻轻地推开门走进去。跳舞的人的确很多，但舞场布置得不够文雅，红绿色彩用得太多，显得粗俗。乐队更不讲究，大概是哪个工厂的业余演出队，乐手们一边奏着乐，一边挤眉弄眼，摇头晃脑，做出种种俗不可耐的动作。看来他们的确是为了赚钱！乐曲不少是新的，许多是外国圆舞曲。他仔细观察舞场。现在舞场上的气氛和五十年代的舞场大不一样了。舞姿千奇百怪，有许多新花样，摇摆的，旋转的，扭捏作态的，好像谁会什么就可以跳什么。场上除去青年人，还有相当一部分中年人。有一个衣着奇特、相貌惊人、舞姿也很新颖的姑娘，格外招人耳目。但是像他这种六十来岁的老头却很少见。人家进舞场都是为了跳舞，只有他一个人是站在旁边看。车篷宽感到不自在。他在门口怔怔地站了好半天，引得舞场上的男男女女都用奇怪的目光打量他。车篷宽站在门口进退两难，十分尴尬。他想起安装公司的团委书记找到市委给他提意见，其中有一条就是叫他不要禁止舞会。他拿定主意，已经进来了，就索性看看现在的舞场上到底是个什么样子。但总不能老是这样显鼻子显眼地在大门口站着。又一支乐曲开始了，他想找个不太惹人注意的角落坐下来。

这时候，舞场上那位最出众、最受人注意的姑娘，谢绝了好几个邀请她下场的男同志，却走到车篷宽的跟前，大大方方地说：“同志，您肯赏脸陪我跳一会儿吗？”

车篷宽很狼狈，拒绝吧，不礼貌；下场吧，又实在不好意思。他喃喃地说：“哎呀，你们跳的这种摇摆式的舞我不会呀！”

姑娘已经把手伸出来：“那就按您会的舞步跳。”

车篷宽只好扶住了姑娘的腰身：“我有近三十年没跳舞了，腿脚不利索，万一踩了你的脚，请多原谅。”

“没关系，我的脚结实，踩个一下两下没感觉。”说着话两个人就随着音乐移动了脚步。

一个这么漂亮的姑娘，主动邀请一个老头子跳舞，这件事引起了舞场上许多人的好奇。连乐手们也都把目光转向这一老一少。这是一对奇怪的舞伴。老头穿一身普通的毛料中山服，他不像老工人，可也决不像是老干部，因为老干部们想跳舞可以到交际处俱乐部去。那里举办的舞会更高级，更讲究，而且小卖部里还供应高级烟和茶点之类的东西。那个姑娘邀请他时，明明是喊他同志嘛，这就说明她并不认识他。老头舞步生疏，但显然以前是跳过舞的。有点儿绅士派头，动作大方。转了一圈，他已和年轻的舞伴配合得相当默契，身姿和脚底下富有韵律感。看样子他还想跳得更潇洒点，更美一点，但是已经力不从心了。

奇怪的是那个姑娘。她不仅长得很美，打扮也极其讲究。她的发式很时髦，又很端庄，并不给人有妖冶轻浮的感觉。天气还有点凉，可她却穿了一身淡青色的纯毛西装。脚上是一双雪白的高跟皮鞋。身上有一股并不强烈、但又的确能沁人心脾的香气。这身装束再配上她那匀称的身材，晶亮的秀眼，的确够帅气了。她几乎吸引了舞场上一多半人的目光。但姑娘并不感到拘束，她的神色和谈吐大方、自然、庄重，这倒和她的服装正协调。很多青年工人都想邀她跳，她不傲气，文静地笑笑，来者不拒。她经常在舞会上出现，可是谁也不知道她叫什么名字，在哪儿工作。舞会一散，人们立刻就看不到她了。

他们跳得很和谐，不知不觉跳到外圈人少的地方。

跳了一会儿，好奇的人们也不那么注意他们了。姑娘望着车篷宽的眼睛，说：“车书记，我真没想到您也会来跳舞。”

“嗯？”车篷宽被人认出了自己的身份，感到不自在。他问：“你怎么认识我？”

姑娘笑笑没有回答，却提出了另一个叫车篷宽没有想到的问题：“我明天也要去听您做报告。看来您一切都准备好了，今天晚上出来散散心。”

车篷宽不胜惊讶。他猜测这个姑娘一定是省委哪位干部的孩子。全怪自己荒唐，糊里糊涂地钻进舞场，被她认出来，将来传到省委机关还不知又被歪曲成什么样子。他无心再跳下去了，勉强跟姑娘跳完了这一场，等到乐曲一停，对姑娘说了声“谢谢！”就离开了她。为了不惹人注意，他没有马上离开舞场，走到旁边的休息厅里休息。

姑娘却不放松他，从后边跟过去：“您刚跳了一会儿就想走吗？”

“我上年纪了，感到累了，吃不消。”车篷宽推脱着。

姑娘的眼睛很机灵地一闪。她显然不相信他的话：“您跳得很好，可我看出来了，您不是为跳舞而来的。您曾经说对八十年代初舞会上的情况没有做过调查，用行政命令的办法禁止跳舞是愚蠢的。您今天是想亲自到舞场上来看看。您对现代舞场的印象怎么样？您还想禁止吗？”

“看样子你是舞场上的老手啦？”

“也算是个老手吧。”姑娘并不掩饰自己对跳舞的兴趣。

“那你怎么看待舞会的呢？”

“我喜欢到舞会上来，两个星期至少要来一次。我到这儿来，是为了精神上放松一下。人不能老是搞得那么紧张。我喜欢打扮得漂漂亮亮，到这里来听听音乐，消遣一下。在舞场上，没有各种复杂的人事纠葛、权力角逐和利害冲突。在这里可以把一切讨厌的政治呀，斗争呀，全都忘掉。总之，我想来轻松一下。”

奇特的姑娘，奇特的想法。但车篷宽相信她的话是真诚的。

他问她：“姑娘，你到底是干什么工作的？”

姑娘固执地说：“在舞场上，任何人问我是干什么的，叫什么名字，我一律拒绝回答。跳舞就是跳舞，管他是干什么的，叫什么名字，什么出身，什么成分，工资多少，只要他是个人就行，有吸引力就行，或者没有吸引力但并不讨厌，也行。你要一讲是干什么的，就得想起社会，想起种种酸甜苦辣，还有什么心思跳舞？”

“你是个有阅历、经历过坎坷道路的姑娘，这一点可以肯定。”

“我们这一代人，把别人活一百年才能经历过的东西，只用十年的时间就体验过了……”姑娘突然意识到什么，止住了话头。

她从椅子上站起来，掉转了话题：“不谈这些东西。特别是在舞场上谈这些玩意更不适宜。”她走到柜台前买了一包“大前门”香烟，抽出一支递给车篷宽：“请您吸烟。”

车篷宽没接：“你还会吸烟吗？”

“会吸，但没有瘾，平时不吸。”姑娘说这话，一点没有不好意思的感觉。

“那什么时候才吸呢？”

“和您差不多，在感情冲动的时候，大怒或大快，或者想刺激自己一下的时候，就想吸。”她狡黠地笑笑，又把烟递了过去，“我知道您是被动戒烟派，请吸一支吧，王副局长不会看到的。”

车篷宽越发感到惊异。这个姑娘不仅老练异常，而且对他的情况也知道得很清楚。他又认真打量了姑娘一眼，好像有点眼熟，以前也许见过面，却无论如何想不起来她是谁。平时车篷宽还是很相信自己的记忆力的，今天他的记忆力却开了他的玩笑。他只好接过烟，点着火吸起来。姑娘自己并没有吸烟，冲着车篷宽微微一笑，没打招呼，转身就走了。

车篷宽吸完了一支烟，还不见姑娘回来。他估计姑娘又下场跳舞了，就起身走出了舞厅，在舞厅大门口外面，站着一个身穿蓝色衣裤、穿戴十分朴素的姑娘，似乎是在等什么人。等车篷宽走近了，她回过头来喊了一声“车书记”。

车篷宽借着门口的灯光仔细一看，才认出这就是和他跳舞的那个姑娘：“是你？”车篷宽大为惊奇，姑娘完全换了一个人，不仅衣服换了，连发型都改过来了。

姑娘这一换装，车篷宽也突然想起来了：“啊，我们见过，你是曾淮同志的亲戚。”

“他是我舅舅，我叫凤兆丽，在安装公司团委工作。现在什么都可以告诉您了。”兆丽说完，不觉笑起来。

“凤兆丽同志，你简直是在变魔术。”车篷宽认真打量眼前这个奇怪的团委书记。

“我每次来参加舞会都是这样。进舞厅之前换上‘晚礼服’，舞会一散场，就又换上这一身‘朝服’。”兆丽口气一转，用迫切的目光望着车篷宽说：“车书记，我很想跟您谈一谈，有些问题要向您请教一下。不知今天晚上，您能不能给我一点时间？”

“好，好吧。宾馆离这儿很近，就到会客室去吧。”

凤兆丽摸摸口袋里的那包“大前门”香烟，暗自笑了。今天晚上不管老头谈得多么动感情，有这包香烟就不怕了，可以一根接一根地给他递上去。一定让他敞开谈，想办法触摸到这个高级干部的内心世界。她高高兴兴地跟在车篷宽的后面，进了宾馆的大门。

## 十二

宾馆的大会议室里坐满了人，还在过道上加了许多椅子。外面的人仍在陆陆续续地往里进。哪来这么多人？每逢重要的报告，省城的企业和机关都沾点光。他们派来开会的代表都给家里捎了信，听到风声的人都来了。干部们喜欢听车篷宽做报告，何况今天这个报告不一般。省里报社、电台的记者也都闻讯赶来，坐满了前排的位子。

天气也格外好。会议室外面一行行整齐的白杨树已经泛绿。太阳光像金色的细流，穿过树枝洒在大厅的地板上。也可能是由于听会的人太多，坐在大厅里感到闷热，有人打开了玻璃窗。

开会的时间到了。省经委和计委的负责人，陪着车篷宽走进了大厅。省委书记扫了一眼会场，感到情况不对。心里不免一阵恼怒。他穿过大厅时看到许多陌生人，人太多太杂，有些话就不好讲了。他本来想对这些参加会的领导干部们讲得深一点。现在只好随机应变，临时改动措辞，甚至改变内容了。真是岂有此理，什么都是缺乏组织性，但他克制住了自己的情绪。

到会的人不管认识的还是不认识的，都扭头看着这位省委书记。

车篷宽还是穿着那身深灰色的中山服，肩上披了一件半旧的棉袄。他身材本来就不高，再加上脊背稍微有点驼，就显得更瘦小了。他的气色也不太好，面皮微微发黄。他走进大厅，给大家第一个感觉是身体消瘦，一副病容。

主持会议的经委主任坐着宣布大会开始。他简单地讲了几句调整工作会议的概况，然后就做了个手势，请省委车书记做报告。

车篷宽站起来，缓慢地说："不是做报告，只谈点个人意见。没有经过省委讨论，有错误的地方请大家批评。"他停顿了一会儿，开场白说过了，似乎是应该坐下照稿宣读了。但他仍然站着说下去："同志们，这次请大家来，共同研究一下我们省工业贯彻调整、改革、整顿、提高八字方针的问题。会议原定开一周，根据大家的要求，又延长了三天。今天是星期日，我占用大家休息的时间来讲点意见，感到很抱歉！"

他这样站着讲，主持会议的人感到不安，大家也感到不安。可是他仍然没有要坐下的意思，继续站着往下说："党中央决定，把党的工作重点转到社会主义现代化建设上来之后，经过了近两年的经济恢复工作，我省的工、商、交通等各个系统都取得了一定的成果。现在似乎是到了一个三岔路口，许多同志都提出这样一个问题：今后我们应该怎么办？……"

经委主任插话："请车书记坐着讲。"

坐在前边的几个负责同志也都说："坐下讲吧。"

车篷宽说："还是站着讲吧，这样可以让大家都能看到我。当然，我这个样子没有什么好看的。但可以提高开会的效率。否则，看不到讲话人的表情，还不如回去听录音，看材料。我这样说后面听得到吗？"

"听得到。"大厅里响起回声。这个会议室不像礼堂，礼堂的地板都有斜坡。这个会议室的地板是平的，前面没有讲台。如果做报告的人坐着讲，坐在后边的人还真是什么也看不见。

车篷宽的声音不高，但是非常清晰，可以使大厅里的每一个角落都能听清。他那略带南方口音的普通话讲得很有感情，有一股抓人的力量。大厅里非常安静。

他端着大本子，首先一段又一段引用了党的三中全会决议里的话，党的某一个文件里的话，国务院某个领导人的讲话。某某在哪个文件里是怎么说的，某某在哪个会议上是怎么说的。他这一套，就像“文化大革命”期间，任何人，任何会议，任何文章开头总要引用一段马、恩、列、斯语录和“最高指示”一样。他念得滚瓜烂熟，富有感情，有的甚至不看本子，完全是背出来的。大段大段引用的这些“上头精神”，又都和经济调整、和他要报告的内容有关。

大厅里有了轻轻的、不以为然的笑声，也有了交头接耳说话的声音。这个开头很使大家有点失望。原来车篷宽也就是这两下子。他也怕了。还没有讲到正题，先举起了一个又一个的盾牌，防备挨打。这就是他几天来苦思冥想研究出来对付反对派的策略？其实不过是个书呆子的策略！我们党的文件那么多，会议材料那么多，领导人那么多，讲话那么多，他得翻多少材料，耗费多少精力，才找到这些适用的“上头精神”。不出事便罢，真要出了事，这些“上头精神”就能保护他吗？闹了半天还是个书生！哪一个运动不是按中央文件精神办的，可哪一个运动不冤屈一批人！文件本身有许多就是朝令夕改，自相矛盾，死文件是保不了活人的！

但是了解车篷宽的人，都表现出会心的微笑。等着吧，等他讲完了中央精神，轮到讲“我们省应该怎么办”，那时候就有听头了，那就要讲他自己的东西了。

车篷宽是敏感的。他看出了不少人对他的失望情绪。他并不着急，放下手里的大本子，说：“我们国家这么大，如果各部门都各行其是，搞自己的土政策，那就乱套了。必须根据中央统一的号令，制定我们自己的政策。”他顺口又背出了一大段领导人的讲话：“现在我们要加速实现四个现代化，不但要普遍采用和发展现代化技术，而且在经济上也要做相应的重大改革。在这个过程中，已开始出现而且将继续出现大量我们所不熟悉的新情况、新问题、新矛盾。我们各级领导同志要自觉地认识这些变革的必要性、复杂性、艰巨性，站在斗争前列，大胆细致地去领导。我们开这个调整工作会议，就是要研究我们省的新情况、新问题、新矛盾，拿出办法，相应地制定我们的新政策……”

接着他对会议作了全面的总结，对会议上制定的政策和取得的成果，作了带着他个人感情色彩的估价。大厅里重新安静下来，这已经开始接触到敏感的问题。全省干部对车篷宽这套改革办法的支持或反对的焦点，今后斗争的焦点，都将是对这次会议的估价。共产党会多，每一个政治事件、政治运动，也无一不是以会议作为开始和结束的，因此，写进党史的也是许多会议，甚至以某个会议标志某个历史阶段的转折点。方针路线，不论其错对，也是通过会议制定并宣布执行的。车篷宽对这个会议作了充分的肯定。他认为这次会议对全省今后经济的活跃和发展，无疑会起到巨大的促进作用。

改革派们听到这儿，有的拼命做记录，有的抬起了眼睛盯住车篷宽。

大厅的气氛有点紧张了。

其实，车篷宽的讲话，这才刚算开始。他讲到了今后的打算，一二三四五，完全不用看讲稿。因为他讲的这些，就是他天天思虑的东西。这些措施，是他几个月来反复考虑制定的行动方案。这一切都装在他的脑子里，不论观点还是材料。更何况他又做过一番准备，他亲手写过的东西，是不会轻易忘掉的。

他的话渐渐急切起来，有时还情不自禁地用手指敲几下桌子。刚才他背诵中央领导同志讲话时那种冷静的神情不见了，显露出他那不甘心等待的迫切心情。他想立刻行动。话语像一股激流，急泻直下：

“……把话说得再明确一点，树立竞争观念，掌握市场，加强经营。现在外国人在国际市场、国内市场和我们竞争，许多外国资本家把买卖做到了我们家门口，我们要不要和他们竞争呢？当然要竞争，不竞争就完蛋！多少年来，我们习惯搞官办企业，吃大锅饭，躺在国家身上，赔赚国家包干，反正你得给我发工资。积以岁月，已把经济逼上了绝路。这样，工业怎么能够大幅度、高速度地发展呢？人得了直肠癌，肛门不通了，只好在旁边捅个窟窿走大便。这叫正道不通走小道。于是，在经济领域出现了许多不正常的歪门邪道。怎么办呢？就是要割掉‘直肠癌’，使经济体制健康起来，通畅起来。我们打算在本省创造一个广阔的市场，创造一个竞争局面，把各个企业都摆在国内国外市场竞争的位置上，逼你们去努力，谁不努力谁就垮台。这叫用经济手段进行择优，是政策领导，比行政领导要科学。哪里干不好，产品卖不出去，工人没有奖金，就去包围厂长，包围他几天，憋他几天，他就知道不把工厂经营管理好就得下台！你这个厂长、经理领导无方，竞争不过人家，只好请你去另找饭碗。”他突然离开了话筒，目光在头一排的同志们身上扫过。现在时兴一股戒烟风，坐在车篷宽身边的几个领导同志都戒烟了，而他现在急需要吸一支烟。

坐在第二排的凤兆丽，真想把昨天晚上车书记吸剩下的那小半盒“大前门”扔过去，但她不好意思那样做，就捅捅身边安装公司经理。安装公司经理接过烟盒，自己抽出一支叼在嘴上。不等他让，车篷宽已经看见了，走过去说：“请给我一支烟。”凤兆丽笑了，怕叫省委书记看见她，赶紧低下了头。

车篷宽吸了一口烟，没有走回讲台前，站在通道上说：“我这样讲，不是谁的脑袋一热，拍脑门想起来的主意。不，我们在省内十五个企业内已进行了将近一年的试点。胡永方同志，请你站起来。”

大厅中央站起一个又黑又高的中年人。

“大家认识一下，这是富江机床厂的厂长。”车篷宽把那个中年人介绍给大家，然后请他坐下，接着说，“他们厂从去年夏天开始，改进了三种老产品，研制了七种新产品。他们生产的立式多轴半自动车床，转位精度提高了一倍多，比日本、苏联、意大利的好，仅次于美国，一下子打进了国际市场。他们的成本是四万元，到国外卖到十二万三千元。现在他们厂八二年的任务都已订满了。去年底，香港商人要他们厂的一种雕刻机，提出要一万二千五百转，胡永方听说德国人在香港卖的有两万转。他就拼命钻研，几个月时间就做出了两万一千转的雕刻机。我去看了，质量很好，超过了香港的样机，香港商人很满意。港商今年就订了一百五十台，明年还要一百五十台。胡永方他靠什么？他靠本事，靠品种，靠质量！外国人肯出那么多的钱，买的是技术，是高精度。要想提高竞争能力，就得把质量、品种、交货期、成套、服务工作、配件供应这六个方面都搞上去，还要把成本降下来。”

车篷宽不知不觉连脸上的气色都变好了，表情丰富而生动。虽然外表还是那么温和，文质彬彬，可是胸膛里却蕴含着一种熊熊燃烧的、像火山熔岩般的感情。大厅里刚才那种不安的、紧张的气氛，被一种昂奋的情绪所代替。不论是支持派，还是反对派，也不论是抱着什么目的来听会的人，都被这种情绪所感染。大厅里鸦雀无声，全都精力集中地捕捉着车书记的每一句话。车篷宽仿佛是一块磁铁，紧紧地吸引着一千多位与会者的目光。

“最后一点意见，谈谈干部和学习问题。”车篷宽讲到这个问题，口气放慢了，态度显得冷峻了。这是当前最敏感的一个问题。“我们的当务之急是速度问题。速度，也是经济活动的生命。可悲的是，我们掌握着一些经济部门实权的同志，他们完全没有速度的概念。捧铁饭碗年头太长了，他们缺乏一种勇于进取的精神。我们的干部制度本身，似乎也是要求干部们越无能越好。能力弱一点的人，嫉妒能力强的人。尖子和人才受到严重的压抑。但是，经济改革这个巨大杠杆，正在动摇着我们的官僚作风和保守的干部制度。”

大厅里有了轻微的骚动。他的话肯定刺痛了一些人的神经。坐在前排的曾淮和刘亚，相互看看，老头一讲开就收不住了。到这种时候，他身上那种学者气质，就完全替代了政治家的冷静的深谋远虑。

这时候，他的一切，他的思想、气质、心灵胆魄，全都可以让人触摸得到。他如果再这样离开讲稿任意发挥下去，局面就不可收拾。他的两个左膀右臂替他担心，却又没有办法提醒他。

幸好，车篷宽不知怎么一下子惊悟过来了。他停顿了一下，回到讲台上拿起讲稿："现代化管理是一门综合的科学，是由许多学科组成的。现代化企业靠个人的感性经验来指导是不行的，要善于学习，学会用科学方法、科学组织和现代化工具进行领导……

比如说，一个厂长应该具备什么样的条件和能力呢？一个现代化企业的厂长，应具备五个条件：有科学知识，有才能，有经验，有个性，有远见性。讲具体点，就是厂长要有生产、技术、财务、劳动、人事、市场销售等方面的专业知识，能掌握各种现代化管理的工具、手段和方法，有一整套管理企业的能力。要了解厂内外、国内外本行业的情况，如政府政策、市场变化、新技术发展动向等，掌握全局，有远见地作出决策……"

他无意中提出了自己所欣赏的干部标准，可是厂长中又有多少人能符合他这些条件呢？大厅里交头接耳的议论声又高涨起来。

车篷宽说，省里已经和工业大学协商好，准备办一个企业管理的高级进修班，学三个学期。他又像个教授一样，书生气十足地罗列出进修班里要学的十门必修课和八门选修课，也不管下边有没有人听得懂。

果然，有人递条子上来了。因为主持会的人坐着，他站着，所以最先接到了条子。他展开来，看完以后，抬起头说："刘亚同志，请你到我的房间里，把床上那堆中文报刊拿来，全拿来！"

刘亚起身出去了。车篷宽继续说："我来给大家念念这张纸条——

车篷宽同志：

你是不是认为只有像你这样的人，以前上过大学、现在懂几门外语的人，才配当领导人？你说了这么多条件，就是不要政治条件，不要德的标准。你举出一大堆必修课、选修课，大概都是从国外抄来的吧。看来我们这些不懂外文，心中没有多少墨水的人，只好去另找饭碗啦！”

大厅里响起一阵嗡嗡声。主持会的经委主任很紧张，他如果先接到这张纸条，是不会交给省委书记的。

车篷宽说：“这张纸条上的意思很明白。我们一些同志，以为不学无术就可以搞政治，以为搞运动、整人就是政治，以为当个政工干部就是政治条件好，就有德，而有真才实学的人，就一定没有德。可笑又可悲！难道无知能领导现代化？我们国家搞政治的人太多了，搞事业的人太少了。但是一个国家、一个民族，包括政治本身，都得靠经济来养活。在我们国家，搞经济的对搞政治的，向来不敢轻视；而搞政治的对搞经济的，除了轻视之外，似乎还有一条嫉妒。嫉妒是一种比仇恨还强烈的恶劣情绪。这张纸条就充分地反映了这种情绪。”

他又找安装公司的经理要了一支烟。刘亚回来了，怀里抱着一大摞杂志。

“谢谢。”车篷宽接过杂志，对大家说，“有的同志不止一次向我提过，不懂外文无法学习，特别是不能学习国外的先进经验。懂外文当然更好，我决不认为我粗通几门外国语是一种耻辱，或者是不配当省委书记。但是不懂外文，照样可以学习。你们看——”

车篷宽像个邮局报刊推销员，抱着那一大摞经济技术报刊，离开了讲桌，来到大厅甬道中间，举起一本又一本，向大家作介绍：“同志们，这是《科技导报》《电子技术》《工业器材》；这是《先进技术与产品》《石油开采与加工》《英国工业》《日本经济》《新技术与新产品》《工业设备与原料》；这本封面很漂亮的是《美国工业导报》；这本是《国外现代化导报》《英国技术导报》《澳大利亚工业与技术》《荷兰贸易导报》《现代科技》《美国科学新闻》《电脑月报》……”他从这边甬道走过去，又从那边甬道走回来。“这些东西都是中文版，都可以看懂。有些还是他们自己印的，目的是宣传他们的东西，对我们来说是送上门来的情报。总之，书很多，报刊材料也很多，就看同志们想学不想学。想学的话，自然就会找到学习材料。这些东西就是我自己找来的，有的是从书店里买来的。”车篷宽回到讲台上：“同志们，总之，局面已经打开，形势是有利的。当然我们前面也还会有许多困难，但是世界上哪一个改革者的事业没有遇到困难呢？我对前途是充满信心的。祝愿大家为繁荣社会主义的经济建设，为我们国家的四个现代化，做出新的成绩。”

会议结束了。有一大批人拥到前边去，有的围住车篷宽，向他请教问题；更多的人是翻看那些经济技术杂志，有的还把杂志的名称记到自己的本子上。

车篷宽做了这样一个总结性发言，就把自己推到了激流之中，看来今后他是不得安生了。

## 十三

夜很深了。曾淮怕惊动妻子，悄悄从屋里走出来，离开省委机关的后院，来到马路边的一片小树林里。马路上很静，一个行人也见不到，偶尔有汽车驶过，马达声格外刺耳。曾淮躲进树林深处的黑影里。他在黑影里溜达着。走着走着，突然急躁起来，抡起拳头狠命擂打树干。发过一阵疯，接着再溜达。夜风吹得他身上发冷了，就摆开架式打一套少林拳……

曾淮上任三天了。从表面上看不出机械局有异常的变动，但是指挥全局的神经中枢断了，工作基本上停摆了。一个头头一个令，孙长恕下台了，他搞的那一套肯定不行了，全局上上下下的干部群众，眼睛都盯住新来的副局长——实际是局长的曾淮，看他怎样决策，怎样动作。新官上任三把火，曾局长的第一把火要烧哪儿呢？

机械局了解他的人不多，因而同情他的人也不多。孙长恕在机械局当了近二十年的局长，手下有一大帮人，而且这些人都占据着重要职位，有一定的权力。他们都用敌视的眼光盯着曾淮，观察着他的一言一行。

古人有一夜之间愁白了头发的传说。曾淮在监狱里和劳改农场里也把头发熬白了一大半，还剩下几根说黑不黑、说灰不灰的头发，这三天下来也彻底变白了。他不要司机，自己开着吉普车到处跑，想上哪儿就去哪儿。第一天看了两个厂，第二天看了五个厂，第三天看了六个厂。晚上回到家里睡不着觉，躺下起来，起来躺下，真要急疯了！

问题那么多，先解决哪一个呢？他一遍又一遍地在心里问自己："要是车篷宽处在我的地位，会怎么办呢？"曾淮几次憋不住了，想去找省委书记讨教，每次他都是走到半路又折回来。他想："车篷宽的日子已经很不好过，我如果再去找他诉苦，不会加重他的负担吗？机械局迫在眉睫的问题是没活干，没饭吃，没奖金，人心惶惶。再加上退货，撤销合同，声誉不佳，思想混乱……目前恐怕首先要把生产抓上去。"

曾淮冲出小树林，悄悄回到家，拿出自己的提包，轻轻锁上门。他的吉普车停在离门口不远的车棚子里。他跳上去打着了火，飞快地驶向机械局。

来到局门口，他费了好大的劲才喊醒了守门的刘大爷。老人着实被他吓了一大跳，开了门心慌意乱地问："曾局长，出什么事啦？"

曾淮替老人关好门，笑着说："什么事也没出。刘大爷，您回屋睡去吧。"

老人嘟嘟地回到传达室："还睡什么，盹儿都吓跑了。"

曾淮来到自己的办公室，起草了一份"机械局当月的工作要点"，然后趴在办公桌上睡着了。他睡得很沉，很甜。三天来这是第一次合上眼。

等到上班的铃声把他惊醒，他洗了把脸，对办公室主任发出了他上任以来的第一道命令："请局属五个公司的经理和局直属大厂的厂长，半小时以后到我这儿来开会。"

也许是由于好奇，是由于对新局长不摸底细的恐惧，经理和厂长们都按时赶来了。

曾淮单刀直入地提出了自己的想法："我没有时间跟大家客气了。你们过去都是老爷，买我们产品的用户是孙子。现在要颠倒过来，用户是老爷，我们是孙子。我们局的买卖做得不景气，产品的声誉不好，再不改变这种状况，就要倒台，关门大吉。你们回去立刻组织访问团，或者干脆就叫请罪团。你们要亲自带队，挨个去访问用户，赔礼道歉，坏的管修，不合格的给换，因我们的产品质量不好给用户造成损失的要赔偿。千方百计挽回影响，建立我们的信誉。你们回来以后，集中用户的意见，下死决心改进产品质量。一定要用价廉物美的产品夺回市场，垄断市场，至少要垄断我们本省机械产品的市场。要记住，市场是企业家的上帝。经过一阵努力，如果我们省的用户仍到外省市去定购机械产品，那就是我们局的耻辱。"

这就是曾淮的决策。他不是从上到下地整顿班子，改革机构，巩固权力，而是正相反，按照工厂生产流水线的程序，第一道工序要为第二道工序服务，第二道工序要为第三道工序服务。他的想法是先了解市场，根据市场的需求，整顿生产，生产为了市场。然后根据生产的需要，整顿干部队伍和机构。上面一切为了生产，不适应的就改，阻碍生产的就撤，就换！

曾淮在大学里学了五年工业经济，到底没有白学。经过研究，他带着技术处长、计划处长、生产处长去访问各兄弟局。他们第一站先来到轻工业局。他没有按照职务对等的惯例先去找局长，而是直接来到生产处。他的想法是谁掌握情况就找谁。如果找到局长，碰上个一问三不知的老先生，说上一大堆客套话顶什么用？

轻工业局的生产处长，一见机械局局长亲自带着几个处级干部来征求意见，十分感动，诚恳地对机械局的产品提了几条意见。

曾淮把这些意见认真地记下来。然后话题一转，询问轻工业系统在生产上和设备上还有什么困难，存在什么问题，要不要机械局给予帮助。

轻工业系统大部分还是手工操作，设备都比较陈旧。生产处长提了一大堆困难，曾淮把每一个困难都详细地打听清楚记下来。听着听着他的眼睛亮起来，拦住对方的话题："等等，圆口布鞋的问题我没听明白，外贸部叫你们每年出口一千万双，是这么多吗？外国人也喜欢咱们的圆口布鞋？"

"美国人管它叫'工夫鞋'，穿在脚上很舒服。他们练功，跑步都喜欢穿这种鞋，上了年岁的人尤其喜欢穿。外国人大都是以谋求自己的健康为生活中心，千方百计想延长自己的寿命，练功跑步的人很多，所以这种布鞋老是脱销。可是我们尽了最大的力量，一年只能生产三百万双。"

"为什么？"

"铸底、绱鞋全靠手工操作。"

"能不能用机械代替？搞条生产线？"曾淮心情急切地问。

"说不好，反正我们局自己搞不了。我们和机械隔着行呢！"

曾淮站起来很诚恳地说："您能不能带我们去厂里看看？"

精诚所至，金石为开。人家找到门上，诚心要给解决困难，生产处长欣然应允，扔下手头的工作，坐上了机械局的小面包车。生产处长一看局长亲自开车，十分感动。

他们来到了制鞋厂。参观了一会儿，曾淮悄悄问自己的技术处长："王总工程师，您看能不能给他们搞点机械化？"

对于一个专搞机械的工程师来说，给制鞋厂搞点机械化设备，当然是件容易的事情。

王总点头同意。机械局生产处长一见有任务可抓，眼睛都红了，对轻工业局的生产处长又是送烟，又是点火，高兴地说："我们保证用一个月的时间给你们造出绱鞋机和铸底机，让你们今年完成一千万双的出口任务。计划处长，行不行？”

计划处长说：“当然行。”他趁热打铁，立刻向对方说：“明天我们就来订合同”。

曾淮拦住说：“等等，合同可以订，但不要收钱。我们先搞出样机，你们经过使用，满意了再交款；不满意，我们再改进。只要是我们局出的产品，今后保修、保换、保退。”

轻工业局的生产处长眉开眼笑地拉住曾淮的手一再道谢。然后又领他们到另外几个工厂去参观。

餐具厂产品出口任务也很重。他们原想从日本引进一条生产线，需要外汇三百万美元，车篷宽不批，厂里正发愁。机械局王总工程师一听又来了任务，从兜里掏出袖珍计算器低头算了起来。他算了一阵，抬起头来说：“这条生产线我们包了，今年内交货。不要你三百万美元，有一百一十万人民币就可以了。”

……

看到自行车厂瓦圈打眼儿还是一个一个地打，王总又说：“这太落后了，我给你们搞一个打眼机，一下把三十几个眼全打完。”

在回来的路上，计划处长把心里的小算盘一打，高兴地对曾淮说：“我们这一天就揽了七八百万元的生意。”

曾淮说：“明天去纺织局，轻纺工业大有潜力可挖，可以为我们的机械产品打开一条很好的销路。我准备和省百货大楼商量一下，在楼下借用他们一个厅作为我们机械产品的代销点。百货公司里什么人都去，南来北往的，中国人外国人都有，只要我们的产品打得响，他们是活广告，也会替我们做宣传。生产处通知各厂，在产品质量、品种上要狠下点功夫，今年九月份我们要举办一次大规模的机械产品展销会，向全国发请帖，也向外国人发请帖。一定要把我们的产品打出去！王总，您说行吗？”曾淮手里把着方向盘，眼睛盯住后视镜。

王总拿掉嘴里的香烟，脸上闪过一道兴奋的光芒，点头称赞：“曾局长，办事就得有这种向外开拓的气魄！”

# 十四

风兆丽偷着写过好几篇小说，都没有勇气拿出去发表。但是，她根据省委书记车篷宽的事迹写完小说《决策》，却有一股从来没有过的、不可抑制的冲动情绪。她捏着厚厚一叠稿子，就像捏着一团火，恨不得立刻投出去，还抑制不住老想给朋友们念一念。自从车篷宽主持的那个全省经济调整会议结束以后，风兆丽从自己所在的安装公司的变化，从她听到的工人们的反映，深感车篷宽制定的这一套政策是给“四化”建设打了一剂强心针，深得民心，大受欢迎。可是也有握着实权的一些大人物，还在从中作梗。这就使风兆丽觉得像车篷宽这样的领导干部更加宝贵。她是在异常激动的情绪中完成这篇作品的。她怕寄出去浪费时间或者丢失，亲自把稿子送到了省报文艺部。走出报社，她突然想起应该把稿子给车篷宽看一看，听听省委书记的意见。她毕竟是第一次描写这么高级的领导干部形象，很可能有不妥当的地方。她看看表，时针快要指向晚八点了，省委书记已经下班了。她回家拿上草稿，按照王廷律告诉她的地址，乘上了公共汽车。

车篷宽住在离省委机关不远的一片楼房里。这片楼房里住的全是省委和市委机关的干部。部长以上的干部住的是一所样子很别致的小楼，上下只有两层。车篷宽住在楼下，风兆丽找到门牌号犹豫了一下，便举手敲门。刚敲了两下，就听到里面有一个老太太的声音答了腔：“谁呀？”没等风兆丽回答，门已经开了。楼道里点着一个三瓦的荧光灯，光线很暗，老太太又是背对灯光，兆丽看不清老人的脸色。老人问：“你找谁？”说着话身子并不躲开，没有邀请风兆丽进去的意思。

“我找车书记。”

“车书记不在。”老太太不算冷淡，但也绝不热情。

“他还没有下班？”

“不，他出差走了。”

看样子老太太马上就要关门。凤兆丽猜不透这位老人是车书记的夫人呢，还是他家保姆？也不知道是车书记真的不在家，还是这位老人故意推脱，不让她进去？连书记的门都没进就返回去，太窝囊了。她向里边张望，从没有关严的门缝中飘出一阵音乐声，很可能还有人在里面看电视。家里总不会只有这一位老太太，至少王廷律还会在家吧？

老太太见她不说话，一个劲扬起头向里边张望，真的要关门了：“同志，你有什么事情，过几天到省委车书记的办公室去找他。”

“大娘，等等。”一着急，凤兆丽把老百姓的称呼端出来了，“我是省机械安装公司的，叫凤兆丽，和王廷律在一个单位工作。”

“噢，那请进来吧。”老人的口气立刻变得热情了。

王廷律听见说话声，从对面那间屋子里探出头，一见凤兆丽，赶紧迎出来，对老人说：“妈，这是我们公司的团委书记。”转身又对凤兆丽介绍说：“这是我妈。”

兆丽只好按青年人的习惯又改口说：“伯母，您好！”

老人亲切地把她让进会客厅，里面果然有一台不算很大的彩色电视机，屏幕上正放映着一部电视纪录片：《祖国各地》。除去王廷律和他的母亲，没有第三个人。看来车书记真的没在家。

凤兆丽晚上突然来访，使王廷律又惊又喜，而且心里怦怦乱跳，有一种莫名其妙的紧张。他给兆丽端上一杯茶：“请喝水。”

兆丽急忙点点头：“好，你别忙乎啦。”

老人把一个糖盒又送到她的面前：“吃点糖吧。”

兆丽赶紧站起来：“好，好，您快放下吧，我要吃自己拿。”

一时不知说什么好，三个人都把目光转向了电视。凤兆丽是个能够随机应变的姑娘，在任何一个公共场合都不会感到拘束。可是今天晚上，在这个省委书记的家里，在这位曾经当过机械局副局长的老太太跟前，她却感到很不自在。只好人家问一句，她回答一句。好在屋里灯光比较暗，互相都看不清脸色，还有一个电视机给大家调节了气氛。

但是，屏幕上美丽的祖国风光突然消失了，风景纪录片结束了。响起了电子音乐声，屏幕上出现了商品广告。

王老太太突然抬起身，生气地说："又是广告、广告、广告，把电视都糟蹋了。一放映广告，就把什么兴致都破坏了！"老人"啪"的一声关掉了电视机。

"哎，您怎么关了？"王廷律赶紧走过去又打开电视，"我正想看广告呢！"

老人叹了口气："哼，跟你爹一样！人家看电视都为的是看新闻，看文艺节目，你们可倒好，专门喜欢看广告。这些枯燥无味的广告，有什么看头呢？"老太太说完转身要走。

王廷律眼睛盯着广告，头也不回地说："您有意见对我爸爸说去，这是他建议让省电视台承揽广告业务的。"

"你爸爸……"老太太后边的话没有说出来就推门出去了，对凤兆丽连个招呼也没打。

凤兆丽笑了："小王，我看你们家也得跟外国人一样，一个人买一台电视机，谁爱看什么就看什么。"

"没办法。我爸爸很注意广告，我妈一见广告就头痛。最近我爸爸又逼我妈退了休，他一回来，我妈就和他吵个没完。"王廷律的眼睛仍然不离开广告，但是有一半原因是怕被凤兆丽看出自己不自在的神色。

兆丽说："我看你对广告也入迷啦！"

"咱们公司的经理叫我也设计一个承包安装任务的广告。我想参考人家的经验，把咱们公司的广告尽量搞得新颖、生动一点，好吸引观众的注意。"广告终于播完了。王廷律关了电视，开亮了日光灯，端起糖盒请兆丽吃糖。

兆丽吃着糖问："车书记到哪儿去了？"

王廷律顺口答："救火去了。"

"救火？"

"他在工业调整会议上放了一把火，全省大大小小的企业都动起来了，各种问题也都暴露出来了。我爸爸从前天起就深入基层单位解决问题去了。妈妈说他是引火烧身，自作自受！"

见不到省委书记，稿子也无法请他提意见了，凤兆丽心里觉得有点遗憾。她没话找话地问："我看你妈妈身体很好，为什么要让她退休？"

"她不离开，你舅舅去了还能干得好？"

世上的事可真值得琢磨，且不说反对派，就是自己的亲戚朋友之间也是这么复杂！凤兆丽觉得车篷宽在这许多大连环、小连环的套套里仍然冲破困难挺着干，这种披荆斩棘的精神实在值得敬重。

"你妈妈愿意退休吗？"

"当然不愿意，这些天都快把她憋疯了。我爸爸叫她研究工程心理学和人机工程等，为现代化企业里如何做思想政治工作作点贡献。可是我妈什么也不干，什么心思也没有，成天发牢骚、骂人。脾气变得非常暴躁。"

"你妈对机械局是有感情的。"

"她很关心机械局的事，很想知道新局长去了以后情况怎么样，可是她赌着一口气，不到局里去，也不打听。你舅舅也真行，不来看她，局里的事也不跟她讲，好像她一退休，机械局就不承认有她这个人啦。"

"啊，是这样，我得去跟舅舅讲讲……"

"别，你可不能跟曾局长讲。他们领导之间的事我们不要插嘴。我爸爸一再嘱咐我这一点。"

凤兆丽很想再见见王老太太，可是人家已经躲到自己房里去了，她只好改了话题："你们家住几间房？"

"五间。"

兆丽很想看看车篷宽的房间是什么样儿，就找了个借口："那天车书记在会上抱着一大摞杂志向开会的代表推荐，他说得快，杂志的名字我没有全记住，你能带我到车书记的屋里看看吗？"

"看看可以，但爸爸正在用的书绝对不许别人动。"

"我不拿走，只在这儿翻一翻就行。"

王廷律领着凤兆丽走出客厅，来到楼道边上的一间屋子，打开电灯。屋里陈设很简单，墙上挂着很多名人的字画，一排书架，一张办公桌，一张大双人床。靠近门口的地方还有一张沙发和一个小茶几。进屋头一眼看到的就是书，环顾四周，看到的尽是书。一张大双人床上很规则地摆满了外国的技术杂志，而且每本杂志都是摊开的。有的字里行间画上了红杠，有的书页里夹着纸条。被垛上放着书，枕头上也是书，沙发上摊着书，茶几上也堆着书。虽然到处都摆满了书，但是多而不乱，主人查找起来显然很方便。

兆丽觉得很新鲜，笑着问："你爸睡觉的时候怎么办？"

王廷律说："把床上靠外边的书往里边一推，留出能躺下一个人的地方就行。第二天早上起床后，再把推过去的书拉出来。爸正在看的这些杂志和书报，有谁动一下，翻过去一页，他都会发觉的。"

省委书记的卧室应该是什么样子，豪华到什么程度，简朴到什么程度，凤兆丽似乎把什么样式都想象过了，就是没有想象出会是这副样子。她如果想把每本书的封面都看一下，也得需要半小时。她惊叹地在屋里站了一会儿，就感慨万分地退出来，对王廷律说："我该走了。"

时间也的确够晚了，王廷律没有挽留。

凤兆丽推开王剑秋的房门："王伯母，我走啦。"

老太太站起来，慌忙合上手里的一份油印材料。她这样一合，恰恰让眼睛很尖的凤兆丽看到封皮上印着的几个大字：机械局简报。老人在偷偷地掌握机械局里的情况，而且也证明机械局里有人不断地给她送材料、通情报。

老人只是出于礼貌才说："再坐一会儿吧。"

在明亮的灯光下，凤兆丽看见这位王副局长又白又胖，脸盘秀丽，年轻时一定是个大美人。她对老太太发生了兴趣，没有马上拔腿出来，却问道："伯母，您这么大年纪，晚上还学习？"

"我还学习什么，不学了！就混吃等死了。"

"您为什么要这样说，您身体这么好，一定会亲眼看到咱们国家实现现代化。"

"我可不盼望你们那个现代化。等老车一回来，我自己到乡下去住。"老人发着狠说。

凤兆丽一惊："您为什么要下乡？"

"眼不见，心不乱。你们年轻人成天就知道叫喊现代化，现代化，对外国人的现代化眼馋得了不得。你们就不知道现代化也有现代化的弊病，环境污染，空气恶浊，人为的紧张，相互竞争……"

凤兆丽还是头一次听到这样的议论，她感到新鲜，感到惊奇。但她不愿意和老太太辩论，便告辞道："王伯母，我走了。"

老人答了一声："再见。"

"再见。"

王廷律一直送凤兆丽到汽车站。天气不冷不热。大街上行人不多。两个人都觉得想说点什么，可是到底什么也没说。自从那天和金城吵架，金城用很下流的话把王廷律和凤兆丽之间那种很微妙的关系点破后，两个人的关系似乎近了，但表面上却更疏远了。直到兆丽上了汽车，王廷律摆摆手，才像刚醒过来似的说了声："明天见！"他望着远去的汽车，心里若有所失。

# 十五

早晨，潘景川走进自己的办公室。他坐到桌前先办两件事：头一件是看看有没有急等处理的文件，第二件是浏览一下当天的报纸。

“农委”打了一个报告，分管农业的省委书记田笑在上面做了批示，要求常委们传阅。潘景川看了几行就皱起了眉头：车篷宽号召在全省范围内展开竞争，很快就挤垮了一批农村的社队企业，有些县办工厂也感到岌岌可危，朝不保夕。竞争政策严重危害了农民的利益。这些没有竞争能力的中小企业里的职工，思想很不安定，老担心工厂关门。于是人心惶惶，各找出路，搅得全省社队企业一片混乱。潘景川生气地甩开了这份报告。他顺手拿起了刚来的报纸，又是广告，整版整版的广告！如今广播里有广告，电视里有广告，报纸上也登广告。竞争，倾轧，大鱼吃小鱼，小鱼吃虾米，一切为了赚钱，新政策把全省都搅得商品化了，资本主义化了！

潘景川狠命地把报纸往桌上一摔，怒不可遏。自从车篷宽开了那次“竞争会”，就在全省掀起了一场大风波。现在不是第一书记掌握全省的形势，而是他在左右局面；不是常委会领导他，而是他造成既成事实，逼常委会认账。这几天，好几个常委都向他反映，表示了对车篷宽的强烈不满。看来，只要这个省里有车篷宽，全省就不得安宁，第一书记就得给他擦屁股，替他承担责任，为他提心吊胆。

潘景川生起气来不是脸色发红，而是发白、发青，还不断地往外冒汗，两只大而突出的眼睛闪出两道冷光。他忽然想到，车篷宽在北京时受到了 D 副总理的严厉批评，中央也不欣赏他。他在省里擅作主张，一意孤行，并没有强有力的后台。不如趁副总理批评的余威，索性让他挪挪窝，别在这里捣乱了。

潘景川关死门，独自一个人思虑着行动计划，电话铃突然响了。他拿起了听筒，嗓音里还带着一股火气：“喂，你找谁？”

“哎，你是潘书记吗？我是老孙，孙长恕！”耳机里传来一个火气更旺的大嗓门。

潘景川口气立刻和缓了：“老孙同志，你近来怎么样？身体还好吗？”

“好个屁！”耳机里传来孙长恕愤怒的叫骂声，“你看今天的报纸了吗？”

“没有哇，出了什么事？”潘景川以为孙长恕也是对登整版广告有意见。

“你快看看吧。第三版登了一篇小说，题目叫《决策》，把车篷宽捧成了制定‘四化’方针大计的英雄，而把咱们俩却含沙射影地骂了个狗血喷头。那里面的鲁非，是个无能之辈，我看就是影射你。骂我就更狠了，说我是大草包，大笨蛋，保守顽固，挡‘四化’的道。这样诬陷人，你第一书记管不管……”电话里突然没有声音了，但是也没有挂断。一定是孙长恕说着半截话突然发生了什么意外。

潘景川不敢放下电话，他一连声地对着话筒叫喊：“喂，喂，老孙，老孙！”

他渐渐在耳机里听到了一种嘈杂的说话声、叫喊声，似乎还有女人的哭喊声。潘景川判断着对方的情况，“哐当”一声，突然有人把电话挂断了。

潘景川已经猜到孙长恕出了什么问题了。他反而镇静下来，甚至连肚里的火气也消了许多。如果孙长恕真是发生了像他猜测的那种事情，那就好办了，他就可以下狠心解决车篷宽的问题了。

他重新拿起报纸，仔细地看登在第三版上的短篇小说《决策》。他越看越有气，几次气得他想把报纸撕碎，但他强迫自己硬着头皮看下去，而且还把他认为有问题的段落用红笔画上杠杠。他看完小说，脸色煞白，大汗淋漓。车篷宽先动手了，他想借助舆论把他潘景川挤下去！他喝了一杯水，让自己冷静下来。想定了先下手为强的行动计划，就拨电话到省中心医院。他问："你是中心医院吗，哪位负责人在？……噢，我是省委潘景川。什么……机械局的孙长恕局长心肌梗死？快抢救！要尽全力抢救！"

潘景川紧接着又给自己的秘书打了个电话，布置了两件事：订一张明天去北京的飞机票，不要声张，尽量不让别人知道；查一下《决策》的作者凤兆丽是谁？干什么工作的？通知省报总编辑准备对这篇小说进行批判。噢，对了，目前不提倡用批判这个词儿，叫讨论也可以，叫商榷也可以，但必须明确指出这篇小说丑化和诬蔑老干部的严重错误。

潘景川把登着《决策》的那张报纸叠好，和"农委"告车篷宽状的那份报告放在一块，装进自己的提包。然后他坐在椅子上，静下心来，把车篷宽的问题列了一张清单，准备进京以后向D副总理详细汇报。反正这次进京要向中央叫这个板：要是让车篷宽干，他就走，要是让他干，就得把车篷宽弄走。

潘景川想得正出神，办公厅主任笑嘻嘻地推门进来，把两份文件递给他，用一种不可抑制的高兴语调说："好消息，中央批转了车书记的信。"

"啊？"潘景川一惊。等办公厅主任一走，就赶紧打开文件。D副总理批准的冶金设计总院吴昭年的引进计划，又上报到国务院主持常务工作的C副总理那儿。C副总理召集国务院会议进行了讨论，最后批驳了这个计划，还加了这样一句批语：

如果这个计划得以实现，中国人就连裤子也穿不上了！

省委第一书记潘景川看完C副总理的批示，脸上又冒汗了。这回不只是生气，更多的是着急。他性急地打开第二份文件，这是国务院转发的车篷宽给国务院领导的一封信。车篷宽在信里谈了自己对经济政策的一些看法和设想，还谈了他在自己省里的一些做法。整个内容和他在全省厂长以上干部会议上所做的总结报告差不多。国务院转发这封信本身就说明了国务院的态度。国务院还是欣赏车篷宽这些做法的。可是国务院在转发的按语中，为什么不明确表态呢？而只是不置可否地说车篷宽的这些探索和尝试可供别的省市参考。

潘景川对去不去北京有点犹豫了。中央的斗争也很复杂呀。领导之间的认识不见得就完全统一，政策也不见得就完全一致。

唉，这一炮倒叫车篷宽打响了，这下他就更牛气了，更不把第一书记看在眼里了。车篷宽不给省委打报告，不提请常委讨论，却直接给国务院写信。潘景川怒火中烧，突然又坚定了进京的决心。没有什么可犹豫的，中央有欣赏车篷宽的，总还有不欣赏他的人！

秘书走进来，向他报告：去北京的飞机票已经订好了。

## 十六

下班了，工人们都高高兴兴地往厂外走。有的骑着自行车，有的去乘公共汽车。厂区中央大道上笑语喧哗，车铃叮当。王廷律腋下夹着个饭盒，低着头往食堂走。妈妈退休后在家里憋闷不住，到乡下去了。爸爸车篷宽，三天前突然被召到北京去了。他前脚刚走，关于他要调走的消息就在省城传开了。一个省委书记调到北京冶金设计总院当副院长，单从职位看不升不降。副院长也相当于副部长级。可是省委机关里的人心里都有数，这是被挤走的！这两天很多人找到王廷律打听消息，询问车书记回来没有，对他的被调走表示气愤。王廷律听到下边工人对这件事骂大街的就更多了。其实他认真地考虑了一下，爸爸调到冶金设计总院去当个副院长，还真不是坏事。他有丰富的科技专业知识，领导科研单位还不是驾轻就熟！况且又是个副职，想干就干，不想干就养老啦！在这个省里还有什么干头？呕心沥血，出了那么大的力，担了那么多的责难和风险，甚至不惜得罪自己的亲人和好朋友，却落了这样一个结果！天不寒心人寒心。王廷律作为一个高级干部的儿子，对人生的荣枯浮沉，世态炎凉，经受得可多了。爸爸的被贬，对他的打击并不算重。他是一个内向的人。他的个性有很多地方像车篷宽。他总想在社会上成为一个独立的人，凭自己的本领，创自己的事业。因此，他总想摆脱他父亲的影响。如果这次父亲调到北京去工作，说不定对他独立生活来说，还是一件值得庆幸的事呢！

但是，因父亲的事毁了凤兆丽，却使他十分难受。她的短篇小说《决策》在报上发表以后，有人说好得了不得，有人说坏得了不得。省报已经以显著篇幅发表了两篇文章，名为争鸣，实则批判。一个姑娘家刚学写作，怎么能经受得住这样重的政治打击！这还不说，公司里有人传出一股风，说凤兆丽写那篇小说是为了讨好车篷宽，她想做省委书记的儿媳妇！一个年轻姑娘吃得消这样的诽谤吗？她是团委书记，今后叫她还怎么见人？怎么做青年工作？

王廷律心里非常敬佩凤兆丽。他认为她不是一般的姑娘，是个奇女。他从来不敢奢想自己能够和这样的姑娘结合。自从那次和金城吵架以后，那几个坏小子硬把他和凤兆丽拉扯到一块儿，却挑动了他的心。但是他决不敢表露自己的感情，他总觉得自己不配。他甚至对凤兆丽更疏远了。最近这场风波一起，王廷律简直不敢和凤兆丽说话，一见了她就远远地躲开了。不是他胆小，怕牵连自己，而是怕给凤兆丽招来新的闲话。

王廷律就这样心事重重，耷拉着脑袋往食堂走。凤兆丽站在团委办公室窗户跟前，眼睛一直在盯着他。

"业余华侨"一见王廷律，立刻来了精神，小声对金城说："哎，快看呀，你那对手这回可成三孙子啦！好好拿他耍耍，怎么样？"

金城扭头瞪他一眼："去你妈的！君子不乘人之危。"

"业余华侨"可不管这些，他不顾马路上那么多人，就高声叫起来："哎，王大技术员，这几天怎么看你的脑袋打蔫儿啦！晚上食堂里的饭只卖给那些没家没业的土光棍儿，你去凑什么热闹？快回家啃牛排去吧，要不就去遛马路下饭馆……”

他的话咸的淡的都有，一套套、一串串的。可是没等他说完，金城突然给他一拳。“业余华侨”没有防备，摔倒在地，马路上引起一阵哄笑。

“你他妈的也算是人！”金城不去搀扶“业余华侨”，却一直走到王廷律跟前，盯着对方的眼睛，诚恳地说：“廷律，你要不嫌弃就跟我走，到我家去吃饭。”

自从那天吵架以后，金城突然来了这么一手，把王廷律闹愣了。他半天才醒过味儿来，抓住金城的手，感动地说：“金城，谢谢你，谢谢你！我今天晚上有事，实在去不了，以后找个时间一定去！”

“好，一言为定，以后我等你。”金城带着一种侠气，“别着急，把脑袋抬起来，把心搁在肚子里，没什么了不起。你爸爸是个好人。这一闹，老百姓心里倒更明白了！”

说完他摆摆手，去追赶自己的伙伴。真得感谢金城这几句热心热肠的话，王廷律很高兴又获得了他的友谊。

站在窗户里面的凤兆丽，对这一切看得清清楚楚。她的心里也发热，用感激的目光望着金城他们走远了，走出来追上王廷律说：“你怎么要在食堂里吃晚饭？”

在这种时候，马路上下班的人很多，凤兆丽不避嫌疑，主动找上来说话，使王廷律很紧张：“哦……家里就剩我自己了，在食堂随便吃点就省事了。”

“回家吧，回家去吃，我去给你做饭。走，咱们一块走！”

“啊！不，不！这种时候你不能到我们家去，难道你还嫌说闲话的人少吗？”王廷律慌了，又不敢大声说话，怕别人听见。他急得又使眼色，又打手势，让凤兆丽快点离开。

兆丽看他这个胆小怕事的老实样，禁不住笑了。她眼睛一瞪，有意激王廷律的火：“报纸上批判我，你是不是怕受我的牵连？”

“哎！你说的这是什么话？”

“你就说你怕不怕吧？”兆丽又逼近一步。

“我……唉，我怕什么！”

“好，只要你不怕就行。走，咱们回家，到家我有话跟你说。”兆丽说着就拉着王廷律往回走，王廷律想离开她远一点，她却反而挎住了他的胳膊。

王廷律急得小声说：“你快松手，我跟你走。”

两个人推上自行车，并排着出了厂门口。王廷律心里嘀嘀咕咕，脸上火烧火燎，总觉得后边好像有人指着他们俩的脊梁骨说闲话。凤兆丽却无所谓，十分亲热地和王廷律又说又笑。王廷律双脚像踩了风火轮，浑身发热，心里怦怦跳个不停。他心里有一种强烈的冲动和幸福的感觉，但分明又掺杂着某种不安。

一路上，凤兆丽买了一些鲜肉、鲜菜和很多酱菜、罐头之类吃的东西，还买了一瓶高级白葡萄酒。回到王廷律的家里，凤兆丽从提包里拿出一大沓信件交给王廷律，“你什么也别干，把这些东西都看完。”她自己挽起袄袖，到厨房里动手做饭去了。

凤兆丽给王廷律看的是读者看了小说《决策》以后给作者写来的信。什么人都有：有干部，有工人，有农民，有战士，也有学生。信的内容也是五花八门，但是写得都很诚恳，坚决支持作者，对作者表示感谢，感谢她写了激动人心的作品，对现实生活起了很大的推动作用。王廷律大开眼界，真想不到一篇小说会有这么大的影响。他对凤兆丽更加肃然起敬。

凤兆丽完全像这个家庭的主妇一样，很快把饭菜摆好了，酒也斟好了。但是她没有马上招呼王廷律入座，却走到他跟前，双手搭在他的肩上，眼睛对着他的眼睛。

一股意想不到的、突然来临的幸福，冲得王廷律有些发蒙。他反而有些不好意思地从兆丽那秀媚的脸上掉开了眼睛。他的心激动得发颤了。

凤兆丽的神情却是严肃的：“廷律，看着我。告诉我，你真的喜欢我吗？”

廷律急忙点头：“喜欢，非常喜欢。但……”

“但什么？”

“但我不敢设想你会喜欢我。我总觉得我不配爱你，你比我有才气。”

“不！你配，你配。是我不配你。你说实话，你真的爱我？”兆丽的目光凝聚在廷律的眸子上，恨不得从他的眼睛里掏出他的心来。

“真的，真的！”廷律不知道该怎样表白了。

“你了解我的全部情况吗？”

“我不用知道你的全部历史，我只根据在这一年多的接触中对你的了解，就足够我对你爱一辈子了，或者说是足够我敬佩你一辈子！”

听了这样火热的爱情表白，她搭在廷律肩上的手，微微发颤起来。

“廷律，我……我已经不是一个贞洁的姑娘了……”兆丽突然用恐惧的目光盯住廷律，她像一个罪人似的等待着判决！

“什么？”廷律一惊。

“你别问我为什么，别追问我，我宁愿死也不愿意再回想那封建特权可怕的一幕。这事我连我的父母、我的舅舅都没有告诉过。我既然知道你爱我，我就不能不告诉你真情。你说实话，你知道了真情，还爱我吗？”

“爱你，爱得更深！”廷律的双手一直垂着，不敢碰兆丽，这时却抬起来扶住姑娘的腰。

“你说什么？爱得更深？”

廷律热烈起来，胆子也大了，用手抚摸着姑娘的脸：“是的，这样我就更爱你了。你既然把这种事都告诉我，就说明你信任我，真爱我；也证明你内心纯洁，你的心灵比你的外表更美好！”不知为什么，说着说着，王廷律的眼睛湿润起来了。

“廷律……”姑娘趴在他的身上哭了。这是积蓄了多年的伤心的泪水，也是幸福的泪水。

王廷律搂住姑娘，他好像怕姑娘再跑了，搂得很紧，很紧。他那发烫的脸颊，贴到兆丽的头发上。

他们俩就这样默默地搂抱着，忘记了吃饭，忘记了时间，忘记了一切。也不知过了多久，他们听到门外的脚步声，打开门一看，车篷宽拿着提包站在门口。

兆丽擦擦眼泪，不好意思地喊了一声：“车书记……爸爸。”

车篷宽惊异地“嗯”了一声。

王廷律赶忙解释：“爸爸，我和兆丽订婚了。”

车篷宽慈爱地笑了：“好，这可是件大喜事，我很高兴。兆丽，欢迎你加入我们这个家庭。来，咱们喝酒庆贺！”

三个人围着桌子坐好，高高兴兴地喝起酒来。

廷律关心爸爸的工作，问：“爸爸，您调到北京去工作吗？”

“不去，我不能离开这个省。你们想，我要一走，经济改革这一仗还怎么打？像曾淮那一大批我提拔起来的干部，翅膀还不硬，我一走就把他们撂在旱岸上了。”

“中央同意吗？”

“我打了退休报告。”

“啊，您要退休了！？”两个年轻人都吃了一惊。

“我是被迫走这步棋。我退休可不是为了养老，撒手闭眼什么也不管了。我申请退休只是为了更好地工作，只是为了摆脱人事纠纷。身上没有职，说话更自由了。我可以继续搞调查，写文章。职务上退休了，思想上我可决不退休。我下一个研究课题，是现代化企业里如何开展思想政治工作。你们要多帮助我。”车篷宽把头转向王廷律，“等会儿把你妈的自行车擦一擦，打足气，明天我和你们一块去安装公司。你们那儿思想比较乱，我先去那儿蹲一段时间看看。”

廷律问：“您一退休，手里没有权了，还怎么支持曾局长他们？

怎么领导经济改革？”

车篷宽笑了。他说：“省委书记的退休报告，只有中央才能批准。中央的意见也不尽一致，而且还有更复杂的人事关系作梗。这次中央决定调我到冶金设计总院工作，背景很复杂。C副总理想叫我把不大得力的吴昭年替下来，D副总理却想把我从省委书记这个有实权的岗位上调离开。可是我有充分的理由可以不去，硬要我去，我就退休。这种种因素，导致我的退休报告暂时不会批下来。在这期间，我还是省委书记。即便将来我退休了，没有权力，还有一定的影响。权力只能下命令，而命令并不能征服人心。”

兆丽激动地举起酒杯：“爸爸，我作为这个家庭的新成员，为有您这样的老人感到自豪；我作为这个省的一个青年干部，为有您这样的领导感到幸运。为您健康长寿，干杯！”

“未来是你们的，为你们的幸福，干杯！”

“干杯！”

1980年7月27日草于天津

8月24日改于北京

原载《十月》1980年第6期

荣获1977—1980年首届全国优秀中篇小说奖

首届《十月》文学奖（1978—1981）

# 年轻的朋友们

郑万隆

## 一

见了面说什么呢？让她看通知书？请客？还有呢……

他揣着北京大学录取通知书，在一一七路汽车起点站等她。那张没有多少光泽的脸上，闪露出企望已久的荣誉带给他的尊严，眼睛看见的一切都带上了感情色彩。他不时地踮起脚尖，把脖子也伸起来，但他又怕被熟人看见，问他在等谁。问他考上没有，用嫉羡的目光和嘲弄的口吻起他的哄。这些整天守在机器旁的人，是不会放过这种机会，来调节一下他们的生活气氛，松懈一下绷了一天的脸的；何况这些人都没有他这种运气，没能去考大学，更没有找到那么一个有魅力的姑娘……

不知道什么时候，他被一拨一拨不要命挤汽车的人群，从铁栏杆旁推拥到一排高高的白杨树下面。那里有几个抱小孩的妇女和上年纪的老头儿，他们迷茫地看着一辆辆开走的车和一点也不见减少的人群，低声地骂着——肯定是骂汽车公司，绝对不敢骂那些挤在前面的小伙子。因为在凶蛮面前，文明是个弱者。要在平时，他会跑到车前头，砸司机的门，让司机和售票员给这些老头和抱小孩的行点方便。可今天，他的注意力全部集中在那些女客身上，生怕漏过了她。

啊，这个风流女郎！如果把通知书给她看，她会怎么说呢？……她一定会说："啊，英雄！还是留着你自己欣赏吧，或者装在镜框里挂在你家的墙上。"

她会这么说的。这个在草原上生活了七年，带点"野性"的姑娘！

请客？她不一定不拒绝。她会用眼睛把你打量五分钟，冷笑着说："是让我替你高兴吗？去喝一杯？啊，这可真是荣幸！我要是没工夫呢？……"

她似乎把什么都不放在眼里。不知道她在开别人的玩笑，还是在开自己的玩笑。

风息了。夕阳的余晖，从他脸上一直移上了树梢头。可她还没有来。

等人，是世上最让人焦躁烦恼的事。

她不会来了吧？——车站上的人都走空了，只有上面亮了灯的电线杆子和那排一声不响的杨树在陪伴着他。

他不知道做了多少次这样的结论：她不会来了。同时又懊悔自己为什么到这儿来等她。呆子！知道她一定上白班吗？是早有默契吗？为什么不打个电话约会呢？

突然，一个轻盈而秀美的身影闯进了他的视野。小巧的提包晃动着，那件连衣裙像雪一样，那走路的姿态，烫着大花的头发……是她？……不！是和她一个车间的。叫什么来的？……那个姑娘已经走到站牌下，而且已经看见了他。倒霉！

"噉，是梁启雄啊！听说你考上北大了，咱们厂就你一个，是吗？真让人羡慕，摇身一变离开工人群了。什么时候请客呀！大学生了还那么腼腆，请客的时候别忘了我！……吃点吗？闲磨牙的。"

她响亮而又香甜地嗑着瓜子儿，把手伸过来，那双蒙着雾的大眼睛很大方地盯着梁启雄："啊，大学生不像我们这样小市民气了！"把手又缩了回去。

梁启雄看着地上的瓜子儿皮和她脖子上的项链，她那一条颤动着的腿和脚尖，心里很不是滋味。他仿佛感到和她隔着什么。是什么呢？

汽车来了。这姑娘跨进车门，招呼着："你怎么不上车？噢——是等人哪！等李晖吧？”随着车门“嗤——砰”一声，汽车开走了。她把脑袋从车窗里伸出来：“李晖今天下午请假了，内蒙来了客人！”

“内蒙来了客人？是杨帆吗？”梁启雄石头一样立在那儿，感到大地在往下沉，眼前的一切都模糊起来。路灯像萤火虫在飘飞，马路上流溢着深蓝色的光。

也许不该来吧！——从家里出来的时候，妈妈在厨房里喊了一声“二雄，你上哪去？”又追到门口说：“一会儿你爸爸就回来了。”——“我，我也一会儿就回来。”——“我可不许你再找那个姓李的姑奶奶，我还想多活两年哪！”母亲那失去了线条和光泽的脸上露出激动的绯红，两只眼睛倒挺亮。

也许见了面没什么话好说的。厂里正在评选出席市新长征突击手大会的代表，李晖能不能当选，成了全厂的舆论中心。虽然她三年来一直保持着下线二百五十米的最高纪录，而她的衣着打扮、她的个人爱好和风度作派，使领导和很多人头疼。最终的结果很可能是代表选不上，反倒成了众人讥讽的对象、对一个姑娘来说，没有什么比名声更为珍贵的了，而衣着打扮、风度作派，又往往被引申为“生活作风问题”，容易毁掉一个姑娘的名声。为了这件事，梁启雄跟她谈过不知道多少次，劝她注意点影响。注意点传统的风俗习惯，可她说梁启雄是“多管闲事”，是“浅薄”和“脆弱”。他们之间正是为这个事而闹崩了。有一个多月了吧，还没有找到到达谅解的桥梁……

“你上不上车呀？”公共汽车的门敞开着，女售票员把脑袋从车窗伸出来，大着嗓门问。

车站上孤零零只有梁启雄一个人。他从胡思乱想中惊醒过来，抬起脚，迈出去一步又缩了回来。

“神经病！”售票员骂了一句又咯咯地笑了起来，那夹裹着讥消的笑声多像李晖呀！

## 二

这是一幕往事——

……从厂区回宿舍大楼的路熟悉得像数自己的手指头一样，梁启雄一头走一头念经似的背着英语单词。他眼中的世界仿佛都是用英文字母组成的，纷乱而拥挤，单调又枯燥。要不是外语算一半分数，刀搁在脖子上他也不愿意受这份洋罪。可这一半分数对他多么重要：去年他名落孙山，明年就超过参加高考的年龄，天哪，成败在此一举！

天热得连蝉都不叫了。入夜的马路上到处是芭蕉扇、折扇，谁也不像他——他感到气温比他的体温低多了。谁能想到十年“文化大革命”的惩罚会全面地落到他们这一代人身上。一切都要从头开始，包括认识 ABC，包括认识你是一个人，不是羔羊也不是一部机器。

梁启雄的宿舍在五楼尽东头的一扇门里：五〇二号。不知道同屋的“大葱”（从金波）在不在？求天保佑，最好他又去太阳宫体育馆游夜场了。

上不完的楼梯……trying 是什么？……外文单词把他的头搞昏了，扭开了紧东头的门，一直走了进去。他少上了一层楼，走进了四〇二号女工宿舍。

在这夏天夜里，姑娘们的身上单薄得不能再单薄了。她们在轮流试穿李晖刚刚买来的一件粉红色透明的尼龙背心，羞涩得互相搂抱着，笑得眼泪都要流出来了。

李晖盯着那个正在脱上衣、像剥开的沙田柚一样的白胖子：“哎哟我的姑奶奶，还不如我再给买一件呢，我那是八十五号的，你要试一下就成了一百〇五号了。”

姑娘们都被这个“沙田柚”吸引住了，天老爷，一百〇五号穿在她身上也不富余！……她们没理会宿舍的门锁上没有，更没想到闯进一个戴眼镜的大小伙子来。

姑娘们躲没处躲，遮没法遮，惊叫着，像爆炸了一颗手榴弹。那件尼龙背心掉在地上了……

“对不起，对不起，我是……”梁启雄也惊呆了。他向后退着，不知道自己说了些什么。

“站住！”“你怎么钻到这儿来了？”“不能让他跑了！”

遮上衣服的姑娘们镇静下来，有了胆量，有了勇气，充满了报复的冲动。

眼睛、眼睛、眼睛……一双双眼睛逼过来，犀利的、愤怒的、仇恨的、讥讽的，简直要把梁启雄吃了！

“我走错了门了……”梁启雄满脑子的字母都像惊鸟一样地飞跑了，浑身战栗着。

“走错了门？流氓！你他妈的想什么哪？”那个“沙田柚”一把拉住了梁启雄，大喊着：“揍他！他是三车间的技检员，还是厂团委的委员哪，这个不要脸的！”她那厚厚的巴掌，响亮地落在梁启雄的脸上。

梁启雄手里的英语卡片像败鳞残甲一样掉在地上……他双手捂着眼镜，连招架都不敢。

这比花果山群猴戏八戒还好看！全宿舍唯一一直穿着衣服的李晖，掩着嘴差点笑出声来。

“我真是走错了……”梁启雄的嘴唇不知被谁打出了血，姑娘们还不肯放手。屋门口围了一大群看热闹的，叫嚷着要把梁启雄送到保卫科去。

李晖从地上捡起一张英语单词卡片，心里颤了一下。她没想到事情闹得这么大，要是再闹到保卫科……她走上去，拉住“沙田柚”：“姑娘们，快放了他吧！”

“放了他？那么便宜？”“沙田柚”俨然成了英雄。

“他是来找我的。因为我对他说宿舍里就我一个人……你们看什么？他是我的男朋友。”李晖目光坦然地直视着梁启雄说，“还不快把你的这些宝贝捡起来！”

“哎哟，原来是……”姑娘们惊呆了，又搂抱在一起笑个不停。

梁启雄蹲下去捡着卡片，心想：她怎么这么说？我跟她……

“走吧！”梁启雄的胳膊被这个见义勇为的姑娘挽着，像机器人一样从包围圈里出来了。

……宿舍大楼外面，天黑得像拉起了厚厚的窗帘，梁启雄和李晖默默地走着，心里的滋味酸甜苦辣。这姑娘他认识，是五车间的下线工，怎么说呢？一个风流女郎！……还是一九七六年“四·五”事件时他们打过一次交道，这也算一报还一报吧。他看不清她的容貌，可闻得见她浓烈的香水味。她也许洒了半瓶香水。

“你怎么不说话？”李晖在一棵伞形的槭树下站住了。

“我在想怎么谢你……要是让她们送到保卫科去，明天就会传遍全厂，我真不知道……”

“可惜刚才我没有打你两下，当时你在想什么哪？”

“这些单词……trying 是什么？”

“trying？……难堪的又是苦恼的！”李晖吃吃地笑着说，“要是大学考不上反倒进了公安局可真有意思！你的宿舍在几楼？”“五〇二，也是这个位置。”

“好啦，你走吧，下次可别走错了。再走错了，我们就不用手打你了，把你塞进茅坑里！”

她咯咯地响笑起来，那笑声里夹裹着讥诮的气浪，震荡着整个夜空。

她走了，诱人的香水味还留在空气中。梁启雄觉得自己置身在彩色的梦幻般的雾里。

## 三

梁启雄离开了车站，决定去花园路找李晖。

那个内蒙来的是杨帆吗？……这个人她好像说过，她家还有他一张照片呢。每次李晖说到他就激动起来。她在内蒙插了七年队。青春的七年，除了黄了又绿的草，日夜厮守的羊群，她不应该交上一个朋友吗？……

树荫里的一对对情侣，就在马路边上拥抱，一点也不避讳人们的目光。家里不方便，公园里也没地方吗？还笑呢！甜腻腻的让人那么不舒服。这就是开化、文明、现代生活吗？

干吗这个时候去找她，难道我真有神经病了？梁启雄不断地向自己发问，但脚下一点也没有减速。在十字路口登上一辆公共汽车，一直到了花园路。好长的花园路啊！

他心里忽然产生了一个奇异的念头，也许事情完全不是他担心的那样，也许那个内蒙来的朋友已经走了。也许她正等在大院门口的树下，埋怨他为什么不早来呢……说实话，从那次走错了门，他就被她迷住了。她的容貌，她的风度，她的声音，一个多么有魅力的姑娘！是从她身上，他才感到不是所有的漂亮姑娘都有魅力，就像不是所有的女人烫发都适宜一样。这或许就是可怕的诱惑吧！……记得，他和李晖第二次见面，就又让他大吃一惊。——那天，他爸爸从西安回来，他下了班就往车站跑，车站上已是一条“长龙”。车来了，他排在队尾，望着那蜂拥的人群，还没有拿定主意上不上，书包被什么绊住了——也是一个书包，不，白色精巧的挎包，还有一个帆布大画夹子。——“哟，是你呀——走错了门儿的！”——是她！他不敢相信自己的眼睛，更不敢相信这个姑娘是他们机电设备厂走出来的：柔软的头发烫成舒展的大花，瀑布一样披在肩上，真让人觉着有点过分；那件紧身的连衣裙，方形的领口里露出一条金色的项链，裙子下摆又那么短，高跟皮凉鞋，站得离他这么近，又是香水味！——“进城吗？一块走吧。”她的声音很高，仿佛车站上只有他俩。——“我……”身为厂团委委员的梁启雄，在众目睽睽之下，真不知该说什么了。李晖的眼睛一闪一闪地盯着他，笑得又那么甜，使他不敢抬眼看她。

…………

车上的人越来越少。刚才站着都很难找到放脚的位置，这会儿躺着都有地方。下一站就是花园路西口，李晖的家就在路南那片楼区里。不知道几栋几门几号，可不好找。

下了车，他惆怅了。李晖没有像他盼望的那样在大院门口等他，还去不去敲她家的门呢？肚子开始叫了，还是先找点填肚子的吧。

霓虹灯一明一灭的花园路饭店里，喧闹而且散发着酒味。聚集着一大群形迹不拘的人。梁启雄只想喝一碗稀的。他端着一碗馄饨，几乎把所有的餐桌都找遍了也没有找到座位，只好站在窗台前了。

旁边一张桌子上响着一对男女的谈话声：

“吃吧，都是为你买的。”

“油腥这么大，我一口也吃不下……这一桌要花多少钱？”

“管他呢！我可不像你，三十七块钱还给家一半。我花光了，手一伸，老头老太婆最少也得给十块二十块的，不花白不花！”

“我可比不上你，有个好爸爸好妈妈……”

这些话使梁启雄碗里的馄饨变得一点滋味也没有了，成了一碗熬白菜帮子，同时脸上发起烧来。李晖的爸爸就是个“大官”。他追求李晖，是因为在李晖那女性的神秘感之上还蒙上了一层“大官”的优越感吗？不，他绝不想靠在李晖爸爸的肩膀上。这也是他拼命考大学的原因。

忽然，他从身边的窗玻璃上看到一张漂亮的少女的脸，那双像月亮一样深藏在云雾中的眼睛在盯着他。不是李晖又是谁呢！他真想大喊一声。可就在他放下馄饨碗的一刹那，李晖闪电一样地消失了，而出现在玻璃上的是一个四方大脸、喝得醉醺醺的大汉，那双红红的眼睛瞪得有鸡蛋那么大。

梁启雄惊悟过来，大汉不是在外面而是在屋里。他回过头来，看见餐厅紧里头那根柱子后面的一张桌子上坐着那个大汉和李晖。

他和李晖的目光相遇了。李晖微笑着向他走过来。

“来吧大学生，喝一杯！”她的声音又像整个餐厅里只有他们两个人。

“不不，我不会！”他向后退着，心想：我接到录取通知书的事，她怎么知道了？

“啊，是以为在这样的场合里喝酒不文明？”李晖上来拉他。

那个大汉就是内蒙来的杨帆吗？梁启雄的心中好像爆炸了一枚妒忌的炸弹。他真想转身就走。

“看你，还傻愣着干什么！”李晖摇着梁启雄的胳膊。

人们都抬起脸看着他们，目光中有鄙视、嘲笑、敌意，也有怜悯。梁启雄深插在裤袋里的手，按着那份通知书，脸上也像被酒精刺激了一样。他感到侮辱，他后悔到这里来。但李晖的那双眼睛是热情而真诚的，是不容许拒绝的。

当他走到紧里头那张桌子前时，那个大汉已经不见了。

“他走了。看来他不愿意见你……”

“这为什么？”

“你应该认得他，他和你是同学，叫孙开远。”

“孙开远？”

梁启雄惊住了。他一点也辨认不出这位同学的模样了。孙开远是个多熟悉的名字啊！他比梁启雄高一届，又是和平中学的学生会主席，一九六八年北京市第一批开赴边疆插队的一万三千名同学的代表，在工人体育馆讲话时，那么自信，那么热情，充满了震撼人心的力量。当时梁启雄是多么崇拜他呀，他的心也跟随着孙开远的“红卫兵公社”的旗帜，飞到了大青山脚下的千里草原；他把孙开远的名字写在自己日记本的第一页上：“我要像孙开远一样去战斗、去生活！”……今天这一切都是历史了。这位当年的英雄，怎么颓丧成这个样子？要不是李晖介绍，梁启雄会以为他是来上访的。他心中那颗“红卫兵公社”的火种呢？他誓言中的诗情画意呢？

不知道什么时候李晖也走了。杯里的残酒，在灯光下是深蓝色的，仿佛是一块冰冻结在那里。

梁启雄只是恍惚听见李晖临走时说了句“明天到我家聚一聚吧，也是为大孙送行”。

明天？……这些同学们啊！

梁启雄突然感到，在他和孙开远之间已经拉开了距离，是历史的距离。就是和李晖之间也仿佛隔着一层什么，——是什么呢？

他眼前的一切都迷蒙起来，只有杯里的酒闪着蓝色的光。

## 四

又是一幕往事——

这是什么地方？李晖的家。

不知道从什么时候开始，梁启雄和李晖之间超越了一般同事的感情——至少他自己这样认为。

录音机里播放着乐曲。李晖抑制不住地踩着节拍。她有一张多么生动的脸！乌云似的头发像一朵墨菊盘在头顶，开司米的羊毛衫曲线流溢，紧腰曳地的喇叭裤修长飘逸。应该承认，这也是一种美，只是有点不大合乎咱们传统的风尚习惯。

“跳跳舞吧？”

“我不会，真的不会跳。”

“我可会。还会喝酒。”

“你是到草原上才开始喝酒的吗？”

“不，从祖国的首都开始的。那年我才十六岁，那是因为我想自杀……差一点咱们就见不上面了。”

梁启雄简直不敢相信自己的耳朵。

李晖脸上那荒诞的色彩消失了，变得冷冷的，连声音也是冷的：“你不信吗？还自夸你也是‘文化大革命’的受害者呢！应该说你是从别的星球上来的，一个清醒型的人。”

“那你呢？”

“我可不吹牛，说我一直都清醒。来吧，我和你跳一圈，只要不踩我的脚就行。”

梁启雄头晕目眩，仿佛在云雾中。旋转中，他不知道踩了多少次李晖的脚。他就像一只陀螺被人抽打着、抽打着……显然李晖已经从他的表情中察觉出来了什么，可她还是不放手，直到梁启雄满头热汗地皱着眉头说：“我真的不行了，求求你……”他俩才回到茶几前。

又换了一支曲子，那么舒缓、柔曼，像一股清泉从山涧里淌出来，又像一群鸽子翱翔在天空中。李晖完全浸沉在乐曲的旋律中，梁启雄则感到恶心。

“你不喜欢这支乐曲吗？”李晖用脚踢了他一下。

“什么？我听不出来怎么好。”

“啊，这么说你是喜欢贝多芬的《英雄交响乐》和《第九交响乐》了？”

“也没听过……”

“那莫扎特、柴可夫斯基、舒伯特、古诺、德里戈、大斯特劳斯、小斯特劳斯，还有托赛里的乐曲你都听过什么？”

“我，我什么也没听过……”

“这么说，你只听过《红卫兵进行曲》和语录歌了？”

“我对音乐一窍不通，真的。”

梁启雄的态度是恳切的、直率的。这个宝贝！

李晖眉心紧锁，审视着梁启雄，深邃的眼睛里流露出淡淡的隐忧和悲哀。她看着自己的脚尖说："你是只知道钻研材料力学吧？我绝不是想难堪你。我只是说，喜欢自然科学的人，也需要幻想，也需要丰富的感情。"

梁启雄的脸上像着了火一样不敢正视李晖的眼睛。

这话，李晖不知道说过多少次了——对报刊上的一篇小说的评价，对一场电影的讨论，或者是一本什么书。印象最深的是，那天在青年湖边，李晖抱着油画匣子写生，他在一旁埋头复习功课。李晖不知道因为什么激动起来，拉着他去看那块高高低低、色彩斑驳、光怪陆离的油画布。李晖说她画的是日出，除了一株株树干上像着了火，是红色的，连树下面的湖水都是紫黑色的，没有一点明亮的光彩，整个画面都是灰暗的调子，他真不知道李晖为什么激动。李晖颇有点失望地说："我是让你看水面上那一对水鸟，白色的，翅膀上有一笔红……你呀，不懂得绘画语言，也太不懂得人家的心了！难道钻研材料力学的人，就不需要幻想，就不需要丰富的情感吗？"在她那深沉的语调里，有娇嗔也有痛苦……

梁启雄不安起来。他的确不懂音乐、不懂美术，甚至很少看小说，更没有看过什么但丁、莫里哀和福克纳的作品，但更重要的是，他没有感应到姑娘压抑在内心的激动和悲哀。

李晖还想说点什么，打破这沉闷的空气，突然楼下传来了汽车喇叭声，她跑过去把录音机关上："我爸爸回来了。他是扭着秧歌进北京的，可不喜欢这种曲子……"

"我该走了……"梁启雄站起来。

"你不是要见见我爸爸吗？等一等吧。"她披上一件外罩，冲梁启雄笑笑说，"来，到我的房间等。你也许能跟他谈得来。"

痴情，往往会给人的大脑里造成空白。梁启雄顺从地跟着李晖走了，他一点也没想到自己对李晖的倾心是不是太轻率了，见她的父亲是不是妥当，这一切将给他的生活带来什么。

这不是那种充满了女性的娇媚和素美的房间。四壁挂满了大大小小的画框和形形色色的装饰品，哪一件都能吸引住你的眼睛，只是太满了，让人有点透不过气来。

床头柜上摆着一张发黄的照片，是在草原上的一条河里，李晖和另外一个瘦瘦的小伙子站在水中，好像是一张游泳照。

“他是谁？”

“我的一个好朋友。他和你一样呆，但不像你对生活那么冷静。”

传来了笃笃笃的敲门声。

“看，我们家的‘老八路’来了。”还不等李晖走出房门，保姆已经把门打开了，进来四五个人。

为首的那个一定是李晖的爸爸，魁伟、安详，而且很有风度，并不像她说的那么吓人……李晖抢上去刚刚介绍完梁启雄的名字，她爸爸就把手伸过来说：“啊，虽然我们没有见过面，但我们早就认识了。听说小晖在‘天安门事件’时拍的照片就是你给保存下来的，是个好样的！不过，我也听说，你和小晖交上朋友了，是吗？别着急，小伙子，我还有点事情要办，办完了我们好好谈谈。我得仔细地调查调查，这可不是小事。我可不能轻易地让你把小晖从我身边拉走。”

他身边的几个人都快活地笑了。

梁启雄似乎感到自己是被抓住的小偷，顿时矮了一截，头不敢抬，连动也不敢动，但他心里是热乎乎的。这个老头子真风趣，一点也不是看不起他。

又回到屋里，李晖淡淡地说了句：“等着他跟你谈吧。这简直是误会！”她，她就再什么也没有说；也许说了，但梁启雄记不起来了。

如果说 trying……再没有比这一天，梁启雄更难堪更苦恼的。

## 五

照片上的人是杨帆，来的是孙开远，他们和李晖是什么关系呢？

离开花园路饭店，在回家的路上，梁启雄一直在想着这个问题。有人说，爱情和眼睛一样揉不进一粒沙子。孙开远就像一粒沙子揉进了他的眼，他不理解李晖为什么对待孙开远比对他还亲热；连他考上大学的事，也只变成一句笑话了……

梁启雄家在一个小院的紧里头，三间西屋。据说，这是乾隆年间一个为宫里做花灯的瞎艺人的宅子。经世流年，已经破败得不像样子了，梁家七口人却感到很满足很安逸。因为这个院子里只有他家住三间房子，占去了小院住房有效面积的四分之一，其他六户住在四分之三里。

梁启雄爸爸是个本分的中学数学教员，那娴熟而精到的教学方法，那与世无争的人生态度，那钟表一样规律的生活节奏，使他成为学校和小院里有口皆碑的好人。照李晖的心理分析学，他应属于“坚定型”的人。他把生活中的一切都看成考验。至今他还对十年浩劫期间被下放到大兴县干校劳动的四年充满了自豪感：“要是早几年接受这种再教育，收获就更大了，特别是像我这样的人。”

梁启雄的妈妈在街道纸盒厂工作，家庭出身小业主，一辈子都仿佛埋在忧郁中，谨小慎微、战战兢兢地生活。这些年来，爸爸每天下班回来，她头一句总是：“今天没什么事吧？”爸爸点点头，她的脸上就有了光彩：“你平安，一家子都平安，还是平平安安的好。”她从来不觉得自己可怜。一年三百六十五天，不看电影不看戏，也不看报纸，连邻居家的电视都不去看，总怕分外的事情给她带来什么不平安。

梁启雄在家是老二，上头有个姐姐已经结婚了。因为他很早就和父母一样挑起了家庭生活的担子，所以对他的事情爸爸是很少过问的，更不像有些做父亲的，热心关切儿子的婚事，愿意刺探儿子内心的隐秘，特别是梁启雄入党以后，爸爸有事都得找儿子商量了。只是妈妈……怎么说呢？还总是希望梁启雄也和爸爸一样平安，找一个像她一样贤惠的主妇。确确实实，平安才有今天他们的家庭幸福。

梁启雄刚刚走进家，妈妈就笑着迎上来——妈妈是很少这样笑的，脸上闪放着光彩，皱纹也显得淡了。

“艾丽明来找过你，让你去找她……”

怪不得妈妈这样笑呢！

艾丽明是梁启雄从小学到中学的同学，这次厂里选拔中青年干部时当了团委书记。她是和梁启雄交往的同学和同事中，妈妈最看得中的姑娘。说实在的，从她的模样到她的一切，都是无懈可击的；但，梁启雄并不喜欢她。这是因为，李晖虽然是开放型的，有些轻浮、尖刻，却诚实而坦率，和李晖在一起，在她那么纯洁的眼睛面前，来不得半点虚假，爱情，不正是需要诚实吗？可是和艾丽明在一起就不一样了，她目光迷倦，总让你感到她没说心里的话，也琢磨不出来她在想什么——真是艺术！

“你去不去呀？”妈妈催促着。

“她没说什么事吗？”梁启雄有些不耐烦。

“她说了一句，好像是选什么质量标兵的事……”

“可能是为了李晖……”梁启雄心里猜测着，“没错！”

## 六

去还是不去呢？——梁启雄一时拿不定主意，

在他不顾一切投入高考的日子里，厂里头号新闻就是推选质量标兵。被选上的不仅要出席市里的新长征突击手大会，还有可能被评选为全国劳模——这当然要引起人们的注意、关心和重视。

李晖出现在全市质量标兵的候选人名单上，是因为全厂四百二十个下线工，没有一个是她的对手。她的工时效率：二百五十七米。验收、考核、审查、鉴定，几十位监考人围住下线台，多少下线工的手都发抖，仿佛血液都让监考人的目光瞪得凝住了，可她还是保持了二百五十七米的纪录。这个把长长的头发花环似的盘在头顶上的姑娘，肥大的工作服袖口和裤腿都得挽上几圈，站在巨兽般的下线台前，显得那么嫩弱、那么娇小，那双纤纤细手似乎摆弄环形毛衣针还差不多，下起线来却像风一样快，汗珠滴在发烫的下线槽上嗤嗤地冒白烟。真让人难以理解！

然而这是事实。

很少有人去研究这个二十七岁的姑娘是怎么取得这样优异成绩的，怎样创造全市新纪录的——人们却把惊异和探究的目光都辐集在李晖的外在表象上。

“看她那打扮，瞧她那头发，还戴着个项链，怎么配当质量标兵？”

“她要是当上质量标兵，这可真是不分白猫黑猫了！”

“她要是当上质量标兵，我也戴蛤蟆镜，我也穿喇叭腿裤。”

连自诩是稳健派的车间主任老范头，也把嘴喷得山响。他在班组长会上，摇晃着脑袋说：“我们不能不慎重，不能不考虑后果和影响啊！把李晖这样的人推上去当标兵，青年人都学她那副打扮，我们还怎么开口说话？这玩意儿比空气污染还厉害！”——也难怪，李晖来车间报到的第一天就没给老范头留下好印象：那天，劳资科长领着李晖来车间参观，老范头一看李晖那双白色的高跟鞋，脑瓜皮就发炸，扭头走进了车间办公室：“咱们车间有几个伤风的还没治好，又添了个头疼的！我真不明白，劳资科为什么把这号的都往我这儿打发？戴着项链、穿着那种鞋能干活吗？”……虽然，三年来，李晖工作一直不错，上班时自然不穿高跟鞋，当然要换工作服，也没有改变老范头那种执拗的看法，而且在车间这一层领导中，有这种看法和顾忌的，也不只老范头一个人。

这真是生活中的新问题：当标兵的条件究竟是什么呢？

她所在的工段给她开了团小组会。

团委书记艾丽明坐在那个老实得像发面的团小组长身旁，腿上摆着一个大得像书似的日记本，本子里夹着一支钢笔。会议是讨论青年人应该追求什么。艾丽明脸上的情绪直接影响着会议室的温度变化。

对艾丽明的莅临感到有点莫名其妙的李晖，用指甲刀小心地磨着指甲，一点也不知道团员们围着她，拐弯抹角地批评她，会就是冲着她开的。她天真得甚至听不明白团小组长的话。

“你这样打扮是为了给人看吗？”

“你看着不舒服吗？”

“你为什么不和大伙一样呢？”

“我从来就不想随大流。”

李晖的生活经历使她形成了一副执拗的、我行我素的性格。她是个独生女儿，生活上从未受过约束，从小父母娇纵着她，她自己也娇自己。后来，一个人在草原上插队七年，使她习惯于按照自己心中那个世界去生活……当她收拾起指甲刀，看到会场上那些亲切的目光变得凌厉，那些熟悉的面孔变得冷漠，甚至曾经追着她讨衣服样的人也换上了一身蓝，她愕然了。

“看看你那头发，是从香港画报或者日本什么电影上学来的吧？”艾丽明的脸像一张刚从冷轧机里滚出来的钢板。

“我自己的头发，我自己有吹风机……”李晖很想再说一句，“我愿意烫什么样就烫什么样，这也用得着团委会来领导吗？”但她咽了回去，望着艾丽明冷冷地笑了。

喜欢凭直觉看人的李晖，认为艾丽明是一种没有自我意识的“机器人”，大概连自己是个姑娘都不知道。真可笑！干吗人活着要装得那么一本正经，像货摊上的石膏像一样？难道像你那样打扮才算合乎什么标准，才算稳重严肃吗？为什么头发就不能吹点新鲜花样，衣服就不能别致一点呢？真可怕！可能是怕这样会变修？

虽然李晖对这种帮助教育不以为意，而且第二天还穿了一双白色的、带镀铬扣花的高跟鞋来上班，但她也明白了——明白了一点领导上对她的看法。因此，对这次评选标兵时上上下下的舆论，她保持沉默，连想也不想，连眼皮也不眨一下。生活在每个人身上都保持着它本身的“惯性”。

可艾丽明还是尽职尽责的，几次进行家访，又找正在紧张复习功课的梁启雄。

梁家还没来过这么大的干部，虽然是启雄的同学，启雄妈妈还恭恭敬敬地给艾丽明泡了一杯茶。梁家的人常年喝白开水，茶叶是专给客人预备的。

“喝吧，搁了有半年多了，我真怕它变了味。”启雄妈说着，把茶杯推到了艾丽明的手边，看见姑娘要和儿子说话就悄悄地退了出去。

“你是团委委员，不能光挂牌子不做工作呵！”

“我知道……”梁启雄点着头。他像他爸爸一样，在领导面前只会点头不会说话。

“你得帮助帮助李晖……”

“她出了什么事啦？”梁启雄的喉结都红了，好像呛了一口冷酒。

“厂里对她的生活作风舆论很大。你知道她那个画夹子全都画了一些什么吗？”

“……”

“你知道她跳舞吗？”

“……”

“你知道她有录音磁带吗？”

“……”

“你呀！……”

艾丽明虽然没有把李晖的这些生活问题，直接上纲到资产阶级意识、迷恋西方生活方式的洋奴思想，但梁启雄从艾丽明的目光中看出来了，她在怀疑李晖的画夹子里有没有不健康的裸体画，李晖在舞场上是不是交了一批“嬉皮士”的朋友，她家有没有“迪斯科”、邓丽君以及一些黄色小夜曲的录音磁带，还有……还有，他在艾丽明那表情复杂、无懈可击的目光中看到了另外的一些什么。

## 七

又是一幕往事——

弟弟一天没回家了。

下了班，梁启雄刚走进家门，惊吓得像热锅里蚂蚁一样的爸爸，一把拉住他，简直是求他：“快去找找三阳吧，快点吧二雄，可别让院里的人看见……”

“他上哪儿啦？”

“你小声点。咳，一定是上天安门了，那个地方去得吗？”

“这个该死的呀！”妈妈好像一个枣核儿卡在嗓子眼里，声音都变了调，“这不是没事找事吗？……”

出了小院，登上公共汽车，梁启雄茫然了：到天安门广场去找吗？

这是一九七六年的清明节，人们，从四面八方涌来的人们，在天安门广场悼念刚逝世不久的周总理，抛洒热泪，倾吐衷情，寄托哀思……海洋般的人群，波浪般的花圈，簇拥着巍峨的人民英雄纪念碑。一个人不过像一滴水，上哪儿去找三阳啊？

梁启雄又是刚刚离开这里回家的。当然，这些不能告诉父母。不过，他不是来这里张贴诗词、宣读誓言，是和艾丽明等几个团干部，按照市委和厂党委的指示，来寻找、劝阻重型机电设备厂参加悼念活动的人，回厂“抓革命、促生产”。他扮演着一个连他自己也感到不大光彩的角色。

傍晚，天安门广场的气氛比白天紧张压抑得多了，有几个演说的小伙子被带走了，有两个姑娘的照相机被当众曝了光，摔在地上，穿着藏青色衣服和戴着“首都工人民兵”胸章的人越来越多了……

三阳在哪里呢？

弟弟好像和启雄不是一个父母生的。启雄多么老实、文静、规矩呀，而三阳是个把什么都不放在眼里的“贼大胆”，声言他是搞政治的，在本子上写了不少诗，还在家里念。急得妈妈哭着用火筷子打他：“我的小祖宗，你这是活腻了，出了门就有人把你抓起来！”——他挡住妈妈的火筷子：“当前的中国就需要一批不怕死的人！”——这样的弟弟，梁启雄真担心：纪念碑上的诗有没有他写的？会不会也被带走了？

正在这时，像水面上闯来一条鲨鱼，人群骚乱起来，涌动着，拥挤着。梁启雄还没看清前面发生了什么事，一只手拉住了他。一个用头巾裹着头脸的姑娘，似乎有点面熟，把风雨衣里一个沉甸甸的军用背包一塞：“你给我带出去吧，我去救一个人。”

“你！……”梁启雄惊愣住了。

“用这个裹着点。”姑娘把风雨衣塞进梁启雄手里，指了指梁启雄衣服上“首都工人民兵”胸章说，“你不认识我，我可认识你，你是三车间的。我实在找不到熟人了，只好托给你。你就凭着对周总理的感情，凭着良心，愿意怎么处理就怎么处理吧！”在梁启雄的手上按了一下，火辣辣地盯了他一眼，转身消失在人流中了。

“她是谁？”

在回家的路上，梁启雄打开书包一看，一架“海鸥”牌相机和一架“华丽”牌日本相机。胶卷上拍了些什么，还用说吗？在当时的气温下，简直是两块刚出炉的钢锭。

第二天、第三天、第四天，一直十几天……厂里收缴、追查、坦白、检举天安门广场上的照片和诗词的风声越来越紧，大会小会七上八下，可是梁启雄却怎么也找不到照相机的主人——这个姑娘可真是鬼灵精，把相机放在身为清查小组的人的手里，简直比锁在保险柜里还安全！厂里不会有一个人怀疑这个姑娘和梁启雄有什么关系。可这样让梁启雄太为难了，他整天像怀里揣着个炸药包一样。

她在哪里呢？

那天清早，梁启雄刚来上班就碰上了。

那个姑娘站在门口等他哩，身旁是团委清查小组组长艾丽明。

“是他吗？”艾丽明指指梁启雄问那个姑娘。

“是他。”那个姑娘点了点头。

梁启雄和姑娘的目光相遇了，碰撞出了火星。姑娘的目光是那么坦率、犀利，流露出一种期待的光焰。这是一双诚实的眼睛，像一束射线，透视出了梁启雄心里的一切隐秘，使他不敢迎接这种目光，使他的心在颤抖。

姑娘像闲聊天似的问：“四月四号那天晚上，我在东风市场买布是碰见你了吧？”

“是吗？怎么有人检举她在天安门广场泡到天黑……”艾丽明的目光像锥子一样刺向梁启雄，盯得他的灵魂都出窍了。

当时，连梁启雄也不知道自己说了些什么。老天爷，他还从来没有那么大本领编故事，但是把艾丽明也给说蒙了：“是那天，我和弟弟在东风市场碰见她的，她还帮助我们给妹妹挑选了一件衬衫……”

梁启雄的后背上沁出了一层冷汗，可那个姑娘却像没事人似的，从挎包里拿出一面小镜子和一把米黄色的小梳子，有情有味地梳理起她的头发来了。向后拢着，拢着，娴静的像在她家里……多气人啊！

晚上，在一一七路汽车站等车的时候，梁启雄又碰见那个姑娘：“你可真行，把我推出去当替死鬼！你的东西什么时候拿走呵？”

姑娘目光闪烁，狡黠地笑了一下：“放在你那儿比我这儿安全，再麻烦你保存几天吧。街道上盯上了我，已经到我家搜过三次了。”

“那……”

“等用的时候，我会找你，胶卷是我的，相机归你了，算是谢金。”

梁启雄受了侮辱似的吼起来：“你把我看成了什么人？”

她眨了眨眼睛，一点也不惊慌地说：“真对不起，是我把你的价码估低了，你比两架照相机值钱。”说完，她快活地笑起来，眼泪都要笑出来了。

……这件事，后来成为梁启雄和李晖相识的原因和条件。

漫步在马路上，在青年湖边的树荫里，在北京图书馆分手的时候，在电影开演前的几分钟里，李晖不知道多少次嘲笑梁启雄那天在厂门口的神态、动作和编织的故事。

“东风市场，在东风市场，啊！我当时真想笑，真的！你比契诃夫笔下的那个切尔维亚科夫还认真……”

梁启雄不知道切尔维亚科夫是谁，但他感到李晖的心灵是正直而坦荡的，晶莹纯洁得像一滴没有任何灰尘和杂质的水。

艾丽明可不是这样，正经得让人感到有些可怕，这件关于照相机的事情过了一年她还没有忘，而且说起来仍然让梁启雄后背上冒冷汗。

按说，艾丽明是了解梁启雄的，梁启雄也了解她。他们从小住在一个院里，是“过家家”的朋友。等到他们长大了，回忆儿时的生活，还为一个扮新娘一个扮新郎的游戏而脸红。同时，他们也渐渐失去了儿时的共同情趣和共同语言了。进了工厂以后，梁启雄入团是由艾丽明介绍的，他这次报考大学，艾丽明也给了他很多启发、鼓励和支持。艾丽明说：“过去你在班上一直是学习委员，复习复习一定有希望。今后，我们年轻人的前途就是上大学，学历比什么都重要。”她看得那么深刻又那么实际，梁启雄不能不佩服，但他也感到艾丽明对他还有一点别的什么意思……

是什么呢？

那天，车间党员大会讨论通过了梁启雄的入党申请书以后，艾丽明等着和他一块回家。到了一一七路起点站，艾丽明又说，咱们走两站吧。他们不知道从什么时候起，很长时间没有单独谈话了，都感到有点不自在。

“你常去青年湖吗？”艾丽明开了头，用鞋尖不停地踢着路上的石子。

“常到那儿去复习功课。”那儿多僻静啊，除了树和水的声响，人像在梦中一样。梁启雄不知道艾丽明为什么问“这个”。

“还有一个人吧？”艾丽明不无嘲弄意味地笑了一下。

梁启雄惊奇地看着她。她指的是李晖吗？

“我看见了。上个星期天的中午……”

啊，那是李晖偷着下湖游泳，让他给望风。简直是狼狈透了！李晖穿着一件红白两色的游泳衣，把长发往头顶上一盘，就从那棵大树下面下水了。“啊，真凉！一直凉到头发根了！”她闭上了眼睛，使劲摇晃着身体，啊啊地喊着。其实，湖水并没有凉到那程度。当她浸入水中以后，就像个鱼儿再也停不住了，从树下到湖心岛游了两个来回，还兴致勃勃地想再游一趟。糟糕的是，她刚游到中间，右腿抽筋了，大叫起来：“哎哟我的妈，我的腿让鱼咬着了！你快来救我一把！你快来呀……”梁启雄扔下手里的书，连衣服也没顾上脱就跳了下去。这个笨鸭子！他的游泳技术实在不佳，费了九牛二虎之力才把李晖拖上岸。那情景，要是能留个影才好看呢。“傻瓜！”李晖揉着腿肚子，开心地笑着说：“快把衣服脱下来晒一晒吧！”这下可让梁启雄为难啦，他在李晖的逼视下，衣服扣子解开了却不敢脱下来，不好意思地躲到树后面去了。李晖笑得更响了：“还害臊呢！你可真文明，是怕我看吗？大概你妈妈生你的时候，你就是穿着衣服来到人间的。”她跑过去帮助梁启雄晾衣服，那场面，梁启雄真想找条地缝钻下去……

艾丽明看见的就是这个场面吗？……梁启雄的脸红了，连脖子上的青筋都粗起来："那次弄得我真难堪……"

"她很大方啊！"

"比我开通。"

"人也很漂亮嘛。"

"活泼热情，也很坦率。"

"这么说，你很喜欢她了？她还有一个当什么长的爸爸呢……"

梁启雄站住了，红了的脸一下子白煞煞的，声音有些颤抖地说："你这话是什么意思？"

"作为老同学和你谈谈心。我真想不到你和李晖这样的人打得火热。"

"我不明白，你对她有看法还是对我有看法？"

"好像都有……"

艾丽明的脸上一点表情也没有，就像花岗岩的浮雕，两只眼睛闪射着冷厉的光："你还记得李晖在天安门广场拍的那些照片吧？今天看来，你为她保存下来那些胶卷做的是对的，可在当时，作为一个团干部对组织不忠实，也是不光彩的……"

"我从来没说我是个英雄。"梁启雄曾经多次为当时保存那两架相机而表现的懦弱、恐惧甚至动摇而脸红，"你干吗还提这件事？"

"我想问问你，你是从那个时候就认识李晖了吧？"

"是，又怎么样？"

"团员中对你和李晖的交往反映很大。你喜欢像她这样的人，也可见你的思想里有很多和她共鸣的东西……本来，我想在今天的党员大会上发个言，谈谈你和李晖的关系，挖一挖你思想深处的东西，这样对你进入党的队伍，加强自己世界观的改造有好处。"

"那你为什么不发言呢？"

"我怕影响了你的入党问题，完全是看着老同学的面子。"

"真想不到……那我应该谢谢你了。"

梁启雄第一次感到艾丽明在他的眼中变得陌生起来，是那么不可理解。

汽车来了。梁启雄跑进了打开的车门。

车开了，艾丽明还在那儿石碑一样地立着。谁知道她在那儿想什么呢？——啊，老同学！

## 八

在家里，梁启雄心里是忐忑不安的；走在街上，融进那灯火闪烁的人流中，心情渐渐地平静下来。他决定去找艾丽明。不知为什么心里升起了一种“报复性”的快感。这种快感来自那个内蒙的同学孙开远身上，来自那个饭馆里……也许是对李晖不严肃的生活态度的一种惩罚。下线二百五十多米而评不上质量标兵，难道对李晖不是个警钟，不应该引起她的沉思吗？但梁启雄只希望这个教训成为一种反作用力，使他和李晖的距离推近，催旺他们爱情的火焰，而不是使种子发霉。

艾丽明的家就在青年湖南面的楼区，工人新村。

每次梁启雄和李晖来青年湖，都要走过工人新村前面那条树木幽深的柏油路。

这条路静得能听见青草拔节的声音，也给梁启雄留下了许多深长的回忆……

就在李晖下湖游泳，艾丽明给梁启雄打预防针的第二个星期天，他和李晖又走在了这条路上。

他们的话题是艾丽明。梁启雄没有想到李晖对艾丽明了解得那么多、那么深又那么激动：“让我怎么说她呢？我总感觉她的身上有着一种特殊的素质，有着不同一般人的大脑和眼睛，就是少了点人情味。你不这样认为吗？去年，不少大学组织舞会，她就一周给团员开两次生活会，说什么：‘大学生们愿意怎么跳就怎么跳，我们工厂里不能搞这一套。现在有些青年人，什么都讲自由，我看他们很危险，应该救救他们！’多可笑啊，她好像是一个大慈大悲的菩萨，高喊着救救他们，救救这些青年人，要求青年人的兴趣、爱好、感情、性格，甚至服装、发型都必须统一规格……我真不知道谁来救救她呀！你干吗不高兴？脸上阴得跟块擦桌子布似的。我可不该你的钱！我也知道艾丽明是你的老同学，入团介绍人，我说的都是事实呀……”

“你干吗把我也扯到里头去？”

“你也是委员嘛！”李晖把脸板了起来，两颊泛着红晕，两眼灼灼逼人。应该说，她是美的，连声音都是迷人的：

“我最讨厌那些不看情况指手画脚管人的人，指责别人这也不对那也不对，生活上不应该这样不应该那样，好像父母把他们生下来就是个错误。当然，像艾丽明这号的，我也有点可怜她，她完全不像一个青年人，一个搞团的工作的，倒像一个道学家。原来，我总以为思想僵化、半僵化状态的人，只是上了年纪的人，没想到我们这一代也大有人在……”

“艾丽明说的也许不全错吧？”

“是有些道理。但我可不一股脑儿地认为青年人爱美、活泼、有点儿个性就是资产阶级，我反正不承认自己是资产阶级小姐。相反，我倒觉得她艾丽明并不是标准的无产阶级公主。”

“你说话太尖刻了吧？”

李晖顺手折下一根树枝，在手里撅着，说：“我们车间的大亮也是个老憨。听说他在没结婚以前还追求过艾丽明呢，真是笨鸭子赶船，终于成了船夫桌子上面的菜。他给艾丽明写的情书，都被艾丽明交给了车间主任老范头，老范头又拿给党支部和团支部的人看，传来传去，纸都弄破了，大亮还蒙在鼓里哪。真好笑！有一天，大亮去问艾丽明，艾丽明说：‘还是先解决你的入党问题，然后再想别的吧！’等到大亮申请入党时，她又找了车间主任老范头，说大亮的志愿书家庭关系有隐瞒。大亮说：‘我哥哥的右派问题已经改正了，还恢复了党籍！’她说：‘那也得填，注明是改正右派，历史谁也一笔抹不了！’就这样大亮的入党问题撂了下来，艾丽明当时是车间党总支委员嘛。老天爷，多可怕！多亏她的官还小，要是她当上市委书记，说不定得给大亮戴上右派帽子！”

“真的吗？你干吗把她说得这么可憎？”

“不，那是可爱。真的可爱！”

“可爱？”

“每个女人都有每个女人的美。每个人都有自己的精神世界，在自己的世界里活着，彼此之间都像隔在一个一个的小房子里，我怎么知道艾丽明心里想的是什么呢？我不过是说句笑话。”

她把脸傲岸地昂起来，两只眼里闪耀一种梦幻般的光彩。梁启雄能知道她心里想些什么吗？

他沉默起来。他不完全同意李晖的看法。他不认为青年人所追求的新东西都是对的，包括李晖。李晖为什么那么尖刻、那么偏颇，那么敏感、那么好激动？他更不明白这些同学——同代人之间的内心隔阂为什么那么深刻。

李晖也一声不吭。她也在想着自己的心思。

这时，梁启雄看见艾丽明从一条岔路上走过来，胳膊上挽着个篮子，看样子是去买菜。那双眼睛盯得梁启雄真想变成一只蚂蚱钻进草丛里，至少应该和李晖拉开点距离，似乎这样才符合我们古老而文明的道德风尚。

李晖也看见艾丽明了。她一下子挽住了梁启雄的胳膊，把头亲昵地靠在梁启雄的肩头上，捏了梁启雄一下说：“你把头抬起来。怕什么？我就是让她看的。我就不信她一辈子也不找男朋友，连手都不握一下。”

显然，艾丽明已经看出李晖这个动作的用意了，又从那条岔路上走开了。

李晖望着走远了的艾丽明，胜利地笑着说：“真是奇迹！我还以为她得跑过来，把我和你拉开呢。”

她可真大胆，大胆得有些粗野；又是那么单纯，单纯得什么都不懂，像个孩子……

这一切都已经过去了，成为遥远的记忆了；但，今天走在这条路上，又像是刚才发生的。

刚才，月光还在水面上闪耀，幽深的树林里散发出阵阵清香，不知什么时候，月亮隐入云后，天上淅淅沥沥地下起雨来了。

雨点滴在脸上、脖子上，凉丝丝的。

低鸣的风掠过树梢，掠过楼区那放射出橘黄、银白和玫瑰色灯光的窗口，送来一阵阵乐曲声。是谁家的录音带转动起来了，电子吉他演奏着施特劳斯的圆舞曲，忽而奔放忽而柔曼，像雾中的飞泉，又像宿鸟细语……

不知为什么，梁启雄仿佛感到李晖也在那灯光里，在那乐曲声中，扭着腰肢跳舞……

柏油路一直把梁启雄引进了这片好似山峰林立的楼区。

工人新村是一九七二年夏天出现在我国建筑史上的奇迹。八个月盖起了十二幢简易楼。造价之低、速度之快和使用效率之高都是惊人的，一幢三层的小楼挤进去二十多户人家，像个沙丁鱼罐头，报纸上发表了整版消息：“文化大革命又一硕果！”三年以后，唐山地震的余波在这里开了一个大玩笑，一幢楼倒塌了，五幢楼裂了大口子，三幢楼走了形，三百多户人家比赛似的都搬出了楼房，住进了自己搭的油毡棚子里。又过了三年，这些小棚子变成了灰顶砖房，成了这些心有余悸的住户们的固定财产。走进这没有路灯、七扭八歪的房子群中，仿佛钻进了海底世界。

梁启雄的衣领突然被一只大手抓住了。

一股夹杂着酒臭的热气扑在梁启雄的脸上。一个穿着大花格衫、戴着遮住半个脸的蛤蟆镜、留一抹小胡子的人出现在他面前。“哟嗬，你怎么跑到这儿来了？找错了门了吧？”

啊，是他，“老插”！

梁启雄的神经好像一下子绷断了弦，也不知道该怎么回答了：“不，没有，是……”他紧盯着那张蛤蟆镜的脸，担心这位“老插”，是不是趁着夜雨天“擗他的叶子”（劫他的钱）。

“老插”是方兴在内蒙古插队十年荣获的雅号。正经和梁启雄是同班同学。他爸爸是个剃头师傅，好像有什么历史问题，“文化大革命”初期吓死了，他妈带着他们五个孩子度日。他是老大，七五年因为恶作剧在良乡农场吃了一年小窝头，七九年因为他母亲病重回京的，至今还没摘掉待业的帽子，在机电设备厂修建队里当临时工，和泥、运砖、供灰勺。

“你是怎么啦，让我吓了一大蹦吧？”方兴哈哈大笑起来，笑得像鸭子叫一样，把一只胳膊搭在梁启雄肩膀上说，“您是高等学府的才子啦，请还请不着呢，赏光到老同学的寒舍坐坐吧，就是前面拐角那个小院。”

梁启雄的大脑是麻木的。虽然方兴已经把那遮半张脸的蛤蟆镜摘下来了，他的心还在颤。这个老同学是个打架动刀子的主儿。

“大孙来了，你知道吗？”方兴突然站住了。

“哪个大孙？”

“孙开远啊，咱们学校那个响当当的‘红卫兵公社’的头头。”方兴看了看浑身很不自在的梁启雄，“住在李晖家，我去看过他。他、我、李晖，还有死了的杨帆，我们都在一个屯子里。他现在成了沉默的人了，分场副场长也不干了，连北京也不想回了，找了个蒙族姑娘叫宝勒其格，人还挺够意思的。”

梁启雄眼前又闪现出饭馆里那个喝得醉醺醺的大汉。他的确变了，变得那么快，那么陌生，仿佛来自另外一个世界。那颗曾经燃烧的心，也像石头一样地冷却了吧？……

到方兴的家了。

高楼下两间粉刷一新的砖房。它是由地震棚改造而来的，而且打上了水泥地，瓷亮亮地反着光。屋里除了一张床，一张自制的桌子，还有一架子书，挺壮门面的。墙上还有一张水墨画——显然是李晖的手笔。她最爱画荷，几笔抹出一片荷叶来，花是淡粉色的，有两个未开的花骨朵红得耀眼。还有一把二胡挂在墙上，看样子有日子没摸了。房子里是明亮而洁净的。也许方兴在这不到十二平米的房子里能够得到温暖和慰藉，也可能正等待幸福呢。

“你干吗不进来？就是住一夜，我也不会朝你要店钱的。”

“房子这么漂亮，你就要结婚了吧？”

“我？”方兴大笑起来，“我倒是想啊！……没有正式工作，谁跟咱呀？不要说姑娘们了，连我自己都瞧不起我自己。”

方兴想给梁启雄倒杯水，暖瓶是空的，把杯子扣在桌上，撕下一块纸，卷着“大炮”说：“你摇什么脑袋？我说的是真话。掉进灶灰里的豆腐，没救啦。咱觉得自己还像个模样，谁往眼里夹你呀！那十年里，我们就像魔鬼放的一把火，烧了别人，也毁了自己……出身红卫兵，又插过几年队，还折进过一年，有前科的，比戴着地主帽子还厉害！一切都晚啦，不要说我的前途无望，连我妈抱孙子都耽误了。一句话，咱就没混出个人来！”方兴埋在干辣辣的叶子烟雾里，瞪着一对小眼睛说，“这间房子是我妈逼我盖的。她好像收废品一样到处给我张罗对象，把她儿子还当一盘菜往人前头摆呢！可怜天下父母心啊……要是我不盖上房子，不找着一个，她非死了不可。她的肺水肿已经到了晚期了。可我上哪去找对象呀？也不能贴张广告，也不能上大街上去抢。还是老同学李晖救了我。她跑来冒充了一次，把我妈高兴得抱着李晖哭了起来。我妈哭着说，‘真想不到我们大兴子还真有了，找了这么个仙女。闺女啊，你要是进了我们家可委屈死你了，大兴子还不成人哪……’”

这简直是天方夜谭！也只有李晖能演出这种戏来。

方兴说得那么认真，那么激动，眼里转着泪花——真想不到他还有这么丰富的母子之情！

在明晃晃的灯光下，面对着这个留着女人一样长发的老同学，梁启雄再也不是感到可憎可笑了，而是感到有些心酸……

方兴站起来，噗地一下把“大炮”吐在地上：“嗨，我还以为我得死在草原上，和杨帆做伴呢……”

“杨帆是怎么死的？”

“李晖没跟你说过？”

“……”让梁启雄怎么回答呢？

“啊，这我可不能泄密。我和李晖是铁哥们儿。”方兴眨闪着两只油灯捻儿似的小眼睛，“虽然李晖一百个看不上我，骂我是自己作践自己，自己不把自己当个人，也很少跟我往来，有时碰见了，连句话也不说，那不怪她，是咱没长出息。咱是佩服她的。她长得漂亮，人也义气，一不是靠老子调回北京的，二不是走后门进机电设备厂的。在草原上是有名的一杆套马杆，到了工厂又干了个头一份儿，她到哪儿都混得不错，都让人高看一眼。我可不是个浪漫主义者，也不能像她那样卖命，咱是拿一天工钱混一天日子……说正格的，你不是对她有意思吗？”

“我有意思，她可没意思，火炕一头热，总好像隔着一层什么。”在方兴的诚挚和直率面前，梁启雄也是坦白的，只不过脸皮儿有点发烧。

“那就是因为杨帆。”

“杨帆？”

梁启雄久久地盯视着方兴。

“李晖对杨帆一辈子也忘不了啦。”方兴沉默了好一阵说，“怎么跟你说呢？她这个人太重感情了，每次我们提起杨帆她就哭。她说杨帆是她给送上死路的，其实杨帆是打抱不平。要不，他们就结婚了，你也不会见到李晖了……哥们儿，咱是信得住你才说的，千万不要让李晖知道了。”

这对梁启雄来说是意外的。李晖从未告诉过他杨帆已经死了，仿佛杨帆还活着，结结实实地活着。

走出方兴的屋子，梁启雄好像沉浮在牛奶一样的浓雾中。

等到艾大妈开了门，引路的方兴早不见影了。

艾大妈胖得像一个汽油桶，讲着一口地道的北京大杂院的土话：“您瞧，这死丫头扔下饭碗就去找您了，您怎么会没见着呢？不怕您笑话，这三四千人的厂子里，变戏法儿的耍猴，就显了她了。今儿早起来，说团里开什么会，写什么稿子，饭菜热了又凉，凉了又热，送到嘴头上才吃，还嫌我油盐酱醋，碎嘴唠叨的。我个老婆子又不在团又不在党的，还说得了什么字儿话？亏得她是个团书记，要是当上党书记，我得上马列学院学习两年，才够资格给她当妈呀！……瞧瞧，还让您在这儿戳着，快进来喝碗水吧！”

梁启雄没听清艾大妈唠叨了一些什么，也不知道是怎么离开艾家的，他只觉得眼前站着一个人——杨帆，从一个遥远而又朦胧的地方，是一个乱葬岗子还是一个荒山坡呢，笑着向他走来了，招着手向他走来了……

## 九

是孙开远不该来吗？……不！一年来她一直在等待着孙开远的信。她给他写了多少信啊，又托过多少爸爸在内蒙的老战友，连工作单位都联系好了，可他却一个字也没有给她写。

孙开远突然来了。带来的是什么消息呢？他告诉李晖的是，他不回北京了，永远也不回来了。如果说，这一点是可以理解的，那是因为大孙在北京没有一个亲人了，北京伤了他的心了。可大孙还告诉李晖的是，他结婚了……

这让李晖的心怎么能承受得了呢？——是在李晖和杨帆布置过的新房里，什么都照原来的样子，正面是她画的《落霞》那幅油画：那片被杨帆喻为“落霞”的枫林，几片红叶落在水上，水也变成了红的。枫林中的几株白杨显得那么夺目，但他们的叶子早秃了，只剩下白花花的树干……这里面寄存着李晖多少遐想和情感啊。桌子上还摆着那束金针菜，不知道已经干枯成什么样子了，还插在李晖喜爱的那个柠檬霜瓶里吗？……这一切就像在李晖眼前一样。而且和大孙结婚的宝勒其格，又是被杨帆称为草原上金凤凰的蒙族姑娘，是李晖房东的女儿，她教李晖骑马打枪，李晖教她识字算术。那奶茶、那烛光、那犴狎子肉……这一切又把李晖推进记忆的波涛中。可她这次没有流一滴眼泪，而是拉着大孙下了饭馆。

李晖扭开了紧挨着客厅那个房间的门，对孙开远说：“你就在这个房间里睡吧。这是爸爸的秘书和司机临时休息的地方。你太累了。”

“哪儿的话——老了，在草原上就是老得快。”

的确，孙开远老了不少，也瘦了，嘴角的皱纹就像石头的裂缝一样，那双像两团火一样的眼睛开始暗淡了，也混浊了。可不像当年登上火车去内蒙的时候，他像个走上草坪去比赛的足球运动员，脸上充满了光辉，举起手来：“同学们，咱们唱支歌吧！在红卫兵的歌声中入睡！”他打着拍子，声音又大又粗，还有时候走调儿，可他是那么认真、亢奋。那是在夜行的火车上，同学们唱着歌奔赴草原。李晖唱着唱着哭了起来，多激动啊！在她的眼中，孙开远的脸就像一面猎猎飞扬的战旗……可今天，这个英雄倒在床上，不到一分钟就进入了梦乡，脸像死了一样灰冷。他是太疲劳了，太疲劳了……

李晖拉上窗帘，帮大孙盖上一条被子。从房间里走出来时，她家的保姆站在了她的面前。

保姆个儿不高，丰满而结实，一张端端正正的脸，两只细长的眼睛，牙白得像上了瓷，鼻子上有几个浅浅的雀斑，模样虽不算漂亮，还是挺讨人喜欢的。她多年轻呀，正是干活的时候，找保姆谁不愿意找个手脚快当能干活的！她叫秀芬，在临时户口上填的年龄是三十一岁，已婚，其实，她比李晖还小一岁呢，这样填是为了少找麻烦。她是爸爸从老家找来的，一个八竿子打不着的堂叔的女儿，有了个对象，来北京挣点钱好回去结婚。她的身上虽然缺少女性那种妩媚和娇柔，但她是那么干练利索，有使不完的力气。她闲暇的时候，给爸爸和李晖做了好几双在北京穿不出去的实纳帮布鞋，只好像摆设一样放在她的床头柜里。可是她还在做。她说："你家有的是破布什，我又怕闲下来，闲着没事就想老家了。"她的话不多，说起来就是老家那点事，庄稼，果树，村边的小河，她家养的鸡鸭猪，包给她家的小菜园子，还有集市上的风味小吃和羊肉泡馍。她不爱看书，偶尔翻翻画报，在画报上看到一张什么照片，高兴得几天不放手，摆在她的枕头边上，说照片上那条小河和老家那条河一样，柳树、小船连河堤上打的木桩都是一样的……她心中有一个自己的世界。她唯一的爱好是剪纸花，蝴蝶、荷花、石榴、鲤鱼，贴在她的床头柜上、墙上、厨房的碗架上，甚至是客厅的高低柜上，让人哭笑不得。最有意思的是过春节的时候，她剪了不知多少大红福字，把门上、墙上、床上贴得到处都是。她说她家过年时就是这样……谁敢说这里不是她家！爸爸和李晖待她真和自家人一样，他们喜欢她的朴实，朴实得像一张白纸，像家乡的小河那样。

"你喝酒了吧？"秀芬眼睛眯得像一根绣花针。

"我脸红么？"李晖用手摸着自己的面颊。

"我听（闻）出来的，有味儿。让伯伯知道了，又得数叨你……"

"他今天不回来了，是咱们俩的天下。"李晖一只胳膊勾在秀芬的脖子上，脸贴着脸。

秀芬指指那个门："来的是个啥客呀？"

"我的同学，一起插队的。你看着像个要饭的吧？"

秀芬摇摇头，用手揪着李晖衬衫上的扣子问："你好像有啥心事哩？"

"心事？"李晖一把推开她，狡黠地笑着说，"姑娘的心事是绝密文件，你最好还是别打听，去剪你的纸花吧，拜拜！"

李晖挤了一下眼睛，关上了自己的房门。

这一切都成为久远的过去了吗？……她背靠在门上，木然地看着桌子上那张已经发黄的——她和杨帆在河里游泳的照片。

……那是珠玛沁河。好宽的水面，清得像个女孩子纯真的眼睛，欢快地流淌着，歌唱着，唱的是一支古老的情歌：

啊哈——依哟，
啊哈——依哟——
我没有羊群也没有毡包，
只有一匹马儿和一条狗。
月亮跟着我走，
地上的影子跟着我走。
——是你的琴声把我引来，
你的美貌使我的心儿颤抖。
啊哈依哟，
啊哈依哟——

那天，草芽儿刚绿，河里的水也开始绿了。李晖自从离开北京，不要说游泳了，连个痛快澡也没洗过。珠玛沁河多么诱人，李晖的心都痒了。

“水可真凉，像猫咬一样。”她从水里站起来，冲着岸上的孙开远喊道，“你带肥皂没有？”

“肥皂？带了也不能给你！阳光给你身上镀上了一层金，怎么能洗了去呢！”大孙从书包里掏出一架照相机，举起来，“别动！我给你拍一张，等你当了国务院总理，好送到历史博物馆展览。”

“我还是给社会主义当马伕吧！……你说，我应当笑，还是应当哭？”

“你最好是我拍完了就自杀，免得我们国家出现资本主义复辟！”

“这是正经的，照吧！”

咔嚓一下快门响了。

想不到就在大孙要按快门的时候，杨帆从水里冒了出来。这个讨厌鬼，吓人一跳！

洗印出来的照片，李晖真想把杨帆撕下去，一男一女这叫什么呀？是什么关系这么亲热？谁的身上都不到二尺布……可他照片上的情绪多好啊，傻笑的样子真可爱，难道她不喜欢他吗？

……多亏没有把照片撕成两半，这是她和杨帆唯一的合影。

他是从什么时候闯进了她的生活里呢？

## 十

那是“京城无处不见红”的九月的傍晚。

李晖走在车辆和人群川流不息的花园路的便道上，惊异地发现，只有她是孤独的。

命运把她抛来抛去的，什么时候是个尽头呢？妈妈死在三〇一医院里，爸爸又被抓走了。她刚刚从爸爸的拘留地点走出来，那是和爸爸见的最后一面吧？她没有哭。她没有眼泪了，她在这种“核爆炸”一样的“革命”面前惊呆了。

上哪去呢？一个被“革命”遗弃的孤儿，家已经没有了，像花瓶一样被打碎了。自尊和屈辱，敏感和孤寂，在她的心中像发酵了一样……

回大院里那间曾经是爸爸的汽车库木板房里吗？除了一张床、一个箱子和几件破旧的衣服，还有什么属于自己的呢？去学校吗？同学们那种嘲谑、鄙夷、怜悯和怀有敌意的目光还没有尝够吗？她是从去工人体育馆参加北京市第一届知识青年上山下乡大会的队伍中被两个军人叫出来的，他们把爸爸被捕的消息告诉了她。当时她晕倒了……后来呢？后来她记不清是怎么来到杨帆的家里，把用指血写在手绢上的一份申请书交给了杨帆，几乎要跪在地上求求他们带她去内蒙插队，千万不要把她抛弃了。杨帆是怎么说的？他好像一句话也没有说，连眼睛都是凝固的。杨伯母把她搂在怀里，大声哭起来："可怜的孩子！真可怜……"李晖成了个泪人儿。她从这个好心的老妈妈怀里挣脱开，跑了出来，去找爸爸。爸爸被关在一间房子里，窗子那么小，离得又那么远。他向她说了一些什么呢？她什么也没听见，只看见爸爸的手腕子上带着一只亮晃晃的手铐。

夜是那么黑。路灯是红的，像血一样。

还不到冷的时候，她已感到寒流逼人，牙齿碰得咯咯直响，浑身在发抖。

这一天怎么过来的？仿佛在噩梦中，这是一个多么阴森可怖而又荒诞古怪的梦啊！

这一天，她终于明白了，她不是人人喜爱的鲜花，脚下的路也并非铺着红地毯，等待她的也不是灿烂的春天。

这是人世间的奥秘吗？她好像看见了地狱之门一样地笑了："是啊，我干嘛让人去可怜呢？我的心是干净的，没有污垢；我的手也是干净的，没有血！"

"质本洁来还洁去"——这个纤弱少女，在这漆黑的夜里，在彷徨中终于向命运低头了。环境可以改变人的意志，客观可以改变人的信念，她完全是无意中想到自己的出路的。

她是多么怕呀……

她在路灯下拿出来妈妈抱着她的照片。妈妈是多漂亮啊，幸福在她的脸上镀上了一层金子般的光彩；她又是那么安详，就好像拿着手术刀站在无影灯下，没有一丝杂念，那双眼睛纯净得像晴朗的天空……她不敢看妈妈的眼睛，不能让妈妈知道她的秘密。

她的手不抖了。

站在饭店里一张爬满苍蝇的餐桌前，端起酒杯，一口一口地往下喝，真甜呀，像喝橘子汁一样。扯淡！谁说酒是辣的！谁敢说女人不能喝酒！

“再来一杯！”她在柜台上掏出了所有的钱。

戴眼镜的售货员眼珠鼓起来，要把镜片顶破了，四桌的人也都瞪大了眼睛。

她不知道自己喝了几杯，只觉得浑身像火炭一样。

这个可怜的、被遗弃的孤儿，在药店买了一瓶敌敌畏，似乎浑身充满了勇气、信心和力量，无须在大街上踯躅了。她有了目标，找妈妈去，奔向那理想的天国。

那间漆黑、潮湿、阴冷的汽车库，好像已经发霉了，又像在另一个世界里。生命将在这里化成一只蝴蝶，从那个小窗口飞出去，飞向那月光清朗的天空，飞向那神圣的殿堂……她打开了箱子，把衣裳一件件地摆在床上。她仿佛第一次发现自己有这么多衣服，可妈妈在的时候，她整天和妈妈吵没有衣服穿呢。今天穿什么呢？还是穿这套军服吧，这是妈妈给的。她不是早就想像妈妈一样当个军医吗？多好啊，穿上它就像站在手术台前一样。可惜没有镜子，连块碎玻璃也找不到，她多想看看自己是什么样子啊！叔叔阿姨们都说她和妈妈长得一样，也有两个浅浅的酒窝，一对光彩照人的大眼睛。是吗？这么美？……管他呢！有谁还怜惜一枝落花！只有妈妈在等她，一定等她了，等着这只可爱的蝴蝶。

要不要写一封信呢？叫什么遗书之类的……不！给谁看呢？让他们往这封信上唾吐沫吗？写给爸爸？爸爸也不会看见了。还是见了妈妈，和妈妈说吧。

她把那瓶敌敌畏拧开了，那气味可真醇，像酒一样！可药房那个老头子开始为什么不卖给她呢？他知道她要干什么吗？

“姑娘，这可不是闹着玩的。不是我好多嘴，用的时候一定要当心。哎，没少出事了，这年月真让人担惊受怕的……”这个多嘴的好老头儿简直是啰嗦得不能再啰嗦了。祝福他长寿吧！

能找着一点水吗？听人说。喝了敌敌畏再喝点水才没救了呢。可上哪儿去找水呢？有一杯酒那么多就够了……她悄悄地溜出了屋子，闪过一幢楼又闪过一幢楼，忽然听见了水响，是后院花房前那个关不紧的水龙头。真是造化！也是命该如此吧，只要不惊醒那个老花匠……

当她端着一杯水，走回木板房时，想不到屋里站着一个面色惨白的小伙子。是杨帆！他手里拿着那瓶敌敌畏。

“你！你怎么来了？”李晖睁大了惊恐的眼睛。

杨帆的脸立刻涨红起来，砰的一下把敌敌畏瓶摔在了地上，粗野地扑过来，铁钳似的抓住李晖的胳膊，简直是喊着说：“听着！你这个蠢货，你这个傻瓜，你要干什么？你死了，只能给‘文化大革命’抹黑！只能落个自绝于人民自绝于党的结果！没有一个人可怜你这个笨蛋！……”

李晖望着杨帆那两只真诚、热烈、激愤的眼睛，紧紧地咬着嘴唇，呆住了。

“快点跟我走！我找了带队的孙开远，你的申请他同意了，我们到内蒙草原去开辟我们的天地！走吧，你这个傻瓜！……”

她跟着他走了。

他背着她的行李，像拉着小妹妹一样地挽着她的胳膊，不时地还粗野地骂两句。她看不清他的脸，只能看见他那宽阔的额头上汗珠在闪光。

她多想扑在杨帆的怀里哭一场啊……

## 十一

李晖使劲地睁开眼，从梦中醒来，发现枕头湿了一片。手里那张照片也弄皱了。她不知道自己睡了多久，窗外还是漆黑一片的。

她把相片放回了桌子上。这张相片是她心中的一座圣殿、一块禁区，谁也不能触动，连她自己也是十分小心、十分小心的。

关于这一切，她没有告诉过爸爸。虽然爸爸多次委婉地盘问过她，还说可以把那个小伙子接来，李晖只是笑笑。李晖也承认爸爸非常娇爱她，他们相依为命，女儿的一切就是他的一切，除此他还有什么呢？

在夜深人静的时候，爸爸吸着烟，在妈妈的照片前一坐就是几个小时，埋在那如丝如缕的烟雾中，沉浸在那如痴如梦的思绪里。虽然李晖不知道妈妈在临终前和爸爸说了些什么，但她能理解爸爸的心，爸爸多寂寞啊。

可谁能理解一个姑娘的心呢？像一泓深不可测的秋水，又像那闪烁的星空。既然杨帆已经死了三年多了，她还等待什么呢？细想起来也真可笑，就像巴尔扎克笔下的老葛朗台对待金子那样，她还把杨帆这颗不发光的星深藏在心里，还要为他守一辈子吗？但她不认为这种痴情是一种牺牲，那是她的骄傲、理想和美丽的梦。

她从自己屋里走出来，拧开了秀芬的门。秀芬还在纳鞋底呢，不知道她要纳到什么时候。她拧开孙开远的门，孙开远还睡得像死一样昏沉。爸爸的房门开着。他回来了，不知道他什么时候回来的，在沙发上睡着了。

爸爸的下眼泡松弛地垂下来，脸上的皱纹随着轻微的鼾声颤动着，嘴角挂着一滴口水。他太疲乏了。不，他太寂寞、太孤独了……多少个晚上，她看见爸爸就是这样入睡的，报纸、文件、铅笔，还有眼镜盒掉在了地上。多少个星期天，她像一只小鸟从家里飞出去，和朋友们去玩了，那里有音乐有文学，可以画画也可以游泳，玩个痛快笑个够，当她回到家里看见爸爸站在凉台上，默默地伫立着，她是多么后悔把爸爸一个人扔在家里呀！他在想什么呢？难道他就没有烦恼、没有忧愁、没有衷曲吗？可他向谁去诉说，向谁披露心怀呢？

李晖毕竟不是小孩子了，八年的草原生活使她长大了。而且，自从失去了母亲，十年动乱中父女长期两地生活，他们之间好像形成了一条沟，把他们隔阂起来了，使他们两代人变得常常互相不能理解，甚至失去了共同的感情和语言。李晖把这条沟叫“代沟”。大概有史以来，上一代人和下一代人之间都存在着这样一条沟，但都没有他们之间这样明显、这样截然、这样深刻。

这个老革命和他的老战友在一起津津乐道的话题是战争。是两次横渡黄河，挺进中原，十万大山剿匪的生活，那时的官兵关系，那时的牺牲精神，那时的伙食、演的戏、唱的歌、房东大嫂，还有脚上的“大炮”。另外一个话题，就是当“走资派”住“牛棚”进行的一次一次的斗争，什么“车轮战”“坐飞机”，有时还撩起衣服，像欣赏珍宝一样看身上的弹孔和棒伤……

这一切，李晖听腻了，也看腻了。她不愿意总在历史博物馆里徘徊，她需要的是鲜花一样的春天，那绿的草，那带着海水咸味的风，那开化了的小河，那出巢的蜜蜂。她需要更丰富的生活……这有什么不应该的吗？她还年轻，刚刚踏上人生的旅途，刚刚从黑暗里走出来，多么渴望着快一点揭开生活的秘密啊！过去是属于老一代的，未来是属于下一代的。今天呢？今天不应该也属于年轻人吗！

爸爸却看不惯这一切。他担心甚至痛惜，但又不愿意伤了女儿的心，他太爱她了。虽然他思想上一直在斗争着，要钱还是给了，要玩就让她去吧，要穿什么就让她穿吧，留什么发型嘛，反正留在她的脑袋上。青年人有青年人的美，管他那是美还是不美呢！他有一种老年人的心力交瘁之感，看不惯也不愿意说了。因此，女儿怎么会了解父亲的心，他们坐在一起又怎么能有话说。

他们父女之间偶尔发生一次冲突，也是三言两语的。有一次，半夜里来了一个电话，找李晖的，是个小伙子，却又不说出他的名字，老头子沉吟了好久还是把酣睡中的女儿叫起来了。李晖接完电话就回房间去穿衣服，爸爸堵在门口问：“是谁来的电话？”

“一个朋友。”李晖在床下找雨鞋，连头也没抬。

“你怎么这么多电话，这么多朋友？”

“爸爸，您不是也有不少朋友吗？您干吗什么都问？……”

“这是半夜，外面还下着雨。你去干什么？”

“我去给一个同学的妈妈冒充一次未婚的儿媳妇。”

“什么？”

“您就别管了！”

“我是你爸爸，我不管谁管？”

爸爸的脸色铁青，李晖惊住了。她走到爸爸的跟前，把头靠在爸爸的肩膀上说：“我是爱您的。我不愿意惹您生气，也不愿意让您为我担忧，可这次事我非去不行。是我的一个同学，他总找不着对象，他妈妈又在病中，都快急死了，我去安慰一下他妈妈。这个同学就是上咱们家来过的那个方兴……”

“真是荒唐！”爸爸推开李晖转身就走了。

李晖跟有病的方大妈说了半夜话，后来又挤在大妈的床上睡了一觉，第二天回到家里，才知道爸爸出差了，桌子上给她撂下了一封信：“孩子，本来这些话我应该和你当面说，飞机票已经买好了，只好留下这封信。这是我想了很久的。我和你是两代人，已经到了交割世界的年龄。我常常想：我们这一辈人应该向你们交割什么？我们这一辈人理想的下一代是什么样子的？这些，你恐怕连想也没有想过，更不会理解我们这一辈人所面临的‘儿女关’的考验了。我的心情是不轻松的。你死去的妈妈没有享过一天福。为了对得起她，我给你创造了优裕的生活条件，我有时甚至不知道该怎样来疼爱你；与此同时，我也发现你变了，已经不是我怀抱中那个单纯可爱的妞妞了，变得不可理解，变得让我不放心了。这是我感到痛心的事情。这使我常常不能原谅你，生气、发脾气，甚至想骂你几句。你这个不懂事的孩子呀！但，更主要的是我不能原谅我自己。我为什么不能和你披露心怀地谈一谈呢？我并不是挑剔你穿戴什么，反对你去跳舞，阻止你去交朋友，而是应该告诉你，挑在我们肩上的历史的责任，将要落到你们的肩上了。你们虽然还回答不出来，但我们应该严肃地向你们提出来，我们两代人都应该做准备了。从今天，从现在，从眼前就开始准备……”

啊！时代的使命是严峻的！李晖并不是一个不关心祖国命运的青年，二十七岁了，为祖国干了些什么？父亲二十七岁时已经在带兵打仗了。她看完信，心情非常沉重，哭了，泪水浸湿了信纸……

想着这些，站在门口，望着沉沉而睡的爸爸，她心里一阵阵发颤。

屋子里真静，静得像真空。

桌上那张妈妈的照片，秀美的面庞，明澈而又在期待什么的双眸，那两个酒窝，向里紧收的嘴角，真是和李晖一模一样。以前每天晚上，妈妈总是手里拿着什么毛线活和爸爸坐在一起说话，或者听爸爸读一篇什么文章。她是那么入神，那么快活，有时为了什么事连声地叹息起来，有时又为了什么事笑得像孩子一样，甚至把头低在爸爸的怀里。那时的爸爸是幸福的，他不仅有一个生活的帮手，更重要的是有一个精神伴侣，有个陪他说话的人，可今天他只有那沉沉的鼾声了。

站在爸爸面前，李晖突然想到秀芬和她说的那件事。傻瓜，为什么秀芬想到了，自己没有想到呢？大概爸爸有些话不跟李晖说，倒和秀芬吐露吧……

“伯伯是要找一个人吗？”那天，秀芬走进李晖的房间，脸儿窘得像颗石榴。

“找什么人？”李晖正在书架上找书——《约翰·克利斯朵夫》，让梁启雄看看，让他接受一点文学的熏陶，感染一点激情和罗曼·罗兰那贝多芬式的追求。

秀芬贴到李晖的耳朵上说：“找个老伴呀……”

“什么？”李晖一把推开了秀芬，“你胡说什么呀！”

“真的。”秀芬的眼睛像家乡的小河一样坦荡一样清亮，“那个苏医生常上家里来，我看她人挺好的。”

李晖变成了一座石膏像。

常上家里来的那个苏阿姨的确挺好的，也是妈妈的挚友，可她是来给爸爸看病的呀！难道他们在悄悄地进行着吗？这对李晖来说，太突然了。无论如何她也不能同意，为了死去的妈妈，为爸爸对女儿的爱，她不能同意。

一种嫉妒的痛苦搅扰着她那受伤后刚刚愈合的心。她不相信这是真的……可是，也许就是真的！待秀芬走后，她倒在床上，用枕巾蒙住脸哭了起来。她伤心，她想妈妈！她想起在北戴河疗养的那个夏天，大概是爸爸受了什么批评，脸上总阴着天，妈妈整天搜肠刮肚地讲笑话，让李晖笑得上气不接下气，那是为了引逗爸爸笑。当爸爸笑起来，妈妈又哭了，只有妈妈才最理解爸爸。还有那年，妈妈去爸爸老家巡回医疗回来，给爸爸讲“瓜菜代”饿死人的情景，妈妈哭得几天吃不下饭……难道爸爸忘记了善良的妈妈了吗？她从床上爬起来，冲进了爸爸的房间，想和爸爸大闹一场。但她立在门口一句话也没说，一滴泪也没掉，她感到面前的爸爸是陌生的，仿佛在人世间他们第一次才见面。

爸爸推开写字台上的文件，摘下老花镜，审视着李晖问：“你怎么啦？有事吗？”

“我想妈妈。”

爸爸走过来，抚摩着李晖的肩膀说：“她是一个好妈妈。”

“可她死得太早了！”

李晖低着头跑出了爸爸的房间。

自此以后，这件事像石头一样压在她的心中。她哭过，她失眠过，但她终于明白过来了，干吗要把自己的想法强加给爸爸呢，爸爸也是一个人啊！他还有漫长的晚年，他没有必要孤独到死，他应该有一个精神和生活的伴侣。生活应该属于活着的人。而妈妈已经死了，已经十几年了，还要爸爸痛苦多久呢？……她自己，在杨帆死后，不也找了一个朋友梁启雄吗？为什么不鼓励支持爸爸再找一个老伴呢？——也许那个苏阿姨是不错的，像妈妈那样贤惠善良。不过，她可不愿意管苏阿姨叫妈妈，本来她就不是妈妈嘛！苏阿姨却可以和爸爸相依到老……不要相信人生只能爱一次的传统道德吧，除非他们都活着，都在浇灌爱情的花朵，否则就会有枯萎和新生。有人说，爱情是自私的。这话有道理，她对杨帆的感情不就是这样吗？但，谁也不是谁的私产，人类在发展，社会在发展，道德也应该不断地发展、完善和革新。

从此，李晖开始注意爸爸，注意苏阿姨了，仿佛他们也开始戒备她了。李晖没有乡下姑娘秀芬那种敏感，她却更细腻更真切地感受到爸爸孤独中的寂寞，苏阿姨体贴中的真诚……

李晖摇醒了爸爸。

“在这儿睡，您会着凉的。”

爸爸用双手揉搓一阵脸说：“我已经着凉了。你听听这鼻子，伤风得像猫打呼噜，昨天晚上坐在这儿看报睡着了，今天又……哎，人老了，精气神就像熬干了油的灯一样。”

“您算什么老？还不到六十岁。”

“什么事从你嘴里说出来就另一个味。”

“牛黄清心丸的味吧？就因为我是下线工，没当您那个官。”

爸爸哼了一声，把脸转向窗子说：“你呀，看问题总是那么偏颇，什么时候才能成熟一点呢！”

李晖扭动着身体，有些娇昵地说：“就是我变成个老太婆，在您眼里也不会成熟，永远是个孩子！”

“你妈妈像你这么大已经是主治医生了……”

“还有，您已经是师参谋长了……”

“调皮！快回去睡觉！”

“人家有事来找您嘛。”

李晖蹲在爸爸跟前，惊呆地发现他的确老了，仿佛一天之间变老的。爸爸的手有些烫，可能发烧呢："您没找苏阿姨看看吗？"

"这点小病不找她，我自己就会治。"

"不！爸爸，您的病不是感冒……"

"是什么？"

"是您太寂寞了，连个说话的人都没有。"李晖不知一个闺女家该怎么向爸爸说，又是这种事，她烧得比爸爸的温度还高，"爸爸，您觉得苏阿姨这个人怎么样？"

"人挺好嘛，技术也不错。"

"那就让她和我们住在一起吧。可以和您做个伴。她一个人也太孤独了……"

"啊，你这个鬼丫头！"

"怎么样？您这个鬼老子！"

"你来给爸爸当红娘了？"

"嗯！"

"不！我不想再找了。"

"为什么？"

"等你结了婚……"

"等我？那好，我明天就宣布结婚。"

"和谁？"

"那个姓梁的。"

"你爱他吗？"

"您不这样认为吗？在生活中，结婚和爱情可以完全是两回事，同床异梦的夫妻可以过一辈子；但有些人，并没在一起，他们却彼此心心相印地爱着。真的爸爸，我是从您的眼睛里看出来的。"

"净是孩子的傻话！"

爸爸站起身，走到窗前，望着墨蓝墨蓝的夜空，双手插在腰间沉默着。他的脸像喝了酒一样，心海里一定是不平静的。

这颗石子是李晖投进去的。

她退出屋来，靠在墙上想：明天梁启雄来的时候，我就告诉他，我们结婚吧，就在欢送大孙的聚会上。这不太荒唐了吗？不！那个傻小子一定会乐疯了。……

## 十二

又是往事的一幕——

草原的傍晚，静谧而安详，被太阳晒了一天的青草味随着蚊虫钻进亮了灯的屋里来。

李晖在大青河里洗完衣服，回到已经布置了几天的小屋里，完全按照北京风味做了一席饭菜，用碗扣在桌上，坐在扑闪不定的煤油灯前，对着插在柠檬霜瓶里那束金针菜，默默地等待着杨帆回来。

多可笑啊，生活无情地嘲弄了他们这些“红卫兵”。几年以后，上大学的走了，转入工厂的走了，回北京的走了，方兴和孙开远也离开屯子到农场去了，屯子里只剩下她和杨帆两个人。当年的“红卫兵公社”破产了，空想的狂热像天上的落霞一样消失了，信誓扎根一辈子的战友们像轻烟一样飘散了。旗委知青办已经三个月不给李晖和杨帆生活补助费；从这个月开始连粮票也不发了；给他们下蛋的两只老母鸡也让黄鼠狼咬死了……这两个“不受欢迎的人”还剩下什么呢？脸上的一层枯焦的色彩和歇斯底里的精神状态。

杨帆，这个当年的“圣·西门”一下子变成了古典现实主义者，既没有当年对着一张人体穴位图，在自己的膝盖上把长长的银针捻下去的奋斗精神，也没有在煤油灯下，组织大家从商品的两个因素开始，学习《资本论》的激情了，把知青食堂里的锅、碗、铲子、笼屉，宿舍里的门帘、毡子、铺板，还有同学们扔下的旧衣服破袜子，装在一辆铁瓦车上，他在前头拉着，李晖在后面推着，运到县城去卖。

久违了，这条通往县城一直通向北京的路！蓝天下的草原上只有铁瓦车吱扭吱扭的响声，脚下的土一踩一股烟，他俩像逃荒的一样。啊，这两只孤雁！

“要是有人问我们，怎么办？”李晖一直为车上这些东西担心。

“咱们就到旗委门口去卖。谁他妈的敢管，咱们就跟谁走。最好把我送到监狱去，那儿吃饭是既不要钱也不要粮票的。”杨帆说着，哈哈大笑起来。

“你别说傻话了，人家正抓你的碴子呢！”

“我想去他们还不要呢。我跟他们说了几次，盟委大院里那张告状的大字报是我贴的，我还背给他们听，可他们就是不信。说什么，我爸爸妈妈都是血统工人，又是工宣队的头头，我又是带头扎根的，绝不可能。还是那混蛋的血统论！看来，我这样的要进监狱，只有像欧·亨利小说里那样，去骂圣经，去打警察。”

“你别说了。”

李晖呜呜地哭起来。这太可怕了！……那张大字报是她写的，与杨帆无关；旗里追查的时候，杨帆站了出来。可是旗里的人不信；杨帆真的和他们动了手，吃亏的当然是杨帆，伤口至今还没有结痂呢……

车停住了。

杨帆摇着她的肩膀说：“我可不想让你掉眼泪。你哭，有谁心疼啊？你还是饶了我吧！我一个人上县，你回去吧。免得我和别人冲突起来，你又掉眼泪。”

“我不哭了。”

“不！你回去，我不愿意连累你。”

杨帆的话虽然说得又轻又慢，但他犀利的目光是不容抗拒的，要是不服从，也许他会跟李晖动武。他真的饿急了……

天黑时分，杨帆还没有回来，李晖站在村口像一只孤零零的哀鸿。

半夜里，传来了砸门声：“李晖！李晖！”

杨帆回来了，一扫脸上的秽气，把手里的两瓶酒和一只烧鸡，还有一条足有十几斤重的熏羊腿，摆在桌子上，用牙咬开了酒瓶盖：“来，一人一瓶。让我们感谢感谢留下这笔遗产的战友……要是他们的房子也有人买就好了，我们可以两年饿不死。”

他脸上那过早出现的皱纹，笑起来像一块被人乱垦过的土地，李晖看了浑身直发冷。

羊腿的肉真咸，酒也是土豆酿的，可杨帆吃时，那香劲能馋得死人都活过来。就在他一瓶子酒快喝完了的时候，瞪着发红的眼睛，把他在县里听到的消息告诉了李晖——李晖这次被推荐上大学又落榜了，这回可不是因为她爸爸的问题，是有人从后门把她顶了。

煤油灯火焰的影子在酒杯里摇晃起来，整个房子也好像在动——多像第一次骑马从马上摔下来啊！李晖最后的一线希望破灭了。她的眼睛发直，又像那天看见敌敌畏瓶子一样。

“你可真傻！那个名额又不是你的专利，算是让给你孙子了。有什么想不开的……人没有点阿Q精神是活不下去的，特别是我们这些‘文革炮灰’，要把眼泪当酒来喝，要打肿了脸充胖子，这样才能延续生命。到了晚年的时候，还能对咱们的儿男孙女们吹吹咱们的‘八年抗战’。”杨帆用羊骨头敲着桌子说，“要是我，八抬大轿请我也不去。我就不信，知识都在大学的课堂上，老子在这儿也是上大学，高尔基大学！”

煤油灯变成了蓝幽幽的鬼火，杨帆那张脸也是蓝色的。这个在学校里门门功课都是五分的学生会学习委员，曾经立志要当核物理学家，上大学，还想到国外去深造，一辈子干出一两项重大发明来，甚至还想获得诺贝尔奖金，这是多宏伟的抱负啊！可今天，他把大学当成了月光下的一摊鸡屎了。

李晖心里不知道为什么突然升起了一种报复的恶念……她不像杨帆是饿的，而是失望得发疯了。她多么想上大学，而且是文学专业，企望着能成为一个中国的女作家，像夏洛蒂·勃朗特三姊妹一样，写一两本自传体小说，还有诗集、电影剧本……可这一切都成了泡影，都是那个偷梁换柱的孙子！

此时的杨帆，眼里充满了圣洁的理智，和痛苦的冷静的光芒。他嘴上虽然劝解李晖，心里是多么希望李晖能离开这个姥姥不疼舅舅不爱的地方，去上大学啊！因为他已经接到调往农场的通知，那里只要男的不要女的，剩下李晖一个人怎么办呢？这个消息，杨帆还一直瞒着她，所以今天在县城，他看到红榜，就去找旗招生办，在那里把电话机都摔坏了，赔了二十多块钱，是铁瓦车上破烂的一半。这些他怎么能和李晖说呢？

其实，李晖已经知道杨帆要调到农场的事了，是孙开远告诉她的。孙开远也正在给她"活动"，去农场当防疫员。显然，这是十分渺茫的幻影，那种差事、有关人士的大姑子小姨子还安排不过来呢！她把一切希望都寄托在大学发榜上了，如果榜上无名，最后的一条出路，就是和杨帆结婚，到农场当家属去……可她太年轻了，刚刚二十二岁，在爸爸妈妈面前还是个孩子哪，为了生活委身在别人的脚下，这种牺牲也太残酷了，但又怎能违背命运的摆布呢？

杨帆猛然发现李晖的脸像一张木刻，心里一震，把酒瓶子摔在地上："算啦，别想它了，我去给你拿一样东西来。"

他跑出屋子，在铁瓦车上拿进来一束黄花："这是你最喜欢的花。"

"金针菜？"

"权当菊花嘛。'莫道不销魂，帘卷西风，人比黄花瘦'。"

"是好花也是好词。"李晖把金针菜插在一个用完了的、细颈的柠檬箱瓶里，笑了笑说："但愿人花两相知吧。"

金针菜是黄花，不像菊花那么多姿妩媚，也没有菊花的清香，但它在李晖的心里涌起一股巨大的热浪，双手紧紧地抓住小瓶子，眼里漂出了激动的泪水。

她和杨帆一直坐到天亮。他们谈了很多很多，又好像一句话也没说。当杨帆起身要回他那在村外的宿舍时，李晖真想拉住他说："和我住在一起吧，我怕这死一般的寂寞……"

杨帆走后，第二天，第三天，一连好几天，李晖没有找到他，就跑到农场去问孙开远。显然大孙是知道的，但他不说。这里面一定有什么秘密。

"你不告诉我，我就不走了。"

"你放心好了，他不会出什么事的，过两天一定回来。"

过了两天，大孙告诉李晖："他今天就回来，给他做点好吃的吧，人家对你也算一百一了。"

"什么一百一？"

"他回来你就知道了。"

大孙给李晖一张十元票，是他半个月的薪水，用这张大票李晖给杨帆做下一席美餐。现在，她面对着灯火中的那束黄花，等待着杨帆的归来。说实在的，她并不是等待杨帆带来什么消息，而是他这个人。她要告诉他：我们结婚吧。你和我，就在这间屋里。

杨帆会乐疯了，还是会抱着她痛哭呢？……李晖听见了自己鼓点般的心跳声。

草原的夜，寂寥而冷清。飒飒的风，送来一阵阵狗吠和潮湿霉腐的气息。已经过半夜了，杨帆还没有回来。他在哪里呢？来到杨帆的住屋前，望着远方那晃动的树影和忽明忽暗的荧光，听着猫头鹰孩子哭一样的啼叫声，李晖的心一下子收紧了，西垂的月亮在她的眼里变成了一个镶嵌在大理石上的花圈。

天亮时分，一阵马蹄声惊醒了李晖的瞌睡。她打开门，走进来的是大孙。

"杨帆死了。"

"你说什么？"李晖目光吓人地盯着大孙那张热汗横流的脸。

"他是为你跑上大学的事儿，从公社到县里，一直到盟里，终于跑下来了，是西北大学中文系，这是通知书……"

“我不要！我不要！你说说他在哪儿？”

“回来的路上，他走迷了，在纳罕草场掉进了泥沼泡子，是几个牧马人发现的……”

李晖把那张西北大学录取通知书扔在地上，跨上大孙的马，一直向纳罕草场奔去。天上落着霏霏细雨……

## 十三

楼下，爸爸的汽车响了，李晖悸冷一下从梦中醒来，刷了牙，洗了脸，看了看还没睡醒的孙开远，吩咐秀芬多买点酒菜，中午的时候，同学们聚会一下，为孙开远送行。她下午三点上中班，什么都不耽误。

李晖换上了一身银灰色的西装，白色的高跟鞋在裤筒里只露出个鞋尖。她在镜子前面梳着那长长的菊花卷的头发，两颊绯红。嘴角上挂着一丝自我嘲弄的笑容。

秀芬走进镜子里，悄悄问道：“你今天好像特别高兴。”

“我？”李晖把一个手指头在自己唇上吻一下，按在秀芬的脸上说，“是为爸爸高兴。”

“你把苏阿姨的事和伯伯说了？”

“嗯。他说，要等我结了婚……”

“你，你不是不想结婚，一个人过一辈子吗？”

“我是不喜欢那种封建的家庭观念，一家子的命运都拴在一块，夫连妻，妻连子，出了一点事就查三代，丈夫遭殃，妻子成了妖婆；老子一上台，儿子也可以升三级……”

“瞧你说的。”

“我也不喜欢现行的家庭结构，一张结婚证书就把女人拴在男人的脖子上，像个项链一样。”李晖把头发甩到身后说，“那样就不会有做妻子的独立空间，什么事业也干不出来。生活的条件规定了，夫妻二人要想干出点事业就得牺牲一个，牺牲者只能是女人。做女人可真倒霉，还得生孩子，还得伺候丈夫，还得当牺牲品……”

秀芬惊诧地和李晖拉开了距离：“你说的可真吓人，世上哪有女人不靠在男人的肩膀头上过日子的……”

“所以我才受不了。我是一个人，我首先要做一个能主宰自己命运的人，然后才是妻子才是妈妈，我可不愿意请个家庭教师来，一切都听他指挥。要不，我就打起独身的旗帜。”

秀芬把她的两条大辫子拉到胸前，梳理着，沉思了好一会儿说：“你们文化高的人可真行，有自己的事业，心里天地开阔。我想都不敢想。大了，不结婚，还靠在父母身上，村里人会笑话的。可结婚上哪去弄钱？没个千儿八百的不行，都让男家出，过了门还不是一样背债。我们乡下女人就是这个命。”

“那你一定是个好女人！”李晖咯咯咯地笑起来。

秀芬可没有这么快活，拉住李晖的手说：“你要是不结婚，那伯伯和苏阿姨……”

“不！我今天就宣布结婚。”

“为了李伯伯？”

“嗯！”

“和谁呀？”

“梁启雄，那个瘦高瘦高的戴眼镜的。”

“他考上大学了吧？往后你就有依靠了……”

“你又来了！快去买菜吧。”

秀芬还傻站在那里，抠着自己的手指甲讷讷地说：“苏医生来了，我就得走了……”

李晖惊奇地问：“为什么？”

“用不着我做饭洗衣服了……”

“你可真傻！是你多做一个人的饭，多洗一个人的衣服了。”

“真的？”秀芬那双细眼眯成了一条线，嘿嘿地笑起来，提着篮子风一样地跑出了门。多憨的姑娘啊！

李晖离开了家，决定去找苏阿姨。

做女儿的当媒人，这个苏医师会怎么想呢？是讥笑还是同情？……

一路上，李晖想的更多的是自己。真的要结婚吗？说心里话，她已不爱梁启雄了，因为梁启雄太注重她的外貌、她的家庭了。这次梁启雄拚命考大学，也是为了改变在她面前的地位和分量，这不有点庸俗吗？这个胆小鬼，生活得怪可怜的。

她想起了那天晚上，是梁启雄听到他考试分数来找李晖那天，他俩从青年湖公园走出来，在那条树木幽深的小径上，在那深沉宁静的气氛中，一直低头不语的梁启雄，显然有什么话要说，才拐上这条路的。而且，李晖从他的表情上也看出来了。可他们为了李晖的梳妆打扮发生了一场小小的争吵，李晖说：“现在就来管我，不早点么？”使梁启雄感到很难堪，他不知自己下面的话该不该说了。

“快点走好不好？是想在地上捡个钱包吗？”

梁启雄苦笑了一下说：“我想咱们的事，要不要和我妈谈谈？”

“咱们的什么？”

“关系呀……”

“关系？什么关系？”

“恋爱……”

“你在发神经病吧？一个姑娘跟你出来走一走，聊一聊，你就以为人家在跟你谈恋爱，还让人家活不活了？”

“你……”

“我可不像你那么痴，找个对象比捡个钱包还容易！”

还有什么话说？卡上了一根鱼骨头。

正这时，从树荫里蹿出来三个小伙子，围住了他们，一个“窦尔敦”，拉开梁启雄说：“你走你的，少找麻烦！”

梁启雄一把拉住李晖：“要钱给你们钱，要表给你们表，我们……”他不知道自己该说什么好了。

“窦尔敦”抽出了一把匕首顶在梁启雄胸前说：“你他妈的是活得不自在了，我们什么都不要，要人！”

梁启雄下巴颏像脱了臼，上下牙颤得一句话也说不出来。

“那好，我跟你们走！”李晖一下子站到了梁启雄前面，把手伸进了自己白色的背包里：“我是死过一回的人了，你们大概也是活腻歪了。走吧！”

那三个小子盯着那个白色的背包，愣住了。

“走哇！”李晖挽着梁启雄的胳膊向前走着。可那三个小子连动也没敢动……也是胆小鬼！

走到大街上，梁启雄吐了一口长气，按了按李晖的背包：“里面有什么东西？”

“拳头。”

“你可真行，把他们镇住了。”

“你也够可以的，还是个男子汉呢！差点把我送给了这帮流氓。”

李晖冷笑着走开了。梁启雄像电线杆子一样立在那儿，呼吸都几乎停止了。

——和梁启雄这样的人结婚吗？开什么玩笑！

现在是女的多男的少，到处都在“抢新郎”的时候，也许除了李晖自己，没有一个人认为这是玩笑。

## 十四

生活像一条小河，并不都是阳光灿烂、绿波闪闪，也不都是那么平缓安静，细语叮咚。进入峡谷，有一块石头挡路，河水就会忐忑不安地喧哗起来。梁启雄正处在这种可怕的、尴尬的、迷茫的慌乱中。这是由于孙开远的突然出现，引出来一个不速之客杨帆？还是由于艾丽明的一番谈话，告诉他的一场悲剧？

这一切都发生在梁启雄期待幸福的时候，而他又是那么软弱无力。这个笨家伙！

和艾丽明的谈话，是昨天晚上，他离开工人新村在青年湖公园门口等公共汽车的时候，艾丽明从汽车上下来，还是那一身蓝！

“啊，我老远就看出来是你，上哪儿去？”那表情和语气只有当了团委书记才会有。

“我去找你……”

“看咱们两个，来回跑冤枉腿。到我家去谈吧。”

“就在这儿吧……”

“也行。”艾丽明目光迅疾地巡视了一下四周。

“找我什么事？”梁启雄站在这位团委书记面前总感到有点不自在。

“听说你考上北大了？啊，这回可有了资本了，李晖一定得反过来追求你了。”

“为什么？”

“姑娘的心理还不是一样的……”

“真想不到你也这样……”

“我也是个姑娘嘛。她可比我漂亮，有吸引力。请你别介意，我说的是真话。”

在公园外面的法国梧桐树下，路灯在他们身上投射出扑朔迷离的光斑，宽阔的梧桐叶发出流水一般的喧响。

“是为李晖的事吗？”梁启雄按捺不住内心的焦躁。

“你已经知道就更好了。这次选质量标兵在厂里引起了轩然大波，很多同志不同意提名李晖……”

“为她的衣着打扮？”

“还有上次车间民主选举的事，听说大亮在车间门口贴的那份毛遂自荐的‘宣言’是李晖参与起草的，闹得选举工作没法进行下去……都赶在一块了，火上浇油，群众意见能不大？厂党委做了决定，在全厂团员和青年中围绕着生活和理想的问题展开一次讨论，也是进行一次思想教育。眼下青年人的思想很混乱，信仰危机，盲目地追求西方生活方式，这你是知道的。党团组织不能熟视无睹，放任自流。我们选标兵，仍然要坚持两条标准，一看思想二看工作。只要通过这次讨论，李晖对自己的生活问题有明确的认识，有行动，我看大家还是可以谅解她的，也可以当质量标兵的。”

“让她改变发型，不爱打扮，她会想得通吗？”

“这也是为了她好。这次她参加工人业余美术展览的那张题目叫《向往》的画，观众意见很大，人家退回来了。”

“那张画，她拿给美院的几个教授看过，他们都很赞赏啊……”

“在学校里搞行，咱们是工人，那简直是一张裸体画！能说她只是青年人爱美，不是个思想意识问题吗？”

梁启雄的心一下子凉透了——这次，李晖当质量标兵算是吹了。

“说实在的，我个人在感情和理智上也是矛盾的。你是党员，又是团委委员，和李晖又是朋友，希望你能从中做做工作，这也是组织上交给你的任务。”

艾丽明的话语、神态，似乎是代表着一种传统、一种责任、一个时代。

谈，怎么和李晖谈呢？——这个任务搅得梁启雄一夜没睡好觉。

……上次就因为这个问题他和李晖谈崩了。

……李晖经常到美院画人体素描的事，梁启雄是知道的。她的那幅《向往》，首先是在美院培训班作品汇报画廊里展出的。画面上，一个穿着素纱睡衣的少女，趴在窗口，痴痴地凝望着远山下森林里飞起的一群宿鸟，向着朝霞越飞越高，有几只融进了那火一般的霞光里。色彩和技法梁启雄不懂，题意也是无可指摘的；就是那个少女，好像要从窗口飞出去，穿得太单薄了，使他很不舒服，为什么美一定要这样？……他把这个想法，告诉了李晖的指导教授。这个叼着大烟斗、头顶荒芜、戴着有半斤重眼镜片的老头儿哈哈大笑起来：“你干吗这么紧张，好像这张画有什么大逆不道的动机？我年轻的时候也画过人体，学绘画的哪有不画人体的？就是那些道学家，也不是从娘胎里生下来就穿着衣服！”这话和李晖讲的一样。

教授把烟斗拔下来，用手指肚按着烟灰说：“这张画就厉害在少女的姿态、神情和那渴望的目光上，你看看她的屋里就会知道她向往的内容和深意了，这是她爸爸的房间，刚刚被抄家的场面。显然，她妈妈已经死了，桌上那张相片镶着黑框，她从梦中被惊醒，跑过来，爸爸已经被抓走了，看到的就是窗外那些……”

李晖画的是她自己吧？……梁启雄这么想。

教授又噙上烟斗走开了说：“我们有些人就是神经衰弱，看不懂还要说三道四,一惊一乍的。”

梁启雄怔在那里：难道我也是神经衰弱吗？

也许有那么一点！

就在到美院参观的第二天，李晖拉着他到青年湖写生，要给梁启雄画一张速写。这明明是李晖向他迈进了一步，可他却想到另一边去了，而且是认为捉弄他这个廉价的模特儿。瘟透了！

约会地点还是湖边那棵木槿树下。

梁启雄提前半个小时，这是普遍的规矩。

李晖来了。一件雪白的连衣裙，还戴着一顶白色的凉帽，那么扎眼，好像是夏威夷来的归侨，风度翩翩地引得游人们都多看她两眼。可她一点也不在意，仿佛公园里就她一个人。

“你这身打扮，太引人注目了……”梁启雄还是很有分寸感的。

“是么？想不到你也这么爱多管闲事！”

迎面一个硬钉子！梁启雄不敢正视李晖那双火辣辣的、流露着讥笑的眼睛。

那种热望、奔腾的旋律低沉下来了，仿佛只有一把二胡在呻吟，两个人坐在湖边沉默着。

在男性的眼睛里女性都是一个谜。李晖又时时表现出一种反常状态，或像旋风一样，狂热，或像冰霜一样冷郁，谁能猜得出她在沉默中想些什么？

李晖脱下高跟鞋，扒下袜子，把脚伸进水里，不让湖水安静下来。夕阳把木槿树、山顶的宝塔染成了玫瑰色，树荫下的湖水却像墨汁一样，只有跳起的浪花白亮亮的，像一捧捧珍珠。

梁启雄在身边拔下一堆草，揉搓着那嫩绿的草叶，喃喃地说："我并不是要惹你不高兴，我是说……"

"'我并不是，我是'，算了算了，比个老太婆还絮叨！"

"真的。我只希望你大众化一点，朴素一点……"

"你也管得太宽太早了一点。我可不是请你来当我的生活指导员！"

梁启雄望着李晖那骄傲的脸，只好闭上了嘴巴。何必自讨没趣呢？又不是她的丈夫！

李晖用脚拍击着湖水，又沉浸在她的内心世界里：

"我不喜欢木槿树和塔尖上那层虚伪的颜色，我喜欢本色的东西。在这里画一张画，最好是用水墨，浓淡相宜的水墨，比闪闪烁烁的颜色内涵要丰富得多……你看这水有多清多深，像酒浆一样醇。你什么也没感到吗？我已经醉了。"

是的，梁启雄这个傻瓜什么也没感到——他以为谈恋爱就是反复重复这两句话呢："你爱我吗？"——"我爱你。"

夕阳隐没了，只有天边的一抹亮色。树林里已经拉上了黑幕，连湖面上也看不到一点光泽。多好的一幅水墨啊？

李晖躺在草地上，把一根草茎儿放在嘴里嚼着："我一直在想这个问题，为什么野生植物比人工培育的植物生命力旺盛？……啊，我真喜欢这草香，它使我回忆起母亲乳汁的味道……"她多好幻想啊，就像一个刚刚降临的生命，对世界上的一切都是惊奇的、新鲜的。

月亮悄悄地升起来了，从树杈间露出脸来，像少女那么娇羞，蒙着一层薄薄的面纱。

李晖一句话不说，对着月亮默默地坐着。她真美，像一朵睡莲那么诱人。不知道她想起了什么，还是从月光中看到了什么，害怕似的扑在梁启雄的身上，紧紧扒着他的肩膀，身体颤抖着，呼吸急促，喷出来的气是烫的。

忽然什么东西落在梁启雄的手上，流着，热的还是凉的？

李晖猛然推开了梁启雄，脸色冷峻可怕，眼里噙着泪水——她为什么哭了？显然这不是激动的泪水，梁启雄感到的也不是热恋，而是恐惧和茫然。

“你怎么啦……”

“没什么。最好不要打听姑娘的心事。还是你说吧，刚才你不是有什么话要对我说吗？为了我这件连衣裙……”

梁启雄犹豫了：“也没什么，我只是想劝你注意一点自己的衣着打扮。”

李晖嘴角抽动着，笑了一下：“说吧，我很想接受一点道德教育。”

“我是听了同志们的一些反映……”

“干吗吞吞吐吐的。”

“你都知道了，我还说什么。”

“从你的嘴里说出来，我的感受不一样，可以使我更全面地了解你。你说，是不是你也看不惯？”

“有点。”

“何止一点啊！”李晖笑着把眼睛眯起来，望着被月光洒满了银辉的湖面说，“是哪个文件规定的，我们只能穿中山装解放服？精神生活只能有一种存在方式？我个人的兴趣爱好，既没有影响社会公德，又没有影响他人生活，也没有影响工作，有什么不可以的？我真不明白，舞台上银幕上出现长头发喇叭裤就是美的高雅的，斯大林、鲁迅蓄着小胡子就是顺眼的严肃的，而我们活着的人就不行？我总感到人的很多权利和自由还得不到尊重，我们有些人自己也不尊重自己，这不可悲吗？”

她激动地站起来，捡起一块石头投进宁静的湖水中，随着咚的一声水响，溅起万千涟漪，摇碎了满湖的银辉。她低头望着梁启雄说：“你不光看不惯我的衣服，还有这项链吧？”

她从脖子上摘下来捧在手上，冷冷地笑着说：“米洛的维纳斯，是爱神，也是美的化身。如果你反对，我明天就摘掉它，换上一个十字架，这样既严肃又虔诚；要不就换上一个菩萨，那是国产货！”

这就是她的性格，大概也是她能够下线二百五十多米的原因吧？还有什么话好谈下去的？……

第二天她真的换上了一尊玉料做的菩萨像。也就从那天起，他们好像开始疏远了，仿佛有谁给他们中间在砌一堵墙。谁呢？一定是那个该死的菩萨！

## 十五

中午的聚会应该请大亮也来参加。李晖从苏阿姨的医务所走出来就奔工厂了。

刚才苏阿姨还以为李晖是来看病的呢，拉着她在她的桌子对面坐下来。李晖告诉她是爸爸病了，希望她能经常到家里去看看，这当然是李晖个人的要求，因为爸爸很苦闷……

“他很苦闷？”苏阿姨笑了。她着上白大褂有一种庄重而淑静的美。模样儿还是挺秀气的，只是没什么特点，也缺乏女性的魅力。李晖还从来没有这样认真观察过她。

“他很苦闷……”苏阿姨又重复了一句，却没有说下去，没有说那句李晖猜想中的话：你爸爸很苦闷也用找大夫吗？和我有什么关系？……似乎这种苦闷也在她的诊治范围之内。她的脸上浮出了一层淡淡的红晕。

“是的，他很孤独。没有和他说话的人，只有您还和他谈得来。

听说，他在贺兰山被关押的时候，病得很厉害，是您救了他……”

“当时，我也是囚犯……”

“您今天到我家去吃晚饭吧，爸爸一定会高兴的。”

“是吗？……你呢？”

“那还用说吗？我是来请您的……”

“谢谢了。”

“应该谢谢的是您，晚上见吧。”

真顺利！李晖心里骂了一句自己：傻丫头，你可真会演戏！……当她走下楼梯时，苏阿姨在楼梯口上站着。苏阿姨的脸上是一种怅然若失的神情，这种情绪怎么能说李晖没有呢？站在那里送她的不是她的妈妈！

到了工厂，李晖把正在检修烘炉的大亮从车间里叫出来，在那堆边角料旁把中午的聚会告诉了他。

大亮两眼一动不动地看着李晖，半天没说话。大亮这个人是沉思型的。什么事情他要是没想好，用钳子也撬不开他的嘴；要是他下了决心，大海也挡不住他。他和李晖在一起，对老范头在车间民主选举大会上的讲话公开提出了批评，而且大亮毛遂自荐当车间主任。他在大会上说：“我要当车间主任就要比老范同志干得好，一年为限，如果我不能实现我在宣言中提出的几项目标，我就自动下台……”这件事，在车间里，在全厂引起了很大的反响。李晖很佩服他的勇气、胆量和智慧。尤其是当来自厂里、车间里的压力很大时，大亮每天还是照样乐呵呵的，像个没事人。他对李晖说：“咱不是想当官捞点什么，咱是想干出点什么来。中国应该是一头伟大的狮子，咱愿做狮子身上一根发亮的毛！”这使李晖很感动，男子汉就应该这样！

眼前，站在车间外面的大亮，以他那雄健的体魄，线条粗犷的脸庞，炯炯的目光，热汗、蓬乱的头发和粗重的呼吸，使李晖觉得他有一种男性的美和魅力。

“这个时候我们往一起凑，不会有人说我们开黑会吧？”大亮把那两只油渍渍的手套塞在腰带上，点着一支劣质香烟，大口地吸着，眼睛闪烁着诡谲的光。

“你害怕了？”

“不。只是为了下一步厂里的生产着想。我真担心这次民主选举成了官样文章，你知道党委书记老莫怎么说吗？‘竞选是资产阶级的玩意儿，就是大亮当选了，我们也不能批准。’”

“把这老头子吓破了胆。他怕你这个党员今天选上车间主任，明天就要竞选党委书记吧！”

“这他放心，车间主任我也只想干一届。”

两个人开心地笑起来。

正在这时，车间里有人喊大亮，他把捏灭了的半截烟屁股，小心地装进上衣口袋里。说了句：“中午再谈。”向车间里走去。

李晖望着大亮那宽阔结实的背影，深深地叹了口气。为什么他就不能当车间主任呢？六五年的中专毕业生，肯干肯钻研，技术全面，有使不完的精力，在毛遂自荐的“宣言”中提出了一系列受工人欢迎的设想。为什么群众选他也不能批准呢？

“管它呢，我投他一票！”

青年人应该沉思还是应该呐喊呢？……李晖心情沉重地从工厂里走出来，在厂门口迎面碰见了方兴。

这个不争气的家伙，那身满是破洞和灰浆点子的工服，皱皱巴巴的像块娃娃尿布，敞着怀，拦腰系一根草绳，存心要这个劲儿。手里拿着一支雪糕，一路咬着一路哼唧着：“啊巴拉咕……”他抬起头看见了李晖，吓了一跳，恨不得连雪糕棍儿一齐吞进肚子里。他有点怕李晖，不仅在于李晖的为人和那股姑娘少有的野劲，主要是李晖了解他的家庭生活情况，他母亲的病和母亲的心愿，还有几个弟弟妹妹……

“你这样还能混出来个人样儿吗？这是上班时间，你还想不想转正了？我有你这样的同学都觉得害臊！”

“可我已经不知道什么是害臊了。”

“你在外面又吃又喝，你知道不知道，你妈妈病着，为了你弟弟妹妹上学，她去捡烂纸呀！你对得起你妈妈吗？……”

方兴没吃完的半块雪糕掉在了地上。

李晖狠狠地哼了一声走了。

方兴追上去说：“往后咱一定混出个人样儿来还不成？连你都看不起我，这个厂里，还有同学们，就没人看得起我了。”

“你还知道自尊，真是奇迹！”

“你这个风流女郎干得好又怎么样？这次厂里评选标兵，说你什么的没有？”

“我对得住自己的良心。二百五十七米不是铅笔画出来的。我的血是红的，心也不是黑的。我不怕人家说。可你连你的一天一块五都对不住！”

“我不是浑吗……”

“你的良心呢？”

“良心？……说正格的，只要你们还看得起我方兴，打今儿往后，我一定干出样儿来给你们看看。”

“给我？……好吧，那我就等着瞧了。”

“别忘了咱哥们儿，中午送大孙我也去。”

李晖点了一下头，方兴仿佛得到了一种什么满足，乐颠颠地跑进了厂门。

李晖木头一样地立在那儿。同学，她为自己有这么个同学，不知在惋惜什么还是憎恶什么——在学校的时候，方兴也是个功课不错、有进取心的青年，是吃了什么“圣果”，把这块矿石变成了连砌墙都不能用的砖头？

想着想着，连她自己也糊涂了。为她能不能当标兵的事，全厂团员青年还要大会小会讨论，难怪定型产品积压，管理制度混乱，年年亏损……

## 十六

阳光把大地变成像一张白纸那么耀眼。

梁启雄从家里出来，到李晖家去参加为大孙送行的聚会。妈妈让他换换衣服他都顾不上了，却没忘记把大学录取通知书带上。他幻想着这次能和李晖谈得拢。一路上鼓励着自己要镇静，要真诚，要温度高一点，要拿出追求自己所爱的人的勇气来。

不知道为什么梁启雄淡漠了昨天刚接到通知书时的那种冲动、自豪和荣誉感了。他总感觉在李晖面前骄傲不起来，仿佛李晖身上有一种什么神奇的力量威慑着他。

似乎应该上大学的是李晖而不是他。李晖比他聪敏，不仅会唱会跳会笑会玩，喜欢绘画、音乐、文学，进厂三年时间她补习了高中到大学二年级的英语课程，发音准确，而且还会一些“土话”，能阅读英语小说。可他也补习了三年，这次考试才得了五十六分。

按说李晖完全有把握考上大学，不知为什么她就是不报名，好像是考了几次都没被录取，伤透了心啦。

有一次，梁启雄问她：“你为什么不报考外语学院呢？”

“你以为学外语就是为了考大学或者考研究生吗？不。我是确定下来不考才学的。为什么一个工人就不应该会一两门外语呢？外语并不是什么专业，不过是开拓眼界，进修各门学问的手段。”

“我真不明白，你为什么给自己确定这么个方向？”

“是生活告诉我的，也是对我的惩罚。”

“真的？”

“谁冤你谁是小狗。”

梁启雄有些激动了：“这可真有点可惜。你知道，目前国家正需要大批人才，像你这样的人应该去深造，你会比我前途辉煌的！”

“是那张大学毕业文凭更辉煌吧？有了这个就有了铁饭碗、通行证，要是在国外弄个文凭回来，恐怕就更吃香了！”

“你干吗把人家的好心当成驴肝肺！”梁启雄像被针扎了一样。

“我只是说，你是个地道的现实主义者。”李晖向后理了理那不屈服的披肩发说，“你使我想起一个诗人说的话。他说：‘万千大山，在茫茫雾霭中，它们好像是一个颜色的。当你深入森林中，才会看到丰富的色彩，和树木之间的差别。’这大概也就是我们之间的差别。”

“差别？”

“是，差别。我们对理想的理解也并不完全一样。就说‘四化’吧，如果只有少数人掌握科学文化，工人农民还是半文盲、小学水平，生产方式还是原始状态，‘四化’不是太遥远了吗？我看连特权思想、官僚主义都抵制不了。”

“那你学外语有什么实际用途呢？”

“你以为当工人就用不上外语吗？我让你看过我的一个朋友的日记，你还记得吗？”

是杨帆的！梁启雄记起来了，在那个小得可怜的日记本扉页上写着：“去追求吧，去寻找吧，生活中有你的位置，生活中有你的真善美。它不在天国，也不在父母手里。人生的春天在哪里呢？朋友，就在你的脚下。”

“我喜欢这段话，我也是这么做的。”她的眼睛里闪射出异样的光辉，那么清澈，那么明亮，像一个窗口，一下子可以看到她的心。

……也许她是对的。

生活的经历告诉梁启雄，他不能妥协，不能投降。这里面有一种男性的尊严吧？他准备接受爱情对这种尊严的考验，他期待着这种尊严的胜利。人生的春天是属于他的，她也是属于他的。

路旁的柳树像烟一样在梁启雄的眼前飘动着。

风中的柳丝得意地飘呀飘，一直拂到他的脸上，痒酥酥的。柳丝多像李晖的长发呀，瀑布一样飘泻下来，散发着阵阵的温馨……李晖从小就爱这又浓又密的长发。那长发伴随着她年龄的增长而增长，也不断地埋藏着她数不清的梦境和幻想。上小学的时候，有一次捉迷藏，她把头磕破了，到医院动手术，大夫要给她剃头，她哭啊哭啊……后来，伤好了，剃过的头发渐渐地长起来了，她还在梦中常常哭醒。她长大了，又常常做这样的梦：她飞起来了，飞上了蓝天，跃过了白云，一直向九霄仙境飞去，那长发越飘越长，一直拖到大地上……她长大了，出落成一个引人注目的姑娘，那长发给她增添了多少色彩和魅力啊！“横扫一切”的“文化大革命”到来了，作为红卫兵的李晖，自己用剪刀把长发“革命”成了小刷子……曾几何时，她就感到自己的狂热荒唐可笑了。她又留起了长发，而且发誓一辈子不剪了。

今天，为了她摆脱那些议论和责难，为了能得到人们的谅解，为了能当上质量标兵，让她剪短那长发，她会同意吗？……梁启雄想，求求她答应这一次吧，也是为了他，为了他们的感情啊。

梁启雄从来没有像今天这么热烈地感到，他是那样爱她，思念她，想见到她，哪怕一分钟也好！……路在他的脚下延伸着，那奔驰的车辆像水一样流过，一条闪光的河。

花园路楼区，五号楼第三个门，三〇三号就是李晖的家。

记得第一次到她家，是看她冲洗出来四月四号在天安门广场拍的照片。那是中午。她一个人在家。她正吃着半截饭，穿着一件淡粉色的尼龙衫，领口袒露着小半个胸，那样子使人进不得也退不得的。

她也看出来了，坦率地看了自己胸前一眼，穿上一件短袖衫，笑了笑，拍着身旁的一张椅子说：“干吗站着，坐下来吃点吧。我就不信你们家的饭那么早？来品品我的手艺嘛！在草原上我学会了使套马杆，也学会了烹调。你看，这几样菜都是我做的，还有这个。喝一杯吧，你也在广阔天地里练过几天，还能不会这个？”

酒！

她嘴角旋起一股神秘的笑意？给梁启雄斟了一杯像血一样的葡萄酒。

梁启雄望着酒杯发愣。

李晖咯咯地笑起来："你怎么啦，还说你也当过红卫兵呢！忘了红卫兵的痛苦和迷惘了？……"她瞪着眼睛沉默起来，一种冷静的自制力量使她没有说什么。梁启雄却感到她的心里在呐喊。如果她喊出来，一定会像火一样燃烧起来！

……

一个人的感情常常是自相矛盾的，梁启雄又尝到了这种滋味。

站在三〇三号房门外面，他的心好像凝住了，连敲门的勇气也没有了。

忽然门把手的转动声响得吓人，门开了一半，李晖腰上系个白围裙，两只眼睛大胆甚至有点粗野地盯着梁启雄说："是你呀，这么早？快进来吧，是来劝我把头发剪了，还是来检查我的画夹子的？"

"你，你怎么知道？"

李晖那向上微翘的嘴角，又漾起嘲讽的笑纹："是艾丽明和大亮说的，也让大亮来开导开导我。"

梁启雄不敢看李晖的眼睛，那么炽烈又那么凌厉，像一束束羽箭射穿了他的心。他的声音是颤的："不不，李晖，你把我看成什么人了，我是为你好，是真心的……"

"不！是你看错了人。"李晖倚着门，撩起围裙擦着手说，"我工作的时候并没想到当标兵，也不会为了当标兵梳起两个小刷子。"

"这是为什么……"

"我就是这个性格。比如说，我并不是时常穿喇叭裤，也不是认为穿那种裤子就一定美。可是，为什么不可以穿穿试一试？为什么不可以使得生活多样化一点？我也可以打扮得很朴素。我在草原上的那几年不是比谁都朴素得多吗？不是也拚命劳动过吗？我回北京进了工厂后，不是也干出个样儿来了吗？难道我是个追求物质享受的人？难道我——像有些人所想的——是个风流小姐？呸！人们都拿什么样的眼光看我！由他们去吧！我讨厌的就是这种沉闷，这种固执，我欢喜新鲜和朝气。我尊重自己的劳动，尊重自己的人格。”李晖半仰着她那张骄傲的脸，笑了笑说，“如果说得更明显一点，我爱自己，爱生活，爱祖国，爱老辈子人流血牺牲换来的祖国。”

“你也谈爱祖国？”

“我不配？你以为我是个饭桶、混世虫、服装模特儿？”李晖越说越激动了，索性说个痛快吧，“当然，我有的时候也有急躁情绪，发发牢骚，甚至悲观失望；有时候还想把自己埋在音乐中，埋在书本里。但我从没有忘记我是一个中国人，没有忘记富强我们的国家，使祖国在世界民族之林巨人般挺起腰杆来。这也就是我工作和学习的动力，生活中乐趣的泉源……你不要忘了，我是老八路的女儿，我比你更了解他们那一代人。天下是他们那一代人打出来的。我们这些第二代能不能继续创业？能不能做今天这个时代的主人？用我爸爸的话说，这个历史责任，我们即使还回答不出来，也要严肃地提出来。所以我拼命工作也拼命学习，同时也玩个痛快！……不能让我们的上一代和我们的下一代骂我们没出息！”

这些话像钢锭落在地上，迸起火星，响起了雷鸣。梁启雄呆立在那儿，肚里准备好的“做工作”的一大堆话，好像都冻住了，一句也吐不出来。

“我最恨那些把生养我们的这块土地当作肥肉来啃的人。你现在明白了吧？你还不了解我，我们虽然相交了快三年，但彼此之间，心和心是隔着一堵墙的。……你该明白了，原来我们之间是一场误会。”李晖忽然又像孩子一样地大笑着说，“看来，你我都误会了，温情和友谊并不是爱情。”

“不，李晖，我是爱你的。”梁启雄红着脸，讷讷地说。

“那是我误会了，因为我们还不了解。当初，我不应该让你看《约翰·克利斯朵夫》，应该让你看看理查德·贝奇的《海鸥乔纳森·利文斯顿》。我喜欢生活中真正的海鸥乔纳森。书中有这样一段话：‘大多数海鸥只懂得最简单的飞行本领就够了，怎么从岸上飞出去觅食，再飞回来。对大多数海鸥来说，重要的不是飞行，而是觅食。但对这只海鸥来说，重要的是飞不是吃。海鸥乔纳森·利文斯顿喜欢飞行胜于一切。他发现像他这种思想是吃不开的。连他的父母都惊慌不安。’你对我没有这种感觉吗？我主要的还不是为了自己飞得痛快，我是渴望我们的时代，我们的事业，我们的理想，往高处飞，往远处飞！”

梁启雄点点头又摇起头来，他也不知道自己该怎么回答。因为李晖的话对他来说简直是晴天霹雳，一切都吹了！他只有这个感觉，没有第二个感觉了……

## 十七

门关了。彻底地把梁启雄和李晖隔绝在两个世界里。

是怨她、恨她吗？……这一切太突然了。

惊愕和失望、悔恨和迷茫一起包围着他。他不知道自己是什么时候，是怎样离开那幢大楼的。

外面的阳光把他的眼照花了，形成了一个很大的盲区，视线内的一切都变得模糊起来，好像大团大团的雪花在色彩斑斓的空中旋舞，他的双脚也好像离开了大地，向上飞腾着、飞腾着，但又不知道哪里是他归宿的星球……

“啊，又是你，大学生！”

梁启雄的肩头突然被一只手抓住了，仿佛是一下子把他从空中抓回到地球上来。

又是方兴！梁启雄发现他好像变了一个人，没穿那件大花格衫，也没有戴蛤蟆镜，而是一身半新的劳动布工服，唇上那抹小胡子也淡多了。他几乎贴到梁启雄的脸上问："是从李晖家来吗？你怎么又走了？"

"我，我还有事，不能参加你们的聚会了。"

"啊，大学生嘛还能不忙！谁像我？一只断了线的风筝，飘来飘去，连个窝都没有，没人把咱当人看。说正格的，你可是李晖看得起的人。"

"我？"

"这还假得了！"

是我错过机会了吗？……梁启雄两眼发直。

方兴三个手指一捻，打了个"榧子"，转身就走了。可他没走几步，又转回来，神秘地说："哎，跟你说个新鲜的！上面有人对李晖评选标兵的事说话了，说：'评选质量标兵，不看指标看什么？又不是选模特儿，管人家留什么头，打扮什么样呢。'这话我服！最让我服气的还是你们的车间主任老范头，绝啦，说什么：'我们车间早就同意李晖当标兵，青年人嘛，哪有不爱美的，穿戴打扮问题还是可以帮助教育嘛！'这个老家伙，来了个一百八十度的大转弯，真可笑！"

方兴眨了眨油灯捻儿似的小眼睛又说："要是让李晖知道了，她也非把肚皮笑破了不可。她一定会说：'我还投他一票，选这样的人当车间主任，咱们一辈子也不会犯错误！'她会这么说的。"

方兴做了个鬼脸，哈哈大笑着走了。但他投下的火，在梁启雄的心里燃烧起来。

怎么回事？……这是真的吗？……

1980 年 5—12 月

原载《当代》1981 年第 2 期

# 厂长今年二十六

陈　冲

# 一

“下面请新任厂长许英杰同志讲话！”

党支部书记彭国柱高声宣布，还带头鼓掌，于是，五百人的会场上，响起一片热烈的掌声。许英杰在掌声中缓缓站起来，感到有点紧张，甚至有点胆怯。他毕竟太嫩。但这只是一刹那的事。他很快恢复了自信，挺挺胸脯，朝讲台走去。掌声更热烈了。许英杰深深受了感动。他没料到会受到如此热烈的欢迎。须知春光服装厂的职工大会，照例是在大车间里举行的。车间里摆满了各式缝纫机，各种用途的大小案子，五颜六色的布料、半成品，人们只能散坐在七横八竖、宽宽窄窄的空档里。这样的会场，至少得有三分之二的人发自真心用力鼓掌，掌声才会显得这样热烈。

许英杰稳稳地站在讲台前。他个头不高，但体态壮实、匀称。天刚转暖，他已经剪了寸头，再配上有棱有角的脸型，线条奔放的五官，颇给人一种强悍、威猛的感觉。掌声平息，会场变得很静，大家在等他讲话。可是他却不急于开口。不错，刚才他还着过急，当专程到会的孙局长讲话时，当彭国柱讲话时，他曾暗地里嫌这两个老头太饶舌，而现在，他可沉住气了。会场在他手里。

他缓缓地扫视整个会场。很多人眼巴巴望着他，但也有一些人脸朝着各个方向。这仅仅是由于会场不规则吗？当然不！掌声并不能使他忘乎所以。面前这五百人，姓名不同，长相不同，想法也各不相同。正因为人心散了，厂子才垮到今天这地步：连年亏损，产品积压，资金周转不灵，劳动纪律松弛……然而，也正因为这样，他才有机会站在这里。

他看到了坐在前排正中的周晔。她穿着藕荷色的春秋衫，翻开的领口露出杏红色高领秋衣，新做过的大鬈烫发闪着乌光，一双同样乌黑发亮的眸子，闪着惊喜的光辉。是的，她是可以信赖的。别人呢？他的目光继续在人群中巡视。老裁缝张喜趴在案子上好像睡着了，只把白发稀疏而中间锃亮的脑瓜顶对着他。那戴副白边眼镜的车间管理员解方，给了他一个后脑勺。聪颖瘦弱的修机能手、年轻的共产党员李呈祥，歪靠在一台电动缝纫机的机头上闭目养神。供销科的纪宏声掩在一堆布料后面，只能看见半个侧脸。财务科的刘青云在哪儿？找遍会场看不见，大概根本没来开会。这些人，都是许英杰未来棋盘上的车马炮，可是显然缺乏热情。

“好，走着瞧吧！”许英杰坦然地想，既不失望，也不担心。他是自信的。不然，他这个二十六岁的检修工，怎么敢上书市经委，毛遂自荐当厂长？又怎么敢向轻工业局党委立下“军令状”，保证一年内使春光服装厂改变面貌，扭亏为盈？要知道，近来报上已不再宣传毛遂自荐，私下里还颇有人认为这种选拔干部的方式弊多利少。局党委是作为特殊情况，破格接受了他的自荐，没有一定把握，敢担这个风险吗？

“同志们！”许英杰开始讲话，用一个出人意料的开头立即抓住了听众，“记得那年，电台里播送小说《乔厂长上任记》，有人听得入迷，还到处讲：咱厂要是也来个乔厂长就好了。当时我就说：真来个乔厂长，你不见得受得了。怎么呢？他管得严，不让你蹓蹓逛逛，偷懒耍滑。我这可不是自比乔厂长——人家是老干部，我算啥？不过我愿意向乔厂长学习，我愿意试一试。咱们都试试看！”

他声音不高，但透着威严。会场安静极了，气氛像拉紧的弓弦。

“咱不搞一言堂，不搞一长制，不是我一个人说了算。不过，也不能五百人谁说了都算。那听谁的？咱们一律按规章制度办。当然啦，规矩得一样一样地立，今天我只要求大家一件事：按时上下班。再强调一句，班组长要切实把考勤管起来。这不过分吧？这是最起码的要求了吧？好，咱们就拿这个试试看。只要你不迟到，不早退，不中间溜号，咱们相安无事，两好换一好。你想碰一碰，那就碰碰看。那叫以身试法。到时候可别怪我不给你留脸面。这叫有言在先！”

会场上鸦雀无声，像是被这番话镇唬住了。不，问题决不会这样简单。一番话能吓倒谁呢？十多年里，春光服装厂换过十一任革委会主任、军代表、厂长，无一例外，都是一上任先抓劳动纪律。结果又如何？白搭！弄到后来，连“狠抓阶级斗争”也不灵了。老子三代贫农，老娘祖辈要饭，你能把我怎样？不就是早走一刻钟，晚来半小时吗？你批斗我？开除我？

尽管如此，许英杰的“就职演说”还是给人留下了很深的印象。看来新厂长够横的。第二天，人们原以为许英杰也会像他的十位前任那样，早早端把椅子守在厂门口，结果证明猜错了。人们悄悄松了口气，但并未完全放心。许英杰是个轻易不开口，开口就决不放空炮的角色，这一点，大家了解得很清楚。自从七年前许英杰进厂当学徒，抬头不见低头见，谁不了解谁？再说，那天会上，孙局长、彭国柱都表示对许英杰充分信任，充分支持。若是按一般的惯例，这“充分”是可以给打打折扣的。不过这回情况也不同往常，许英杰是他们破例扶上马的，他垮了，他们也不好交代。看来，现在下结论还为时过早，走着瞧吧……

## 二

“干吗老沉着脸？这又不是在你厂里！”

彭玥瞄着许英杰的脸小声说，语气是嗔怪的，眼神却有些胆怯。许英杰抬起头时，她急忙把眼光躲开，装作在看不远处一堆假山。对她这种微妙的心理，许英杰一清二楚，但也不说破，反而随着她去看那假山。

暮色里，假山很有些怪石嶙峋的模样，可惜太小巧，缺乏气派。这公园好像就是这种风格：矮小的树垂着柔丝，花坛里开着疏疏落落的小花，草儿都不够粗壮，就连他们坐的长椅也是又矮又窄。许英杰很失望。他刚刚挑起厂长的担子，心气儿正高，希望一切都能和他的心境一致：气象恢宏，狂飙巨澜。

“你已经失约三回了。三次加起来，我足足白等了你七个钟头。”

这话从彭玥嘴里絮絮地说出，毫无责怪的意思，有的只是淡淡的哀怨。许英杰受了感动，轻轻握住她的手说：

“我这不是来了吗？”

于是彭玥觉得一切都得到了补偿，把脸轻轻贴在他的肩棱上，反而问：

“没耽误你的正事吧？”

“谁知道呢？大概不会吧。越是该下班了，越是这个来找那个来找，结果我就发了火，嚷嚷起来：今天下班以后我不办公！我有私事，有约会！”

“你也不怕人家笑话！”

“否则他们还会缠着我呀！我没有别的办法——我想见你。”

彭玥发出一声轻轻的叹息。

“放心吧，实际也误不了什么大事。工作刚开头，节奏还很慢，误了也能补上。反正我想见你，那就谁也拦不住！”

彭玥忽然咯咯地笑起来。

“你笑什么？”

“笑你！爸爸说你想当铁腕人物……”

“他瞎说！那是外国记者滥用的词儿，你爸爸从哪儿捡来的？我只是主张工厂要有严格的管理，不能像一盘散沙。一个队伍要有战斗力，首先就得有一个统一意志。”

“就是大家都得服从一个人的意志？”

“在一定的时候，是这样。”

“那我呢？我也得服从你？”

“我没这么说……”

“你说了！你说你想见我，你就来了。可你不那么想见我的时候，就让我白等。”

许英杰笑了：“敢情在这儿等着我呢，我原以为你真想跟我讨论点正事……”

“不，我可不是一点也不关心你的正事。我知道你一定很忙……”

“忙？不，说不上很忙。至少，真正忙的日子还在后头。不过……我倒是觉得很累，累得要命。”他叹息一声，突然地说，“喂，玥玥，坐到椅子那头去！”

彭玥微微一惊，以为是附近有人在看他们，赶紧坐到长椅的尽头上；这同时，许英杰却一翻身躺下，把她的腿当了枕头。这回她真给吓了一跳。心头好一阵扑通，却又分明有着更多的甜蜜的喜悦。

“有人来了！”她吓唬说。

“嗯，还带着照相机呢。”他嘲弄着，接着又叹口气，“可是我太累了……”

“哼，反正你想怎么样，就得怎么样。”她咕哝着，而她的手已在抚弄他的头发。半寸多长的短发，直挺挺的，硬硬的，好像也长着筋骨。顺着摸两下，压不倒；戗着摸两下，又弹回来。于是她又咯咯笑了。

略带凉意的晚风，送来一阵阵太过浓郁的槐花香，以及若断若续的附近某处一台录音机里软绵绵的歌声。

她低下头看他的眼睛，他的眼睛像罩在一层云雾里，一眨不眨地仰望着星空。

“又在想厂里的事了？”

“嗯。”

“你……真的能行？”

“嗯……”

“可爸爸很替你犯愁。他说：你接手十几天了，一切还是老样子，乱糟糟的。”

他的眼睛唰地亮了一下，似乎有点恼怒：

“他幸灾乐祸？”

“不许你这样说爸爸！”她用手掌在他的额头轻拍了一下，以示惩戒，然后又絮絮地说下去，“其实爸爸很想帮助你，可是看来他搞不清你的意图，想帮忙也搭不上手。你为什么不多跟他谈谈？需要他干什么，他会帮助你的。”

许英杰微微摇了摇头，阴郁地说：

“需要干什么，他自己应该知道。我怎么好在他面前指手画脚？”

“你可以委婉地说嘛！”

“玥玥，你不懂。像他那样多年担任领导职务的人，都有一种洞察力。不管你讲得多委婉，绕多大弯儿，他们总是会归到一点：到底是你听我的，还是我听你的？而且，他们都非常计较这个。我可不敢冒这个险……”

彭玥沉默了。她吃不准谁对谁不对，不知道往下该说什么。她宽慰自己：厂长该怎么当法，我哪儿知道？我又不要当那玩意儿！可是她又想起和那些朋友们一块“吹牛”的情形。那都是些干部子弟，号称见多识广，思想解放，忧国忧民。他们针砭时弊，往往痛心疾首：我要是当总理，非如何如何不可，保险力挽狂澜，国泰民安。在那种谈话里，她也每每是振振有词，滔滔不绝的。看来，总理似乎要比厂长好当得多。

许英杰望着夜空，一面漫不经心地辨认着自己知道的几个星座，一面想到不该冷落了彭玥，用一种很遥远的声音问：

“玥，你们厂里近来怎么样？”

“越来越糟，下个月的工资又发不出……”

他的耳朵在努力捕捉彭玥絮絮的话语：

领导班子软弱无能，姓张的书记简直是个“棒槌”。厂里没活干，有活也不干，让干就得先谈判奖金；跟找上门来的主顾狠命要高价，吓跑了为止……可是他一半心思还在天上，又从天上拐回自己厂里。天空那么广阔，那么深远，而星星的分布又是那么不均匀。这儿大片大片地空着；这儿又密密麻麻挤成一团。好像有一本书里说：在大尺度上，天体在宇宙间的分布是“各向同性”的。真是那样吗？看看我们春光服装厂吧：房子跟房子挤在一起，机子跟机子挤在一起，人跟人挤在一起。在这样的环境里干活，怎么可能有高效率？

“……他买下厂子前面的空地，要盖楼，可是刚盖了围墙和门房，钱就用光了。直到前年把他调走，那块地还空着……”

彭玥的话好像在很远的地方飘荡沉浮，听上去就像没有歌词的曲子。许英杰突然心里一动：

“玥，你刚才说什么来着？”

“刚才？是郭主任？”

“对，就是那个好大喜功，买了地却盖不起房子的革委会主任。”他一翻身坐起来，“不，先不管他。玥，带我去看看你们厂。”

“现在？”

“当然！”他已经拉着她的手站起来。

她的厂靠近市郊，是个只有一百人的区办小厂，名叫挺进五金加工厂。她在这儿当电焊工，五年来，从来没想到过这“破破烂烂”的地方有啥好看的。许英杰要来看看，她原以为不过是个随意杜撰的借口，为的是两个人在一起多待一会。谁知她又猜错了。

挺进五金加工厂有个满有气派的大门，至少，在许英杰看来，比春光厂的大门强多了。他支好车，望着两扇紧闭的大门问彭玥：

“能进去看看吗？”

“不行，现在厂里没人。再说人家谁认识你？咱们的关系要保密，这可是你的主意。”

“对，对！”许英杰宽容地一笑，“从门缝里看看，总可以吧？”

“你轻点，别惊动了看门的。”

出乎彭玥意料，他竟趴在那儿看了十来分钟，还一再变换地方和角度。他看这么仔细干啥？突然，她有了一个不祥的预感。

“老实说！”踏上归途时，彭玥恼怒而严厉地质问，“你是不是想打我们厂的什么主意？”“没……没有。”许英杰正一面蹬车一面想心事，问题来得猝不及防，他支吾了一下，但旋即淡淡地一笑，“别疑神疑鬼的。我自己正抱着春光厂这本难念的经呢，哪儿顾得上你们？”

这话看来有道理，但彭玥仍不肯轻信。许英杰跟一般人不同，常会干出些别人意想不到的事，似乎不能以常情度之。姑娘的心烦乱起来。相处以来，她一直觉得他太“强”。她有点怕他。可是，她又分明意识到，从头一次见面起，吸引着她的，迷了她心窍的，正是他身上那股“强”劲。然而，这“强”劲究竟是些什么，她又分析不清。他并不粗鲁，更不愣头愣脑；正相反，他爱学习，有相当的知识和文化素养，比现在一般青年显得文雅，有时还相当温柔。那么，是因为他个性强？因为他处事很有主见？因为他某些时候的深沉？因为他往往隐而不露的雄心和抱负？因为他总是充满自信的气度？因为他常会在人群中引人注目、成为核心的魅力？是因为他那异常活跃、每每出人意外的思想？好像都是，又好像都不是。她只能懊丧地感到自己太柔弱，因为他所具有的，正是她缺少的，所以自己才会这样倾慕他。为这个，她常常故意作弄他，摆布他；这种时候，他总是顺从的，宽容的。可是这仍然不能使她增加多少信心。即使他在曲意奉承，她仍然感到他是处在居高临下的地位，是宽宏大量地不屑于跟她计较这些区区小事。一到他认真起来，她就会胆怯地退缩。唉，这是个自己无论如何也控制不了的男人……

## 三

许英杰够不够“千里马”，现在下结论还为时过早。彭国柱也无意自诩是“伯乐”。不过有一点是真的：他早已看出许英杰至少不是一匹凡马。几年来，厂里人给许英杰下的评语是：“这小伙子跟一般人不一样。”当然，所谓“不一样”。可以是褒义，也可以是贬义；不过彭国柱使用这个中性词时主要是褒义。

党支部书记嘛，厂里谁怎么样，他心里自有一本账。作为一个任职多年，但文化不高、脑子也不快的基层政工干部，他对每个人的评价不是分析、思考的结果，多半倒是在长期的接触中自然而然形成的。他早就察觉许英杰跟一般人不一样；至于怎么不一样，就不大明确了。小伙子看书很多，可惜太杂，没专长。手艺还行，可也没啥绝招。不过他不像有些青年，好卖弄些谁也不知道是非真假的“知识”，以显示自己的渊博；也不像另一些人那样好发些尖酸刻薄的牢骚，以表明自己的“解放”或者大胆。说起来邪门儿：许英杰大多数时候都显得平平常常，人很随和，可又总叫人觉得不一样。例如，别的小青年都讲穿戴，赶时髦，他的朴素穿着就跟别人不一样；别人讲吃讲玩，业余时间没完没了地“甩三家”，他老捧着书本，就跟别人不一样；连留的寸头也跟普遍的大鬓角显得个别……他跟别人一样，也会为一些值不当的事开怀大笑；可一样的笑，似乎他笑得就比别人有道理。他有时候也用脏话骂骂咧咧；可一样的骂，似乎他骂出来也比别人文雅点。啧，就这么邪门儿！

是锥子就放不到布袋里！彭国柱得出这结论时，还想不到这小伙子有朝一日会当厂长，那不过是个泛泛的想法，还有一点善意的祝愿。

那一天，他把许英杰叫到办公室。

“你父亲的单位来函了，说你父亲的问题已经彻底平反。”

许英杰并不像预想的那样高兴和激动。他平平淡淡地说：“父亲来信讲过了。”

“那么说，你父亲官复原职了？”

“升了一级。哦！是职务升了一级，级别还是九级。”

“那么，你有没有什么……打算？你父亲没说要想法把你调回北京去？”

“父亲来信问过，我说这儿挺好。”

“哦？”

“北京我也想去，不过得凭我自己的真本事，比方当了部长，自然就调到北京去了。”

彭国柱嘿嘿一笑。虽然许英杰的样子挺认真，但彭国柱明白，年轻人喜欢装着正经开玩笑。那样更哏。总起来说，他对许英杰挺满意。走过去拍拍肩膀说：

“好好干吧，是锥子就放不到布袋里。”

换个精点的领导，未必相信许英杰的话。可以怀疑的理由很多，比如：他一直没搞对象，说不定就是预见到早晚能回北京。说不定他已经在办调动的事，只是还没落实，所以不露口风。这类事儿多啦！不过，彭国柱却相信。在这老头儿的大半辈子里，不到明摆着上了当，他总是相信人家的时候居多。

他很想提拔提拔许英杰。可是全厂大小班组长全不出缺，况且他总看不准许英杰干什么最合适，或者不如说，总觉得他还是当检修工合适。钳工里头，打扁铲他是头一份。

有那么一天——大概也是够邪门的一天，他忽然起了一个念头。他想到自己的女儿，二十四岁还没找定对象的彭玥。这念头一起，就再也丢不开，而且越琢磨越合适。吃罢晚饭，他就到三车间一组组长吕秀梅家去串门。

吕秀梅是五八年进厂的老工人，快五十岁了，还和当年一样地精明能干。她热心肠，办事麻利，又靠得住，彭国柱一向很器重她。今天这事自然也是交她去办比较放心。果不其然，三天头上就给了回话："明儿晚上在我家见面。"

这时候，他才想到应该给老伴通个话。不想当小学教师的老伴丁瑶，对这事并不上心。她一边批改作业一边听，听完也不抬头，只淡淡地说

"你白操心，成不了的。"

"怎么？你说他会看不上咱小玥？这我可不信！咱小玥不呆不傻，不懒不丑……"

"这叫啥话？我是说咱小玥看不上你那个宝贝检修工。"

彭国柱无言以对。他想起了女儿那股说不出来的傲气。不然咋会到今天还没对象？

每次好不容易张罗着去见个面，回来后，说声"看不上"还是客气的，多数是鼻头一蹙，小嘴一撇："别提啦，真恶心人！"谁知道她想找个什么样的凤子龙孙、英雄豪杰？

转天晚上，从仔细打扮过的女儿一走，他就在屋里推开了碾子——围着吃饭桌来回绕弯儿。想着想着，钟摆又朝另一头摆去。他还是担心许英杰看不中小玥。从女儿下生，二十四年来他一直把她当作掌上明珠。独生女儿嘛，还能不格外疼爱？可若是跟许英杰放在一块堆比比，就总觉得……怎么说呢？好比一头一个，俩手一掂，女儿这头就显得缺点儿斤两。

嘻，等着待会儿见分晓吧！

直等到快十点，女儿才回来。丁瑶只抬头看了一眼，就又埋头批改作业。彭国柱可是眼巴巴直盯着女儿看。他想等女儿先开口，而女儿却自顾自一言不发地摘头巾，脱外套，打水擦脸。彭国柱的目光追随着女儿出来进去，研究着她的脸色，可那张脸不喜不怒，不乐不愁，只显得有点儿走神。等彭国柱决心还是主动开口问问结果时，女

儿却进了她那小小的卧房，砰的一声关上门，眼见得今晚再不会出来了。

“唉，”彭国柱只好去打扰老伴，“你倒是去问问呀！”

“你急啥？女儿又不是你一个人的。”

“呆会她该睡着了。”

“放心吧，她睡不着。”

“哦……”彭国柱拉个长声，顿时对丁瑶佩服得五体投地。他也恍然大悟了：女儿回来，既没嚷“看不上”，更没喊“恶心人”。

到老两口睡下时，丁瑶已把女儿盘问过了。可是在向老彭头报告时，神情并不喜欢：

“哎，咱小玥这回可有点反常。”

“怎么了？”彭国柱吃了一惊。

“小玥说：她没有意见，完全同意。”

“啊哈……”老彭头松了口气。

“你先别美，小玥她还有话呢！”

“她还说啥？”

“她说，一见面她就认准了，这些年找来找去找的就是这个姓许的，这码事要不成，她就不嫁人了。”

“这……这也太走极端了吧！”

“走极端？哼，咱小玥的脾气，你是知道的。其实那也是你惯出来的。我是管不过来。反正，如果你那个宝贝小许那头有什么挑剔，我可是冲你说话！”

## 四

早上一醒，许英杰就进入一种紧张、亢奋的心境。今天是他上任的第二十一天，他将面临一场成败攸关的决斗。

他就着咸菜、白开水吃下一个凉馒头，推着车出了他称之为“公寓”的狭小的房间，回身锁上了门。

这不足十平方米的小屋，是他姨妈帮着找下的，现在由他独自住着。他原是从北京下乡的知青，分到本地西部一个半山区。后来陆续在知青里招工，因为他父亲的问题还在挂着，一时不可能回北京，恰好本市有个不出五服的姨妈，好歹是个投奔，就到了这儿，进了春光厂，住在姨妈家。姨妈待他挺好，跟她的亲生儿子一般看待。有一回偶然听说空出了这么一间房，便求人送礼地紧张罗，居然要下了，让许英杰搬来住。姨妈说：这不是撵你，为的是有间房个人住着，晚上学习什么的方便，将来万一没更好的去处，凑合着也能在这儿成个家。房子虽小，但位于三进大杂院的尽里头，离马路远，后窗外是条极冷僻的小巷，所以相当地安静，许英杰住着倒也很合意。

出了三进大杂院，骑上车，汇进了上班时刻潮水般的车队洪流。从小路拐进大街，再从大街拐进小路，驶过一座小桥，左转弯，沿着晒甲坡朝西走。相传当年杨六郎追击北兵，不慎掉到河里，曾在这河坡上晒他的盔甲，因而得名。现在河已干涸，河床里长着小麦。走到河坡尽头，往北拐进一个曲曲弯弯的胡同，不远就是春光服装厂了。

一进厂门，他就感觉到工人们时时投来的好奇的、猜疑的、关切的目光。看来昨天的事已经起了作用，传开了。但他不动声色，把车推进车棚锁好，朝厂里走去。别看他表面上很平静，心里却在欢呼：好啊！来吧！今天终于等到了头，把这场好戏等来啦！

上任二十天，他在忍耐中受了多少苦！他一次次压下心中时常涌起的焦躁，装作听不见种种不满的、失望的、责怪的议论，以及那路得了便宜还要卖乖的风凉话。真正的强者，不是那种鲁莽从事的人，而是能够忍耐的人。只有忍耐，才能选中最好的时机。听了他的“就职演说”以后，很多职工以为他会雷厉风行，快刀斩乱麻，来个“新官上任三把火”；谁知雷声大雨点小，除了处理些日常事务，整天就只见他各处转悠，在小本上记记某些人的迟到、早退和缺勤，记完了又没任何动静。出现了种种议论，说什么的都有，甚至有人断定他根本就不懂厂长该怎么当。说就说去吧，许英杰忍下了。更有意思的是他搞的那个所谓“智囊团”。他把腾给他的办公室让给了这班人，自己仍旧在检修班的钳工案子上办公，可是这班人却一个个都在观望，毫无给他出力的意思。有人据此断定：许英杰的乌纱帽肯定戴不长，因为他没有“自己的人”。更有好事者故意把这话传给他，他却轻轻一笑：再看吧！

现在，他就是在朝“智囊团”所在的小楼走去。这小楼位于厂子东南角，一大二小三个生产车间的后面。单跨度，楼梯在山墙外面，一共两层。楼上头一间，就是厂长办公室，虽只小小的两间，却是本厂最宽敞的地方。不过，说宽敞，是因为它原被前厂长刘富一个人占用。自从刘富被动员离职休养，又被理应继承它的许英杰让给“智囊团”，一下子搬进来六个人，自然就不算宽敞了。不过，它至少也不比其他科室更挤，因为这六个人只有四张办公桌。车间管理员解方，会计刘青云、业务员纪宏声，把各自原先用的办公桌带来了。服装设计员周晔原来用的那套家什，生产科死活不让带。张喜是个老裁剪工，也是空身上任。青年维修工李呈祥还算好，带来了一个工具箱。这样，刘富留下的那个三大件的写字台，就归他们男女老少三位合用。

此刻六位都在。这班人虽然还没给许英杰出什么力，却能正点上下班。因为这六个人凑齐的头一天，解方就向另五位提出了他上任后的第一个情况分析：新厂长就职时单单提出按时上下班的问题。十有八九要在这上头做文章，咱们也别在这上头惹麻烦。事实上，他们今天甚至都来得格外早些，因为昨天……

昨天是发工资的日子。往常都是上午发，昨天却拖到下午三点多才广播让到财务科去领钱。人们先头并未在意，到点票子时，班组长们才发觉给扣了工资。有扣得多的，有扣得少的，可是都扣得有整有零。

“是许厂长让扣的。”班组长们到财务科来查问时，财务科长金子明摊开了工资表，指着那些改过的数字说，“瞧，这都是许广长亲笔改的！”当班组长们七嘴八舌质问为啥扣钱时，金子明连连摆手：“你们冲我嚷嚷个啥？许厂长撂下话了，有啥问题，找他去！”

班组长们又纷纷去找许英杰。但是，不管是怒气冲冲来的，还是疑疑惑惑来的，全都扑了个空。在许英杰那张钳工案子前面的防护网上，挂着一块破纤维板，上面写着他那长方形的、一律向左倾斜的粉笔字：

“明晨八时正，全体班组长在此开会。”

虽然没找到许英杰，扣钱的原因倒渐渐弄清楚了——不知是什么人猜到的，还是故意放的风，一传就传开了。原来许英杰把他小本上记的那些迟到、早退、缺勤，都算到了班组长们的账上。可想而知，这话一传开、班组长还有不上火的？好，不是明儿开会吗？会上见！

七点五十五分，许英杰推开了“楼上一号”办公室的门。六位都在。他们原来似乎在讨论什么，许英杰一出现，谈话戛然而止，都把猜疑或冷漠的目光转向这位厂长。

“跟我去开个会——都去。”

许英杰这话的话音一落，六个人同时站起来，竟然没一个人问问是开什么会，在哪儿开。许英杰转身朝外走，这六个人也就鱼贯而出，一言不发地跟在后面。

## 五

根据许英杰昨天的安排，检修班的工人都下到各车间去检查和维修设备了。现在，这九个人干活都嫌挤的工作间里，或坐或站地塞满了二十七位班组长，只是许英杰那张钳工案子前头，却空出老大一块地界。许英杰一进门，径直走到这儿。他那把钳工凳，已经被吕秀梅坐了；她正要让，许英杰摆摆手，一纵身坐到了钳工案子上。跟在他身后鱼贯而入的六位“智囊团”成员，便在门口靠墙根站着。

人们刚一静下来，许英杰就高声问：“知道为什么扣你们的工资吗？”

这是明知故问。可是，半分钟的沉默后，有人同样故意装傻：

“不知道。”

许英杰连眼珠都没朝声音发出的方向偏一偏。单凭声音，就知道发话的是谁。

“别人也不知道吗？”他又问。又是半分钟的沉默之后，他继续朗声说道：“好，我告诉你们。二十天以前，我在全厂大会上要求按时上下班，强调各位切实负起责任来；而且有言在先，希望不要以身试法。从那天到现在，我再没提过任何别的要求。请诸位替我想想，就这么一条最起码的要求，我都实行不了，那我还当个啥的狗屁厂长！”

有人在角落里小声嘟囔：

“那也不能都扣我们班组长的……”

“你连这也不明白？好，我就解释解释。不错，谁迟到早退，应该扣谁的工资。可是，你作为班组长，并没有记在考勤表上。那么，这笔账我就得冲你算。你不报考勤，就说明你准备替他担责任嘛！”

“这么说，当班组长的就该死了？”这是一个低低的、带几分胆怯的声音。

“我们又没挣着得罪人的钱！”这第二个声音高起来，带着几分牢骚。

“这话！”第三个声音更高了，带上了理直气壮的劲头，“当个破组长，一分钱不多挣，整天跑前跑后，不但不落好，反倒……”

“我这个班组长不当了还不行吗？”

“对，不当了！”

“一口唾沫的官，谁稀罕？不当了！”

声音越来越高，气越来越粗，从一句接一句变成几个人一块喊。可是许英杰不动声色。

“谁爱干谁干，我反正不干了！”一个粗嗓门吼叫起来，大有一音压百音之概。

许英杰心里一动：啊，你到底出来了。原来此人名叫刘志雄，是刘富提拔起来的，为的是需要时利用他的蛮横劲，并不指望他管好班组。只见他摇摇摆摆走到许英杰面前那块空地方，做出一副天不怕地不怕的模样：

“大厂长，今儿我可是交印了！不过，这人们讲义气，白送你几句话。说实的，您到底嫩了点，嘴上没毛，办事不牢，恐怕连当个头儿的起码常识都没有。想当官，手底下没人行吗？光杆司令！要想在这么大的厂里主事，靠谁？说归齐还得靠这些人们。人家当厂长的，千方百计还只怕难把班组长们团弄住，您可倒好！得，话就说到这儿为止。不就是扣咱三块五块七块八块钱吗？哥儿们不缺这几块钱，认了！往后，你就当你的大厂长去吧！”

挤满三十多人的工作间里，一时竟鸦雀无声。少停，旁边的吕秀梅小声说了一句：

“刘志雄，你这么在行，怎么不自告奋勇当厂长？”

“我？嘿嘿，我没那官瘾！”刘志雄侧身吐了口唾沫，用鞋底一蹭，转身要走。

“站住！”

许英杰突然一声断喝，把大伙都吓了一跳，刘志雄也一激灵站住了。许英杰嗖地跳下钳工案子，刘志雄不由得退后一步。人们都紧张地盯住许英杰，看他将如何发作，却只见他转身从案子底下捡起一小段八毫米圆钢，竖着夹在台钳里，钳口上端露出两寸来长的一截；然后不慌不忙地打开工具箱，抓出几支扁铲，用拇指肚试着刃口，选了一支，交在左手，再取出一把四磅手锤，面对台钳，丁字步站好，抬左手，将扁铲迎着钳口上的圆钢点了点，猛一吸气，右臂抡圆，大喝一声："嗨！"只听当的一声响，两寸来长的八毫米圆钢被齐齐剁断，嗖的一声弹了出去，又嘭的一声落在防护网上。

人人屏住了呼吸。谁也没去想这跟扣工资有什么关系，却都被这气势镇住了。

当哪啷！许英杰把手锤扁铲扔在案子上，松开台钳，转回身正对着刘志雄：

"看见了吗？我还没把钳工手艺丢下！"说着，嘴角弯出一抹轻松的微笑，但立即又把脸一沉，"告诉你，刘志雄同志，我也没有什么官瘾。如果要你来指点我这个厂长该怎么当法，我宁可不当！我随时准备重新当钳工，看，我连地方都没挪。你信呀，还是不信？"

刘志雄瞠目结舌。

许英杰的口气更严厉了："你要是不信，还想试试，就只管试试看，不过我先提醒你，后悔药可没地方卖。怎么样？你的班组长还干不干？"

"不干！"刘志雄输气不输嘴。

"那也不由你！"许英杰厉声说完这句话，抬起手，轻蔑地用手背朝外掸了掸，"站回去，又不是懒老婆，别老站在地中央。"等刘志雄退到墙边，许英杰也一纵身重新坐到案子上："刚才有人说，班组长是一口唾沫的官，这话倒不假。不过，这口唾沫也不能听凭你随便乱吐，讲究环境卫生嘛，得遵守点儿章程。我说不让你干了，你想干也干不成。可你要想拿撂耙子吓唬我——对不起，春光服装厂眼下不缺工人。不想干了，回家待着去！"

其实大家都知道，按我们国家现行制度，厂长没有权力辞退工人。但是，谁知道许英杰会不会硬来一气？职工们迟到早退，他硬是扣了班组长的工资。看来他根本不打算收回成命。到局里去告他？局里会强迫他改变决定吗？不可能。孙局长公开表过态，保证充分支持他，怎么可能在他刚上台不到一个月就让他栽这个跟头？况且，他刚才已经清清楚楚地表明，他根本不在乎当不当厂长，如果他拿这个跟局里顶起牛来，局里怕也得让他三分。人们从经验中早已明白，越是那种怕丢官的人，越好对付，因为这种人得罪了上面怕丢“帽”，得罪了下面怕丢“票”，生成一副软骨头。而对许英杰这样的角色，最好能忍则忍，少惹麻烦。

闷了一阵，吕秀梅开口了：

“听厂长这意思，无非是要我们班组长往后按实认真记考勤。那也不难，可有一样：得罪了人，你厂长可得给我们做主。”

“这话对！”

“问题就在这儿！”

人们纷纷表示赞同，附和，吕秀梅也就更来劲了：“厂长，你就给句痛快话吧！”

这句“痛快话”很现成。人们要的就是这么一句话。其实哪有厂长不给班组长做主的道理？许英杰只要说出这句话，就可得胜收兵。谁也没料到许英杰竟断然拒绝：

“不，我没法给你做这个主！这是你们的责任，不是我的责任。你们应该让自己的腰板硬起来，干吗要我给你们撑着？我只管我自己的腰板——我的腰板是硬的。考勤，你爱画不画；不画我就扣你的！”

## 六

工厂里没有“智囊团”的编制，许英杰给这班人马起的正式名称叫“企业改革调查研究小组”。不过，这冗长拗口的名称没叫起来，职工们采用了不知哪位想出的叫法，称之为“楼上一号”。

许英杰没有任命组长，六个人谁也不管谁。但他们相处得很和睦，而且有着非常一致的想法，就是都对许英杰采取“等着瞧”的态度。他们被许英杰从各自的岗位上调来，谁也没有拒绝，只是调来后又都不积极主动。

许英杰并没有看错人；他们都是有能力，而且愿意干一番事业的人。但是，要真正干起来，他们还得看看许英杰靠不靠得住，值不值得他们出力。从检修班开完会回来，他们各归各位：解方、刘青云、纪宏声守着自己的办公桌，刘富留下的"三大件"前头，周晔居中而坐，两个横头，左首张喜，右首李呈祥。六个人一律眼观鼻，鼻问口，口问心，各想各的心事。他们都清楚：观望该结束了，需要做出决定。

决定并不好做。许英杰能成功吗？也很难说。新厂长今天的表现，确有让他们深为震动之处，但他们并不全能理解。多年以来，关于"怎样才能当好一个厂长"，似乎已在人们心目中形成了一个统一的规格；而这个规格，又是由一系列文件、文章、报告、讲话、通讯报道、经验介绍规范而成。只要依样画葫芦，就能当个好厂长。只要合规格，必是好厂长。就连一些文艺作品中的好厂长，也得照此规格演绎方为真实。现在若是拿这规格去衡量许英杰，不免令人失望。他甚至连一些必不可少的条件都不具备，比如"群众拥护"这一条，他就很成问题。当然啦，这六位"智囊"考虑问题时并不完全拘泥于那种死板的规格，但毕竟难以有把握地得出结论。况且他们之间的理解力和判断力也有差别，比如周晔就想不通，剁断一根圆钢，何以就会把扣工资的问题解决了？

"昨天，我老婆给人说对象，约好晚上在我家见面……"

打破沉默开口说话的是纪宏声。口气很淡漠，话题更不着边际，但另外五位立刻都把目光转向他，等他说下去。

"家里地方窄，我就跑到这儿来看书。七点刚过，来了位不速之客。你们猜是谁？"没有人猜，也没人问他是谁。他停了一下，自己回答："是刘富。"

五张脸上的表情都起了微妙的变化。

“他在那儿坐下，”纪宏声朝周晔抬了抬下颏，“跟我扯了一阵他的病，说经过一段时间针灸，病情已大为好转，临走时有意无意地问他的吸墨器还在不在。”

人们记起刘富确实有个吸墨器，原来放在写字台上，后来被周晔收进抽屉。这种东西，现在很少有人用了，刘富却视为必备的办公用品。他并不写东西，但经常签字；每回签完字，即使用的是圆珠笔，也要拿吸墨器轧一下。

“楼上一号”重又归于沉默。但是，人们已不再各想各的心事，而是互相交换着微妙的眼色，而且就在无声中达成了一致的默契：对于刘富出现的含意，他们看法相同。

他们的思路一起向前跨了一大步：许英杰再不行，总比刘富回来强。不过，这并不足以使他们下决心支持许英杰。他们满可以置身事外。就在这时，许英杰忽然出现在门口。一进门，他就感觉到人们的目光一齐向他迎来。目光是冷淡的，猜疑的；然后他看到一张张毫无表情的脸。只有周晔是例外：当她的目光和许英杰相遇时，她的脸蓦地涨红了，随即又变得十分苍白。很明显，他们还都没有拿定主意，顶多除了周晔。可是周晔不可能单独行动，而且那样也没多大意义。

这当儿的许英杰，真有点儿“万丈高楼，一脚蹬空”的感觉。他再没有多少时间等待他们了。他已经在考勤问题上同班组长们摊牌。单就那个会而言，他达到了预期目的；然而如果没有一系列措施紧紧跟上，那个成果就会失去意义，也很难巩固。那时候班组长们又会起来反对他。一刹那，他对这班人感到无比的愤怒：你们还要等什么？难道要我给你们下跪磕头不成？我把你们当成是有头脑的人，可你们简直都白长了一个脑袋！这想法，又勾起他一阵深沉的、不被理解的痛苦。他产生了一个强烈的冲动，想把自己的心掏给他们看。或许他真应该披肝沥胆地跟他们谈一谈，讲一讲他今年才二十六，通常还被认为是嫩得很的年纪，为什么要当这个倒霉的厂长；讲一讲他对当今的世界，当今的中国，当今的春光厂的看法；讲一讲作为当今中国的一员，作为当今春光厂的一员，有哪些责任和机会，哪儿才是你、我、他，我们大家真正利益的所在。可是，话已到了喉咙口，他又咽了回去。他在最后一瞬间克制住了自己。他仍然相信他们都是有头脑的人，应该让他们自己去得出结论。靠讲是不行的，世上万事万物中最苍白无力的就是语言。尤其是当人们经历了那么多的欺骗与被骗之后，你即使说得天花乱坠，谁又肯轻信？

“这么说，你们还要再看一看？”他的眼睛望着地面，说话时只觉得喉头在痉挛。

没有人回答。

“时机啊，同志们！时机不会……”他仿佛突然噎住了，停顿一下，换了不那么紧张的口气，“也好，那……就再看一看。”

他转过身去，却又迟疑着，终于掏出一个小本子。当他转回身来时，这本子不太明显地向解方伸了伸，旋即又改了主意，一扬手扔在了“三大件”写字台上。

许英杰快步走了，剩下六个人面面相觑，惶惑不安却又不知所措。猛然，周晔喊了一声，扑在写字台上放声大哭。这一下弄得人们更加不知所措了。好一阵，张喜才劝解地问：

“小周，怎么啦？哭个啥呀！”

“没良心！”周晔抬起满是泪水的脸，“咱们都没良心！”她不哭了，掏出手帕使劲擦脸上的泪，“有一个算一个，都没良心！”

“你呢？”刘青云冷冷地问。

“我是头一个！”她咬咬嘴唇，又把水汪汪的眼睛转向解方，“你是第二个！”

解方抬抬眉毛，额头堆起三道褶皱，接着叹了口气，起身走到写字台前，拾起许英杰扔下的小本，翻了翻，眼睛陡地一亮。

“上面是啥？”纪宏声注意地问。

“是厂长记的迟到早退名单。”

周晔诧异地仰起脸："他把它扔在这干啥？"

"公布！"刘青云冷冷地插了一句。这人说话向来简短得像打电报，但这简简单单两个字一出口，周晔已经惊喜地破涕为笑了。许厂长的鬼点子真叫绝！这名单一公布，榜上有名的肯定坐不住，少不得会把钱找还给替他们背黑锅的班组长，那又该出现一种啥样的局面！

"怎么样，小周？"解方拿着本子回到自己位置上，"你既然积极性这么高，就请跑一趟工会，要几张纸，借一副笔墨。"

"行！"周晔爽快地答应，可是走到门口又站住了，接着又回到原处坐下，"不，咱们先把话说清楚。光公布个名单，有啥意思？小打小闹，不如不干。要干，咱们就整个儿动起来，干他个像模像样的！"

刚松弛下来的气氛，一下子又僵起来。沉默了一阵，解方叹口气："是啊，迟到早退的漏洞堵住了，有人泡病号怎么办？现在找熟人开假条很容易。"

"出勤解决了，销路怎么办？"纪宏声补充说，"上了班没活干，或者干出来卖不掉……"

"资金也不够！"刘青云冷冷地指出。

这三位说话时，周晔依次把水汪汪的眼睛盯着说话的人。等刘青云说完，她眼眶里的泪水已经顺着面颊往下淌了。

"你们真不嫌害臊，"她不再嚷嚷了，声音里满含着失望和沮丧，"你们拿这些问题问谁？这正是应该你们自己回答的问题！"

"小周，话不是这么说法。"老张喜和和气气地瞟了周晔一眼，又望着自己手指节侧面的老茧，侃侃地说，"这些问题，他们心里早有答案。关键是有没有一个顶得住的头儿做主，而且得一顶到底。说是万事开头难，其实开头好办，怕就怕半途而废。搞到半截，一个釜底抽薪，就把你撂在半天空里，上不着天，下不沾地。这苦头，你小周可能没吃过，别人可都吃寒了心呀！"

周晔顿时语塞。可是，一直闷声不响的李呈祥，这时却开口了：

“张师傅这话，说准了咱们的心病。不过要依我看，说归齐，咱们都同意到这儿来了，既来了，总不能就这么耗着。”

张喜点头：“这话也是。那么依你看……”

“依我看，今晚咱们一块去找许厂长，把事情摊开。合适，咱们就干；不行，就散，别在这啥的‘楼上一号’装蒜啦！”

## 七

客人们刚进门时，明明看见许英杰的脸上掠过一阵按捺不住的惊喜，等他们挨挨挤挤地在小屋里坐定之后，许英杰已经换了另一副神情。先是抬手看了看表，接着就说：

“真不凑巧，今天我还有个约会。”

话，倒是带着几分歉意，但谁都能觉出这明显的慢待。

周晔立即想起张喜说的“上不着天，下不沾地”。可是，当她看到同伴们不愉快的脸色时，竟做出了一个微笑，打着圆场说：

“厂长你瞧，大伙都来了，是不是……”

“让我失一次约？”许英杰打断了她，“有这个必要吗？”

窘急之中，周晔转眼去看她的同伴。奇怪，他们并没上火，倒是注意在听。

“总而言之，我不想让你们盘问我。”许英杰环顾一遍客人们，“啊，我没有猜错。

好，我来讲讲清楚，免得以后再闹什么误会。我是厂长，我的一举一动，包括你们在内的每个职工，都有权做出自己的评价。但是，除了上级机关、党支部和职工代表大会，我不认为哪一个或哪一些职工有权随时考查我的工作。应该是我来考察你们！我要知道你们每一个人都在想什么。至于我怎么想，那要由我。在我认为需要的时候告诉你们，而且只告诉你们需要知道的那一部分。”

这时，连周晔也在惊异而又深感兴趣地静听。多么新鲜，多么专横，好像显然不对头，却又让你感到自有一种力量，她甚至不曾察觉，那早已决心不再去想的感情，竟又在心灵深处悄悄地萌动。

“现在，我想我已经把这一点讲清楚了。”许英杰又扫了大家一眼，但这次的目光是友好的，“此外，我愿意告诉你们，这二十天我并没有闲着。证据就是：我知道你们也都没闲着。”他的嘴角露出一抹轻松的微笑，把略带嘲讽的目光朝向纪宏声，“比如你，二十天里你有四十七个小时没在厂里。我查过介绍信存根，知道你去过哪些地方，也知道有更多的地方你不带介绍信就能办事。你还用公家的邮票发过十二封信。啊，你点头了。那么，我想第二点我也已经讲清楚了。”

他看了一下手表。客人们也都下意识地跟着看了看手表。

“所以最后一点也就十分清楚：除非我召集你们，或者有人认为十分必要，你们不要这样成群打伙地来找我。从明天起，我开始一个一个地跟你们谈。”

解方马上站了起来：“好，不再耽误你了。我想，今天到这儿足够了。”

“是吗？那么你头一个谈，明天上午。”

许英杰站起来，客人们跟着也都站起来。起来得最晚的是纪宏声。他在一个本子上写了点什么，撕下来，交给了许英杰。许英杰扫了一眼，上面只有七个字：“今年长毛绒缺货”。

“嗯？绝对可靠吗？”霎眼之间，许英杰神色陡变，用极其凌厉的目光盯住纪宏声。可是纪宏声却笑而不答。许英杰醒悟过来，连连点头：“对。那么，明天下午我找你。”

客人们告辞出来，都觉得二十天的疑虑云消雾散了。当然，六个人理解的深度是有差异的，其中想得最清楚的要数解方。要开始干它一场了，这点已毫无疑问。怎么干？他早有一番设想，只是现在看来，有些细节还得斟酌修改，使之更适应许英杰的风格。是的，风格。他相信，这正是许英杰极力要向他们表明的东西。厂长没有许愿，也没有鼓劲吹牛。可是，一个如此看重自己风格的领导者，是不会在困难或干扰面前退缩的。他恍然察觉：今天他们来找厂长，实在有点儿矛盾，荒唐。他们的目的是想从厂长那儿得到一个切实的保证。可是，如果许英杰拍着胸脯许了愿，他们能相信吗？如果那样就能建立起他们所需要的信任，又何必等到今天？显然，许英杰看出了这一点，而且给了他们原来几乎不可能得到的答案。

认识最模糊的大概要数周晔，但她的感受最强烈。她对事物的看法，往往更依赖直觉而不是冷静的分析。许英杰的话，尤其是从他一举一动透露出的那种坚毅、自信的力量，再一次深深震撼了她的心。可是，从这儿，她却陷入一种哀怨、怅惘的心境，越来越被自己的懊丧所困扰。和同伴们分手之后，她拐了一个小弯，神差鬼使般又向许英杰的住处走去。直到猝然发现许英杰正骑着车迎面而来，她才惊慌地收住脚，心中暗暗叫道：天哪，我这是怎么啦？

幸而她是个机灵的姑娘。当许英杰来到近前，减慢车速时，她沉静地笑着问：

“怎么？真有约会？”

许英杰停住，骑在大梁上，右脚支着地：“有事？”

“有点私事。想问问，听说你在跟郊区一家小厂的姑娘搞对象，可是真的？”

“问这个干什么？”许英杰似乎很警惕。

“紧张啥？是真的，就拉倒；不是，我给你介绍一个。”

“哦——”他放心了，“那就多谢你的好意，是有那么回事。可你呢？要不要我……”

“那也多谢你了。已经有人在追我。”

许英杰注意地看了看她。她不说“已经有了”，偏说“有人在追”，有意思！不过他不想跟她开玩笑，道声再见，便骑车走了。

许英杰的后影早已消失，周晔还站在那里，呆呆地望了很久很久……

## 八

彭国柱正在厨房里切菜，听到外面有人敲门。接着，彭玥在外间屋喊：

"爸！孙伯伯找你！"

彭国柱扎煞着两只手走出来，孙琦已经把一瓶二锅头蹾在方桌上，又打开一个纸包，露出一只肥大的卤煮鸡。

"局长，你这是？"

"唉，局长，局长！从什么时候开始，不再管我叫老孙了？十几年了吧？是呀是呀，十几年了。"他摇着花白的头，搓搓手，自己拉了把椅子坐下，"老哥儿俩生分啦。见面总在办公室，公事，上下级！今儿咱们喝几盅……"

彭国柱还有些愣怔，彭玥早把手一拍：

"万岁！我孙伯伯这是要恢复老传统呢！爸，你也坐下呀！我去给你们买点香肠、猪头肉，回来给你们烙葱花饼，用实际行动支持我孙伯伯的革命倡议。"

"说得好！"孙琦哈哈大笑，"哎呀彭玥，你不但越长越漂亮，而且越来越聪明了。好好好，回头我给你介绍个对象，条件高高的！"

"那个不用你。"彭玥羞涩地一撇嘴，拿了网兜出去了。

彭国柱拿来两个酒盅一个盘子，动手把鸡撕在盘子里。孙琦走到五斗柜前，接着发出一声欢呼："啊哈，老规矩还没改！"他像十几年前一样，在小抽屉里找到了起子，开了瓶塞，一边斟酒一边问：

"嫂子呢？"

"还没下班呐！我们家，数她最忙。"彭国柱刚坐下，又跳了起来，“嗐，瞧我这丢三落四的！”又去拿来两双筷子和一块擦手布，重新坐好，举起酒盅，“老规矩，干！”

“干！”孙琦也把酒盅一举，然后一仰头喝干了，把酒盅朝彭国柱一照。于是彭国柱也把酒喝了，同样把酒盅一照。

按老规矩，干过一杯，往下就各自随意慢慢喝，一不催酒，二不让菜，慢慢儿闲聊。

“其实呀，眼下各行各业，确实数着当教师的最辛苦。那个考哇，我听着都头晕。考的是学生，可老师比学生还紧张。”彭国柱呷口酒，大声叹息着，“咱们当兵那会儿，就怕搞单兵教练；这会儿他们那考，比单兵教练还厉害。”

“看报纸上的意思，这么搞法也不行。”

“我们丁瑶说，那都是教育家们的看法，学生家长可不那么看。他反正要的就是孩子能升学。进不了重点中学，考大学就不沾边，你再说出朵花儿来也白搭。让升学率这个硬指标一压，当老师的就得拼命。”

孙琦连连点头。倒不是他对教育问题有什么见解，而是感到许多工厂管理不善，缺的就是类似升学率这样的硬指标。

彭玥回来了，把几样熟菜搁在盘里端上来，又返身进厨房去和面烙饼。

“你这闺女，满懂事啊！”

听孙琦夸他女儿，彭国柱顿时满面春风，嘴上却褒贬着：

“懂个啥呀？整天疯疯魔魔的，管也管不住。一说就是咱老保守，思想不解放。咱也闹不清这思想要解放到哪儿才到边。”

“是啊，现在的年轻人……”

“真够呛！就是叫人不放心！”彭国柱脸上泛起了微红，眼也瞪得溜圆，“旁的先搁在一边，你就说……嗯，就说这个吧！那丫头也不知打哪儿学来的，有天忽然跟我讲起了个性解放。我说：党中央让解放思想，可没让解放个性。人人都由着性儿来，组织纪律还要不要？

她一会儿说那不是一码事，一会儿又说两者并不矛盾。天晓得！我就是磕膝盖上再长两张嘴，也搁不住她上下嘴皮一吧嗒。这一桩还没思谋清，人家又来了新的，什么人的价值呀，人的尊……尊……”

“尊严。”

“对对，尊严。我心里说：你倒是有了尊严了，我当爸爸的还有没有尊严？”

孙琦给逗得开怀大笑。彭国柱本来满脸怨怒之气，突然间眼角一挤，也跟着哈哈大笑起来。笑归笑，两人的心情可不一样。彭国柱对女儿是满心疼爱。他确实感到女儿的有些想法不好理解，但毫不妨碍他的疼爱。

听别人讲到“代沟”，他还颇觉欣慰：咱和闺女只稍稍有一点隔膜，强多了。孙琦心里却有着深深的忧虑。彭玥给他的印象是相当好的。年轻人只要作风正派，工作上踏实，思想上活跃一点，偶尔来点小花样，只要不出大格，就不必求全责备。而他自己那群不听管束的儿女，可怎么得了！上星期竟要在家里开舞会。他们说要开“爬梯”。叫什么鬼名堂？二小子提笔写给他看，却是英文：party。这两年，他也随别人认下几个英文单词，而这又是他印象最深的一个。这个词的意思是“党”！天哪，他们专门拿我们认为最庄严、最神圣的东西糟蹋着玩儿！

当六月的夕阳终于从东墙顶上消失时，丁瑶回来了，一进门就顺手拉亮了电灯，惊喜而亲切地和孙琦道着寒暄。

“十几年不见啦！”她说。

在孙琦听来，这是个尖锐的批评。同住在一个不大的城市里，竟有十几年不见了。当初孙琦和彭国柱从同一个部队一起转业到这里，分到同一个系统；丁瑶和孙琦的爱人从同一个师范学校毕业，分到同一个小学。两对夫妇是由同一个关系介绍，又是在同一天结的婚。他们曾经来往密切，一向没有任何龃龉，那么，是什么把他们隔开了呢？

“这要怨我，怨我。”孙琦诚恳地说，望着丁瑶疲惫的、颇见衰老的面容，又不禁深为感慨，“哎，嫂子呀，你辛苦啦！”同时又想到自己的爱人——她比丁瑶还大着一岁，而且多生了三个孩子，但面相却至少显得年轻五岁。她早已调到轻工业局机关，保养得不错。

“什么辛苦不辛苦的，命苦呗！”丁瑶本分地一笑，而在孙琦看来，这笑里却含着凄凉和辛酸，“你们喝吧。我是想客气也没法子客气，”她拍拍手臂拢着的一大摞作业本，“催命符逼着呢！失陪了。”

她进了厨房，自己烙张饼吃了，就钻进女儿的房间埋头批改作业。彭玥端来一盘炒鸡蛋放在桌上，对孙琦说：“妈说您爱吃这个，单为让我做的。她让您多吃点菜，少喝点酒。妈说您血压高。”

孙琦觉得眼睛直发潮。他用手掌抹了一下脸，吁口气，对彭国柱说：“本来，我是打算今儿只扯闲篇，不谈工作的。可是心里……也不知怎么回事，给弄得一拱一拱的。咱就闲扯扯吧。听说这一段你们那儿搞得……嗯，挺有声色。新官上任，有锐气，很好。可是……怎么说呢？许英杰这个同志也怪，两个多月了，除了参加局里调度会，没单独找我汇报过。倒是别人不断在我耳朵边吹风……”

“什么风？”彭国柱警觉地瞪圆了眼。

“东南西北风。说什么的都有。”

“这个，我应该检讨。”彭国柱只是稍微显得郑重了些，孙琦却立即察觉一种不招自来的上下级关系，“怪我没及时向上级党委汇报。”

“哎哎，我不是这个意思。”

“我知道。可是我没尽到责任呐！局党委，特别是你孙局长，非常关心我们厂，这我一清二楚。按说，我也早该汇报汇报情况了，这个我也懂。好赖当了快三十年的支部书记了，说不懂人家也不信。那又为啥没汇报呢？今儿当着你孙局长说句实话，我去了也说不清楚，因为许英杰搞的那套，我不大明白。总的看，小许有成绩，劳动纪律硬是抓上去了，正气抬头，调皮捣蛋的少多了，生产秩序很正常，产品销路问题也有门了。可是，有些做法，好像又太那个了点。再说，有些事他也不大跟我讲。”

“哦？”

“这倒不是说他有意摆脱党的领导……”

“你在替他辩护。”

“不是——唉，就算是吧。我是这么想的：既是叫他干，就得放手让人家干一阵。我估摸自己，要是让我把春光厂这烂摊子整治好，我没那本事。所以，既把这事儿交给了小许，他若真能拿下来，总得有几手咱不知道、咱不明白的新招数。如果他的办法也不外乎我能想到的那几条，恐怕他也弄不好。你说是这么个理儿吧，孙局长？”

孙琦吃不准，没有立即回答。他得想想，因为这种说法他还是头一回听到。彭国柱见局长没有肯定他的见解，似乎有点急，又带有争辩口气地加了一句：

“再说，你交代过，要我支持他呀！”

“不错，我说过。这是条原则。咱们既然把他扶上了马……”

“那就得舍得给他牵马随镫。”

当啷一声，孙琦面前的酒杯碰翻了，半杯残酒洒在桌上。彭国柱急忙拿起抹布去擦。孙琦却直愣愣望着他，像在细细审视一位新认识的陌生人。在轻工业局大小二十几个厂里，彭国柱是最不起眼的支部书记之一。他的优点是稳当，而这同时又是他的缺点。他谦虚，能容人，从不自视过高，任劳任怨而毫无野心，这都是公认的优点，但这也许只是他深知自己的平庸而已。然而，要给一个新提拔的非党员厂长，一个年岁比自己小一半还多的娃娃“牵马随镫”，确实得“舍得”。这恐怕不是单拿自知平庸所能解释的吧？

孙琦站起来，在三步的距离之内来回踱着。他发现彭玥正坐在丁瑶那张课桌旁边，似乎已经很关心地听了一段时间。这使他想起听到的传闻，想证实一下，便暂且抛开刚才的话题，侧转身朝彭玥一笑：

“看来，你对许英杰的事很有兴趣呀？”他看到彭玥一惊，接着脸上一红，“听说你正在跟他谈恋爱？”突然脚跟一碾，转向彭国柱，

“有没有这回事？”

彭国柱猝不及防，没容多想，点了点头。

“爸！”彭玥抗议地叫道，狠狠瞪了他一眼。

“这……”彭国柱一时很狼狈。

“怎么？还保密？”孙琦问彭玥。

彭玥不答，只噘起了嘴。

“老彭，”孙琦收了笑容，很认真地说，“他们这事，还是公开了好。”他又开始踱起步来，边踱边说，“实话告诉你们，这事儿，也有人跟我说三道四。”

“孙局长！”彭国柱有点急，“你是知道我的，我可不会……”

“这我相信。”孙琦抬起手截断他的话，“可我也没法堵住人家的嘴呀！所以，我看倒不如挑明了，更显得光明磊落。”

彭国柱望着女儿，女儿低头不语。

于是孙琦劝彭玥：“我盘算过这事儿的利害得失。你想想，这件事为什么有人跟我嘀咕，却没人在厂里张扬？大概他觉得，那反而让人觉得许英杰的地位更稳固些。这种心理固然不好，却也正是某些人的实际想法。许英杰刚出马，需要这个。彭玥，对许英杰有利的事，你不该反对呀！”

“我反对啥？光明正大，我还怕人笑话？再说我们又是早就认识的。”

“那么，就公开？”

“我没意见，连明年‘五一’结婚的事一起全公开，我都没意见。保密是他的主意，要说你们跟他说去。”

“好，我去说。你这头可就算通过啦。”孙琦显得很高兴，回到桌前坐下，又给自己斟上一杯酒。可是很快他就又现出犯愁的样子，想开了心事。

“是不是许英杰办错了啥事？”彭国柱关切地连猜带问。

孙琦没有回答。他自己也在找这个答案。不断有人来告许英杰的状。情势在逼他：不能总是不置可否地拖着了，得表个态了。然而这个态不好表哇！他不能像彭国柱那样，说是即使搞不明白也先支持一段再说。他是局长，要么不讲，要讲就得讲出个所以然来，就得有点说服力才行。告状的绝非全都是出于公心，有的显然有刘富的背景，有的甚至可能是冲着他孙琦来的。从本心讲，他认为现在给许英杰下结论还为时太早。他不明白有些人为什么这么沉不住气，这么急于说长道短。就因为许英杰太年轻，今年二十六？就因为他的做法看着不习惯，不顺眼？是呀，有些厂长（他们都已年过半百）看上去顺眼多了，该干的他都干了，该说的他都说了，讲起经验来头头是道，可就是有一样：他那儿的工作不死不活，砸了锅赔了本他还振振有词！不，与其要这样的宝贝，孙琦宁肯要许英杰。这个决心他不难下，但是要表态，分寸就不那么好掌握。说过了头，自己可能犯错误，至少也会给搞得很被动。稍微说含糊点，还没站稳脚跟的许英杰就可能被人家绊倒。打倒一个人不容易，绊倒一个人可容易得多。你脚底下不稳当的时候，连不大相干的人都会情不自禁伸出条腿来跟着绊一下。作为局长，一句话说得重一点还是轻一点，就会影响有些人是把腿伸出来还是缩回去。

“好吧，老彭！”孙琦沉吟良久，终于打定主意，“咱俩把许英杰的情况仔细碰一碰。哦，彭玥，你是不是……”

“不让我听？”

“回避一下吧。有人告了他的状呢！”

“那我爸爸为什么不回避？”

“他是厂里的支部书记，我相信他。”

“不相信我？”彭玥想赖着不走。

“放肆！”结果招来彭国柱的呵斥，“信任，那不是自己张嘴跟人要的，得靠多年的为人行事去换！去，给我烙饼去！”

## 九

“有人在局里告你啦！”

连招呼都没打，一掀竹帘，彭玥就嚷嚷着闯进了许英杰的“公寓”。她烙完饼就溜出来，一路上走得很急，此刻还气喘吁吁的。

许英杰正斜仰在床上，见彭玥进来，忙翻身坐起，诧异地问：

“这么晚了，你……”

“有人在局里告你啦！”彭玥又风风火火地喊了一句，接着便急煎煎、着三不着两地把刚才听到的说了一遍，“可惜不知道告的都是哪条哪款。”末了，她惋惜地说，又焦灼地望着许英杰，意思是要他赶紧去打听。

许英杰却微微一笑：“我知道。”

“有人传给你了？”

“我猜的。自己干了哪些招人恨的事，自己还能不知道？”

“你真……”彭玥急得快要掉泪了，“你可不能犯错误呀！”

“咦呀呀呀，不能犯错误，听听！”许英杰学着她的语气，“这是你说的吗？这就是那个整天喊叫解放思想的彭玥同志说的吗？”

泪花儿在彭玥眼圈里打转了，她已经决定立刻一跺脚走开；许英杰却轻轻搂住她，还温柔地摸了摸她的头发：

“好玥玥，别生气，我跟你闹着玩呢。我知道你关心我。我也知道你的想法：解放思想，说是怎么说都行，当了厂长，可就不能乱来了。我猜的对不对？”

“就是嘛！”

“可你替我想想，如果什么都循规蹈矩，一切都照老办法，都维持原样，我这个厂长当它干啥？光为了过官瘾？”

也怪，就这么三言两语，彭玥心里顿时安定多了。刚才真多余那么胆小。他很“强”。想整倒他，那么容易？

“告诉我，你都干了哪些大逆不道的事？”

呃，没那么严重。都是些小打小闹。到外面看病，要经厂医批准，药费只报销百分之八十。请病假，手续要齐备，工资最多的也只发百分之八十。这不符合国家规定呀！这不是土政策吗？不，这是好政策，因为它灵，治了泡病号的。规定嘛，别忘了文件原来规定的是：有条件的集体所有制企业可以参照国营企业的标准；可是有些人却觉得不按国营标准丢人。我不怕丢人，条件不具备嘛！再说，省下的钱还在福利费里，将来给大伙办点实实惠惠的福利，比让个别人白占便宜就强多了。再比如，厂里过去常常丢布料，查也查不清。我给他来个一锅煮，哪组丢了哪组均摊赔，也不查谁偷的，一人一份。哎呀，那不是冤枉好人吗？放心，冤枉不了，实行了一回，就再没丢过。这跟那回扣班组长的工资是一个道理。现在，大部分工人，尤其是老工人，已经理解和支持我的做法了。有一回，吕秀梅就说：咱也别光怨厂长的法子绝，那也是叫个别人闹的。

彭玥眨着眼睛听着，又惊讶又兴奋。这些法子确实绝，实行起来一定得很坚决，但只要坚决，大概也一定管用。有些工人当然会觉得不舒服，那也没法。反正自己又不在春光厂，只要许英杰成功就行。

“咦，你怎么啦？”她忽然问，因为她看到许英杰痛苦地皱起眉头，用手指按着太阳穴。

“没什么。头……有点疼。”

她想起刚进门时，他靠在床上，正用拳头轻轻敲着前额。“你太累了！”她心疼地说，让他躺下，自己坐在他旁边。她细细打量他，看来他倒没怎么显得消瘦，他很健壮。可是他的脸上确实显出掩盖不住的倦意。

“你呀，自找！”她挪近些，“来，我给你掐掐——保险管用。”

她勾起食指和中指，一下一下掐着他的眉心。她的手指很柔软，有节奏的动作里，含着无限的柔情。她俯身向前，脸挨得很近。他分明感受到她那轻柔的气息，嗅到她微苦的发香。他的头还在疼，但心境却很熨帖了。种种令人困恼的事，一时都烟消云散。他刚从纪宏声那儿回来。自从他做出那个大胆的决断以来，纪宏声已经跑了四省三市，而采购长毛绒的任务，还没达到计划数量的一半。这一次几乎是空手而回。莫非……要落空？那就等于塌了半边天呀。不，他没有气馁，纪宏声也没有气馁。“这就更说明问题，厂长！”纪宏声说，“就因为它缺货，咱才有文章可做呀！放心，明天我再出去，跑跑南边几个省。就是头拱地，我也要把它抓够数！”应该让老纪休息两天，可是不行，现在心软不得！累不死的……

他抓住了彭玥的手：“别掐了。”

“怎么？不舒服？”

“舒服极了。可是，如果明天职工们看见我脑门上掐了几块红记，他们会怎么想？他们会说：看，厂长上火了，作难了，日子不好过了。他们会动摇，会失去信心。”

“你不相信群众！应该把困难如实告诉全体职工！”

许英杰淡淡一笑，又摇摇头。

彭玥噘起了嘴，起身走到窗前，望着窗外狭窄、幽暗的小巷。

“至少，”她又说，“也该跟爸爸讲一讲。”

还是没有反应。

彭玥的心情很矛盾。首先，她在生气。这种情形发生过很多次了：他明明不赞成她，可是不争辩。这使她感到不平等，受了轻视。另一方面，她照旧替他担忧，为他心疼。

“爸爸好歹是你们厂的党支书！”

“何必呢，我自己能对付。”

这是真话吗？还是仅仅是托词？不知道。窗外的小巷里，有一对年轻的夫妇推着一辆小孩车慢慢走过。他们一定是去散步或者串亲戚了，这么晚才回家。彭玥望着他们直到走出了视野，心里隐隐涌起一阵羡慕。人哪，最好还是过一种宁静的、平凡的生活；而这个，许英杰是不会给她的。这也罢了。既然遇见了他，迷上了他，她甘愿一辈子为他担惊受怕，帮他排忧解难。然而连这个似乎也得不到。他从来不肯向她吐露他的烦恼和忧愁，尤其是涉及他厂里的工作，更是缄口不谈；问急了，就给你一句生硬的回答：这是我自己的事。他很愿意和别人分享他的欢乐，但他的烦恼和忧愁，却是不容侵犯的专利。

“你怎么不说话呀？”她气恼地小声嗔怪。“我在想你父亲。你总是提起他，这……倒让我想起他最近做过的一些事，说过的一些话。确实，我没有注意到……”

“你看不起他！”彭玥紧跟着又添了一句道，“你看不起平平常常的人！”

“那要看对平平常常怎么理解。”

“我知道你这话是什么意思。”她激动起来，决心抓住这个题目，好好跟他争论一番，“你说过一个人不应该活得平庸。你还说过，人生一世，就是要努力从平庸的境界里跳出来。说老实话，过去我也觉得爸爸太平庸，面面糊糊的，没一点儿棱角。今天我知道我错了。他有缺点——人，谁没有缺点？可是不能把优点也当成缺点。他单纯，五十六岁了，有时候还单纯得像个孩子。这是缺点吗？最重要的，他有很高的精神境界，比我高，比你也高得多！你看不起他，他是有感觉的，可他照样很看重你。今天，他对孙局长说，他不但已经把你扶上马，今后还要为你牵马随镫。”

“他说什么？”

“啊，你总算也震动了一下。他在春光厂当了二十八年党支书，比你的岁数还要多两年，现在却情愿为你这个看不起他的浑蛋牵马随镫。或许你认为他是天生下贱？”

她气势汹汹地瞪着他。她真的动了肝火，虽说一部分是被自己的话所激怒。可是她又突然惊愕地呆住了，她看见两颗很大的泪珠，正沿着许英杰的鼻翼朝下滚动。

"玥，你……你是对的。"他喃喃地说，背过脸去抹掉眼泪，"我本来知道，要把工作做好，离开领导的支持和日常的思想政治工作是不行的，所以本应该努力让领导更了解我，理解我的想法。可是，我心眼里总有个鬼东西作祟，妨碍我，不让我这样做。现在我抓住了这个鬼东西！玥，是你提醒了我……"

"哦，不！"彭玥忘情地叫道。她现在惭愧而又懊悔。他并不像她说的那么自以为是，她错怪了他。不不，她原是了解他的。

一切正该如此。这还是有"史"以来第一次在他面前占了上风，因而使她格外兴奋、激动。她冲过去，扑到他的怀里，忘情地吻他的面颊，嘴唇沾上带咸味的泪痕，一面喃喃地说：

"你真好，你真好，你真好……"

"玥，明天我要到你家去，我要对你爸爸表明我的态度，检讨我不近情理的自负。做细致的思想政治工作，他比我强一百倍、一千倍，我们会配合得很默契的，会……"他显然动了感情。

"别说了！"她捂住他的嘴，"干吗总说那个呢？天哪，你不知道，我多么——"她把脸离开一点，直望着他的眼睛，"你呀，你呀，你真的不想早点把我接过来吗？"

"想。"

"那为什么要等明年五一？"

"是呀，为什么要等五一呢？我是一九八一年三月二十五号上任的，立了一年的军令状。对，就是明年的三月二十五号。定了！是呀是呀，可是，不能再早了。真的，原谅我吧，不能再早了。"

## 十

周晔来到了省城。虽然有纪宏声同行，但出发前许英杰交代过：此行以周晔为主，而且纪宏声还有其他任务。这其他任务究竟是什么任务，周晔不知道，别人也不知道。纪宏声几乎总在出差，借差旅费的条子都由厂长特批，上面既没有工作性质，也没有出差地点。

周晔去办事的地方是省外贸局。她找到那个两年来一直在追求她的同学，在省外贸搞服装式样的冯艺。冯艺虽是个小办事员，做不了什么主，但可以帮助借些资料，介绍点情况，出出主意。而且，正是由于他的引荐，周晔才得以见到那些主事的干部们。这是些衣着整洁、举止端庄、谈吐不凡的人物，时时意识到自己的重要性。对外，他们是一国之代表，对内则是严格的把关者。他们生怕外商有什么指摘和不好的反映，因为虽然是做生意，买进卖出的却是政治影响。周晔来的不是时候，因为这一段他们正在狠抓“履约率”。这可能对他们的奖金也有影响。既然外商毁约的事一再发生，又无力控制，他们不能不对国内的厂家格外从严，一切都要万无一失。所以他们对新户头不感兴趣，对新挤上来的中小企业更不感兴趣。由于冯艺的再三斡旋，他们才对周晔破了个例：好吧，先拿样子来看看吧！

这天，纪宏声来到周晔的房间。

“厂长来信了，让我先回去，你就留在这里，多找些资料，把准备工作搞细点，必要时就在这儿把设计搞出来，先让外贸部门看看。”

这是意料之中的安排，周晔只点点头。

“还有，”纪宏声意味深长地望了她一眼，“厂长要我把我这一段的工作向你通通气。当然，你知道就行了，不要传开。”

周晔一笑：“我知道他的保密规则。”

“简短捷说吧，”纪宏声却很严肃，“我已经备下了十万件棉大衣的全部用料。”

“十万件？”周晔惊呆了。尽管她一向相信许英杰的任何决定，这次也不禁怀疑是在胡闹。这会一败涂地的呀！

去年的事，尽人皆知。刘富没有对市场需求做任何调查，为了追求产值，下达了七万件棉大衣的生产任务。结果，到了冬至，还有一万件销不出去。这东西一压就是一年呀！不要说厂里再也没了可供周转的资金，单是租地方保管这批货，就能把厂子耗干。刘青云、纪宏声提出削价处理，刘富却死要面子，硬不同意。直到孙局长不得不直接干预，再加上供销科百般努力，才把这一万件棉大衣八折销出。积压的损失避免了，可经过这一削价，七万件棉大衣等于全部白做。

去年七万件都销不掉，今年却要做十万，这是笔什么账？按常情推论，去年削价处理的一万，肯定还要影响今年的需求——今年能销五六万就很不错了。

“不，他不会胡来！”完全不需要理由，周晔就断然否定了最初的猜想，“他准有道理。”

周晔完全正确。当纪宏声揭开其中的秘密时，周晔兴奋得跳了起来：“天哪！真有意思！真棒！”她一迭连声地叫着，眼泪已经扑簌簌掉了下来。

“你真爱哭！”纪宏声兄长般地取笑道。作为这项重大计划的策动者和直接执行者，他一直提心吊胆，兢兢业业，像在百米高空走钢丝，哪里会想到有没有意思，棒不棒？他很快收了笑容，更加郑重地对周晔说：“厂长要我告诉你：这十万件大衣做下来，春光厂基本上可以摆脱被动局面。老张喜正在搞春秋衫。做完棉大衣，接着干他设计的春秋衫，再加上每年都有的四万套工作服，到明年春天，咱们厂就能彻底缓过劲儿来。再下一步呢？单靠童装夏装，只能勉强混个够吃够喝。要打开新局面，厂长说，他就只能给你磕头啦！”

“他怎么说？给我……磕头？”

“那是个比方。”

那当然只是个比方，不用老纪说。老纪也想象不出这话在周晔心中激起的反应。这天夜里，她失眠了……

“都是这闷热的天气闹的！”她这样宽慰自己，到卫生间洗了个凉水澡。恰巧这时下了一阵又急又猛的雷阵雨，雷雨过后，带着雨水气息的凉爽的风吹进窗户，反让她有了些微的寒意。她抖开毛巾被，从脚后跟一直盖到脖子底下。再不能埋怨天气闷热了，但还是睡不着。

她睁大眼睛，瞠视着天花板。原来的淡米黄色，在昏暗中有些发灰。门外走廊里的灯光，窗外马路上的灯光，偶尔驶过的车辆的忽隐忽现的灯光，都泛映在天花板上，显得飘忽迷离，正如她此刻变幻无定的思绪。童年住过的房子。女上衣的袖口。忠字舞。在批宋江和批孔老二的夹缝里学习专业课。把大堆的书点上一把火。楼上一号。许英杰的后脑勺。缝纫机的梭子。外国的时装杂志。冯艺的信。插队时房东老大娘的解放脚。像只大蝴蝶的中式扣襻。斑驳狼藉的调色板……

又是燥热。蹬掉腿上的毛巾被，看到了自己的小腿。应该画下来，这是大自然通过她显示出来的美呀！不，应该珍藏起来。明年夏天坚决不穿裙子了，热死也要穿长裤。长裤不透气。那么多人讲传统，为什么旗袍不流行？

“天爷，这都想了些什么乱七八糟呀！”她一挺身坐起来，弓起两条腿，舒开两臂抱住，把下颏抵在两个膝盖中间的坑里。睡不着，想点正事吧！

眼泪顺着面颊流下来，倏地钻进毛巾被。仿佛预见到一想那些事准得哭，她竟在没想之前就哭开了。哭吧，反正没人看见。

老纪描绘了一幅春光厂起死回生的图画。还有那前景，多诱人，多让人动心！一个濒临绝境的厂子，在他手里活过来了。是他？当然是他。当然当然，大家都出了力。这“大家”，完全是原班人马，少了一个刘富，少了一个检修工许英杰，多了一个厂长许英杰。就是这么回事。一个今年才二十六、身高只有一米六八的小矮个儿。他说要给我磕头。磕头顶什么？让我办的事，我一定给他办成。嘻，怎么是为了他呢？是为了四化嘛！将来记者来采访时，我可不能说是为了他，一定得说是为了四化。

我多幸运。冯艺就不如我。他是高才生，有才华，又刻苦。当然，他付出了代价，连共青团都没入上，是那批工农兵学员里少有的白牌。毕业的时候，看法变了，他又以成绩优异给分到外贸局。那是人们削尖了脑袋都钻不进去的地方。可是他在那儿不受重视。那儿恐怕根本不需要服装设计人员。那几个领导虽然不会设计，可是鉴定别人的设计满有眼力。他们用不着他。可是我们厂长却看重我，把这么重要的、关系到他胜败存亡的事情靠给了我。他还说要给我磕头。哎哎，别提磕头不磕头啦！

他为什么剪个寸头？头发竖起来，可以显得高点？他并不注意仪表。那时候，他整天穿着油脂麻花的工作服走来走去。我在生产科，穿得很干净，可是他并不怕走到我旁边来。他不看我，光看我画的样子。那阵我一共没画过几张样子，他好像都要看看。“你懂吗？”我问。他摇摇头：“男人的裤子只有一种样子，上衣只有三个口袋和四个口袋的差别。”“还有明扣和暗扣，还有不同的领子，还有夹克，还有带中缝的。”我告诉他，他却只是龇着牙笑。有一回，他拿了些五颜六色的纸条给我看，让我说出这些颜色的名称。我说了，还告诉他这些颜色与近似颜色的细微差别，以及它们用在服装上给人的不同的心理感受。他显得很高兴：“你有一双对色彩非常敏感的眼睛。”我可不高兴了。这是我在学校里就一致公认的优点，用不着你来恭维。唉，我真傻！正因为他不是我的老师或同学，才说明他不简单哪！可是那时候我根本没想到这个。

如果那时候——不，那不可能。那没有道理。我那时候凭什么会注意他呢？他是个检修工，个儿又矮。人们说他跟一般人不一样。这我倒是注意到了。那么，不能说我没注意他。他有一种说不出的魅力。魅力这东西，我讲不清，可我懂。这种人，要想不去注意他，是不可能的。即使被十个身高一米八的大汉围在当中，你最先看见的还是他。

我只是没有想到……不对，我应该想过的，可是……唉，我究竟想到过还是没想到呢？不知道，不知道，不知道。也许我只是在骗自己。我为什么那样冷待冯艺？他来过那么多信。冯艺哪点儿不好？才学，人品，性格，境界，家庭，经济……不管拿什么标准去衡量，最世俗的，最解放的，最正当的，最严格的……冯艺都合格。可就是爱不起来，像被个鬼影儿挡着。这鬼影儿就是他。

我真傻！那时候，我应该把他那身油脂麻花的工作服要过来，替他洗干净。哪怕用两袋洗衣粉，用半斤碱面，用一升汽油，用乙醚、丙酮或者稀料。可是我不知道该做什么。我欺骗自己：那不可能，我怎么会爱上他？爱他哪点？结果我自己错过了机会。真能再有这样的机会，说什么也不能让它轻易错过，然而这机会却不可能再有。什么都晚了，什么都完了。现在，我倒真需要骗自己了，偏又骗不过去。我成了什么？不等边三角形中离重心最远的顶点。

不能干不道德的事。人应该活得干净，活得问心无愧。道德观念可以有差别，有演变，但自私永远不会成为光彩的事。把那个鬼影儿从心里挖掉吧！那样，我就不用再欺骗自己。我就可以承认：对冯艺还是有好感的。他写了那么多信，可是写法很正派，没有摇尾乞怜，更没有装疯卖傻。我到这儿来，他本可以当作是绝好的机会，可是他竟绝口不提那个话了。他很高尚。我找他，是为了公事，又有求于他，他就把那个话搁起来。这需要克制。他的心会为这个克制而受苦。可是我敢断定，直到我离开这里，他是不会说的，绝对不会。

泪水把毛巾被打湿了一小片。可是周晔的心却渐渐平静下来。她的头偏过去，挂着泪花的面颊贴在膝盖上。当睡意降临时，她正在断断续续地想：等我回到厂里，冯艺又会给我写信的。我要好好回他一封。

# 十一

解方在三车间突然晕倒了。

中暑吗？不可能。尽管这是个酷热少雨的夏天，但车间里加装了强力通风，还添置了一批十四寸摇头电扇。这是刘青云的功劳。酷暑季节，市控制社会集团购买力办公室对购买电扇的申请一律从严掌握。牌子硬的机关买沙发，买地毯，用外汇进口小卧车，他们束手无策；但卡一卡春光厂这样的小户头，威力绰绰有余。报请购买十五台，只批了三台。许英杰眼看着工人们汗流浃背，气得直跺脚，一咬牙把任务交给了刘青云。五天之后，刘青云把另外十二台如数购回，而且都有合法的报销凭证。

但解方还是晕倒了。在猝然栽倒时前额撞在裁剪案子的棱角上，一时血流满面，把周围几个女工吓呆了。

亏了吕秀梅。她一面扶起解方，一面命令一个女工火速找厂医，命令另一个女工去报告厂长。

厂医很快来了，摸摸脉，吩咐送医院。

厂长却没有来。那女工跑到小楼上，只见“楼上一号”的门反锁着。

许英杰是六月中搬到小楼上来的。他的事越来越繁杂，待在检修班，已经互相妨碍得都无法工作。而这时，“楼上一号”却经常空着。刘青云有时待在财务科，大部分时间在外面，千方百计加速资金的周转，最近则以不屈不挠的磨劲泡在银行，以争取一笔贷款。李呈祥整天在车间里，对一些陈旧的设备进行维修和技术改造，还抽空找些人谈心，了解职工的思想情况。老张喜被派到闹市区去主持一个门市部，那个门市部既卖成衣也收零活，更是个了解顾客需要的情报中心。纪宏声偶尔在厂里露露面，接着就神秘地不见了。相反的，周晔被派赴省城时，她的使命却在厂里大肆宣扬过，所以人人都知道春光厂快做出口服装了。

只有解方在夜间用用办公桌。白天，他大部分时间在车间里。他正在准备生产棉大衣的流水线，而且要为每道工序订出既先进又合理的定额，准备试行计件工资。这工作复杂而又琐细，耗时间，耗心血，他又一丝不苟，事必躬亲。调整流水线时，他跟着一起搬机器，挪案子，距离空档都要亲自拿皮尺一一量过。他明显地消瘦了，本来就苍白的脸上，更加失了血色。

“你用不着事事都亲自下手。”许英杰用批评的口气说他，“这样累垮了不值得。叫他们干嘛，他们比你有劲，同样也认得皮尺。”

解方嘴上答应，可照样还是那么干。

“我告诉你，”许英杰火了，“这样累垮了可是你自找，不能算病假，只能算旷工！”

解方也火了：“你别管那么多好不好？给你完成任务就是，不用你教我怎么干！”

许英杰咬牙切齿，却无话可说。他自己就最腻歪人家絮絮叨叨地教他这怎么干那怎么干。归根到底，他并未料到解方真会累垮。解方才三十多岁，虽然说不准三十几，总过不去三十五六吧。

几个月来，尽管许英杰从来不对自己的想法、做法加以说明解释，工人们还是渐渐了解了这位新厂长。例如那位报信的女工，就深知解方在厂长心目中的地位。她一见厂长的门反锁着，便去报告彭国柱，接着又把所有科室都惊动了。很快查明了厂长不在厂里，两部外线电话顿时忙起来，向各个可能的地方查找。

偏偏许英杰正在一个谁都没想到的地方：市计委和市经委联合组成的“中小企业关停并转办公室”。

今天是他第二次到这里来。上个月，他曾在这儿大出风头。他没有直接说明来意，却摆出一副聊大天的架势，滔滔不绝地大讲生产环境对效率的影响，有真货色，也夹带些云山雾罩。这间办公室里的人都放下手头的工作，另两间的干部也被吸引来不少。工交口已在流传轻工局出了位年轻有为的厂长，大家自然想见识见识。许英杰讲到车间的布置，讲到色彩、音响的心理影响，讲到怎样计算空间的合理性——太大，不仅是浪费，而且会给工人造成某种卑小感、孤独感；太小，工人会觉得憋闷，碍手碍脚。的确，心理学、生理学、色彩学、数学，都已进入企业管理科学的领域。谈话一直延续到下班，听众们都对许英杰产生了好感和同情：这真是一位能把企业搞上去的人才，可惜他那个厂子地方太狭小。而有些毫无前途的小厂，例如他随意举出的挺进五金加工厂，倒占着好大一片地方。这个问题确实值得研究。这样，许英杰成功地达到了目的。

而今天，许英杰处境尴尬。他一出现就被几个干部围住，交谈没几句，就有人问：

“你们那七万件棉大衣是怎么回事？”

接着有人更直截了当地告诉他：本来已经在考虑把挺进并入春光，利用那块地盘，谁知道半路里杀出个七万件棉大衣问题……

看来许英杰失算了。他没有料到这件事会引起这儿如此注意。毕竟人家也不都是白吃饱，也在调查、了解各种情况。

不久前，许英杰宣布了今年棉大衣的生产任务：七万件。他不想引起震动，有意留了一手，先保持去年水平，等订货会上把订单拿到手，再把另外的三万件作为追加计划。可是七万件这个数还是引起了轩然大波。厂内还算好，人们议论了一阵，又自动平息下去。工人们对厂长有了信任，虽说觉着有点玄，估计厂长自有办法。局里可就不同了，因为他们相信自己总是比下面一个厂长站得高看得远的。先是生产科、计划科、供销科这些有关部门，后来加上了有关的无关的局级领导，最后是孙琦直接出面。许英杰不得不在晚上到孙琦家里去。这类拜访已经有过几次了，但这次可不像以往几次那么愉快、融洽。孙琦连珠炮般地质问：去年的教训忘记了？有了一点成绩就头脑发昏了？实事求是地安排比去年较低的计划就丢了面子了？还是觉得你这个厂长是捡来的，不怕丢官因而也就不顾后果了？不，不是，都不是的。请局长放心，我自有办法销出去。我有把握。

你有什么把握？你凭什么把话说得这么满？

如果你有市场调查，那就把数据拿出来。如果你还有什么其他秘密，那就把秘密端出来。许英杰摆起了肉头阵，不开口了。他的秘密现在还不能端出来，那会前功尽弃。孙琦拂袖而起，在三步的距离之内来回踱着，脸色难看而又变来变去。最后是逐客令："回去！再认真考虑考虑！千万不可轻率从事！"许英杰长出一口气：谢天谢地，谢谢局长！局长放过了他。局长没有理由相信他的"有办法""有把握"。局长有权强行削减他的计划，而且他也知道很多人正在敦促局长这样做。今晚硬着头皮到这儿来，正是因为怕局长这样做。这下好了……

想不到又在关停并转办公室碰在这颗钉子上。他们也不相信。他们显然预计春光厂要在这七万件棉大衣上栽跟斗，一蹶不振，不再具备并入挺进厂一百名职工的能力。暴露秘密绝对不行。但光拿空话就能说服他们吗？许英杰不指望侥幸成功。他又滔滔不绝地讲起来，讲到情报工作的极端重要性，讲到商业秘密，举了好多美国的、日本的、瑞士的例子，唯独不讲自己。他只求他们不要完全放弃希望。他部分地达到了这个目的。

但是这也费了不少时间。他回到厂里时，厂里早已下班。不过他还想再看几个文件。可是刚进厂门，听门房说解方出了事，顿时如冷水浇头，自行车一调头，急忙奔医院。一路上，他咬牙切齿地咒骂自己没有"管住"解方。为什么只想到他正在壮年，却没想到他身体素质一向不好，家里又无人照顾他的生活？

在医院门口，恰巧遇见了往外走的厂医。厂医报告说：解方已经住院。经医院诊断，造成解方昏迷的原因是低血压，而血压低则是由于体质不佳和过度劳累造成的。经过医生处置，又输了液，血压有所上升，看来已无危险，只是还需住院治疗和恢复一段时间，预计是七到十天。至于生活用具、陪床人员之类的事，彭书记已有妥善安排。

护士把许英杰领到解方的病床前，忙自己的事情去了。解方正在平静地熟睡。许英杰甚至想：说不定他根本没有什么病，纯粹就是长期睡眠不足闹的。一面想着，轻轻在床头一个方凳上坐下，默默端详着解方那苍白的、缠了绷带的脸。这脸竟显得如此老相，猛一看像有四十多岁了，而实际上解方顶多有三十五六岁，甚至更小些。

没有人知道解方的确切年龄。一九四八年，经过三昼夜的激战，解放军开进了这座饱受炮火蹂躏的城市。收容队在瓦砾堆里发现了一具干枯瘦小、一丝不挂的幼儿尸体——不，他还有口气。他活过来了；其实他没伤没病，完全是饿的。他看上去有三四岁，顶多五岁，长着一双会滴溜溜转的聪明眼睛，可是问什么什么不知道，既不知道家住哪里，姓甚名谁，也不知道年龄籍贯，父母何在。他所知道的，就是哪儿的垃圾堆里比较容易翻出可吃的东西，哪几个胡同里比较容易有人扔给一块干馊的饽饽。一位营教导员给他起了个名字——解放。在卫生队待了一阵，就被送进刚成立的孤儿院。他渐渐长大，学文化，做工。孤儿院里一个带点老学究气的管理员对他说：你那名字不大好，“解”字当姓用时应该发“蟹”音，跟“放”字就连不上了，不如把“放”改成“方”，叫起来响亮顺口，也容易联想到那位教导员起名时的用意。老管理员一九六二年病故，没有看到他这一改名给解方造成了什么后果。那是一九六七年，年纪轻轻的车间管理员被押进牛棚，因为他竟然忘恩负义地改掉了“解放”这个具有伟大革命意义的名字，分明意味着背叛。更有甚者，改过的名字竟和一个专演黑电影的黑人女演员（说起来拗口，但黑字和女字都必不可少）谐音！这是什么性质的问题？流氓加反革命！不用说，这种罪名，连编造者自己也不相信，但因为需要——自然是“革命”的需要，便郑重其事地批斗了十几次。后来这一派失势，另一派得势，解方又回去当管理员，这事也不再提起。清理阶级队伍，有人又想旧事重提，还要求追查解方的三代，但那时候的军代表正用得着解方，以便把生产抓上去，证明他支持的是左派，因为当时的标准是：抓革命促生产的是左派。解方侥幸混过清队这一关，倒也安静了几年，结了婚，还生了个女儿。不料风云突变，行情逆转：以生产压革命的乃是右倾复辟翻案！解方被揪出来，而且真的派人去查他的三代。经内查外调，当初发现解方时的那堆废墟，原是本地一家有名的字号，因而解方肯定就是那个丧身炮火之中的资本家的狗崽子，必然对无产阶级专政怀有刻骨的仇恨。根据“革命”需要，人证旁证整出了厚厚的一卷，俨然铁案如山。不料解方竟狡猾抵赖，死不认账。态度如此恶劣，是可忍孰不可忍？立即交付群众专政！这一回，眼见得解方永世不能翻身了，妻子提出离婚。好，革命行动应予支持，法院立即批准。小女儿刚两岁，女方想扔下，解方也愿意收留，但法院出于革命正义和人道主义的考虑，还是判归母亲抚养。等到云散雨霁，解方已是瘦骨嶙峋，孑然一身了。有人好心地想促使他们破镜重圆，无奈解方竟演了一出马前泼水，断然拒绝。那前妻羞愧之下，赌气匆匆找了个主儿，去过那种平时也还凑合，关键时刻只好低声下气的日子去了。

解方毫不颓唐，反倒津津有味地开始钻研工业经济和企业管理的学问。他仿佛是偏爱那种马马虎虎的独身生活，声称那会提供充裕的时间和精力，“他是个真正坚强的人；他有信念，有信心！”许英杰坐在床边望着解方，默默地想，“有些人无所作为，光知道唉声叹气，抱怨伤痕深重。可是解方呢？他的伤痕不深？不重？但他从不抱怨什么，连眉头都不曾皱过一皱啊……”

许英杰敬重解方，不光是因为解方在工作中的举足轻重的地位。这是一种性格的吸引。他羡慕解方身上那些自己所没有的长处：那种深沉的坚定，能屈能伸的韧性，以及处理事务的周到细腻。当然，另一方面，他们又有着更多的共同之处。他们的目光都盯着未来。

伤痕——这样一个字眼，居然会流行，会成为许多人争论不休的话题！想到这里，许英杰不由得轻蔑地撇了撇嘴，挤出一个刻薄的嘲笑。人，多么软弱，他想。试看那些出没于草莽的凶禽猛兽，哪个不是躲进深穴之后，才悄悄地舔它流血的伤口？只有秃尾巴鹌鹑，才当众炫耀在无谓的格斗中流的那点血。

许英杰一向自诩是没有伤痕的人。从精神到肉体，他都完整无损，异常强健，正适合于迎接一场新时期的大搏斗。他也上过当，受过骗，但他决不满足于指责欺骗者，只是愧悔自己的愚昧，鼓励自己更加勤于学习和思考。虚妄的幻想破灭了，也就明白了它的虚妄，正无须沮丧，需要的是重新追寻坚实的希望。父母对他要求很严，从小就不允许他有丝毫的门第优越感，所以突然成为黑帮狗崽时，也就没有那种如坠深渊的痛苦。下乡插队。说是艰苦，其实也不过跟千千万万的农家子弟一样，磨炼了筋骨，接触了山川田野，懂得赤着双脚踩进翻松的泥土时那种沁人心脾的温暖和惬意。父亲受迫害，那是他作为一个老党员经受了一次特殊考验，儿子有什么权利拿来作为自己的所谓“伤痕”？母亲在迫害与郁愤中过早地去世了，这倒是一想起来就让他难过的。但他只把这看作丧母之痛。如果母亲是得病而死，这伤痛并无不同。革命者可以有种种死法，无非是一死为革命。从鸦片战争到全国解放，几乎不间断地打了一百多年仗，该有多少烈士和烈士的遗孤？算起伤痕账来，恐怕只好淹死在泪水里。十年内乱，党和国家遭受了巨大的挫折。为了免蹈覆辙，党已经做了大量工作。至于个人的“伤痕”，许英杰自认为是没有的。他并不比别人幸运，但他宁愿做一个身心体魄都无比健壮的强者，精神抖擞，满怀信心，龙腾虎跃地去迎接一个充满困难与风险，同时也充满希望与光明的新时代。

# 十二

没有人注意到是从哪天开始的，每天下班时，你都能在厂门口遇到彭国柱。这位花白头发的支部书记，每天在这儿送全厂工人下班。

连他自己也说不清怎么会想起来这样做。与其说是出于职责上的考虑，倒不如说是出于对工人们的敬意。工人们，尤其是作为第一线主要劳力的女工们，多么不容易啊！要知道她们一天下来有多累，只消下班时看看她们那软塌塌的脚步，那失了血色的面颊，那失了神采的眼睛，那懒得开口的缄默……想一想吧！同一时间里，有多少工厂纪律松懈，一动弹先要问给多少奖金，多少加班费，多少提成。还有为数不多、影响极坏的干部，饱食之后，拉关系，结裙带，搞特权，谋私利，然后坐在庄严的讲台上，向群众进行主人翁思想的教育。而在春光服装厂，天气正热，却拉开了制作棉大衣的流水线。电风扇不能开了，但棉花绒还是到处乱飞。忍受不住时，戴一会儿口罩，过几分钟又水淋淋地摘下来。在去年做完七万件的同样时限里，今年要做十万件。这虽然没有说明，工人们却能猜出厂长显然还想多干点什么。而且今年这十万件又是许英杰所谓的“劳动密集型”：棉花要网过，绷上冷布；全部活里活面，便于顾客拆洗，制作时却增加了近十道工序，还是大量的手工活；前襟里子上要加一个斜插暗兜，后腰要加一条束带。据刘青云计算，这样一件大衣的纯利，能顶去年的一件半。四百名老老少少的女工，埋头在飞着棉花绒的车间里，连眨巴眼皮的工夫都得掐算掐算——全是用眼睛的活儿呀！许英杰颁布的规章制度确实严厉，解方安排的流水线确实严密，还有刚刚试行的岗位责任制，定额管理，计件超产奖……曾经有人说这是变着法儿逼工人多干活。可是，工人们这么舍得干，仅仅是因为惧怕受罚，或者贪图那有限的超产奖金吗？

大约三个月以前，也就是在彭玥的“提醒”之后，许英杰开始到彭家走动，以谦恭的晚辈身份向彭国柱讨教，毫无隐讳地讲出自己的各种打算和想法。那时候，一部分人还对许英杰的强硬作风有反感，彭国柱就对他讲起相信群众、依靠群众的问题。

“我确实需要注意方式方法，这一点您批评得很对。不过，”许英杰的嘴角弯出一抹轻松的微笑，“我觉得相信群众绝不是相信平均数。这一点，我认为我们过去有误解。我现在干的这些事，有点像是专横独断，一意孤行，脱离群众。那我为什么还敢这么干？我不怕遭到群众的普遍反对？不是的。那是因为我相信群众的觉悟会一天天提高。我们现在先走了一步、两步，只要方向走得对，又不冒进，群众很快就会明白这是符合他们的利益的，他们就会跟上来，自觉自愿走下去。领导的作用就在这里。只怕有一天我们还会落在群众的后面呢！”

这理论对不对，彭国柱不敢说。对于一时记不清是否在中央文件和党报社论里见过，或压根儿就没见过的理论和搞法，他一向怀有难以消除的戒心。但是，当彭玥指责许英杰漠视了人的尊严时，他却偏袒“外人”。他端出了家长架子：“去一边去！我们在念叨厂里的工作，你掺和什么？”

三个月来的事实，倒是对许英杰的论点有利。现在，既听不到有人抱怨那些规章制度太苛刻，也没有人再怕他们的厂长。大家又像以前一样喊他“小许”，只不过没人议论他跟一般人不一样。

无故早退的已完全绝迹，现在提前下班的是那些喂奶的孩子妈妈。根据离家远近不同，她们可以早走四十分钟到一小时。她们都还年轻，她们的定额也降低了，但她们脸上的倦意往往更厉害。

“正是最累人的时候呀！”彭国柱伴随着一个扎小辫的女工往厂门口走，一边絮絮叨叨地说，“孩子晚上又闹了？唉唉，真是不容易。告诉他姥姥，白天让孩子少睡点。要不，到医院瞧瞧，万一有啥病，可不敢耽误呀！”

他站在厂门口。一个胖胖的女工，胸前湿了一大块，推着自行车急匆匆出了门，上车时太毛躁了，车把一阵东扭西歪，险些摔倒。

“慢点儿！急也不急在这一时，摔坏了咋办？”彭国柱在后面跺着脚喊叫，又一把拽住一个正走过去的娃娃脸女工：“嘻，你们不兴说说她？奶多了，吸一吸嘛，憋着要长奶疮的！”

“就你这老头儿懂！”

娃娃脸连奚落带抢白地给了他一句，他毫不生气，倒笑嘻嘻的。这些年轻妈妈们呐！

离下班只有十分钟了，二车间那个俊俊俏俏的小邸才出来。老彭头见了直皱眉：“又耗到了这会儿？看把孩子饿坏了！”

“反正奶不够，家里有老人喂奶粉。我多干点，厂里高兴，我也多得点奖金买奶粉。”

“孩子还是吃母奶好。那天电视里都演来着，你没见？想法子下下奶才是正理。”

第二天，彭国柱又在这儿等着了小邸，把一捆中药挂在她车把上，还叮嘱着：这方子都说管用，务必试一试。小邸试过多少偏方都没用，暗想这个也不见得灵，但心里却热热的，眼睛潮潮的。

下班铃一响，最先出来的是那些有孩子在托儿所的妈妈们。她们也都是急茬。晚了，托儿所的阿姨会不高兴：“人家早接走了，就你们厂规矩多！”妈妈们并不在乎自己忍气吞声，怕的是阿姨们在孩子身上出气。

“真该自己办个托儿所。”彭国柱一回回地对自己说。在他那很少幻想的脑子里，也出现了诱人的场面：下班时，阿姨把孩子们领到厂门口等着，妈妈们从车间里走出来，于是一片欢笑呼叫，妈妈们迎上来，孩子们张开小手扑上去。到了忍俊不禁的时候，彭国柱终于把这个场面讲给妈妈们听。

“有您这番心意，我们就知足了。”

“怎么？你们不相信？”

“瞧瞧这厂子，托儿所盖在哪儿？”

“小许说过，他有办法。他打算……”话到嘴边卡住了——小许关照过不能讲。确实，许英杰要保密的事太多，彭国柱不赞成。不过既然人家嘱咐了，就不能给人家漏出去。一人有一人的做法，再说许英杰并非全无道理。“样板戏”里还说“不到火候不揭锅”呢。

“你们相信小许就是了。”彭国柱改口说。

这么一来，大家真指望上了。可惜。有人去问许英杰，许英杰矢口否认。过后，许英杰还给彭国柱提了意见：“咱们装在心里，但不能许愿。我宁可等工人们来告诉我：快去看呀，咱们有了自己的托儿所啦！”彭国柱连连点头称是——他喜欢这种实干精神。可是转过身来，他对自己走漏了风声并不后悔；让大伙觉得有奔头，也没啥不好嘛。

下班铃响过五分钟，是出厂的人最多的时候。人们的脚步是缓慢的，疲乏的，一边走一边摘着鬓角和衣襟上的棉花绒，轻轻揉着酸麻的手指，腮边还带着汗渍。有人会停下来跟彭国柱聊上几句，问问别的组超额了多少，谁超得最多。有时候彭国柱凑上去问：今儿的活还顺手吗？天太热，要多喝点开水。人们在三言两语中交换些情况，彭国柱对当天的情况也就摸个八九不离十。

这一大拨过去，往后就是稀稀拉拉，三三两两，可一个小时之内，络绎不绝。这里头有下了班杀两盘棋才走的小伙子，更多的还是自动加会儿班的女工。有的是为了把定额做够，有的是为了多超点产。这天，吕秀梅下班后五十分钟才走，一边走一边还回头看，好像准备再回去干几件活。

彭国柱笑呵呵迎上去：“今儿超了多少？”

“先别问我；先说说齐风英超了多少？”彭国柱说了个数，吕秀梅扳着指头算了一阵，“这个刁婆子，又比我多着三毛二的超产奖呢。”

“那你也够可以的啦……”

“刘媛媛呢？”

“小刘哇，也是刚走，可还是没做够定额。下午我去看了看她，满脸是汗地紧忙活，就是不出数。她那个小拇哥，这么着，”彭国柱笨拙地比画了两下，“看着总像是不得法。”

“明儿我去瞅瞅。”

“那敢情好，只是要耽误你自己的活了。要不然让解方给你减点定额？”

“快别！不争那两毛钱！”

彭国柱点点头：“还是老工人有风格。”

“嘻，若不是小许上台，扶正压邪，咱老娘儿们一百个不吃香。”又挤了挤眼睛，“你这死老头子还真有眼力。这个女婿称心如意了吧？”

“只怕小玥将来会受气哩。”

“那才叫瞎操心！这年头，‘气管炎’是流行传染病，任是多大的干部，没有不怕老婆的。”笑了一阵，又说，“这小许，也就是招人疼。这会儿还在大车间呢。”

跟吕秀梅道了再见，彭国柱便奔大车间，想看看许英杰怎么还不走。站在门口，只见空荡荡的大车间里，半成品都摞在了案子上，许英杰拿了个脸盆，正往地下泼水。是了，这几天干热，棉花绒飞得格外厉害，泼泼水，空气潮，许能好一些。

彭国柱满意地点点头。工作就是这样：有时候需要大刀阔斧，有时候需要细致周到。这个新干部正在成熟。一年期满，他这厂长还会当下去的。于是彭国柱也找了个脸盆，到二车间去泼水。

这当儿还有一个人没走。谁？刘志雄。今天刘富给了他一个特殊任务：实地了解一下今年棉大衣究竟下了多少料。刘富估计，许英杰准是打肿了脸充胖子，实际绝不敢按七万件下料。若能抓住他这个弄虚作假的把柄，小楼上那间办公室还得给刘某人腾出来。刘富怕亲自出马会打草惊蛇，再说也没那眼力，就把这事靠给刘志雄。其实，要凭散在各处的成品、半成品按堆估数，刘志雄也估不准，但他还是应下了。结果，他就看见了这一位书记、一位厂长，各在一个车间里猫着腰一盆盆泼水的场面。他那总是直来直去想事儿的脑子，这回也转起弯儿来。人哪，给搞蒙了头的时候，确实会只顾到一点点眼前的小利害，但要让一个人正常的是非观念完全泯灭，并不那么轻而易举。刘志雄揪了揪自己的头发，骂了一声，便跑到附近一个公用电话处，给刘富挂了个“传呼”。

“怎么样，查清了？”电话那头问。“查清了，七万，没错儿！”

“不可能……”

“得啦，我的刘厂长！操那么多心，不怕老得快？好好养你的病比啥不强！”不等那头再发话，他就撂了听筒，又狠狠朝地上啐了口唾沫：“呸！”

## 十三

八月八号，孙琦解开了春光厂的“棉大衣之谜”。这天，本市国营第一服装厂的厂长，愁容满面地前来请示：由于长毛绒缺货，今年生产的棉大衣，是否可以有一部分不装绒领？

“外行话！”孙琦皱起了眉头，“不带绒领的棉大衣卖给谁去？你要？”

接下去是一场不愉快的讨论。厂长抱怨：去年长毛绒还是长线，谁料到今年会缺货？供销科倾巢出动，最终还是差三万五千条领子。现在别无他法，要么做三万五不带绒领的大衣，要么削减任务。那么为棉大衣备下的布料、棉花怎么办？改做棉门帘、棉背心，产值利润都大受影响，销路也毫无把握。讨论没有结果，孙琦表示要跟计划科商量一下。

他想起了春光厂，立即给许英杰打电话。

“我们没问题。”许英杰回答得很爽快，“我们下手早，长毛绒跟布、棉花数量配套。”

“你们备了多少？给我个准数。”

电话那端忽然咳嗽起来。

“许英杰！这都什么时候了，还跟我要滑头？”孙琦心里恼火，极力克制着，“告诉你，我得考虑市场需要问题了。各厂都完不成任务，我得通知商业上赶紧从外地调进。”

“别！”许英杰也急了，“不瞒您说，我们备了十万件的料。他们亏的，我兜着。”

“你这个鬼东西！这下你算是阔了，可把我也给坑苦啦！回头我再找你算账！”

许英杰似乎还要说什么，孙琦却已经放下了电话。他一阵阵直上火！这个许英杰，精是精，可是精过了头，风格不高，做法太绝。从道理上孙琦当然明白，既然允许竞争，就会有赢家也有输家。如果倒霉的是别处的厂子，他自会心平气和；现在赢家输家都在他手下，麻烦还得他收拾。这哪如统筹安排好？猛然间，他记起不久前许英杰提出过成立全市性服装公司的建议，当时只觉得主意不坏，却并未认真考虑。看来倒是真该抓抓这件事。不过眼前的当务之急，还是得让计划科赶紧摸摸情况。还有两家较小的厂，也有棉大衣任务，如果也是“服装一”那种情况，就会有一大批棉花和布料配不上绒领，面临造成积压的危险。

过了两天，计划科把情况摸上来，让孙琦既出乎意料，又感慨万端。原来春光厂向有关厂都吹过风，只有“服装一”自恃是国营大厂，不当回事，另两家都加了小心，按拿到手的长毛绒酌量购进棉花、布料，至少不存在积压的问题。据计划科长说，霞光服装厂的两位领导，还准备跟春光厂在推销上较量一番呢。

推销？孙琦惊疑地想，你霞光厂在长毛绒备料上已经失先，单在推销上能做出多少文章？不，没有绒领的棉大衣销路肯定不会好。难道他们也有什么秘而不宣的绝招？想到这里，孙琦不由得倒吸一口凉气。倘若手下的厂子互相间都搞起这种秘密作战来，我这个局长还怎么当？万一霞光真能在推销上压倒春光，春光的十万件——不要说十万，就是一万也压不起呀！那时候许英杰又如何收拾他那一摊？

孙琦的担心决不是多余的。

八月二十日，冬装订货会在市政府招待所揭幕。头一天会上就爆了大冷门：霞光厂推出四种样式的棉猴，而且做工、价格都极有竞争力。纪宏声立即从会上打回电话，向许英杰报告了这个不祥的消息。放下话筒之后，许英杰反插了办公室门，呆坐在椅子上，足有十来分钟，心里怦怦乱跳，手指尖都在发抖。原来人家也有秘密武器！

当初做出决策之前，许英杰想到过棉猴的问题。但是他认为当地人没有穿棉猴的习惯，所以估计其他厂不会用这个办法解决长毛绒缺货，因为它未必好销。现在人家做了，是不是一定销不出去呢？不，事关重大，万万不可心存侥幸！他冷静下来，开始考虑应变措施。一旦十万件棉大衣不能全部在本地销出，就要力争向外地推销！既然长毛绒普遍缺货，外地市场肯定能有缺口。关键是推销工作要搞得迅速得力。靠了刚毅的性格，他没有在危急关头乱了方寸，反而安下心来，用了一整天的时间，埋头拟订出一个缜密的计划，一旦订货会上情况不好，就马上抽人，立即出动。

下班铃响了。他收起这份备用计划，焦灼地等待着。按约定，纪宏声应该回来报告情况。时间越来越显得漫长难挨，脑子里出现越来越多的不吉利的胡猜乱想。终于，外面楼梯上响起了急促的脚步声。他努力镇定自己，即使纪宏声报告的是最坏的消息，也决不能显出半点惊慌来。

“九万二！”纪宏声闯进门来，挥动着手里厚厚一叠订单，“小许呀，头一天，九万二……”

许英杰长出一口气，隔了好一会才问：“那么，棉猴？”

“还好。”纪宏声跌坐在他那难得一坐的座位上，像在拼着最后一点力气回答，“开头真把我吓坏了，后来才看出，棉猴在县以下城镇农村销路有限。不过，霞光厂还是闹了个小丰收。这倒正好减轻了咱们的压力，否则咱们的任务怕十二万也打不住。这回只苦了红光和服装一，估计他们连能做的数也销不掉。红光已经找过我，要求分点任务给他，我看可以。服装一还端着老大架子，那就让他端着去吧！”

说完这话，纪宏声软塌塌靠在椅背上，像是已经筋疲力尽。只有两只眼还在一闪一闪地发亮，仿佛有股异乎寻常的火在那儿燃烧。

“回去休息吧！”许英杰关切地说，“明天你就别去会上了，好好歇两天。”

纪宏声没有反应，连嗯一声的力气都没有了。过了好一会儿，像是三魂七魄重又渐渐附了体，才懒洋洋站起来说：“走，喝二两去。”

“你知道的，我不会。”

“那……就算了。”纪宏声显然很失望，但也不再说什么，收好合同，下楼去了。

许英杰站起来，把四肢腰腿活动一番。周身的血液又开始舒畅、有力地流动，大脑也兴奋起来。好啊！春光厂站稳脚跟啦！他拉开抽屉，取出那份备用计划，三把两把撕个粉碎，一甩手扔进纸篓，然后又取出一份文件，坐下来仔细推敲。这是解方根据他的授意草拟的并厂方案。上月中旬，他向市关停并转办公室提出了正式报告，要求把挺进厂合并过来。虽然递上去后并无回音，他也不去催问，却仍然让解方草拟了这个并厂方案。他知道关停并转办公室不过是担心他在棉大衣上栽跟头，一旦订单到手，他们就会批准。现在这一点马上就会成为现实，问题只在于如何把并厂工作干得更漂亮些。挺进厂是个烂摊子，工人懒散惯了，还学会了一套跟领导掉歪歪的办法，彭玥说过“神仙他爹也管不好”。那么，并厂工作一定要雷厉风行，决不能给任何人掉歪歪的机会。

困难是会有的，但比起在春光厂打开局面时面临的条件，要好得多了。当初，他几乎得一个个地去争取理解和信任，而现在，春光厂的五百职工已经是他可以信赖的现实力量。正气完全能压倒邪气，他的任务只在使正气具有更强大的威力。不过，正气和邪气都不是抽象的。挺进厂的人会感到不习惯，不舒服，受压。那也没有办法。如果有人想掉歪歪，就得毫不留情地压得他喘不过气来！春光厂要的是能干活的工人，不是二爷！想到这里，他的嘴角弯出了一抹轻松的微笑。彭玥多半又会指责他漠视人的尊严。那也只好由她去指责。想到她又气又恼却又舍不得闹翻的样子，一定会显得更加可爱，他心里热烘烘的。他一向不赞成她那套悬在半空中的关于人的价值、尊严之类的理论，但也从未与她争辩过；现在，他要用实实在在的事实向她说明，一个工人的真正的价值和尊严究竟在哪里。

天色暗下来，他起身想拉开电灯，电话骤然发出一串铃声。这么晚了，哪儿来的电话？他猜想着拿起听筒。刚听了几句，立刻神情大变。“好，我立刻就来！”他扔下听筒就冲了出去，连门都没顾得锁。进了车棚，推起自行车就走，觉得沉重，才发现车锁还没打开。

电话是一个小酒馆的女服务员打来的，说有个人醉倒在门口，从衣袋里找到工作证，才查明是春光服装厂的，名叫纪宏声。

许英杰风风火火赶到时，老纪还躺在酒馆门前的人行道边上，女服务员守在他身旁，周围站着几个闲人在呆看。

“老纪！老纪！”许英杰摇晃着老纪软软的身躯，喊着，老纪却毫无反应。他不会喝酒，不知道怎样对付喝醉的人，有点惊慌失措。

“他好像睡着了，睡得真死！”女服务员很沉着地说，“看他呼吸还平稳，送他回家睡一觉就好了，不要紧的。”

“你们不该听任他喝得太多。”

“不是的。”女服务员笑着解释，“他只要了二两白酒，而且他进来时样子还挺高兴，不像是喝闷酒的。他大概是喝得太急了。”

许英杰知道错怪了人家，连忙道歉；想到给人家添了麻烦，又一再道谢。

“要不要替你找辆车？”

“哦，我自己来。你去忙吧。”

“那——也好。我们店里人手少，不然我可以帮你把这位同志送回家。”

“谢谢。哦，等一等！请问你叫什么名字？明天我要给你送一封感谢信……”

“不用，这是我应该做的。”服务员嫣然一笑，“我们店叫春风酒馆，是待业青年办的。请您多提意见。”

听得出来，话里含着希望替她的酒馆宣传宣传的意思，但说得含蓄得体。许英杰赞许地点点头，不由暗想：如果制度允许，他愿意用四级工工资聘请她到本厂门市部工作。

知道老纪没危险，许英杰不再紧张了，心里只觉得压抑，沉重。他在人行道沿上坐下，扶起老纪的上身，放在自己的大腿弯里。老纪仍然沉沉地睡着，路灯下，他那灰黄的脸上，隐约可以看到两团不正常的红晕。许英杰掏出手帕，替他擦去嘴角上的一道唾痕，而自己的泪水却吧嗒一下落在他的面颊上。

我真浑！许英杰内疚地想。我怎么竟拒绝他的邀请？不会喝酒，也该陪陪他呀！看来他也不能喝，只是想跟我说说话。这几个月，棉大衣的问题整个儿压在他身上，揪着他的心。现在，他应该，也有权利轻松轻松，发发感慨，甚至发一点牢骚。可是我却不肯陪他来。那些本该跟我倒一倒的话，又被那该死的二两烧酒压回去了。他醉倒在这儿，在那些傻看的闲人眼里，他简直出尽了洋相。谁能理解他呢？平庸的记者在采访、报道先进事迹时，只懂得流了多少汗水、绞了多少脑汁之类。可是，在披荆斩棘的创业过程中，为了抓住异乎寻常的机会，总要承担异乎寻常的风险，而创业者们付出的最大代价，乃是异乎寻常的精神上的紧张和压抑，心灵上的苦斗与煎熬。

“同志！”一位好心的过路人带点讪笑地提醒他，“你想住在这儿？快想法送他回家呀！”

“对，对，送回家……”

许英杰有点呆头呆脑地站起来，朝马路中间迈了几步。一辆解放牌卡车开过去。

不，老纪不能坐这种不舒服的车。摩托三轮更不行。终于，一辆崭新的进口小轿车风驰电掣般驶来，许英杰不慌不忙朝马路当中走去——不正挡住它的去路，它是万万不会停下的。一片惊呼。一声拖长的、刺耳的急刹车声。“找死呀，你？”司机探出头来，厉声呵斥。可是许英杰的嘴角却弯出一抹轻松的微笑，心里想：我们老纪应该坐世界上最好的车。

## 十四

这一年天冷得早，人们几乎是脱下夏装就直接换上了冬装。杨树叶子还没脱净，连着来了两股冷空气。天阴得很沉，却不下雨不下雪，只不断刮着凛冽的西北风。

这天终于放晴了，而且晴得特别好。太阳暖融融地照着，挺进五金加工厂的院子里又恢复了生气，人们三三两两地晒太阳、聊天。今天有好消息：财务科里正在点票子，拖欠了三个月的工资要一次发清。厂里近来没做活，哪儿来的钱？从银行贷的，还是从外厂借的？管他呢，给钱就要！工资嘛，该当应分的。就这，厂里还欠着一笔加班费、奖金——反正他早晚得给。热心人急忙给没来的要好同事打电话，让他们赶紧来领工资。

这么一来，张书记召开全厂大会时，人到得相当齐。一向难得有好脸色的张书记，今天喜气洋洋。胖乎乎的圆脸上，眼睛眯成条缝，嘴角也不再往下耷拉着。人们心里可就打开了鼓：他一高兴，准没大伙的好事儿！果然，今天张书记完全没像往常那样大讲车轱辘话，而是直截了当宣读了一份文件：市经委关于春光服装厂和挺进加工厂合并的决定。

人们的反应各不相同。有人呆呆坐在原处不动，有人懒洋洋走散，有人凑成三个一群俩一伙议论猜测。有十来个人显得很激动，团团围住张书记，要求推举一个代表团，跟春光厂谈判合并条件。

张书记没有吭声，脸上却泛着异样的笑容，心里感到一阵报了仇般的快意。转业来到这儿两年，受够了这般人的气：老爷们儿滑，老娘儿们刁，小伙子野，媳妇事多姑娘娇。干活没人上前，评奖长级个个要抢先。做思想工作，道理听不进去；物质刺激，奖金加班费越要越多，照样不出活。好吧，这回有能耐跟人家使去吧！你们急，我可不急。我六二年入伍，六三年入党，副营级转业，每月一百来块工资，并了厂还不是照样当头头？还能把我放在那个才二十六岁、非党员、三级工的临时厂长下头？现在管一百人，那时候管六百！

张书记袖手旁观，人们却也七嘴八舌凑出了跟春光厂谈判的条件：一、挺进厂不编散，作为分厂单独管理，亏损由总厂补贴；二、立即补发积欠的奖金、加班费；三、分厂职工的福利待遇按分厂规定执行，总厂不得干涉。可是，正要推选代表团，一辆黄河牌大卡车开进厂来，停在院子当中。

许英杰来了。他带来的是一股旋风。他和张书记作了简短的谈话，使张书记不由得不帮他安排。半小时后，一些科室的文件表册、桌椅橱柜，在跟车来到的几个小伙子的帮助下，开始装车。三十名职工离厂回家——他们明天将到春光厂上班，今天得到允许提前回家去安置一下家务（有些女工平时已习惯把家务活带到厂里干，这怎能适应春光厂的紧张）。一个三人小组已在会同挺进厂的保管员清点有限的库存物资。

许英杰在院子里转了一圈，粗略步量了全厂占地面积。嗯，跟那晚目测的差不多。他忽然发现，彭玥正站在电焊室门口，阴沉着脸，恼怒地望着他。他犹豫片刻，便朝她走过去，她却一甩身进了电焊室。他又站住了，宽厚地笑了笑。由她去吧，反正料到她会闹腾几天的。这时候过来了一小伙人。

“你就是春光厂的厂长吗？”

打头的一个小伙子声大气粗地问。许英杰看了他一眼，又看看他身旁身后的另外五个人。

“我们是大伙推选出来的，代表挺进厂，跟你们春光厂谈判并厂条件。”

许英杰想：好哇，掉歪歪的来啦。

“我们的条件是：一、……”

“等一下！”许英杰抬抬手制止对方，不动声色地问，“市经委的决定，不是宣布了吗？”

没有人回答。

“好，这么说，你们都知道了。”许英杰提高了声音，口气也严厉起来，“有关并厂事项，市经委已经做了明确、具体的规定。不过看来有几件事还需要再讲一下：第一，从今天起，挺进加工厂不存在了，你们都是春光服装厂的职工；第二，我是你们的厂长，今后你们在我领导下工作，有意见可以提，但是必须遵守纪律，服从指挥。明白了吗？考虑到你们过去的实际情况，今天就不过多地责备你们了。但是今后再搞什么代表团，什么谈判，我绝对不允许！春光厂是社会主义企业，不是资本家的买卖，你们不要搞错了地方！”

重要的不是言辞而是气势。“代表团”目瞪口呆，还没来得及反应，许英杰已经扬长而去。“谈判”就此告吹。

十天之内，挺进厂的工人陆续分批被调到春光厂去上班。头两批选的是那些正派、老实、肯干活的人，他们绝大多数都服从调派，于是大势所趋，后面的自然也就跟着过去了。到春光厂之后，他们又被分别编到各班组。管理人员和各技术工种各归各口，倒也安心。到了春光厂这个环境里，不能不随着春光厂的规矩，总的势态比许英杰预期的还要平稳些。当然。其中的一些人，最初只是被一股潮流推动着，不知不觉跟着走的，等到安顿下一段时间，想一想，算一算，不免觉得吃亏。他们几乎没有得到任何看得见的利益，失掉的却很明显：悠闲自在的日子一去不复返，再指望春天晒太阳，夏天乘风凉，围着火炉聊天，钻个旮旯打扑克，那是不可能了。流水线上，一个萝卜一个坑，前面的活儿压下来，后面又瞪着眼等着你的活儿。厂长确实宣布过一条合情合理的规定：凡挺进厂转来的，三个月之内完不成定额一律不扣钱，超额的照发超额奖。可是，每天统计工作量时，如果你的数字还赶不上别人的三分之二或一半，不扣钱也很难给人多少安慰，人要脸，树要皮，谁没点争强好胜之心？当你的数字接近定额时，你就会情不自禁地想：明天再加把劲，也闹它点超产奖！活儿并不复杂，要领不难掌握。第二个月，已经有七名新转来的工人得了超产奖，甚至还有位心灵手巧的女工当了“能手”，照片上了光荣榜。但大多数人心里仍然不舒服，不习惯。我们不是国家的主人翁吗？主人翁干吗还要这么紧张、这么劳累地干活？定额不能定低点吗？为什么这上头我们工人没有说话的权利？在“挺进”时，偶尔揽到一批活，领导先得跟我们协商谈判，多少奖金，多少提成，余外每人算几个加班，不合适就不给他干。

提到奖金和加班费，牢骚满腹。在挺进厂欠下的奖金和加班费，稀里糊涂就给“抹”了。问到春光这边的人，都往张书记身上推。去问张书记，他直嘬牙花子不开口，仿佛突然害了牙疼病。

最让人难受的，还是那很难摆脱的被人看不起的感觉。不错，开大会彭国柱讲过，要搞好团结，老春光厂的不要歧视新转来的同志，要从技术、思想、作风等各方面搞好传帮带。猛听是好话，细咂摸还是低瞧人一等，领导把几个很快就能达到和超过定额的人捧那么高，还不是要大多数人的好看！工人们来得更直出直入，你明明是踩着电铃进厂的，也还有人要来叮嘱一句：“明儿赶早点！”你多上两趟厕所，也会有谁来唠叨两句：“天又不热，少喝点水嘛！”想犟又犟不过人家，因为人家确实是早来晚走，八小时内每分钟时间都掐算着使唤。真怪！他们图什么？觉悟高吗？这儿从书记、厂长到工人，谁也不把“为了实现四化”“为国家多做贡献”之类的话挂在嘴上。挂在嘴边上的就是定额，定额——你的定额是多少？昨天超了多少？今天又超了多少？

“难道人活着就是为了超额？”彭玥经常愤愤地想，“人的价值就是拿超额多少来衡量？”

她还是当电焊工，虽然活儿不少，但一没有定额管着，二不是流水作业，显得轻松多了。可是，越这样她心里越难受。在挺进厂她是个普通工人，到了这儿却成了书记的女儿，厂长的对象。一举一动都招人注意，什么不该找她、问她的问题都找上了她，有那调皮的小伙子，还暗下里叫她“一号夫人”。她简直要骂出来，他难道成了里根总统？为了这种明显是依附于他的地位，她抑制不住想跟他闹一场。别人或许会认为求之不得，她却认为这正是一切苦恼的根源。正是许英杰，他看上了挺进厂那块地皮，却捎带着把一百来人拘来当苦工。过去自在惯了，如今却被绑在流水线上，要多辛苦有多辛苦。有次突然停电，竟有几个女工欢呼起来，一个小伙子高兴得在布堆上打滚。这情景差点让她掉泪。她特意跑到小楼上去，看到解方正给供电局打电话，许英杰站在旁边怒气冲天地喊：“请他们马上给电！我们停不起工！又不是停电日……”他甚至骂了句不堪入耳的脏话。彭玥头一次听见他骂人，印象格外深刻。

可是在彭玥面前，并厂过来的工人们却什么都不讲。她知道他们对并厂不满意，有牢骚。这样冷落她、疏远她，是因为把她看成了奸细。他们被出卖了，出卖他们的正是她！

最初，人们似乎怀疑出卖他们的是张书记，但不久就发现他也是被出卖的一个。春光厂的人都不拿他当回事了。当他在人们的催逼下，向许英杰提出积欠的奖金、加班费问题时，许英杰竟毫不客气地顶撞他：“这事只有你去跟大家讲，我们怎么讲得清楚？几个月发不出工资，还有奖金；成天没活干，还有加班费！我理解不了。”张书记咽不下这口气，去找孙局长，要求明确他在厂里究竟是几把手。孙局长竟沉着脸挖苦他：“一百人的厂，你管成那样；现在是六百人的厂，你还是不要具体负什么责任，先摸索一段时间再说吧。至于职称，还是副书记嘛！我们又没有动你的。”这些话后来竟传开了，张书记自然更加失去了尊严。不过他却也因此得到了某些同情。他也成了被出卖者。于是唯一能扮演“出卖者”角色的，只有彭玥。

彭国柱根本不承认有这种事。当女儿向他委屈地诉说这番苦恼时，他不以为意：纯粹是疑心生暗鬼，吃饱了撑的！

许英杰倒是能理解她的这种心情，虽然也认为多半是她自己臆造的，顶多只有极少的人会这样看她。“由他们去好啦！”他大大咧咧地说。他确实一向不把少数人的反对放在心上。可彭玥要的不是这个。她要的是他以实际行动改正错误，恢复人的价值和尊严，更希望他能对她多安慰几句，服个软，赔个小心，哪怕是哄她一哄呢。可是许英杰满不理会，他一没时间，二没那份心情。先是宽容地忍耐，由她说去，终于嫌她聒噪，不耐烦了。他没有同她讨论甚至认真争论的习惯，甚至没想到需要摆摆道理说服她。他的柔情和体贴，都被紧张的思索和日常事务挤掉了，他变得急躁了，他毕竟今年才二十六岁，头一次挑这样的重担子啊！况且事关职责，他不肯委曲迁就，也不愿用违心的假话去哄她，而彭玥这个娇姑娘一次次的嗔怨，得不到像往常那样照例的抚慰，越来越恼恨他，感到伤了她的自尊心。忍耐到了头，代之的便是争吵。他们的关系变得不愉快，终至越来越紧张。

“你究竟要我怎么样？”有一次，许英杰不耐烦地同她顶撞起来。看到她恼恨的脸上挂着泪，心软了一下，压压火，决定讲点道理给她听，而实际上心情仍是烦躁的，话也很偏激：“你应该支持我，而不应该替他们打什么抱不平。我看我对他们够可以的了。难道要我像欢迎英雄那样敲锣打鼓地欢迎他们？对别人我不能讲，对你我可以说句老实话：我确实对他们有看法，甚至看不起，不是说看轻他们的人格，而是指他们前一段的表现。厂子垮了，光怨领导？他们自己没一点责任？我看过挺进厂的账。最后三个月补发的工资，是春光厂拨款给发的，这且不说它；再往前推，有一年多主要是靠卖材料甚至卖设备来发工资。这叫什么？这叫尊严？这叫价值？现在他们有了低人一等的感觉，我看这是好事。退一步，即使受点委屈，我看也应该。当然，关键在于领导，可是他们之中，起哄闹着谈条件的占了上风，正气抬不起头，大伙都随波逐流混日子，且不说责任感，难道就没有点儿起码的良心？白拿了一年多工资，还不该付点代价？”

越说越歪。想拿这些话说服彭玥，结果只是适得其反。他们的争吵日渐增多了。最初是不欢而散。后来，两个人都意识到面临的危险，不得不在争吵之后，勉强说些言不由衷的和解话。“这是虚伪呀！”彭玥伤心地想，“爱情中一有虚伪，爱情本身也就完了。”

“看来我们谁都不会让步，矛盾无法调和。他不懂得尊重人，自然也不会尊重我。我怎么可能爱一个不尊重我的人？”把一切都前前后后细想一遍之后，彭玥对自己说：“啊！我终于看透了，原来这整个儿是一场欺骗！甚至不是他骗了我，而是我自己骗了自己！”她伤心，惊恐，也感到一种快意。我总算把事情看透了，这说明我还是有头脑的！我把他想象成一个“强者”，实际上不过是个蛮横专断、刚愎自用的人。他以操纵别人为能事，用蹂躏别人的尊严作为他自己尊严的养料。我把他想象成一个事业心很强的人，实际上不过是用别人的汗水来浇灌他的“业绩”。他总是揣摩别人的心理，同时又竭力掩盖自己的真实心理，活脱是一个曹操式的奸雄！好吧，既然是我自己臆造了这样一个幻影，就由我自己打碎它吧！

## 十五

跟彭玥的关系日益恶化，在许英杰心里投下一片阴影。他觉得烦躁，强使自己不去想它。还是相信将来吧！

这个“将来”日益清晰地呈现在他眼前。张喜设计的十几种春秋衫，虽然还没有经受消费者的直接检验，但商业部门评价颇好，订单逐渐增多。“春光”商标有了名声，连普通服装的销路都与日俱增，每年固定死数的四万套工作服，今年竟被要求加做一万。效率提高，成本下降，利润猛增，超额部分按比例留成，企业有了自己的钱。这就是未来那座三层楼房的砖瓦灰沙石。基建组正式成立，开始在挺进厂原址清理地面。设计图纸正在绘制，第一稿草图送给他审阅时，他又反插了办公室门，以免被人看见他那手舞足蹈的滑稽样。

应该再好一点！他指示说。能不能搞一套电影院里那种冷气设备？人们应该凉凉快快看电影，难道就应该汗流浃背地干活？

广播系统必须改进！他坚持道。把那种刺耳的高音喇叭统统去掉，换成小舌簧喇叭。要让工人们做工间操，做眼保健操。做完操，放两段轻松的音乐……

钱不够。上级给点投资就好啦。把刘青云找来，小心翼翼地商量。能给个三四万的就行。当然，我知道，不在钱多钱少，主要是制度。谁叫咱是集体所有制呢！交税金，交利润，咱一分不少；可是财政上不允许国家向集体单位投资。这是原则。有没有灵活性？

“你，异想天开！”刘青云冷冷地摇头，然后就不露面了。过了十天，他慢腾腾走了来，又慢腾腾坐下。

“怎么样？”许英杰睁大眼睛盯住他的脸，虽然明知从那脸上甭想看出任何消息来。

他冷冷地一笑，冷冷地说：“给啦，三万。”

这个刘青云呀！你只能把他当成个变戏法的，伸手往空中一抓，掌心就托出一个鸡蛋，保准还带热乎气儿。

过了春节，也要把纪宏声和周晔派到广州去。虽然离交易会开幕还早，但可以多做些会前准备，说不定随时有生意可做。

解方和李呈祥被派去协助搞新厂设计。车间一定要符合生产布局的需要，再也不能把流水线搞得七长八短，去将就一块预先摆在那里的长方形。不能再让棉花绒到处乱飞，乱沾。

解方一走，生产管理、调度工作落在许英杰身上。他有足够的精力，可是……上任来他第一次感到力不从心。雷厉风行在这儿不起作用，需要的是精确的计算和缜密的安排。他勉力应付，总算没出什么差错，可是就在新年伊始的一月份，一直稳步上升的各项指标，竟出现了局部的停滞乃至倒退。他咬着牙，揪着自己的头发："伙计，你是怎么搞的？"

没有人责怪他。财务科长金子明送会计报表时还特意安慰他："这个，小许，你知道，这是正常现象，每年如此，一月份嘛，赶上过年又要过节，总是松一点……"

彭国柱知道安慰他没有用，只是拍拍他的脑袋宽解他：好在解方就快回来了。

许英杰咬紧牙关：是的，懊丧没有用；可至少我得弄它个明白！

除夕夜，他把有关的统计报表，从各班组的生产日报，直到刘青云编制的一月份全厂经济活动分析，全部带回了家。中间拐到姨妈那里坐了一会，答应午夜前过来吃年夜饭；然后回到他的小房，捅开炉子下了点挂面，烧开一壶水，又把炉子提前封好。以免忘记添煤会灭掉。然后，他取出了报表……

外面响着鞭炮声，时远时近，时大时小，时而是零落的单响，时而是一呼一应的二踢脚，时而是成串的连发。这是一首没有节奏、没有旋律而只有音响的乐曲。在它的伴奏下，他把报表一张张摆开；桌上摆不开了，摆到床上，最后又摆到地下。他对照着，比较着，揣摩着，摇摇头，把报表敛起来，再按另一种格局序列重新摆开。站着看桌上的，大猫腰看床上的，蹲伏着看地下的，然后再敛起来，再摆开。他努力保持思路的清晰，但报表的线索却纵横交错，仿佛执意要把他的思路牵乱。然而他还是把一切都看明白、想清楚了。真是这样吗？他又怀疑起来。结论太无情，他不愿相信。这儿是一个漏洞。他预见到了，采取了措施。瞧，这儿说明他的措施起了作用。可是到最后，这漏洞仍然出现，两个一直超产的班组，这一天只勉强完成了定额。日报上没注着停工待料。难道工人们做够定额就罢了手？不可能。显然他的措施并没有达到预期效果；好像达到了，其实没有，实际上还是出现了停工待料。还有别的环节上的毛病。这样的漏洞竟有四处之多！还有，这儿分明是个死疙瘩。似乎一切正常，可是班组核算表明这儿的单项成本突然升高。为什么会这样？刘青云分析了——这儿，这一句，“这是由于厂领导采取了不适当的措施造成的”。当时我为什么要这样干？为什么一点记不起来了？显然是当时太随意，太轻率，根本没走脑子，以至事过之后就全忘了。

解方绝不会这样！

蹲得太久，两腿发木。他拄着膝盖站起，绕开地上的报表，走到小窗前。凉气隔着玻璃透进来，正好使头脑清爽些。窗外飘着不大不小的雪花，幽暗的小巷积了雪，白白的雪上散落着红色的爆竹纸屑。唉，多么狭窄的视野。幸而未来的新厂不这样。未来的厂部办公室，每扇窗前都能望出很远。

“可是，那时我还能当厂长吗？”

这突兀而至的念头，使他自己都震颤了一下。他回到桌前，默默地坐下。他想起纪宏声最近提出的一份市场动态分析，其中讲到一个令人震惊的情况：大服装厂的产品正在打入本地小城镇和农村市场。竞争将会越来越激烈，容不得半点失误，同时也对企业的经营管理和组织高效率生产提出更加严苛的要求。

“看来，我的历史使命真该结束了。”

过去，他也曾泛泛地想到过这一点，有几次还公开讲过他的任期即将届满。

而现在，这个问题却是异常鲜明、具体地突现在他的脑海里。工厂已经摆脱了涣散、混乱的局面，现在需要的是组织生产的经验和才能，是耐心、细腻、坚韧的作风。情况变了，长处成了短处。

他不甘心！他那与坚强的个性共生共存的自尊心，从内心深处渐渐升浮起来。不！那是不对的！在经营和管理方面，我也不是白丁。再说我还可以学习。经验和知识可以积累。解方确有长处，我可以多依靠他……

有人小心翼翼地敲门。

“谁？”他厉声问道。他的心里还在自己跟自己争辩，而且准备把其中一个“自我”推到来人身上，转而跟他辩论一番。不管是谁，也要跟他争出个上下高低来！

但是，他这些冲动激昂的念头，转瞬之间崩塌了。站在门口的是彭玥——这是唯一一个他无法与之争辩的人。

有一阵，他们都惊慌地对视着。随后，他们的眼光又一起转向摆得到处都是的报表。在她，是觉得奇怪，紧接着又有些惶惑——这个用别人汗水浇灌自己“业绩”的人，原来大年三十还在工作。在他，则是觉得窘迫，一时不知道该让客人坐在哪儿。等他反应过来，正要动手敛起床上的报表，她却制止了他：

“我只说几句话就走。”

他又僵住，只可怜巴巴地望着她。他分明有了末日将临的预感，那眼神在乞求：不说不行吗？可是，这样的话，他无论如何说不出口。

“明天就要过年。”她还是说了，她是几经犹豫，最后下了狠心才来的，怎肯善罢甘休？“我想我们都应该……轻松一下，轻轻松松地好过年。就是说……”她瞥了他一眼。他的眼神仍在乞求：别说了不行吗？可是她却把话说得更决绝：“我们的关系到今天结束。”

“我，不同意……”他喃喃地说。

她又轻蔑地瞥了他一眼，那眼神是在嘲笑他：由不得你一厢情愿！

可是他还不死心："如果有什么地方冒犯了你，我起誓那绝不是有意的，请你原谅我！"

彭玥沉默了一下；这沉默让人觉得她下面的话本来也不想说："我相信自己的心胸并不狭窄，还不至于为一两句话就翻脸。我也不愿……做出这个决定，我也不是没有痛苦。可是我不能容忍你那么不尊重人！我自己更不乞求别人的尊重！你说过：一个人想要别人尊重他，先得问问自己做没做过值得别人尊重的事。这话你是针对我们挺进厂的人说的，当然也包括我……算了，还扯这些干什么？现在，你就是认错也晚了。"

"我认错。可是……"他忽然抬起头，脸上重又显出他那固有的倔强，"可是我那句话并不错。对于挺进厂来说，他们没有尽到一个好工人应尽的职责，你也是！"他停了一下，缓缓垂下头，声音逐渐低得几乎听不见，"可是对于我，在世界上的万事万物当中，除了理想和事业，你是我最最宝贵的……"

彭玥木然听着，沉默了一会，又木然地问："你还有没有别的话？"

"好吧……"许英杰痛苦地抬起头，"既然非叫我忍受不可，我就忍受！"他的声音陡然增高，带着近乎疯狂的愤怒，"我愿意忍受，也能忍受！"

彭玥知道他的痛苦，这也勾起了她自己的痛苦。可是她告诫自己：怜悯绝不是爱情。为了不使自己的决心动摇，她赶紧转过身去，逃跑似的走了。

现在又只剩下许英杰。他感到冷。外面还在响着杂乱无章的鞭炮声——那没有节奏，没有旋律，只有音响的音乐。应该把这小屋拆掉，把屋里的一切都砸成碎片，点一堆大大的、旺旺的篝火，烤一烤……他猛然挥起胳膊，把桌上、床上的报表奋力一扫，又用呆滞的目光，茫然望着那些飞舞的纸片飘飘忽忽地散落在地上。

"要忍受呀，伙计！"他轻声地、温柔地对自己说，"你是能够忍受的，你能！”

他长长地叹息一声，俯身拾起散落的报表，重新按另一种序列摆开，又仔细地对照，比较，思索。不，我没有错。报表用无可辩驳的语言讲出真情：原挺进厂的工人们正赶上来，超额的人数和超额的数量都在增加。他们正在获得真正的尊严，显示真正的价值……

## 十六

春天来了。

春天从南方来。三月中，当那座三层楼在原挺进厂破土动工的时候，当一件件精美的春秋衫带着新颖的“春光”商标投入市场的时候，当春光厂党支部讨论通过了许英杰的入党申请的时候，从广州来了一封挂号信。

老传达从信封上认出了周晔的笔体，颤巍巍一溜小跑送到小楼上。

许英杰撕开信封，往外一倒，一份有中、英文两种文本的经过草签的合约副本，赫然出现在写字台上。

消息迅即传遍全厂。让人们高兴一会吧，放下手里的工作，笑一笑，乐一乐，议论几句，唱上两口，到布料上打个滚！权当是停了一会儿电。耽误的这点时间会加倍补回来的。

连彭玥也为这个消息高兴。无论如何，总不能把这仅仅看成许英杰个人的成功吧！全厂都在高兴，不是五百人高兴，而是六百人。他们每个人都感到生活里又多了一个值得自豪的内容。从晒甲坡边挤挤挨挨的厂房里做出的产品，将出现在国际市场上。当然，三千套工作服，只是一笔很小的生意，很可能外商只是在谨慎地试探。愿意试试就好，春光厂不会放过这个开头的。

况且，纪宏声和周晔在来信中预料，到交易会正式揭幕后，还会有新的希望。

几天后，周晔又来了一份电报，说有些重要的具体问题要回厂请示。

计算行程，她到达的那天正好是厂休日。许英杰决定到车站去接她。他特意到花店去买了束鲜花。天还冷，一小把花用去了他全月工资的八分之一。无论如何，这是他向她表示感谢的唯一办法了。他曾经给他的“智囊团”立了个苛刻的规矩：一年之内，不给他们任何额外的奖金，也不在任何公开的场合表扬他们。等纪宏声和周晔正式凯旋时，他要以厂里普通一员的身份，建议由党支部和行政上联合为他们举行隆重的欢迎会。他还要陪老纪去喝二两。可是现在还不行，一年的期限还没有到。

在站台上，许英杰发现厂里来了不下三十人。吕秀梅似乎是工人们的核心。“智囊团”的另四名成员全部在场。头发花白的彭国柱，谦恭地站在一旁。很多人手里也捧着花束，有买的，有从家养的盆花上剪的，还有人捧着一束含苞待放的桃枝。在共同的事业中，人们的想法常常不谋而合。人与人的心是相通的。

当这些花束被挤着抢着塞到周晔的胸前、手上时，这爱哭的姑娘早已热泪纵横。她只是梦呓般地念着：“我还做得不好，不好……”人们准备下那么多夸奖、感谢、慰劳的话，此时竟没人能说出一句半句。只有吕秀梅还能开口，但也只说了句嗔怪的话：

“傻丫头，也不买个卧铺，厂里能报销的呀！咱春光厂出得起！”

“我不好……”周晔语无伦次地回答。

毕竟“智囊团”的人们比较有修养。当周晔小妹妹般站在他们面前时，他们亲切地握她的手，慰问她路上辛苦。而刘青云，今天竟破例发表了一通长篇讲话：

“谢谢你给我们长了脸。今天我们都来接你，本想将小许一军，谁知道他也来了。”

周晔急忙用手背在脸上抹了两下。许英杰畏畏葸葸地走过来。她用水汪汪的眼睛瞅着他，像在问：我干得还行吗？许英杰似乎很窘。他突然感到今天的举动很不得体，简直是进退两难。他硬着头皮把花束递给她，生硬地说：

“休息休息，工作明天到厂里再谈。”

周晔噘了噘嘴，不过没有认真生气。她倒想开开玩笑：

“总算赶上喝你的喜酒——咦，你瞪什么眼？又不白喝！我从广州给你们买了……”

有人使劲从后面拉了她一下。她诧异地转过脸来，只见吕秀梅挤眉弄眼地使眼色。可是她不明白吕秀梅的意思。还是吕秀梅乖巧，把周晔一拥一推，同时大声说：

“快出站吧！今天老彭头自掏腰包，给你雇了辆出租车！”

长途旅行，又没买卧铺，周晔又累又困，确实应该好好睡一觉。可是，勉强睡着之后，不到两个小时就醒了，而且再也无法入睡。仍然感到困，然而心绪却被千奇百怪的东西搅扰着……

许英杰和彭玥关系破裂的事，是过了一段时间才慢慢传开的，周晔动身时还不知道。现在她听说了。人们告诉她时，都愤愤不平。但她此刻的心中又岂止是愤愤不平！她完全无法平心静气地想这件事。她实在不能理解，那个漂漂亮亮、不傻不痴的彭玥，怎么想得出这样对待许英杰！难道世界又回到盘古以前天地混沌的时代，人——好端端一个人——竟丧失了正常的价值观念？她又实在不能把彭玥想象成一个浅薄或者轻浮的人，许英杰不会爱上这种人的。但是，天爷呀，正义何在？公理何在？人世上还有没有公平？为了许英杰所付出的、所做出的一切，人们就是这样回报他吗？就是这样惩罚他吗？

她头也没梳，脸也没洗，就跑去敲那间小“公寓”的门。

许英杰惊讶地扬起眉毛，继而又皱皱眉：

“瞧你，睡眼惺忪的。急什么？我说过明天再谈，今天就决不听汇报。”

“不，我不是来谈工作。”

“那——难道是为了……”

“是的，是的！我听说了，我……”

“我不想跟任何人讨论这件事，尤其是你。”

“可是我偏要跟你谈！我要告诉你，彭玥是个坏女人，她不值得！她不配！”

“她是个好同志……”

“不对！你弄错了！你应该虚心一点，不要以为自己什么都对。你这回弄错了，一定是什么地方弄错了！”

“没有。我很清楚……”

“你听我说！假如她是外厂的，那还情有可原。可她是咱厂的。你为咱们厂做的事，她都清清楚楚。以怨报德，真可耻，真可恶！”

“我可不愿意别人这样说她。”

“那你也堵不住别人的嘴！为了咱们厂，你把整个心都掏出来了，可她……嗐，还提她干什么？你应该得到你理应得到的东西：爱情，家庭……天哪，我该怎么说呢？你，你不是原定二十五号结婚吗？结吧！就在二十五号！我……我来当新娘！你懂吗？我！哎呀，你瞪什么眼？我是真心……”

爱哭的姑娘在最后一刹那忍住了泪水。她望着他，眼睛是清澈的，灼热的。现在她有了这个权力。她再不肯放过这个机会了。

“我不明白。”许英杰阴郁地摇摇头，“这是怎么啦？看得出，你是好心。我这一段干得还可以。那么，这是怜悯，是安慰，还是奖赏？”

“你胡扯！难道我是奖品？噢，你在故意气我。我不生气。随便你怎么说我都行，因为我爱你。这下听明白了吗？那还是很早很早以前，那时候还没有她。只是，只是……怎么？你不相信？”

“我——信。不过，不过那不是真的。你弄错了。其实我也弄错过。还记得我给你看那些五颜六色的小纸条吗？后来我狠狠抽了自己两个嘴巴，就在这间屋子里，左右开弓，毫不手软。因为我弄错了。”

“不，你没有错。那时候是我糊涂。”

“那不是糊涂，而是一种很可靠的直觉。你需要的不是我这样的人。后来你看到我的一些长处。我不否认我有一些长处，也愿意别人因为这个尊敬我。就是这么回事。你能尊敬我，我很高兴，很感谢。可那并不是爱。”

“你真是个怪人。你的话也怪……”

“彭玥是爱我的，正如我爱她一样。这个我可没弄错，倒是她一时弄错了。不过她很快就会明白过来。我在等她。”

“真是这样吗？怎么会是这样呢？你把我真给弄糊涂了。你给我讲讲清楚吧！”她似信非信地喃喃着，眼泪哗哗流下来。

“这，恐怕很难讲清楚……”

说爱情是盲目的，固然是骗人的鬼话，但是真要条理分明地讲清楚，又确实很难。有那么一段时间，许英杰对彭玥并没有太强烈的热情。他对她还算满意。她的优点和缺点，他都看得很清楚——太清楚了，反而是件很糟糕的事。他给了她一个很冷静、客观的评价：没有突出的长处，也没有显眼的短处，总起来——还行。她非常倾心于自己，常常微妙地害怕他不喜欢她。这倒是很让他动心。况且他确实没什么理由拒绝她。他们订婚了。他的性格很求实，并不幻想那种爱情极其热烈的婚姻。那么，这婚姻也就很说得过去。可是后来发生了一件事，情况就大不相同了。

那一天——恰好是整整一年以前，他奉召到局里去。局党委在就他的自荐书做出最后决定之前，要集体“同他谈一谈”。他懂得，这将是一次苛刻的考试。大概是为了避免干扰吧，时间安排在晚上七点半开始。

彭玥一直把他送到轻工局大楼门口。他上了台阶，又回过身来，看见她站在台阶下面。仰着脸，用深情的目光眼巴巴望着他。

“祝我成功吧！”他微笑着说。

“你一定会成功的。”她也微笑着，“我等着你的好消息。再见！”

他目送她迈着轻捷的步子，沿着路灯照耀下的人行道走远了，心里感到很踏实。真的，她的祝福，增添了他的自信。

考问比预料的还要苛刻。他耐心而谨慎地应对着。不能烦躁。他理解这些领导同志。“毛遂自荐”这种办法日益受到非议，实践的确证明这不是一种值得普遍提倡的选拔干部的好办法。在这种背景下，党委委员格外慎重些，是合情合理的。因为他们要承担责任和风险呀。问题接二连三地提出来，有些问题很刁钻，很冷僻，有些类似的甚至相同的问题会反复提出三四次。有时问题从一个内容突兀地跳到另一个毫不相关的内容。这使许英杰始终处于极度的紧张之中，不敢稍有懈怠，而谈话却不断延续下去，整整进行了四个小时。实际上，有些危急关头，若不是孙琦巧妙地替他缓冲、回护。他很可能会砸锅。特别是在有人仍对毛遂自荐这种方式抱有疑虑时，孙琦断然说：“咱们权当没有那回事。现在我提议让他当厂长，请党委讨论我的提议！”终于，委员们渐次显出满意的神情，举手通过。党委书记把一份“军令状”递给他，他浏览一遍，毫不迟疑地签了字。他的心里像有一团火忽地点燃了。委员们都来到他的身边，一个个同他握手，笑着说一两句祝贺和鼓励的话。他看出这些老同志显然都困乏极了，即使是兴奋或喜悦的笑容，也掩盖不住他们脸上深深的倦意。是啊，连自己都感到累极了，何况他们！这时党委书记让许英杰先走一步，却把委员们留下，以便形成一个正式决议。

许英杰重又站在楼门口的台阶上。看看表，已是午夜十二点多。五个小时仿佛隔开了两个世纪。他感到了成功的喜悦，但与来时预想的截然不同。它显得很淡，很远。困难不是已经过去，而且正横在面前。

西南风轻轻地吹来，带着寒意，也带着春的气息。路静人稀，路灯却显得明晃晃的，仿佛对于这样晚还在奔波的夜行者，格外多给些光明。猛然间，他雕像般呆住了，睁大骇异的眼睛。

“玥玥！”

是的，马路对面，人行道边，电线杆下，坐着彭玥，他冲下台阶，大步奔过去，可是过了马路中间以后，又突然放慢，放轻了脚步。

玥玥睡着了。她坐在人行道沿上，肩膀和前额斜抵着水泥电杆的底座。她的脸很平静；从这脸上，看不出她睡着之前想过什么，现在又梦见了什么。她的两手抱着自己的双臂，肩胛向前缩拢，两条腿蜷曲着。她一定感到冷……

许英杰脱下外衣给她披上。本该叫醒她赶快回家，而他却把一件根本不暖和的外衣给她披上。他的动作是轻柔的，小心翼翼的，生怕把她惊醒。她还是醒了。然而她的睡态却永远留在他的记忆里。那姿态说不上优美。比较起来，平时她经过一番打扮来赴约会时，显然更漂亮些。可是眼前这景象却有特殊的意义。这儿没有冷静的分析和推理，他只是用自己的心得出结论：从此，他生命中的每一个瞬间，生活中的每一桩际遇，都必须有她的参加，她的伴随。他已经在一份永远不许毁弃的契约上签了字，他要永远以他所能有的最热烈的爱去爱她——永远。

事情很明白，可是讲不清。

“我好像……有点儿明白了。”周晔不大肯定地说，“可是她……”

“她只是一时弄错了。”许英杰十分肯定地说，“她接触了一些当代青年，听了他们一些话。这些话，猛一听很新颖，也有一点好东西，更多的却是空谈。不着边际的自由民主啊，莫名其妙的个性解放啊，再就是一些时髦名词：人的本来价值、自我异化，等等。其实，这些东西他们自己并不真懂，却以为只要谈论一番，他们的价值就能不断看涨。彭玥受了他们的影响，但跟他们并不一样——你好像对这些没有兴趣？”

周晔低着头，绞着自己的手指。

“噢，你想必在后悔。”许英杰走到她的近前，诚恳地说，“既然来了，干吗要后悔？对于你来找我，对于你说过的话，我都真心实意地感谢你。我们彼此更了解了，是不是？人与人之间，就应该这样。我们互相间会更加尊重。”

周晔抬起水汪汪的眼睛望着他：“我好像更加……”

“啊，关于我谈得够多的了。”许英杰赶紧打断她，“还是谈谈你的事吧。冯艺是个很有才华的小伙子——哦，我让老纪侧面了解过他的情况，你不会见怪吧？照我看，在那个大衙门里，他的才能得不到充分发挥。应该把他调到这儿来。这儿才有他的用武之地。”

“现在调工作难得要命。”

“只要你们愿意。我一定帮忙。即使我不当厂长了，跑跑腿还是可以的。”

## 十七

周晔根本没注意那句“不当厂长了”，可是当它以正式报告的形式出现在孙琦面前时，情况就完全不同了。

这是三月二十一日下午。二十二日召开局党委会的通知前天已经发出，两项议题都与许英杰有关：一是审查春光厂支部关于接受许英杰为中共预备党员的报告，二是对许英杰一年来的工作做出评价。孙琦和党委书记交换过意见，认为会上不会有多大分歧。

跟市委组织部也打过了招呼，对于批准入党，对于转干并正式任命为厂长，组织部已原则同意。就在这时，许英杰的报告送到了孙琦的办公桌上。

报告是典型的许英杰式，简短得让人怀疑背后还有没讲明的话：

一、支部通过我的入党申请时，我很激动，很兴奋。可是，当我把这作为喜讯向我父亲报告时，他在回信中说：

“我们党每增加一个党员，尤其是年轻的新党员，我都无比高兴。但是，现在将要增加的这个，真是合格的党员吗？这首先要由你自己做出客观、严格的回答！”长辈的话使我冷静下来，才察觉支部是根据我厂一年来的成绩同意我入党的：我不能凭成绩，尤其是经过许多同志努力而取得的属于全厂的成绩——入党。大家首先想到的是成绩，使我清醒地意识到，我在思想觉悟方面还有一定的差距。因此，我诚心诚意地请求，暂时收回我的入党申请。我希望在进一步加强思想意识修养、提高政治觉悟之后，成为一个真正合格的共产党员。

二、当了一年厂长，基本上达到了当初局党委对我的要求。现在春光厂已面临新的问题，即如何改善企业的经营管理，高效率地组织生产。我深感这方面知识经验不足，性格和作风也不适宜。因此，我请求仍回检修班当钳工，如果允许，我想推荐解方同志当厂长。

“这真是从何说起！”孙琦愤怒地在报告上拍了一巴掌，“干得好好的，忽然就撂耙子！”他越想越生气了，“满篇的我，我，我！党的事业还要不要考虑？”他眼珠子鼓出来，好像许英杰就在眼前：“我的同志哥，就是功成身退，现在也还早了点！”

他火速去找党委书记。年迈的老书记好半天弄不明白是怎么回事，后来也和孙琦一样动了肝火：别的事放一放，先把这件事立刻查清楚！直接找许英杰谈，一定要叫他把没讲出来的话吐干净！……咄，什么鬼名堂！

吉普车飞速朝春光厂开去。孙琦坐在后排座位上咬牙切齿。他真想即刻把许英杰狠狠熊一顿，骂个狗血喷头才解气——为了接受你的自荐书，我上上下下做了多少工作！一年来，三十多封告状信，那么多流言蜚语，那么多劝告、警告、打招呼、加压力，都是我不声不响给你挡住，压下。冬装订货会以后，服装一厂一直把官司打到党委书记那里，说你是封锁消息，坑害国家肥集体，损大公利小公。如果不是我为你力争，你就会在并厂的紧要关头处于虚弱地位。这一切，莫非就为了等你到时候给我来这一手？嗯，入党的事，倒是真应该考虑考虑。这个同志思想修养的确差劲，太不成熟，太不严肃。这是党的事业，不是小孩子玩过家家！

厂里没有许英杰。有人告诉他：许英杰可能是病了。这又由厂医得到证实：上午许英杰来看过病，是感冒，发烧三十八点四，厂医强令他下午休息。

这么巧？许英杰壮得像头牛，从来没见他有过疲倦的时候，更不要说生病了。反常！

彭国柱呢？老彭头到基建工地去了。有心驱车去找，看看下班时间将近，只好先挂个电话给他："晚上在家等我，有要紧事！"

局长在厂里跑来跑去，一会儿找厂长，一会儿找书记。出了什么大事？张书记——他现在是支部副书记——出来了，把局长请到办公室，请问有什么指示。孙琦想：人家也在其位，不好不让与闻其事，便把许英杰的报告给他看。张书记看了只是摇头，孙琦也不追问摇头是啥意思，只请他派个人领路，到许英杰家里去。临走还叮嘱了一句："这事先别传出去，免得人心浮动。"

许英杰的"公寓"从外面锁着。问邻居，也说不准上哪儿去了，估计是出去吃饭。孙琦只好用车把领路的送了一段，自己也回去吃晚饭。

张书记因有孙局长的叮嘱，不便把许英杰辞职的事张扬出去，却又捺不住心眼儿里痒痒，只悄悄告诉了一二心腹。心腹传给了知己，知己告诉了几个信得过的，信得过的再说给几个说得着的……下班铃响了，春光厂竟没有几个人走出厂门。

## 十八

许英杰横叉开两腿，双手插在裤兜里，直挺挺站着，一动不动，盯着公园的大门口。他已经这样站了很久，而且要这样一直站下去。时间已经没有意义，他准备就这样变成一具风干的木乃伊，直站到时间的尽头。

她会来吗？

夜幕徐徐升起。是的，城里的夜是从地面开始的：天空中还回照着落日的余晖，而草地和花坛，接着是长椅，然后是假山石，最后是树丛，依次融进了夜的昏暗，雾的朦胧。但眼前的路还能分辨——她将从这路上走来。

但她会来吗？

上午，他预感到可能会病倒，但还是决定不再推迟。报告已经送出，必须在消息传开之前，跟她彻底谈一次。他跑到电焊台前，当着好几个人的面对她说："今晚老地方等你。"说完就转身走开，不等她肯定的答复，也不给她当即拒绝的机会。

那么，她会来吗？

燥热和寒战轮流在他的血管里爬，但那只是一种很遥远的感觉，仿佛不一定是发生在自己身上。不，即使是大火在血管里烧，即使是血液冷到了绝对零度，他也要等下去。

他必须跟她彻底谈一次。

最近这些天，他一直处在极其冷静、极其清醒的反思之中。一年来的账，他逐笔逐笔地细细算过了一遍。没有需要懊悔之处。

当然，如果现在让他把这一年的工作重做一遍，他会做得更好些，失误更少些。不过这用不着懊悔。叫他于心不安的，是对“智囊团”的同志们过分苛刻了些。他们并不需要从他这儿得到什么好处，问题是他对他们的工作并非总能做出应有的评价。尤其是对李呈祥。他不仅是修机能手，而且具有出人意料的组织才能，很善于做思想工作。许英杰直到前不久才知道，当他最初开始推行那些人们一时很难接受的规章制度时，李呈祥曾经在群众中做了大量的说服解释工作，千方百计动员、团结那些积极正派的职工，支持新厂长的各项措施。他对自己做的这一切毫不张扬，而如果没有这一切，许英杰的行政手段说不定会遇到更大得多的不满、抵制，甚至反抗。只是在彭国柱多次提醒之后，许英杰才认识到李呈祥的作用。

处理得最糟的，就是入党的事。在支部通过以后又请求撤回申请，无论如何总是件不严肃的事。这一点许英杰自己也非常清楚。如果说撤回申请还可以用严格要求自己来辩解，那么，在严格检查自己是否真正具备了入党条件之前就提出申请，却是不可原谅的轻率！

人非圣贤，孰能无过？他想到这句格言，完全不是为了宽容自己，只是惕励自己正视这些过错，从而更加奋发地去追求新的更高的境界。他要开始一番新的攀登了。他想到彭玥，想到那个午夜，轻工业局的马路对面，他用自己的心得出的结论。在新的攀登里，他需要她的参加，她的伴随……

在这同时，孙琦来到彭国柱家里。

“彭玥呢？”

“走啦！”彭国柱阴郁地说，“回来挺晚，饭碗一撂就又走啦！”

“唉！”孙琦惋惜着，“我还想让她替我去找一下许英杰呢！”

“那算白指望。她就是在，也不会给你去找许英杰。我看她走的时候还打扮了一下，想必又有什么人给她介绍对象了。”

“他们真闹到了这种地步？”孙琦又惋惜地叹口气。这事儿他听说过，可一直不相信会严重到不可收拾。

彭国柱摇摇花白的头，沉默了一阵才闷闷地说：“可惜我只有一个女儿……”

“反常呀，我的老伙计！围绕着许英杰这个鬼家伙，事事反常。”孙琦掏出许英杰的报告递过去，“看看吧，看看吧，这都是些什么鬼名堂！”看到看完报告的彭国柱并不惊讶，他倒诧异了，“怎么？这事你知道？”

“不知道，也没料到。不过看了报告，倒也不觉得奇怪。”

“那么，他那些没讲出来的话，你清楚？”

“什么？不，没有那回事。他确实有点好弄玄虚，不过这回没有。这回都是实话。”于是彭国柱告诉孙琦，为了一月份几项指标停滞、倒退，许英杰曾是何等的焦灼和懊丧。

“那么，你也认为解方比他强？”

“这就难说了。管生产调度，小许是赶不上解方。老解在春光厂当了十几年管理员啦！可是在小许当厂长以前，他也没显出多大道行来。”稍停，又加上一句：“连我也是。小许上来以后，我的脑袋瓜也好使多了。”

孙琦沉默了，渐渐陷入沉思。许英杰严格要求自己，对职务完全从工作需要来考虑，未可厚非。可是他却给自己出了一道难题。对职务，豁达些固然好，但似乎也不宜太超脱。给每一个岗位都配上称职胜任的干部，恐怕短期内还很难做到。就说自己吧，多年来殚精竭虑，也并未把轻工局搞得如何有声色，倒不如说更像在勉为其难地推动着一架老旧滞涩的水车，要猛叫一阵号，狠使几把力，那轮子才吱吱嘎嘎地转一转。倒是这件事还可以引为欣慰，自己始终坚定地支持了许英杰。在党委会上，他曾经强调指出这是有深远战略意义的大事。现在可好，当了一年厂长就不当了。鬼话！那绝对不行！

这时，许英杰还在公园里呆站着。夜色已经浓黑，他的眼睛还在呆望，实际已视而不见。他只觉得在发烧，快要支持不住了。

“英杰！”

听到这声唤，他浑身激灵一颤。她来了。可是她在哪儿？他张眼四顾，发现她正坐在身后他们常坐的那张长椅的一端。

他拖着麻木的腿走过去，跌坐在长椅另一端，把头向后一仰，用手掌遮住了前额。

“我感冒了，在发烧……”他的声音痛苦得像在呻吟，但马上一挺身坐直了，“不过我能坚持。今天约你来，是想谈谈……”

“别说了。”她阻止道，声音却是异常的温柔，“你——躺下吧，还像那次那样。”

他诧异地转过脸来，突兀地瞪着她。她挪近一点，把他的上身一扭一拉，扶着他躺下，把他的头搁在自己的腿上。

“别说了。”她又絮絮地说一遍，用凉凉的手擦着他滚烫的前额，“我知道你要说什么。可是你瞧，我来了，这不就已经给了你答复吗？现在我要问你一个问题，你得老老实实回答。”

“好的——哦。不，等一下，我好像……还没清醒过来。”他仰望着，在深邃的星空衬托之下，有一张最亲近的脸朝他俯着，有一双最清澈的眸子朝他看着。他的嘴角渐渐弯出一抹轻松的微笑：“好了，你问吧。”

“告诉我，你不当厂长，是不是因为我？”

“怎么？你怎么知道的？”

“先别问。先回答：是不是因为我？”

“不是。”

“真的？”

“当然是真的。我说过，对于我，世上万事万物之中最宝贵的就是你，不过有两样是除外的，那就是理想和事业。”

“是的，这话我记得。现在我放心了。好吧，听我来告诉你。”她用两根指尖合上他的眼皮，“下班前，孙局长到厂里来了，不知怎么一弄，大家都知道了你要求不再当厂长的事。人们都急了，下了班还不肯回家，我也是为这才来晚了。不少人哭了。我也哭了。说不清为什么哭，或许有一个人开了头，别人也跟着抹泪。刘志雄倒没哭，他瞪着眼走来走去，像要找碴儿跟人打架，解师傅把他熊了一顿，他坐在地上捶着大腿喊：这算怎么回事！结果，解师傅一扭身进了我们电焊室，坐在那里俩眼一个劲儿发直。吕姨过来劝他，老半天他才说出一句话：这不是叫我无地自容吗？吕姨恶狠狠瞪了我一眼，瞪得我浑身发冷。这时候我才想到，人们或许会认为，你是因为我才不想再当厂长的。我吓坏了……”她又尖起手指把他睁开的眼皮合上，“你放心，我绝不是仅仅因为害怕才来会你的。如果我觉得自己对，别人说什么我都不怕。可是，看来我是错了……”

一阵晚风轻轻掠过，送来一阵辨不出是什么花的幽香，也送来一段某一架录音机发出的只有节奏、没有旋律的外国音乐。

“我真命苦。”彭玥絮絮地说，半是自语，半是怨诉，“我的心气傲，跟你，也总想占一点儿上风。可是这一回，偏偏又落了个把柄在你手里。唉，我认命啦——你别说话！我知道你是个有气量的男子汉，你不会计较。我恨就恨你这个。什么时候你能办错一件事，让我也原谅原谅你才好。”

“我也常犯错误呀。比如一月份……”

“今天别再谈你的工作行不行？”

“好好，不谈。那么，告诉你一个秘密吧：我不当厂长以后，要抓紧时间好好学习。如果成绩不错，自认为有点把握，过一年，我再自荐一回，搞个全市性的服装公司试一试。”

“现在不兴再搞自荐了……”

“噢，你说得对。不过，接受不接受，是领导的事。我……玥，其实你应该明白，我也是在努力追求人的价值、人的尊严啊！”

这时候，孙琦和彭国柱的谈话已经到了山穷水尽的地步，彭国柱承认，许英杰撤回入党申请的做法不够严肃，应予批评。答应过后就这个问题找他专门谈一谈，让他认真学习党章，好好提高对党的认识，进一步摆正个人和组织的关系。但必须肯定严格要求自己是好的。拿个态度？支部已经通过他的入党申请，彭国柱作为支部的一员，不发表任何其他意见。至于局党委该怎么办，他“不谋其政”。当不当厂长，更是局里的事——报告是写给局里的嘛！总而言之，不论孙琦怎样动员、央告，他横竖不肯答应马上去“做许英杰的工作”。

丁瑶已经回来，而且吃过了饭。又在那里埋头备课。孙琦迫不得已，便想搬她出来先做老头子的工作。不料丁瑶风格不高，只顾自己的事，头都不抬地表示歉意：实在爱莫能助。

僵局一时难以打破，孙琦起身告辞。他决心再去找一次许英杰，单枪匹马也要说得他回心转意。

突然，门被哐啷一声撞开，彭玥夹在一股凉风里刮了进来，同时还有一声欢叫：

“爸！小许来啦！”

孙琦的反应比老彭头还快。他顾不上回答彭玥的招呼，早一把将许英杰拉在手里。

彭玥却跑到丁瑶那里，咬着她的耳根飞快地说了一串小话。丁瑶摘下眼镜，鼓起眼睛瞪着两颊飞红的女儿。

“怎么回事？”彭国柱急煎煎问。他可不愿意给人装在闷葫芦里。

丁瑶先盯问女儿：“是真的？”见女儿把头连点了三四下，这才告诉彭国柱：“小玥说，他们要按原定日子结婚。”

“这——”

彭国柱刚张开嘴，却被彭玥抢上来：

“爸！您别问，什么也别问！您放心大胆把女儿嫁出去就是了。”

“啧啧！”彭国柱摇摇头，他很想跟女儿开句玩笑：“闺女呀，这么说话不害臊？”不过到底没敢说出来，只在心里跟自己念叨了一遍，并且把自己逗得开怀大笑了。

“好！老孙，孙局长吔！”笑完之后，他拉住了孙琦，“你算赶上了，今儿提前请你喝杯喜酒，哈哈，我还藏着瓶杏花村汾酒呢！”

“你先等一等，急什么……”

“喜事嘛，什么急不急的。”

“哎呀，你当然是高兴啦，你得了个称心如意的女婿；可我，眼看着丢了个好厂长！”

“丢不了，丢不了……”

孙琦不耐烦地摆摆手，转向许英杰：

“今天咱们长话短说，这厂长你还是……”

“孙局长，您瞧，我们结婚时不准备请客，这杯喜酒倒真不如今天提前喝了。”

孙琦被打了岔，气恼地往椅背上一靠，瞪着许英杰。这鬼家伙，怎么看怎么反常！他眼里闪闪烁烁的，是一种迷离的冷光；他脸蛋红红的，是一种病态的潮红。耐心！孙琦咽下一口气，耐心耐意地劝起来：

“同志啊，中国是个大国，我们办事情，想问题，要讲究个全局观念……”

这回是彭玥来干涉了：

“哎呀，孙局长，您干吗老缠着他？他病了，感冒，发高烧——您摸摸！”她真的拉起孙琦的手，在那滚烫的额头上摸了摸，“我领他来是让他休息的，又不是让你……”她截住了后面的话，但还是噘了噘嘴给他看，“来，小许，今晚我跟我妈挤一挤，你就睡在我房里。”她大大方方拉着许英杰，领进她的房间，还随手带上了门。

孙琦抿着嘴，望着那扇门。许英杰就在那扇门里边。当然无论如何不能放过他。刘邦跣足迎高士，是为了他刘家打江山。孙琦爱才不是为了他孙家，是为了党的事业。他的心是热的，举措有点失当，正说明他的急切。

彭玥出来倒开水，孙琦一见，又忙不迭迎上去：

“小玥，听你孙伯伯一句话。你务必好好劝一劝小许。别的可以从长计议，这厂长还是要当下去。大家都寄予厚望啊！”

“他睡着了。”

“能这么快？”

彭玥咯咯一笑：“好吧，我劝劝他。其实，他当官，我也光彩呀！”

那边彭国柱也出声地笑了，倒是丁瑶半带怜爱地斥责道：“小玥，别那么没正形！”

孙琦一时无从断定彭玥的话有几分真心，几成假意。彭国柱倒真的拿出了一瓶汾酒，摆上两样现成的小菜。两杯酒下肚，孙琦的心情平稳了许多，知道急也没用。这家人家都被这突然绝处逢生的婚事弄得只顾高兴，谁来管他心急如焚？瞧那老彭头，刚才还唉声叹气、脸色阴郁，此刻早判若两人，止不住笑逐颜开、眉飞色舞了。

“老局长啊，跟你说句心里话吧！”彭国柱用筷子戳着小菜碟，“咱们这城市，在全国是个数不着的小地方；我们厂呢，又是市里数不着的小厂。可我们这儿就出了个许英杰。不是我褒贬自家人，若说他多么了不起，那也不是，不过是个好后生。嗯？”

“嗯。”

“就是这话！你说，全国能有多少个许英杰？别看有些人还埋没着，告诉你个秘密吧，老哥哥！古人说得好：是锥子就放不到布袋里！放心喝酒吧，革命事业后继有人哩！”

孙琦肃然了。这个老彭头不简单呀！

“别老放不开那个厂长不厂长的，”彭国柱劝解地说，“听说过山口百惠的事儿吗？”

这一劝，孙琦倒又有点上火：“山口百惠怎么着？那是日本人。二十四岁就要退休，正是干事业的好时候，却说什么要当个真正的妻子，在丈夫下班的时候站在门口说声‘您辛苦啦’。亏是没犯在我手里，若是在我的治下，顶轻也打她个革命意志衰退！”

老彭头扑哧一声笑了。

孙琦也给引笑了，只是笑得苦苦的。他那话里原本套着话。他有点怀疑，许英杰是不是也想当个中国式的真正的丈夫：打打家具，拉煤买粮，伺候月子？要不，怎么他一不当厂长，彭玥就跟他和好了？转念一想，许英杰又实在不像那种人。总之一切都有点反常，颠颠倒倒，不像真的，倒像某一篇小说里写的事——当然是篇很不真实的小说。你觉得应该这样，他偏写成那样，能让你觉得真实吗？

“还记得我跟你汇报过的李呈祥吗？”“嗯？——噢，记得。”

“你看让他当支部书记怎么样？我觉着我也该退出来啦。李呈祥是块好材料。再说你那么想让小许接着当厂长，往后我和小许又是这么个关系，还是回避些好。当然，这不是主要的……”

孙琦茫然地望着彭国柱，似乎没有听清他的话。这是什么意思？又是一道难题？这个当了近三十年党支部书记的老彭头，最近刚刚显示出他真正的价值，是不是也要撂耙子？不，看来他是对的。问题是需要极其谨慎地做出恰当的安排。不过，孙琦现在顾不上细想这个。他的心思还在许英杰身上。

这个二十六岁的年轻人啊，不，他今年二十七了……

蜾蠃是一种寄生蜂，把螟蛉捉到自己窝里，在它们身体中产卵，卵孵化后就拿螟蛉作食物。古人不了解这个秘密，杜撰出“螟蛉义子”的说法：蜾蠃把螟蛉捉回来放在窝里，自己在外面不断叩头，不断念叨“像我！像我”于是螟蛉就变成了蜾蠃……

不，不会的，孙琦肯定地想，社会主义企业应该有新的一代领导干部。老一辈对他们不能强求处处相随、相似，他们不会，也不应该全盘像我们。念多少回“像我”也无济于事。要支持他们，先得了解他们。这或许很困难，但一定要做到。

原载《当代》1982 年第 6 期

荣获《当代》1982 年文学奖

河北省新人新作奖

# 沉沦的土地

周梅森

民国八年秋，兴华煤矿股份有限公司大规模开采黄河故道流域的刘家洼煤田，造成采矿性地震，地表陷落。初时坍陷土地约十余顷，生荒三两处。乡人闹至公司后，双方商定赔偿约法。嗣后公司借口办矿之初，银根吃紧，未予履行。九年二月，土地继续陷落，地中民坟亦被波及，棺柩出土，白骨露天，总计受害者数千家。坍陷危及村落，部分民舍倒塌，寨墙拉裂多处。至此，公司仍未实施赔偿，乡人极为愤慨，发誓与之一拼。三月初，各村民众秘密集合，以民间武器竞相武装，推出乡绅刘叔杰为首领，拟以武力争斗。形势严重，民变迫在眉睫。情急之下，兴华公司被迫派员勘察坍陷土地之惨状……

## 1

刘四，刘四麻子，刘四爷，没有一片瓦，没有一垅地，却透着硬气，愣是敢称爷。四爷爱喝高粱烧，爱吃猪头肉，更爱凑热闹。偌大的西河寨少了任何体面的人物都可以，独独少不得他。你办红白喜事，若不邀他，他敢在你洞房的梁头上上吊，敢在你祖坟上掘洞。他理直气壮地认为，他生来就是吃世界的。恁大的世界，不让他吃，还留着干屎？！从满清到民国，他硬是拳打脚踢，横啃竖咬，闹得个两腮冒油，脑满肠肥。

民国九年，四爷来到这个世界已实实在在地度过了五十个洋洋得意的年头。昨日，在乡绅刘叔杰刘三先生宴请乡民代表时，他又饱饮美酒，顺便庆贺了自己的五十大寿。在酒席上，听说兴华公司要来察看矿区周围坍陷的地面，便自告奋勇做了向导兼乡民代表。

眼下，四爷正代表四村乡民，比其他随从更卖力地陪着刘叔杰刘三先生和兴华公司矿长王子非，视察广袤的旷野。

路不好走，黄泥大道上四处是砂礓、浮土。入冬以后便再没落过一星儿雨雪，空气干燥得很，纷杂的脚步踏下去，灰蒙蒙的浮土便沸沸扬扬地腾起来。没出五里地，四爷已累得气喘吁吁，灰面人儿似的了。汗珠子开始从保养得很好的皮肉中往外钻，从额头、脸颊、脖子上往下流，贴身穿着的黑乎乎油腻腻，分不清本色的对襟小褂已被汗水打湿。

四爷委实辛苦了。

他不停地揭帽，用那软塌塌的破毡帽扇风擦汗。他感到浑身刺痒，仿佛养在身上的虱子一时间举行了总暴动。四爷有点烦躁了，出村时那点可怜的得意，已被无端的仇恨所替代："他奶奶的，累杀了四爷，要卖爷肉？不孝顺的东西！"

敢这样想，却不敢这样讲。四爷并不是所有人的爷，在三先生面前，他就不敢称爷。三先生是什么人？在晚清中过举，名流！在名流面前称爷？呸，什么东西！四爷不是那种不识好歹的东西！要不，他何以从满清吃进民国？！矿长王子非就不算啥了，他给四爷做孙子，四爷还作兴不要哩！四爷有四爷的优越感，四爷光棍一条，通吃两代公司。甭看王子非现刻儿西装革履，油头粉面，人模狗样的，在四爷看来，通通是三寸厚的膘子肉，大白面的馍——遭吃的料。

从民国初年起，四爷就开始吃工业了。

后山庄的杨老大打水井，七尺见煤。一下子，这块闭塞的土地唱大戏一样热闹起来。先是当地乡民开小窑，后是南方过来的资本家打大井。黄河故道北岸的刘家洼，原不过有十几户山东过来的灾民，转眼间变成了一个繁华的经济政治中心，两代煤矿公司均在这儿安营扎寨。为了又多又快地运煤，煤矿公司拓了一条二十多里长的小铁道，沟通了津浦线的河口车站。十年间，刘家洼以及刘家洼周围荒芜的土地上，吸引了几千户人定居谋生。

这块土地下埋藏着富饶的宝藏，浅部煤层厚两三米，深部煤层竟厚达五六米。当国外资本几乎垄断了中国能源的时候，有多少企业家想做这块土地的主人呀！这令人垂涎的宝藏给了多少人发财的梦想。

不过，在这里发财很难。第一代公司——刘家洼煤矿公司，投银二万两，建了三座大井。出煤不到两年，适逢洪水暴发，大井淹没，资方无力维持，旋以一万五千两白银盘出。第二代公司——振亚煤矿有限公司，办矿五年，打井五座，终因军阀混战，劳资纠纷，捐税勒索，濒临倒闭。民国八年初，折洋六十万，盘给现在的新资团——兴华煤矿股份有限公司。

四爷和这三家公司都有缘分。

刘家洼公司开办之初，他找到三先生，请三先生保荐他到公司做事。那时，三先生对办矿的危害尚无深刻认识，又当着公司地方顾问，便在公司经理登门造访时，提起了此事。经理碍着三先生的面子，捏着鼻子收了他。可四爷也太不争气，吃喝嫖赌，盗卖器材，不到三个月，便被撵走了。

拿不到公司俸洋，四爷还不辞劳苦地为公司操劳。其时，适逢井下窑木紧张之际，他便走家串户四处扬言：谁敢卖窑木给公司，他就放火烧谁的房子。吓得当地乡民无不战战兢兢。后来，公司无奈，重又收用了他。

振亚时期，公司说什么也不要他了。这时，公司的后台很硬，公司的主事人是袁世凯袁总统的亲戚，公司从北京调来十余名大兵做骨干，成立了矿警队。一般的好汉都收敛了，四爷却不。公司为煤矿前途计，决定修建直通河口车站的小铁道。四爷听到消息后，用双倍的价钱买下了铁道必经线路上的十五亩薄地，连夜撮了几堆黄土充作坟茔。公司征买了所需的土地，独独买不下这十五亩，逼得公司工程搁置。四爷声称：祖坟在此，这十五亩地千金不卖。搞到后来，还是当地乡绅出面调停，公司旋以高出原价二十倍的价钱买下土地，并让他当了挂名的土木股副股长，每月老洋十块，洋面一袋，一直养了他五年。

去年初，兴华新资团接办公司。总经理秦振宇盛气凌人，根本不把四爷看在眼里，毫不客气地砸了四爷的饭碗，并扬言：此类人等，兴华将永不录用。这着实伤了四爷的自尊心，恁大的公司竟不养着四爷，这委实太不合乎情理了，很有些天地不容的味道哩！四爷生气了，发誓要给公司一点厉害瞧瞧！

盼了一年多，机会终于盼到了：兴华公司开采地下煤，造成了大片未征土地的坍陷，激起了四乡民众的愤怒。好，总算轮到四爷露一手了。

想到这里，四爷有了点小小的兴奋，扭头看了看弥勒佛一般端坐在轿子里的三先生，酒糟鼻子愈发红亮起来，凸凹不平的麻脸上挤出三分得意，七分谄媚的笑。

三先生十分悠闲，白胖的手上懒散地捧着个油亮的紫陶砂壶，嘴角上噙着王子非敬奉的洋烟卷，在轿子里一颠一颠地摇头晃脑。他慈善的面孔对着左首的轿窗，两只眼睛眯着，眼皮像两扇没关严的门，瞳仁透过门缝扫视着春天的旷野。

暖暖的太阳当顶照着，阳光下，极目望去，大片大片的土地因严重的干旱而龟裂了，地里的麦苗枯黄干瘦，像老人下巴上的胡须。这枯黄中又套着醒目的白色——那是浮在土表上的盐碱，使人不由地想起没有洗净的尿布。这里的贫穷活生生地写在广阔无垠的土地上，没法掩饰，也没有谁想来掩饰。土地能够供奉给人们的最高收获，远远不能满足人们肚皮的最低需求，于是便产生了合乎情理的贫困，而这贫困却又是三代煤矿公司赖以生存的牢固基础。贫困，为公司提供了大量的廉价劳动力。

渐渐地接近了矿区，坍陷的土地开始进入一行人的视野。坍陷是严重的，本来就缺乏绿色生命的土地，在这里又被强大的外力扭曲了。

一行人停了下来。三先生、王子非走下轿子，二人一前一后，在四爷的引导下踏入了一块坟地。

坟地位于坍陷土地的斜坡上，半数以上的老坟遭到了不同程度的破坏。有些坟穴露出了腐朽的棺木，有些葬得较浅的墓中露出了白骨。坟地上的树木倒没有因此死亡，大都歪歪扭扭立着，仿佛以自身的存在证实着这罪恶的变化。

指着裸露的白骨，四爷终于找到了发泄仇恨的机会，脖子上凸起蚯蚓般的青筋，声音颇为洪亮饱满："你们缺德哟！奶奶的，把人家祖宗抛骨旷野，这要断子绝孙的！

王子非没说话，他根本没把四爷当作什么东西。要紧的是注意三先生的脸色，不要惹出他的不快。在最后解决这块坍陷土地问题时，三先生是举足轻重的人物。王子非居高临下地瞥了四爷一眼，眼光中很有几分轻蔑。

三先生挥挥手，很威严地打断了四爷的话头："好了！好了！不要说了！"

他转身对王子非道："坍陷确乎很严重，很严重哇！"

"是的！这是敝公司开采小湖系煤层所致，敝公司与鄙人确有不可推卸之责任。"

"事前为何不和地方协商，征买矿地？"

王子非稍一沉思，"敝公司根据采矿法及省颁条例之规定：'矿业用地，只需得到官厅许可，即可供用，损坏地容时，则负赔偿之责。'况且，采矿之初，我们并没有估计到会有如此严重之坍塌，故没有征买矿地。”

“哦！”三先生吟哦一声，点了点脑袋，又问：“贵公司现有已征购的矿地多少亩？未征之坍陷土地多少亩？”

“敝公司从振亚手里接过矿地计八千七百亩，刘家洼三千七百亩，东大乡四村两千亩，东原镇三千亩。未征购的坍陷土地么，尚未做详细测量。初估一下，约有三千亩左右，主要分布在东大乡四村及刘家洼西部。”

王子非系振亚公司高级职员，后被兴华公司留用，肚里自有一本账，说出话来总是有根有据。

三先生冷冷一笑，不以为然地摇摇头。

“三千亩怕打不住吧？啊？鄙人近月来连接乡民、乡绅之报告，坍陷之地，怕有五千亩以上吧？”

“还不止五千亩呢！”四爷立即挺着脖子证实道，“光咱东大乡就四千,三先生的地，有一半在坍陷区！”

王子非道：“口说无凭，我公司有采矿地图，坍陷区标得明明白白！”

“哦？有图？有图就好！不过，王先生，鄙人有一言相劝：此地不同你们上海，民风剽悍得很哪！早年，乾隆皇上对此地曾御批八字：‘穷山恶水，泼妇刁民’。每逢灾荒，即有暴民闹事。对坍陷土地一事，公司还要通融些哟！”

三先生这彬彬有礼的话语里已带了些威胁的意味。王子非立即察觉了，然而，他并未料到，这威胁转眼间便成了事实。

从坟地里走出来，一行人继续东行。

五里之外便是东原镇。东原镇名为镇，实则是一个规模较大的杂姓村落，素有武乡之称。早年，这村里出过一个武举。在东原镇村头上，一行人被乡民们围住了。

为首的是个中年汉子，方脸大嘴。一口黑黄的大牙，满脸短须，熊掌似的手里攥着根锄柄，浑身上下透着杀机。身边身后，男男女女聚了一群。他们衣衫褴褛，男的在前，女的在后，女的手牵着面黄肌瘦的孩子。

四爷走在前面，最先迎着那汉子。

汉子一抱拳："四哥来了！"

"来了！来了！"

"公司的龟孙子在哪儿？"

"喏，那个坐在前面轿里的！"

汉子腾地提起锄柄，几步冲到王子非轿前，未等轿子停稳，便撩开轿帘，老鹰掏鸡一般把王子非揪了出来。

王子非懵了。一瞬间，脸上变了些颜色，一丝掩饰不住的恐惧，闪电似的在瘦削的脸上现了一下，一时竟不知该作何反应。轿后两个持枪矿警冲了过来，操起枪托对那汉子便抡。不料，枪托未能触到汉子身上，汉子已猛转过身，躲开了，抡起锄柄，对左边的矿警回敬了一下，却也打空了。

短暂的交锋之间，王子非已恢复了常态，恢复了一个公司代理人的尊严。他厉声将矿警喝住。他明白，在这里打将起来，他决不会占什么便宜，而且，事态闹大更难收场。

三先生也从轿子里走出，就势将那汉子骂了一通："干什么？你们想干什么？万事礼为先，兵家还讲究先礼而后兵。青天白日之下，你们招呼都不打一声，竟敢持械行凶！没有规矩了？"

汉子顺从地垂下头："是，先生，小的粗鲁！"

接着，汉子扑通一声跪下了："先生，您老人家可得为咱地方的小民百姓做主哇！"

一群人全跪下了："三先生，您可得为俺们做主哇！"

三先生大大受了感动，弓腰驼背，一一扶起众人，颇动感情地道："父老乡亲们，刘某一定为你们据理力争！看着你们深受公司之害，我亦有切肤之痛！我当会同各乡代表，与公司交涉，尽快订出一个对得起诸位的赔偿方案。”

王子非心里也很不是滋味。看着面前这群被逼疯了似的穷苦乡民，心头也掠过一丝痛楚。他们确有难处呵！祖祖辈辈赖以生息、繁衍的土地，突然在一个早晨下陷了，沉沦了，而且久久不予赔偿，自己处在这个地位上也是不能容忍的。土地是农民的命，损坏农民的土地不就是谋财害命吗！

他整了整被汉子抓乱了的衣领、衣襟，谨慎而真诚地道：“乡亲们，公司对不起大家，鄙人对不起诸位。鄙人在此愿以人格保证，公司将在最短的时间里着手丈量土地，对你们的损失予以赔偿。也望诸位广为传告，以息众怨。”

说毕，王子非对着众人深深鞠了一躬，钻进了轿子。

一个满脸污垢，披散着头发的老妇人，拉着两个瘦猫似的女孩儿，扒着轿杆哭道：“公司大老爷，你们说话可要作数哇！呜——呜——我们孤儿寡妇就这十五亩薄地哇！俺们只要赔偿，不能卖地呀！呜——呜——呜——”

三先生摇摇头，长长叹了口气：

“流年不利，今年怕又要闹饥荒哩！”

安慰了老妇人几句，三先生也上了轿。

……

在回去的路上，四爷自行撤销了向导的职务，从队伍之首，退到队伍之中，渐渐地，他又从队伍之中，落到了队伍之尾。

肚子开始咕咕的响，身上的汗已被旷野上的风吹干了，饿中带冷，四爷不禁把老蓝布腰带煞了煞，正正经经地打了两个寒颤。他开始咽着唾沫，一厢情愿地设计自己的晚餐，梦想着半斤老白干、一斤猪头肉。一阵倦怠之意接着袭来，四爷打了个很响亮的哈欠。冷饿之中又加上了困，他奶奶的！

这是四爷最辛苦的一天。

兴华公司的成立带有偶然性。宣统三年前后的收回利权运动，推动了中国企业家们实业救国的野心。民族工业开始把目光投向能源的开发。民国七年秋，振亚危机，濒临倒闭，英商雷斯特·德罗克尔觊觎矿权。消息传到上海，引起通达轮船公司、华生电厂、大西洋公司等十余家用煤公司的极大兴趣。他们找到曾在外商煤矿当过买办的秦振宇，商讨办矿事宜。十一月董事会成立，十二月遵照有限公司组织条例，公司宣告成立。八年一月，公司买下了振亚在刘家洼煤田的全部资产，推出秦振宇为总经理走马上任。英商大为恼怒，令其资本控制的开萍诸矿大幅度削减对兴华入股办矿者供煤。日商控制的北方诸煤矿也趁机提高煤价。入股办矿者叫苦不迭，旋向秦振宇施加压力。

## 2

秦振宇颇具气势地在大转椅上坐下了。不错，挺舒适，坐垫的弹簧很好地发挥了自己的功能，颤悠悠地托起了一具一百八十余磅重的身体。椅子的扶手和靠背上的牛皮蒙面还是崭新的，散发着一种淡淡的革制品特有的气息。他把肥硕的身体扭动了一下，椅子转动了九十度，平稳、自然，没有声息。很好，振亚公司总经理的转椅仿佛是专门为他设计的。

把油亮的脑袋向椅背上一仰，宽厚的嘴角挂上一丝浅浅的微笑，他抽着粗大的雪茄，轻松而懒散地道："讲吧，子非兄，可以开始了！"

矿长王子非坐在对面的办公桌前抽烟，颧骨高耸的脸上笼罩着深深的倦意，一对深邃的眼睛少了些光泽，两片沉重的眼皮总想往一起合。尽管是坐轿，也还是够辛苦的。坑坑洼洼的道路差一点儿没把他一身骨头架颠散。他揉了揉太阳穴，打起精神道：

“总经理，陷地问题非解决不可了！三天来，兄弟遍察了矿区附近的陷地，耳闻目睹了许多事情，尤感危机深重。”

王子非随手拉开了正墙上的绿绸遮帘，一幅矿区总图呈现在秦振宇面前。总图最上方，尚标有“振亚公司”字样。

“振亚倒闭前，部分未征土地已有坍陷之迹象，历年遗下的大片采空老墟已沦落在即。而我公司接收时并未注意到这一严重事实，在某种程度上是吃了振亚的亏，代人受过。当时，振亚急于将矿盘出，此乃重要原因之一。接办之后，振亚所留出煤井仅三座，其中一座井位选错，距煤田较远，我公司费时三月，打通石门，开采小湖系煤层又造成新的大面积坍落。目前，总坍陷面积已达三千余亩。而地方申报与我方实测相距甚远。”

“地方申报多少？”

“五千八百亩！”

“荒唐！”

秦振宇站了起来。随手旋了一下转椅，将半截烟头抛在地上，恶狠狠地一脚踩灭了。他抖动着不甚灵便的肥胖的身体，在办公桌与文件柜之间踱起步来。

“这帮土顽劣绅存心敲我们！他们把我们当作一块无主的肥肉了，都想扑上来狠狠啃上两口呢！”

“是的！总经理！这正是兄弟想和您商讨的问题。我公司接下振亚计一年零三个月，最初投资六十万，年前的董事会又追加三十万，维持至今，才基本达到收支相抵。眼下三个煤井均正式出煤，日产一千三百吨，正是行情看涨的时候，万不可为陷地一事激起民变，毁了我们办矿大计。”

秦振宇在办公桌前停住脚步，手托下巴凝望着王子非，眼神中注满期待：

“你的意思是——”

“痛下决心，马上解决陷地问题！”王子非胸有成竹地道，“要想平安办矿，唯此一举而无它策。”

“这我知道！问题是按谁的方案来解决。按我们的实测土地与赔偿方案解决，他们是断然不会答应的。而按他们申报的土地数字和要求来解决，我们无异于被敲诈、被抢劫！另外，你也知道，即使按照我们的方案来赔偿，公司的财力也几乎难以承受！”

王子非淡淡一笑：“当然是按我们的方案来解决，财力难以承受也要承受，这是没有办法的事。而要按我们的方案解决，下一步要做的事情是：分头拜访各村寨乡绅，以期通过他们，平息四方民愤。在乡间，他们的话比你我的话用处大，还有青泉县府尹文山处，也要打点一下才好！”

秦振宇想了一下，皱皱眉：“也只好这样了！”

“据我所知，在青泉县最有势力的要数刘叔杰刘三先生。总经理大约是知道的，在青泉县刘家系大族，号称刘半县，县境内刘姓乡民几乎占了半数，杂姓户族与其联姻者甚多，历任县太爷都不敢得罪他们。振亚办矿时，曾重金聘请刘三先生为地方顾问，而我们……”

“是的，是的！”秦振宇打断了王子非的话头，“我们确该在这些家伙身上花费些钱钞，”他话锋一转，“可是，我们刚刚起家，每一块钱都来之不易，我们养不起，也不能养！我们的董事们要起煤来，胃口大得很，掏起钱来，手就在口袋里哆嗦，唉！”

近几个月来，秦振宇心情烦躁得很。初到矿区时的骄横、狂傲、自信，被严酷现实的猛烈冲击掠去了大半。他的心一步步沉下来，冷下来，甚至有了些受骗上当的感觉——他自己也为这倒霉的公司投资二十万！这几乎是他前半生的全部积蓄。

刚踏上这块土地，他的心像雨后的蓝天一样高远、开阔，仿佛整个世界是为他的存在而设置的。第一次踏上这座振亚修建的经理楼，他在心里便暗对自己说，他要征服这块土地，并把这块土地作为最初的基石，建起事业的大厦。他选中了王子非做矿长。王子非在振亚时便做过总矿师，有丰富的管理经验，他破格留用了他，而把董事会派来的矿长赶回了上海。王子非自然感激涕零，做起事来更加认真负责。正是在他的建议下，公司接办后即行整顿，压缩了庞杂的机构和大量不必要的开支，并在管理上实行了包工柜制。把以往矿方直接管理生产劳工，改为各包工柜管理。一个有实力、有威望的人包下一条巷道的开掘或者一块煤层的开采，矿方只认一个人讲话，既减缓了资方和劳工的直接冲突，又节约了精力、时间，生产效率也大大提高了。这些，都使秦振宇感到满意。

但是，对用一笔钱交结当地土豪劣绅，秦振宇十分反感。王子非提了几次，秦振宇均婉言回绝了。以他多年做买办的经验，此类开支纯属浪费。在德、日、英的企业里，他均很少碰到地方上的麻烦。不料，待到他来办矿，事情就不那么简单了。

现在看来，王子非是对的。

秦振宇颓然坐在转椅上，长长嘘了口气，又点燃了一支雪茄。

“子非兄，现在我们来算算细账吧！收买或赔偿坍陷土地，以我们实测的三千亩计，每亩八元，需洋两万五千余。交际打点各方土地，也需几千。添置、更新矿井设备，费洋更巨。而我们手头可供调拨的仅有两万余，加之日前销煤盈利一万九千，总数也就是四万块的样子。如此下去，公司只有关门大吉。”

王子非道：“这只是事情的一面。另一面，煤价看涨，南方混战，南煤难以抵沪，只要我们地下的煤能采得出，运得出，年底经济形势会出现转机，这一点总经理尽可放心。”

秦振宇点点头，认可了王子非的分析，转而又焦虑地道：

“可这四万我们也不能一下子用光，以兄弟之经验，办矿决非交易股票，能够买空卖空。手头无钱，是难以应付意外之变的。”

王子非笑而不答，起身推开身边的窗户，深深吸了口气，像是自言自语．又像是对秦振宇道：“久旱无雨，今年的夏收怕是没指望了！总经理，您说呢？”

秦振宇疑惑地望着王子非：“这话是什么意思？”

王子非一笑避之，又未回答，转而道：“民国五年，振亚煤炭路运受阻，银根吃紧，公司两次削减窑工工资，最后竟以煤票抵作工资，而窑工并未群起反抗。”

“原因何在？”

“很简单。那年蝗灾加水灾，乡间颗粒无收，四乡民众都不甘饥而毙命，宁可容忍矿方的苛刻！”

“好！”秦振宇拍案而起，“你的意思我懂了，值此灾荒之际，暂时压低窑工工资，适当延长工时，以期度过危机！仅此一项，每月便可有万余盈利，好！”

沉思了好一会儿，王子非又道：“此事可由各大柜出面实行，我们只需削减各包工柜包工费用即可。另外，还要多少考虑一下可能引起的骚动。”

“顾不得这么多了！”秦振宇一挥手，“这事就这么定了！下午，你会同各方先拿出个草案来。另外，代我准备一下，近日我要亲自拜访刘三先生。”

“也好！”

王子非应了一声，准备告辞，秦振宇又亲昵地将他拉住了：“子非兄，矿上的生产还得抓紧，煤炭产量得上去。开萍已大部断绝了对各股东的煤炭供应，股东们恨不得把我变成煤填进炉膛里。我这里每天接到两三份电报催煤，没办法呀！你好好干，待渡过眼前的危机，我将建议董事会提高你的薪金！”

王子非走后，他在明亮的窗前站住了。这间经理办公室位于经理楼的第三层，也是最高一层。此楼是青泉县至今为止的最高建筑，它曾装载过另一个企业家的发财梦想。如今，在旧梦的废墟上，秦振宇酿造着属于自己的新梦。他望着窗外明净的天空，陷入了不着边际的遐想中。

广阔的天空下是几座灰色的井架，井架的天棚上铁铸的天轮在飞快地转动，伴着绞车有节奏的轰鸣。从地下运出的矸石，已堆得像山一样雄伟了。歪歪车一上一下地蠕动着，远远望去像个正在爬行的甲壳虫。井架，矸石山赖以扎根的，是这块古老而贫穷的土地。秦振宇没来由地想起了《圣经》，想起了基督和上帝。他不信教，可他从洋人那里认识了基督，认识了上帝。他觉着面前这块土地就像上帝创造人类世界时用剩的一块烂泥。

然而，这烂泥包裹着黑色的宝藏，这里四处都是煤！把这些煤一个早晨同时挖出来，足以重新安排半个中国的工业秩序。

这很值得干一番。

他要和这块土地格斗，他要做这块土地的真正主人，他要为暮气沉沉的中国民族工业锻造一轮崭新的太阳……

然而，片刻的自我膨胀之后，秦振宇又回到了面前的现实中。

他重在转椅上坐了下来，随手翻起了刚到的报纸。这里远离都市，消息闭塞，了解外部世界的情况，唯有看报。京、沪出版的《时报》《申报》《民国日报》往往要晚到十余天，新闻永远是旧闻，而这些旧闻又总是使人十分沮丧。政府无能，列强霸道，巴黎和会搅起的风波经久不息。每读报纸，皆有罢工、罢课、罢市、请愿、示威之报道。北京徐世昌政府，明里三令五申，要发展经济，倡导国人办矿；暗里勾心斗角，争权夺利，乃使开办实业总不见多少实绩。广州军政府也怂恿军阀东征西讨，气得孙中山两次电告国会参众二院，发誓辞去军政府总裁一职。国家前途实难预测。在这种气氛中办矿，真真是举步维艰。

全国形势越来越糟。翻开《申报》，一条醒目标题，炸弹一样爆入秦振宇眼帘：

天津学生会致电北京政府内务部，称云："山东交涉，现交阁议，望力持到底，万勿通过，本会誓作后盾。"内务部以"狂妄"二字批之。

其他几份报纸的头版，几乎全是罢工、罢课的报道：上海三新纱厂四千余工人罢工；上海南北市绳索工人罢工；天津学生集体罢课；河南印刷工人罢工；湖南各界公民驱张，通电北京政府，控告张敬尧十大罪状，"迫恳大总统（钧院）迅将湘督张敬尧撤任查办，以全民命"……

秦振宇摇摇头，心灰意懒地放下报纸，无意中又在《时报》二版左上角看到一条消息：

本报曲阜快电：孔子七十七代孙孔德成出生，徐总统亲电恭贺。

无聊之至！秦振宇突然间对坐镇北京的那位徐总统产生了一丝怨恨：国事艰难，政令不一，民怨天怒，这位大总统居然还有心管这等闲事！

他一挥手将报纸扫下桌面，从笔筒取出一支毛笔，开始草拟给上海董事会的回电。他要告诉董事们，秦某不是吃干饭的，兴华煤矿股份有限公司将在这块土地上起飞，但是，他需要钱，需要更多的钱！

公司挖肉补疮，削减各大柜包工费用。各大柜旋即变本加厉向窑工转嫁危机。工钱由每工三角六分，降为两角八分；工时由十小时升为十二小时。窑工中怨言顿生。然而此时尚系农闲，且春荒已露端倪，乡间青黄不接，下窑人数有增无减。公司以为得计，却不料，危险已潜伏在静默之中……

## 3

以兴华公司为中心，刘家洼四周的土地上聚集了四千余名窑工以及他们的近万名家属。窑工区分两大片，一片在公司西大门外，一片在新开的七号井附近的黄河故道堤岸旁。西大门外的，叫西窑户铺，七号井附近的，叫东窑户铺。窑户铺里几乎没有多少正规房屋。好一些的，是干打垒的草房；二流的，数秫秸夹过后抹上泥的草棚；最次的，是那种座入地下一二尺的三角马架。搭眼便能看出，这些建筑最初都是临时性的，直到如今，它们的主人也还多多少少把它看作临时性的。窑工大都是无产或破产的乡下农民。有的破产以后，家里还有老宅基，还有一亩或八分的地，农忙时也还要回去侍弄两天庄稼哩！他们最终的希冀还在于脚下的土地，无不企盼靠一双乌黑的手从深深的矿井下刨出自己的地契。然而，能如愿者，千儿八百里也挑不出一两个，他们中的绝大多数都在这年复一年的失望中变成了矿井的奴隶，变成了彻底的无产者，——发家致富的希望总还算得一笔可观的精神财富，他们连这希望也丧失了。于是，他们开始修补自己的草棚、马架，开始认真地考虑，如何正儿八经地做一个真正的窑工……

窑工与农民，是你中有我，我中有你的。农闲时，有地种的农民也成了窑工，提着豆油灯，扛着煤镐，一天挣上几角现洋。农忙时，没地的窑工却成了农民，——他们放着窑不下，宁可在烈日下暴晒一天，挣半斗几升的新麦、红高粱，也借此机会和久违的乡土亲近一下。每逢这辰光，公司便将工钱提高三分、五分，出勤率往往也难得上去。公司对这不可救药的农民习气极为憎恶，农闲时，也常常寻机拿捏窑工一把。

实行包工制以后，这农民习气便也带进了包工柜。各柜柜头原都是些带有无赖气的各方地痞，现在，各用一方人马，自然是如鱼得水。但各柜之间则矛盾重重。因为每个柜下的窑工大都出自同村、同寨，宗族势力便自然而然地带入柜中。各柜之间经常大打出手，大械斗三六九，小打闹天天有。在旷日持久的对抗、角逐中，以刘姓乡民为主体的周家柜王家柜渐渐占了上风，刘三先生的远房侄子刘广田靠其家族势力，凭借一对老拳，在东西窑户铺打出了一个任其独往独来的世界。

刘广田是个四十岁上下的壮汉子，车轴儿个子，并不高大，粗眉大眼大嘴巴，鼻子有点塌，说起话嗡声嗡气的，相貌并不威武，就是一副拳头硬实，经常给那些不驯服的对手一些相当出色的教训。连出名的无赖刘四爷也惧他三分。各柜窑工都称他“二哥”，只要说是和二哥沾亲带故，拜过把子，监工、柜头都得敬着点。刘四爷敢玩命；二哥也敢玩命。刘四爷玩命往往不站在理上，歪搅蛮缠；二哥玩命却是光明正大，处处在理，仿佛二哥是代表世界打抱不平。久而久之，大凡吃了二哥老拳的，便很难得到众人的同情了。你说挨了揍，大伙儿嘴一撇，鼻子一皱，保不准会说：“谁揍的？二哥？二哥会揍错人么？你狗日的欠揍！”

二哥天经地义代表了真理。

无理不惹人，得理不让人，是二哥的处世原则。忠孝礼义信，是二哥的最高信仰。这信仰来自早年刘三先生的谆谆教诲，来自说书艺人的信口雌黄，来自村前寨后那一年一度的古装社戏。二哥尽管不能识文断字，那机灵的脑袋里却融汇了这庞杂的传统思想的精髓，几乎成了大半个思想家，而这思想偏偏又是广大窑工乐于接受的。于是，二哥一跃而成为实际的窑工领袖。

昨日，全矿十三家包工大柜采取统一行动，同时压低工价，延长工时，在几千窑工中造成了一场混乱。一时间，叫骂声顿起，各柜窑工中的头面人物均找到刘广田门下商讨对策。刘广田对此自是愤怒难当，首先提出要以全体罢工予以对抗，各大柜的头面人物当即响应。但，王家柜刘姓窑工刘广银却提出了罢工后大伙儿的衣食问题。这把大伙儿难住了，遂不欢而散。偏偏这日，周洪礼包办的周家柜发生了另一桩意想不到的事，酿出了一场巨大的风波，引爆了这填满怨愤的火药桶。

这日下午，刘广田带着十余名窑工在六号井上巷掘石门，发现迎头有一大拇指粗细的小孔向外喷水，气味很大。刘广田揣摩是透了开小窑时采过的老墟①，老水里一定有脏气②。果然，进窝不到半晌，便嗅着一股难闻的气味，手上的豆油灯，灯光异常明亮，炽黄的火苗仿佛喝了酒似的，兴奋得一窜一跳，体弱的弟兄嚷着头晕。刘广田是个老窑工，颇有些窑下经验，自知情况不妙，便猫着腰钻出洞子，找到了管上巷的二头子，要求撤人，对窝子进行通风处理。

不承想，柜头周洪礼偏偏来上巷查窑，一口回绝了刘广田的请求，要他们继续做透。

周洪礼拍着刘广田厚实的肩头道：

“二哥，你带着伙计们放宽心干，没事！那点老水，流完不就结了？有啥了不起！你二哥也不是吃一天两天窑户饭了，这还没数？！”

刘广田眼一瞪，破口骂道：

“放你娘熊屁！挣那两个屌钱，犯不上这么卖命！”

周洪礼知道二哥的脾气，挨了骂并不生气，赔笑道：“二哥，嫌

---

① 老墟，又称老塘，系指采空区。

② 脏气，瓦斯等有害气体的俗称。

钱少是不是？兄弟我减别人的工钱，能减二哥你的么？自掏腰包，咱也不能亏待二哥呀！二哥，架架势！”

二哥吃软不吃硬，见周洪礼尽说好话，火发不起来了，疑疑惑惑地折回了头：下来就是卖的，卖气力，也卖性命，怕死就甭下窑！二哥不怕死，倒是死神怕他，前年一次掉水，去年一次片帮，要了十几个窑工的性命，二哥硬是连汗毛都没伤一根。

回到迎头，二哥感到闷热异常，把补的看不清本色的破窑衣往棚梁上一挂，光着脊梁装起了木车。装了两车，更觉着热得难熬，索性连裤子也脱了下来，赤身裸体地干开了。迎头的窑工们半数以上是光着屁股、无遮无拦的，煤灰、岩粉扑啦啦落在身上，像野人身上长了一层毛。人类的进化历史在这里是确凿地倒退了。一个推木车的老窑工在拖着怪腔唱：

一贩私盐二犯抄呀，
千条路走绝，
来把那黑炭掏哇！
……

“看，这火苗蹦得多欢！”有人吼。

“二哥，不能玩了，这热不是好热！”

“不干了，大爷不要这班钱了！”

刘广田想想也对，便把一拨人带出了洞子。

周洪礼不答应了，在大巷头上堵住众人：

“不要工钱也不行。你们现在下了窑又不干了，我哪找人去？！下煤窑又不是逛窑子，想来就来，想走就走！不干也行，一人倒扣三个工！”

刘广田憋不住了，反问：

“洞子里有脏气，脏气爆炸，你给我们爷们抵命？”

“抵什么命？我说没事就没事！我周洪礼敢包大柜，就敢说这个大话，出事我负责！”

“屌毛灰！”刘广田骂道，“把性命交给你去负责，爷们一百个不放心！”

周洪礼甩开刘广田不理，转身对挤在身边的其他窑工喊道：“干不干，你们看着办，不进五米窑，你们明儿个都给老子滚蛋！”

五六个胆小怕事的，你看看我，我瞅瞅你，最后，还是畏畏缩缩地进了洞子。

不承想，洞子里老水直淌，脏气越积越重，走在前面的窑工刚到迎头，脏气碰到明火便轰然爆响。走在头里的两个窑工惨叫一声，被掀倒在地，身上披的麻袋片，头上的头发，全着了火，洞子里的浮煤也燃起了火苗。走在后面的工友虽然没被火烧着，那爆炸时引起的浓烟、气浪，也把他们撩得东倒西歪。

他们跌跌撞撞冲出了洞子。

这时，刘广田还在和周洪礼争吵，一见脏气果真爆炸，二人都吃了一惊。周洪礼自知理亏，转身想溜，可哪还溜得了！刘广田一个箭步冲上前去，伸手揪住他的衣领，对着他的脸便是一拳。拳头打下，那高耸的鼻腔里开河的水似的流出许多鲜红的血来。

随周洪礼同行的二头子慌忙拽住刘广田的胳膊：“二哥，息怒！息怒！”

刘广田胳膊肘一拨，怒道：“少管闲事，滚开！”

二头子一个踉跄，脑袋在煤帮上撞出个青疙瘩。

刘广田两只眼睛睁得滚圆，宽阔的脑门上耸着几道青筋，挥拳乱打。今天的事，确实把刘广田气坏了。洞子里有脏气，怪不得大柜，如若大伙儿没发现，糊里糊涂地死了，也怪不得大柜。可是，已经发现了脏气，向柜上报告了，姓周的还让大伙儿玩命，这就是不仁不义了！刘广田眼里最容不得不仁不义之事，不仁不义之人，拳头下去益发有力，直打得周洪礼连讨饶的力气都没有了。

众窑工也一拥而上，你一拳，我一脚，发泄怨气。不一会工夫，好端端一个周洪礼躺在鼻涕、口水、血泊里，成了一堆瘫软的烂肉。

……

第二天一早，兴华公司属下的十三家包工柜柜头，联名向总经理秦振宇递了帖子，要求公司惩办凶手，杀一杀窑工中的剽悍之风，否则，包工柜将无能挟制劳工，效力公司。

秦振宇大为恼怒，即令矿警队查办。

王子非冷静地劝阻："区区百余人的矿警队，对付几千窑工，力量悬殊未免太大了吧？刘广田背后有刘三先生，有刘氏家族，手下有无数窑工把兄弟，只怕抓起来容易放出来难吧？再说，削减工资已怨言四起，此事还要以安抚为主吧？"

"不抓他，我们要得罪十三家包工大柜哇！"

"就此事而言，大柜确有不是！为了赚钱，拿窑工生命视同儿戏，简直是混账！"

"这我不管。我只要出煤。况且又没死人！"

最后，王子非提出，如真要抓，也不宜由矿警队出面，而应通过县府，尽可能避免扩大事态。秦振宇同意了。

当天上午，公司将此事作一要案，呈报青泉县府。下午二时许，刘广田在西窑户铺兴隆酒馆被捕获解县。众窑工闻讯追截，未获成功。当晚，西河寨窑工刘清伦火速返村，将此事报知刘三先生，请求先生出面保人。

……

与此同时，矿区周围发生下列事件：

东原镇乡民五百余人，以巨石万斤置于小铁道沿线，阻碍公司煤炭运输，并对押车矿警施以暴力。公司矿警队长王德山被绑架，绑架者将黑帖子贴到矿门口，要求公司付洋五百。河口车站公司煤场被抢……秦振宇极为震惊，急访知事尹文山，出洋五百，索得一纸批文，文曰："嗣后，乡民如再有破坏交通，绑架矿警，聚众滋事之行为，准由兴华公司之矿警队查明首犯，拘解来府，以便惩办。"绑架者慑于县府威胁，放了王德山。其时，陷地的全部测量、复测，以及赔偿的准备一一落实，秦振宇带着公司的赔地方案，首次拜会三先生刘叔杰。

## 4

刘三先生是个极易接近的慈祥老人。脸庞圆圆胖胖的，白中泛红，保养得很好。他爱喝青茶，用一个能握在掌心的紫陶砂壶凑着壶嘴斯文尔雅地慢慢呷。呷一口，存在嘴里"咕噜、咕噜"漱一下口，打嗝一般很响亮地咽下去，然后，再来一口。偶尔，他也抽点大烟，脸上却看不出一丝烟色。先生眼见着是六十岁的人了，面庞上却没有多少皱纹，脑后那黑白相间的小辫似乎多少还有些生命的活力。近年来牙齿倒是脱落了大半，布着细长黄须的嘴巴已有了些瘪缩的迹象，这益发加重了渗透整个面容的慈祥。

三先生肥肥的、冒着红光的脸上，明明白白地宣告着内心的满足。心满意足的人，自是心平气和。慈祥，便在这心平气和中诞生了。然而，这慈祥之中又透着威严，一种凛然不可侵犯的威严，好像他那两只时常眯着的眼睛，不但能传播阳光，也能发出电火似的。

他辈分不高，因排行老三，早年中举后又在自家府上办过两年义学，人们便一律称他三先生。开初倒有人叫他举人、乡长的，他听着都觉着不顺耳。举人么，已时过境迁，仿佛古董店里的破烂了；乡长么，又确实算不得什么官职。他实际的势力，已远远大于一个县太爷了。现今南北对立，军阀混战，徐世昌徐大总统都无力号令四方，区区县太爷也就更没有多大的威势了！他的土地扯扯连连遍布三个县。这三县的知事无不与他称兄道弟。自打办矿以后，他兼任了两代公司的地方顾问。这顾问他是不愿做的，因为他对办矿颇有成见。可人家三请九邀，非要他做不可，他有什么办法？只好捏着鼻子做，否则，就是瞧不起人了。

三先生不愿瞧不起人，也最恨人家瞧不起他。

对兴华公司，三先生是很憋了一些气的。别的不说，兴华接办刘家洼煤矿一年零几个月，居然不派人到西河寨走一走，到他舍下坐一坐，这就很使他不平。那日勘察陷地，王子非的言语又一次触犯了他的尊严：你有矿图？你那矿图算屁！先生根本不予承认。就凭公司看不起先生这一条，先生就完全有理由实施其“不承认主义”。

这日午后，三先生喝了点高粱烧，头脑有点晕乎，仰靠在正堂太师椅上剔牙，——先生的貌相无可挑剔，独独一口牙齿长得不好。

剔完了牙，托起砂壶抿了口新沏的青茶，很响亮地咽下去，先生伸了个懒腰，想小憩一番。这时，管事的祁先生进门禀报：兴华公司总经理秦振宇、矿长王子非来访。

三先生托着下巴凝神片刻，低吟一声：“请！”

三先生对一切人都是彬彬有礼的，万事礼为先么！他尊重人，尊重一切人。不懂得尊重人，便无以在这个世界立足，先生一贯这样认为。

整衣正帽之后，三先生把秦振宇、王子非迎进了门。分宾主坐定，他便招呼奉茶，上点心，弥勒佛般笑眯眯地望着来访者。

与长袍马褂的三先生相比，秦振宇和王子非是地地道道的新派装束：西装洋铁片似的笔挺；皮鞋又黑又亮；脑袋油光光的，能滑倒苍蝇；脖子上还预备上吊似的拴着个花布带。这很使先生不舒服。三先生对西装革履是深恶痛绝的。深恶痛绝的原因，就是三先生看了不舒服。三先生看了不舒服的东西，绝不是好东西。

例行的寒暄过后，王子非首先开口："先生乃本县名流、开明绅士，一直对敝公司办矿极为赞助，前不久还不辞劳苦随敝公司代表勘察矿地。我们总经理十分感动，今日专程拜访，以致谢忱！"

"哪里！哪里！"三先生谦虚地道，"鄙人不才，耳目闭塞，不过，实业救国的道理也还略知一二！"

"正因如此，总经理还想请您老在坍陷地亩一事上为敝公司出谋划策呢！"

"噢，好说！好说！"

三先生连想都没想，便习惯地应道。在他看来，这个世界上没有不好说的事，关键在"好"，不在"说"。什么叫好？三先生认为好就是好。兴华公司就不好，伤天害理，败坏世风，不把先生这个大伟人看在眼里。

"据悉，先生也有地亩在坍陷区里？"秦振宇道，"兄弟要向先生道歉了！"

"唔，好说！好说！"

这回的"好说"，有点打哈哈的味道了，似乎答非所问，仔细品品，却别有风味——三先生的外交风味，纯属没有任何诚意的礼貌应酬。

"先生坍陷的土地大约有多少亩呢？"

三先生开始掏耳朵，用一根细长的银针似的耳勺，轻轻地，慢慢地，庄重严肃地掏。当冰凉的耳勺触到耳壁的嫩肉时，先生眯着眼睛打了一个很舒服的冷颤，细长的辫子亦随之一摆。

"不多，也就是千把亩吧！"

王子非一怔，抬眼看了看秦振宇。千把亩？怎么可能？！根据公司掌握的情况，最多也就是七百余亩，这明明是在敲竹杠。

“您打算如何向公司索取赔偿呢？”秦振宇谨慎地问。

“我？噢，我么，好商量！好商量！”

“如今的地价是个什么数？”秦振宇又问。

三先生呷了口茶：“这不好说，很不好说！这土地有好有坏，有厚有薄，有生荒，有熟地，岂可一概而论呢？就拿东大岗我那三百多亩地来说吧，振亚公司每亩出洋二十，我都没卖！”

王子非心中一紧，知道三先生又在要挟公司了，看来，今天的谈判将是十分艰难的。其实，王子非早已把土地价格摸得一清二楚，生荒地三四元一亩，上等熟地不过十元左右。

秦振宇并不计较，笑着道：“先生的地，公司将另作处理，包先生满意。我们现在想谈的是所有坍陷土地。我们拟定了一个方案，根据公司掌握的地价，每亩以八元计，我们准备收买所有陷地，作为矿用，地权永属公司。另外，如地主不愿出卖地权，公司则只负赔偿之责，每亩土地的收成，公司每年赔洋二元。这个方案还请先生过目、指教。

王子非打开公文包，将拟好的方案递给三先生。

先生接过后并不去看，抓在手里拍打着膝盖，晃荡着脚尖道：“我还是那句话，我个人么，好商量，问题是要各乡受害之地主、乡民认可！你们觉着这个方案乡民百姓会认可么？！”

秦振宇意味深长地道：“这就盼先生替敝公司做些疏通工作喽！”

王子非看了秦振宇一眼，适时地从上衣口袋里掏出一张公司银票，放到三先生面前的茶桌上：“为表示敝公司一点小小的敬意，这五百元操劳费，还请先生笑纳！”

“哦？”看到硬扎扎的浅绿色银票，先生眯乎着的眼睛睁大了，黄眼珠里放出炯炯光芒。他晃动着脑袋，缓缓站了起来，把那银票捏在手上，仔细盯了半晌，像古董商鉴定古董似的，翻来覆去摆弄着，折叠着。

突然，“啪”的一声，先生将手连同银票有力地按在茶桌当中。

“二位小瞧刘某了！刘某自己标标价，也不止卖上五百！二位用这区区五百元收买刘某，真是笑话！”

王子非、秦振宇都被先生的举动搞愣了，他们万万想不到，此君的胃口会这么大。

王子非赔笑道，“公司目前尚有困难，待日后小有发达……”

“哈！哈！哈！”

三先生仰面大笑，细长的辫子在脑后索索抖动，一张少牙的嘴洞似的敞开着，脸颊上的肉向上耸着，把两只眼睛挤成了两个小小肉弧：“雪里送炭，一文能值千金；不义之财，千金不如一文！刘某知道二位的意思了，二位看我能在乡亲父老面前讲几句算数的话，想用这五百元买我的嘴，讲你们的话，对不对？我不妨再告诉你们一桩秘密：日前，四乡父老已委托鄙人为全权代表，向公司交涉赔地一事，鄙人这里也有一份方案呢！祁先生——”

管事的祁先生应声从偏房跑进来：“有啥吩咐？”

“把前日乡民代表们议定的赔地约法拿来，请公司的老爷们过目！”

“是了！”

祁先生取出一份小楷手书的约法草案，笑嘻嘻地递给秦振宇。

秦振宇一目十行看了一遍，随手将约法草案递给王子非，气急败坏地道：“这个方案，公司断然不可接受！据我公司实测，陷地总数绝没有五千九百亩！不出让地权，可以。但，一年一亩地损失赔偿，绝不能支付八元！”

王子非匆匆看毕，笑道：“先生和代表们拟订的方案，是否可以再修改一下？目前看来，确乎是苛刻了一些哩！”

三先生冷冷地道：“受人之托，忠人之事，方案鄙人无权修改，也无意修改。二位赞同与否，签字与否，和鄙人并无干系！”

说毕，三先生拿起银票，很礼貌地还给了秦振宇：“总经理的一片真情，鄙人心领！”

秦振宇简直气得七窍生烟，将银票往怀里一塞，立起身便往门外走。王子非也站了起来，随之出去。走了几步，才像想起了什么似的，转身向三先生一抱拳：“打搅了！”

“好走！好走！恕不远送！”

望着秦振宇和王子非的背影，三先生笑了，笑得很含蓄，很得体，很有意味。仿佛这一笑便决定了兴华公司的命运。至少三先生这样认为。

然而，先生还是有些郁郁不快，有一种无端受辱之感。那张巴掌大的浅绿色银票，老是在眼前恍恍惚惚如怪影似的晃……先生躺在椅上闭上眼，那浅绿色的纸片便穿过眼皮，在瞳仁里飘！

先生千真万确地受辱了。

东大乡四村，青泉县境内，提起刘叔杰刘三先生，谁个不佩服？谁个不竖大拇指？先生仗义疏财，品格虽不敢说惊天地，泣鬼神，至少不像兴华公司想象得那么低下。从祖宗手里接下的产业，先生从未看得十分金贵。民国二年，出银两千架了座沟通西河寨南北二村的大石桥，人称“功德桥”。民国五年，出资修缮了寨圩子和寨楼。民国七年，先旱后涝，庄稼颗粒无收，先生打开粮仓，将陈年谷麦尽数取出，接济乡亲父老。还不还，他根本不在乎，开初连账都不上。后来，还是族长出面，记下了账目，才使先生大致收回了放出的陈粮。没还的，先生再也没催过。钱算什么？先生不稀罕！

三先生只要个好，只要面子。只要给了先生面子，只要在先生面前真心诚意地说声好，行，先生包办一切，能把世界许给你一半，——假如这世界是他的。

对自己在坍陷区里的七八百亩土地，先生大可不在乎的。不就是五六千块钱么？白给又怎么样呢？！问题是公司没给他面子，这是其一；其二，也是最根本的一条，先生不主张办矿。

对办矿的危害，先生最初是没有料到的。早年开小窑的时候，先生也挖过几座。后来，办矿的规模越来越大，铺铁道，竖大井，用机器；烟囱、洋楼，扑啦啦立了起来，才搞得先生目瞪口呆。民国六年深秋，振亚公司的小火车第一次沿着西河寨的寨圩子驰进刘家洼。隆隆前进的车轮碾碎了这片土地的沉寂，也给先生带来了莫大的恐慌。先生有一种预感：这片贫瘠的土地似乎要发生点什么事情。

果然，在汽笛的震颤中，在天轮的旋转中，在公司锅炉房大烟囱的滚滚黑烟里，要发生的事一一发生了：乌黑贼亮的皮鞋，把一个个深深的印迹嵌进了这块古老土地的胸膛；洋服出现了，增多了，不时地在先生困惑的眼前飘荡，后来，居然堂而皇之地飘进了县衙，飘进了县城的大街小巷。刘家洼奇迹般地繁荣起来，这时候，先生已经比较清醒地认识到：随着这块土地的日益热闹，自己的尊严、权威、名声，将成为明日黄花，一文不值了。

先生有了点小小的悲哀。

不仅于此。

更使先生愤怒的是：打出招牌的妓院在这里出现了，公开的赌场出现了，——不是羞羞答答、扭扭捏捏出现的，而是大大咧咧、得意洋洋出现的。事先，也绝没和先生打个招呼，让他有个思想准备。这妓院叫“一枝香”，在刘家洼西窑户铺的深巷里。开张不久，刘四爷便逛过两回，据说是十分销魂。头一次，四爷没有经验，受了婊子的捉弄，宽衣之后未能大显身手，便被婊子的纤手骗去了全部资本。第二次，咂！……尽情地玩了一回之后，四爷义不容辞地替“一枝香”做起了义务广告，在西河寨圩子里大肆张扬，毫不知耻地大谈婊子的红唇、奶子，以及三先生都不忍说出口的部位和动作。更可恶的是，这四爷居然还买了一套淫画，其画面简直不堪入目，而竟广为流传，以至于在圩子里搅出了许多伤风败俗的男女勾当。为这事，先生打了四爷两个极响亮的耳光，打过之后，却情不自禁地落下两滴英雄泪。

三先生有了一种英雄感、使命感，先生要拯救没落的世风。是的，在先生看来，偌大的青泉县只有他能挺身而出了……

这次土地坍落，进一步激起了先生的仇恨。先生一贯认为："民以食为天，食以地为本"。土地乃万物之本，可以毁坏一切，独独不能毁坏土地。毁坏了土地，上对不起列祖列宗，下对不起子孙后人。可兴华公司，为了掏地下的煤，赚黑心钱，竟不顾这浅显的道理，实有伤天害理之嫌的。如果要先生在这重大问题上也一味让下去，那么，先生宁可拿根绳子去上吊的。

地面纠纷出现以后，三先生成了众人瞩目的人物。前前后后找到他门下，请他与公司交涉者不下百人。后来，县境内的乡绅也相邀来访，一致推他出面为地方作主，商量方案时，几乎是异口同声授予他全权。众人知道，只有先生能和公司抗衡，要想狠狠啃公司两口，非先生出面不可。先生因此却产生了一种鄙薄：这些土头土脑的家伙似乎只认得老洋，世风的沦落好像与其无关。如此下去，只怕是赶走了公司，也无法根除其祸。

现在，先生和公司摊了牌，下一步就要采取行动逼迫公司就范了。在行动之前，先生要好好考虑一下具体步骤。首先，他想到，要稳住县知事尹文山，只要官府装聋作哑，公司便失去了一半的依靠；而稳住这位县太爷，先生是极有把握的，最多不过破费两个钱财罢了！下一步，要把各村寨的民间武装集结起来，必要时予以统一调动……

三先生歪在太师椅上认真地想，那张浅绿色的银票强加给他的污辱已经淹没在纷乱繁杂的思绪中……

就在这时，刘清伦满头大汗冲进门来，向他报告：刘广田被县府抓捕。

刘广田解至县城的同时，以兴华公司名义起草的诉讼状递至县府。罪名计有四条：一、行凶伤人；二、聚众滋事；三、破坏生产；四、煽惑窑工。公司要求：严以法典，以遏乱萌。县衙当即开审。其时，刘家洼窑工百人聚至门前，齐声呼冤，要求释放刘广田。工友称：刘并未打周一拳一脚，周系醉酒下窑，被载重拖筐撞伤。庭审欲当场验伤。遂发传票，传周洪礼。下午五时，周被四名矿警抬入县衙，验证有伤，系钝器所击。刘广田称：双方冲突，自己手里并无钝器，由此可见，县衙断事不公。刘力陈大柜草菅人命之事实，反告周洪礼。六时许，县衙门前聚众已近两百，激愤之词顿生，有窑工呼："打进县衙去，揍那狗官！"形势一触即发。七时，刘清伦带刘叔杰刘三先生手书，拜见尹文山，请求保释。蒙准。刘广田遂被庭训开释。

## 5

三先生亲自出寨迎接刘广田。

西河寨是东大乡最大的一个村寨，寨圩子保持得最好，一律青石到顶。圩子东西，各有一座寨门，四角四个寨楼子，远远望去，俨然一座古代的城堡。圩子外，是一道护圩河，河水早已干枯多年，河沿上的土已塌入河底，实际不起什么防御作用了。但，它的存在还是给西河寨增加了几分威严，将寨墙衬托得愈加有气魄。寨楼的顶层长年支着几门黑锈斑驳的铁铸土炮，黑乌乌的炮口虎视眈眈地盯着通往村寨的每一条黄土大道，随时准备给贸然闯门者一个热辣辣的教训。宣统元年，出名的土匪祁六爷率百余匪徒深夜劫寨，竟未得手，一时传为美谈。寨内刀枪棍棒样样俱全，足以武装千儿八百的乡民百姓。正因为有这牢固的根基，三先生才敢于和兴华公司摊牌叫板。

三先生亲自出寨迎接刘广田，对刘广田来说可谓万分荣幸了。在寨子里，先生的威望远在年迈的族长之上，实际上是这个一统天下的真命天子，真命天子和普通臣民是不能同日而语的。尽管先生礼貌待人，一般乡民还是对他十分敬畏，决不至于幻想与其平起平坐。祖宗传下来的古老的规矩告诉他们：平起平坐是不合情理的。

这里的一切都是古老的，同时又是自然的。森严的寨墙有效地隔断了寨子和外部世界的联系，把任何反叛的思想和企望通通挡在外面。民国以前，这里简直可以说是一块人世间的净土。可叹的是：自从办矿以后，一些古老的规矩开始受到冲击，连续三年，寨子里跑了四五个姑娘、媳妇，搞得先生简直无脸见人。后来，这干枯的护圩河里也闹起了鬼，时常出现一对对痴男怨女，做出些不明不白的勾当。那风化了的河底土层上，甚至出现了裹着烂棉花的死婴，气得先生恨不得对着河床轰上两炮！

正是十五前后，月色很好。先生在几只灯笼的引导下，走出寨门，登上圩堤。身前、身后，簇拥着一大帮家族人等。登上圩堤时，刘广田一行已蜂拥而至。先生稳步迎上前去，以一种长者的慈祥和天子的威严向刘广田点头微笑，继而用女人般细白的手爱抚地拍了拍刘广田的肩头，连连道：“吃苦啦！吃苦啦！”

“没啥！”刘广田一脸疲惫之色，眼圈发青，嘴唇发干，“多谢先生关照！”

“这是应该的！应该的！”广先生和蔼地拉着广田的大手，“进家谈去吧！”

人们众星托月般地拥着先生和广田走进了寨子。先生和广田边走边聊。

“你真打伤了那个姓周的柜头？”

“不假！”

“唔，这就是你的不是了，有话好讲么，咋能动不动就抡拳头？‘忠孝礼义信，万事礼为先’，老叔不时常向你们讲么？”

“先生，姓周的欺人太甚，明明洞子里有脏气，我们再三向他报告，他狗娘养的还逼我们玩命！妈的，爷们的小命就这么不值钱么？！”

“哦？有这事？”先生沉吟片刻，“这就是柜上的错了，你们应该和公司交涉嘛！”

“公司还不是和他们穿一条裤子！”

“也是！”先生道，“不过，单枪匹马，可是胳膊拧不过大腿呀！这不，人家说抓你就抓你！”

广田不语。

刘广田是三先生的远房侄子，在先生眼里原无特殊地位。他家境贫寒，无钱无势，和先生交往甚少，再加上生性倔强，先生对他更无好感。民国七年，先生开仓放粮，全寨人几乎都接受了先生的恩惠，唯有刘广田没有接受。公司办矿以后，刘广田成了西河寨的第一个窑工，硬是在那弱肉强食的世界里摔打了出来，渐渐享了些名声，先生才被迫刮目相看了。

先生知道一国无二君的道理，对在下窑乡民中很有影响的刘广田有了些小小的怨恨。这怨恨，最终又归到了办矿上。设若不办矿，刘广田不会去下窑；而不下窑，今天这个有力量，有独立精神的刘广田将永远不会出现。西河寨王国也就会世世代代相安无事。然而……

得知刘广田被捕，先生开头是很有些幸灾乐祸的。但，转念一想，不对了，祸根是公司，刘广田好坏是自家的远房侄子，公司敢唆使县衙抓刘家的人，本身就是对刘氏门庭的蔑视。姑且不说刘广田被放出后会不会成为自己和公司抗衡的帮手，单就面子这一点讲，先生也得出面帮忙。当然，保释广田，先生还另有想法的。

回到家中，先生请老族长等人作陪，盛宴款待刘广田。刘四爷闻讯赶到，趁机又闹了个肚儿圆。酒宴吃到午夜时分，陪同人等相继告辞，先生和广田才言归正题。

先生开门见山：“广田，这个窑你不能下了！你还是老老实实回家种田吧！免得老叔整日为你提心吊胆！”

说毕，先生从怀里取出两张发黄的地契，轻轻放到桌上，用尖细的手指一弹，那两张折叠得方方正正的薄纸，便滑落到广田面前。

“这是你父亲在世时典给我的北坡十三亩地的地契，你带回去吧，好生侍弄，千万别再转手卖出。民以地为本哇！”

广田感激地望着三先生，粗黑的手却并不去摸地契。片刻，眼中的感激之光黯淡下去，代之而来的是一种裹着冷漠的孤傲：“先生是可怜我？”

“哪里话啊！”三先生道，“老叔只是不想让你再下窑了！这地，你如不愿，可日后有了积蓄再折洋还我，如何？”

先生表情、声调极为恳切。

广田固执地摇摇头：“我不要！爹在世时常跟我说，人要活得硬气！施舍的东西，我是绝不收受的！”似乎觉着伤了先生的脸面，广田又说，“先生千万不要误会，我这绝不是瞧不起先生，先生的一片真心，广田领了！”

先生长叹一声，摇摇头：“那就罢了！”

“广田还是准备回矿下窑！”

“也好。我不拦你。不过，老叔有一言相劝：在矿上，干得来则干；干不来就走！最好拉着大伙儿一齐走，遇事和大伙儿千万抱成一团！切记！”

刘广田点头称道：“先生所言极是。只要大伙儿铁心抱成一团，不怕公司横行霸道！这事不能这么拉倒，广田也不是这么好抓的。广田要联合各柜弟兄，罢他娘的工！”

“好！”先生拍案而起，“此一招最绝。公司别的不怕，最怕罢工！只要罢起工来，要什么条件，他们非答应不可。”先生满面生辉，“若是时机成熟，你们不妨马上闹腾起来，罢工工友，我等乡亲父老包你们吃穿，你们罢工一天，我等资助一天，老叔我就是倾家荡产，也成全你们！”

刘广田一把攥住先生的手：

“此话当真？”

“当真！”

“决不食言？”

“决不食言！”

“好！广田我实话实说了：公司唆使各大柜削减工资，已激起窑工众怒，即使不抓广田，我们也准备罢工了！只是考虑到罢工后衣食无着，所以，迟迟未敢动作！”

“呀！呀！你们为何不早说一声？！”先生道，“好的不敢说，粗茶淡饭，老叔就包得起！”

“窑工还有一惧：怕事情闹大，县府干涉。”

“这也包在老叔身上！明日我就去拜拜那尹大老爷，明打明地告诉他：让他少管闲事就是了！”

刘广田双手抱拳，单膝着地：“谢先生！”

先生拉起广田：“不！不！倒是老叔要谢你们哩！你们闹腾起来，对咱四乡民众也是个支援！势必迫着公司尽快解决陷地问题！你们的罢工，既争得了自身的权益，也有助于矿乡纠纷的解决，好事一桩哇！”

广田诚挚地说：“我们本来也是庄稼人么！”

“对极！乡民、窑工，原本是同根同利，唯有联合一致，同心同德，方可战胜这作恶多端的兴华公司！罢起工来，公司若是施之武力，我等民间武装暂作后盾，你们不必忧心！”

“那么，明日我就回刘家洼，串联一下，闹腾起来，拿出我们的条件！”

“好！”

刘广田随即告辞。

先生送至门楼外面，连声嘱咐：“保重！保重！”

刘广田回身抱拳：

“先生保重！刘家洼四千窑工还要仰仗先生……”

在彼此的嘱咐声中，天渐渐沉了下来，大而圆的银月跌入了阴云布成的深渊，再也没有挣扎出来。老更夫用竹梆敲出了又一个三更，那梆声在黑乌乌的静夜里，传得很远、很远。昏暗中，梆声里，西河寨寨墙屹立，寨楼高耸，愈加威严。

这一天是民国九年三月二十日。

三月二十二日，三先生亲赴兴华公司，以青泉县乡民全权代表的身份再办交涉，并提交更加苛刻的赔地条款。条款要求：一、全部陷地以六千一百五十亩计，每亩赔青苗费八元半，共需赔银洋五万两千两百七十五元。二、如若征买所有土地，不论厚薄、好坏、熟荒，一律以每亩十六元计，应付银洋九万八千四百元。公司无力支付，秦振宇惊愕之下，予以拒绝，并电告董事会。次日，公司属下的十三家包工大柜同时罢工。窑工们推举刘广田、刘广银为罢工总指挥，并提出复工条件：一、恢复原工资三角六分，并提价六分；二、不许大柜草菅人命，威逼窑工从事不安全之劳作；三、不打骂虐待窑工；四、迅速赔偿坍陷之土地；五、罢工期间，工资照发。当日下午，四千窑工在公司西门外升旗开会，历数公司祸国殃民十大罪状。与会者除窑工外，还有四乡乡民代表。会上募捐数百元，粮百余石。公司速向县府告急。县府称："力作之苦，未有苦于窑工者。公司理当体察劳苦，考虑合理之要求。且窑工集会，无越轨之举，实难干涉。"由于三先生支持，县府装聋作哑。公司万般无奈，被迫远走它县，聘请邻县乡民下窑。

## 6

刘家洼陷入一片混乱中。井架上的天轮停止了转动，昼夜不息的喧嚣声中断了。往日轮番生活在深暗地下的窑工们，一股脑涌上了地面，把刘家洼所有的街巷塞得满满登登，使刘家洼显得空前的狭小。窑工们在躁动中喝酒、骂人，放肆地向世界发泄他们的不满与愤怒。……

罢工给公司造成了极大的压力。最初一阵惶恐过后，秦振宇首先想到矿井的安全，立即命矿警队长王德山率队员倾巢出动，武装护矿。当天下午，东西矿门的门楼上架起了机枪，通往矿内的所有吊桥全部拉起。

刘家洼煤矿早在两年前便城堡化了。如果说办矿的热潮多多少少改变了这块古老土地的精神面貌，那么，这块古老的土地，也把自己顽强生命的某些触角伸探到矿井的腹部，并在潜移默化中改造了矿井。办矿初期，在这片寨墙屹立的土地上，只是孤零零立着几座井架，像瘦弱而天真的孩子，跻身于一群城府颇深的老人之间。当时，这孩子不知道如何保护自己。渐渐的，这孩子大了，从老人那里学得了经验。于是，便在自己周围拉起了类似寨墙的高高的矿墙，并学着老人的样儿，在矿墙外边开拓了护矿河，——成功地创造了又一个密封的王国。

现在的刘家洼，已是一个规模颇大，防备甚好的独立王国了，县境内任何一个村寨均无法与之相比。矿墙料石打底，抹着洋灰，四五米高的顶端拉着铁丝网。墙外，是条宽约两丈的护矿河。河中长年灌满水——这水是从矿井里抽上来的，河的一头通向矿西排洪道；井中的黄水便由排洪道导入古黄河。矿内建筑以经理楼为中心，北部是工厂、货场、煤场；南部是矿井、锅炉房，以及煤炭运输的地面设施。南部、北部，各有二十米高的瞭望塔一座，塔上昼夜有矿警看守，将矿区周围的动向尽收眼底。

担负矿区保卫任务的，是以王德山为首的矿警队，这是振亚留下的班底。振亚时期，矿区曾遭土匪祁六爷抢劫，并时有地痞、乡民骚扰。公司从北京聘来十八名大兵为骨干，逐渐发展到百余人，除长枪、短枪外，还配备了捷克机枪两挺。兴华接办后，留用了全部人员，并适当扩充。眼下，已有一百四十人左右，足以应付一般袭扰。

秦振宇估计，罢工初期，窑工尚不敢于施以暴力，所以，关上矿门，拉起吊桥之后，心便安了几分。他心里明白，窑工的行动不是孤立的，他们的背后，有几万乃至十几万乡民，有宗族观念极重而又很有势力的刘氏家族。他开始后悔，觉着不该在这种千钧一发之际削减窑工工资，更不该意气用事，呈请县府抓捕刘广田。事实又一次证明，他过高地估计了大柜的作用，过低地估计了窑工的反抗精神，更没想到窑工、乡民的迅速合流。这是他不可挽回的大错误。作为兴华公司在刘家洼的最高领导，他缺乏一个冷静、明智的头脑，发财的梦想把他搞得呆头呆脑，睁着眼睛跳进了三先生布下的陷阱。

然而，尽管这样，复工条件他是不能答应的。工钱提价六分，意味着公司将每月损失几千元。按照乡民的要求赔偿陷地损失，又是他无力做，而且不愿做的！他不是那个混账的三先生，他不是慈善家，不想为自己建功德林。他是企业家，实业家，要赚钱，要盈利！若是企业毫无希望，终日赔钱，他宁可立即关门。这是他全部经济思想和办矿宗旨。

他点燃了一支粗大的雪茄，狠狠吸了一口，呛得咳嗽起来，眼里滚出了泪。他掏出洁白的真丝手帕，轻轻揩着眼睛与脸颊，心头不由地升起一丝哀愁。

他可怜自己。

他原来也是个乡下人。祖上曾经很有些产业，传到父亲那辈，家境便破败了。父亲抽大烟，把仅有的一百余亩水田全换成了烟泡儿。留给他的，除了一座空旷破落的古典式农村庭院，便是两个不谙事理的弟妹。那年，他十四岁，被叔叔送进城里刚刚开办的一所教会学校念书。从进教会学校开始，他脱离了土地，带着一种求知的惶惑，进入了一个全新的领域。从学校出来，他完全是另一个人了。到汇丰洋行做职员时，他的雄心几乎要撑破胸膛。这时，发财的念头像一颗极有生命力的种子，播进了他空白的心田。他要发财，他要做一番大事情！在他看来，通观世事，再也没有比发财更容易的了！汇丰的洋人，以五百万港元创办了银行，十几年间，几乎垄断了中国金融。德国商人卡尔，以七百元的资本创办了一个煤矿公司，五年就赚银十万两！他潜心研究有关发财的所有学问，最后，选定了自己要走的道路。

当他付出了二十年的光阴，积蓄了三十万两白花花的银子的时候，他曾动过买地的念头。他是地主的儿子，他离不开土地！进城二十几年了，乡土上的景色，还时常在他眼前飘动，那泥土散发出来的带着淡淡腥气的香味，往往钻进他的肺腑，撩起一段乡思。哦，土地……

然而，他毕竟是另一个秦振宇了。

他决定投资办矿。当几大股东找他合资办矿时，他丝毫没有犹豫。他知道，随着工业革命的兴起，煤炭——这一中国的主要能源，将会愈来愈占重要位置，国计民生缺此不可。若想赚大钱，发大财，就要在这方面投资。当然，办矿的风险，他也曾考虑过，只是从经济成本的角度考虑得多，从其他方面考虑很少。地方纠纷，工人罢工，几乎没进入他的思维程序。现在，他才感觉到自己太傻了，把中国的事情想象得太简单了。

现实问题就摆在眼前：窑工一天不上班，就要少出一千八百吨煤，而这一千八百吨煤就是几千块银元。他可怜自己，更痛惜自己的金钱。

矿长王子非带着各股职员分赴各县募集窑工，此一举成败，将关乎公司的安危存亡。如果招不来足够的窑工，度过危机，公司唯倒闭而无它途，他大半生的努力将化为一场春梦。

“唉！”他长长叹了口气。

假如当初他用这些钱买成土地，假如他不来这儿办矿，假如……

“砰！砰！”——响起了扣门声。

秦振宇振作精神，用手指拢了拢头发，在转椅上坐正了，脸上的哀愁与沮丧被一丝庄严的冷漠取代了。

“进来！”

报务员出现在大门口，手里拿着一张收报纸：“总经理，十分钟前，接到王矿长发自肖县的电报一份。”

“快念！”

报务员念道：“肖县春荒，招工异常顺利，月内可望募集窑工三千。头批八百，将于今日抵矿。子非。”

秦振宇长长吐了口气，欣慰地点点头，肥胖的脸上绽开了笑纹。——他终于走对了一着棋……

三先生说话是算数的。罢工一开始，先生便成了窑工们的可靠后盾。起初，东原镇和邻县的部分工友不愿介入工潮，先生硬是靠着自己的威势，多方面施加压力，迫使他们就范。最后，少数几个顽冥不化者，也被刘四爷一帮弟兄打得屁滚尿流，烟消云散了。在这块土地上，先生再一次成功地显示了自己的实力。罢工之后，三先生组织了四乡民众，用募来的粮食为工友们烙煎饼，——仅西河寨就一排溜支起了几十只大鏊子。烙好的煎饼，每日数次提篮挑担送到刘家洼，着实保证了窑工们的肚皮。

窑工情绪日益高涨。

刘广田、刘广银坐镇刘家洼。开初，把罢工指挥所设在东窑户铺。后来，先生以个人名义借下了西窑户铺街面上的兴隆酒馆，指挥所便随之挪去。酒馆的屋脊上，堂而皇之地升起了红色三角旗，把三里长街映照得一片火红。

酒馆照常营业，店主人只是把东厢房腾出来，供二刘使用。二刘住进去后，窑工似乎特别照顾酒馆生意，兴隆酒馆实实在在地兴隆起来。昨日，干脆用秫秸搭了个临时棚子，摆开了几张八仙桌，日夜伺候。窑工离不开酒，罢工之后，天天无事可做，精力过剩，对酒的需求量自然便增大了许多。店老板借此机会，很捞了点外快。

三先生对窑工的关照可以说是无微不至的，甚至连二刘未想到的许多细节问题都考虑到了。窑工中几乎没有识文断字者，先生便自掏腰包，出钱聘请了一位拖着长辫的私塾先生，专门舞弄文墨，为窑工张目。老先生昨日上任，便草拟了《一告窑工书》，誊抄十余份，张贴出去。其中一份，由二刘派人送至县府。

现在，老先生在二刘的虎视之下，正恭而敬之地起草《二告窑工书》。二刘不时地搅扰着老先生，搭配着粗言村语向他灌输着自己的高见。老先生穷于应付，热汗直流，脸上还不得不赔着笑。折腾了大半天，大功总算告成，老先生摇头晃脑对着二刘朗诵了一遍：

四方窑工、父老兄弟：

兴华公司办矿逾一年三月，实行包工制，利用走狗，作威作福，置吾窑工于苦不堪言之境地。殷盼吾人一致同心，群力群策……

老先生正抑扬顿挫念得动情，敞胸露背的刘四爷一打帘子进来了。他额头、麻脸上布满汗珠，破毡帽湿漉漉地歪扣在脑袋上，粗气直喘："二哥，广银兄弟，大事不好！公司从肖县招来工了，小火车装着八百口子，从河口车站发车了！"

刘广田一怔，即问："你咋知道的？"

"三先生让我来报信，河口站有先生的耳目！"

"先生的意思是——"

刘四爷脚一跺：

"先生的意思你吃不透？募集工一到，咱们的罢工就完尿了！有人下窑，公司还把咱当爹敬着？！先生让我转告你，要挡住，无论咋说都要挡住，不能让小火车进矿！这不，让我带着一伙弟兄来给二哥帮忙了！"

广田搭眼一看，酒馆门前果然站着十余个地痞无赖，一个个横眉竖眼，东倒西歪。这就是四爷的把兄弟。

四爷只崇拜三先生。先生看重二哥，四爷自然看重二哥，先生让四爷帮助二哥，四爷拼死也得帮助。而四爷的把兄弟又是极其忠于四爷的，为四爷拼命，十分地光宗耀祖哩！

四爷把贼亮的攮子从腰间拔出来，"啪"的往桌上一插，吓得端着羊毫墨笔的老先生一哆嗦。

"二哥，你发话吧！该死该活屌朝上，四爷我这回豁出去了！不听话的，老子让他见点腥味！"

"四爷，好样的！"广田拍拍四爷肌肉丰满的胸脯，言不由衷地赞了句，便对广银道："先生言之有理！若是有人下窑，罢工定败无疑！这狗日的公司看来要和咱们作对到底了！事不宜迟，你马上招呼大伙顺小铁道往前堵，在柳河湾截车！我和四爷他们先走一步！”

“好！”

广银应了一声，打开门帘就走。

“慢着！”广田又吩咐道：“先给大伙儿交代一下，截下火车后，没有我的话，任何人不得先动武。万事礼为先，咱们要先向募集工们讲道理，假如他们不晓事理，再动武也不迟！”

“知道了！”

广银走后，刘广田带着四爷也出了门，临出门，又恶狠狠地对老先生交代道：“马上再写个帖子，警告各方：凡不听老子命令，自己复工的，揍断他狗日的腿！”

广田引着四爷一行，顺着小铁道，风风火火地向前扑。小火车已从河口开出，情况十分紧迫。如果堵不住这帮募集工，罢工局面就难以维持，而要堵他们，则离公司远一些才好。远一些，公司的人马接应不上，也可避免意外的流血冲突，成功的希望就更大一些。所以，广田把堵截地点定在柳河湾。

柳河湾，在刘家洼西北三里外的柳河边上，是个百十户人的小村落，村里的人半数以上在矿上下窑，小铁道就贴着村头的柳河大堤扯向河口。小火车马力不足，开上柳河大堤非减速不可。从这一点上讲，对堵截十分有利。

广田、四爷一行到得柳河湾。气未喘匀，汗未擦净，已远远听到了小火车汽笛的吼声，路基和铁轨也微微震颤起来。往后瞅瞅，广银和大批窑工尚不见踪影，广田急了，大叫道：“他娘的，来得这么快，咋办？’

四爷道：“先叫狗日的火车停下再说！”

“那，只好卧轨了！”

“对！卧轨！弟兄们，都趴下！趴在铁道上！”

说毕，四爷身先士卒，第一个把汗津津的肚皮紧贴着冰凉的铁轨，肥胖的屁股，炮一样朝天撅着，油光光的脑袋探出老远，紧紧盯着前方的火车。十余个地痞无赖纷纷效法，也将那胖的、瘦的、长的、短的，规格型号不一的身体贴近铁轨。不过，他们没有一个趴在四爷头里，全部远远地排在四爷后边，身体和铁轨也未像四爷那样贴得紧紧的，随时准备溜之大吉。

倒是广田当仁不让，向前窜了几步，伏在四爷前面。

四爷大叫：

“不行！二哥，你快闪开！这不是你日弄的买卖！截下火车，还要你来办交涉，快闪开！”

广田不理。广田不是怕死的孬种。

四爷更不示弱，骂了一句脏话，疾速爬起，越过广田的身体，竟迎着火车跑去，边跑边吼：

“停下！奶奶个熊！停下！”

小火车根本没有停的意思，车轮轰隆隆转动着，汽笛憋着劲吼，气势汹汹地压了过来。

一瞬间，四爷有了点本能的恐惧，差一点想拔腿跳下路基。然而，看看身后的二哥和众弟兄，想着三先生的信赖和重托，四爷定下了心神。他一屁股坐在道木上，脑袋枕着铁轨，仰面朝天睡下了。四爷就是死，也要死出个人模狗样来。

铁轨在剧烈颤动，道基在剧烈颤动，大地在剧烈颤动。汽笛和轮声混杂成一股强大的声浪，几乎要震破四爷的耳膜，四爷的脑袋嗡嗡直响，继而，天和地也旋转起来……

——完了。四爷完了。世界的末日到了！

四爷闭上了眼睛……

然而，忽然间，震颤停止了，声浪弱了下来。四爷睁眼一看，嘿，小火车停了！妈的，它敢不停！不过，也险，最前面的一对车轮距四爷只有五六步的样子，司机晚几秒钟刹车，四爷便要完尿了。

火车司机将铁青的面孔探出车门："妈的，找死哇？"

"操你姥姥，你狗日的才找死哩！"

四爷依然躺在铁轨上不起，拧着脖子回骂。

这时，广田带着四爷的弟兄，迅速爬上了火车头，命令司机下车。司机不从，四爷的弟兄便动了武，三拳两脚把司机打出了车门，摔倒在路基上。小司炉一看情况不妙，乖乖地跳下了车。

小火车拖了八节运煤的车厢，每节车厢有一至两名矿警或公司职员押车。小火车突然停下，引起了他们的警觉，待听到那可怜的司机被摔下车后的惨叫，他们纷纷持枪跳下车来，将广田、刘四一伙围了起来。车上的募集工不明情况，一时未作反应，只是扒着车帮向下边看。

一个小头目模样的矿警，将手中的枪对着四爷．厉声道：'让开！通通离开铁道！要不，老子开枪了！"

四爷冷冷一笑，哗地撕开上身的短衫，袒露出长满黑毛的胸膛，脸上横肉直拧，拳头把胸脯打得砰砰响："来，龟儿，在大爷这儿试试枪法！"

小头目不敢开枪，手竟有些抖。

四爷首先在精神上压倒了对手。

四爷看那小头目乱了阵脚，又是一阵笑，笑声未落，猛地从腰间抽出贼亮的攮子："你不动手，老子可要动手了！"

"你……你敢！"

小头目慌乱之中，枪口抬高半尺，向空中放了一枪。

四爷并没扑过去，却用攮子在自个儿袒露的胸肌上划了一刀，鲜红的血立时涌了出来，顺着黑毛丛生的肚皮流到腰际，把老蓝布腰带浸湿了……

这是四爷的传统战法，具有十分完美的无赖艺术色彩。

广田并不阻止，他知道；四爷素来十分爱惜自己的皮肉，不到万不得已，绝不轻易放血；即使放点血，下刀也十分有数，绝不至于出现生命的危险。过去，广田对此，很有些鄙视的意思。今天却不然，今天，四爷是为了缠住矿警拖延时间，血是为窑工弟兄流的，尽管低贱，却也透着几分伟大。

对峙、纠缠之间，广银已带着七八百名窑工怒吼着顺着铁道扑了过来，眨眼间便将八节车厢围了个实实在在。接着，窑工们蜂拥而上，呐喊着、咒骂着将车上的人往下拽。车上的人被这突然而来的袭击惊呆了，一瞬间不知该作何反应。后来，车上的人在挣扎中向窑工们动了拳头，窑工们立即予以有力的反击。一会儿工夫，局面便无法控制了，双方人员打成了一团。车上车下，四处是扭动在一起的身体。那几个矿警景况更惨，往往被三五个窑工同时开打，哭喊求饶声响成一片。

这是一场无组织、无纪律的原始的战斗。战斗的双方，完全凭拳头、脚板和身体的实际力量攻击对方，就像他们的祖先在万余年前用来攻击野兽一样。人类的长久进化和时代的日益文明，并没有根除人们自身的野性，所以，在很多时候，很多场合，人也会像野兽一样，为了自己的生存做出许多疯狂的事情。

刘广田开头还试图控制局势，制止住这场疯狂的打斗。他拼命地喊，气势汹汹地骂，然而，没人理他。后来，他身上也挨了募集工的拳头。他火了，小褂一脱，赤膊上阵了……

四爷和一帮弟兄更是英勇，攮子、短刀胡飞乱舞，直往对手们的肉里钻，不一会儿工夫，便捅倒了十几个。四爷的麻脸，身体也理所当然地吃了对手们的拳脚，胳膊和嘴角挂出了血丝，半边脸庞发面馍似的肿胀起来。但是，四爷不怕，否则，四爷便也不是四爷了！他越战越勇，开头，还只是捡人家的臀部刺，末了，干脆不认这最佳放血部位了，逮着什么攮什么！

混战由铁道渐渐移到路基，又从路基移到荒野上，直打得尘土飞扬、声嘶力竭，尚不分胜负。从人数上讲，双方相差无几，要想一下子控制局面都不大可能。

一小时后，刘家洼增援的窑工又到，新来的窑工手持棍棒、矿斧，黑压压推了过来，一下子把募集工镇住了。募集工开始实行战略撤退。一个个光着脚丫子向南飞逃，荒地上抛下了几十个受伤的伙伴。

刘广田爬上火车，大声喊话，阻止了窑工们继续追打募集工的企图和举动。

战场渐渐平静了下来，刘广田命窑丁们将躺在地上呻吟的受伤的募集工抬回刘家洼治伤调养。他心里十分内疚，自觉着没能很好地担负起领导的职责，没能对募集工施之以礼。

他暴怒地追问众人："他娘的，哪个王八蛋先动的手？把老子的话当耳旁风？！"

沉默了好一会儿，刘四爷才道："好像是他们先动的手！"

"那也不该如此无礼！你们再这样闹下去，老子不干了！"

说毕，跳下火车，骂骂咧咧往回走。

走了没多远，刘广银建议道："二哥，为防后患，咱们干脆把小铁道掀了吧！看它狗日的火车再开？！"

刘广田眼睛一亮：

"有理！"

于是，千余名窑工一拥而上，棍撬，手扒，肩扛，硬是把两千米铁道掀了个底朝天。

募集窑工受挫。沪电紧急催煤，董事会令秦振宇恢复原包工费用，维持窑工日工资三角六分，确保工人复工。秦也意识到不能两面受敌，遂于二十八日和二刘谈判。由于三先生作祟，谈判未获成功。三十日，日资控制的北方煤矿煤价又升，董事会内吵成一团。秦负压力愈重。四月一日，王子非再访尹文山，力陈利害，请县府斡旋。二日，尹文山拜访三先生，三先生坚持原赔地条件不变，并引尹观其饥民日常之苦。斡旋失败。二日下午，矿警队和窑工发生冲突，窑工被打伤三人。三日，三先生以村寨所藏之枪炮器械武装窑工。武力械斗已在所难免。其时，大名鼎鼎的绿林人物祁六爷介入纠纷。

……

## 7

祁六爷大号祁天心，直隶省元氏县人。光绪三十年，率众抗捐，捣毁税局，被官府通缉在案；三年后窜入青泉县境，打着杀富济贫的口号抢劫店铺，绑架富户，闹得地方不宁。六爷在其事业鼎盛时期，拥有好马几十匹，枪手近百名，动作起来，如江堤溃决，势不可当。那时辰，六爷马蹄所到之处，寨寨关门，家家闭户，上至知县，下到乡民，无不战战兢兢。宣统元年，六爷的活动区域已扩至苏鲁豫皖，在四省交汇的广大地区驰骋、辗转，形成了一股不可小觑的势力。他们专和官家作对，打得赢便打，打不赢便走，时而深山密林，时而鲁南、苏北，哪里的防范力量薄弱，他们便出现在哪里。他们的窝村、窝寨很多，青泉县境内的周楼便是一处。

宣统二年，会党起事，派人传帖联络。祁六爷欣然前往，结果，起事失败，会党首领被杀，六爷兵马折损大半，流入鲁南深山。也是这一年，内部危机出现，手下发生火并，兵马一分为三,六爷愤而退隐。退隐时只留亲信家人六名。直到民国三年前后，军阀混战，局面再次出现混乱，六爷二次出山，带彪悍之徒数十人，继续干起打家劫舍的勾当。

六爷武艺高强，刀枪棍棒样样俱精，骑得烈马，使得快枪，更加上浑身是胆，官府也怯他三分。相传，民国五年，北京政府向青泉县委派了一员知事，前呼后拥赶来上任，不料，在大路上被六爷截住了。六爷孤单一人，身着一件破长衫，两手插在腰间的口袋里，手里攥着短枪，枪口隔着布衫，活生生地指着马上的县太爷。

县太爷伏在马背上大气不敢喘。

六爷冷冷一笑："害怕么？"

县太爷连连点头："怕……怕……"

"大爷就是祁老六、祁天心！"

"久……久闻大名！久闻大名！"

"那还不快给我滚下马来？！"

县太爷翻身下马，垂首立在一旁。

六爷骗腿一跃，跳上县太爷的坐骑。

"天热么？"六爷问。

"热，热！"县太爷道。

"热，给你根黄瓜吃！"

六爷将手从布衫里拿出，那手里攥的不是短枪，却是两根弯弯的黄瓜。六爷摔下一根给县太爷，打马便走。待六爷走了好远，县太爷这才想起命随从开枪……

后来，这位县太爷四处张榜，赏洋千元，买祁六爷的狗头。不过，这笔买卖却未做成。倒是县太爷自己吃了暴乱饥民的刀子，一命呜呼了！

六爷再度入境，引起了一个无足轻重的小人物的注意。这人便是罢工前夕被刘广田打伤的柜头周洪礼。

周洪礼恰是窝村周楼人，和六爷有过一面之交。光绪三十一年前后，六爷被清兵追剿，周洪礼的父亲曾救过六爷一命，这回公司罹难，周洪礼想到了此人。

周洪礼对公司并无感情，但他的财源、前程却系之公司。工人罢工不但在最大程度上损害了公司的利益，也损害了他自身的利益。窑工一天不复工，他便一天无钱可赚。因此，在劳资纠纷、乡矿纠纷这两个问题上，他和每一个柜头一样，毫无保留地站在公司一边。昨日在村里见到六爷之后，他心里便萌发了一个恶毒的念头。随即，拖着带伤的身体来到了公司，向矿长王子非和盘端出了自己的阴谋。

王子非立即将周的想法报知秦振宇。

秦振宇正处在进退维谷、焦头烂额之际，然而，一听到周洪礼的建议，还是大惊失色："你……你是说敲掉三先生？！"

"对！怕只有这一条路了！"王子非不慌不忙地分析道，"眼前，劳资纠纷和乡矿纠纷实际上已合为一体。窑工罢工能长久坚持的唯一原因，是有三先生及四乡民众的支援，而四乡民众支援他们，也是为了自身利益。我们若想争取主动，唯有立即割断窑工与乡民的联系，分而治之，迫其就范。"

"那也不需要杀人嘛！"

"总经理，容兄弟说完。鸟无头不飞。乡民乡绅之头，就是刘叔杰，幕后操纵窑工的，也是此人。据兄弟所知，一些乡民、乡绅原不愿捐钱、捐粮支撑罢工，但碍着刘的威严，不得不捐。县府方面，也是因为刘的出头，才对我们不管不问，任其地痞流氓胡作非为。杀了此人，所有风波皆可平息大半，我们才可企望窑工、乡民认真谈判。"

秦振宇沉思良久，点点头，"这个分析确有道理。子非兄，真难为你对我，对公司的一片赤诚之心！不过——"他颇有些惶恐地看着王子非，"这杀人，而且是杀这么一个人……"

王子非意味深长地说："有一点是越来越清楚了，在这里，兄弟提请总经理注意：刘叔杰的目的绝不仅仅是敲公司一笔竹杠，而有其更加险恶的用心，他是想借纠纷搞垮公司！所以，你不杀人，人家逼你自杀呀！"

秦振宇额头上出现了冷汗。王子非的话不是耸人听闻，确是有根有据的。但是，对动手杀死这么一个名声显赫的人物，他还是有点不敢想象。他不愿公司被搞垮，他做梦都想发财，可他不愿杀人。不过，若是把杀人和自杀联系在一起，他还是不愿意自杀的。

"子非兄，这事就由你来办吧！权当我没听说！事成之后，兄弟决不会亏待你的！"

王子非马上意识到，秦振宇想逃脱干系，不以为然地苦笑了一下："也好！这样，我们二位中间，就有一个干净人了！"

秦振宇脸庞红了一下，有些窘迫，继而，他亲昵地拉着王子非的手："子非兄，你可要体谅兄弟的难处哇！演一出戏，总要有唱红脸、唱白脸的。如此重大的事情，兄弟我不能不考虑后果。万一事败，总还要有人出来收场呵！"

"是的！"王子非语调平淡，但却十分尖刻地道，"这话也有道理。可我还是要告诉你：你、我的双手早就不那么干净了！办矿以来，发生大小事故十余起，已有几十名窑工假你我之手丧身窑下，毙命于饥寒交迫之中。不客气地说，窑工的罢工是有其道理的！"

"你怎能这样讲？"秦振宇有了点小小的恼怒，"他们死于采矿，非我秦某杀害，岂能同日而语？！"

王子非既不激动，也不反驳，只是继续自顾自地讲："此举可否实施，请总经理定夺。公司存亡与子非并无干系。如总经理迁怒子非，子非即可辞职，敬请另聘高明。".

秦振宇一听这话，马上明智了许多，笑道："子非兄此言错矣！敲掉刘叔杰正合我意！只是我们要完全不担干系才好。当然，如果要担干系，秦某义不容辞，我是总经理么！"

王子非叹了口气："总经理对子非的恩义，子非自知，我岂能坐视公司危难而袖手一旁呢？！且让子非会会祁天心再说吧！"

次日，王子非改装打扮，溜出了刘家洼。在周洪礼的引导下，步行二十余里，赶到了深山坳中的周楼，在周家会见了祁天心。

祁天心是个身材瘦长的白脸汉子，猛看上去，缺少一些绿林英雄应有的凶悍、英武之色。但，脖颈左侧有一处长长的刀痕，迤逦至下巴上方，说起话来，那长长的疤痕便随之抖动，平添了几分恶相。

会谈异常顺利。祁天心提出：只要公司出洋两千，愿保证在三天内干掉刘叔杰。王子非代表公司欣然应允，当即支付银票。

当场拍板，绝不是祁天心的鲁莽、草率。他应承此事有三个原委；一、可报当年周父救命之恩；二、可报西河寨一刀之仇，——宣统元年，祁六爷率众劫寨，曾被刘姓乡民砍过一刀；三、可得公司现洋两千。

最后，王子非婉转地道：

"六爷，此事不论成败与否，万不可走漏风声，如若走漏风声，六爷一走了事，公司可吃罪不起！"

祁天心大笑道："全他娘的鸟话！六爷我杀人越货也不是一回两回，好汉做事好汉当，哪怕五花大绑上杀场，爷一人顶了！"

王子非鞠了一躬："鄙人代表公司先谢六爷了！"

祁天心满不在乎地道："不谢！不谢！你们要人头，六爷要现洋，一桩公平买卖，谈不上谁谢谁！你们回去听消息好啦！"

当晚，六爷便派了两名弟兄潜入西河寨，打探刘府的情况，摸清了刘叔杰的行踪。第二日夜里，祁六爷便带两名枪手，一式短打装束，骑马奔袭西河寨。三人除短枪外，绑腿上插着匕首，怀里揣着绳子，——准备作翻越寨墙之用。这一夜夜色极浓，偌大的世界黑实了心，三五步外便看不见人影了，实在是杀人放火的好时光。

马蹄"得得"，一路生风，六爷和两名枪手闪电似的在荒山野地里奔驰……

祁六爷的脑袋里没有任何权威的位置，三先生的权威更不在六爷的眼皮里。六爷生来便是和权威作对的。谁有权威，他便出谁的洋相，给谁以难堪。六爷认为，这世界早已不是权威的世界了，所以，以两千块钱的价格售出三先生的脑袋，六爷毫无愧色。

六爷和所有的富人都有仇，“为富则不仁”，六爷一贯这样认为。

到得西河寨三里外的一道小树林里，六爷翻身下马，将缰绳交给一个枪手，自带另一名枪手，步向村寨。

寨门早已关闭，枪手踩着六爷的脑袋爬上寨墙。而后，扔下绳子拉上来六爷。进寨之后，沿着寨墙根摸了一段，穿过两个短胡同，便来到了三先生的府第。六爷和枪手遂越后墙，潜入三先生卧房窗后。卧房内一片漆黑，六爷有些疑惑，未敢贸然下手。

这时，已是深夜十一时左右。

六爷低声嘱咐枪手到后墙外望风接应，自己独身一人进了前院。前院厅堂里灯火未熄，从窗格上可以望到一个拖辫老者的身影。那老者正和一个戴瓜皮帽的胖绅士谈着什么。

六爷破门而入。

“谁是刘叔杰？”

拖辫者正是三先生。先生刚一应声，尚未看清来者面目，六爷已将一把雪亮的匕首猛掷出去，正中先生前胸。先生痛叫一声，捂着匕首颓然倒地。胖绅士不禁厉声呼叫：“救命啊——”

六爷原不想要那胖绅士的命，一听呼叫，便顾不得许多了，随即掏出短枪，“砰”的一枪将那竖着的一堆胖肉打倒。而后，又在三先生身上补了一枪。

随着呼喊和枪声，前厅后院的家丁人等尽数跑出，捉拿凶手。罢工之后，各村寨乡民早有防备，寨楼日夜有人守候，不承想，就在这防范之中，祁六爷竟十分便当地下了毒手，这不能不使刘姓乡民大为震惊。当下，村寨里火光一片，手执火把、刀枪的乡民百姓堵住了村寨的每一条通道。六爷翻过刘府后墙后，被一帮村民截住，枪手毙命，六爷受伤被捕。

经过大风大浪的祁六爷，在小河沟里翻了船。这一次不同于宣统元年，是彻底的翻了，六爷自知，此次是必死无疑了，这或许便是蔑视权威的下场。

六爷给自己一生的历史打下了句号，这是他自己亲手打下的。他犯了对西河寨村民来说不可宽恕的罪恶：杀死了德高望重的三先生。他不知道，这三先生代表着乡民的真理。

六爷杀死了真理，自然是死有余辜。

行刺成功，乡矿联系一时中断。四日、五日、六日，四千窑工在饥饿之中度过。七日，刘广田亲赴西河寨，募集粮款。看望三先生，并为之准备后事。公司借机秘密召见刘广银，答应罢工窑工部分条件，同意恢复原工资、工时，并许诺：复工后将让广银自包大柜。广银应允，遂于七日下午自作主张宣布复工。几个大井的天轮同时转动，截至下午六时，已有八九百名窑工下了窑，罢工遇到了严峻挑战。公司宣称：罢工问题已大部解决。

## 8

三先生却没死。

三先生就像脚下他赖以扎根的这块古老的土地，具有极顽强的生命力。

昏迷三天之后，先生活过来了。

祁六爷太不走运，一刀伤及先生肺叶，一枪伤至左肩，除给先生肉体造成一些痛苦外，并未能将他置于死地。

醒来之后，先生镇定自如，命家丁将凶犯押至面前，予以审问。

祁六爷面不改色，大大咧咧地道："爷，姓祁名天心，直隶省元氏县人，排行老六，江湖人称祁六爷。宣统元年，打劫过这鸟寨，该杀该砍，随便吧！爷早晚要吃这一刀的！"

一听是祁六爷，仰靠在被垛上的先生立即命家丁松绑。

被松了绑的六爷并不道谢，也不等任何人邀请，便自由自在地在太师椅上坐下了，继而抓起先生专用的紫陶砂壶对嘴就喝，喝毕，抹抹嘴边的水珠道："刘老三，你不怕六爷逃跑？"

先生苍白的脸上浮现出一丝掺杂着苦味的笑，说话声音极其微弱："你我本来无冤无仇，我何必一定要杀死你呢？人生来不是为了杀人的，想走，你只管走好了！"

六爷愣住了。三天来，他已吃了乡民、家丁们几顿饱打，原以为先生审问时也会给他点厉害尝尝，最后处死他。却不料，他竟这么随便地将他放了。他疑惑了。

"放了我，你不后悔？"

先生艰难地摇摇头："不会！刘某从来不干后悔事！"

"你也不想知道点什么么？"

先生勉强笑道："想不想知道，是我的事，想不想说是你的事，你是出名的硬汉子，你不想说的事，我决不为难你。谁没有难处呢？要是没有难处，你也许不会来杀我，唉！……"

"走吧！"先生又挥了挥手。

六爷再也挺不住了，泪水从深陷的眼窝里滚落下来，打湿了脚下的砖石："先生，老六有罪！老六两千块钱将你卖了！是兴华公司周洪礼、王子非唆使老六干的这混账事！"

周洪礼、王子非？先生一惊，马上平静下来，轻描淡写地道："不要说了，我刘某决不怪罪于你！我还是那句话：你我原本无冤无仇嘛！"

六爷拍胸顿足道："先生，老六这就去找公司的王八算账！一个个敲掉他们！”

“非也！非也！”先生道，“他可以不仁，我却不能不义，人当爱人哇！你先回周楼，如需请你帮忙，再当奉告！”

祁六爷千恩万谢告辞了。走时，先生命家丁将短枪、匕首交还六爷，六爷铁硬的心肠第一次受了感动，他膝头一软，直挺挺地在先生面前跪下了。

六爷走后，家人埋怨先生道：“您的心肠也太软了些！就说不杀祁老六，也该扎他两刀出出气！”

先生叹口气道：“杀掉祁老六容易，杀光所有的土匪蟊贼难呵！杀了他，咱们寨子以后就甭想安宁了！好了，不要说了，我要安静一下！”

除了贤惠的老妻留在身边，家人尽数退去，先生重又闭上眼睛。

先生的心里一阵绞痛。他着实没有料到，王子非、周洪礼敢向他下如此毒手！由此看来，这个世界的变化当是千真万确的了，他的存在，显然阻碍了世事变化的进程，人家才下狠心除掉他。

伤口愈加疼痛，缠裹了十几层的纱布又渗出了暗红的血色。疼痛是阵发性的，他苍白的脸变得蜡黄，宽阔的脑门上呈现出密密匝匝的细小汗珠，太阳穴突突跳个不停。在这难忍的阵痛之中，先生再次进行深刻的反省。他要替对手找出杀害他的理由，假若能找到站得住脚的理由，他相信自己会饶恕他们。他历来都是宽宏大量的。

然而，没有。

是他们侵犯了他。

他和所有世世代代居住在这块土地上的乡绅、乡民一样，从脚下这片贫瘠而深情的土地上觅取食物，觅取钱财，觅取应该得到的一切。他和他们，从未损害过兴华公司一分一毫的利益。倒是公司对不起他，对不起他们。这帮油头粉面、人面兽心的东西，强盗般地闯到这里，掏窑开矿，不顾一切，搞得土地坍落，天怨人怒。这帮混账东西，破坏自然，破坏世风，将一块平静的乐土推进了动乱的漩涡，当这漩涡最终要吞没他们自己的时候，他们竟敢把黑手伸向他，——伸向以善待人的三先生。可恶的东西！

先生发誓报复。

先生深信，上苍会原谅他，他是忍无可忍呵！

一阵剧烈的疼痛使他又一次昏了过去。

醒来时，刘广田、刘四爷已守在床前，他们已知晓了先生被刺的真实情况，脸上的表情十分沉重。

先生睁眼看了看广田，似乎想笑一下，但嘴角抽动了一下，却未笑成。他用眼神示意广田坐下。

刘广田没坐，急不可耐地道："先生，您说，咱们该咋办？您的血，是为我们罢工窑工流的，我们要替您报这个仇！"

先生声音平和地说："个人事小，罢工事大，你们万不可为老叔一人坏了罢工大计！"

刘广田哭道："先生被打成这个样子，我们于心何忍？！再说，公司敢加害先生，未必不敢加害我等？我们要和公司结结账了！"

"是的！你们……你们确该多多防范才好哇！"

刘四爷凑过一颗汗津津的脑袋：

"先生，祁老六要不要敲掉？只要你说句话，我找帮弟兄摸他的老巢。"

先生艰难地摇摇头："罪在公司。此次行刺，系周洪礼穿针引线，王子非出面参与，这二人是罪有应得！"

刘四爷大叫："老子送他们上西天！"

先生赞许地看了刘四爷一眼："老四，这可是杀人的勾当，事情败露，只怕老叔也救不下你的命来。三思！三思！"

刘四爷挂着血丝的眼里滚出两颗真诚的泪珠，顺着凸凹不平的脸颊流入嘴角，四爷毫不理会，失声道："先生，老四这条狗命是你给的！没有你的帮持，几十年前，老四也许就冻死在谁家的屋檐下，饿毙在荒郊野地里了！没吃的时候，您供我吃的；没穿的时候，您给我衣穿；您让我住在您家，相待如宾，没有一丝一毫瞧不起的意思。您让我学好，教我做人。先生，老四不是玩意哇，每每愧对了先生的好心，吃喝嫖赌样样都干，您劝我，骂我，我也不知悔改。我常想，老四这辈子大约和先生有缘分，注定要使先生受累。万万想不到，老四还有报答先生的一天！先生，老四知道这事人命关天，可老四非干不可！权当老四还报先生的一片孝心！”

先生的眼睛也湿润了，嘴唇哆嗦了好一会儿，才断断续续地道，“老……老四，你……你的孝心，老……老叔心领。只是，此事还……还望再想想！”

刘四爷眼中的泪流得更急：

“先生，老四父母早亡，不敬鬼神，上没跪过天地神灵，下没跪过父母高堂，今日里，老四我为您跪下了！”

刘四爷扑通一声跪在床前。

“先生，您不答应老四，老四就跪死在这！”

先生见状，挣扎着要起身，被刘广田拦住了。隔着广田粗大的臂膀，先生哽咽着道：“老四，平身！老……老叔我答……答应也就是……是了！”

刘四爷抹了把泪，站了起来，双手抱拳，向先生深深鞠了一躬，转身就要告辞。

先生将他唤住：“切记：事情要做得干净，万不可留任何蛛丝马迹！”

“老四记住了！”

刘四爷走后，刘广田和先生谈起了罢工事宜。广田谈及因先生被刺，乡绅、乡民中断了和刘家洼的联系，窑工已断粮三日。先生震怒，将那帮势利乡绅痛骂一番，最后，表示道：“好在他们并未杀死老叔，罢工老叔还要不遗余力地资助下去，直至成功！”

正说着，两个窑工匆匆赶到，问候了先生几句，便当着先生的面报告了刘广银擅自复工一事。

刘广田大惊，当即辞别先生，急忙赶回刘家洼。

就在这时，一些乡绅，乡民代表前来看望先生。这些人大都有地在坍陷区，对先生寄以重望，他们都不愿先生死，为着自己，他们也需要先生活着，哪怕只有一口气。

先生这时也几乎只有一口气了。几个小时内，他经历了几次感情上的大起大落，浑身的精力几乎用尽，他想歇一歇，闭一闭眼。然而，不行！当几位绅士在老妻的引导下走进房内的时候，先生马上意识到自己肩上的责任。他要在这关键时刻挺住，不顾一切地挺住。

确乎是关键时刻。此时，先生伟大的头脑里已产生了一个伟大的念头：趁窑工、乡民斗志旺盛之际，组织他们武力围矿，一举挤垮公司，从根本上解决一切问题。他要和这些只认得大洋的土财主们谈一谈，好好谈一谈，有人的出人，有钱的自然要出钱么！

忍着伤口的剧痛，先生竟坐了起来。

四月八日上午，周洪礼在自家门口被刘四爷用炸药炸死。当日下午，刘广银在西窑户铺街上被黑枪击毙，已复工的部分窑工重返罢工队伍。公司的复工计划再次破产。九日，刘四爷代表三先生向公司递交最后通牒，限公司二十四小时内答复赔地条款。当日，窑工也推出代表和公司进行最后谈判。公司以请示董事会为由，拖延时间。十日凌晨，四千窑工、万余乡民，从四面八方涌来，武装包围刘家洼，将公司人员尽数围在矿墙之内。县知事尹文山再度斡旋，三先生态度强硬，尹自知无力左右形势，只得袖手旁观，等待收拾残局。十一日，窑工、乡民开始攻矿，公司招架不住，遂掏出现洋二万，召请直系军阀王占元部十五团武力解围。

# 9

一场发生在北方土地上的近乎原始的战争拉开了序幕。战争是流血的政治。

三先生是政治家。是这块土地上土生土长的政治家。他伟大脑袋里的全部政治就是把公司打垮，打烂，使它和它的影响在这块土地上消亡。现在，三先生庄严的政治以排山倒海之势，在小小的刘家洼全面铺开了——

长矛、大刀，土枪、土炮，从各个闭塞的村寨冒了出来。手持长矛、土枪的人们听命于三先生的政治，服从于三先生的政治，因为，他们还没有自己的政治，三先生们的政治便理所当然地成了他们的政治。

窑工、乡民将刘家洼里三层、外三层地团团围住，十余门生铁铸就的土炮，将黑乌乌的炮口伸向东西两个矿门。大刀片在阳光下折射出波动而刺眼的光亮。鸟枪、猎枪，土造的粗铁管火药枪，在沉默中等待爆发。姑娘、媳妇、老太婆，用古老的木轮手推车，用油亮的扁担，为前方勇士运送着煎饼、咸汤、稀粥。她们自己，却把裤带勒了又勒。她们知道，男人们是在为她们的温饱，为她们的家庭而战，她们是自豪的，是骄傲的，她们和她们的男人们一样，毫不怀疑这场战争的正义性，也就是说，毫不怀疑三先生的伟大政治。

在乡民百姓们看来，领袖这玩意，是万万不可缺少的。生活中没有领袖，那还成其为生活？！从古到今，他们一贯把三先生这类领袖看得比柴米油盐贵重得多。领袖是上帝，是神灵，是主心骨，人们早已习惯于把它祭奠在心灵深处最神圣的地方。脖子上不骑个领袖，谁给你领路？人们就要惶恐不安了。不可设想，若是没有三先生这类领袖人物的强有力领导，这场即将开始的战争将如何打下去。

这一天，三先生拖着带伤的身体，忍住两处伤口的疼痛，被家丁用轿子抬着，来到了刘家洼。他要亲眼看看一个叛逆王国的覆灭。家人曾死死劝他不要来，他不听，他听命于天，他觉着是上天派他来打赢这场战争的。

轿子从东门走向西门，三里长的街面上塞满了武装的民众。太阳懒懒地吊在天上，一束阳光透过轿帘，斜铺在他的膝头，暖暖的。他感到从未有过的心旷神怡。置身于拥护他、崇拜他、支持他的人流中，他觉着自己像一叶扁舟，浮在安全平静的海面上。

轿子被迫时时停下。熟识的乡民、窑工，争先恐后地和他打招呼，询问他的伤情，用急切的、真挚而朴素的，然而，又是极简短的话语，向他表示他们的感激、尊敬和关切。他也向他们招手，微笑，抱拳。他同样感激他们，他知道，做为一个领袖，没有拥戴的民众，那么，这个领袖的价值绝不会高于一张可供充饥的白芋干煎饼。

有时，他也把脑袋艰难地探出小窗，向人们询问些什么。从他们口里，他知道了自己的部署已全部完成，乡民们以村寨为单位，窑工以大柜为单位，全部进入了战位。

他满意地笑着，笑着，几乎完全忘记了伤口的疼痛，忘记了自身的存在。

在西大门外的空地上，他被周家柜王家柜的刘姓窑工们围住了。人们把他的轿子抬到了兴隆酒馆的高台阶上，向他欢呼，向他致意。他被激动了，不听家丁的劝阻，从轿子里挣扎着走出来，在刘广田、刘四爷的搀扶下，向人们频频抱拳，苍白如纸的脸上，挂着虚脱的汗水。

“先生，向大伙儿讲点啥吧！”刘广田建议。

先生点点头，将两只无力的手伸向前方，又颤巍巍地向下压了压，示意人们安静一些。他的动作已有了些老态龙钟的味道，仿佛身上的两处伤口，使他一下子失落了许多年的光阴。

人们感动了。

人们安静了。

人们用忠诚的眼睛凝视着为自己付出了鲜血的领袖，一瞬间进入了无私的忘我的境界。他们都希望自己的领袖用强有力的号召，去点燃他们心中的疯狂。他们希望他们的领袖会大呼一声：“打呀，和王八蛋们拼呀！”

先生深深凹进去的嘴唇嚅动了半天，环顾四方看了半天，只用中气不足的声音说道：“我们……你们……要保住土地！”

先生说不下去了，眼泪很响地摔在地上。

面前的人们确乎是土地的儿子，那些窑工身上，现在还是一身农民装束。他们或者过去，或者现在，或者将来，都势必要和——土地发生血肉相连的关系。下窑的窑工，又有几个不想发财买地呢？！先生理解他们，懂得他们！够了！这就够了！

欢呼、吼叫，混杂的声浪把空气震撼得发热、发烫，把人心蛊惑得发痴发狂。

炮声响了。西河寨前清铸就的土炮，向新生的矿井重重地轰了头一炮。这一炮点响的时候，俄国阿芙乐尔号巡洋舰攻打冬宫的炮声已静寂了两年……

一百四十余名矿警凭借坚固的矿墙、岗楼，顽强地捍卫着兴华煤矿股份有限公司的尊严。在人数的对比上，他们无疑处于劣势，一百四十与一万四千是不成比例的。然而，他们有他们的优势，他们有现代化的德国步枪、捷克机枪，有足以把几万人送上西天的采矿炸药，有无法攀附的高墙，有不可逾越的矿河，有道义上的信心和力量——他们不是侵略者，而是自卫者。

公司不是他们的上帝。但是，他们在为公司而战，愿为公司而战。公司有钱，——刚才，王子非已代表公司宣布：只要矿警队能坚守到下午二时，矿警队所有队员将分别获洋五十元，作为特别警务报酬。钱是上帝，他们在为上帝而战。

直系王占元部已于今晨电告秦振宇：所派部队将于下午二时抵达刘家洼，弹压暴民动乱。有正规武装作后盾，区区乌合之众有何可畏？！这也是矿警们勇于坚守的原因之一。

土炮轰响的时候，东西矿门的矿警们立即作出了强烈反应，架在门楼子上的机枪即刻喷着火舌吼叫起来，把雨点般的子弹射向黑压压扑过来的人群，给了愚昧的窑工、乡民们一个清醒而实在的教训，使他们丢下了十余具尸体，狼狈退缩。

进攻者总结了经验教训，用装满土的麻包筑起了简易工事，躲在麻包后面用炮火猛轰矿门。在炮火的掩护下，手持大刀，光着脊梁的壮汉们分散成无数个蠕动的黑点，迅速向护矿河迂回，到达护矿河后，便跳入水中，向对岸强行泅渡。这时，子弹便也跟踪而来，在水面上溅出点点水花。知趣者慌忙回头，鼠窜时却也难免亡命于纷飞的流弹。不知趣的，逼到矿墙下，无遮无拦自然找打。

泅渡失败。

一时间，万余名怒气冲冲的汉子，在激烈而有效的反击中退却了，畏缩了。然而，转身看看脚下倒地的父老乡亲，征战的勇气重被复仇的烈火点燃，二次攻打重又开始。

这回，他们把攻击的重点转移到防守力量薄弱的矿墙，十几里同时发起猛攻。

一百多条枪显然不能同时击毙猛然涌上来的几千条不怕死的汉子。在强大的攻势面前，南面的矿墙首先被突破。攻到墙下的乡民，用炸药将矿墙炸倒了十几米，手执大刀，长矛的乡民怒吼着杀进矿来。

矿警队的防线全面崩溃。

仅仅一个小时零几分钟，——也就是说，距下午二时尚有三个小时，刘家洼被愤怒的窑工、乡民攻克。

开始了真正的大杀戮。

交战的双方均不是正规武装集团，不受任何战争规则的束缚，他们完全凭借自己简单的头脑，指挥着强有力的四肢，执行杀戮的责任。失去了优势的矿警们，四处奔逃着，躲藏着，他们逃到哪里，躲到哪里，刀枪便追到哪里。举手、交枪是没有用的，乡民、窑工们不吃那一套，他们只懂得一个道理：杀人偿命，欠债还钱。既然矿警们杀了他们的人，他们理所当然地要让他们抵命。

在迅速的杀戮中，进攻者逼近了小小的经理楼，接着，包围了经理楼。

秦振宇、王子非对自己的命运已失去了最后的支配权，他们做梦也想不到，配备着现代装备的矿警队会垮得这么快，甚至使他们来不及安排一下自己的后事。

把经理楼团团围住后，窑工、乡民没有贸然行事。这是三先生的命令，他们不能违抗的命令，因为，他们知道，最后收拾局面的是三先生，而不是他们。他们不是政治家。

踏着窑工、乡民用鲜血开辟的道路，三先生坐着轿子过来了，轿子两旁是众多的乡绅，乡绅的长袍马褂中间，夹杂着罢工窑工的首领刘广田和袒胸露背的刘四爷。二刘的衣着十分寒酸。和绅士们身上的绸缎服饰混在一起是极不协调的。然而，没有人注意到这种差别。

人们主动让开了一条路。

三先生的轿子在人的小巷穿行。

到得大门口，轿子放下了，先生威严地从轿子里钻了出来。两个绅士上前去搀，先生抬手推开了。

经理楼前刹那间鸦雀无声，静得怕人。人们把目光的焦点全集中在先生身上，急切地关注着他的一言一行，一举一动。在笼罩一切的静寂中，一种庄严的神秘产生了……

人们等待着一个结论的诞生。

秦振宇、王子非走下楼来。

“失敬！失敬！”

三先生郑重地挽了挽肥大的袖子，双手抱拳，上身微微躬了躬，彬彬有礼地道。

秦振宇脸色难看，面部肌肉紧张地抖动着，满头满脸的汗水。曾经是油光闪亮的头发，蓬乱成一团，有一撮紧贴着前额，沾在湿漉漉的面皮上。他望着三先生，不知该说些什么，嘴角抽动了半天，竟未吐出片语只言。

王子非倒还镇静，声色柔和，但却不失尊严地道：“先生，你胜利了！可你大约也知道，这场导致你胜利的械斗会给你，会给四千窑工、父老乡亲带来什么。”

先生微微一笑：“这不是你该关心的问题。”

王子非也笑了笑，笑得极不自然：“可我要提醒你：总有那么一天，这块土地上的人们，会像今日对待公司一样对待你！”

“就这些了？还有什么要说的么？”

王子非看看腕子上的手表：

“这还不是最后的结果，两个半小时后……”

“哈！哈！哈！哈！”先生大笑道，“你还指望那一个团的大兵？那些大兵都是贱货，谁发饷银他们为谁卖命！你们不是出了两万么？我刘某出三万！如何？”

王子非怔住了。

就在这时，响起了一声沉闷的枪声，一颗子弹从先生身边的人群中飞出来，准确无误地穿过王子非的脑袋，像一根大钉，将他死死钉在先生脚下的水磨石台阶上。鲜红的血，从崩开的脑壳里涌了出来，顺着台阶往下缓缓地流。王子非的脚抽动了几下，猝然死去。咽气时，两只眼睛还大睁着，嘴还微张着，仿佛要向人们再讲点什么……

人们循声望去，夹在众绅士中的刘四爷正慢慢将冒烟的长枪重挎到肩上。

三先生仿佛不知道这一切，柔声对秦振宇道：“秦总经理，现在，我们该好好坐下来谈谈条件了吧？”

秦振宇几乎是魂不附体了，连连点头应着：“好！好！一切按先生的意思办！”

先生回首命令道：“广田、刘四，把复工条件书和赔偿约法拿过来，请总经理签字！”

秦振宇老老实实签了字。

人群中爆发出长时间热烈的欢呼！那一个个粗野的嗓门里发出的声音，汇成了一股强大的气浪，直冲天宇。

窑工、乡民在三先生的领导下，赢得了这场战争的全面胜利。然而，悲剧也由此而开始了。

两个小时后，王占元一团兵马开进刘家洼。

三先生捐洋三万，充作军饷，力求军方主持公道。军方应允。嗣后，县知事尹文山以军方做后盾，亲自处理这场大规模的械斗事件。刘广田、刘四旋即被捕，判处死刑。为履行公道原则，县府宣布：复工条件与赔地约法因秦振宇已自愿签字，当即行生效。董事会得知详情，自知办矿艰难，前途渺茫，纷纷釜底抽薪，要求抽回股金。秦振宇内外交困，无力支持，宣告兴华煤矿股份有限公司倒闭，四千窑工失业……

# 10

一切都过去了，一切都平息了，在战争中倒下去的英雄豪杰长眠于地下，他们的血肉乏躯，最终和脚下的土地融为一体了。活着的人担负起了沉重的责任，这责任既有死者的，也有他们自己的，现在，却一古脑算到他们头上。于是，刘广田、刘四爷，刘姓门下的两条汉子被抓捕了，被判处死刑了。这段历史的最后一个标点，冠冕堂皇地打了下来。

死刑定于次日晨在县城东大门外执行。

当天下午，三先生带着一桌八大皿的宴席，亲临牢狱探望，向两位刘门好汉表示自己深深的敬意。

毕竟是民国了，狱政也随着时代的进步，向现代文明迈出了大大的一步。刘广田、刘四爷身上戴的已不是沉重的木制枷锁，而是国外进口的钢手铐、铁脚镣。

看到面目慈祥的先生，刘广田，刘四爷着实惊讶，痴痴地看了好一会儿，刘广田眼里滚出浑浊的泪水，刘四爷直直地跪下了。

“先生！”

“先生！”

三先生捂着左肋的伤口，艰难地弯下腰，伸出一只手拉起了刘四爷，也不由得老泪纵横泣不成声了：“广田、老四，是老叔害了你们！老叔让你们受累了！”

“甭说了，先生！您老人家能在这时候来看望我们，我们就知足了！”

“先生，这怨不得您的！”

先生用袖子揩去脸上的泪水，深沉地道："你们这样想，老叔心里更不安宁！你们是我们刘氏家族的骨血，是无愧于我们这块土地的英雄好汉，老叔救不下你们，该遭天谴哇！"

刘四爷不让先生再说下去，诚挚地道："先生哪能这么说呢？！能这么轰轰烈烈地去死，是老四做梦也想不到的！老四一辈子骚扰邻里，祸害四乡，混吃混喝，做了数不清的混账事，招人恨哇！今日里，我能为四乡父老堂堂正正地死上一回，实乃一大幸事！先生哇，老四倒要好好谢您才是，谢您老成全了老四！老四来世变牛变马，也要再到这世界走上一回，报答您老的洪恩大德！"

先生连连点头：

"是的！是的！你们不是为自己死的，你们是为东大乡、刘家洼、青泉县的父老乡亲死的！老叔要给你们立碑传世，让人们世世代代记住你们的忠烈义举！你们的家眷亲人，将会得到父老乡亲的接济、帮持，你们尽管放心！尽管放心！"

说到这里，先生命家丁将酒菜抬进牢内，顺序摆在地上，自取海碗一只，倒满高粱烧，高高举过头顶：

"来，二位贤侄，老叔代表四乡父老为你们饯行！"

"谢先生！"

二人泪流满面，双双跪下……

探监归来，先生当即请人接来土匪祁老六，恳请他星夜带人劫狱。祁老六有愧于先生，巴不得有一个报效的机会，一口答应下来，遂带所有弟兄倾巢出动，当夜奔至县城。

却不料，先生早已将劫狱的消息告知官府，祁老六和几十个兄弟遭到王占元部大兵的伏击，祁老六拒捕毙命，手下的人马除几个侥幸逃生外，大部被歼。次日晨，在二刘被枪杀之前，祁老六挨了五枪的尸体已被大钉钉在东门外的城墙上，暴尸三日，以儆效尤。

祁老六被钉上城墙不一会儿，刘广田、刘四爷被押出牢狱，执行枪决。

时代的进步也体现在行刑的手段上，砍头已被官府明令禁止，据说，砍头有碍观瞻，也很有些洪荒时代的野蛮味道。官府将杀头改为枪决。枪决固然有了文明的气息，却给围观者带来了极大的失望，枪决确不如杀头耐看。

上午九时，刘广田、刘四爷被五花大绑押出东门，两旁围观者不下千人。官府、军方出动了几百名荷枪实弹的大兵肃立大路两旁，预备弹压可能发生的骚动。

然而，什么也没有发生。

人们的热情全在这场旷日持久的械斗中消磨殆尽了。

这是刘广田想不到的。望着道路两旁木然的人群，他似乎一下子悟到了点什么，有了一种被出卖的感觉。他的神情有了些恍惚，脸色一时间白了许多，他突然产生了一丝求生的欲念。他觉着自己的死并不值得，他上当了，受骗了，被人家当枪使了……他想停下脚，赖着不走，后面的兵丁便恶狠狠地推他，用沉重的枪托打他那被捆绑的失去了知觉的肩。他被迫走了几步，又停下了，这蓝蓝的天，青青的地，马上便再也看不见了，他为一些无价值的东西，失去了眼前的一切。他将去死……

一阵恐惧闪电似的袭来，关于死的许多丰富的联想，使刘广田不禁颤抖起来，他觉着脚下发软，腿发绵，每向前走一步都战战兢兢。裤裆里湿漉漉的，破烂的夹裤筒里流出了一些热乎乎的液体……

“这一个熊了，吓尿了！”

一个伟大的发现，围观者叫了起来。

完了。二哥那包打天下的伟大形象在这一秒钟内彻底完了。

广田被围观者的叫声惊醒，立刻理智起来，他强令自己的腿不要抖，身子不要晃，然而，不行。他终于被身旁的兵丁架起了胳膊，身不由己地被拖着向前走……

产生了被出卖的念头，他的信仰便全面崩溃了，精神支柱倒了下来，过去的那个刘广田已经死去。

一个新的念头萌发了：假如他再活一回，他决不这样活，决不！什么三先生，什么仁义道德，什么纯朴世风，全滚他娘的蛋！他再也不会成为任何人手中的枪，再也不会为一些古老的破烂去拼命流血！他将只属于自己，只属于自己找到的真理和信仰……

枪声响了，一个崭新的思想，伴着鲜血，倒在古老的大地上……

刘四爷是条硬铮铮的汉子。一路上挺胸昂头，和身旁押解他的兵丁插科打诨，骂爹骂娘，间或，看到围观人群中的熟面孔，还大大咧咧地点下头。

有人喊："四爷，唱一个！'

四爷五音不全，素来不爱唱，此时此刻更不知该唱些什么。他犹疑了一下，对那呼声没作出积极响应。

那人极其恶毒地道："四爷也熊了！"

"放你娘的臭屁！"四爷破口大骂，"四爷见过虎，见过狼，还没见过熊是啥样哩！"

骂过之后，四爷咽口唾沫，暗自思忖起来。

得唱！唱得不好也得唱！单是为了证明四爷没熊，就值得唱一回！可是，唱什么呢？唱什么好呢？《小寡妇哭灵》？《十八摸》？娘的，太软，显不出四爷的气派。猛然间，他混乱的脑壳里蹦出了几句戏文，奶奶的！这真是上好的戏文！对，就唱它。是哪出戏里的？记不住了，反正好，气派！

四爷清清嗓子，粗声粗气地吼了起来：

叹英雄失志入罗网，

大将难免阵头亡！

我主爷洪福齐天广，
刘伯温八卦也寻常
……

“好哇！”

“四爷是条汉子！”

“四爷硬气！”

“来，为四爷再喝个好！”

‘好哇，四爷！”

这最后一声“好”喝得极有气势，应者云集，声调浑厚，余音缭绕，经久不散……

喝好声中，一粒炸子从四爷后脑钻进去，在脸颊上炸开一个巴掌大的血洞。四爷挺着身子居然又站立了三五秒钟，才扑通一声，直挺挺地倒下了，——不是脸朝黄土，而是仰面朝天。四爷死得值，四爷死了也敢面对青天。

许多年后，人们还说：四爷是条汉子！

行刑的枪声扣响的同时，秦振宇告别了刘家洼，告别了这块贫穷而可怕的土地。一路上，大地上的沉沦而破败的景象，一次又一次扑进秦振宇的眼帘：那风沙迷茫的土地，那古老森严的村寨，那背对苍天的弯曲的脊梁，那沿着深深的车辙沟吱吱呀呀艰难行进的独轮木车，那一副副因为贫血而显得苍白无力的面孔，那风沙声中的破茅屋……那不堪入目的一切哟！

奇怪，他过去从未如此深切地感受到这些。他把这块土地想象得比实际存在的，要美好得多。他是带着一个伟大的梦想来的，这难道不也是他的一个悲剧么？！现实和梦想毕竟是两回事呀。

这块土地的力量太神奇，太强大了。它简直可以改造一切。秦振宇无疑被这块土地改造了，他的梦想、野心，全变成了夹杂着悲哀的缕缕惆怅。这便是他的收获，他的报偿。

离矿越来越远了，矸石山，大井架，曾经那么生机勃勃的兴华公司，渐渐离开了他的视线，淡了，远了，不见了。他揉揉眼睛，眼窝里竟聚着湿漉漉的泪。他感到浑身疲乏，像一个卖尽力气的牛，想卧倒在地，好好睡一觉，好好地……

不！他还要最后看一眼这块大地，这里毕竟埋葬着他的一个梦想呵！他要弄明白：他的梦想是如何被埋入泥土里的，是为什么被埋进去的？！假如一切重来一次，他会怎样再一次开始？

痛苦的反思，像蛇一样噬咬着他的心，纷杂的不相关的思绪，流萤般地撞入正常的思维轨道，把他的头脑搞得昏昏欲裂。

他破产了。工人失业了。乡民们支援罢工也并没得到足够的报偿。三先生自己更没捞到好处，几乎因为这场械斗失去了一半家资。那么，谁得到了好处呢？秦振宇横竖弄不明白，他知道个“能量守恒定律”：能量不灭。那么，这能量上哪去了？为什么看不见？……也许，像地壳运动时的沧海桑田之变。大片、大片的森林卷入地下，强大的外界作用力，将它们压成了几万年后的薄薄的煤层，使能量以火的形式再次出现。

秦振宇想：假如日后他有能力重新开始，那么，这些表面已消失的能量，也许会重新聚到一起，以一种崭新的形式，推动新的历史进程……

在三先生眼里，这是一块乐土。

送走祁六爷的当天夜里，三先生便倒下了，毕竟是上了岁数，身上又两处受伤，奔波操劳了这么多天，他再也坚持不住了。第二天，他便发起了高烧，整日价说着胡话。从第三天开始，进入半昏迷状态。

先生预感到死的降临，他安然地等待着死亡。现在死去，他可以瞑目了。公司垮台了，土地又回到了他的手中，回到了乡民百姓手中。公司的影响，将随之消亡。先生上对得起祖宗，下对得起后人。他用鲜血和生命护卫了日渐沦落的古朴世风。他尽可以义无反顾地去死了。

第四日，先生精神突然好了起来，执意要到土地上走一走。

家丁在轿子的座位上铺了一床厚被，先生依靠在被上，被抬了出去。走出寨门时，许多乡民痛哭失声，他们无不担心先生此去再不归来。

在先生自家的土地上走了一会儿，家丁将轿子抬上了一个高坡。先生用微弱的声音命轿子停下。

先生从轿子里走了出来，望着蓝天，望着蓝天下广阔无垠的大地，望着地里的麦苗，深深吸了口气，仿佛要把这带有泥土芳香的空气一下子全吸到博大的肺叶里，先生的眼睛出奇地明亮起来。

土地，他的土地呀！祖宗先人辛勤开垦的土地呀！你没有在先生这代人手上丢失！你们再也不会沦落、坍陷了！

先生昂首对天，一声长啸：

“苍天有眼……”

先生悲壮地颓然栽倒在脚下沉沦的土地上，两只手深深插入泥土中，牢牢抓着两把松软的土壤……

先生融入了大地，强化了大地。

然而，倒下了一个伟人，必然地结束了一个时代，这片土地的命运将不是三先生之类可以主宰的了。过去的，永远过去了，不管是悲惨的，还是悲壮的，无论是渺小的，还是伟大的，后人们一概把它叫做历史。

兴华煤矿股份有限公司的历史就这样结束了。民国九年六月，北京徐世昌政府以“资方不轨，参与械斗，且积欠矿区税又巨”为由，将刘家洼煤矿收归国有，交由省办。省府重新勘探后声称藏煤不多，质量低劣，旋将矿权卖与英商。是年大旱，庄稼无收，饿殍遍野。失业窑工景况更惨，刘家洼十室九空，竟有老妇烹食幼子。七月，饥民暴动，县城粮仓、店铺被洗劫一空，四乡绅士均遭劫难，三先生府第也未幸免。这片土地和这片土地上的古朴世风日渐沉沦了。这是三先生生前没有想到的……

原载《花城》1983年第6期
选自《小说选刊》2017年第6期“经典回望”
荣获首届《花城》文学奖（1984）
《小说月报》首届百花奖入围作品(1984)
第二届全国煤矿文学乌金奖·中篇小说奖（1992）

# 井架上的星

肖复兴

# 1

小青越来越觉得爸爸、妈妈对哥哥小海比对自己好。偏向！方老师在班里也偏向过。不过，那是偏向学习呀、体育呀、文艺呀各方面出色的同学。哥哥哪点儿比自己好呢？去年的学习成绩，小青全是红五分，哥哥却有一门不及格哩。小青捧回一张金灿灿的奖状。哥哥呢，羞得连成绩册都不敢从书包里掏出来。

妈妈田岚是石油局医院的大夫。爸爸高志新近从钻井大队调到局里的调度室。他们都是忙人。有时候，忙得掰不开镊子了，中午回家顾不上做饭，几乎每一次都是叫："小青，你去食堂打点儿饭来吧！"哥哥呢，却在一旁不是玩他的手枪，就是看小人书。爸爸妈妈从来不打搅他。

其实，这算不了什么！虽说食堂离宿舍区挺远，得穿过一段沙窝子。戈壁上的小小城镇，处处可以看得出戈壁滩的风姿，到处离不开沙窝子。每次从食堂回来，都要灌上两鞋沙子。小青却喜欢去打饭呢。食堂里的炊事员叔叔阿姨都特别喜欢她呢。谁让她长得这么漂亮呢？她一点儿也不像在戈壁滩上生的，在戈壁滩上长的，皮肤没有被这高原上烈马一样暴烈的狂风吹过而留下粗糙、黑红的痕迹。一年四季好像总也晒不黑似的，总是这样像鸡蛋清一样鲜嫩、白净。那一双眼睛，人们都说像妈妈，真亮，像是两颗戈壁滩上的星星。

戈壁滩上的星星比一般其他地方的星星要亮，要看得清楚。它们仿佛离地面很低，一抬手，就能摸到。所以，让人觉得更亲切、更动情。真的，这种感觉，外地人是体会不出来的，只有戈壁滩上的人才会感受得到。所以，大家一看见小青那一双眼睛，就想起了戈壁滩上的星星，扑闪扑闪的，让人一看就喜欢，就难忘。当然，还有一方面也很重要。那是因为小青的妈妈田岚的缘故。她曾经为他们和他们家里的人治过多少回病，接生过多少个小孩呢。他们把对妈妈的爱倾洒在小青的身上了。那些善良的叔叔阿姨每次都要给小青的饭盒里多打上两勺戈壁滩上少见的青菜和新鲜的大肉。每一次进食堂打饭，小青都像一位小公主进她的宫殿一样兴高采烈呢。

可是，这一次回到家，小青高兴的劲头一下子像风一样吹没有了。妈妈爸爸正在给哥哥戴一条天蓝色的拉毛新围巾。准是爸爸出差买回来的。哥哥像一只小鹿，蹦着，跳着，跑过来，扬扬眉毛，对小青说："好看吗？"

小青咬着嘴唇，一句话不说，低着头看饭盒里的菜，不想看哥哥脖子上的新围巾，又忍不住瞥了几眼。

"来！这里也给你买了！"妈妈招呼着她。

小青还是咬着嘴唇，一句话不说，偷偷地瞥了一眼。哼，一条花手绢。花很鲜艳，也很新颖，可毕竟只是一条花手绢。小青咚的一下把饭盒蹾在桌上。拧着脖子。干吗给哥哥买那么贵的毛围巾，给我就买这么一条小手绢？

"钱不够了，下次也给你买条围巾！"爸爸哄着。

她还是不说话。

"小青真是心眼跟韭菜叶一样，太窄！"妈妈笑了。

爸爸也笑了。

也许吧！可是，那一次，爸爸要回东北老家，为什么只带哥哥一个人去？不带小青去呢？妈妈说："爸爸弄一个孩子就够呛了，带两个，他玩不转！"带一个孩子，那就应该是哥哥了吗？什么好事都让他一个人占了。这不是偏向是什么！要知道，那一次要路过兰州、西安，还要路过北京呢！小青和哥哥从小在戈壁滩上长大，还从来没有飞出过阿尔金山，更别说去逛逛北京了！谁不想去呀？为了这事，小青哭了好几次鼻子。爸爸带着哥哥走了以后，她一连好几天都不理妈妈了。

妈妈抚摩着她的头发说："小青是妈妈的好女儿，别怪妈妈！"

不怪你怪谁？小青白了妈妈一眼。

妈妈叹了口气："等你以后长大了，你就明白了！"

我现在就明白了！小青嘤嘤地哭了起来。

哥哥从老家回来了，带回来一张在天安门前照的相片，高兴地指给小青看："这里是广场，嗬！可大了！前面就是天安门，还有大石头狮子和金水河呢……"

小青捧着相片哇哇地哭了起来，吓得哥哥不敢讲了。

爸爸扶着她的肩膀说："小青，别哭！下一次，一定带你去！"

"下一次！下一次！我不去！我不去！"

小青哭得更响了。

有一次，石油局新运来两台罗马尼亚的钻机，停放在调度室前的空场上。嗬！可真高！钻台也漂亮、威武，银晃晃的，像海军战舰上的甲板。

"小青，走！看看去呀！"

"走！"

小青跟着哥哥去了。哥哥爬上钻台。小青真笨，光会像只小青蛙在地上直蹦，就是上不去。哥哥只好伸着手，连拖带拽，像钓鱼一样，把她钓上了钻台那高高的台阶。沿着台阶一阶一阶往上爬，站在钻台上，戈壁滩在脚底下了，一粒粒沙子和一根根芨芨草在阳光下闪着光，直晃眼睛，戈壁滩真美哩，连干燥的热风都清爽了呢……

妈妈不知怎么找到这里来了。吓得他们俩赶紧蹲下，藏了起来。妈妈咚咚地上了钻台，先抱下哥哥，又抱下小青，一手拎着一个，像拎小鸡一样把他们拎回家。"啪"！妈妈冲着小青的屁股就是一巴掌。这是小青第一次挨打。"你不要命了？那么高的钻台，掉下来怎么办？”

然后，妈妈扬起手向哥哥打去。哥哥知道这顿打是逃不过去了，已经咬着嘴唇，闭上眼睛，做好了准备。谁知，妈妈的胳膊像被一阵突如其来的风吹断的树枝一样，掉了下来。她没有打哥哥，相反一把搂住哥哥，竟然哭了起来：“小海！小海！你记住妈妈的话，以后一定不许再到钻台上去玩了！”

哥哥莫名其妙地点了点头。

明明是哥哥带小青去钻台的。小青却挨了打。小青好不服气哟！钻台！以后，我偏要到钻台上去玩！小青赌着气。

“小青，你听见没有？以后，不准到钻台上去玩！”

“钻台上好玩……”

话还没有说完，“啪”，妈妈又给了小青一个耳光。

“好玩！你这个不懂事的孩子哟！”

妈妈又哭了起来。小青捂着脸，愣住了。钻台！妈妈为什么这样害怕钻台？爸爸就是钻井工人，一直站在钻台上握刹把的呀。多威风，干吗害怕呢？

小青不明白。更不明白为什么妈妈、爸爸这样偏向哥哥小海。她曾经悄悄地发过誓，等将来长大了，我一定离你们远远的，让你们就和哥哥在一起吧！我要让你们找不到自己的女儿。小青的脾气挺拧，气性挺大，小心眼儿、筛子底儿一样，挺多哩。

小青十岁这一年。清明节。天刚蒙蒙亮爸爸妈妈就走了。哥哥也不在屋了。等小青醒来，揉揉惺忪的睡眼一看，家里就剩下她一个人了。这是常有的事儿，爸爸妈妈要忙，哥哥要玩，一大早家里这点儿活，收拾屋子呀，添火续煤呀，都得她一个人忙完，才能上学去呢。小青正扫着地，“砰”，门推开了，哥哥跑了回来，风风火火、气喘吁吁地冲小青说：“小青，小青，咱们不是……”

“不是什么？”小青听不明白。

“不是亲哥哥，亲妹妹！”

“什么？”小青更不明白了。

“真的！昨夜里我要起床撒尿，听见爸爸、妈妈正悄悄地说话。他们说：‘明天是清明节了，咱们到陵园给小海的爸爸扫扫墓吧！’听听！小海，不就是我吗？我怎么还有个爸爸呢？我以为自己做梦，今天一大早，他们出去了，我也悄悄地跟在他们后边，果然见他们向陵园那边走去了！你看，我有爸爸，死了。咱们可不是亲哥哥、亲妹妹吗？我跑回来了，告诉你……”

“啊！”

小青蒙住了，像掉进无底洞里，一时分不清东西南北。

两个人都愣了好大一会儿。小海轻轻地，像怕碰一件怕磕碰的细瓷茶具一样问：“小青，说，这会是真的吗？”

小青摇摇头。她不相信。可不相信，过去许多往事一下子涌到心头。

“走！我们去到陵园找爸爸妈妈问问去！”

小青头一次这样果断。不像是个妹妹，倒像一个姐姐对小海这样命令着。

## 2

走出家门，路过石油局医院，正看见孟庆霖叔叔扛着大包、小包的东西，往一辆小吉普车上装。孟叔叔是爸爸妈妈的好朋友，和妈妈是医专里的同学，毕业以后一起从西安来到戈壁滩的。他常到家里做客，逢年过节的，还常常和爸爸喝两盅酒。爸爸是钻工出身，酒量大得吓人。他哪里是对手？几乎没有一次不是醉得东倒西歪出门的。有一次，大概他又喝醉了，脑袋就像断了秧的瓜，“砰”的一下栽倒在妈妈的肩头，呜呜地哭起来，紧接着“哇”地吐了一地。吓得小青、小海缩在爸爸的身后。把妈妈也吓坏了，赶紧给他端来清水，给他漱口，拿毛巾，给他擦脸。平常的日子，孟叔叔稳重得很。他是内科的主治大夫，石油局里一提起他，无人不晓。他的医术高明，救活不少石油工人和他们后代的命哩。只是他的脾气有些怪，一直到现在，快四十岁了才刚刚结婚。女的比他大七岁，长得也不好看，一脸皱褶，跟核桃皮似的，在省委里工作。听爸爸、妈妈闲聊，小海、小青知道，孟叔叔所以要和她结婚，主要是可以离开戈壁滩，调到省里面去。每逢说到这儿，爸爸笑了笑，笑得可怪了。妈妈叹口气，叹得那样意味深长。

"孟叔叔！您这就走了吧？到省里去？"

小青、小海向他打着招呼。

他这才注意到两个孩子，摸了摸小青的脸蛋——他特别喜欢小青，不像爸爸、妈妈偏向小海——说道："快走喽！先把这些杂七杂八的东西运到省里面去！以后，欢迎你们到省里去做客呀！"

省里！小青真想去。她连戈壁滩还没有离开过呢。她想看看树！省里一定有好多好多的树。戈壁滩上，一棵绿树都没有。哥哥见过，他说北京城公园里的古树，粗得好几个人抱都抱不过来哩。

"快走吧！"小海拉拉小青。他不那么喜欢孟叔叔。大概是孟叔叔不那么喜欢他的缘故吧？

小青这才想起来要到陵园里去。她想起来要找爸爸和妈妈问问自己和哥哥究竟是不是亲的？哎！孟叔叔和妈妈是同学，他会知道吧？于是，小青问道："孟叔叔，我和小海不是亲哥哥、亲妹妹，您知道吗？"

"什么？"

孟叔叔正在搬一摞医学的书。"哗啦"，撒了一地。他惊愕地望着两个孩子，仿佛第一次见到他们。

"我和小海不是亲的，是吗？"小青又重复一遍。

"你们听谁说的？"

"我听我爸爸亲口说的！我的亲爸爸死了，埋在陵园里。"小海说着，拉着小青的手跑走了。

孟叔叔追了上来，问："你爸爸、妈妈现在在哪儿？"

"在陵园。"

"哦，在陵园。对！今天是清明节……"

孟叔叔自言自语，东西也不顾搬，大步流星向前跑去。急得小吉普车的司机冲他嚷："哎！你这家还搬不搬了？"

"等一会儿！"他嚷着，头也不回，一直跑去了。

等小青和小海跑到陵园，孟叔叔早已经气喘吁吁地在那里了。他已经气急败坏地冲田岚和高志发过脾气了。

"你们怎么能把真情告诉给孩子呢？这么些年，戈壁滩上的人们都替你们保着密，为了就是孩子呀！他们还小呀！你们不懂这会挫伤他们的自尊心吗？田岚，亏了你还是个学医的，不懂得孩子幼小时心灵的创伤是没法子弥补的吗？……"

田岚和高志像两只被突然而至的暴雨浇得浑身精湿的鸟，没着没落地挨了一顿责骂，还不明白是怎么一回事呢。

"我们没有告诉给孩子呀！"

"没有？没有，孩子们怎么知道了？"

两个大人看见两个孩子站在自己面前的时候，都愣住了。两个孩子望着两个大人，也都愣住了。陵园里一时静寂得只能听见料峭的寒风吹着枯枯的芨芨草的草尖，发出沙沙的响声。虽然已是清明节，内地都是初春天气了，这里还看不到一点点春天的影子。风，尽情地在他们的身上、脸上、手上和头发上扑打，在陵园四周肆虐地打着旋儿，仿佛它们是这戈壁滩上唯一的主宰。

陵园不大，很破，四周没有围墙，连着一些无垠的戈壁滩，远处能看见一排排石油井架。唯一和别处鼓鼓包包的沙丘形成区别的地方，是这里的每一座坟包前矗立着一块木头或石头的碑，碑上写着或刻着死者的名字。自从石油局在这里打下第一座钻井起，死的第一位工人就埋在这里。常年以来，为这块戈壁滩献身的人逐渐增多起来。

有病死的、老死的，也有为了工作牺牲的。这里赶不上城里，可以火葬，便都埋在这里。逐渐，这里便成了天然的陵园。陵园，是石油局里的人自己给它起的名字。石油局的头头几次说要修修陵园。可找油、打油的事忙得团团转，活人的事还忙不过来哩，一时顾不上死人的事。

现在，爸爸和妈妈站在一座坟前，石碑上刻有一行隶书大字："龙世成同志之墓"。旁边还有一行小字："一九五四年十一月五日"。

该怎么对孩子讲呢？

## 3

那时候，戈壁滩刚刚开发。星罗棋布的钻井竖立在荒无人烟的戈壁滩上，煞是壮观。那一个个粗犷、高大的铁家伙，日夜隆隆响着粗嗓门，搅破了戈壁滩的沉静。尤其是到了夜晚，这里更是辉煌。井架上的灯亮了，像星星；天空中的星星亮了，像一盏盏的灯。井架把它那苍劲的剪影贴在天鹅绒一样瓦蓝的夜空，很像一幅雄浑的油画。

"算了！你别去打钻了！你看看你的脑袋烧得都能烧熟鸡蛋了！"

"我心里有数，不碍事的！"

那一天夜班，钻井下，发生了一场争执。这话被初冬的风撕碎，散落在戈壁滩上。戈壁滩的冬天呵，干冷干冷的。风像一条条鞭子，无情地抽打着他们。谁也说服不了谁。他们一个是这个钻井队的队长，一个是副队长。

结果，都上了钻台。后半夜，他只觉得浑身热得出奇，索性脱掉了皮大衣。他只觉得风把满天的星星都吹落在地上了，一颗颗在自己的脚下晃动……

"快下钻台！这回说什么，你也要回去给我休息……"

他没有听见背后传来的话声。不是因为风大，是因为他一头栽下了钻台。

沙地上，一摊殷红的血迹渗了进去。他躺在那里，一动不动。

“大夫呢？快叫大夫！”

咚咚！脚步声去了。

咚咚！脚步声来了。

“大夫不在。”

“到哪儿去了？”

“到指挥部会她的男朋友去了！”

“操他的蛋！男朋友！她是什么大夫！浑蛋！骚货……”

“副队长，快开车送队长上医院吧！”

副队长这才想起来送医院。他不骂了，亲自开着辆破嘎斯车，沿着一百公里戈壁滩的沙路，向指挥部新建的医院奔去。车开得飞快，简直像一头发了疯的怪兽。

可是，已经晚了。大出血。送到医院，已经没有一点气。他发疯似的把车开了回来，把他们的队长从车上抱了下来。队里的工人们都围了过来。在人群中，他看见了大夫，一个眉眼长得挺俊的小娘们。两个月前，刚刚分到钻井队的。

她会她的男朋友去了。她的男朋友在指挥部的医院。他们两个人从西安医专毕业，听说戈壁滩正在开发，需要人。她的男朋友先找到她，吞吞吐吐，欲言又止，像揣着什么老大的秘密，把她从宿舍叫到校园里那开满红艳艳大丽花的花坛旁。

“我有件事，想找你……商量……”

她知道他爱她。就在上一个寒假，全班同学都回家过春节了，只有他们俩没有回家，都想利用毕业前不多的假期好好读读书：当然，他们也可以静静地在一起，畅快地聊聊。开始，书读得多，聊得少。后来，书读得少，聊得多了。就在除夕的夜晚，他第一次拥抱了她。不过，那拥抱的姿势很别扭，抱得她很不舒服，并不像小说中所描写的那样、拥抱得像糖融化了一般甜蜜。她知道此刻他要说什么。一定是商量婚期之类的事。她不说话，静静地听着。她爱他。他是全班的高才生，在医院实习时处理过好几个疑难病例，连医院的大夫都夸奖他将来一定是个出色的医生。她觉得这是对自己的夸奖。她爱他近乎崇拜。她是一个羞怯而没有什么主见的姑娘。她愿意听他的，一切！

“你知道吗？柴达木的戈壁滩上，要找出石油来了！”

她点点头。她看过报纸。这些日子总在宣传。不过，她不清楚，石油和他们的医学有什么关系，和他们的婚事又有什么关系。

“我们去戈壁滩好吗？到那里……结婚！”

他竟然激动地一下子搂住了她的肩膀。

“干吗要到那里去？怪荒凉的……”她摇摇头，嘟囔了一句。

“那里需要人哩。去吧！好儿女志在四方……”

她不愿意去。可是，还是去了。她听他的。既然爱嘛，就应该跟她所爱的人永远在一起，哪怕是到天涯海角。除了医学，她还爱看小说。尤其是俄罗斯的小说。她佩服十二月党人那些坚贞的妻子们，陪着自己的丈夫到遥远、寒冷而荒凉的西伯利亚去。她去了，与其说是出于对戈壁滩的爱，不如说是对于未婚夫的爱。这就是爱情的魔力。

她恨不得马上就结婚。她不能一天天和他分别。可惜，一切比他们想象得还要艰难困苦。除了几顶帐篷和几所干打垒的房子做办公室、宿舍和临时新建的医院用，所有工人、干部的家属都还没有来。他们怎么好意思提出结婚呢？上哪里给他们弄一间屋子做新房呢？天天见面都不能保证。未婚夫医术高明，首先留在指挥部的医院里。她，一个姑娘家倒被分配到钻井队。未婚夫提出要和她调换一下，让她留在指挥部，条件总还好些。不行！局长发话了，不行。到处需要大夫。指挥部更需要。好钢要用在刀刃上。虽然，他们不过是医专毕业生。可是，在这里，把他们当作正经大夫使用呢！没有办法，她只好到钻井队报了到。她只好利用休假日、搭上辆去指挥部拉货或运菜的汽车，去探望自己心上的人。

这一次的休假日，她又去了。而且，一住几日，远远超过了假期。她真不愿意回去。那油污的帐篷，燎人的劣等香烟，烈性烧酒和工人们由于多日没地方洗澡而浑身散发出来的汗腥味……一想起来，就难受。全队只有她一个女的，没有她的住所，只是帐篷中间用木板打了一个隔段。她能听见隔壁肆无忌惮的骂声和下流的玩笑。有几次，她竟听出工人们，包括队长、副队长在内，在议论她呢。她臊得脸通红、恨不得立刻找个地方钻进去。她的衣服上已经有了虱子，床上有了臭虫，被子里有了跳蚤。一想起来，就浑身痒痒得难受。她半夜醒来，捉拿这些小动物。然后，又听着风摇撼着帐篷，像是什么巨头猛兽在撕扯着一只弱小的兔子……她后悔来到了戈壁滩。现在，走是走不了了。起码，应该让她和她的未婚夫能在一起呀。那样，她的心多少也可以安定一下呀。

"都是你，非要到这里来！"她几次想说他。可是，没有说。她看出他心里也不好受，干吗再给他心上添堵呢？"真不想回钻井队了！"最后，憋在心里丧气、埋怨的话，只化作了这样的一缕柔情。她倒在他的怀中，喃喃地说着。

不想回去，还是得回去。那里，毕竟有她的药箱，有她的病人。当她听说队里发生事故了，未婚夫正在病房里值夜班，她来不及告别一声，立刻搭上一辆过路的便车，跑回了队。半路上，赶汽车，她心急如火，在沙窝子里跌了好几跤。

晚了！一切都晚了！人已经死了，硬硬地躺在车上，被抬了下来，放在一块木板上，眼睛还愣愣地张开着。死不瞑目呀！是在责备自己的擅离职守吗？话又说回来了，即使自己昨天夜里在，这样重大的事故，她一个医专刚刚毕业的学生，能够应付得了吗？面对死者，她的思绪纷纭，一时脑子里沉沉的，直要晕倒。这还是她第一次见死人。一个曾经活生生地在她面前笑过、说过、干过活的人，就这样死去了。她有一种说不出来的恐惧。似乎那死人会随时又从地上爬起来，活了过来，冲她大声斥责、质问着："你回来了，小姐？"

是谁在这样讲话？仿佛死者的在天之灵，幽幽地从云中飘来。她惊恐万分地抬起头，望见的是一双刀子般锋利的眼睛。是副队长，在一步一步向她逼近。她害怕这目光，吓得不敢讲话。

突然，一只大手一把揪住了她的棉衣领子，接着是一声变了音的大吼："你还给我人！"

她吓得像小鸡在鹰面前一样浑身颤抖。在场的工人们也都惊呆了。还从来没见过副队长这样震怒。

"你昨天哪儿去了？你去会你的男朋友去了！你知道你的岗位在哪里吗？你知道为了给国家找出大油田，这里有多少工人在日夜加班加点地工作吗？你……"副队长稍稍冷静下来，连珠炮一样数落着这个不称职的大夫。

"我错了，我不该……"女大夫嗫嚅着，慌张得像一个考试不及格的小学生站在严厉的老师面前。

"你错了？就这么一句轻飘飘打不起分量的话，能让人再活过来吗？"不说这句话还好，这倒又重新惹起副队长雷霆万钧的火气。他像一头暴跳的豹子，围着她来回转了两圈，然后指着死者对她说："你给我冲队长跪下，都是因为你不在！你给我跪下！……"

工人们都把一只只眼睛瞪得铜铃般大。

"跪下！你听见没有？跪下！"

"我……"

女大夫的泪花在眼睛里打转。她不知如何是好。人群骚动了。有人在嚷："跪下！"有人在说："一个姑娘家，跪什么呀！她在也挡不住人死！"……

副队长的耳朵里已经根本听不进一句话。他一想起女大夫昨天没在场，刚才这轻飘飘的话，就从心底冒火。他一想起昨天队长还活生生地站在自己的面前，冲自己讲话，就一阵阵揪心地疼痛。

"跪下！你不跪下，我把你的腿打断！"他竟然挥起大手，粗鲁地冲女大夫喊道。

工人们的议论由分歧而变成压倒多数的一边倒了，声音像浪涛一个个劈头盖顶地压来："跪下！跪下！……"

女大夫完全被吓蒙了。扑通一声，她跪倒在戈壁滩上。眼泪唰地一下挂满脸颊。

霎时间，人群里一点儿声音也没有了。大家默默地望着她。她望着死者，又望着死者后面高高的钻台，又望着钻台后面那无边无际的荒沙戈壁，她的心里不知是一种什么滋味……

她就是田岚。

她的未婚夫就是孟庆霖。

副队长就是高志。

死者就是埋葬在陵园里的龙世成。

## 4

人群散去了。没有人再理她了。仿佛一切的罪过都在于她。也怪，现在，她倒并不感到什么冤枉，只觉得一切是这样的残酷。活生生的变成死，竟是这样简单，这样的快。如果昨天自己在呢，也许会出现另一种结局吗？她不知道。但是，她在想。由此，她责备自己了。她觉得自己对死者是有愧的，倒是应该下跪去负疚的。

她不知道自己是怎么起来的，也不知道自己是怎么回到帐篷里的。泪水润湿了枕头，她迷迷糊糊地睡着了。没有人理她。等她醒来的时候，星星已经一颗颗蹦满天空。

她走出帐篷。高高的钻井并没有因为有人死亡就停止工作。它依然在隆隆地响着。它是坚强的。星星挂在井架上，像是一只只眼睛，闪闪熠熠，似乎都在问着她："昨天，你在这里吗？你看见你们的队长从这里摔下去了吗？"

她不敢看了，也不敢走了。她想逃回帐篷里去。正在她转身要走的时候，她忽然听见一阵嘤嘤的哭泣声。那奶声奶气的哭声，分明是一个孩子呀！是谁呢？她立刻想起来了，是龙世成才一岁多的儿子小海呀，我怎么光想到自己如何痛苦，却忘了一个孩子呢？

孩子怪可怜的。龙队长和高副队长都是从玉门油田来的。他们是老战友了，一直是左右手的好搭档。难怪龙队长一死，高志发那么大的火。为了到戈壁滩上来，自己的老婆和他离了婚，把孩子甩给了他，跟着一个后勤处的处长调到内地去了。龙世成没说什么，还是抱着孩子，和高志一起来到戈壁滩。

高志没少劝他："算了！老婆不愿意，你就先甭去了。在哪儿也是干革命！你又不像我，光棍一条，一人吃饱，全家不饿，无牵无挂！"

龙世成没听，只是说："你说我是共产党员，戈壁滩正需要人，我不带头，为了老婆，这让人戳脊梁骨！"他还是来了，又当爹，又当妈，还要当一队的队长。孩子暂时没地方撂，就放在帐篷里。上白班时，交给下夜班回帐篷休息的工人。上夜班时，交给上白班的工人。大家都管孩子叫"帐篷之子""石油的儿子"……

啊！孩子！失去了母亲，如今又失去了父亲的孩子，怎么能不哭？

循着哭声，田岚走了过去。等她走近时，孩子正跟着一个大人向井架走去。她看清了，那大人是高志。想起白天的一幕，她怕他，没敢叫孩子。孩子和她挺熟的，常常迈着蹒跚的步子，钻进她的帐篷这边来，翻她的药箱，掏出红药水、紫药水、碘酒，搽得满脸花花绿绿，逗得她直笑，他也止不住地笑。她也常常逗他玩，拿纸叠小船，用药棉花粘小白兔。他可爱玩啦，拿着小白兔和小纸船，叫着，蹦着，像要飞上天哩。工人们来看病，他非要给人家上药。未婚夫从指挥部托人捎来了信，他拿着装模作样地看呢！才一岁多的孩子呀，居然那么懂事……望着他，田岚总偷偷想，自己以后结了婚，要是也有这样一个孩子，该多好玩呀！她曾经把这个想法告诉给未婚夫，未婚夫笑着说：“你呀，将来有的保证是一个女孩子！”“为什么？”“因为实际和想的一定是两码事，是正相反的！”“医学上这么说的？”“我这么说的！”“我不信！”“你不信，就等着看看！”……

这个孩子，曾经给过她欢乐。而今，孩子的欢乐没有了。他失去了他唯一的亲人。想到这儿，她替孩子痛苦。

她一直悄悄地跟在孩子的后面。她想轻轻地对孩子说一句：“小海，骂我吧，打我吧，都怪阿姨！昨天没在队里，昨天……”一想到这儿，她就想哭。

孩子跟着高志，一直来到井架旁。高志一把抱起他，指着钻台对他讲：“你爸爸就在这里……唉！你还太小，你什么也不懂，什么也记不住！你只会哭！”

孩子还在哭。他还太小呀。

“你不会不哭呀？行不行呀？别哭喽！别哭喽！你看带你出来转悠转悠也不行，到底怎么才行呀？”高志的脾气太不好了。他没有摆弄过孩子，更没有这耐心法儿。

哭声像刀子直刺田岚的心。她不知哪里来的一股勇气，走了过去，冲高志说了一句：“把孩子给我吧！”

高志正发愁不知怎么摆弄孩子才好，他把孩子递给了她，什么话也没有说，只是望了望她，就走上钻台。队长不在了，他的责任更大了。

田岚抱着孩子，轻轻地哄着：“小海是个好孩子，跟阿姨去玩！不哭！不哭！……”

孩子果然不哭了，躺在田岚的怀里，望着田岚的脸，然后奶声奶气地说：“爸爸！”

爸爸！不知怎么搞的，田岚的眼泪一下子涌了出来。

孩子又张着小嘴，甜甜地叫着：“妈妈！”

田岚眼睁睁地望着孩子。孩子正充满希望地望着她。孩子还太小，他还不会说别的话，只会叫这两个简单的词。现在，爸爸、妈妈都没有了。可怜的孩子呀！她不知该怎么哄他了。孩子又哭了起来。

“妈妈！”

孩子还在叫着。他一定是哭累了。想爸爸，爸爸一直不来。来的是一个女的。他想妈妈了。

“妈妈！”

孩子叫的真甜，叫人心醉。也许，答应一声，孩子会高兴些吧？妈妈！世界上最安全的保障和寄托了。那么，孩子一定不哭了，今晚也一定睡一个好觉了。

“嗯！”她轻轻地应了一声。

果然，孩子不再哭了，也不叫了。很快，他倒在田岚的怀里睡熟了。

星星，正在井架上闪亮。

田岚望着孩子，望着井架，她觉得那星星里面似乎又多了两颗。是小海的眼睛，在井架上瓦蓝的空中望着自己。那光，是闪闪发亮的，是躲避不了的。

下一个休假日，田岚抱着小海到指挥部去玩。她见到她的未婚夫——孟庆霖。

“这是谁的孩子？”孟庆霖问。

“我们的呀！”她笑着回答。

“开什么国际玩笑！”孟庆霖也笑了。

“真的！是我们的！”她却不笑了，一本正经地说。

孟庆霖笑得更响了。他一定以为她又像以往一样，弄出个什么新花样，在逗他玩呢。

她打断了他的笑声：“别笑了！这是真的！今天，我来找你，就是想和你商量这件事。这是我们龙队长的儿子小海。你知道，他的妈妈、爸爸……”

他也打断了她的话：“于是，你想发发善心，收留他，让我和你一起抚养他？”

“对！”她点点头，充满自信。

“你呀，真还是个孩子！你怎么不好好想想呢！”

“我想了！都想了！”

“你都想什么了呀？第一，孩子他爸爸的死又不是你的什么责任！”

“我那天是不在队里……”

“第二，现在咱们俩还没有结婚，就先有了个孩子，咱们怎么跟家里交代？”

“我会写信告诉家里的……”

“第三，现在咱们俩的日子还没法过呢，再弄一个孩子，在这荒凉的大戈壁滩上，又不是一天、半天的事……”

“车到山前必有路！”

“有路！有什么路？你呀，太天真，又是让你那十二月党人的破书闹的吧？以后，你就又该后悔了！”

“这回我决不后悔！真的！不后悔！龙队长的死，不管怎么说，是有我的一份责任的！孩子没有爹妈，多可怜！庆霖，以前，我什么都听你的。这回，你就听我这一次吧！我们把孩子收留过来，然后马上就结婚……”

可是，他没有听她这么些年来唯一的一次要求。孩子在田岚的怀里哭着。他们的话谈崩了。

## 5

田岚没有了休假日。因为她无处可去。她只是和小海在一起。小海已经习惯地叫她妈妈。不到两岁的孩子，真是难弄。她又从来没弄过孩子。屎呀，尿呀，说老实话，第一次，把着孩子屙屎，她把鼻子拧在一旁。以后，竟也慢慢习惯了，觉得孩子的屎味也不是那么难闻了呀！晚上，睡觉，孩子紧紧地搂着她。有时，还会把小手伸进她的怀中，摩挲着她的乳头，弄得她真痒痒，怪害臊的。可是，她让孩子摩挲着。孩子一定想妈妈了。和她妈妈在一起的时候，他一定也是这样不老实。妈妈！从此，她就要做孩子的妈妈了，作为自己对孩子的爸爸的一时失职而付出的终身忏悔的代价。

值得吗？好些个夜不能寐的日子，她这样想过，反复地问过自己。值得。最后，她得出的答案就是这样两个字。

许久，没有见到孟庆霖了。她想他。他毕竟拥抱过她，亲吻过她，抚摩过她。那毕竟是青春的第一次拥抱，第一次亲吻，第一次抚摩。初恋的回忆，对于她是甜蜜的，又是痛苦的。已经过去了，像逝去的流水，飘走的风，追不回来了。还想那些干什么？她一次次这样劝告着自己，却又一次次禁不住想起，甚至想起那每一个细节。简直像个孩子，大人刚刚给了一件过节的礼物，总想偷偷地拿出来看看，看了一遍又一遍……那毕竟是她的生活呀，她怎么能忘呢？她真希望，他能突然出现在钻井队，出现在她的帐篷前，一把抱起小孩，然后腾出一只手，搂住自己的肩膀，说："就这样吧！让我们一起抚养这个孩子长大成人……"可是，这样的奇迹，没有发生过一次。

她照样天天照看孩子，喂他吃，给他洗，哄他睡，还要给他讲他并听不大懂的故事……

一次，小孩病了，半夜发起高烧，热得像小火炉。她吓坏了，抱起孩子，哆哆嗦嗦地叫了起来："快来人呀！快来人呀！"

隔壁的工人们都被她的惊叫吓醒了，纷纷地问道："怎么啦？出了什么事？"

自从她把孩子接过来抚养，钻井队的工人们，对她刮目相看了。煤、木头、水……无论什么时候都是满满腾腾的。工人们有个小病小灾的，从来不来找她麻烦，而是能忍就忍过去了。弄一个孩子，又给全队这么多人看病，一个姑娘家，怪不容易的。因此，不管她有什么要求，都会答应她的。在大家的心目中，她似乎一下子成了一个英雄。

“你们快过来吧！孩子病啦！”

大家披着衣服，跑到她的帐篷里。孩子！现在成了全队的小皇上！没有一个人不挂念他的。病了！这还了得！高志亲自开着嘎斯，把田岚和小海送进指挥部的医院抢救。

参加抢救的大夫有孟庆霖。孩子得的是急性肺炎。住了一个星期的医院。田岚真不愿离开孩子，又担心队里出事，只好回去了。队里派了两个小伙子轮流护理着孩子。一个星期之后，田岚来接孩子出院。孟庆霖一直把她送到医院门口。

“你看见了吧？为了一个无亲无故的孩子，担多大风险，受多少罪！”孟庆霖说得挺动情。也许，一切有了转机？田岚的心怦怦直跳。她等待着，禁不住用一种颤抖的声音问道：

“那你说怎么办？”

“怎么办？给国家嘛！国家会按劳保条例，自然会有办法的！”

哦，原来是这样。一切希望是空的。

“国家？国家是空的吗？国家也是由一个人一个人组成的呀！”田岚的声音变粗了。

“想不到你学会了这么一套大道理，又是从你那十二月党人那里学来的吧？”

他竟用这种嘲讽的语言说话！田岚没再说什么，抱着孩子，转身走了。她很想对他说：你以为只有俄罗斯才有十二月党人吗？中国人里比十二月党人更坚强的人有的是！

戈壁滩上，一辆嘎斯车在等着田岚。开车的是高志，他到指挥部取些材料，顺便拉她回去。坐上车，高志驶动了车。两个人谁也没有讲话，只听见马达隆隆地响着。好长时间，他们没有讲话了。高志一直想对她说些什么，一直说不出口。这一回，他真真地感动了。一个姑娘家，抱着一个非亲非故的孩子，担惊受怕，吃苦受累，还要受着舆论的骚扰，原来未婚夫的冲击……不容易呀！不管怎么，这一次，他应该对田岚说什么了。

“田岚，我对不起你！你骂我吧！”他握着方向盘，瞅不冷子冒出这么一句，吓了田岚一跳。

“你说的是什么呀！”

“那天，我浑蛋，我竟让你下跪！”

“过去的事，甭提了！我是有错！”

“我混呀！我……”

突然，“嘎”，他把车停在空荡荡的戈壁上。田岚更加莫名其妙，不知他要干什么。

“我知道，我是个工人，你恐怕什么时候也没有把我瞅在眼里！可你的行动，确实感动了我！如果，你不嫌弃的话，我愿意和你一起抚养这个孩子！”

“什么？”

“你不用害怕，我是说我和你一起抚养这个孩子。当然，你如果愿意我……”

这个粗犷的壮汉子一时竟也羞羞答答了。不过，这里面的意思，田岚全都明白了。

“我愿意给你下跪保证，我一定对得起你，对得起孩子！”

说着，高志就要推开车门下车，田岚一把拉住了他的手。他那粗壮的、结满厚厚老茧、钢锉一般的手。

两个人，谁也没再讲话。孩子正在甜美地熟睡着。高志踩动离合器，加大油门，汽车又在戈壁滩上飞奔起来。一路上，谁也没有提这件事。似乎，一切都没有发生过。

两个月后，他们结婚了。就在这隔开一个间段作为卫生室的帐篷里举行的婚礼。前来参加庆贺的有不少人，石油局的局长和医院的院长都特意赶来了。

“先委屈你们一下吧！眼下，咱们这儿刚刚是创业阶段，一切还都谈不上！将来，孩子会记住你们的，戈壁滩会记住你们的！你们的行为是高尚的！你们为戈壁滩做了贡献！”局长在致辞时说了这样一番热情洋溢的话，他的眼睛湿润了，酒杯在手中颤动，酒洒在手上。

孟庆霖没有来。虽然，田岚和高志都邀请了他。第二年，当他们添了一个小女儿，给小女儿过百日的时候，他来了，而且喝得酩酊大醉。

“孩子起的什么名字？”

“小青。”

“干吗叫小青？”

“她哥哥叫小海，她就叫小青吧！青海！他们都是青海戈壁滩的孩子！”

“哦……”

孟庆霖稀里糊涂地问着，听着。田岚望着他那失去焦点的目光，心里一阵阵酸楚。这就是以前曾经爱过、抱过、吻过自己的人吗？现在，看他醉的样子吧！他一定后悔了吧？他没说，他好强，他借酒浇愁。可是，她看得出。她毕竟是了解他的，像大夫能摸得清自己病人的脉数。

以后，孟庆霖常常到这里做客。以至于后来，钻井队盖了新房；以至于后来，田岚身上的病和岁数一起增加，无法再在野外钻井队继续工作，调到局医院，他总是他们家的座上客。他们欢迎他。田岚毕竟和他相爱过一段。高志不是那种小心眼的男人。他豁达，常常为有这样的人陪他喝酒而高兴。自然，孟庆霖常常喝醉。他酒量本来不大，以前醉的次数并不多。不知怎么搞的，一到他们这里来喝酒，他必定喝醉。也许是酒不醉人人自醉吧？

“庆霖，你怎么还不结婚呢？”

有一次，田岚问他。

“是呵，你也应该抓挠抓挠自己的事了！”高志也这样说。

孟庆霖长长地叹了一口气，不说话，只是闷头喝着带着一丝辣味和苦味的“互助大曲”。

这一次，他又喝醉了，“哇”地吐了一地，连绿色的胆汁都吐了出来。

一晃，十年过去了。小青，十岁了。小海，十二岁了……

孟庆霖终于要结婚了。是当年分配到省里的老同学的大媒。

“干吗要找这样一个人？你又不是那么了解她。难道咱们戈壁滩的好姑娘一个也没有了吗？”田岚曾经这样开诚布公地问过他。

他摇摇头：“没有了！没有了！原来有，现在没有了……”

“干吗这样悲观？”

“在戈壁滩上待了这么些年，我才算明白过点儿味儿！当年，我是多么幼稚，我竟然把你拉到这荒凉的戈壁滩上来！都是我的罪过哟……”

“干吗要这样说？我并没有责怪你，也没有后悔！”

“我却后悔了呀！常年在这戈壁滩上挣命，连氧气都比内地少呼吸好些哟！你看看，你、我，这才十年哟，都老成什么模样了！”

他说的不错。才十年，她是显老了，皮肤变粗糙了，失去了以往的滋润，也失去了以往的弹性。皱纹，已经过早地爬上了眼角和额头。这都是戈壁滩的肆虐风沙毫不留情的馈赠。

“你看你，对戈壁滩多少还做了点贡献！还抚养了一个戈壁滩的后代。我还不如你！我在戈壁滩失去了青春，失去了爱情，失去了一切的一切！我还有什么可留恋的呢……”

他就这样要走了。离开戈壁滩了。代价是和他一个并不相爱的、年龄比他大七岁的女人结婚。田岚一想起来，心里就不是滋味。不知是替他难受，还是为他可怜。不管怎么说，那过去的一切，毕竟还有值得留恋和回忆的地方。她不会忘记的。他也不该忘记。

局长当年在田岚结婚时说得对，“戈壁滩会记住这一切的！”

# 6

小海和小青长大了。小青出落得更漂亮了，小海比小时候招人眼目，长得越发像他的爸爸龙世成，结结实实，精精神神。两个孩子像开放在戈壁滩上的两朵花哩，谁看见他们俩，都羡慕高志和田岚：看看人家，福气哟，有这么一对好儿女！

小青再不埋怨爸爸、妈妈偏向小海了。那都是应该的。而且，她也要向着小海呢。

有一次，学校里考数学。小海的脑子笨些，一年级时，爸爸妈妈让他多上了一年，正好和小青在一个班，兄妹俩在一起，也可以互相照顾。小青的功课好，没有多大一会儿就写完了满满一张卷子。她看看坐在自己旁边一排座位上的小海，还咬着铅笔头发呆呢，保证是犯难了。小海看见她在望他，便冲她悄悄指指卷子，伸伸手。小青明白哥哥的意思。她上讲台交卷子的时候，路过他座位旁边瞟了一眼。噢，原来是最后一道题“卡钻”了。她回到自己的座位，迅速地写了答案，悄悄地塞给了他。谁知道，让班主任方老师发现了。下课后，方老师把他们俩人都叫到办公室。小青哭了，对老师说：“都是我的错！您批评我吧！千万不要批评小海！”“为什么呢？”老师奇怪地问。“因为……”因为小海没有亲爸爸和妈妈。小青想告诉给方老师。可是，小海就在自己的身边，她怕他听了以后又要伤心。“因为……反正都是我的错！”她翻来覆去就是这么一句话，替哥哥做盾牌。

还有一次，小青到方老师家做客。方老师是南方人，刚刚探亲归来，带回一些香蕉来。说老实话，戈壁滩上的孩子只是从画上见过香蕉，从来没吃过呢。方老师很喜欢小青，尤其是知道小青心地那样善良，就越发地喜欢她了。方老师给了她两只，小青舍不得吃，她只吃了一只，把另一只悄悄地藏在自己的衣服口袋里。谁知让方老师看见了。真尴尬哟！好像自己偷香蕉一样！“是不是给小海带去呀？”她红着脸点点头。“这里有专门给你哥哥的香蕉。”方老师又掰下两只香蕉递给她。她放在口袋里。不知怎么搞的，她总想赶快离开老师的家。老师再和她说什么，她都没有听进去。一出老师的房门，她就向家里跑去。小海还不在家，跑到学校踢足球去了。她又赶到学校。“小海，你看我给你拿来什么好东西哦？”“什么呀？”小海抹抹一脑门子的汗，跑了过来。“你猜？”小青眨眨眼，调皮地问，想让小海出其不意地高兴高兴。“猜不着！”“香蕉！”“香蕉，你骗人！香蕉要是运到戈壁滩上早颠簸烂了！”“真的，不骗你！”说着小青从衣袋里掏出香蕉。呀！已经揉搓烂了。

她还帮助小海洗衣服，从外衣到内裤和袜子。哥哥不让，她偏要抢过来洗。她不嫌脏。她是把他当成比亲哥哥还要亲的人看待的。童年，少年，心像水晶般透明，心比金子还珍贵哟！妈妈爸爸望着他们俩，都会心地笑了。

他们中学毕业了。在妈妈的医院里干些零工。那时候，还讲究推荐工农兵学员。他们两个人报名了。

“小青，你猜我报的什么学校？”

“什么学校？”

“省医学院。”

“太好了！像妈妈一样！”

“对！像妈妈一样，也做一名医生！你呢？”

“我当然也报的是医学院。”

他们想到一块去了。田岚听了，心里熨帖，舒服。

可是，最后的消息传来，分配给石油局的医学院只有一个名额。谁去呢？

“小青，你报个别的学校吧？”方老师正管大学报名的事，挺关心地对小青说。

“不！我不！”

“小海，要不你报个别的学校吧？”方老师又对小海说。

“不！我不！”

方老师犯了难了。让谁去呢？

“小海，你去吧！我不去了！”走出学校，金色的阳光照在戈壁滩上。天气真好。戈壁滩上只要不刮风，天显得格外蓝，格外低，那袅袅的云彩好像一伸手就可以够到呢，他们谁也不说话。谁也没有心思去看那飘逸的云彩。小青这样对小海说，说得坚决，好像做了什么重大决定一样。

“干吗呀？你的学习比我好呀！”

“可我年龄比你小呀！我明年还可以再报名，再考！你去吧！”

小海的眼睛湿润润的。他一把握住了小青的手。小时候，他们倒是常常手牵着手一道玩，长大以后，他们就再没有握过一下手呢。那细腻、滑润的手，在自己的手心里，小海觉得像一股电流透过全身。他这才发现，小青长高了，长大了，胸脯高高的，眼睛大大的，浑身洋溢着青春的热气。

小青注意到了小海一瞬间表情的变化。她的脸泛起红润。她也禁不住打量起小海来了。呵，嘴唇上长出一圈茸茸的小胡须来了。粗壮的骨架给人以一种男子汉的感觉。大了，他们都大了。好像只有在这一瞬间，她才忽然觉得他们已经长大了，已经和孩子的时代告别了。

如果爸爸、妈妈在场的话，望见此刻他们的目光，一定会发现，他们的目光再不是哥哥与妹妹的目光了。变了。随着年龄的增大，随着分别时刻的即将到来，那目光的内涵变得复杂而幽深莫测了。

从这天以后，他们喜欢躲开爸爸、妈妈，悄悄地跑到戈壁滩上去说话、去散步。这里没有公园，没有那花木掩映、花砖铺地的甬道。戈壁滩好开阔呀，而且没有人打扰，甚至连一只小鸟都不会惊扰他们那绵绵无尽的话语。他们可以尽情地走呵，走呵，话永远也说不完，路也永远走不到尽头。

“小青，你知道吗？最初我刚刚知道你不是我的亲妹妹的时候，我是多么难过呀！现在，我却变得高兴起来了。”

“为什么？”

“为什么？幸亏你不是我的亲妹妹！”

“为什么？”

“为什么？你说呢？”

他们都清楚为什么。明知故问。他们都想把埋葬在心里的那一直朦朦胧胧的话挑明。一时，他们都还说不清，也还都没有这种勇气。

“小海，到省里上了大学，你不会忘了……戈壁滩吧？”

“怎么能呢！我永远不会忘记！”

小海再一次握住小青的手。说得格外真挚，动情。这一刹那，就是这样普通的一句话，竟使得小青的眼睛湿润起来了。

他们不知不觉地来到陵园，走到了龙世成的墓前。

“爸爸！”

小海轻轻地呼唤了一声，蹲下来，双手扶着石碑，哭了起来。引得小青的心里也很难受，止不住也哭了起来。

风吹过来，卷起沙子，扑打在石碑上，扑打在他们的身上。

“小海，你知道妈妈因为你爸爸的死，一直有一种内疚的感情！你现在要到医学院上学去了，妈妈多高兴呀！”

“我就是为了妈妈，也为了爸爸，才报的医学院的！小青，你的一家，呵，干吗说你的一家，也是我们一家，都是好人，为了戈壁滩上以后少出现像我爸爸这样的坟，我一定好好学！小青，你也好好学吧！”

小青点点头。

“等着我毕业回来……”

“等着……”

“对着我爸爸的坟起誓……”

“起誓……”

“别忘了，这里的坟、井架、戈壁滩……”

“忘不了！忘不了今天……”

小青再也忍不住了，呜呜哭了起来，一头扑在小海的肩头。

小海慌了。小青在他的怀中抽动着，像一条刚刚蹦在沙滩上的鱼。他扶正小青，替她擦干眼泪。

“干吗要哭呢？”

“我也不知道。”

小青噙着泪花，脸上绽出了笑容。

石碑在注视着他们。阳光在注视着他们。戈壁滩在注视着他们。

这一年，小青刚刚二十岁，小海二十二岁。

## 7

小海上学去了。家里一下子变得冷清起来。小青挺想他的，妈妈、爸爸也想。常想起他在家里的又说又笑的情景。

“孩子有了出息了！老龙也可以在九泉之下闭眼了！”高志常常这样念叨。

“是啊！我的心总算得到点安慰！”田岚这样念叨。

二十年过去了，他们变老了。为了孩子们，为了戈壁滩，他们付出了整个青春。小青心疼他们。她想等小海毕业回来，他们一起工作了，一定让爸爸、妈妈退休到内地好好补养，一定让他们享享福。

寒假到了。小海没有回来。他刚刚入学，功课吃力。他想利用假期补补课。他来信说，要是小青也在医学院该多好呵，考试时就不发愁了，她会把答卷递给他抄的。爸爸、妈妈看到这儿，都笑了。小青也笑了。他在想着自己。她心里甜滋滋的。

暑假到了。小海还没有回来。他到外地去开门办学了。暑假也要办学。大学学习真忙！他来信告诉小青别忘了到他爸爸的坟前看看。他寄来了这学期的成绩单，外语是3分，其他全是4分、5分。他让小青替他在父亲的坟前把成绩单烧了，作为对父亲的祭奠和汇报。爸爸、妈妈都感到欣慰。小青替他到陵园，跪在龙世成的坟前，把成绩单一页一页烧掉了。纸灰被风吹起，像一只只黑蝴蝶。她望着它们，想起一年前和小海在这里分手的情景，真觉得就像刚才发生的事情一样。小海好像就在自己的身边。一伸手，就可以抓到。

这一年，小青在妈妈工作的医院，当了一名见习护士。她挺喜欢这工作。除了每天打针、拿药、洗刷药具之外，她就盼望着小海的信。一个人，有了自己心爱的工作，又有了憧憬的希望，小青觉得就是幸福的。她觉得单调、枯燥的戈壁滩也有了色彩。似乎在那荒漠，寂寥的戈壁滩深处，随时有可能会出现一辆金马车，驮着她一直跳在心头的希望之神，向她奔来。她天天爱这样幻想。

“小青，工作时一定不要走神！你稍一疏忽，病人可就是一辈子的事！”妈妈没少这样对她说。

“我知道！”她一扭头。

“你知道！你知道戈壁滩上的工人多么不容易呢！等休息日，让你爸爸领你到野外钻井队去转转，看看！”

爸爸真的领她去了。钻井队是他们的老家，老远就冲他们打着招呼！“哟！老高，这是你的千金呀？”“和她妈一样，也是大夫？”“呵，是护士！哎，要是大夫多好，也像她妈当年一样，到我们这儿来吧！我们可需要了！”

要不就是仔细询问着小海的情况：“听说小海出息了，到省里上学去了？”“不容易呀！你和田大夫这么些年！”“什么时候毕业呀？还有两年！”“快！一晃就是两年！你看，咱们在这儿都干了二十年了！”……

照例，工人们要准备一席酒菜，不让爸爸喝光、小青吃光，是不会放他们回去的。

“你看见了吧！工人们盼望着你们快点成才呢！”爸爸说。

小青明白。她巴不得她赶快也能成为一名医生。她也巴不得小海赶快毕业回来。

这一天，小青正在医院里值班，一个看病的小孩告诉她：“你家来人了！你爸爸都请假回家了，你还不回去看看！”

谁呢？会是小海突然回来了吗！不会呀。他最近没来信呀。她心里一个劲说不会，却又禁不住希望是小海。心上长草了，她找借口向组长请了一会儿假，偷偷向家里跑去。一路上，眼皮老在跳，左眼，跳福！她的心头热乎乎的。

呵！不是小海。原来是孟庆霖叔叔。

“这是小青吧？长成大姑娘了！”孟叔叔站了起来，冲她打着招呼。

“你孟叔叔这次是随省卫生局计划生育工作队到石油局检查工作来的！要不，恐怕没机会到戈壁滩上来了呢！”爸爸说。

不是小海。小青失望了。她客气地向孟叔叔点点头：“孟叔叔，您先坐着。”便又偷偷地溜回医院。不知怎么闹的。这一天，她的心总像天上的云彩，飘飘悠悠的。干活，老出差错。不是把药片拿成药面，就是把针头掉在地上。

“怎么啦？小青？”伙伴们问她。

“没什么！”

“家里来谁了？”

“我妈妈的老朋友。”

“噢。”

谁也不明白她的心思。

晚上，爸爸、妈妈像以前招待孟庆霖一样，少不了要烧一桌子菜，要拿出一瓶还没有启封的“互助大曲”。小青也跟着妈妈屋里屋外忙乎。她想托孟叔叔回省里找找小海，给小海带点东西。戈壁滩上能有什么东西呢？省里卖的比这里全多了。可是，小青还想让孟叔叔给小海带去。那是一条她自己织的围巾。她总想起小时候，为了一条毛围巾，跟小海打架斗气的情景。呵，也是一条天蓝色的围巾……

酒酣耳热之际，他们的话多了起来。

“老高哟，你看你们多好！一个儿子，一个闺女。儿子到省里上大学了。女儿呢，成了戈壁滩上的一朵花。福气哟！说实在的，我真嫉妒你呢！我也真后悔自己当初怎么就那么轻易地把田岚拱手相让给你了……”

孟庆霖又喝多了，说话嘴上没个把门的了。

妈妈在一旁笑。

爸爸给他又斟满一杯酒：“你现在不是混得挺不错的嘛！跑到省里住大楼了！现在又跑到我们戈壁滩上视察工作！”

“嗐！别提了！别提了！这叫作人人都有一颗红亮的心，又都有一本难念的经！”

“怎么啦？庆霖呀，你别人心不足蛇吞象呀！”妈妈把一盆手抓羊肉炖好，端上桌来，对他说。

“我还吞什么象哟！我现在净吞绿豆蝇！”

“看你这不顺心劲儿！”

“你看看你们，一个儿子，一个闺女，一家子过的多福气哟！你们看看我……”

“怎么？到现在还没个孩子？”

“孩子？我们那位……唉，早知道这个，就是给我金銮殿，我也不要她！”

他仰脖把酒一饮而尽，话里隐藏着无尽的痛苦。

“这就是你离开戈壁滩对你的惩罚呢！”妈妈说。

“是呀！是呀！这就是命！你承认不承认有命？反正，我承认。自从和你吹掉，我就一直走背字呀！”

“看你说的这份丧气！”爸爸把酒又给他斟满，“你要是那么想要个孩子，看我们家小海、小青哪个好，挑一个！”

“对！你挑一个！”妈妈也笑着说。

“那敢情好！可是，我好意思吗？当年，小海小，正是困难时候，我没有要，抛开人家孩子不管。现在孩子大了，揭开笼屉吃熟的了，我的手怎么伸得出呀？”

“那你可以要小青嘛！”妈妈还在逗着他。

“那我乐得不知说什么好呢！打小我就喜欢小青！小青，我认你当个干女儿怎么样？……”

他一定喝醉了。哪一次来到这里，他不是醉成一摊泥？小青不喜欢他。她不明白当年妈妈怎么会爱上这样一个人？

果然，他的话还在说，就又吐了一地。

本来，小青想让他把那条很好的天蓝色围巾带给小海。她没有拿出来，望着吐了一地的秽物，她心里一阵恶心。

可是，第二天，当孟庆霖要离开戈壁滩回省里的时候，小青又跑到快要驶动的汽车前面，拿出那条天蓝色的毛围巾，交给了孟庆霖。

“送给小海？”

“送给小海……”

她实在忍不住。那是她的一颗心。那是她的一只温暖的手臂。那是她的一角蓝色的天空，明亮亮的，光闪闪的……

## 8

这一年寒假和暑假，小海又没有回来。他只寄来电报或简短的几封信，讲他很忙，暂时先不回去了。一切请家里放心。他也提到小青，让她不必挂念。

又一个寒假快来了。这是最后一个寒假了。两个春节小海都没有在家里过了。田岚和高志的心里都觉得缺了点什么，便让小青到省里看看小海。小青自然乐不可支。临走之前，小青从石油局的商店里买了一挂湛绿的香蕉。现在石油局的钻井架上、墙上，再不刷什么“先生产，后生活”之类的标语了，供应比以前不知强了多少倍，什么水果都能买到。就连二十来年从未见过影儿的香蕉，今年也破天荒从广州运来了呢。小青想起那年方老师从南方探亲带回来的香蕉，她给小海偷偷地拿回来一只却烂在衣袋里了的事，禁不住想笑。这回，让小海吃个够。也许，省城里也有卖香蕉的。可那毕竟是省城的。这是戈壁滩的。这是小青买的。让他品品这里的滋味吧！

戈壁滩的、童年的，当然也有爱情的……

两年多了，小海变成什么样子了呢？为什么一直不回来看看呢？难道他不知道她在想他吗？小青给他写过这么些封信，为什么每一次接到他的信总是那样短。似乎没有什么话好说吗？最近几封信，索性把给她的信，和给爸爸、妈妈的信夹在一个信封里了。他真的那么忙？有时候，小青的心里也掠过一丝丝阴影。可是，她不相信。

他是和自己从小一起长大的。她太了解他了。他说忙，一定是忙。“为了不让戈壁滩上再出现像父亲这样的坟，我一定好好学习……”她的耳畔总响着两年多前在龙世成坟前，他讲过的这句话。

小青还是第一次到省里来。她还是第一次见到这么多的树。虽然，都已经枯枯的了，但她仍然感到了它们的高大，它们春天的嫩绿、夏天的浓郁、秋天的金黄。虽然，这都不过是她幻想出来的。树！仅仅这里有树，就要比戈壁滩上不知丰富多少倍。更何况这里还有琳琅满目的橱窗，有挂着各种广告牌的饭店，有时刻不停眨着眼睛的红绿灯，有理发店前旋转着的三色灯柱，有人流络绎不绝、朝拜进香的寺庙……难怪城里的人不愿意到戈壁滩上去呢！最让她动情的是，她看见那一对对年轻的恋人大大方方地挽着臂膀，有的骑着自行车还扶着臂膀呢。他们亲亲热热地走着，说着，笑着，有的走进电影院，有的走进公园，有的走进饭店，握着酒杯，头像蒜瓣一样碰在一起……这两年变化真快，城里比戈壁滩变化更快，人们可以尽情地、毫不掩饰自己原来那被压抑的感情了。在这一瞬间，小青似乎理解了城里人的许许多多。可是，她又不大服气。戈壁滩上也有你们城市里没有的东西呢！戈壁滩上有井架，斯大林讲过：你如果没有见过那林立的井架，你就等于什么也没见过。这一条，就够了，就够城里人瞠目结舌的了。

小青找到医学院，已经是黄昏。在传达室门口填好会客单，躲开那个老头像芒刺一样紧紧盯在她身上的目光，顺着老头手指的方向，迅速地向一幢浅灰色的宿舍楼走去。她想跑。可是，她知道身后还有老头异样而好奇的目光。她忍住了。她是大姑娘了。她学会了矜持和稳重。不过，踏着一路方砖铺成的甬道，她禁不住自己幻想的翅膀在甬道两旁已经变成枯枝的常青树丛中飞翔。小海一定不会想到自己来吧？他一定会惊奇，一定会喜出望外，一定会激动地握着自己的手，不，搂住自己的肩膀。如果她搂住自己的肩膀，她一定毫不犹豫地扑在他的怀中。是的，没有什么不好意思的。她要告诉他："我想你！骂你！你干吗不回家？妈妈、爸爸都在等你，让你和我回去过春节！"呵，他答应了。他一定会陪自己吃晚饭去，像城里人一样，也到大街上那个灯红酒绿、飘荡着录音机里播放的动人心魄的、跳跃的旋律的小饭店去……

"砰！"哟，她光顾着低头想心事了，刚走到宿舍楼前，她和一个正从里面跑出来的人撞在一起。抬头一看，是个穿着雪花呢大衣的年轻姑娘。

"真对不起！"小青连忙说。

"没关系！"姑娘很客气，转身要走。

"请问，你知道高海住在哪个房间吗？"小青赶紧问道。宿舍楼真高，窗户真多，密麻麻，像蜂窝的眼。上哪儿去找呢？正好碰上了姑娘，问问吧。

谁知，姑娘立刻把眼睛睁大："你找谁？"

"高海呀！"小青把话又重复了一遍。

"你是他的……"姑娘上下打量了小青一番，打量得小青不好意思起来。

“我是他的……”该怎么告诉这位素不相识的姑娘呢？小青的舌头打了弯，最后说：“妹妹。”

姑娘立刻高兴地跳过来，搂住小青的肩膀：“原来你就是小青呀！”

“怎么，你认识我？”小青的眼睛睁大了。

“不认识，可我早听高海说起过有你这样一个好妹妹！我叫吴雪琤！走，我带你找他！我刚从宿舍里下来！”说着，她动手拿起那塞得满满是香蕉的提包。

吴雪琤跑到前面，半高跟皮鞋踩在楼梯上，发出清脆悦耳的响声。还没走到宿舍门前，她就叫道：“高海，你妹妹来看你来了！”

小海推开宿舍的房门，望见这一对姑娘站在门口，先是一愣，然后露出笑容，叫道：“嗬！这是哪股风呀？也不来信告诉我一下。”

小青抿着嘴笑。她愣愣地望着小海。两年多了，他变了吗？没变，还是老样子。他的手上、胳膊上满是肥皂沫，腰间系着一条围裙，眼睛里流露出俏皮的光，望望小青，又望望吴雪琤。

“快屋里坐吧！”吴雪琤先一步跨进宿舍的门，回过头招呼着小青。

小海刚才正在屋里洗衣服。小青看见了，盆里有两件花的确良衬衣。她挺奇怪，这是女的才穿的呀！没容她多想，小海甩甩满是肥皂沫的手，大声叫着：“小青！”向她迎来，在屋里一个角落找来一暖瓶热水，都倒进另一个空盆里：“快洗洗脸，够冷的吧？”然后，披上衣服，拿起网兜和饭盒，“你还没吃饭吧？小雪，你先跟我妹妹待会儿，我去买点儿好吃的回来，今儿咱们三个人好好聚聚！”说着，他一阵风地穿好衣服，系好围脖，戴好帽子，走出了屋。一瞬间，小青痴呆呆愣住了。他围的那条天蓝色的围巾哪里去了？他戴的是一条驼色的拉毛围巾。那一直珍藏在小青心中蓝色明净的天空，一下子变得昏黄，像戈壁滩突然刮起了弥漫的风沙。一种不祥的征兆袭上心头。也许，是她的猜疑。

“快来喝杯热水暖和暖和身子！”吴雪琤递过一杯热水。“我一猜就知道你为什么来找你哥哥！”她说得很有一股子调皮劲儿。这时，小青才注意打量了一下这个姑娘。这是一个挺俊俏的姑娘。说心里话，比自己漂亮。一对动人的酒窝笑起来，含糖储蜜般，像绽开两朵花，那么惹人喜爱。这是一个性格开朗的姑娘。不知怎么搞的，小青总想从她的脸上挑出一点毛病来。没有，什么也没有。

“你爸爸妈妈一定想他了，催你来找他回家过春节，对不对？”吴雪琤还在笑声朗朗地说着。

小青点点头。

“我猜出来了。我和高海商量好了……”

“你和高海？”

“对呀！我和高海商量好了，等明年毕业一起到你家看看，给你们全家来个出其不意！”

“出其不意？”

“是呀！你们准猜不到，我们回去是结婚的呀！”

“结婚？”

“对！你看你现在就惊奇了吧？我们商量好了，结完婚，再回到省里来，你爸爸妈妈将来老了，不愿意待在城里，也可以到省里和我们一起过，你……”

“回到城里来？那么，他……他不回戈壁滩了？”

“这只是我们的打算，还不知毕业分配是一套什么方案呢？”

吴雪琤已经沉浸在美妙的憧憬中。她的眼睛里闪着火一样炽热的光。她光顾自己说着痛快，一点儿也没有注意到小青的脸色一阵阵泛青、发白。

吴雪琤是一个天真而痴情的姑娘。她得到了她自认为异常的幸福。是的，她是幸福的。尤其是和她的母亲相对比，这幸福的分量就更重。她的母亲年轻的时候有一个恋人，坚决要求到戈壁滩。妈妈不同意。放着省城好好的工作不干，跑到那亘古没有人烟的荒凉戈壁滩干什么去呢？那正是开发戈壁滩的初期，需要人呢！两个人都是坚决的。像两把钢刃的刀锋相撞，碰出了火星，碰坏了刀刃。两个人吹掉了。妈妈有时候偶尔讲起这件事，吴雪琤听得出来，那声音里有一丝丝惆怅和遗憾。妈妈还偷偷地藏过那个人的照片，长得有点像电影《年青的一代》里的肖继业。妈妈的心头总也抹不去那个人的影子。爸爸为此还和妈妈吵过架。爸爸骂妈妈："戈壁滩牵走了你的魂怎么着？"为了这，爸爸和妈妈总吵。最后，离了婚。这一切，竟都像刀子一样刻在了吴雪琤的心头。也许，正是因为这些，戈壁滩牵走了她的魂。她爱上了从戈壁滩来的高海。而且，一下子爱得那么迅速，那么果断，那么坚决。高海曾对她讲起过小青。她笑了。她说那怎么能算爱情呢？那是兄妹之情，或者是由兄妹之情引申的同情。犹豫是一条小船，高海从这条小船渡过了迟疑的小河。能有这样一个漂亮的城市姑娘的爱，正是全班同学羡慕的呢。城市，毕竟比戈壁滩更有色彩呀！一个，由城市而向往戈壁滩。一个，由戈壁滩而向往城市。两条相向而来的射线在一点上重合了……

这一切，小青怎么会知道呢？她只是一个劲儿望着吴雪琤漂亮的脸上呈现兴奋自得的神采。

"砰"！房门推开了。小海抱着一包肉呀、肠呀、熏鸡呀，还有一瓶葡萄酒。

"快把桌子搬过来！"他大叫着。

东西一一摆好。小海把几个碗洗净，吴雪琤不知从哪里变出几把不锈钢的小勺……

小青突然站起来："我吃过了。我还有点事，我要到孟叔叔家……"她急不择辞，乱说一气，然后，不管小海和吴雪琤怎么劝，怎么拦，她还是夺门而出了。

她一口气从黑洞洞的楼梯跑下楼，跑到校园的甬道上，强忍着不让眼泪流出来。蓦地，一双手搂住她的肩头。她慌张地回头一望，是小海气喘吁吁地追了上来。她扳开他的手，又往前走。

“小青，你听我说……”

她什么也不愿意听。她跑了起来，跑出校门。路过传达室，那个老头又向她投来异样的芒刺一般的目光……

啊，什么时候飘起雪片来了？一片片，像跳着芭蕾舞。在干燥的戈壁滩上，很少能见到这白衣仙子呢。小青任雪花扑打在脸上，钻进脖领。她哭了。她再也忍不住了……

## 9

小海毕业的时候，全家都伤心了。他来了一封信，告诉大家，他正在努力争取留在省里，很有希望。待有确切的消息，再来信。信中还夹着一张三寸纹纸虚光的艺术照片：是那个吴雪琤，露出一张俊俏而春风得意的脸。他们一等分配，就要回家办喜事呢。

他不回戈壁滩了。和那个漂亮的姑娘要留在省城里了。

“唉！指望他回来，接替我的班呢。现在，戈壁滩上要是分配个大学生来，像下雨一样难呢。钻井的野外小队需要真正懂行的医生呀！”妈妈这样说。

“算啦！他能留在省里也好。我们也得替孩子考虑考虑，也算对得起老龙呀！”爸爸这样说。

只有小青低着头，不讲话。省城，有什么了不起的？吴雪琤，不就是城里人吗？真的比自己漂亮吗？她曾经照过好几回镜子，自己用手抚摩过自己那白净净的脸庞。她嫉妒她。她心里憋着一肚子气。

这些天，她一直在等一封信——孟庆霖叔叔的来信。

那次从医学院里跑出来，顶着纷飞的雪花，她找到孟叔叔家里。屋里，有许多人围在一张圆桌旁，烟雾腾腾，叫着，笑着，热闹得很。他们正在打麻将呢。一时，她不知孟叔叔坐在哪里。

“你找谁呀？”一个有五十多岁的女人，脸上略微敷了点薄薄的粉，不明显，恰到好处，在上下打量着小青，仿佛她是从阿尔金山上跑下来的一头黄羊或什么怪物。大概，她就是孟叔叔的爱人吧？

“我找孟叔叔！”

“你是从哪儿来的？”

“从戈壁滩……”

“哦，你就是小青吧？”她竟也知道小青的名字，然后冲着麻将桌叫了一嗓子，“老孟呀，快出来，你干女儿来了！”

“是吗？我干女儿来了？”

接着，听见孟叔叔一嗓子，然后，是椅子砰砰倒地的声音，他也不管，三步并两步地迈过椅子和那些挤在一起的人的腿，走到小青的面前：“哈哈！我的干女儿，你来怎么也不事先告诉我一声呀……”

干女儿？小青听着扎耳，脸红了。人显得更娟秀了，像是在雪中开出的一枝嫣红的蜡梅花。

“看把你高兴的！这就是你那位老情人的闺女吧？”那老女人揶揄道。

孟叔叔不理她，忙着让小青脱掉外衣，又给她冲了一杯浓浓的麦乳精。

“真不好找……”小青想说句感激的话却说了这么一句。

“是呵！你头一次出戈壁滩，人生地不熟真没想到你会来！真是高兴死我了！”

那女人坐在麻将桌旁他的座位上，冲他说：“别光顾着说，人家还没吃饭吧？快领她到厨房吃点东西！”

一个挺好的女人。小青禁不住感激地望望她，笑了笑。

“对！先吃饭！现成的！青海湖里的鳇鱼算你赶上了！”

孟叔叔把她领进厨房。厨房也是这么漂亮宽敞，还有暖气，水磨石的地板。小青还是第一次见到。

“快吃！快吃！”

不一会儿，孟叔叔就把饭菜热好了。青海鳇鱼，真香！

“你看看我，也忘了问，你爸爸妈妈好吧？”

“都好。他们让我来看看你！”

“谢谢！他们还没有忘记我。嗐！你看看我这过的叫什么日子呀！无所事事，成天这么混，消耗时间。我有时都骂自己没出息呀！……要是有一个孩子，也许就好了……”

小青望着他。他的眼睛中充满伤感。小青不明白，他为什么要这样？是因为没有孩子？是因为离开了戈壁滩？

“孟叔叔，还回戈壁滩吧，常到我们家串门，我们都想你呢……”

“嗐！”

孟叔叔一摆手。小青真还是孩子！她想得太天真了！

打麻将的人散了，安排好小青住下，孟叔叔说：“别客气，就像到自己家里一样！”那女人也说：“对！别看我才第一次见到你，可我早听老孟念叨过你。早认识了！今天见了你，我还是真喜欢你呢！”

他们都是好人。也许是跟刚才在医学院对比的缘故吧？在这里，小青感到一种家的温馨。

孟叔叔和那女人要走出房门时，小青突然叫了一声：“孟叔叔！”

孟叔叔回过头：“有事吗？”

“我……我……”

“有什么事尽管说，别客气！你是我们的干女儿嘛！”那女人也说着。

“我……你能不能帮我联系一个到省里上学，要么进修的地方？我想像妈妈，像你一样，也当个医生。”她在一路上就想了，一定也要当个医生，和小海比。别让他这么小瞧我。姑娘的心，细得像针鼻儿，深得像地下的油层哩。

“好！好！小青有出息！”孟叔叔高兴地说。

“这好办！王母娘娘的蟠桃也许我们弄不来，这点儿事，好办！”那女人说得挺有把握。

“对！今年夏天不是要办个全省医务工作者的进修班吗？一年的时间。小青，你来吧！我们先去给你跑跑路子！”

“还用跑？刚才来打麻将的人，找他们一说就行啦！这事，你就交给我吧！”

不用说，那女人一定是个手眼神通的人。

“快好好睡个觉，明天带你逛逛塔儿寺，好好在这儿玩两天。这事，你就放心吧！”

她的心眼真不错呢！可惜，没有孩子……

夏天！小青就盼望着夏天。现在，戈壁滩的夏天来了。小青盼望的信还没有来。

戈壁滩的夏天，是一年四季最好的日子了。风不大，戈壁滩显得分外开阔。强烈的阳光映照得沙丘一片金灿灿的，仿佛整个大地铺上了一层碎金子。到了晚上，更美呢。凉爽得很，可穿不了城里姑娘们爱穿的连衣裙。月亮、星星和远处的高高井架，使你觉得世界是这样大，大得没有边际。小青没有见过大海，但她一直想大海一定是这样的广阔无边。石油局的地质师曾经告诉过她：远古时代，这里就是一片大海。只不过是以后的几次造山运动，常年累月，变成了这样一片戈壁滩。

盼呵！盼呵！小青盼她的信。爸爸、妈妈盼儿子和未来的儿媳妇。粗心的爸爸妈妈哟，竟然没有留心自己的女儿和小海曾经偷偷相爱过。他们当然更不会清楚，此刻，小青心里搅腾的是一种什么样的浪头。女儿的心，几回回剧烈地翻腾着，由海变成戈壁滩，又由戈壁滩变成海……

# 10

小青终于盼来了孟叔叔的信。孟叔叔终于为小青在省里的医务工作者进修班争取到了一个名额，只要石油局同意就可以了。

小海也终于回来了。可惜，那个照片上俊俏的吴雪琤没有跟他一起回来。

小海扛着行李，垂着头，拖着沉重的步子，走回了家，像一头负重远行的骆驼。他进门只叫了声："爸爸！妈妈！"然后就不说话，坐在椅子上，一杯一杯地喝着凉白开，好像几天没喝水，渴得要命哩。

"怎么啦？"

爸爸妈妈大概都意识到事情有些不妙，问他，他也不说。

"雪琤呢？雪琤不是说一起回来吗？"

妈妈着急了，问着，她已经为他们准备了结婚的被褥和许多东西哩。被面是托人从杭州买回来的软缎，被里和被套都是让小青到石油局的商店里买的呢。她真不愿意去，又怕妈妈发现了自己内心的秘密。小青拿着被套和被里，心里别提多难受了，竟然走也走不稳，好几次被圆滚滚的石头绊了跟头，被套都弄脏了。

"哎呀！小青，你可真会买个东西！怎么给你个脏被套，你也要呢？这是给你哥结婚用的呀！"妈妈责备她。她低着头，咬着嘴唇，没说话……

现在，哥哥小海也不说话。

"到底是怎么回事呢？你看看你，好几年不回家，一回家就一脸官司！"爸爸急了，他还从来没有对小海这样发过脾气。

"就是呀！有什么就说什么，也让我们放个心呀！"妈妈扶着他的肩头，像哄小孩哩。

只有小青冲他们撇撇嘴。一家人，都偏向他。不知怎么搞的，小时候曾经涌起的想法，又袭上了心头。

“她……她……不来了！”小海说话了，说的不明不白。

“她？谁呀？”爸爸还在着急。他心里存不住事，憋不住火。

“是雪琤？”妈妈问。

“嗯。”

“不来就不来呗！大戈壁滩，人家从来没来过。你犯的哪家子愁？不行，你们就回省里结婚。我们暂时去不了，小青正好要到省里进修，可以帮助你办办事……”

“哼！”小青心里叫了一声，扭过头。

“不是！不是！”小海也急了。

“不是什么呀？到底是什么？你不是长着嘴？你不会说呀？我看你上了三年学，倒糊涂了！”爸爸又火了。

“她……她……和我吹了！”

“为什么？”

妈妈睁大眼睛问。小青的眼睛也睁大了。

“因为……最后分配……我没能留在省里，分回戈壁滩了。”

全明白了。全家人都不说话了。屋里的气氛像凝结了一样，哪里像是夏天，倒像是在冰冷的冬天。

第二天上午，小海到石油局报到后，田岚领着他来到陵园。几年没来，陵园已经大大变了模样，四周建起了一座围墙，一进门口，正中央新建起一座尖顶的纪念碑。当年的局长，如今老了，仍在这里当局长，他亲自题的词：“为戈壁献身者永垂不朽！”

他们来到龙世成的墓前。二十多年了，他就一直静静地躺在这里，默默地注视着戈壁滩的变化。

“你几年没到这里来了？”田岚问他。

“……”他答不上来。

“我每次到这里来，心里都难受。你爸爸本来可以不死的，是我……”

“妈妈！”

“是我！一个医生的岗位、职责、义务和良心……小海，既然回戈壁滩，就好好工作吧！你看我，都老了……”

“妈妈，都是为我们操心操的！”

“我只希望你能接我的班。我快退休了，再也到不了野外小队去了。你去吧！”

“我……”

“我希望当着你父亲的坟，不要说不字。”

阳光朗朗地照在戈壁滩上，四周笼罩着一片静谧。快中午，天热了起来。戈壁滩的夏天，天气就是这样。晚上抱着火炉吃西瓜；中午，鸡蛋放在沙窝里就可以烫熟。田岚和小海都已经冒出了汗珠。

小海要到钻井队当医生去了。

小青要到省里进修去了。

分手的前一天，家里，爸爸妈妈都上班去了。小海帮助小青打点行装。两个人的心都在怦怦地跳，都想说些什么，又说不出什么。

“小青，原谅我。”是小海先开了口。

“原谅什么？我们谁也没欠谁什么！”小青还在赌气。

“别这样说，我知道你恨我。我对不起你！”

小青“哼”了一声，现在了，说起这种话来了，管什么用？脚上的疱，自己走的！怨谁呢？难道还可以挽回吗？他已经一连失去两个人了。失去的，就是失去了，纵使他再说什么动听的，小青也决不会再吃回头草了。

“小青，你还做我的好妹妹，我还做你的好哥哥吧……”

这是什么意思呢？小青禁不住心头又忐忑不安起来。刚才那么顽强的外壳一下子裂开了。她又在心旌摇动了。小海这句话意味着要重新挽回以往那失去的一切。是的，一定的。他又回戈壁滩了。他们又在一起了。一切，又有可能了。在这一瞬间，小青才明白她还是爱着她的小海哥哥呀！她的心太软、太柔，又太多地盛着真挚的情意。她闭上了眼睛，静静地听小海往下讲。

可是，小海不讲了。他们都沉默了。

“那个吴雪琤，到关键时刻把你甩了吧？像扔一件衣服……”小青运了运气，翘起秀气的鼻头，对小海说。她要刺刺他，要舒一舒这些日子憋在心口的闷气，然后等小海说一句：“都怨我，骂我吧！”她便原谅了他，像以往一样扑在他的怀里。她幻想着这一时刻的到来。

谁知，小海打断了她的话：“别这样说她，她不是这样的人！”

小青愣了：“她不是这样的人？那么说她是好人了？她没有和你吹了，倒还是爱你了？”

“她是和我吹了！可是，她爱我。”

小青坠入五里雾中，她不明白，爱情竟是这样复杂吗？

“那么说你也还爱她？”

“嗯。”

小青的眼泪一下子涌出了眼眶。她匆匆忙忙整理好行装，然后像一只惊飞的小鸟，一下子跑出了屋，到医院找到妈妈。

“妈妈！我今天就走！”

“干吗这么急？不是说好了明天走吗？”

“我要走！”

“有事情？”

“有。”

妈妈不知道女儿发生了什么事情。粗心的妈妈哟，她把一生大部分时间都消耗在小海的身上了。

小青提前一天离开戈壁滩。爸爸、妈妈和小海都去送她。她哭了，“哭什么呀？也不是不回来了！”爸爸、妈妈笑着说。他们不明白。

“小青，别哭了！都是我不好！别怪我！多记着我点儿长处吧！”小海安慰着她。他明白。

# 11

小海来到钻井队，走上了田岚当年的岗位。不过，现在和当年不能同日而语。钻井队是流动单位，沿着茫茫戈壁滩，到处打眼，然后起钻，搬家。工人们开玩笑说他们是“云游僧”。帐篷，已经少见了。现在，到处是活动的板房，像火车的车厢，底下有轮子，里面有弹簧床，有衣柜，有电扇，有暖气管。还有两个新从美国进口的活动房子，是带空调的，里面更阔气了。没有一扇窗子，却光线适中，有一个电冰箱，可以冰冰啤酒和西瓜，没有啤酒和西瓜，工人们就拿它自制冰激凌。戈壁滩，不管怎样像匹老骆驼在走，总是在前进呀！

这样其中一间红色的带空调的房子，便是小海的卫生室。

工人们听说来了一个大学生，虽然仅仅是个工农兵学员吧，也高兴得不得了，更何况知道他是田岚田大夫的儿子，是钻井队的元老、第一任队长龙世成的亲生儿子，心里对他充满信任和敬意，简直像众星捧月。

小海一天到晚忙得脚后跟直打后脑勺。可他觉得挺充实，也挺有趣。只是忙完之后，躺下睡觉的时候，他一方面觉得腰酸腿疼，一方面心里飘飘悠悠，开始胡思乱想。一会儿，想起小青。一会儿，想起吴雪琤……失去了，才觉得可贵。那滋味，像有好些条虫子在咬噬着他的心。

就在这里好好干吧，什么也别想。祝小青和吴雪琤幸福，自己不辜负爸爸、妈妈的希望，和这里工人们的希望就行了。他强迫自己忘掉吴雪琤，也忘掉小青，只想他的工作。

夏天过去了，秋天过去了，冬天来临的时候，一个电话打破了小海短暂的平静。

“你是谁？”

捧着话筒，刚刚听到对方的声音，小海的心就立刻像大海涨潮，涌起浪涛。

“我的声音你都听不出了？才几个月，忘得这么快？”

“你……”

小海不敢相信，他使劲眨巴眨巴眼睛，仿佛对面就站着她，他要仔细辨认一样。话筒在他的手中浸出了汗水。

“你是……雪琤？”

回答他的是一阵咯咯的笑声。

真的是她？像童话一样，突然出现在戈壁滩上？他真不敢相信。

“你怎么跑到这里来了呢？”

“怎么？不欢迎吗？你快来吧，我正在石油局的医院。见面再说吧！我把一切都告诉你！”

对方已经放下话筒了，小海还紧紧地握着话筒，仿佛在握着她的手。总机已经催他了：“还要哪儿？”他才意识到，电话早已经打完了。

“快点儿走吧，正好到局里有车，别在这儿犯愣了！”钻井队的队长刚才叫他接的电话，这会拍拍他的肩膀，笑眯眯地对他说。那笑容告诉他：

小伙子，你的这点秘密，我早猜到八九不离十了。

小海赶到石油局的医院，吴雪琤和田岚正在医院门口等着他呢。他跳下汽车，就向她们跑来。他向吴雪琤伸出手，又缩了回去。干吗呢？像欢迎一位陌生人或一般相识的同志，握一握手？不！以往，他们见面不是这样的，他们要互相说几句埋怨、调皮却带有几分情意的话：“哎呀！你怎么才来？”“等急了吧？”然后，如果是在外面，他们要挽起胳膊。如果是没有人的地方，他们要热烈地拥抱呢。可是，现在，小海缩回了手，尴尬地冲吴雪琤笑了笑。吴雪琤也冲他笑笑。几个月分手后渴望的见面，就这样平淡无奇地过去了。

倒是妈妈田岚先开了口："小海，雪琤已经在我们医院报了到。多好呵！"然后又搂着吴雪琤的肩膀，"我们都认识了！我真喜欢她！真没想到，你这么有眼力！"

小海和吴雪琤都笑了，笑得自然了。

"你快领她回家先歇歇，说说话！我下了班就回家，咱们好好聚一聚！"

他们和田岚告辞，向家里走去。冬日的风并不大，却刮得沙子飞扬，远一点儿的地方都看不清道了。说话也费力，风毫不留情地灌进喉咙。可是，他们还是一路走，一路张大嘴巴，费劲地讲着话。

"你怎么想起来要来了呢？"

"我怎么就不能来呢？"

"你不是和我吹了吗？"

"我现在也没有和你成呀！"

"那你还来这里干什么呀？"

"这戈壁滩上又不是你一个人！"

……

吴雪琤还走不惯这戈壁滩上的小路，她常常陷进沙窝，要不就是跌倒，都是小海拉起她来。最后，索性挽起手并肩顶着风走。他们又可以挽起手并肩走了。距离一下子缩短了。他们又回到了以往。

回到家里，捅着火，把风沙关在门外，这里是一个温暖的春天。他们把大衣脱了，吴雪琤露出了苗条的身躯。两个人面对面站着，都不讲话了，互相打量着，仿佛第一次见到一样。

"我……雪琤，我真没有想到，我……"

吴雪琤打断了他的话，一下子像伐倒的一棵树，倒在他的怀中："小海，我想你！我不能不来！"

这普通的一句话，两个人的眼角都迸溅出了泪花。

吴雪琤分到省卫校教书。开始，还可以。后来，她的眼前总出现小海的影子，像雾，像游丝，驱不散，打不开。夜里，她也睡不安稳。她发现，小海在自己的心目中占的位置太大了。她是一个太痴情的姑娘了。妈妈发现了她的神思恍惚，便问："怎么啦，雪琤？"她对妈妈从来不保留任何秘密。妈妈听了以后，对她说："孩子，认识一个人，爱上一个人，比找一个好工作更难，也许更重要。如果你觉得你真的认识他，爱上他的话。""那我……""我希望你不要像妈妈当年那样……""那……我去找他？""还不晚。"妈妈失去的爱情，她愿意孩子追回来，再不要失之交臂。就这样，吴雪琤向卫校要求，又到省教育局要求重新分配。大家听说她主动要求到戈壁滩上，又不是到什么天（津）、南（京）、海（上海）、北（京）。当然，一路绿灯。

晚上，田岚和高志都回来了。他们买回来那么多的罐头。戈壁滩的冬天，是青菜和新鲜大肉缺的时候了。他们只好为吴雪琤摆一个罐头宴。局里的老熟人听说小海的未婚妻特意来到戈壁滩工作，也都跑到家里，搞得小屋快要涨破了。这一天，吴雪琤成了石油局的头条新闻。

一个年轻的姑娘，为了爱情，能舍弃省城优越舒适的工作，跑到戈壁滩上来，这在当代青年中，也许为数并不多。这样的姑娘，引起不少人的敬重。吴雪琤分配在石油局医院的内科，当了田岚的助手。前往内科看病的人急遽增多，那些人，既是看病，也是看人的。他们都想看看这样的姑娘究竟长的什么样子。哎呀！原来长得这么漂亮呢！这又增加了大家的关注和敬重，也使消息不胫而走，传得更快、更远。

小海的心里一下子像水中的皮球，按也按不下去了。他回到钻井队，心却想着吴雪琤。她初到戈壁滩适应吗？高原反应受得了吗？干燥、寒冷，这时候正缺青菜和新鲜的猪肉，上班、下班没有柏油马路可走，要走沙窝中的小路，吃水要担，没有电视，一星期只能洗一次澡……所有这一切，她受得了吗？

"受得了！所有的，都受得了！只要能见到你！"每一次休假，从钻井队回到局里，吴雪琤都是这样笑着告诉小海。

小海想从钻井队调到局医院。这样，就可以天天见面了，也可以照顾吴雪琤。可是，他不敢提出这样的要求。他知道田岚为什么要让自己去钻井队。他知道田岚也决不会同意。

“再忍耐一些日子吧，我们就结婚！”他搂住吴雪琤虽然纤细，现在却裹上皮大衣已经像大马熊一样粗笨的腰说。

“嗯。”

他们都感到幸福。吴雪琤并不像那些娇气的小姐，她没有被戈壁滩的风沙和寒冷吓倒。爱情，她看得更重要。“认识一个人，爱上一个人，比找一个好工作更难，也许更重要……”妈妈的话，在她的心中占着重重的分量。她庆幸自己果断地做出了决定，重新选择了戈壁滩。

小海回家的次数勤了。钻井队的队长不说什么，一律放行。谁没有过这样花一般朵一般的年华呢？再说，又是那么一个初次来戈壁滩的好姑娘。

这一次，小海回家，超假两天了，还没有回钻井队。

田岚对小海说：“该回队了！”

“我跟队长请假了！”

“请假也该回去了，钻机没有请假休息，还在工作吧？”

小海没有听田岚的话，又在家里磨了一天。

“你怎么还不走？”田岚又在催他。

“明天吧！”

“为什么非要等到明天？”

“明天是雪琤的生日。”

“生日？”田岚不再说什么了。

是呵，谁都经历过这样热恋的阶段。自己当初不也是这样的吗？田岚望望小海，自己对自己说着。到了晚上，风刮得更大。飞沙走石，这种景象也许只有在戈壁滩上才能见到，像有无数只震怒的黄毛狮子从阿尔金山和祁连山上跑下来，在这里肆虐地逞着威风。沙石扑打在窗子双层玻璃上，发出一阵阵吼声，像是狮子在拍打着玻璃！非要敲碎玻璃钻进来不可。不行！小海应该回去。这样的天气！这样的天气最容易出现病号和伤号，小海还没有回来，大概和吴雪琤躲在哪个清静地方谈情说爱去了。

“找找小海去吧！”田岚对高志说。

“干吗？”高志正在看报，摘掉老花镜问。

“你看这天气，我担心钻井队……你知道，二十多年前，我就是在这样的天气里……”

高志笑了：“你真是一朝遭蛇咬，十年怕井绳。”

“不是这样！是心，在时时刻刻告诉我，一个医生的岗位、职责和良心！你快找找小海吧！”

高志放下报纸，走出屋门，扑进风沙中。他在石油局阅览室的火炉旁找到了小海。他正和吴雪琤看一本新来的杂志《父母必读》呢。现在的年轻人，高志觉得越来越难了解他们了。他有时觉得他们有些好笑，有时又觉得自己有些好笑。

小海很不情愿地被叫回了家。

“你快给我回队上去！”

“明天吧！这么大的风，半夜里黑灯瞎火的！”

“不行！你别让我老揪着心！”

“又没有汽车！”

“有。我刚才和调度室已经联系好了，正好有一辆车到西鄂送重晶石粉，可以拉你路过钻井队！”

小海只好回钻井队了。

这一宿，钻井队平安无事。第二天，风停了，天气难得的好。小海埋怨田岚多此一举。

以后，小海回家，再不听任田岚催他回队了。田岚却还是一个劲地催：“要防患于未然！真要是出现了急病号和伤员，医生不在现场，怎么处理？你不要重蹈我的覆辙！”

“妈妈，不会的！不会的！你要老这么不放心，干脆再派一个人，把我调回来得了！我和雪琤马上就结婚，陪你们老两口过日子，一家子团团圆圆多好！”

“不行！现在不行！起码要等着小青进修回来！”

“干吗非要等到她回来？”

“让她去接替你！”

“医院里有那么多的医生……”

“你也是医生，我也是医生，小青也是！”

“你呀！”

“你呀！不要老这么恋家，以后的日子还长着嘛！休一天，赶快回队上去！”

可是，小海学会了一套新的战术。他假装回队了，其实住在了吴雪琤的单身宿舍里。而吴雪琤跑到小海家，说是和田岚就伴，给他打掩护。

就怕万一！

夏天到来的时候，吴雪琤来戈壁滩快一年了。他们商量国庆节就在这里把婚事办了，然后小海陪着她回省里探望她母亲。美好的日子就在前头，小海的心中编织着美丽的图案。他一连多住了几日没有回队。谁知，就在这一天夜晚，一个风平月朗的夜晚，一个工人起钻时，卡瓦飞出来，正巧砸在腿上，连夜送到局医院抢救。这一夜，正是田岚值班，她敲门叫醒外科主治大夫，两个大夫忙乎了大半夜，那个工人的一条腿还是没有保住。耽误的时间太长了。田岚感到一阵阵揪心的难受。

清晨，她拖着疲惫的步子回到家，推门就问高志：“小海昨晚回队上了吗？”

“没有哇！”

“他跑到哪儿去了？”

“昨晚还在家里，一大清早怎么没了？”

“你呀！你这个当爸爸的呀！”

“孩子搞恋爱嘛！”

“搞恋爱？当初，我也是搞恋爱，你就因此原谅我了吗？”

田岚生气地走出了屋。她来到医院的单身宿舍，推推吴雪琤的房门。谁知房门锁着。天大亮了，还没有起床。她敲敲门，没有回音，又敲敲门，还是没有回音。她急了，拚命地砸着门。

门开了。她看见了，里面除了吴雪琤，还有小海。他正在急急忙忙地穿衣服。两个人望见她，脸都羞得红红的。

田岚没有看吴雪琤，径直向小海走过去，劈头盖脸地问道：“你昨天夜里在什么地方？”

“我……”

“你知道吗？你们钻井队由于你没有在现场，一个工人断了一条腿！”

“我……”

“你！你是一个医生！你懂吗？”

“可我在，该出事故还是出事故，我也保证不了他不断腿……”

“啪”！田岚打了他一个耳光，“你说什么？”

她还从来没有打过小海。他不是自己的亲生儿子，却比亲生儿子还要金贵。她气得鼓鼓的。她觉得自己的手触在小海的脸上，像触在火上，手一下子变得火烧火燎，而且重得像系上了铅块。她望望自己的手，用手捂着脸哭了。无声的哭，眼泪一滴滴从指缝间流下来。

小海和吴雪琤都吓呆了，不知如何是好。

田岚真没有想到小海这样不听自己的话。他把爱情看得比医生的岗位、职责和良心还要重要。她一再告诫小海不要走自己二十多年前的老路。可是，他还是走了。二十多年了，她还没有赎回自己的过错。相反，又酿造了新的过错。她又想起那次高志逼她在小海爸爸的尸体前下跪的情景。她觉得自己依然在死者和伤者面前跪着，在戈壁滩上跪着。她对不起小海的父亲龙世成！她对不起戈壁滩！

“妈妈……”小海小心翼翼地走到妈妈身边，想劝劝她。

谁知，田岚一扬手，推开小海，突然地，像乍雷一样冲他喊道："你给我跪下！"

小海和吴雪琤都愣住了。

四周已经围上一些人，也都愣住了，田大夫今天怎么啦？

## 12

这一巴掌，并没有影响小海和吴雪琤国庆节结婚。许多人都责怪田岚做得太过火了。这责任怎么能全怪小海呢？连那位断腿的工人也对田岚讲："田大夫，千万别怪小海！都怨我没留神呀！"高志也说："你呀！这么些年，总像有个魔怔在追着你跑一样！"

没有一个人理解她。

国庆节前几天，小青进修回来了。石油局又多了一名医生。小青知道小海要结婚了，特意从省工艺用品公司给他们买了一幅横幅织锦，上面绣着文成公主到西藏结亲翻过青海日月山的壮丽情景。

"太好了！小青真会选礼物，太有艺术家的眼光了！"吴雪琤搂着小青，高兴地说着。她要当新娘子，一脸喜兴劲按捺不住。

"小青，谢谢你！"小海矜持地说着，仿佛要结婚了，就真的要变成大人了一样，这样老成持重了。

小青冲他们俩笑了笑，马上转身向妈妈走去。真的，她想哭。她知道这样不好，冲了人家的喜气，也显得自己心眼太窄。可是，她还是想哭。她赶紧给妈妈掏出一条皮裤，想岔开自己刚才一时涌起的悲伤心情："妈妈，这是新试制成的磁疗皮裤，专治关节炎的。是孟叔叔送给你的……"

妈妈接过皮裤，抚摩着那上面光滑细腻的毛，笑了笑。

"我呢？小青，你看，你给他们都带来了礼物，怎么就没有我的份儿？"高志笑着叫着。气氛一下子活跃了。

“有！怎么会忘了你呢！”小青从提包里掏出两瓶互助大曲。

“好！酒中日月小，杯中乾坤大！”高志拿过酒，高兴地说。

全家一片乐陶陶。

第二天，到局里报了到，汇报了进修情况之后，小青到医院找到田岚。

“妈妈！你现在是院长了，我想到钻井队去。小海结婚了，我替他吧！”

“好！你和妈妈想到一块去了。”

有人理解她。田岚望望小青，激动得眼泪打湿了眼角。她仿佛觉得一直到现在，小青才真正地长大了。

十一前一天，小青动身要到钻井队。全家都挽留她。明天，小海和吴雪琤就要举办婚礼呀！

“小青，你别走！没有你，会不热闹的！”先是吴雪琤搂着她的肩膀，“我还想请你当伴娘呢！”

小青笑了笑。

“是呀！一家人好不容易凑在一起，你别走了！钻井队，我去替你请假！”高志说。

只有妈妈和小海没有说话。小青望望妈妈，又望望小海。妈妈理解她的事业。小海理解她的心情。此刻，话都是多余的。

全家人挽留不住她。她像是戈壁滩上展翅的鸟，让她飞吧！全家人一直把她送上汽车。正是黄昏，橘红色的太阳像一盏大灯笼，正在戈壁滩的尽头缓缓垂落。漫天的晚霞在戈壁滩上跳跃着迷人的光彩。真是个难得的好天气。一切，预示着好征兆。

“我衷心地祝你们幸福！”

临上汽车，小青搂住吴雪琤，竟怎么也控制不住自己，哭了起来。吴雪琤不知为什么，也感动地哭了起来。

“真还是孩子！”高志对身旁的田岚说。

“女孩子年轻时都是这样的！”田岚说。孩子的今天，使她又回忆起自己的昨天。

只有小海没有说话，默默地望着两个搂在一起互相垂泪的姑娘。

远处，跑来一个人。呵，是方老师。她抱着一挂香蕉，气喘吁吁。

“你看我刚刚从南方探家回来，听说你进修回来了，主动要求到钻井队当医生去！小青，好样的！”

方老师把这挂经历了几千里路程颠簸的南方香蕉递给小青。小青感动地望着方老师，鼻子酸酸的。方老师还记着自己爱吃香蕉。

“方老师，谢谢你……”

小青到达钻井队时，夜幕刚刚垂落，四周的天际暗红和瓦蓝交织更换，戈壁滩的夜色真美。她第一眼就望见了屹立着的高高的井架。井架上高高地挂着一颗明亮的星星，那是升起在戈壁滩上的第一颗星星，像眼睛，正注视着她……

原载《小说家》1985年第1期

# 我的兄弟们

邓　刚

## 一

在一片震耳欲聋的轰鸣声里，在一片沙土飞扬的烟雾中，我浑身激烈而有节奏地哆嗦着。身子被铁甲般的工作服包裹得紧紧的，黏汗顺着脸颊流进肩窝，然后又结集着脖梗、前胸和脊背的汗水继续向下流淌，慢慢地浸透衣服和裤子。我使劲地咬住嘴唇，鼻孔在沸扬而混浊的气浪冲击下急促地扇动，不管三七二十一地吸着燥热的空气。我知道，只要我右手的拇指稍一抬起，抱在胸前的风枪就立即停止跳动。然后，我就迅速跑到车间大门过道的通风处，解开被汗水浸透的工作服，让车间外面扑进来的那股凉风尽情地吹拂着热气腾腾的身子。啊，那滋味真好受，像浸泡在清凉的河水里，又像有无数只柔软而冰凉的手在摩挲你。哪怕享受五分钟，这就足够了。五分钟是多么短促，过去，我曾无聊地站在街头上，树荫下，热闹的人群里，白白地消耗了多少个五分钟！然而，现在不行了，一分钟也不行。我不但不能将右手的拇指抬起，反而还要死死地按下去，任凭风枪疯狂地跳动，任凭浑身激烈地哆嗦。这是一个清砂工必须做的，我已经进厂两年多，很懂了。

我现在唯一的愿望是追赶身旁的船长——这是一个年过四十岁的清砂工，有二十来年的工龄，据说他曾在海运学校念过学开船的书，所以，得了这么一个有权威性的绰号。船长可太能干了，他大概早忘了什么船型船号，只知道抱着风枪哆嗦。按规定：每人每天必须清理十八个铸件，这个定额完成后，再多清理一个，就奖给两角钱。船长能多清理六七个，是全车间的尖子，而我一天只能多清理两个，在记工员孔鹏的记工单上，永远是“20”两个可怜巴巴的数字。

天吊从头上隆隆地驶过去，沉重的吊钩呜呜地坠下来，甩下一大堆热乎乎的铸件。这些才出炉的家伙，毛毛糙糙的，一个个怒气冲冲地冒着烟雾，朝我们龇牙咧嘴，似乎很不愿意来到这里。我们什么也不理会，围上去把这些不服气的家伙拖翻、推倒，把风枪对准它猛打猛轰。第一道工序先打粘在铸件上面的沙块，这很舒服，不用使多大的劲儿，风枪所到之处，势不可当，沙块土崩瓦解，纷纷脱落，连风枪“嗒嗒嗒”的脆声也变成柔和的“塔塔塔”了。剥掉沙土，铸件身上露出尖锐的飞刺儿、铁瘤子。这可不是沙土，顽强得很，是硬碰硬。我换上一只磨得锋利的风铲，长长地吸了一口气，猛地把风枪顶到铸件上——“嗒嗒嗒！……”雪亮的铲刃死死地咬着这些疤疤癞癞的毛刺和铁瘤子，激烈地呼号着向前推进，有一股你死我活的劲头。

钢与钢的撞击，产生出的反作用力，重重地往后坐，使我浑身剧烈地颤抖。我不得不一次次压紧枪身，可压得越紧，后坐力就越凶，顶得我的胸部和两臂又酸又疼。酸疼的同时又有一股令人兴奋的快感，你会觉得风枪蹦跳得格外有力，像一只有生命的小鹿在怀里撒欢，如果你按压不住，它就会蹦跑了。这只小鹿的力量永远也不会枯竭，因为一道风管从它身上一直伸延到压缩机车间。那里，一排火车头似的压缩机在彻夜轰鸣，把新鲜的、富有弹性的空气不断流地压进我们的风枪里，使风枪永远充满不会疲倦的生命力。

有节奏的反作用力振动着我的胸腔、肌肉和骨节，犹似一只有力的手掌给我按摩，使我血液循环加快，各部器官都在快乐地运动着。我快活起来，整个身心都溶进“嗒嗒嗒”的声波里，随着这支节奏激烈的曲调颤悠。这是一支高昂而坚强有力的打击乐，每一个音阶都表现出我们的意志和钢的硬度。十几只风枪一起奏响，声波与声波聚合在一起，然后向四周扩散，撞击在车间的墙壁上、钢梁上、顶棚上，炸碎了，融合了，又反射回来，于是，这一只只风枪的清脆声波变成巨大的、厚重的回响，以海涛般的雄壮气势在半空里奔涌和滚动。我被我们这个群体造出的轰鸣震撼了，感到一股组合联结在一起的力量，这股力量使我不再觉得自己是在单一的操作。我踏实了，强壮了，身旁的船长和四周的伙伴们那么可爱和亲切。

## 二

渐渐地，我那股兴奋劲儿没有了。

劳累使我的身子变得疲软，力气收不拢，凝不成一个团儿，钢铁与钢铁的撞击震得我昏头昏脑，“嗒嗒嗒”的声音变成了“当当当”，最后变成“咚咚咚”。枪柄似锤头一样敲打我的前胸，顶得我上气不接下气。我觉得肌肉和骨架已被哆嗦得分离开了，整个身子就要稀里哗啦地散开架，瘫下去。船长却在旁边一个劲儿地打着，他简直是和风枪长在一起。我有时怀疑那根黑色的风管也长在船长的身上，否则，他怎么永远不知疲劳呢？

我实在坚持不下去了。一分钟也坚持不下去了。我想起船长对我说过的话：“你在一分钟也坚持不下去的时候，再坚持一分钟，就会天地大变！”我照船长的话做，咬紧牙关，一分钟一分钟地干下去，尽量地收拢身体各部的残余力气，压到风枪柄上。我觉得心脏沉缓下来，它已无力将血液输送到四肢的血管里，但我还是紧紧攥住风枪，因为另一种血液在两臂空荡的血管里奔流，那就是焦躁、硬拼和耐力的混合物，也许这就是毅力，它支撑我熬过了最后一分钟的又一分钟。

我像一架机器，不停地转动。特别是干满了一天十八个铸件的定额后，我就更来劲了。果然，“天地大变”——身体里那根分管累的神经似乎忍耐到极限而一下子扯断了，难受感觉刷地消失。我感觉不到风枪跳动的撞力，感觉不到浑身哆嗦的酸疼（但也感觉不到轻松舒适）。这样，可以一直轻松地坚持到下班。

我把超额的希望全寄托在下午。但无论怎样努力，我也比不了船长。船长有时笑着拍我的肩头，说：“小伙子，你这才几年道号，差得远呢！”是的，船长干了二十多年，功夫练到家了，他说他已练到从来不知道累的地步。每天上了班，船长一操起风枪，就像“鹤翔庄”发功一样，没完没了地哆嗦下去。他全身伏在风枪上，由于压得过紧，看上去，似乎是直接伏压在工件上啃着，除了中午吃饭以外，他就这样紧紧地伏在工件上哆嗦一天。

船长干什么都拼命。喝起酒来，也和打风枪差不多，捧着酒盅不松手，一口接着一口，一直把自己喝成一摊稀泥，还硬挺着脖梗往里灌。船长喝醉了酒，就不像个人样了。在街上一步三扭地摇晃着，见了谁都笑嘻嘻的，但不说胡话。喝得太多，他就势躺在墙根下打呼噜。我们几个清砂工挽胳膊撸袖子，拖死猪似的把他弄到家里。船长家里挺像个样，竟还有个大书架，上面摆了好多书，有些还是硬壳的，像个有学问的人家，可惜船长干了清砂工这样的粗活。船长喝醉了，第二天早晨，总是要给我们道歉。他弄不清是谁把他送回家的，所以不管三七二十一，挨个儿道歉。这时，他失去了打风枪那阵的威风，脸色不自然地烧红，像犯了什么错误似的。

每喝醉一次，船长都要后悔，一连好多天沉默寡语，只是一个劲儿地拼命干活；下班路过酒馆门口，连头都不转一下。可过了一些日子，他又口吐白沫地躺在街旁墙根底下打起呼噜来，又使我们出了不少力气，然后，他再给我们道歉，这样反复咏叹而不止。不过尽管如此，全车间的清砂工都很尊重船长，因为他实在太能干了。

我暗暗地鼓着劲儿，我多么希望能达到船长的速度。每当甩着长发的记工员孔鹃来到船长跟前记数时，船长总是沉甸甸地说：“二十五个。”啊，二十五个，简直是机器人！我羡慕得都气愤了！一天超额七个，可以拿一块四的奖金，一个月多拿三十来块，顶得上又一个一级工。我一定要撵上船长，我想多挣钱！我需要多挣钱！

## 三

我想起了我的弟弟。

弟弟要考大学，整天苦学苦练。父亲却要弟弟去厂里接他的班。因此，父亲常和弟弟吵架。

“老头子说，你实在要去念大学也行，家里不给一分钱！”弟弟愁眉苦脸地重复着父亲的话。看到弟弟为难的样子，我心里经常觉得不是滋味儿。我虽然只比弟弟大四岁，但我是家里的老大，所以，比弟弟多懂几年事。父亲不同意弟弟上大学，有他的难处，他不仅养活我们全家，还要养活常年有病的爷爷和奶奶。从我小时候记事起，就看到爷爷、奶奶躺在炕头上哼哼，一直到今天。邻居那些健壮的大爷大娘们一旦得了病，几天就死去，犹如一株大树那样，“咔嚓”一声折断了。人们都说“久病无孝子”，可父亲对爷爷、奶奶始终很敬重。每天吃饭之前，总是先把饭菜恭恭敬敬地端到里屋给爷爷奶奶。母亲为了侍候两个老人，一直待在家里围锅台转。院里和她同龄的妇女都有工作干，现在全转为“固定职工”了，并且有退休金。母亲有时在我和弟弟跟前悄悄说几句埋怨话。她怕父亲听见不高兴。父亲在厂里干铆工，抡大锤，活挺重。他干得挺带劲儿，有时下班还哼两口京剧，学诸葛亮的词儿：“习天文，学兵法，易如反掌……”咳咳呀呀的一个字拉老半天音儿。父亲还挺风趣，经常捋着细长的胳膊说：“别看我瘦，可有股干巴劲儿！”

我小时候常跑药店给爷爷奶奶买药，看着母亲一张一张仔细地数着给我的钱，心里很不好受。我知道钱来得不易，没心思念书，总盼望自己快长大，能干活挣钱帮助家里。

进厂的头一天，厂长领我们新工人挨个儿车间参观，看那些闪光铮亮的机床、精密的仪表、整洁的操作室和钢花飞溅的高炉。大家都被各种技术工艺激动了，有的要干车工，有的要学钳工，有的要当化验员，但是，没有一个要干清砂工的。他们还没走到清砂车间门口，就吓得目瞪口呆，有的，刚把头探进去，就捂着鼻子退回老远，连连叫唤，说，要是把他分配到这个鬼车间，就去“上吊自杀”！我听说干这个活不用费脑子，第一个月就可以拿三十三块，便毫不犹疑地报了名。虽然又苦又累，但有保健费，再加上超额奖金，我一个月可拿五十多块，相当于一个四级工的工资。为此，我对弟弟说：“你放心地考大学吧，我供你！”弟弟很有才气，小时候就爱看书，看完后还能滔滔不绝地讲出来，连邻居的大娘大婶都看出弟弟是个“高级材料”。要是让弟弟去握父亲的锤杆或攥我的风枪，那就太可惜了。

父亲听到我要供弟弟去念大学的话，半天没有吱声，望着我，轻轻叹了口气，低着头走出去。从此，父亲不再同弟弟吵吵了。弟弟也很高兴，眼睛变得亮亮的，走起路来连蹦带跳。有一天，他抱着课本对我说：“大哥，你真好！”

我告诉弟弟，如果我的速度再快，挣的钱还多。要是能赶上船长，一天能干二十五个铸件，可以供他考研究生！

## 四

我紧紧攥着风枪，觉得它有一种异常的重量。我的劳动增加了为弟弟念大学的责任感。睡了一宿觉，我那根分管“累”的神经又长合了，这又使我感到风枪每前进一寸的艰难。于是，我拼力地顶着风枪柄，坚持着，打熬着，准备再度把那根神经“累”断。

午休的铃声像一条欢快流动的小河，流进我们海涛般轰鸣的清砂车间。这细弱的铃声一下子被我们捉住了，大家几乎是在同一刹那的瞬间扔下风枪，使这只整整轰响了半天的钢铁合奏曲戛然而止，最后一排声浪在车间上空坚持着滚动了一阵之后，终于消失得无影无踪。车间里的铁梁铁架也同我们一样，长长地舒了一口气，松弛了；弥漫的沙土开始缓缓地降落，头上的吸风机也显示出力量；渐渐明亮的车间显得宽大开阔了；春天的阳光顺着半明不暗的玻璃窗慢慢地流淌进来。

我们以最快的速度朝厂中央的大食堂冲刺。晚一步，就得多排好长时间的队。午休只有一个半小时，吃饭时间越快越好，大家狼吞虎咽地吃完，又赶紧跑回车间，各自在铸件中间的空当里找一个沙窝子，躺下去。垫着干燥松软的沙土，把腰身紧贴在还有些发热的铸件上，真令人惬意。不一会儿，你就会觉得疲软酸疼的腰身有一股“簌簌”的麻感，渐渐地像小虫子在爬，好似无数个小挠子给你挠痒痒，又好似一道道小溪流在皮肉里面欢快地流淌，这是一天的劳累中最美好的享受。特别是船长，舒舒服服地仰卧在那里，样子好像已经睡了几千年。船长的休息方式也和我们不同，他不像我们，只是在铸件中随便寻一个能卧下身的地方，或侧窝着，或跳伏着，凑合几分钟就行了。他总是搬动一下铸件，不厌其烦地平整那一块他要躺的地方，找一个草包铺平，用几本书或一摞什么报纸做枕头，然后才小心翼翼地躺下去。等到下午，上工的铃声一响，我们都像塞在箱缝里的衬衣，一个个皱皱巴巴的，腿蜷麻了，胳膊窝酸了，脸蛋子被铸件硌出了一块块红印子，而船长，却一尘不染，舒舒服服地站起来，做几下很规则的伸展运动，然后攥起风枪，将休息时浑身放松了的肌肉猛地收缩，凝聚成一个硬团，对着毛糙糙的铸件“嗒嗒嗒”地打响。

我佩服船长，这一系列看起来平平常常的动作，都那么有条不紊，那么科学，那么舒适而又合乎道理。我有时也学船长的这些，但总不行，到了忙乱的时候，就什么都忘了。我感到这不是我能学得了的。

## 五

经过一天的紧张劳动，下班的铃声显得格外悦耳，在厂里的大浴池冲去浑身的灰土和疲倦，换上衣服，擦亮皮鞋，在马路上迈着轻快的步伐，谁知道我们是干什么的！厂外的空气是那样清凉和新鲜，眼前的一切是那样令人愉快，正在吐绿的杨柳，直拔而起的楼群，长河一样的大街，平展的大地，深远的天空，世界是那样广阔。

我在路边上遇到过去同学张大奔。因为他念书实在太笨，一问三不知，经常被老师点名叫到课堂前面，所以，同学们用“大笨”代替了“大奔”。他老远就兴奋地吆喝我：“大工匠，下班了吗？……”同学们都知道我一进厂就挣四十多块，羡慕得要死，所以给我起了这么个美称。大笨激动地使劲捶打了我一阵。同学的感情和工友的感情不一样，有一股说不出来的亲切滋味儿，小时候板凳挨板凳地挤在一块儿，像一窝小麻雀。现在飞到有风有雨的世界上来，才感到那个小窝是多么舒适、温暖！张大笨有三四年没同我见面了，可是他却对我的情况了如指掌。不单单是对我，对几个念大学的同学，更是清楚得很，连他（她）们的课目和成绩都说得出来。我发现，张大笨虽然只和我讲了不一会儿，却给我一个满口“大学”的感觉。我有些奇怪，张大笨是接替他父亲干钳工的，怎么突然对大学也感到兴趣了呢！

“他妈的，往后要是没有文凭就完了！”张大笨从眼神儿里一下子看出我的疑问，拍着大腿，滔滔不绝地讲起念大学的种种好处。

这时我才看清楚，张大笨背着一个装得满满的大书包，看来是上业大念书。我想起我们的记工员孔鹊，她也正在念业大，整天张口闭口讲“文凭”，很神气。

“不是要考试吗？”我担心张大笨能否跟得上，他说他现在脑瓜开窍了，比过去好用得很。唉，过去就知道玩，要是早明白念书的用处……

张大笨看了一下表便匆匆地要同我告别，大步流星地走了，骄傲地往肩上耸了耸书包。望着他渐渐远去的背影，我心里空落落的。

我在路边呆呆地立了一阵，发现四周的许多人都像张大笨那样匆匆地奔走着。我陡然感到自己落伍了，被突然加快速度的生活节奏扔下来。我每天闷着头紧张地干呀，忙呀，哆嗦呀，却不知道生活的河流早已从我身边浩浩荡荡地越过去。他们都在焦急，都在奔进，都想得那么远；而我呢，却倾心于一天能多清理几个铸件，满足于多挣一些超额奖金……

我的脚步不由自主地放慢了，刚才听到下班的铃声时，我还像一只蹦出栅栏的小鹿，欢快得要飞跑，可一发现外面这个匆匆忙忙的世界，目瞪口呆了。原来，我每天都在鼓足力气睡大觉！难道在这个世界上，我的力量只够攥那只活蹦乱跳的风枪？而这，已够我紧张的了。我怕是要永远充当一个落伍者的角色了。

## 六

回到家里，弟弟正把头埋在写字台上。那么多书：语文、数学、历史、理化、政治经济学……这么多知识要全装在弟弟的小脑袋里，他能承受得住吗？我悄悄地坐在弟弟的身后，不弄出一点声音。让他安静地复习吧。

我们家住的是普通的老式日本房子，没有厨房。一间稍大一些的住屋，爸爸托房产公司的熟人给这间屋改成两间。我和弟弟住的是一间夹出来的小屋，憋脚得很。弟弟为了考大学，晚上要攻读到半夜，我简直连喘气都不顺溜。我希望弟弟把功课复习得好，顺利地考上大学，所以，睡觉时连身都不轻易翻一下。别提多难受了，可是，我一看到弟弟的小脑门在台灯前闪着苍白色的光，便觉得一切都可以忍受。

弟弟全神钻进书本里去了，根本不知道我在他后面坐了那么长时间。我屏住呼吸，轻轻地朝床里面挪动一下。弟弟的学习笔记本全都摊在床上，我随便翻开哪一本，上面写的字都是一样的工整、漂亮。我暗暗地说："弟弟，你真是个好样的！"弟弟不仅学习好，字写得好，模样也长得好，不像我长得那么粗糙。他身子细细苗苗的，脸蛋儿水光溜滑的，就像我们船长精心加工后的铸件。

弟弟十九岁了。十九岁的青年，在这个年头，什么不会？抽烟呀，喝酒呀，打扑克呀，甚至搞起对象来！可是弟弟从不沾染这些坏习惯，每天只是一心一意地看书、学习，和女同学说句话还脸红。

我翻了弟弟一本小手册，第一页上面写的是方方正正的八个大字："刻苦攻读，考上大学！"字写得特别有力，横、竖、撇、捺，全是直来直去的不打弯，像刀刻的。我把小册子擎在手上掂量一阵，不知怎的，心里忽然涌出一股难言的感情。现在考大学的那么多，连孔鹃和张大笨都在争取弄个文凭，都在为自己的前途拼搏，而我自己，……可我又一想，父亲的工资很低，除了全家的生活以外，还有多病的爷爷奶奶，我和弟弟，总得有一个人牺牲自己的理想，才能维持这个家庭。弟弟比我年轻，比我聪明，长得也比我好看。我宁可牺牲自己，也要保住弟弟，拼死拼活，也要让他考上大学！我的心情宽慰了，站起身来。

弟弟发现我站在身后，有些不好意思地笑笑。他使劲揉着眼睛，看起来弟弟太下功夫了，眼珠子有些呆滞，还有些红。他揉着揉着，忽然有些吃惊地小声喊："哥，你的眼圈怎么发红？"我赶紧用手擦了擦眼，笑笑说，"没事，风吹的，过一会儿就好了。"弟弟高兴了，我也放下心来。

## 七

弟弟很早就瞧不起父亲和我干的活了。我刚做清砂工时，他那阵正念中学，就急急地劝我："哥，咱不干那个破活！"记得当时我还挺激动，弟弟这样关心哥哥的命运！可是今天我怎么会感到不舒服呢？我从小到大，耳朵里从来都是听到劳动光荣的话语，尤其工人的劳动，不仅是光荣，而且还有伟大和神圣。所有的书本、广播、电影、戏剧和标语口号都在告诉我这个道理。就连我小时候能帮大人扫地、买煤、劈烧柴，爷爷、奶奶和父母都会夸我爱劳动。从来没有一个人和任何一本书告诉过我，念大学比干出力的活儿更光荣。可是在我的生活经历中，每当提起工程师、教授，却觉得比工人光彩很多倍！弟弟两岁的时候，奶奶在炕上摆出铅笔、剪子和小锤，要弟弟抓。说是抓住铅笔将来能当官，抓住剪子当裁缝匠，抓住锤子出大力。弟弟瞪着亮亮的小眼睛，瞅着这三样小玩意儿，当他好奇地把小手伸向小锤时，全家人紧张得"啊"的一声叫唤起来，我甚至狠狠地掐了一下弟弟的屁股蛋，把弟弟吓得哇地哭了。

我心里越来越不痛快，也许长久的宣传教育起到了作用，我又感到劳动的自尊和光荣，只有出大力才能体现出我们家庭的本色。

弟弟并没有看出我的情绪变化，经常在我面前滔滔不绝地讲起他美好的理想：读完高中上大学，念完大学考研究生，考上研究生争取出国考博士学位……，弟弟很自信、很兴奋，有时竟挥舞起手臂来。他的情绪感染了我。为了不使他扫兴，我尽力控制着自己，对弟弟说："好好学吧，别像你大哥这样没出息！"说完，我怏怏不快地走出屋子。

## 八

虽然已近初夏，夜风还是有点儿凉，像一只冰凉的手抚摩我发热的脑门，街上行人不多。我在下班回家的路上慢慢地走着。我想了很多很多，想到我那个隆隆轰响的车间，想到那支激烈蹦跳的风枪，想到那震彻骨髓的哆嗦，想到为了多清理一个铸件而进行的努力。我觉得浑身还在微微地颤抖，劳动以后的疲倦又一次涌上来，我赶紧倚在电杆上，一股孤独、委屈的暗流从心底下爬出。我是这个世界上最不幸的人。

弟弟在门口等着我回家吃饭。他的声音有些异样，惊慌的神色在路灯下看得很清楚，发现我时，赶紧跑过来。啊，聪明的弟弟，一眼就看出我不高兴了。我装作快活的样子迎上前去紧跑两步，不让弟弟想得太多。今晚的饭菜不错，竟有两条大黄花鱼摆在桌子中间，全家人都笑吟吟地吮着香味儿。鱼是父亲特地去农贸市场买的。他今天发了奖金，一百多块！父亲干的活不像我们清砂工，以个体为计算单位。他干的活，不是钢梁钢架，就是油塔油罐，大家必须齐心协力地干，一直到整个任务完成了，才算总账。所以，往往好几个月才能分一次奖金，因而每分一次数目相当可观。但父亲说，要不是他那个笨蛋厂长胆小怕事，他拿得还要多。

弟弟特意把一块大鱼肉夹进我的碗里。我知道弟弟的用意，又感动，又不是滋味儿。吃完饭，回到小屋里，弟弟想对我说什么，我赶紧打断他的话。我怕弟弟想得更多，便安慰他："尽管放心念书，一定要好好念出个样子来。我有的是力气，也愿意干活。以后我要是达到我们船长的水平，你念什么书我都供得起。供你学到底！"

弟弟眼睛有些湿润了，他扯着我的手，说："哥，我对不起你！"说完，趴在我肩上哭起来……

# 九

一走进车间，我的心情立刻感到一股说不出来的充实，家庭和外面世界给我带来的烦恼和忧虑，被轰隆隆的鸣响一扫而光。我攥起风枪，好像见到久别的伙伴，这个亮闪闪的小家伙充满了青春的活力，它大瞪着忠实的眼睛，随时听从我的命令。不管我高兴还是忧虑，不管我有劲还是乏累，它都是精神十足地蹦跳，忠实地服从我的指挥。在工厂里，工人们对经常使用的一些工具，往往赋予一些人情味儿。也许是每天每时地摩挲吧，我和风枪有了一种相依相靠的感情。船长呢，他手里那只风枪已经破旧得不像个样子，可是他却不愿换新的，他弄来一些色彩鲜艳的塑料带，在枪柄和枪身上缠得花花绿绿的，把风枪扎裹得像个小姑娘。干活间歇时，他也抱着风枪，舍不得离开，并朝我们夸耀："看咱这只小枪！"他把"小"字咬得那么响，有一股十分亲切的味儿。我觉得船长的风枪有点灵气儿，像一只又驯服又蛮有劲头的小老虎。否则，船长怎么每天会干那么多呢？后来我渐渐地发现，船长同我们的操作方法不一样。他不像我，拖过来一个铸件打一个铸件，打打停停，手忙脚乱。他是先把很多铸件一字摆开，然后端着风枪从头至尾，一路打下去。机关枪似的打着连发，不断流。我暗暗地学船长，干起来又痛快，又过瘾。等到晚上我一数，竟干了二十一个！

我很高兴。可惜今天是月末，最后一天，还看不出多打一个的大好处。从下个月开始，每天多打一个，除了四个公休星期日，全月可多打二十六个。除了船长，我就是干得最多的了！统计员孔鹃匆匆地走过来，还没等她张口，我就大声报数：

"二十一个！"

她在小本本上急急地画了几下，到船长那儿去了。看着孔鹃那个匆忙的样子，我猛然有些担心，怕她还是给我记“二十”的数。因为我过去每天都是二十个，恰恰在月末，一天多干了一个，她很可能会按习惯记错的。孔鹃现在念“业大”，根本没心思干活。过去，她不仅认真检查我们清理铸件的质量，还仔细地一个个数点。后来听说干她这行没“文凭”不算数儿，慌了，赶紧去念“业大”。现在，她每天只到车间匆匆转一圈儿，就逃跑似的躲到办公室里啃她的复习提纲去了。

整整一宿，我都被多干的那一个铸件激动着，从二十到二十一，给我增添了一股喜悦的劲头，这说明将会有二十二、二十三……而同时，我又继续被“孔鹃会给记错”的想法烦忧着。

第二天中午，孔鹃连饭也没到食堂吃。我被一种急切的心情推到了车间办公室。只见孔鹃正趴在办公桌上啃考试题。脸色发黄，人也瘦了。桌边放着一包没有打开的饼干。

我踌躇了。不忍心去打扰她了。听说孔鹃这些日子很气愤，别的工厂都能脱产念书，最差的也给时间复习功课。唯有我们厂领导，老是说生产任务忙，谁也不能在工作时间念书。连团支部书记替孔鹃说情都没用。车间主任严肃地说，准一个人的假，其他人怎么办？都去念书，活还干不干？一枝摇动，百枝不稳，要“全面考虑”！

我默默地离开了办公室。

上班时，在厂门口遇到我们的车间主任，我怀着试探的心情提起这件事情。主任一听，有些不耐烦，说：“你不是每天都干二十个吗？”

果然被我猜中了，孔鹃到底记错了数字。我又急又气。从二十到二十一，这是个多么了不起的突破，她竟这样无动于衷。我赶忙更正：“昨天，我干了二十一个。”

“你这个人真是的！”主任烦躁地甩了一下长袖。“你本来每天都干二十个么！难道人家孔鹃会吞掉你一个！”他似乎觉得我多干一个是犯错误的事儿。

“可是……”我尴尬地摊开两手，看到主任很认真，也就认真地回答：“你不相信，到车间去数数看，那些铸件还没运走！”

没想到我这句话会使主任差点跳起来，他满脸通红，紧张地左顾右盼。这时，办公室其他的人已零零星星地进来了。我明白，再争执下去，不但对我不利，也会牵涉到孔鹃。

我不再吱声，车间主任是个工人提拔的干部，一脸虎气。他见我半天没有言语，便拍着我的肩头说：“你这年轻人呀，怎么能为一个铸件计较呢？不就是两角钱吗！”

我一下子被震住了，愣在那里，陡然地清醒过来。是呀，一个铸件的奖金只有两角钱，何必这个样呢？我傻呆呆地立着。

“别老是向钱看，少吃两根冰棍就有了！”车间主任竟然呵呵地笑了，并随手推了我一下，他很会处理这种场面。

我顺着车间主任的劲儿，就势往外退，进了厂门口简直就想跑。后面传来嘻嘻哈哈的笑声。羞辱的感觉使我的脸皮像才出炉的铸件一样发烫。为了两角钱的奖金，跑去和人家吵，这哪像个男子汉。

跑到车间，大家已干了一段时间，这下，我感到自己的损失更大了。便赶紧抱起风枪，“嗒嗒嗒”地狠劲敲打着铸件，打得沙烟灰土四面飞扬，但我还觉得不够劲儿，疯狂地、歇斯底里地顶着风枪柄，发泄着因羞辱而带来的怒火。但是，干着干着，我又觉得很委屈，因为我确实不是为了两角钱！可到底为了什么呢？我连自己也说不出。呛鼻刺眼的灰沙一股一股涌上来，风铲与铸件猛烈地撞击，肌肉和骨头急速地哆嗦，苦咸的汗水泡得皮肤火辣辣的。我想到了埋头于书本里的弟弟，想起抡大锤的父亲，想起年迈多病的奶奶。我后悔自己没在主任面前理直气壮。两角钱怎么，两角钱也是我一滴滴汗水挣的，怎么叫向钱看？成天在办公室里偷着看复习提纲，利用工作时间给自己考文凭，不是比我更向钱看吗？于是，我又恨起孔鹃来，恨得凶极了，简直就想把风枪摔掉不干。可是，我手下的风枪却很兴奋，毫不在乎地蹦跳着，它看我用了那么凶的力气，便更勇猛地啃着铸件，咯咯地呲着火星。我使劲地抱着风枪，这个小家伙有灵性，它知道主人受了委屈，所以正在拼命地为我争气。我的心情有些好转了，哼，你主任有什么了不起，你孔鹃有什么了不起的，妄想否掉我的劳动，不行！

我抬起头来，船长正在那里猛打猛冲，他身后摆着一排排清理好的铸件，真使我羡慕，人家永远干得这么多，不吭不声。我不敢怠慢，又俯身猛干起来。我干得太少，如果也像船长那样，一下子超过四五个，人家也不敢少记，也不会说为了两角钱怎么怎么了。我使足了劲儿，死命地顶紧了风枪，这小家伙儿蹦得更欢了。哦，我的忠实的伙伴……

下班的时候，我数了一下铸件，干了二十二个！我满意地挺直沉重的身子，擦了一下脸上黑色的汗流，满腹的冤屈和怒气被风枪打得云消雾散。

## 十

厂里召开大会，厂长大声宣讲上级文件，下一步重点抓职工的文化学习，各车间都要给念业大、电大和文化补习班的职工创造条件。以后涨工资，文化考核将作为一项重要的内容。“没有文化，怎么能建成四化！……”厂长有力地挥着手。

孔鹃眼睛闪着光彩，很有些激动。下午到车间统计数字时，她大大方方地走到我跟前，问道：

“多少个？”

“二十二。”我不看她，连头也没动一下。

孔鹃在小本本上画了几下。然后说：“给你记二十三个，前天那个，我给你补上。”

“什么？”我以为听错了。

“早上主任给我说了，说你前天干了二十一个，怪我不细心，少给你记一个。”

我的脸皮倏的一下发热了，不敢转过头去，幸亏孔鹃快步走到船长那儿，船长停下来，把风枪揽在胸前，问孔鹃学习考试的事。孔鹃高兴地说，车间主任态度转变了，虽然没放考试假，但让她在工作时间自由处理自己，原则是不耽误工作就行。伙伴们都放下风枪，围拢过来，对孔鹃表示关心。船长说：“这几天你就放心复习吧。我们自己统计，保证错不了！”我赶紧随声附和地说：“对对。”

孔鹃对我们的关心很感激，在车间里待了好长一段时间，也不怎么太扑弄头上的灰屑了。她甚至还攥着风枪打几下，并惊慌失措地哆嗦了一阵。小伙子们乐坏了，笑道：“你下车间干吧，报纸马上就能登新闻，新中国第一个女风枪工！”船长说“新中国”这个提法不太准确。有人又说：“管干什么，别干清砂工，找不着对象！”孔鹃说：“你们要都能考上文凭，对象还不有的是！”大家笑得前俯后仰。

孔鹃走后，我们渐渐涌上来一丝淡淡的悲愁。这两天，全厂报名念电大、业大的人把教育科的门都快挤破了，唯独我们清砂工没有一个报名的。小伙子们自嘲地说：“咱这帮哆嗦工，没一个要脸的！”“命里八尺，难求一丈，风枪打好就行了！……”我突然问船长：“你不是念过开船的书吗？怎么没有文凭？”“有文凭怎样？还不是打风枪的！”船长笑笑说。他对清砂工这一行已心安理得了。

“哎，你回家找找，说不定有用！”我替船长着急。

船长又笑了笑，不屑一顾，连话也懒得回答，只是摩挲着怀里的风枪。

我望着船长粗糙的脸皮，由于长时间持风枪而变了形的老皮大手，胳膊肘突出棱角的骨结；他的背也有些驼了，两肩后面像凸着两个厚实实的山包，用唾液黏卷的纸烟叼在干裂的嘴唇上，很难使人想象得出，这样的形象怎么会坐进开船的学校里。

船长吐出嘴里的烟屁股，要开始干活，但大家都不让，劝他一定要回家找文凭。现在的文凭算什么，都是骗人的东西！过去的文凭才叫“文凭”呢！

中午吃完饭，孔鹃又跑到车间来，她被我们头午的话语感动得对我们有感情了。我们围着孔鹃，对她讲船长找文凭的事。孔鹃马上说：“这文凭好用！”接着，孔鹃就告诉我们最近下来不少文件，特别是对文凭的规定，很详细。讲这些文件的规定时，孔鹃咬字既清楚又流利，差不多把那些条条一字不误地背诵下来，她甚至模仿上级领导念文件的口气，给我们一种极正规，又有权威的感觉。

船长不知什么时候坐起来了，瞪着两眼侧耳细听。孔鹃背诵完文件，余兴未尽，问船长：“你是哪个学校毕业的？”船长没有眨眨眼睛，反问道：“准吗？”“怎不准，”孔鹃大瞪着眼睛：“我在劳资科看的文件！”

我们一下欢呼起来：“船长，你这回要发大财了。请客！”“到海味饭店……”“不！到西餐馆……”“海味有象征意义，表示船长要远航……”“西餐馆设备高级，带电子音乐！”

大家七嘴八舌吵得很热闹，好像船长的工资已拿到手了。接着有人也吵吵孔鹃请客：“考完试，你也是大学生啦！”

孔鹃脸红了，不自然地说，她念的是大专，考上文凭后，才能转正提干，也只不过是行政二十三级，拿四十八元工资。我们一听，四十八元，也够意思了，等于三级工。于是，吵得更凶。我说：“船长在海味饭店，孔鹃到西餐馆请，怎么样？”“好！”

一片掌声和喝彩声。

在大家逗孔鹃时，船长却又躺下去。但他睡不着，两个眼珠子一动不动地凝视着车间顶棚上的钢架。

# 十一

整个下午，船长的风枪像被什么噎住了，响一阵，停一阵，最后，他干脆就抱着风枪坐在铸件上抽烟。看我直瞅他，船长又把半截烟屁股一摔，招呼我："歇歇！"

船长没心思干活，我也没了劲儿。跟着船长一直走到车间大门外的墙角根下，这里又风凉又清净，我和船长友好地并坐在一起，可谁也没说话。过了一会儿，我耳朵里的风枪轰鸣声被清凉的风淘净了，感到很舒适。便对船长开了句玩笑："大工匠，心里挺乐吧？"

船长转过头来，却突然问我："你喜欢海吗？"

我觉得船长有些异样，脸上露出我从来没见过的表情。我当然喜欢海，因为我们这个城市紧靠着海，几乎所有的街道都通到海边。每到五月季风来临的时候，整个城市上空都充溢着海的气息和味道。我念书的学校就坐落在海边，上课的时候，因为我从窗上偷看那些海浪和帆影，不知被老师斥责了多少次。有一回还罚我到课堂前面同张大笨一起站着呢。谁小时候没有一些美好的想往？我也曾想过，长大了开船逛大海。老师批评我说："没有知识，不好好学习，将来什么理想也实现不了！"唉，真叫老师说对了。可是，船长念过开船的书，不也同我一样打风枪吗？

我对船长说，我过去爱过船，爱过海，现在无所谓了。船长说，他也无所谓了，不过，心里有时挺想的。他开始自言自语地讲他的经历给我听。他学的是航海专业，当时学得挺起劲儿，还到海上实习过。有一次遇上风浪，连船上的老水手都吐了，他却没事儿。"不管多大的风浪，只要让船头正对着风向，就没关系！"船长似乎真正是开过多年船的老船长，说着说着，激动起来，两眼灼灼发亮。我才发现，船长那对老是蒙着灰雾的眼睛，里面蕴蓄着海蓝色的光彩！

“从海里面看咱住的地方，才美呢！……”船长吧唧一下嘴唇，回味无穷。他好久没讲这些事了。

“后来——”船长气力一下子减弱不少，他骂他们学校瞎分配，把他分到一个机关当文书。他不愿干，自己跑到船上找活干（那时可以随便离开一个单位到另一个单位找工作）。那艘船坏了，不久，船队又因燃料缺乏而“下马”，把人员分散到各单位。这样，船长来到我们厂。说完，船长重重地叹了一口气。

我安慰他说：“你现在能文能武，书没白念，文凭有用了，打风枪又有两下子，全车间拔尖。我在暗暗地追你哪！”

船长愣愣地看着我，像不认识。我告诉他，我怎样拼命地鼓劲，怎样跟他学，怎样为了多干一个铸件而咬紧牙关；我又告诉他，我想多挣点钱，供弟弟上大学——说到弟弟，我兴奋了，大讲特讲起来。船长用亲切的眼光看着我不住地点头，鼓励我说下去。最后，我说，我这辈子就这么个样了，只要能把弟弟供出个好样的，也就心满意足了。

船长眨了眨眼，正要讲什么，孔鹃突然跳到我俩跟前怒气冲冲地说：

“你们俩怎么啦？今天连基本定额都没完成！”

我一个高蹦起来，要往车间跑。船长却沉着地一把抓住我，认真地问：

“你弟弟将来考研究生吗？”

“当然！”我看到孔鹃在跟前，故意大声说。心里想，别看你成天“业大业大”的，我弟弟可是正规大学生，比你们强多了。

孔鹃上前急急地问：

“谁考研究生？谁考研究生？”

“我弟弟！”我大声地说。

“有志气。”船长重重地说了三个字。

谁知孔鹃一点也没表现出意外，反而热情地告诉我："研究生一出来就是二十一级，六十四块，乖乖……"

我跑进车间，赶紧抱起风枪，这个小家伙大概等急了，我的拇指刚刚碰到风门，它就迫不及待地蹦跳起来，排风口突突突地喷着怨气儿，抱怨我刚才丢开了它。

船长的风枪一直静静地躺在那里。他回到车间时，下班的铃声响了。

我和伙伴们在浴池里疯闹、说笑一阵，走出厂门已是月明星稀了。在市场小酒馆门口，我看见船长满脸赤红，歪歪倒倒地走出来。我赶忙上前扶住他，他朝我不好意思地笑笑。我架着他的胳膊，一边走一边说："你怎么又喝酒了，不是说戒了吗？"

船长不吱声，只是一个劲儿地笑。不知怎的，我心里很难受。

## 十二

由于昨天的损失，我有些焦急，上班的铃声还没响，我就使劲地顶住风枪后柄干开了。铸件上面沙土四起，火星飞溅。我干着干着，冷不丁发现船长站在背后，眯着双眼看着我的动作。我停下工作，疑惑地望着他。

"你这个打法不对。"船长从我手里拖过风枪，说："别看这个活儿简单，可也得有窍门儿！"他把风枪对准铸件，左手在枪前，右手在枪后，拇指往下一按，猛地打响了。锋利的铲刃一下咬住铸件，对准疤疤癞癞的飞刺或铁瘤子，嗒嗒嗒地往前啃。铁瘤子有大有小，风枪的角度必须灵活地、不断地变化，我往往因角度变化不灵活，而使风铲在铸件上打滑。现在我看出来，船长之所以老是让风铲咬得紧紧的，就是他的眼睛老是锥子似的盯着铲刃前端，以铁屑卷起的形状、变化来改变他的动作。一切干得轻松、娴熟：左手在前，死死地按着；

右手在后，柔软地摇动。遇到大面积的疤瘤，船长便露出他的真功夫来，那铲尖就像长眼睛似的，在斑斑点点的疤瘤上面飞快而准确地跳跃着，犹如小鸡啄米般的灵巧。这时，你就会感到那支风枪在扭动着流线形的腰身跳芭蕾舞。船长粗硬的手指也柔活十分，他不是在按风门，而是按琴键。“嗒嗒——嗒嗒——嗒——嗒嗒嗒……”以铲除每一个小疤瘤的需要量来弹奏着一支欢快的乐曲。

我完全被船长高超的劳动艺术陶醉了，唉，什么时候，我也能有他这两下子！船长干到得意处，朝我使了个眼色，并夸张地摇晃了几下风枪，问道：“明白了吗？”

我兴奋地点点头，赶紧接过风枪，对着铸件就打。船长没有走，他贴在我身后，用手扶着我的手，一边和我一起用力往前推风枪，一边喊着：“眼睛朝前看，不要管后面！……”

我照船长的法儿，干得有些熟练了，速度也猛地向前跨了一大步。从每天清理二十一个铸件一直增加到二十四个！我被自己的成绩鼓舞得热血沸腾，整天抱着风枪同铸件拼命。我要拼到船长的纪录，我甚至觉得还能超过他。

孔鹃对船长文凭的事很挂心，抽空就往车间里跑，催船长赶快去找。

船长一边打风枪，一边摇着头说：“早给孩子擦屁股了！”

“那可怎么办？”我觉得太可惜，脱口喊道。

伙伴们也都放下风枪，跑过来。大家七嘴八舌，替船长出主意。一个大个子说，他的二叔是水产局的，是不是找他托局长给船长帮帮忙？孔鹃一听，笑得差点蹲下去，说，水产局和海运学校两码事，风马牛不相及。一霎时，大家议论纷纷。我说：“这么重要的宝贝，怎么会丢了！”大个子说：“那阵重要个屁！”孔鹃在一旁自言自语：“要有千里眼，不要聚宝盆。当初谁能看到今天的变化！”

船长倒挺沉着，见大家都对他这么认真、着急，便解释说，问题不在“文凭”这张纸上，学校里有底根。只要领导去函，调查一下就行了。他说他已经给母校写了两封信。

我撇着嘴打断船长的话说：“现在靠写封信就能办成事，可没那么便宜！”

孔鹃说，问题不大，她听说厂里已经成立了一个专门的班子来办这件事，因全厂像船长这种情况的，还有很多。听了孔鹃的话，我高兴地拍打着船长，笑道：“别忘了海味馆呀！”

船长说：“海味馆算什么！我在家里摆宴席，管大家喝茅台！”

“噢噢！……”我们嗷嗷地叫唤起来，把船长抬上半空。

## 十三

这个月的工资，我多开了三十块，心里又高兴又痛快。开饷这一天，我在下班铃声刚一打响，就飞快地跑进车间浴池，把自己很仔细地搓洗一遍，然后，把熨烫得板板正正的衣服穿上，挺胸扬头去逛市场。我先给爷爷和奶奶买了两大盒松软的鸡蛋糕，又特地给弟弟买了两袋咖啡麦乳精，上次在办公室向孔鹃报工作量时，就看她喝这玩意儿，说既有营养又能提神。当时我就想到弟弟，复习到半夜，冲一碗喝，又解饿，又不瞌睡，多好！等下个月多买几包存着，让弟弟使劲喝！买了这些东西后，还有些不尽意，猛然想到父亲上次发奖金买两条黄花鱼，对，我这次也买。但得换个样儿，我在农贸市场转了两圈，挑了两条弟弟最喜欢吃的，个头最大的牙鲆，那肉厚厚的，登登的，一看就知道是从海水里才捞上来，活鲜活鲜的。

弟弟看我兴冲冲拎两条大鱼回来，并没太高兴，只是说了句“花那么贵的钱干什么？”随后把我拉到一旁，悄悄告诉我，父亲在工厂里没活干了，以后甭说奖金，怕连工资也挣不出来了。爷爷奶奶不知道这些事，乐颠颠的。吃鱼时，连说年头变好了，能吃这么新鲜的大鱼，是他们的福气。父亲苦笑着说：“现在好是好，就是不保险！”看来，他还在为厂里的亏损着急上火。我安慰他说："现在正是大干四化，活有的是，俺厂的任务压得一堆一堆的，国家也不能瞪眼看你们坐着不管！"

父亲虎着脸说"跟着俺那个笨蛋厂长，吃屎也赶不上热的，工厂早晚叫他给弄垮！"

晚上，我躺在被窝里正在睡梦中，被弟弟使劲推醒了。我迷迷糊糊地睁开眼睛，只见他捧着两包咖啡麦乳精朝我发愣。

"你喝吧，喝光了我再给你买，大哥现在能挣了！"我笑着说。

弟弟没吱声。半天，才说："哥！我……我帮你复习功课，考大学！"

弟弟这句话使我心里一热，忙从被窝里爬起来。

弟弟看我坐起来，很高兴，忙回头把他的复习课本和各种科目的书一股脑搬到我前面。

"你先看这一本，再看那一本……"弟弟热心地说，然后一本本书哗哗地翻着。"按你的基础，这两本简单熟悉一下就行了，这两本可要下点功夫……"弟弟熟练地捻着书页，流利地讲解着。

我望着这些被弟弟翻得哗哗响的书本，有些眼花缭乱，蒙头转向，离开学校才几年呀，我竟觉得对书本那么陌生。"按我已有的基础"，我有什么基础？我在学校里的那些日子是怎样度过的？唉，晚了！我望着身前的一堆书，懊悔不已，但，我突地想起了张大笨，信心忽地一下涌上来，再怎么晚，我还能比张大笨差多少吗？只要我下功夫，认真复习功课，考上业大，再下功夫念几年，……说起来这一切多么简单。然而越是简单的事情越是难以做到，我整天懊悔呀懊悔呀。真傻！我激动地接过弟弟手中的书本，说道："弟弟，你看大哥行吗？"

"行！我教你。"弟弟郑重地回答。

## 十四

生活的道路猛然地放射出光彩，我感到自己走路的步子也沉甸甸的。过去，每当我看到孔鹃夹着书本的身影，心里就不是滋味儿，现在我才明白，早就应该像人家那样安排自己的生活了。相反，对那些打风枪的伙伴，我却不由自主地产生了距离感。特别是看到他们打着哈哈，懒洋洋地从我身旁走过去；或是听他们讲打扑克、下酒馆的事时，觉得他们一下比我矮了半截。整天就知道昏昏度日，不想学知识，真是糊涂！我似乎有了不少知识，身子总是挺得直直的，脑袋总是抬得高高的，中午到食堂买饭，我故意磨磨蹭蹭，不再同伙伴们一起喊叫着向食堂冲锋，而是像船长那样，先去水龙头前洗洗手，然后稳稳当当地走进食堂。

我想对船长说念业大的事。我觉得说这件事又快活又神圣。船长似乎没看出我的心理变化。他极认真地说，现在我打风枪的方法和姿势都比过去好了，不过，似乎有点不专心致志。

“风枪一打响，精神头往枪尖上使，力气头往枪后托上使！”船长一边说，一边对我比画着。

我只好对他什么也不说，中午吃饭以后，找个没人的墙旮旯里，我偷偷地看书，特别是弟弟给我画重点符号的复习题，我就反复咕哝着背。一下子变得文质彬彬，总有些不好意思。我一面看书，一面用眼角瞄着伙伴们，生怕他们看见，讽刺我。

伙伴们压根没觉得少了我。他们这些天的中午总是围着船长逗弄不让他安稳地睡，老是喊着“请客”“请客”的。我暗暗地笑他们，多粗俗。

然而，不管大家怎样折腾船长，他还是那个样子。干起活来，还是像往日那样从容，那样充满劲头。船长已经被严酷的岁月磨炼出来，什么事也不会使他长久地激动。那天下午他和我并排坐在车间墙根的表情早已不见了，仿佛压根什么事情也没发生。他那灼灼闪亮的眼睛，在翻飞的沙烟灰雾中一眨不眨。偶而一刹那，他朝我这边瞥一眼。这眼神给我一股温暖和冲动，使我充满力量。船长这些天很留意我的动作，不时地来纠正我的姿势。他又主动教给我一些新的窍门，例如，风枪打沙块时，从哪边打，沙土大块大块地往下掉，从哪边打，烟尘飞腾得少，把这个看起来极简单的活，研究得很细很透，使每一分力气都用在刀刃上。

船长当初要是去开船，肯定会更出色，我想。

## 十五

一个惊人的消息传到清砂车间，船长过去念过书的学校给我们厂寄来公函，不仅证明船长的学历，而且还附上一封给船长的信件，说，如果船长愿意，可以重新按他学的专科分配。目前国家海运事业日益发展，急需有航海专业知识的人员，凡是船长毕业的那一届学生，都可回到船上试用一年。报到的单位是远洋航运公司。

这个难以置信的消息像炸雷一样震动了整个清砂车间，压过了十几支风枪的轰鸣。小伙子们都大声地喊："船长要出国了！船长要出国了！……"孔鹃也兴奋得满脸通红，她在我们中间一次次重复着这个公函的内容，很有些骄傲，因为这个喜讯是她第一个知道的。

船长有些目瞪口呆，扶着风枪发蒙，看来他内心里很激动，干活的方寸乱了，有一阵，竟在清理完的铸件上"嗒嗒嗒"地打了一通。下午，车间主任把他叫去谈话，一直快到下班时还没回来。我们也都没心思干活了，抱着风枪打打停停，一个劲儿地朝车间大门口伸脖探脑。

一直到下班的铃声响了，船长才匆匆地回来。我们一涌而上，争先恐后地问他怎么回事儿。船长舔了一下干嘴唇，说车间主任劝他不要走，这里的工作也很重要。我一听，火了，猛地一下抓住船长的胳膊，大声喊道："别听他瞎叫唤！他想叫你给他出力干活，根本不考虑你的前途！"其他伙伴们也七嘴八舌地劝他。

船长等我们安静一些后，便说，他也在考虑到底怎么办。这么些年了，学的那些知识也忘得剩不下多少了，怕难胜任船上的工作。

孔鹃打断他的话，说："怕什么？不是'试用'一年吗？先到国外逛逛，置上他几大件，实在不行，再回来——"

船长看了她一眼，半天没有言语，只是干搓两手。他瞅见了斜插在沙窝子上的风枪，便走过去。刚要打，我连忙上前制止了他，笑嘻嘻地骂道："都什么时候了，还惦记着挣奖金，真是财迷！"

我们全体一致决定，给船长庆贺。现在到市里的大饭店怕有些晚了，干脆就到厂门口斜对面"自负盈亏"的"独家香"。在厂中央的大路上，我们簇拥着船长，咋咋呼呼地笑着闹着，有意识地甩话给其他车间的工人听——我们清砂工有一个要出国，哼，你们行吗！那架势，似乎像我们清砂工全要出国似的。

小小的"独家香"被我们十来个人一下子灌得满满的，店主人乐得嘴角咧到耳根子上，穿梭般地端酒端菜。船长酒量其实很大，就是因为太贪杯，所以一喝就醉。要在往常，我们就会阻止他多喝，可今天，大家齐声吆喝："喝！尽情地喝！心里痛快，不醉人！"船长也兴高采烈，解开衣纽，拉开架势，准备大喝一番。我们欢呼着轮流给船长敬酒，这个祝船长"文凭到手"，那个祝船长"连升三级"。船长用粗壮的手指扦排着酒杯，菜也不就一口，仰脖一尽，把杯口朝下一扣，表示干了。

轮到我敬酒时，我没有词儿，因为好词儿全让大家说尽了。我双手捧着酒杯，只是朝船长傻笑。倒是船长给我祝起酒来，他把酒杯朝我的酒杯"当"地一碰，说："祝你的弟弟考上大学；祝你每天能清理二十五个铸件——干杯！”他咕嘟一下把酒灌进喉咙里。我愣愣地盯着船长那微微泛红的面孔，那骨节粗大的手掌，那像山丘一样驼起的双肩，竟有些想哭。伙伴们在一旁拍着巴掌，喊道：“喝呀，大口喝啊！……”

我捧着酒杯，往船长身前靠了一步，说：“船长，你要真走了，我……永远也打不出二十五个铸件……”

船长哈哈地笑起来：“活是越干越熟，你会干得更多！来，我为大家都能清理更多的铸件干杯！”

“干杯！……”我们全体举起酒杯，不约而同地从座位上立起来，“咕嘟”“咕嘟”地大口朝喉咙里灌着。一连几天，我们都处于高度兴奋状态。整个清砂车间就像过节一样。大家把船长的事挂在嘴上，没完没了地讲。讲船员的生活待遇，工作条件，船上补助费，出国补助费；讲太平洋、大西洋马六甲海峡、苏伊士运河；讲收录机、彩电、冰箱。大家把自己知道的、听到的、想到的，全滔滔不绝地往外讲。总之，船长以后要享大福了！

车间和厂部的干部们见了船长也笑逐颜开了，都乐意和他打招呼。可是，车间主任却放风说：“我们家的人才，可不能随便外流！以后改革，需要大量的有文化的人才，凡是有知识的人才，今后我们都要重用！”

我们都知道车间主任的话，是讲给船长听的，愤愤不平地说：

“船长打了二十年的风枪，也没把人家当回事儿，现在却一口一个‘人才’，一口一个‘重用’了！”

船长听后，只是笑笑。他打风枪的姿势还是那样英武有力，但精神头却有点异样了：干活时不断地停下来抽烟，一边鼓着呛鼻子的烟气，一边朝车间昏暗的大玻璃窗凝视。每当这时，我的心就一阵阵发紧。我希望船长去干他曾热爱过的事业，又不希望他离开清砂车间；我感到，船长这个人才在这里也不错。然而，船长的表情总使我们莫名其妙，摸不透他到底想怎样。

船长抽完烟，像忽然想起来一件什么急事似的，猛地抓起风枪，嗒嗒嗒地朝铸件开打去。我望着船长凝缩成一团的身躯，向下拉紧的嘴角，高高耸起的肩峰，感到有一股力量传导过来，我一面激烈地哆嗦着，一面暗暗地祈祷，愿船长永远和我们在一起……

## 十六

上班的铃声已响过好长时间，船长还没来。有人笑着说："大概这几天乐糊涂了，又喝过头，早晨爬不起来！"

我有些心神不定地抱起风枪，开始了一天的工作。打完了两个铸件，船长还没有来。我的心神不定渐渐变成一个感觉：船长再也不会到这个车间来了！我放下风枪，茫然地扫视着车间四周。伙伴们都在紧张地打着风枪，尘土飞扬，风枪吼叫，人们激烈地哆嗦着，车间还像往日一样热闹，但我觉得这个车间突然地空空荡荡了，像缺少了什么似的。

我惦记着我们的船长。

孔鹃喜气洋洋地走进车间。她完全换了另一副模样，穿一套剪裁合体的工作服，戴着端正的工作帽，那一束长发也塞了进去，显得干练。她又恢复了过去认真工作的样子，亲自在我们清理过的铸件上一个个仔细地数点，并不时地蹲下来检查清理的质量如何，表现出一个真正检查和统计工作人员的工作态度。

伙伴们告诉我，孔鹃考得不错，文凭下来后，就要转为正式车间干部。孔鹃走到我跟前，我停下风枪，问她："怎么，考完试了？"她轻松地笑着回答："早'解放'了！"两手还像跳舞似的往上一扬。

第二天，船长还没来，我有些慌了。伙伴们传来消息，因为车间主任不同意船长去远洋航运公司，船长找局领导去打官司了；但又有人说，船长是因为不愿调出车间当干部，才去打官司的。我想来想去，还是相信前者。我真正地感到，船长要走了，肯定会走的。

我的心一下子沉重得喘不上气儿来——船长到底要走了！永远离开这烟气弥漫的车间，去遨游蓝色的海洋……我望着船长扔下的那支风枪，它被冷落在一个铸件上。被船长的手掌磨得油亮的枪身，已蒙上了一层沙灰，显得那样孤单、陈旧。只有风门按钮处还闪露一丝朦胧的光亮，像一只哀怨的大眼睛，仿佛在不安地问：

“我的主人呢？”

我走过去，用手轻轻地摩挲船长的风枪，随手按了一下风门，这小家伙猛地蹦跳起来。也许是憋了两天，所以劲头很猛，差点从我手里跳出去。我赶紧抓住，亲切而用力地抱住它，对着铸件打了一阵。这家伙，发疯似的撕咬着那些疤瘤和飞刺，兴奋得一个劲地打哆嗦，它把我当成船长了。

一股淡淡的忧伤和孤独感渐渐压紧我的心头。生活变化得太快了。有着精熟的清砂工作经验的船长，竟然会突然离开这里，去干他整整思恋了二十多年的旧业。他那握惯了风枪柄的手，要去摆弄船上的机器；在他的眼前，飞扬的沙烟尘雾，将要以奔腾的浪涛代替；昏暗的车间将变成广阔而明亮的洋面。

船长应当感到这是幸福的；我也应当为他的幸福而高兴。

孔鹃在后面轻轻地推了我一下。她悄声但严肃地告诉我：我清理的一个铸件有两处不合格，她已用粉笔在上面画了个记号。

我红着脸，拖着风枪去寻找那不合格的地方。孔鹃又低头去检查别的铸件，干得很认真。她当然会干得认真，文凭拿到了，不久要转为正式干部，一切都如愿以偿。我望着其他伙伴们，他们都干得正欢，一点忧愁也没有，谁也没有我想的这么多。

快到下班的时候，孔鹃在车间大门口喊住我，说是有我的电话。我简直不相信自己的耳朵，怎么会有人给我打电话！

也许是船长——我倏地跳起身来，用跑百米的速度冲向办公室。

我刚把电话机贴到耳边，便听见弟弟惊喜的喊声：“哥，我考完试了！”

“考得怎么样？”我急切地问。

“保证能考上！”

“你怎么知道——”我心里一喜，慌忙问他。离发榜的日子还远着呢。

“我保证能考上！我保证能考上！……”弟弟自信地大声重复着。

放下电话，我心里像有支风枪在激烈地蹦跳。我相信弟弟一定能考上大学，正像我相信船长一定会驰骋于大海一样。

我心里压着的那股哀愁陡然飞得无影无踪，血液在周身上下快乐地流淌着。不知为什么，我一下子想起这样一件事：有一次，我领弟弟到船长家里去玩，在屋角里看见一个带轱辘的箱子。弟弟羡慕地说：“大哥你看，这个箱子带轱辘！出门带上多轻快！”

弟弟上大学肯定要有个箱子，头些日子，母亲好像念叨过，把家里那个旧柳条包刷一刷，给弟弟装衣物。这怎么能行？弟弟是大学生了！我一定要买个带轱辘的箱子，现在商店已有好多种样式。我要买最好、最贵的那一种。我要让弟弟高兴地、光彩地走进大学校堂。

我端起风枪，对准那些毛毛糙糙的铸件，充满劲头地按下风门。打着打着，我突然想起，这些天忙忙乎乎的，竟忘了复习功课。唉，也许，我这辈子也复习不完那些令人费解的考题了。

风枪在我的怀里欢蹦乱跳，它永远用嘹亮的嗓门唱着劳动的歌，飞涌的烟雾伴着隆隆的轰鸣向空中升腾，在高高耸立着的钢梁铁柱之间，海涛般地滚动……

原载《上海文学》1985年第4期

# 夏日辉煌

冯敬兰

很多年过去了。我始终忘不掉马丽。我时常看见马丽站在人群里，目光忧郁地凝视着李艳儿；我还清晰地听到，她在扑向井喷的瞬间，温柔地呼唤着妈妈。我知道除我而外再没有人听到过那声音。马丽是我们平原油田女子钻井队指导员，在此之前，当过知青。

当这个故事开始的时候，我也是其中的一个角色。

## 1

太阳烤得脊背冒油的时候，她就盼着快冷吧快冷吧，裹着软和的拉毛大围巾任凭睫毛挂满霜的季节最好啦。当北风围着井架号叫的时候，她又盼着夏天夏天快来吧，夏天能游泳，夏天可以穿裙子。

人家都说你娇气，你就不能忍着点吗？

钻盘像抽紧的陀螺，转得面目皆非的时候，李艳儿正一肚子怨气。天真热人好乏钻机吼成一片。她心里只有一个念头：老天爷，快下班吧！真受不了啦！

当司钻老彩一脸庄严，握紧刹把，让钻杆怒吼着拱入地下时，李艳儿忍不住又朝那个方向掠了一眼，眼前立刻一团漆黑。

艺术家用金黄、橘红、玫瑰涂抹太阳。科学家论证出太阳是一只连续爆发热核反应的氢气球。李艳儿天天看太阳，觉得太阳不过是一大片刺眼的天。

真讨厌！老是大晴天！她叹口气，忍住夺眶的泪。这一天从早上一起床李艳儿就想哭。

衬衫早就湿透了，黏腻腻地吸着脊背。厚帆布工服密不透风，闷得人直恶心，馊汗味儿、柴油味儿、土腥味儿，一股脑地从领口往上冒，蒸得脸都快熟了。真恨不得钻到冰窖去。刚才起钻时，泥浆又喷个满脸花。李艳儿知道这会儿自己特别丑。

钻台上没有一处可以照人影的地方，只有黑的钢铁黄的泥浆。李艳儿十分沮丧。李艳儿犯不上装革命，她承认自己爱漂亮，想穿好看的衣服，想烫发，想当电影明星，想过干净舒适的日子。当然啦，她不过是想想而已。自从指导员在大会上不点名批评了她的小资意识后，她就决心改掉那些不健康的思想，斗私批修，和资产阶级法权彻底决裂，要像老彩、懒猫她们那样皮实。天天带在身上的一面巴掌大的小镜子，被她藏了起来。只在没人看见时，她才偷偷掏出来照一下脸蛋。她喜欢照镜子，因为她好看。

都怨老彩，早上总像催命似的。她准把小镜子忘在床铺上了。

李艳儿躲在井架的阴影里，不停地耸肩。

“艳儿！跳舞呢？”在一片嗡嗡声中，老彩的嗓门像男人。

“瞎嚷嚷什么？你敢情舒服！”李艳儿白了老彩一眼，没好气地说。胳肢窝全是痱子，一个痒痒，全身的神经都骚动，像养了几窝虱子似的。哼，站着说话不腰疼，你打一天大钳试试。每天都跟玩儿命似的，天又这么长，太阳挂在头顶上连窝都不挪。李艳儿嘟嘟囔囔，委屈得要命，今天她瞅什么都不顺眼，只想哭、想家、想远远地躲开眼前的一切……当然最想结婚。

老彩盯着慢慢缩短的钻杆，只是笑。她是队里的老大姐，虚岁二十五了，从山东老家来油田顶替病故的父亲。刚来那阵，逢人总要恭敬地问一句：“彩（才）吃哩？”不长时间，大名王玉凤就被冷落了，不知是谁起头叫她老彩的，她倒不计较，说是比叫大号还亲哩。组建女子钻井队时，有位领导立即想到了她：“老彩这丫头，肯吃苦，挺泼辣，又没是非，当个骨干使吧。”

老彩是女子钻井队几十名女工中头一个被提为司钻的。司钻是钻台上的核心，可不是说着玩的。

老彩的身体和刹把一起微微颤动着。联动机巨大的喧嚣常常使她的思绪在一瞬间回到海边的家乡。昼夜听惯了海的呼啸，她从小就不觉得海喧闹。如今钻台上巨大的轰响充斥双耳，她反而从中感觉到一种宁静。这宁静使她远离二十五岁女人可能有应该有的一切困扰。老彩只想着干活、起钻和下钻。

“想啥哩？”李艳儿学着老彩的语调冲她耳朵眼里喊。

“啥也没想。”

“腰疼死啦！”

“嘿嘿！盼下班？早哩。太阳才挂上井架子。”老彩努力使自己发音标准化。

“老彩，你说指导员到底有没有男朋友？”

“俺咋知道？兴许有兴许没有。”

“废话！她准有。有一个男的老给她打电话，听说是哪儿的团委书记。”

“准是杨队长告诉你的。”老彩说。

“俺不知道指导员的事可知道你的。”老彩又说。

“讨厌讨厌！不许你说。”

“怕啥？又不犯法。”

李艳儿赤红着脸，跳开了。

正是晌午，离交班还早呐！李艳儿躲在一条井架的阴影里，用一根钢丝刮身上的泥浆。这口井压力很高，每次接单根，都喷一身。泥浆很黏，井架很烫。钻台在巨大的轰响中颤抖。

李艳儿是春天调到女队的。

李艳儿最喜欢春天。她喜欢柳条上毛茸茸的芽苞，喜欢刚拱出地皮儿的小草，喜欢春天新鲜的泥土味儿，喜欢温柔的雨丝在头发上化作雾，还喜欢坐在松软的田埂上，什么都不想。春天她从来不想哭。春天里她为自己骄傲，因为她发现自己在春天里最好看。

可是夏天说来就来了。夏天是女子钻井队的姑娘们最遭罪的季节。要卖力气抢进尺，必须把自己裹得严严的。还有每人每月一回的例假。想想看，什么味？夏天的味儿就是从领口蒸出来的味儿——又酸又馊，叫你呼吸窘迫！

平原上刮着干热的风。绿油油的麦子一个晌午就褪了色，田野上弥漫着黄澄澄的雾。暑热罩住了庄稼包围着女子钻井队的营房和机器。井架擎着天，队旗像燃烧的火把。一队载重车挂满了挡在田间道上颠簸，扬起的浮土像一条浊黄的大尾巴，在青纱帐里甩来甩去。

附近是一条防洪大堤，堤里是年年萎缩着的大淀，堤上是枝丫交错的杨树、柳树和刺槐。透过钻机的喧嚣，李艳儿感觉到成千上万的知了在聒噪，唰——唰——，烦死人！

远处，一条小河波光粼粼，蓝灰色的水汽缥缥缈缈。要是能跳进小河里泡一泡，该多美呀。李艳儿出神地盯着那河，一辆汽车在河里急急忙忙地跑。那不是河，大山说那叫"蜃气"。"神气"？天晓得。

要是能天天下河洗个澡，叫她李艳儿在井队干十年也行，她可不是怕吃苦的人。前几年在大兴安岭插队，几年没洗过澡但那叫农民。想不到当了工人，更脏。李艳儿不怕苦却顶腻味脏。

"小河小河你慢点流，让我洗洗脸让我梳梳头——"李艳儿轻声哼了一句，突然紧紧地闭上嘴，歌的情调显然跟眼前的情景大不相称，李艳儿蓦然发现，指导员马力正站在她身旁。

"指导员，好热呀。"她说。

"伙房马上就送绿豆汤来。"

马力走过去和老彩说话。

"李艳儿，下班咱去淀里游泳去？"范宁从二层平台上一蹦一跳地跑下来，轻捷如猫。她拍一下李艳儿的肩膀，笑嘻嘻地说。

"别碰我行不行，懒猫！"

"真的，我有游泳衣，从箱底翻出来好些天了。"

"出什么洋相？让贫下中农看稀罕呀！"

"贫下中农都光屁股下水，没裤衩儿！"范宁哈哈大笑。

“反正我不敢。”

“算啦算啦。”范宁噘起嘴唇吹口哨。

“指导员好像总看不上我。”李艳儿瞥一眼马力，小声说。

“你又不跟她搞对象。”范宁说，“杨队长看上你就行呗。”

李艳儿沉默了。她又望过去，马力正全神贯注地扶着刹把，钻杆越来越短，又要接单根了。

李艳儿可不想得罪指导员。她想入团。大山说，这事不光要自己努力，还必须让马力对她有个好印象。大山是女队现任队长，是十个男“顾问”的主心骨，更是女队眼下生产方面的顶梁柱。李艳儿早就爱上他了，一听见他的声音心就慌得要命，多少人走路也能分辨出他的脚步声。她相信杨大山也喜欢她。李艳儿知道自己什么地方招人喜欢，也知道自己什么方面最没底儿。没底儿的方面常常给她带来莫名其妙的恐慌，譬如她至今还是“白丁儿”，连团都没入。她不担心大山会爱上指导员，尽管马力老练能干，人又漂亮，名字也好听——玛丽，跟外国名儿似的。他们不般配。指导员太强，听说还有个当司令员的爸爸。杨大山不会娶一位领导而指导员肯定会做大官，那别的女孩子呢？比她强的很多呀。她能占住他的心吗？指导员不是说她娇气、散漫、小资味浓吗？为了大山，她要彻底改变自己。她要入团。

李艳儿掀起铝盔，头发湿成一缕缕。风是热的，她的心更热。一颗渴望荣誉渴望爱情的年轻的心，在胸膛里兴奋地跳动。她听到了自己的心音，那是钻机的声音淹没不了的。

汽笛拖长了调门叫起来。该起钻了。

摘吊卡，扣吊卡，起钻，下钻。李艳儿全身心地投入，尽管腰疼难忍。她不光是做给指导员看，也为了和自己置气。

井场上，机房里，钻机旁，穿戴清一色的姑娘们个个汗流浃背。平原油田女子钻井队正在创日进尺 1300 米的全战区最新纪录。联动机着了魔似的吼着，大地和巍峨的钻塔一起战栗。

## 2

交班后，李艳儿磕磕绊绊走下钻台。小肚子一阵一阵抽着疼。说到底，李艳儿也不喜欢干这一行。谁不知道，钻台上一颗螺丝帽都不止半斤八两，更何况大钳啦、吊卡啦，全是死沉死沉的铁疙瘩，碰一下就折胳膊断腿。姑娘和小伙子比干活成色差远了。八小时下来她常常连话都懒得说。她在心里诅咒这“男女平等”，她宁愿要不平等。

听说累过了极限就不累了，她哪有那力量去闯“极限”？钻井工常年以荒野为家，脏兮兮的让人忍受不下去，成年累月穿不上一件漂亮衣服，连被窝里都是油味儿，姑娘们全成了糙爷们儿。唉！

李艳儿心里的牢骚满满的，捅一个窟窿就能哗哗地流个不停。有时她也鄙视自己，想刻苦改造世界观。可她发现改造自己也很难，无论怎样努力，她都依旧是那么不起眼。

她没有别的选择，父母的普通注定了她的普通。小时候，她最大的理想是当个列车员，不花钱就能坐着火车游遍全国。后来，她又想当护士。现在她想到幼儿园当保育员，因为她特别喜欢小孩儿，或者到服装店做裁缝。自己想穿什么衣服就做什么样式。干吗非要人人表决心干一辈子钻井工呢？明明谁也做不到。一想到结婚李艳儿的心就蹦到嗓子眼。她恨自己太俗气没有远大抱负，然而思想却是遏制不住的。生活里越是没有的东西，越容易让人想入非非。

艳儿夹着腿踩着碎步走进厕所。厕所是露天的，苍蝇嗡地炸了营，又铺天盖地落下来。她挥着工服扑打着，泥浆甩了一地。再看内裤，一片暗红。真倒霉，怎么又提前了？

李艳儿咕哝着，逃出厕所。太阳西斜了，下白班的工人已陆续离开井场。

三百米外是宿舍区。

军绿色帐篷围成一大一小两个院落。大院是女工宿舍和公共集会场所，小院是男工宿舍和库房、伙房。

这时，高音喇叭正播送歌曲，是“飒爽英姿五尺枪，曙光初照演兵场，中华儿女多奇志，不爱红装爱武装”。接下来又放“古有花木兰替父去从军，今有娘子军扛枪为人民”。

放完音乐，喇叭里响起指导员的声音：

全体共产党员共青团员同志们！

全体革命的职工同志们！

…………

是党支部的“紧急动员令”。

李艳儿不禁放慢了脚步。指导员的声音纯正悦耳，激情洋溢，李艳儿感到喉头发哽，头皮掠过一阵阵凉气，鸡皮疙瘩起了密密一层。她一激动就起鸡皮疙瘩，就嗓眼发紧。

帐篷曝晒了一天，劣质的牛毛毡蒸出了腥臊的臭味，房里又闷又潮，床铺下面、苍白的麦苗从砖缝里挤出来，嫩茎曲曲弯弯。

李艳儿要“大洗”，又没地方。她把脏工服扔到床下，换了一条干净内裤，汗津津地站着，等着老彩腾地方。

帐篷里很挤，六张床分割出六个独立王国，只剩一条公共走道。好在六个人不上一个班，否则一下班就乱套。

“喂！老彩，斯文点好不好？真没治。”李艳儿微蹙双眉，看着王玉凤。这人粗得真够可以，一色儿的山东大妞味儿。

“呼噜呼噜。”老彩仍旧把头浸入水盆里，打着响鼻，水花四溅，

“这地湿得都长蘑菇了。”李艳儿说。

“好好。俺改还不中？学你们城里人，拿手巾蘸着水一点儿一点儿往脸上洇。”

“老爷们儿才像你。”

李艳儿叹口气，对着镜子端详自己。她觉得自己今天很憔悴，鼻梁上几粒浅浅的雀斑很耀眼。她茫然地凝视着自己的脸蛋，大脑呈现出片刻的空白。

“艳儿！”

“嗯？”

“想啥哩？”

“想你。”

“你不说俺就不知道啦？”

“知道就知道呗！”

老彩笑了，穿好衣服，又给李艳儿兑好一大盆热水，她天生一副好心肠，照顾别人总是又周到又细致。

“水热一点，舒服。有月经更要注意，坐了毛病可是自己一辈子的事。”玉凤说。

“老彩，年底我选你当雷锋。”李艳儿边说边把半截身子探进盆里。

“俺不图那个。”

“你图啥？”

“多挣点钱给俺娘，乡下日子苦着咧。”

老彩收拾停当，坐在床沿一边纳鞋底一边和李艳儿搭话。

“老彩。你打算在井队干一辈子？”

“俺可没打算那么长远。井队又不养老。”

“你说男人和女人一样吗？”

“也一样也不一样。”

“我觉得根本就不一样。”

“男人打井咱也打井，都卖力气干活，这就一样。男人不会生娃娃女人会，就不一样。”

李艳儿扑哧笑了，再看老彩，仍一本正经地扯着麻绳。她穿自己做的鞋，为了省钱。

“老彩，咱队就数你岁数大，准保是你第一个结婚。不信咱打赌。”

“和谁？”

“我哪知道。”

“要不到石油上，俺真的早找了婆家，就一辈子窝在农村啰。”

老彩低头纳着鞋底。不紧不慢地说。是的，老家的那门亲就差下聘礼了，爹死了。爹照理算是个“老石油”，从部队集体转业到克拉玛依，又到玉门，又到大庆，和石油打了一辈子交道，死于心脏病。埋在草甸子里，玉凤接了班，分配在井队当泥浆工。老家的婚事不了了之。后来又处过一回男朋友，她受不了小伙子黏黏糊糊的劲儿，死磨硬缠，动手动脚，三句话没说利索就要摸她，赤红个脸，一鼻尖汗，让她腻味死。从此她和小伙子们打交道处处小心着，井队的男人都野得很。

玉凤人缘好，不伤人，不顶撞领导，干活肯下力、多大的苦都能吃，什么委屈都能忍，她是标兵，经常上广播和黑板报，还得过一套运动衣一本四卷合订本。玉凤做人的隐忍和勤勉，除了出于质朴善良的天性，还因为她是共产党员。她在家乡就入了党。本来她只是想入团而从未想过入党的事。她的女友是大队团支书，常动员她入团。她说：“入团光开会。”女友说：“开会也照给分哩。”她想了想才同意。没等批下来，又出了事。团支书堕胎的事发了，怀疑她漏了风。一个党支委正和团支书闹矛盾，找到她说：“玉凤，你入党不？”她吓了一跳，说：“俺不够。”那人坚决地说：“俺看你够。”结果她入了党，那年她刚十八岁。

玉凤比起爹，当然能干和出色。爹人拙嘴笨，一辈子没起色，历史上还有两个大污点。说来话长，解放前家穷，他自个儿偷着跑出去当了兵——是国民党兵。这是第一个污点。一九四九年随大部队起义后，上级发表登记，在“家庭出身”栏目里，他请文书填上“富农”两字。他怕穷了被人看不起，他认定殷实人家比要饭的体面。再说，共产党的大官们很多都是富家公子。想不到这偶然的一次虚荣害了一生。他不懂得苦大仇深是一份光荣，是做人的资本，是走进新社会的通行证。“富农”这个魔鬼在他的档案袋里藏了一辈子，成为他的又一污点。玉凤招工后，从家乡开了证明，领导又几次内查外调，才得以澄清。有一回，她把这事讲给范宁，逗得范宁哈哈大笑，在床上打着滚连声叫道：传奇、传奇！她不明白有啥好笑的。

李艳儿赤裸裸地站在昏暗的灯光下，往身上涂满了香皂沫儿。

“艳儿。你真白。跟凉面似的。”玉凤用牙拔着嵌在鞋底里的针，含混地说：

“还白？白了不好，是小资产阶级。”李艳儿说。

“你跳舞准好看。”

“下辈子吧。”

李艳儿水淋淋地站着，怏怏地对着镜子。用一把小巧的电梳子卷刘海儿，即便只有一小时的闲暇，她也忘不了修饰一下。电梳子是两年前在哈尔滨买的。哈尔滨是个洋味十足的城市，女人们都烫发，大街上花花绿绿的一片。商店的女售货员们头上都系着雪白的三角巾，一个比一个漂亮：李艳儿很喜欢哈尔滨，羡慕漂亮的女人们。

## 3

“喂！注意———Mary 来啦！”在门口放哨的范宁隔着一层布帘小声说。范宁会说几句英语，常把书叫布克，把厕所叫南模奔儿万。她一心想上大学，上边分派的工农兵大学指标总落实不到她头上，原因很简单，她父母是大学教授，属于资产阶级知识分子，早被下放养猪去了。范宁说话直率，干活利索，业余时间除了看书就睡觉，绰号懒猫，只是精瘦少肉。

这会儿，懒猫正在读一本英汉小辞典，是“文革”后新印的袖珍本，字典纸，薄薄的一册。她已读到“B”打头的部分。她相信只要心诚，石头也会坐热。

“范宁，又学英语呢？”马力笑吟吟地走过来，问。

“瞎看。闲的。”

“今天累吧？你们八点这班真能干。”

“还行。”

“天真热。”

“就是。”

马力笑了。范宁也笑了。

“李艳儿在吗？

“李艳儿！指导员有请！”

“你稍等一下，屋里跟澡堂子似的，特味儿。”范宁又说。

李艳儿在屋里乱作一团。她把电梳子掖在枕下，又急忙抓起衣服往身上套。

“指导员找你准有好事。”玉凤放下手中的活，帮李艳儿拾掇床铺。

“不会把我调走吧？”李艳儿忧心忡忡地低语。

“净瞎想，哪会哩？”

李艳儿穿了一件浅粉红的确良半袖衫，黑隐格涤纶裤裤线笔直，白丝袜，粉塑料拖鞋。

她站在马力面前，浑身透着爽身粉的芳香。

“哟，这么漂亮！”马力从头到脚迅速打量了李艳儿一眼，由衷地称赞道。

“指导员，有事？”李艳儿有些不安地问。莫非她也知道我和大山的事了？不，我们并没挑明，我犯不上像做贼似的。

“你累吗？”马力问。

“我？不，不累。”

李艳儿的心咚咚地跳得很响，额上立即沁出了一层细汗。

“想请你帮个忙。”马力淡淡一笑。

“我？”

“帮我抄点材料，急着用。”

“哦，我的字太破了。”李艳儿松一口气，扳得指头咔咔响。

“不要扭扭捏捏嘛。”范宁插嘴说。

“大家都说你的字好。到我宿舍去抄吧。”马力说完，转身走了。

李艳儿折回屋，抓一把水打湿刘海儿，用梳子使劲把卷过的头发拉直。

指导员交给李艳儿的任务是抄一份发言稿。几天后在前线指挥部召开的誓师大会上，马力将做典型引路发言。

李艳儿崇拜指导员又有点怕她。马力是有远大抱负的人，老练能干，聪明过人，连男的都服她。指导员长得也比自己好看。她知道自己不能和马力比，这种比较只能使李艳儿自卑。

想不到指导员会让自己帮忙抄发言稿，这说明她也有不如自己之处，譬如写字。马力的字的确不行，一个个四仰八叉又缩头缩脑，李艳儿替指导员遗憾又为自己高兴，觉得和指导员的距离忽地拉近了许多。

李艳儿的字都是写大批判稿练出来的。她写那种东西可快啦，篇篇都跟社论差不多，什么“沉舟侧畔千帆过”呀，“东风吹战鼓擂”呀，全来啦。

马力把讲稿按页理好，说：“你边抄边看看把不通的地儿顺一下，昨晚我一直写到早晨三点，没来得及看二遍，一会儿又要开碰头会。”

“一晚上写这么长，真棒。”

“我的字太难看了。”

“挺清楚的。”

“我在那次全队大会上宣布的六条，你听到什么反映了吗？”

“我什么都没听到。”

“那你呢？你怎么想？”

“我……”李艳儿茫然不知所措，心又咚咚地跳到嗓子眼。

“你……好像插队时有过男朋友？”

“以前可傻了，什么都不懂。”

“咱们还很年轻，应该把精力放到工作上，干一番轰轰烈烈的大事业。你说呢？”

“是的，指导员。”

看着李艳儿十分窘迫的神态，马力坦然一笑，从抽屉里取出一张油印传单，放在桌上，说：“咱们女队扛起大旗不容易，咱们要想干出成绩，严明的纪律是必不可少的。”

李艳儿咬着唇，玩着一支圆珠笔，手心出了汗。脸颊热辣辣的像挨了一记耳光。指导员是对的。但她绝不想就此做出保证：不谈恋爱。她不能欺骗马力，当然她更不能坦白地承认她爱队长杨大山，因为她还想加入共青团。连个团员都当不上也太丢人了。

马力出去了，李艳儿仍久久地愣着，用手折叠着那张油印的纸片，又展开，折起，再慢慢地展开。她的目光终于凝在了那纸上。

纸片上是党支部不久前颁布的六条纪律：

1. 不许谈恋爱。
2. 不许无故外出。有事必须请假。
3. 不许在外过夜。
4. 不许在晚九点以后进入女宿舍（请男工自觉遵守）。
5. 抓紧革命大批判和岗位练兵，不许钩钩织织。
6. 不许闹无原则纠纷。

# 4

尽管李艳儿很崇拜马力，马力对李艳儿的印象却难以转变。如同她对那些好看的或不太好看却爱臭美的女孩子有着一种难以排解的反感一样，马力对李艳儿的态度不能不抱有显而易见的冷淡和鄙视。她觉得李艳儿有一种媚态。特别是那双眼睛水汪汪地流连顾盼东施效颦，实在令人反感。还有那高高的胸脯，真让马力替她害羞。

马力知道自己很漂亮，但这种美使她不安。都什么时代啦，难道还要靠脸蛋取悦于人吗？和男性打交道时，她从来不曾想到自己是女的。她宁愿是中性。

马力不爱美。她从不刻意修饰自己。她的发式极简单，平直的短发拢在耳后，前额饱满光洁，从不留刘海儿。几道细碎的抬头纹，使她显得比同龄的女孩子成熟得多。她用洗衣粉洗发，发梢剋的净是杈也不在乎。她的两腮让原野硬硬的风磨得红润而粗糙，她从未用过任何护肤品。她没有尼龙纱巾和眼下时兴的拉毛大围脖，她只喜欢戴帽子。她也没穿过一件鲜艳的衬衫，无论冬夏，最喜欢穿四个兜的直领男装。她觉得这样最好。

这是一个以不爱美为美的时代。

假如今天，当马力走在大街上，看到擦肩而过的那些年轻美丽的姑娘们，竞相展示着与众不同的新潮时装，旁若无人的一副高傲神态，还有进口香水的优雅香气，她会想些什么呢？也许她会发现这千千万万美丽的姑娘使一切都充满了脉脉温情一切都变得赏心悦目，也许她会坦率地承认自己的嫉妒。她嫉妒年青一代的美丽、自信和轻松，嫉妒她们对美和青春的炫耀。然而在那个炎热的傍晚，她却是怀着深深的忧虑和反感，无法抑制地琢磨着李艳儿，直到她走到会议室。

队长杨大山和几个班长正开着粗俗的玩笑，一见到她，几个人立即缄默不语，只嘿嘿地笑着。屋里烟雾缭绕，充满了男人的汗味儿。蚊子在灯泡上撞来撞去，还有拉拉蛄和小蚂蚱。角落里，一个人蹲着，默默地抽烟。他叫林放，四十岁，是个特殊人物，摘帽右派，摘帽坏分子，政治上被监督改造，生产上却当着“顾问”。大家都叫他“斗批改”。

女子钻井队决策人物的碰头会，只有两个女的：马力和刘小磊。后者是新来不久的工农兵大学生，技术员。

开完碰头会，已经十一点了。杨大山、林放和刘小磊上井场去查岗，马力去伙房帮厨，其他人都散了。

换班工人吃过夜餐，马力又逐间帐篷查了一遍，叮嘱大家熄灯上床，好好休息，迎接明天的战斗。生产任务压得紧又连日高温，休息不好就容易中暑。

回到宿舍，李艳儿已经走了，一沓稿纸整整齐齐地放在桌上。马力浏览了一遍，把讲稿放到文件夹里，又用凉水擦了澡，躺在床上，开始看报。报纸一来就一堆，要么就一星期不见一张。

马力是个政治素质很好的姑娘。她从小学一年级起就当干部，直到念完初二去插队。插队生活给她留下终生不灭的烙印，强化了她的理想，磨炼了她的意志。她是铁姑娘队队长，修“大寨田”，挖“红旗渠”，样样重活她都敢擦着男生干。有一回两天两夜她没下工地，直到累得昏倒在工地上。工程一完，她就入了党，成为活学活用毛著积极分子，到处讲用，“传经送宝”，被附近石油会战指挥部的一位领导看中，直接招工到油田机关，两年后被任命为团委副书记。那位领导是参加革命多年的女同志，马力称她为“黄阿姨”。很久以后马力才听说，假若她不到油田，极可能就是团省委负责人了。但她不后悔。她更热爱自己面临的新生活，这里有她从小向往的轰轰烈烈的伟大事业。

马力从会战指挥部机关调任女子钻井队指导员已经三个月了。女队组建时间短，底子薄，很多重要岗位仍由男工顶着。她来之前，杨大山就是队长。大山这人生产有一套，做思想工作就差得远了。何况男人管理女人，不是粗暴就是姑息。队里纪律很松懈，女工们下班后就知道钩台布、绣门帘、扯闲话、斗心眼儿。全队传看一本黄书《茶花女》。马力励精图治，重整纪纲，使全队面貌焕然一新。每周一三五的政治学习以《法兰西内战》和《哥达纲领批判》为主，二四六则利用晚间举办技术讲座。她的目标是年底夺取全战区优胜红旗，三年将女队建成全国石油战线先进集体。

马力仍兼着全油田团的领导职务，其实只是挂名而已。她把心全都扑在女队，要带出一个样板，要和那些驰名全国的女子突击队们并驾齐驱，这是多么艰巨的工作又是多么崇高的荣誉啊。

黄阿姨现在是油田政治部主任。派她到女队，就是黄主任提名党委通过的。

"小丽呀，"黄主任总把她的名字写成马丽，因此老太太和她谈话时她总在心里纠正一遍是力不是丽。她就讨厌丽呀英呀，这种字眼总是与娇滴滴联在一起，透出十足的女人味儿。

"小丽呀，"黄主任慈祥地握着她硬硬的小手，说："这个决定你不感到意外吧？全国各大油田都成立了女子钻井队，干得很不错呀。真是时代不同了，男女都一样。旧社会女同志都裹小脚，围着锅台和丈夫转。党委这次派你去，一方面是因为你有做妇女工作的经验，能力强，头脑冷静，另一方面嘛，我也向你交个底，我老了，高血压总犯，该挑接班人喽，组织这次派你去，有意对你磨炼一下，这事就别对外人讲啦……"

马力只记得当时心很乱，一点冷静不下来，没头没脑说了好些表决心的话，话一出口又后悔不迭，为自己的浅薄暗暗生气。

"领导会千方百计为你们创造条件，设备都是一流的，挑选的男顾问个个都过硬。注意啰，不要出其他问题。”

黄阿姨语重心长，目光温暖。马力的心被深深打动，她要是有这样一位妈妈该多幸福。这瞬间闪过的念头使她突然坠入一种淡淡的却是久长的忧伤之中。她很少想起自己的双亲。

“阿姨您放心，我会干好。”她说，黑亮的大眼睛直视着黄主任。这个当年石油师的女兵，有着让人刮目相看的经历和打动人心的温暖笑容。老太太深谙女人的温存与原则的强硬如何同等重要缺一不可。她用又暄又软的胖手久久地抚摩着马力干燥多杈的短发，告诉她有一种洗发膏很好用，养头发。

忽然想到黄主任，感到了她那一排小棒槌般的手指轻轻地搔弄着自己的头发，马力立即感到奇痒难忍，闻到一股酸味。她从床上跳起，倒好半盆温水，翻出黄主任推荐的那瓶洗发膏，然后把头浸到水里。

## 5

杨大山们逐一检查了各岗位。已是零点过后。他把林放、刘小磊叫到钻台下。问：“现在可是较劲儿的时候了，老林你看怎么样？”

“已经进入灰岩层，压力还要加大，估计再有两三天就能见油了。”林放说着，深深地吸了一口空气。夜间空气变得清凉了，而他从中却嗅出了另一种味道，一种甜味。这种直觉从来没有欺骗过他，这是女队成立后打的第二口井。第一口井用了四个多月，毫无收获。他希望这口井正好打在古潜山的山头上，来个千吨井，姑娘们干这活不容易，她们应该得到鼓励，最好的奖赏就是打出一口高产井。

“这个井位选得很好。”刘小磊说。

林放赞许地点点头，这个女孩子虽说是工农兵大学生，文化基础差一些，可是知道用功，人也谦虚。

“这个断块面积相当大，大有干头。”

杨大山听了林放这句话，悬了多日的心终于踏实了。他在部队当过排长、复员几年来，带领小伙子冲锋陷阵搞突击，拿手，若说地下情况，什么凹陷啦，断层啦，古潜山啦，他实在吃不准。他深知林放其人，他可以和小伙子们一起大碗喝酒，大块吃肉，完全拿钱不当回事，可在这种重大问题上却绝不轻易表态。杨大山与林放相处三年，可以说，林放一“解放”就到了他手下。不错，林放那厚厚的一袋档案里记载着他整个人生，当过右派，搞过女人，可档案是死的，人是活的。大山最看重的是人心与气节。林放对井下的情况了如指掌，似乎长了一双透视眼，令大山佩服。

“我说也不能再打一口干窟窿啦，要不咱男爷们儿真得从这儿撤了。”杨大山冲刘小磊挤挤眼调侃道。

“你别以为离开你们男同志地球就转得慢了，一切照旧。”刘小磊毫不示弱。

“好好，老林咱们走，这个夜班让给刘小磊同志。”

“那我就减低钻速，绝对不会出问题。”

“别忘了，我们正在破纪录，指导员正等着汇报呢。”

“还是我的零点班，你们谁也争不去。”林放说：“这种节骨眼的确要谨慎小心，如果有情况，我会通知你们。走吧，时候不早了。”

杨大山把油渍斑斑的破棉袄塞给林放：“明天我到前线指挥部开会，小磊接八点。”

俗话说：“钻井工的小棉袄，一年四季离不了。”夜风吹来，钻台上凉森森的。林放把棉工服扔在一旁。接过当班工人的刹把，他的手仿佛立即触到了地层深处那坚硬的石灰岩。

“老斗，嘿，钻头又它妈快秃啦！”男工说。

“我知道。”林放点点头。

杨大山走进男工小院，小伙子们都已熄灯。今夜争取睡个好觉。他想。

自从他被派到女队当党代表，从来没睡过一次安稳觉。女人们演戏教书站柜台还行，天天和油管钻机打交道，就跟让骡马上阵一样。磕了碰了轻则残废，怎么嫁人？再说个个不省油，说轻了冲你嬉皮笑脸，说重了一扭脸哭了。要是小伙子嘛，不顺眼揍他两拳，爬起来你还得给我上，谁让你脱胎是男人呢！对姑娘能说“哪儿危险给我上”吗？大山常对小伙子们说的一句话是：“当心！别累坏了她们。里边有你的老婆！”当然这种糙话只能背地里说。

现在，把那些琐事都推给指导员去干了，他一心扎在生产上一颗心却仍是提得老高。

杨大山坐在桌旁一支接一支地吸烟，久久没有睡意。

## 6

前线指挥部表彰誓师大会的会场设在附近生产队的小学校，小学校只有几间摇摇欲坠的破土房，操场却很宽阔，据说从前这里是赶庙会的地方，耍猴练把式拉洋片卖打虫药，正经热闹过，如今一派荒凉。

马力是大会主席团成员，又要做典型发言，她一早搭黄主任的车来到会场。

会场四周彩旗飘扬，用四台大卡车搭的主席台很气派。大红横幅上别着斗大的黑体字：

抓革命促生产大干苦干永向前
抓紧革命大批判坚决拿下新油田
深入批邓反击右倾翻案风

锣鼓震天，地皮直颤。马力的喉头一阵阵发紧。她的心很不平静。她将代表女队登上这庄严的讲台，这种场合她经历的很多，这次比以往意义更重大。她献身的事业充满了艰难困苦和危险，是亘古以来吸引着男性的事业。不错，她们是妇女（马力很不喜欢用这个字眼，她觉得这两字含有意味深长的贬义），但她们不是普通的妇女，而是站在时代最前列的妇女。她们在一切领域里都不会向男人们示弱。马力无法克制自己的激动情绪，她没有上主席台，而是站在一旁，默默地读着讲稿。

附近的老乡都来看热闹，对于他们，这一天就是节日。光屁股的孩子在邋遢的女人和露着黄板牙的男人们中间穿梭。一群家畜惊慌地乱窜。

“唱大戏？”有人问。

“俺忒爱看柜中缘。”

“这年头操它娘！”

“啥啥啥呀！人家石油开大批判会哩，不识字呀？”

“介些个油鬼子忒会糟蹋，开批斗会嘛，还介么讲排场！钱儿呢？还不是国家的。”一位老者愤愤然，旱烟锅子嗫得吱吱响。

“来啦！来啦！”

一群孩子和几条狗从马力身旁跑过去，扬起暄土，一片狼烟。锣鼓声淹没了一切。

汽车鱼贯而来，远远停下，车上的人纷纷往下跳。

所有的视线唰地射过去。

“还有妇女哩！”

“咋还戴钢盔？”

人们纷纷往后退，给队伍闪开道。一九六八年这个村子常开过队伍，个个戴着钢盔，手持梭镖，去围困保定府，和三十八军顶着干。人们记忆犹新。

“那些青衣花旦！”

“爷爷，人家开批判会。”抱着一个小脏孩的年轻妇人说。

“瞧，穿大裤衩子的嘿嘿。”几个女孩尖声说尖声笑。

马力抬眼望去，脸腾地飞红了。

第一眼，她看到了范宁。范宁戴一顶雪白刺眼的凉帽，穿着半袖海军衫，下身果真是一条多年不见的女中学生才穿的毛蓝裙裤。这身打扮太显眼了。

马力的两腮火辣辣的。范宁有一种骨子里透出的高傲，这种高傲深深地刺痛了马力。

挨着范宁的是李艳儿。她仍旧穿着粉衫黑裤，踮着脚东张西望，好像有多少熟人似的。李艳儿有一种与生俱来的轻浮，这轻浮使马力深深地不快。

女工们没有一个穿工服的，连王玉凤竟也穿着一件蛋青色衬衫。唯一的男性杨大山，火红的背心比谁都扎眼。当杨大山举着队旗走进会场时，立即引起了骚动。

似乎一瞬间血液都冲上了头，马力的眼前一片黑暗。她感到一种难忍的窒闷，身体仿佛被什么重力压成一个致密的实体，连气都透不出。良久，她才使自己平静一些。她向女队走过去。

“杨队长，怎么你来啦？不是定好了让刘小磊带队吗？”

“嗨，你刚走指挥部就来电话非让我来不可。”

“噢？是这样。昨天会上不是统一规定都穿工服吗？怎么这么乱？”

“今天三十七度。就算了吧指导员。”杨大山说。

“指导员，又不是阅兵式，何必呢？”范宁用凉帽扇着风，笑嘻嘻地说道。

“你们也太不严肃了，多少也得注意影响吧？花花绿绿一大片，又不是开联欢会！”

马力说完，冷冷地瞥了李艳儿一眼，李艳儿一下子便不知所措，垂下目光盯着脚尖。

众人沉默，在骄阳下一动不动。

“指导员，是我鼓动她们这么穿的，我以为女同志嘛，应该穿得干净漂亮。”

“也许是我对大家要求过严，很死板是吧？我觉得既然咱们是石油工人，就应该处处体现出吃大苦耐大劳的精神来。不能因为自己是女的，就迁就自己。”

马力的话是对大伙说的。

杨大山点了一支烟，转过身面对着队伍。在迷蒙的烟雾中他把目光疾速地投向每个人。他看到一张张闪着汗珠的女性的脸，她们都严肃地抿着嘴，看着主席台。他小声说：“李艳儿，怎么不戴草帽？”

“丢了。”

“给！”杨大山把自己的草帽扔给李艳儿。

“你呢？”

“我还怕晒？”杨大山抹一把汗，捡起半截砖走到前边坐下来了。

马力看到了这一切，好像受到了伤害，一种难以名状的委屈突然袭来，一个强烈的愿望在心里膨胀了。大山。我们应该好好谈一谈，随便谈点什么，我不是你想象的那种人，我们难道不应建立理解、支持和友情吗？

主席台的扩音器里正响亮地喊着马力的名字，她跑过去。当她在主席台后排一把发烫的木椅上坐好后，心绪渐渐平静了。何必呢！她对自己说。

会议开始后，照例是开场白，领导致辞。另一领导对前段工作的总结，宣布受奖单位，典型发言。

马力落落大方地站起来，从容地迈着轻快的步子走向讲台。她向会场深鞠一躬，然后微笑着站在讲台后，把讲稿打开。

会场霎时静寂下来，集会中惯有的无数小兴奋灶忽然消失了。草帽、安全帽、赤裸的头，在一泻无余的阳光里熠熠闪光，像漂浮在静止的水面上的贝壳。所有的人都把目光投向马力。

掌握会场情绪，是显示一个人才干的重要方面。不要把目光停留在一个点上，绝对不与视野内的任何人交流，就能牢牢地把握自己，因而就把握了全体听众。马力镇定自若地收回视线。

“我很幸运能够代表我们女子钻井队在这里发言。”她的声音娓娓动听，亲切悦耳，像一股清凉柔和的小风吹在每个人的耳畔。开头很新鲜，一反人们听厌了的开场白：“各位尊敬的领导，同志们……”

“感谢你们头顶烈日，挥汗如雨，听我的发言，我只想占用大家几分钟的时间——”

会场上忽然骚动了。

马力抬起头，看到一股旋风像魔鬼一样钻入人群。裹得很紧的风柱从人们头上碾过，草帽、纸屑、黄土纷纷扬扬。

大晴天常见的现象。

“哎哟妈吔！”李艳儿惊叫一声，起身去抓草帽。

马力紧锁双眉，端起茶杯，轻轻地啜一口。她不明白为什么此刻对李艳儿的厌恶如此强烈，在众多嘈杂的人声中偏偏能够分辨出她的声音。马力冷冷地凝视着李艳儿，等候着会场重归平静。

说时迟，那时快，那股消失的旋风从后面袭来，一下子吹散了马力的讲稿。

台下一片哄笑，而马力却没去拾捡讲稿。

“同志们，这算作一个小插曲吧：我们石油工人一向以天地之间做我们的大会堂，这种事当然是家常便饭了。请让我继续发言。”

她微微仰着脸，一双清澈的大眼睛冷静地注视着会场，嘴角一对浅窝时隐时现。她轻轻地咳了一声，用手立即捂住麦克风。她的情绪很快感染了听众，会场的骚动被轻轻地抚平了，就像什么都不曾发生。马力微笑着说：“刚才我看到我们女队纪律非常好，感谢你们给了我信心和力量。我相信我们女同志在一切方面都会表现得很出色、昨天我们刚完钻的平21井喷出了质量很好的油，这是对我们女队的最高奖励……”

马力侃侃而谈，从容中洋溢着激情。新鲜的思想和活泼的语言源源不断。会场偶有小的波动。那完全是由会意的笑声和交头接耳引起的。马力的感觉从未这样好。当她结束十五分钟的讲演，弯腰接过台下递上的收拢的讲稿时，掌声突然大作。她看到近处的范宁突然起立，向她挥舞着白色的凉帽，紧接着又有几个胆大的姑娘也站起来，向她致意。马力笑了，洁白整齐的牙齿在阳光下闪烁，她冲会场行礼后走回自己的座位。她刚坐下，眼泪就夺眶而出。

## 7

“老彩，给谁织毛衣呢？”

范宁放下马扎，坐在玉凤对面，膝头上摊开一本书。

“俺自己。”

“色儿这么老呀，我就讨厌老灰，让人一看就沮丧。”

“你书念多了，才这样。”

“你未老先衰。”范宁说着，低头看书。她喜欢看侦探小说和计算数学题。

玉凤手上织出了汗，铝针和毛线又黏又涩。她不时地在裤子上擦手，又说：“咱队也要开图书馆了，前晌指导员从总部拉回好些书。”

“没劲。净是《虹南作战史》什么的，我都不希看。”

“还有《水浒传》呢，写的是俺山东好汉的事，说是每个班组还发两套呢。”

“没劲。删了一半呢，这年头真逗，没的批了又拉出个宋江来。”

“要不闲着干啥？总得找点事干。”

“听说又要选大学生了，你还不争取争取。”沉默片刻，玉凤又压低嗓音说。

“你怎么不争取呢？”

“俺文化水平低。再说俺从小也没想过上大学。”

“文化低才符合条件嘛。”范宁冷笑着说：“再说那是争取的事吗？越争取离目标越远。”

“跟指导员说说，她跟黄主任好哩，要不开支部会我选你一票。”

“老彩你可千万别这样。我爸妈还在干校喂猪呢，”范宁合上书，抬头凝望着渐渐暗去的晚霞，长长地叹一口气。是的，她是多么想上学，这种愿望抑或是一种本能，从在母腹中，从坠落人间的那一天起就伴随着她了。她爱知识渊博的父母，她敬仰智慧，崇尚高雅的志趣。

“是给你自己织的吗？”范宁收回视线，问。

“俺的。”玉凤头也不抬地应着，手中的织物在暮色中更显灰暗。

“费事。买件现成的算了。”

“俺愿意干这活。”

织这件毛衣的心思很久了。玉凤谁也不想告诉。她怜惜那个人。他是她的师父，她是他的监督，起初她虽有力气，却啥都不懂，一上钻台手脚就不知往哪儿搁。他耐心地把着手教她，一点一点给她讲道理，讲地层油井钻机，讲结构原理奥秘，他使她上了一回学校。她敬重他，知道他不是那种让人一眼看透的男人，心里却肯定他是个好人。他和脚下的大地一样，有很多的层。地上盖着厚厚的暄土，深处却是坚硬的岩石，越往深处越热，钻头都能烤化。他给她讲解地质基础知识时总使她联想到他本人。他是一个表面随和的人，心却比她见到的任何男人都刚强。他有一肚子学问，却成天和年轻人一样起早贪黑，跑早操、爬井架、打大钳、扛钻杆，干所有的粗活，这有多么不公道。她替他屈，又帮不了他。

他的破毛衣油光锃亮，下摆一圈毛边，补丁摞补丁。不知道为了啥一看见他穿着那破毛衣，她就心慌，总觉得全是她的错。于是，她打定主意要给他织一件新的。这件事意味着什么，她当然很清楚。她什么都想过了，什么都不在乎，在心里她早就亲近过他了。

玉凤埋头织着，她的心对另一颗心说着悄悄话，她的脸庞她的目光，无比柔和。

俺从小没穿过毛衣，织不好，你将就点吧。李艳儿有一本书全是花样，俺看不懂，也不愿张口借。不管好坏，也是俺的一片心。

这世上的事俺看得很清。天，是男人们支撑起来的；男人，是女人们支撑起来的。大到天下，小到这普普通通的钻井队，都是这个理。

在这个夏日炎热的夜晚，王玉凤心中柔情无限。她牵肠挂肚地想着去疼爱去保护那个男人，她编织着他的身世，编织着遥远的将来，编织着她和他共有的一片小天地。

夜色悄悄地漫了上来。井架上的探照灯唰地亮了。远远近近，数不清的钻塔，数不尽的灯光。天上的星星和月亮朦朦胧胧。

院里的灯也亮了。青工们三三两两向会议室走去。会议室门窗洞开，高压汞灯亮得耀眼，大大小小的昆虫蒙头蒙脑往灯上撞。

林放走进会议室。

玉凤愣神望了一会儿：收起毛活。“小范，你去听课吗？”

“老斗的课呀？”

范宁心不在焉地应道，她正饶有兴致地解一道几何题。

这些年，石油队伍缺员严重，青黄不接，仅能从子弟中补充一部分。这些子弟从小随父母南征北战，又赶上“文革”，几乎完全荒废了学业。对新招收的学徒来不及统一培训就分下来上了岗。因此徒工的文化技术素质相当差。

女队的业余培训任务很重，因为这些小姑娘都是噘着嘴来报到的，她们刚刚离开父母，就面临着严酷的人生，钻井队的生活与她们的理想差之千里。女队组织起精干的培训班子。政治课由马力担任。杨大山是生产现场的技术总指导，石油地质理论课由刘小磊和林放担任。刘小磊新提了副队长，林放是新中国培养的第一届石油地质专业大学生。起用林放是党支部认真讨论并报请上级批准的，马力对此无异议。尽管她对林放本人另有看法，但她认为这种使用对工作是有利的。

今晚，林放讲的是“古潜山油田”。

首先，我们要了解什么是古潜山？它是怎样形成的？他在黑板上写下“古潜山”三个字，转身望着一张张充满稚气的脸，迅速在脑海里搜寻着最通俗、最浅显的语言，尽管她们的履历表上都标有“高中生”的字眼，她们的大脑却是一片空白。这群扎着蝴蝶结的小姑娘，知道她们面对的是怎样一个严酷的世界，需要付出怎样的青春、力量、勇气和牺牲精神吗？

从前我们的脚下是一片汪洋，后来在造山运动中隆起，成为崇山峻岭，后来又沉降，海水又浸过来……经历过几世几劫，就像人的一生。然而人生和地球的历史相比，仅是一瞬。这么短暂的人生实在经受不起大起大落啊……林放的思路在短短的几秒钟内涉过了数亿年。他清清嗓子，把一团无形地堵塞在喉间的东西用力咽下去。

咱们居住的地球，已经四十六亿岁了！四十六亿是多少？假如你们夜以继日地数下去，一辈子也数不完。

惊叹声。一片窃窃私语。

地球年轻的时候，气候湿润，四季常青，我们这个地带的海水里生活着无数的低等生命，譬如三叶虫啦纺锤虫啦珊瑚虫啦，很多。难道人就靠吃那些虫子活着？一个女孩子勇敢地问。

在哄堂大笑中，他也笑了。“那时候还没有高级生物，何况人。”他说。

“那你怎么知道它们叫三叶虫？”

他忽然没了笑容，只觉得心在一点一点往下沉。他耐心地解释，娓娓地讲着一个久远的故事。他的心很焦虑，语调却很柔和。汗水从发际流下来。

听课的人很多，不仅是徒工。林放的视线无意中碰撞了一个姑娘。她的神态端庄，目光专注，严肃的脸上毫无笑容。他在那目光的审视下紧缩了。这个美丽的姑娘一定有一个不可思议的灵魂，仿佛具有一种先天的威慑力和驾驭一切的素质。

“指导员，他讲的真有意思。”玉凤对前边的马力小声说。

“哦，怎么跟哄小孩似的。”马力应道。

“谁讲课你都听吗？”

“不一定。”

“他讲课你回回来。”

“是的。”

“老林这人可真有学问。”

马力侧脸乜了玉凤一眼，嘴角的酒窝闪了一下却没再说话。

林放在黑板上画了一张地质年代表，逐项讲解后，留下十分钟让大家抄。马力站起身出去了，玉凤埋下头，在小本上记着。当她听到那熟悉的脚步愈来愈近时，心头忽然像闯进了几只兔子，她羞怯地抬起脸，说：“老林，你讲得好极了，俺以后……总来。”她的声音很低，然而他听得很清楚，从他那温和的笑容里她知道他很愿意让她来。

## 8

正是零点交接班时间。

伙房的夜餐是凉面，炝辣椒油的香味和大蒜汁的辣味弥散着。马力摘下围裙，和夜班炊事员打个招呼，就走出伙房。

小院里很热闹，几个小伙子光着脊梁围在一堆，你呼我喊，扑克牌甩得啪啪响成一片。

马力走过去，看了一会儿，觉着没趣，问：“队长呢？”“井场。”有人答。“你们干吗总玩这个，不会干点别的？”

“喝酒？也不能总喝是吧？咱还得革命呢。”

“您又不让我们打架。要允许谈对象，啊，一个挎上一个，准它妈不玩这个。”

众人哈哈大笑。马力的脸立即涨红了，她最讨厌这类粗俗的玩笑。这些个野人，真讨厌。她勉强一笑，转身走了。身后继续嚷着，牌甩得山响。

范宁用小勺敲打着饭盒走来。

“指导员，还没睡？”

“李艳儿不来吃饭？”

“她上零点去了。”

“你俩没上一个班？”

“明天我有点私事，和何秋萍调了一个班。”

“嗯。凉面挺好吃的。”

马力走出小院，迎面正是灯火通明的井场。她朝着井场走去，心里陡然生出一种难言的苦闷。杨大山这个人真是不可救药的愚钝和浅薄，男人们若都这样，真是人类的悲剧，因为他们太容易被女人俘虏，太容易成为色迷。大山你真的不理解我的良苦用心？

平日里我帮你补工服有什么好吃的总想着给你留一点，你家遭了灾我还偷偷给你母亲寄过钱，我精心培育我们之间的友情和默契，为了工作也为了能成为你的朋友。我知道自己的缺点，但你也不是完人。是的我不撒娇不耍贱不刻意修饰自己，但我不懂，李艳儿究竟哪一点比我强？

当直觉一旦变成赤裸裸的现实，无比清晰地呈现在马力眼前时，马力感到了重重的一击。她也曾冷静地思考过未来，她喜欢杨大山，但她不可能把自己的未来和他牵系在一起。在她的事业未达到理想的高度之前，不论杨大山还是李大山，都无权闯入她的生活。尽管如此，马力仍然觉得屈辱，杨大山无视她的友情使她深深地失望。杨大山真的爱上李艳儿则让她深深地鄙视。

突然，脚下一绊，一根埋在土里的钢丝绳似乎纯粹是为了拉住她凸露出一截。马力吃了一惊。“你要去哪儿？你想干什么？今夜队长值夜班而恰巧李艳儿上零点，这不很正常吗？你何苦气急败坏险些失态？”马力对自己冷笑着。

探照灯刺眼。脚下什么都看不清。马力急忙掉转身往回走，心绪纷乱。经过李艳儿的宿舍时，她轻轻地叩了一下门。范宁拉开门问：“有事？指导员。”“老彩不在？”“上班走了。你怎么啦？”“哦、明天再说。”“OK！”范宁说。

马力回屋躺下，毫无睡意，思路反而比刚才清晰许多。她让所有的问题排好队，依次从她的思想里通过。她有什么必要生杨大山的气呢？杨大山作为她的同志与同僚，是合适的相宜的，仅此而已。大兵出身的杨大山固然质朴率直诚恳，但他毕竟与自己大为不同。他本质上的世俗气是无法改变的，所以他看上李艳儿正在情理之中。

马力渐渐冷静了，当确信自己不带任何偏激情绪后，她翻身起床，伏在桌上，给黄主任写信。

“黄阿姨”，她写道：“最近我一直想和您谈谈，因为任务压得太重，无法脱身。”她顿住笔，念了一遍，撕掉，重新写下去：

“黄主任：您好。

……最近我强烈地感到，我们女队已经成熟了。为了确保女队成为名副其实的一面红旗，为防止群众中产生的误解，以为女队的活儿都是男同志干的，女同志只是陪衬，荣誉都是虚的假的，我认为，领导班子应该全由女同志组成，顾问一律调走。这样做的好处，一是可以保证队伍的思想纯洁与纪律的严肃性，二是真正可以显示半边天的力量。我们是新时代的女青年，我们完全有信心赶超先进队。为了使生产不受影响，可以分两步走。首先使班子健全起来。杨大山同志的工作可以由……”

她轻轻咬住笔帽，迟疑了。

由谁接任？刘小磊——现任副队长兼技术员，群众关系不错，业务还可以，团员，就是学生味很浓，而且对林放的问题缺乏原则性，没主见……马力在刘小磊三个字上戳下一片密密麻麻的点，她一下子想到刘小磊脸上的雀斑，不禁笑了，老彩呢？老实厚道听话，能吃苦，力气大。可惜文化水平低，当个副队长还勉强，入党的故事太荒唐了，不可思议。最有头脑的是范宁，技术过硬，像小伙子，样样能干，但骨子里那种傲劲让人受不了。她毫不犹豫地把“范宁”二字划掉。我自己呢？兼任队长，当然也可以。领导班子人少反而精干。但是我对生产还不够内行，我没干过钻工，起码眼下不行。再让杨大山留任一段时间？不，坚决不行。这样重大的问题黄阿姨会慎重考虑的。

马力终于打好了草稿，又工工整整誊好糊好信封，才上床。明天一早就托人捎去，她想。

马力很快睡着了，并且做了很多梦，梦与梦连贯着，她在蒙眬中看着自己的梦境。李艳儿挺着大肚子，逢人就说：“这孩子准不像我，像大山，你说呢？”她居然盘腿坐在旋转的钻盘上给她孩子缝棉裤……又看见自己的肚子也大起来，孩子生下来，蹦蹦跳跳地追着林放喊爸爸……女队在跑早操，人人都挺着大肚子，摇摇摆摆地晃啊晃……

## 9

风真大，船晃得像摇篮。嗡嗡的响声是轮船的发动机吗？那一次她回上海探望妈妈是在大连坐的船。

大兴安岭的小娃娃们一生下来就睡摇篮。那时候，年龄和她们相仿的当地姑娘，都当了妈妈。她说她将来当了妈妈，也要给孩子买个摇篮，红漆描金的那种，铺上厚厚的羽毛垫子。多好玩，像童话里过的日子。同学们都认为她没头脑。然而她们中很多人都刮过宫，她却还没有男朋友。一入夜，那些男生就大摇大摆来到女宿舍，钻进各自女友的蚊帐里。蚊帐是一年到头都挂着。有一个女生刮过四次宫就是不结婚，说结婚就没有前途了，回不了城了。

她想先入团再想其他。

可是夜晚窸窸窣窣的声响和抑制不住的喘息深深地刺激着她。她屏住呼吸捕捉着那些轻微的絮语，仿佛那声音来自四面八方，压迫着她，包裹着她，她透不过气的时候就哭，哭声使其他的人们尴尬和愤怒。

后来他来了。先是找她借东借西，后来在傍晚时分同她沿着田埂散步，再后来他就钻进了她的蚊帐。不知道爱还是不爱，反正一切都是循序渐进，水到渠成。她由于紧张身体变得僵硬。他脱去自己的衣服，又一声不响地给她脱光。那只是一种奇怪的感觉，既不是很快活也没有很激动，是一种迅猛的侵入。以后的一整天，她都觉着身上糊了一层糨糊而闷闷不乐。直到有一天她也躺在卫生院的产床上。

说是那叫膀胱截石位。

机器嗡嗡地响，她咬着嘴唇哭。她感到自己被掏空了紧跟着也要被吸进负压瓶，却没有人紧握住她汗湿的手。医生温和地说：小姑娘，别再胡闹啦，你们上海人也开化得太早了点。她苍白得无话可说，一眼瞥见了玻璃瓶里鲜红的泡沫，她恨他，恨他把她一个人抛在这冷冰冰的产床上却不露面。

后来，他上了大学，读新闻系。她当了石油工人。他们完全成了陌生人。

人的欲望有时候很难抑制，因为人不是神仙，她不为自己的经历而羞愧，因为大家都那样做了。但当她爱上大山后她一次次提醒自己，过去的事坚决不能说，永远不说。不是为了隐瞒而是为了爱。他是她爱的第一个男人。她会是一个温柔多情心灵手巧的好妻子，这就足够了。

船还在轻轻地晃，她打着瞌睡。

大海揉碎了月光，满眼一片晶莹。海风拂过，粗糙又清爽：是妈妈的手在抚摩我的脸？老太太的手永远是粗糙而通红的，她总洗。

汽笛长鸣，要靠码头了。有人敲敲她的安全帽，她迷迷糊糊抬起头。

“怎么啦？”他问。

“没什么。”

“站着就睡着啦？”

“稀里糊涂做了好些梦。还梦见你呢，真的。”

“李艳儿！”他温和地叫着她的名字，更响地用手指弹着她的帽檐说：“白天没睡？”

“热死啦！能躺下吗？床都烫人。”

她看看表，才过去五分钟。什么呀，这么长的夜。

“天车上的灯不亮，没看见吗？”杨大山的声音里带着明显的责备。

“俺们没腾开手哇。”司钻玉凤分辩说：“再说，天这么黑，又容易犯困，让谁上去检修？范宁又下班了，李艳儿胆子小，徒工俺又不放心。”

杨大山走下钻台，到工房里找来工具袋和灯泡，对李艳儿说：“跟我上去，给我打手电。”

“是。”

“你在前边走。”

“押俘虏吗？”

“你是吗？”

“行啊。”李艳儿笑着，贴紧扶梯的栏杆从杨大山胸前擦过。她闻到了他特有的那种男人味，强烈而醇厚，她的心立即跳乱了。

“你还害怕吗？”

“有点儿。白天和晚上感觉不一样。”

“我在下面，你也怕？”

李艳儿牢牢抓住扶手，转过身来。杨大山洁白的牙齿熠熠闪光。他宽阔的身躯挡住了夜的黑暗，挡住了风的侵扰。

“我要是踩空了呢？”

“我接着。”

“我沉着呢。”

“你就是从天上掉下来我也能接住。”

“那我就成了仙女啦！”

“我是董永。”

“董永是谁？”

“不知道。”

“你真坏。”

他们都笑起来。

他的脚触了她的脚跟，她的脚轻轻地落在他的脚尖上。他们彼此感觉到了对方。她迈一级，他跟上一级。他呼吸着空气中她的温馨、她承受着他目光的炙烤。

夜，多好哇。

李艳儿扬起手电筒，一道白色的光柱划破了黑暗。

“你看什么？”他问。

“看……老彩是不是仰脸瞅咱俩呢？”

“害怕啦？”

“不。”

李艳儿微喘着，热气从胸腔里涌出，额头的汗流进了发际。扶梯越来越陡，大腿的肌肉越来越僵硬了。

“大山，我是有点怕。”她小声说，把手压在杨大山的手上。

李艳儿承认自己胆小。爬一次井架就表现一次胆怯。尽管爬井架对钻工来说如同走路一样平常。记得第一次练习上井架，她比同伴们都敏捷多了，几乎一口气就爬到了顶。可是，向下望了一眼她就立刻透不过气来。

远处的树，近处的鸟，都在脚下。仰脸望着她的伙伴，都像拇指姑娘。她高高在上，被从未有过的孤单无助与恐惧紧紧攫住。她毫不遮掩地哭起来。

不错，向上攀登是需要勇气的。但是到达顶点后仍要返回地面，你不可能上天。从高处向下走。需要的就不是一点点勇气，而是更大的勇敢和无畏，因为你随时可能会由于偶一失足而粉身碎骨，那个要毁灭你的魔鬼正是在你胆怯和犹豫的时候将你推向深渊。

是他，杨大山，跑上来，牵住她的手，一步一步把她领回到地面。他就是安全和保障。

“眼睛别往下看。”他说。

不知不觉，他们登上了最后一级台阶。天车台是井架最高的部位，由一组巨大的定滑轮组成。绞车的钢丝穿过天车，悬吊起几十吨重的作业系统。这一连串钢铁的组合，构成了井架的机体和生命。

李艳儿打着电筒，盯着杨大山每一个熟稔的动作。井架有节奏地震颤着，钻机的轰鸣遥远而沉闷，钻台上所有的工作灯都因困倦而发昏。星星在他们的身边窃窃低语，夜风在耳畔咝咝地吹过。黑夜深不见底，一切都很模糊很遥远，唯有大山的气息清晰可辨。

“大山！”

他抬眼望着她。

“我家来信了。”

他不吭声，又埋头紧着最后一道螺口。

“我家说给我找了——”

“那好嘛，这下你就可以调回去，不必在井队受这份罪了。”

“你这人真不讲理。”

“我说的是真话。”

“我没觉得受罪。”

“我说的。是受罪。我要是有权，早不让你们干这活了。”

“我们女的哪儿差？指导员、刘队长你敢说不服？”

“钻井，这是男人们的事。”

“可我没说我要走！你又不是不知道，人家就是没想过走嘛！到里弄加工组呀？我就讨厌里弄这俩字。”李艳儿气得直想哭。

“算我没说。告诉我你家给你找什么了？”杨大山收拾着工具，又掏出一团棉纱擦着手，慢条斯理地说。

“找对象呗。”

“对我说这干啥？”

“就要对你说。”

“为什么？”

“你知道。”

灯忽地亮了，天车台犹如白昼。李艳儿果然泪光闪闪，杨大山温厚地笑着说：“我什么都不知道。”

他们牵着手走下扶梯，他在前，她在后。

“我写信告诉我妈了。”

“什么？”

“有对象了呗！”

“谁？”

黑暗中，李艳儿感到牵着她的那只手颤了一下，立即湿漉漉的。她偷偷地笑了。

“你知道还问？”

“我要你告诉我他是谁？”

“杨、大、山。行了吧？”

那只潮湿的、满是硬茧的大手牢牢地握紧了她的小手。

“我背你下去吧。”

“等我老了的。”

“我从心里不愿让你干这活。可我没办法。”

“又不是我自己。大伙儿都一样。”

“听说东北有个女子钻井队的一个女工，从二层平台上摔下去，骨折了八处。”

“真的？死了吗？”

“没有。她特别坚强，说是一滴泪没掉还笑着安慰别人呢。”

“这才是英雄。”

“宁可少要一个英雄。”

他们都沉默了，许久也没说话，只听见夜风摩擦井架的声音。

钻台上，玉凤正一丝不苟地盯着仪表，全然没有觉察到李艳儿就站在她的身旁，一根手指偷偷地伸向她的胳肢窝。

## 10

× 月 × 日

大山调走一个月了。只见过一次，他那个队离我们特别远。调令来得很突然，他说他早就知道在女队待不长了。指导员送给他一个非常漂亮的日记本，刘队长送他一支钢笔，林放给他一套旧书，范宁送他二两茶叶，我呢，偷偷送给他一条新毛裤。

想念一个人时，心没着没落的。吃饭、干活儿、走路、聊天儿，那影子似乎常常就站在我面前。有时想着想着竟忘了他的模样，真怪！却闻到了他的味儿，那是汗味儿、柴油味儿，还有热辣辣的大兵味儿！他的拥抱是不由分说的，简直能让人的关节脱臼，不过我喜欢。

× 月 × 日

新队长刘小磊也是二十五岁。她懂业务，会开车，能说笑话，常把我们逗得喷饭。相比之下，指导员则是天生的首长，不苟言笑，令人敬而远之。她就像天上的鸿雁，而我不过是普通的燕雀。

× 月 × 日

指导员和我谈话，讲了一个玩情丧志的故事，我知道是暗示我呢。

她说：你好像总和别的同志不一样，当然啦你很开化。使我一下想到当年在卫生院那位妇产科大夫的话。开化好像意味着不知羞耻的意思。

×月×日

听说林放是个很坏的人，大右派大流氓。我怎么一点儿看不出。他的目光里没有邪念，居心不良的男人是可以看出来的。今天懒猫病了，他给买了很多罐头。他挣钱不比我们多却从不吝惜。我问懒猫，懒猫说，嗨！老斗这人就是开化些呗。这么说和我一样？或我和他一样？

×月×日

昨天小白告诉我，指导员的父亲是军分区司令，我们都很惊讶，不禁对指导员肃然起敬，她从未炫耀过。这年头有个好爹谁不摆在大面上呀！

一个高干的女儿，有的是辉煌的前程，她却心甘情愿和我们一起吃苦，我很感动。

马力在一堆钻杆旁捡到一件棉工服，为了找到失主，她只好翻看了工服口袋里的日记本。想不到与她相关的内容很多，她匆匆浏览了一遍。

李艳儿气急败坏地跑过来，一看到指导员夹在胳膊下的工服，顿时就愣了。

“李艳儿，是你的吧？”

李艳儿勉强笑着点头。

“我翻了一下你的笔记本，想看看是谁这么粗心。不过我可没看呀。”

“没关系，指导员。我不过没事写着玩。”

“你好像比我小一岁吧？”

“不，是十个月。”

“近来你是不是有心事呢？”

“没有的。”

“假如你相信我，可以和我谈一谈。我们生活的环境很特殊，有些事不是不让你考虑，而是环境不允许。应该相信组织。”

李艳儿咬住下唇，点头称是。

“那么，你可以对我说了？”

“什么？我的确没有。”

“那么算了。”

望着李艳儿远去，马力抑制着心中的愤懑。她不理解李艳儿这种人。为什么总像马尾拴豆腐——愣提不起来？

李艳儿夹着棉袄，心跳得发虚。指导员肯定看了，却说她没看，瞧瞧那眼神就知道她全看了。但是我说指导员的坏话了吗？没有。只是把大山给卖了。指导员肯定生的是这份气。这个想法使她很郁闷很伤感。她知道入团的事这一次彻底吹了。以后她永远不再交什么申请书了，交一百份也白搭。

道旁停下一辆“130”小货车，刘小磊从驾驶室探出身子喊：“李艳儿！低头捡钱包呢？”

“……”李艳儿笑一笑。

“看见马力了吗？”

“井场上呢。”

刘小磊驾车慢慢驶过，向迎面走来的马力鸣笛示意。

“马力！我去总库看看调拨给我们的那台发电机，中午别给我打饭了。黄主任来电话要你明天去总部，你爸要来。”

“知道了。”

刘小磊一踩油门，跑了。

爸爸来干什么？

马力一边往队部走一边想。

马力有一个令人羡慕的爸爸。爸爸现在是省军区司令员。

人们对权势有几分崇拜和渴求，就有几分憎恨和嫉妒。在一般人眼里，马力这种人，下乡插队是迫不得已，投身石油是捞政治资本。石油战线不是一直大红大紫为全国楷模吗？有最高指示为证：工业学大庆。但她有必要到钻井队受苦受罪吗？肯定是镀一层金，捞个中央第几届党代表当当罢了。其实，有个好老子就什么都有了。

马力善于捕捉那些形形色色的目光，并从中分辨出各种成分来。她知道自己处于被老百姓憎恨甚至仇视的地位，这才是最本质的，因而也是最可怕的。正由于此，她闭口不提父亲，她觉得把自己和父亲的名望地位拴在一起，是一种屈辱而不是骄傲。

当她还是一个扎着两把小刷子的初中生时，当她偷偷地把户口本上的“马丽”改成“马力”时起，她就发誓要靠自己的本领走人生的路。她不想仰仗父亲的荫庇。起初是由于对父亲的恼恨，继而是过快增长的自尊。

留在马力童年记忆中的爸爸，并不是权柄在握的大人物，而是一个懦弱、善良，又无能的形象，时常遭到母亲没缘由的怒斥。爸爸默默地忍受着，嘴唇苍白，面部肌肉一条一条地抽搐。母亲生下小弟弟后，更变本加厉地虐待父亲，而他说起话来更加底气不足中气下陷。家里很穷，她从没穿过新衣服，总是穿妈妈的旧衣服。妈妈一边改着旧衣服一边对爸爸骂不绝口，他若不在，她仍旧怒气冲冲。

有一次，爸爸骑了一辆自行车慌慌张张赶回家，在破箱子里一阵乱翻，拿出一个小破本儿又急匆匆走了。妈妈说爸爸学过东洋话，准惹祸了。她第一次从妈妈严厉的眼神里看到了恐惧和软弱。

爸爸果然被关了好些日子。马力陪着妈妈战战兢兢挨过一天又一天。爸爸被放回家时头发白了一绺绺，走路时身子更佝偻，母亲的骂声更不绝于耳。妈妈的自视高贵专横跋扈与爸爸的怯懦卑下给马力的童年蒙上了重重阴影。

有一天，妈妈突然一改常态，对爸爸和气地说：“那个骚货到底没好报，这回丽丽说去找她爸啦。”

不久，马力离开了家乡，跟着一个青年军人来到城里。原来她的生父是个仪表堂堂的军官，有着灿烂的过去和未来。继母是演员，据说死于车祸。第二年家里又来了一位很年轻的新妈妈，新妈妈只比马力大一轮，说起话来娇滴滴的。和新爸爸新妈妈在一起，穿漂亮衣服，有一间自己的卧室，洗澡可以躺着而解手却要坐着，一切的一切都只能使马力感到孤单和委屈。原来母亲对继父的专横与侮辱恰恰是生父对她的专横与侮辱造成的，父亲抛弃了母亲，她就迁怒于另一个男人，这个男人比她更脆弱。一想到这冷酷的怪圈，她就对那个达官显贵的爸爸充满了憎恶。

她不想炫耀父亲的权势，她从一懂事就不曾依靠过他。他使她幼小的心灵受到了重重的创伤。当人们用敌视与嫉恨的目光打量她时，她真想大声呼喊：求求你们，不要把我划进那个圈子里！

爸爸来做什么呢？把她调走？或者又给她找了什么军官？两年前，爸爸就曾固执地想包办她的婚姻，遭到她的拒绝。

不过，爸爸也许是出差偶然路过这里吧？想到这，马力的心感到了一些温暖。她很久没给爸爸写信了，而爸爸毕竟是爸爸呀。

## 11

某报头版消息：

> 本报讯：平原油田女子钻井队成立以来，面对着地层情况复杂、井深要求高、钻机大、队伍新的特点，克服了生活条件艰苦、冬春季风沙大、夏季高温、秋季多雨等困难。甩开膀子大干社会主义，已完成总进尺 ××××× 米。她们不仅创造了日进尺 1300 米的纪录，还创造了用一只刮刀钻头钻进 2300 米的优异成绩。

…………

女子钻井队的英雄业绩，有力地批判了“四人帮”的倒行逆施，在国民经济濒于崩溃的关键时刻，表现出石油工人与我国劳动妇女大无畏的无产阶级革命英雄主义气概。

时代不同了，男女都一样。

马力读完这篇文章，沿着花边把它小心地剪下，贴在一大本剪报里。她喜欢剪报。重要的首长讲话、社论、豪言壮语还有与女队有关的一切报道、通讯、消息，她都分门别类，汇成厚厚的几册。

她用欣赏的眼光翻阅着，电话铃突然尖锐地响了。马力拿起听筒，立刻知道了对方是谁。

“马力！我母亲病危。我已请好假了，想让李艳儿一块回去看看，不然老太太恐怕就没机会见她了。”

杨大山真是开门见山。嗓子都哑了，准又熬夜了，这人一熬夜准哑嗓子。马力咬着嘴唇沉思着。

“说话呀马指导员！你睡着啦？”

“你和李艳儿？怎么搞的？你们真能保密。”

“家喻户晓了，你能不知道？”

“我以为是谣言呢，根本没理会。”

“帮帮忙吧指导员。”

“当然。不过我一个人说了可不算哦，回头让她给你回话。”马力尽量给自己的声音灌注了轻松的笑容。

等对方挂上电话，她就去找李艳儿。李艳儿正收拾箱子，床上地下一片狼藉。

“李艳儿，你和杨队长登记结婚了吗？”

“指导员，你开玩笑？”

李艳儿很窘地奋着两只手说。

“指导员，我们的李艳儿最崇拜你了，她要嫁人肯定请你当证婚人。是吧李艳儿？”范宁靠在被上，懒洋洋地说。

马力淡淡一笑，说：“李艳儿真能保密。我还被蒙在鼓里呢，要不是大山来电话对我说，我真是一点都不知道，特迟钝。按说应该庆贺一下，咱们几个年纪都差不多。哦，大山母亲病了，他请好了假，想让你也回去。”

李艳儿问：“你看见他啦？”

“他刚来电话了。去不去你给他回个话。不过不能给探亲假你是知道的，事假是要扣工资的。”马力说完，又转向别人：“大家抓紧收拾一下，这次搬井场，天气不好，困难会很多，路又很远，没有特殊情况最好不要请假。”

“指导员，你告诉他，我不去。队里这么忙，我们班已经有两个人休假了。”

“还是你自己说吧，我办公室门没锁，你去打个电话吧。”马力拎起李艳儿床上的布娃娃，端详着，说：“哟！长得和李艳儿一样啊。可惜我从小就不喜欢玩洋娃娃。”

“那你玩枪？”李艳儿问。

“也不。”

“指导员从小就是政治家。”范宁跷着二郎腿，笑嘻嘻地说。她不喜欢马力，觉得马力很做作，也不喜欢李艳儿，李艳儿太嗲。应该把她俩捏到一块揉一揉再掰两半。

“我没有过童年。”马力收敛起笑容，冷冷地说。

“真的。我的确没有。”

马力走到门边，回头望着范宁。目光很严峻。几个人都愣住了，默默地凝视着马力走出去。

“这么沉重。”范宁咕哝着。

“我都起鸡皮疙瘩了，我不明白指导员她挺复杂是吧？反正我不给他打电话也不去他们家。”李艳儿搂着布娃娃，长长地叹了一口气。

马力站在院里，仰脸看看天。天很低很沉，灰蒙蒙的。空气里充满湿腻腻的雨腥味儿，气压很低，她的胸很闷。她真想找一个地方哭一场。她心很郁闷，又不知道为了哪般。

马力向井场走去。队长刘小磊正指挥吊车拆装设备。这口井测试结果证明，原油含蜡少，轻质油比例高。部里特颁发了嘉奖令。

明天，又要搬家了。

## 12

云海阴郁，云涛翻滚。太阳从云层里钻出来，顷刻又悄悄地隐去。东边的天起劲地烧着。云彩青一块紫一块。

民谚说：晚霞行千里，早霞不出门。

果然，早饭后，大块的黑云铺展开来，天立即暗了。秋雨像雾，从四面八方罩过来。

气象台预报，本周为持续性低压天气，××号台风在江浙沿海登陆，来自蒙古的强冷空气东移。

女子钻井队今天搬家。新井场很远，是新发现的一个区块，已经上去几个井队了。

一大早刘小磊就打电话催车。车是头天总调度派好的，但她仍不放心，唯恐有误，这鬼天气，真不是闹着玩的。

马力推门进来，头发上蒙一层水雾，脸色苍白，眼圈发青。

“你病了？”

刘小磊给马力冲了一杯浓浓的奶粉。

“没什么。天快亮才躺下，又失眠了。”马力坐下，用热茶杯焐着手，早上起来，她觉得头晕恶心，就用大水罐里冰凉刺肤的水，洗了脸，才略觉好些。

“这鬼天气让人心里没法痛快。你瞧吧，咱们非在泥水里折腾稀了，又是几天几夜不下火线。”

刘小磊紧蹙双眉望着水汽迷蒙的窗外。

“有十一个人来例假了。”马力说，但她没算自己：

“没办法照顾了。”

“我已经告诉她们穿厚点，不要着凉。谁让我们干了这一行？说真的，想到城里那些养尊处优斤斤计较的人，我就来气。我们吃苦就为了这些人吗？我有一个同学，都俩孩子啦，根本不问政治，就知道柴米油盐，俗极了。羡慕吗？当然不。咱们苦点，心里充实，将来变成老太太的时候，想想今天，一定挺有意思。”马力娓娓地说着，一小口一小口呷着热奶，脸上渐渐有了红晕。

“马力，一会儿开动员会，就把这话对大伙说说吧。你知道你这个人煽动性挺强呢。”

马力用手搓搓发紧的脸蛋，笑了，“集合吧？”

刘小磊走进小雨中，吹起了集合哨子。

雨丝密一阵疏一阵。几十双穿高腰雨靴的脚，在暄软的土地上踩出一片斑驳的坑，坑里立即注满了水。

听完队长刘小磊的开场白，队伍里鸦雀无声，人人都抿紧了嘴巴。目的、意义老一套，困难嘛，谁也休想躲过去。寒冷、饥饿、困倦，脏、累、苦，无可选择。

“‘二〇三’您就下命令吧！”范宁一本正经地大声说，人群里立刻爆发出一阵哄笑，笑声划破了窒闷的空气。

马力和刘小磊对视了一眼，也笑了。她很快又收敛住笑容，她的心中翻滚着一股激情。这冲动使她喉头发哽。她想说很多话，不是昨晚写在纸上经过深思熟虑的那些话，而是突然涌来的、缺乏条理、没有次序、猛烈撞击着她的心扉的话，这些话给她以快感，使她忘却了生理的疲惫，自己首先被深深地打动。

她沉默着，等待队伍沉静下来。

自从调离机关，来到女队，她就全身心地投入了这个新集体。她不仅熟悉了每个工人的自然状况、思想表现、性格特征，还熟悉了各工种各岗位。她能顶班司钻，还能做细致的地层分析。她上井架和范宁一样敏捷，她对自己充满自信。

她的目光缓缓地掠过半圆形的队伍。透过菲薄的雨幕，她看见范宁正友善地对她微笑。范宁这家伙干什么都不错，有思想有能力，应该作为重点培养对象，李艳儿仰着头，眯起眼睛接着雨丝，她的脖颈线条真美啊。从李艳儿告诉她决定不去杨大山老家，留下搬家的那一刻起，马力对李艳儿的看法陡然发生的转变，她相信自己从此不会再鄙视她。老彩……老彩全副武装，比别人高出一截……还有林放。马力的思绪突然卡在林放那儿。

思想的流动仅仅是几秒钟的事。在这个清冷的早晨，马力感到每一个工人的心都和自己紧紧牵系在一起。她清清喉咙，跨前一步，说："刚才我和刘队长说，这样的天气真该美美地睡懒觉，把我们平时缺的觉补回来。她说不行。是的我们没有这份权利。根据气象预报，这半个月基本是阴雨天。我们的生产任务压得那么紧，我们等不起。不能因为自己是女的，就原谅、迁就自己，或要求别人原谅迁就我们。首先要想到我们是石油工人，而不是女人。

"过了这个冬天，我们准备打报告让几位年龄偏大的同志离队，以后会陆续调出调入，这就是新陈代谢。你们知道，我也二十五岁了，和李艳儿、范宁她们差不多。有时我也想别的，譬如——结婚！（众笑）这很庸俗是吧？当然仅仅是在脑子里闪过的念头。重要的是我们应该树雄心立大志，去创造英雄业绩，这才是我们的生活目的。

"我们不能早结婚早恋爱，也没机会逛公园、穿漂亮衣服。我们总是油脂麻花的，不走近，没人能分清我们是男是女。人们可以不理解我们，然而我们一天也不会退缩。我们每天都在贡献着青春和健康，并且随时随地准备贡献热血和生命！（掌声）

“我愿大家记住这一天。

“前几天，我父亲来油田，要调我回城。我拒绝了。父亲是爱我的，几年以来他一直希望我当兵去，或回城去。办这种事对他来说不太难，他在军队里负一点责。我不愿意，我对父亲说，还是让我自己来走自己的路吧。我相信父亲最终能理解我。老一辈应该理解我们。

“是的，即便我们失去了很多，我们也不要否定自己。我们的光荣就融汇在我们的贡献里。请大家记住这个早晨，记住我们做过的一切吧。”

马力顿住话头，深沉的目光和每个人交流。她很激动，因为她看到了一双双充满激情的眼睛。

但愿我们永远铭记！

公路上，汽车喇叭响成一片。马力扬起发烧的脸庞，让清凉的雨丝温柔地拂着。那种生理上的不适和疲倦完全消散了，她那一双黑亮的眼睛更加明朗清澈。

## 13

总算熬过来了！

李艳儿木然地站着，不知该做什么好。在泥里雨里滚了四十几个小时，简直不能想象，人怎么什么罪都能受。她曾是那么热切地盼望坐一小会儿，打个瞌睡，吃两个刚出笼的又暄又烫的馒头，换一双软和轻便的布鞋，把脚泡在热水里……现在终于干完了所有的活儿，反倒没了欲望。全身的关节僵着，眼睛又辣又疼，即便炸弹落顶，她也照样迟钝麻木。

王玉凤打来一桶冒着气的水，分倒在几个盆里“快点呀你们！先烫脚就暖过来啦。马上就开饭，红焖肉，大米饭白花花的，香死啦！”说着，她拔掉自己的高腰雨靴，把一双大脚丫伸进热水里，嘴里轻轻地嘘着。

李艳儿突然感到饥肠辘辘。是啊，还没正经吃过一顿饭呢！她在床边坐下，扒下糊满烂泥的翻毛大工鞋，鞋是老彩昨天给她的，四十码，像两只筐，足有二十斤。别说干活，穿上它走半天路也够瞧的，何况是一片烂泥。

那井场，整个是大酱缸。起初李艳儿穿的是雨靴。没干一会儿靴子就拔掉了。赤脚踩进泥水里，立刻，一种尖利的疼痛穿透皮肤，接着，是全身无法抑制的战栗。汗毛全竖起来，心脏缩成一团，上下牙略略地打架，走路两腿直拌蒜。指导员跑过来，把她从泥里拉出来，说：“李艳儿，千万别站下，会冻病的。”指导员也打了赤脚，裤腿挽到膝盖，雪白的小腿糊着黑泥巴。于是，李艳儿就和马力一起扛钻杆，她们六个人一组，果然暖和多了，连脚下的稀泥也温暖了。范宁从胳肢窝下掏出一只扁平的酒壶，逼着每个人喝，李艳儿也壮着胆呷了一小口，含在嘴里不敢咽。“OK！”范宁拍着她的肩膀，自己又喝了一大口。李艳儿咬着牙下咽，五官立刻抽到一起，大伙儿都笑起来。

“怎么样？”范宁狡黠地一笑，把酒壶又塞回原处，说：“咱们也正经当一回爷们儿！”范宁没赤脚，一双皮工鞋用细铁丝捆在脚上。“你们这样不行，干不到天黑就全趴下。再说，也让人想起当年红卫兵……”

老彩不知从哪里翻出了两双干燥的工鞋和粗线袜，袜底用白市布纳的花纹。

“指导员，艳儿，你们快穿上。俺从小在农村受惯了，也不敢赤脚。咱是女的，坐下病是一辈子的事。”老彩絮絮叨叨地嘱咐着，口气像支前的贫农老大娘。

马力推辞不过，穿了。说：“她们几个还光着脚呢，再找几双工鞋行吗？”

老彩又去找鞋，李艳儿在一处小水洼里涮涮脚，套上暖和的粗线袜，刚穿好工鞋，范宁就大笑起来："绝啦！米老鼠！"

李艳儿试着走了几步，除了大点，甭提多舒服啦。就这样，她一直坚持到最后。

"老彩，你累吗？"

李艳儿把脚浸在盆里，看着玉凤安详地剪趾甲。

"俺说这新袜子咋就顶破哩？啊？能不累吗？俺也不是铁人。早知道这天气，为啥你们不防备？"她抖开袜子给李艳儿看，一共三层，两层线袜夹着一层尼龙袜。"你们就是学生气，光叫着改造自己改造世界，就这么改造？连自个儿都不会爱惜还改造哩！指导员也是。"

门外，刘小磊大声问："你们屋人都齐吗？"说着进屋来，她披了一件棉工服，一条粗绒布裤塞在高腰靴里，显得很干练很精神。后边是马力。

"懒猫呢？真的，懒猫哪儿去了？"随着李艳儿的惊呼众人都像发现了新大陆。

"少了三个。真怪了。"刘小磊说。

"说不定喝醉了呀。"谁说。

马力走到李艳儿跟前，按按她的脚踝，说："哟，都肿了。"

"你呢？指导员。"

"我没事。"

"你脸色不好，真白。"

"就是困。好好睡一觉，就什么都好了。"马力笑笑，说。

玉凤跟着队干部出去找人。李艳儿轻轻地用干毛巾揉搓着肿胀的小腿。小腿仍是冰一样凉，但她的心里很温暖。她觉得这次搬家，指导员对她很友爱，这友爱是亲近平等的。

不知道天是怎么黑下来的。队里的发电机嗡嗡地启动了，营房的灯都亮了，院里响起了姑娘们的欢呼和笑声。

僵硬的肌肉在悄悄地舒展，一种软酥酥暖烘烘的感觉令人十分惬意，全部的欲望都复活了。李艳儿坐在暖和的床铺上，心里忽然很感动。“喂，你们记得这首歌吗？”她问伙伴们并立即唱起来：“穿过绿色的大森林，我们来到美丽的地方，可爱的小鸟在前边带路……”有人和着，她们唱了一遍又一遍。

“在没有男人的营帐里，我们大声地呻吟，无声的哭泣。”李艳儿的心里，反复诉说着这句话，她深深地陷入一种思念中。

搬家前她给他打电话，摇了好久也不通。不知他是否给指导员来过电话，她难以启齿去问。他肯定已经上路了，他会生气吗？

想到大山，李艳儿觉得心里急不可耐地想干些什么，或等待什么。

“你们竟能把我抛弃！”

众人把视线拢过去，范宁笑嘻嘻地站在门口，身后是王玉凤。

“喃，她们跟抓特务似的。”范宁挨着个儿摸了一遍大伙的脑瓜儿：“都好，都好，本人非常放心。”

人们都笑起来。

玉凤去打热水，范宁坐在地板上，用钳子掐断工鞋上绑的铁丝。“其实有什么可奇怪呢？我们不过把剩下的酒干了，缩在一堆儿做了个梦而已。我敢说今后绝不会再有第二个人做我的梦。嗨！她们倒以为我们叛逃了呢。”

“你到底做什么梦啦？”谁问。

“也没什么。满山遍野都是鸡蛋，我用麻袋捡，累得喘不过气来。”

“什么呀！”大伙儿都很失望。

“你们想听什么？不就是梦吗？”

“怎么找到你的？”李艳儿问。

“篦头发似的，就差狼犬了。”

“瞧你，准生病。”

“算了吧，咱是特殊材料制成的人。”范宁不在乎地把脏衣服脱在脚下。

有人吹哨，开晚饭了。这是两天以来第一顿正餐。时间是二十点整，一只半导体收音机正忙着报时，接着响起庄严的乐曲。

晚饭是酸辣汤，红烧肉，大米饭。马力掌勺，号召大家先喝汤。暖暖胃再进食。

晚饭吃得很热闹，像过年一样，人人都吃得很撑。饭后姑娘们开始翻箱倒柜，换上干净衣服，即便就要入睡。她们也不肯对自己马虎。

倒是李艳儿最懒得动。她早早钻进被窝，把脸蒙在被里。

明天一定要给大山写封信，向他道歉。这回搬家后，我们两个队又在一个区块上打井了。我会常常去看你。你千万不要生我的气啊，在这种时候我请假等于临阵脱逃。四十几个小时，谁都没合眼。汽车全误在烂泥里，拖拉机把井场翻了个底朝天。几百吨的设备全靠肩膀抬。我们又是泥人又是铁人。我真不相信怎么有那么大的劲。

李艳儿在心里草拟着给大山的信，渐渐睡着了。明天一早机要开钻。

## 14

深秋了。庄稼上了场，土地一块一块赤裸着。地头路边，是稀稀拉拉挺着的，不结穗的高粱、长着拳头大小脑瓜儿的葵花，像营养不良的弃儿，可怜巴巴地在风里抖。远处，防风林带浮着一层脏兮兮的灰绿。天很晴。

公路上，一个姑娘骑着自行车，不紧不慢地蹬，额头亮晶晶的，脸颊红扑扑的。

她是玉凤，今天公休。借了辆自行车说是去县城扯被里。没有人会往别处想，她确实去买被里，那家织的土布糟得不敢碰。但还有一件更重要的事，她对谁也没说。

玉凤蹬着车，想着心事。见着他怎么说，先说啥，又说啥，她心里很乱。很久以来，玉凤看见他就心虚，想见他又躲着他。偶尔和他赶在一个班，无论他说什么，她只会说："中，俺懂了。"就这几个字也让她好一阵子心跳哩。有时候她真羡慕李艳儿，李艳儿做什么都大鸣大放。

一条黑狗撵一条花狗，蹿上公路，从玉凤车前闪过。她的车扭了几下，鼻尖上一层汗。

那次冒雨搬家，马力和他都病倒了，都住了院，大伙轮着探视他们。玉凤上次是和几个人搭的伴。前天，指导员出院回队了。

前边是坡，玉凤一口气蹬到头。身上燥热，汗黏糊糊的，衬裤在腿上拧了大半圈。她在路旁停下，支好车子，脱去格呢外衣，又脱去一件毛衣，顺着风抖一抖，叠好。这件毛衣，她前前后后织了半年工夫。老灰色，和尚领，开襟。她是给他织的，却没有机会也没有勇气送给他。现在他生了病，他到底也需要别人照顾啊。这使她很高兴，这就是他给予她的机会。她抱着毛衣，把脸贴上去闻一闻。只有一股好闻的樟脑味，没有她的汗味，她放心了。玉凤把毛衣塞进挎包，又上路了。

"这是谁的？"

"你的呗！"

老林惊讶得说不出话，随后脸上绽开两道弧形的深深的纹，他笑起来多年轻多吸引人，他说："玉凤，你是好姑娘比谁都好。"

"老林，你别嫌弃，俺长这么大头一回织。"

头一回，啥意思？他不会不懂。

"给我织的？为什么？"

你们知识分子就爱说："为什么？"为什么？一个姑娘平白无故给你织毛衣，你说为什么呢？

"老林，俺打定主意了，你要愿意，咱就去找领导说，调走，到哪儿俺都跟你。"

他不说话，光吸烟。

老林、老林、老林。不知为了啥，玉凤只想着抓住那双粗糙的大手，放声大哭。

那晚，林放烧得直说胡话，她喂他罐头水。红红的果汁顺着他嘴角淌，她用手指轻轻地给他擦。后来，他猛地抓住她的手，紧紧地握住不放。她默默地让手卡在那灼烫的火钳子里，不往回抽。他喘着，瞪着她喃喃地说："妈妈，我冷，我冷……"当着好几个人，她哭了，眼泪扑嗒扑嗒地掉在他和她的手臂上。

长这么大，她只心疼两个男人，一个是爹，爹没本事，一辈子窝窝囊囊，玉凤懂得爹心里的苦：另一个就是他。他有本事，活得也窝囊，玉凤懂得他心里的苦。他不是一般的男人，他的心就是一口深井。你要一层一层地钻进去，才能得到岩层下面那黑色的金子。那宝贝到时候会喷个不停。

老林、老林……

玉凤蹬着自行车，心在温柔地呼唤着那个可亲可敬的名字。

县医院住院部病房里从早到晚都热闹非凡。不记得从哪一年起，医院归了贫下中农管理，几年后又重操旧业回家种地，医院也就没了章法。病人都自带护理员、炊事员。

林放没有"陪床"，很显眼。为了回答人们充满善意与好奇的盘问，他每天都重复着谎言。这种应付很累人，又每每刺激着他不得不回忆。往事不堪回首。多少年了，他似乎已失去了回忆的能力。

为了躲避，一拔掉点滴管，林放就支撑着到户外去。享受秋色醇厚的太阳。正像离开喧嚣的钻台，他的内心反而失去了安宁，躲得开病室里闲杂人探究的目光，却躲不开自己。人永远无法逃避开的，是自己的心灵。往事总是杂乱无章地涌到面前，排不走解不开。他不得不承认，他并不能够无限地忍受孤独与寂寞。他是人，是普通的、正常的、成熟的男人。他需要理解，需要温暖，需要亲情，需要女人。对女人，他有一种深刻的负罪感。女人使他懂得了人生，然而他带给她们的只是苦难和屈辱。这种深深的自责，像一道无形的屏障，隔绝了他与正常生活的人们。经历了三十九年人生的起落悲欢，林放知道了他最渴望的是什么。人生最宝贵的不是生命，不是青春，不是爱情，而是信任。他以毕生去换取信任。

“四床，你家属来啦！”

值班护士从门口经过，没好气地喊，总是肝火盛，一见乱糟糟的病房就来气。

“是我。”所有的目光寻声聚拢，屋里一下静了。

提着沉甸甸网袋的玉凤，迟疑地站在门口。房间里有八九个人，众多的眼睛使她窘得不知所措。

林放心头一热，迎了上去。

“俺以为走错门了。”她小声说。

“一级护理一撤，我就搬到这间大屋子来了。”

“这么多人，比咱队上的宿舍还挤。”

“昨天我告诉刘队长就要出院了，你怎么还来呢？”

“俺倒休，待着没事干，顺便来的。这是大伙买的，给。”她把网袋里的食品一一取出，堆放在床头小柜上。

“昨天刘队长拿来一大堆，你看，怎么你们都说是大伙买的？”

玉凤只是抿着嘴笑。

“你要多住些日子，去了根儿。”

“医院又不是家。”林放笑了，心里忽觉凄然。

“出院你就休探亲假吧。”玉凤说。

“要能疗养就好了。要是你不嫌弃，就到俺家吧，海边，空气天天都是新的。家里穷，也不会委屈你。俺娘是老实人，可会疼人哩。”

“那怎么行？”林放说。

“咱们，出去走走，外边空气好。”玉凤说。

病房后头，是一块荒芜的空地，从前曾是小花园，有树有草，有条石小凳和疯长的草莓。

太阳果然好。他们走到一块干净的石板旁，林放掏出一本书，放在石板上，让玉凤坐。“瞧你？俺可不讲究。”

玉凤坐下，问：“你倒是愿意不愿意哩？到俺家去？”

“那怎么行？”

“有疗养名额也不会轮到你。”

“我知道。我从未想过。”

“俺替你想过，找过指导员，求她到上边要一个疗养指标。她说这是不可能的，优待的是老干部、老工人、劳动模范什么的，哪能什么人都去，你别往心里去。”

秋风温存地从他们身旁拂过，天高云朗，秋阳温暖宜人。林放的心里暖融融的，他一时不知该对玉凤说什么。

玉凤把鼓鼓的挎包搂在怀里，说：“老林，俺送你一样东西。你猜猜。”

不等林放答话，她又急急地说：“你看，这是俺给你打的。是比着你那件破毛衣的尺寸打的。”

“玉凤，这怎么行？”

“你咋张口闭口‘怎么行’？穿不得？我又不是五类分子！”玉凤急得涨红了脸，话一出口才觉失言，低声说：“老林，别见怪，俺说话直。”

“没关系，玉凤。我不在乎。我戴过五类分子帽子，是实事，可是没人把我当坏人。尤其是你。”

玉凤大胆地凝视着林放仍然苍白的脸，良久才说：“是我不好，你就试试吧”。她抖开毛衣，举在林放眼前。

林放退后一步，说：“玉凤你听我说，毛衣寄给你母亲。老人家一定没穿过，让她也享享福。我有钱啊，我可以买着穿。”

“什么话？”玉凤沉下脸，说：“你有钱买十件也没人管你。再说，俺娘她没福气，乡下人整天和土坷垃、柴火打交道，哪有穿毛衣的？”忽然，她哽咽了，低下头，轻轻地说：“俺不会让你白穿，也要你一样东西。”

“什么？你要什么？只要我有的我什么都可以给。”

“我要你的心。”玉凤说着，把毛衣坚决地塞进林放怀里，又拉他坐在身旁的石凳上。

林放愣了。迎着玉凤闪着泪光的眼睛，他的心由于受到意外的一击而剧烈战栗了。他明白了一切，又难以相信这是真的。难道这姑娘真的需要他的许诺吗？

“你信不着俺？”

“不，玉凤。”他摇摇头。你知道我是谁？我有着怎样的经历？

“俺娘说，再刚强的男人也要女人疼着护着。俺打开始就知道你是好人，你是个刚强的男人。你总是干最累最危险的活，啥委屈都能忍，俺见过的男人没有能比过你的。俺也知道你心里比谁都孤单，夜里你肯定常睡不安。”

“我不是你说的那种人，没有那么好。”

“你是。”

“我会连累你。”

“俺又不打算当官发财。老百姓咋样不能过？”

“我犯过好多错误。”

“俺知道。”

“你知道什么？”

“知道你不是圣人。知道你没家没业。”这还不够吗？他的身世她可以都不知道，那些事与她有什么关系？

“老林，俺这心事，也不是一天两天才有。也不是为的可怜你。俺就是敬重你刚强，有学问。俺不漂亮，土气，文化低，可是俺不势利眼，俺能吃苦，俺能让你过上舒服日子，少遭罪。你说，不行吗？”

“玉凤……”

“行哩？”

“不。”

“为啥？”

“我怕……”

他们的声音渐渐低下去，低到只有彼此能听到。他们的身体渐渐靠得很近。

后来，他穿上了那件毛衣。

秋风从树尖上掠过，他们身后的灌木丛哗啦哗啦地摇，淹没了他们的细语。

太阳，暖融融的。

## 15

冬雪雪冬小大寒。祖传的“节气歌”里唱道。

转眼就到了三九天。野地里一片萧条。西北风以摧枯拉朽之势从高原来，到海上去。钻塔的钢筋铁骨在黎明时分冻得嘎嘎作响。西北风过后，下了雪。雪停了，风又吼着包抄过来。

这是一个司空见惯的寒冷日子。

李艳儿扯着大绳，沿着陡窄的之字形扶梯向上攀。扶梯上的雪纷纷地落，她不让自己往下看，她要自己潇洒、敏捷，像懒猫那样。依傍着黑的井架湛蓝的天，她的心中一片温柔。四周很静，伙伴们的说笑声被她抛在脚下。她很惬意。

“穿过绿色的大森林，我们来到美丽的地方。”她的心在反复唱着这句歌。我们来到美丽的地方，可爱的小鸟在前面带路，李艳儿拾级而上。她惊讶地突然止步，蓝天，雪地，包容了一个多么清澈明静的世界，那轮镶着金边儿的宁静的落日，那壮烈的血红的晚霞，那苍凉的包孕着无限生命的原野，都深深地打动着李艳儿年轻的心。生活多么好，年轻多么好，做女孩子多么好。

扶梯很滑，李艳儿小心翼翼地上。她知道，下面几十双眼睛正在瞄准她，还有黑洞洞的摄影机的镜头。这些拍电影的可真会选日子。偏偏刚下过雪，偏偏女队又赶上开钻；偏偏又让她上井梁去穿大绳。李艳儿很兴奋。马指导员近来和她关系很好，否则能把这么重要的任务交给她吗？

还是昨晚的事。

“李艳儿！你的入团申请已经批了。祝贺你，想送你一件礼物，你猜猜？”马力笑眯眯地看着她。

“毛选五卷？钢笔？影集？”猜不出。

“明天要给咱们拍电影。我们研究后，想让你一个人上去穿大绳，平时都是两个人，可这次是拍电影。”

“没事，我行，一个人完全行。”

指导员那双美丽的眼睛可亲可爱，洋溢着信任和鼓励。她的嘴也好看，小巧红润，不知哪个能有幸成为指导员的意中人呢？李艳儿在一瞬间忽然想到了马力的笑脸，她衷心地为指导员祝福。

指导员还问她近来见到大山没有。将来她上了电影，杨大山也会特别高兴的。

李艳儿有些受宠若惊，几乎一夜没睡。指导员一向讨厌出风头的人，这次让她成为引人注目的角色，说明指导员完全改变了对她的印象，而且也赞同她和杨大山的关系呢。虽说是拍纪录片，李艳儿也毫不掉以轻心，她知道银幕上的她将代表女子钻井队的丰采，这一点也不比当电影明星差。指导员送的这份礼太厚重了，使她兴奋之中油然而生羞愧。说实话，入团的消息并没有给她多少喜悦、幸福和骄傲，应该十五岁做的事整整推迟了十年，这多令人难为情？她辗转难眠，梦十分密集，每一个梦都做得很清醒，她看到了一个个场面和镜头，记得最牢的梦是，她和大山在礼堂举行婚礼。婚礼很隆重，很庄严，台下黑压压的全是人。指导员笑吟吟地把团徽别在她和杨大山的胸前，说："举起右手，我念一句，你们跟一句。"

北风围着井架打着凄厉的呼哨，钢铁冻得发出脆响。井架有多高李艳儿牵的大棕绳就要多长。绳的那一端连着钢丝绳，钢丝绳缠绕着绞车，绞车安吊起几十吨重的钻具。

李艳儿紧咬着嘴唇，爬几级，停下，拽一段绳。她觉着今天自己的力气很大，拉着又粗又长的棕绳登高毫不吃力。还有什么能比被人重视更令人兴奋呢？李艳儿的心里是一片明朗的天，没有一丝云。

说是拍新闻纪录片，千万不要是三两分钟就过去的加片。最好是彩色的。也该让人们知道，是谁在辛辛苦苦支撑着十亿人的穷日子，是谁风餐露宿四海为家为共和国创造财富。是千百万劳动者，是她，是她们和他们。一想到自己长年累月和钢铁、泥浆、原油打交道，伴随着艰苦和危险，一想到被窝里驱不散的那股子油味，李艳儿就委屈。她嫉妒城里的小姐们有那么多闲心去打扮自己，想梳什么样的发式就梳，想穿什么好衣服就穿，想到哪儿逛就去。她们还可以和男朋友手挽手在公园里的长椅上坐到月亮升起来，沿着湖畔的鹅卵石甬道尽情地散步，她们不会受到指责和限制……

风越刮越猛啦！登上二层平台，李艳儿摘下手套，把红通通的手指头放在嘴里呵，热气透过指缝，一缕缕结在睫毛和眉毛上，皮帽子下面，汗浸湿了刘海儿，结成纤细的冰溜子挂在帽檐上。

井架上的风真大真狠，简直是一群毛蓬蓬的熊，伸着硕大多刺的舌头，无所顾忌地舔着李艳儿的脸蛋，她不时地把脸背过去。

透过两排挂霜的睫毛，她看到下面一片小人在蠕动，不禁乐了。

等着吧，我马上就爬到顶，把绳子放下去，保证准时开饭、开钻、钻热被窝！今晚又是老彩上头一班。

从天不亮就跟着她们的摄影师们也饱尝了寒冷与饥饿的滋味，他们肯定会拍得很棒：远景是冰天雪地里矗立着的黑色的钻塔，队旗像燃烧的火把。近景是她站在天车台上，背后是蓝天、晚霞、红旗，钢丝绳柔软服帖，乖乖地被她缠在滑轮里。白云在脚下游动。她不仅是个能干的姑娘，还很漂亮。她的形象代表着女子钻井队。“形象”？哦，指导员肯定考虑到形象，否则让谁干这活不行呢？

她的亲朋好友是在电影院里见到她的。说不定谁还会尖声叫起来：呀！那是李艳儿！她怎么会在那里？简直是女英雄。嗨，真够傻的，干吗不回城？从农村到油田，简直是从屎窝挪到尿窝啦。是的，她没回城。她看不上“里弄”的小破厂子。或许“他”也会看到，后悔了，不该把她丢在卫生院的手术台上不管。瞧她多漂亮多能干啊！后悔也没用，她可从来没爱过他、她只爱那个叫山并像山一样坚实可靠的男子。李艳儿爱他，永远。

……还有十一步。李艳儿数着，喘了一阵。她有点头晕，喉咙也干得在冒烟，膝盖发抖了，心跳上了舌尖……她又感到了胆怯。毕竟是四十多米高，凌空只有一条之字形的陡梯呀。

## 16

刘小磊带领一班检查刚刚安装完毕的柴油机，林放指挥推土机挖泥浆池，炊事员敲着铁桶喊大家喝麻辣汤。几个记者把头缩在军大衣领内，原地踏着步，只等待拍最后的两组镜头。喝了黄主任的慰问品——干辣椒和花椒煮的汤，人人肚里都着了火，手脚仍是发僵。

夜色一点一点洇过来，风势仍不见弱。

“小丽呀，你考虑一下，有没有能接替你的人选？”

黄主任穿着军大衣与马力站在稍远的地方，谈的是另外的话题。黄主任下来检查工作，顺道来看望女队。这帮姑娘是老太太的掌上明珠，她公开地表示对女队的偏爱。为她们调配最好的设备，最棒的顾问，最好的干部（马力就是她最喜欢的青年干部）。到年终评比，她又毫不避讳地为姑娘们争取荣誉。“小姑娘们，容易吗？你们也把女儿、姐妹送到女队试试嘛！”这话如同撒手锏，使反对派无言以对。黄主任常常派人送慰问品来，譬如大批判材料啦、牛奶糖啦，人人有份。她还自己花钱奖励那些当上模范的姑娘。她把姑娘们做的一切，看作自己生命力的延伸。

“嗯？”黄主任问。

马力没说话心就扑腾了。她没考虑过这么早就离队。“我，没想过这个问题。”

“没想过是对的，这正是我喜欢你的地方。”

马力脸红了，很羞怯地笑笑。

“这丫头挺麻利，带过徒弟吗？”黄主任问的是李艳儿，“人怎么样？”

马力不明白黄主任问的是什么，是当她的继任怎么样还是表现怎么样？她说：“还可以。刚入团。不关心政治，有点娇气。”

“唔。我看还可以嘛。”黄主任若有所思地说。

“快结婚了。和杨大山。”

“杨大山这小伙子找了个漂亮媳妇，福气不小哇。”

“黄阿姨，又是您的主意？”

“什么？噢，准备调你回机关，党委还没讨论，眼下先得物色一个合适的人儿。”

“我老啦，身体一天不如一天。总犯高血压。我最大的希望是你们青年人早点上来。”黄主任又说。

“我喜欢在基层工作。”

“机关工作也很重要哟。再说，你们眼瞅着都成大姑娘了，耽误了你们我可担待不起哟。要陆续把你们调到二线，做其他工作。只是眼下还不能大量地调出，补员比较困难，现在的女孩子可不像你们喽，她们敢公开说：我吃不了苦。我不去井队。你们这些孩子可真听话哟，组织上叫干啥就干啥。”黄主任感慨地叹了口气。

“我们都制定了带徒弟比贡献的计划，连李艳儿还带俩呢。”

“好，好。”

“小范怎么样？入党的事该给人家解决了。”

“是。范宁就是傲点儿。虽说早就递交了申请，可是从不写思想汇报。一找她谈，就打哈哈，函调回来了，父母倒没大问题。”

“重在表观嘛。女队眼下很缺干部。你也不能长期待在队里，组织上另有安排。”

“林放怎么样？”

“还可以。”

“别的方面没出事吧？”

“没有。”

“这种男人呐，老毛病难改。你得注意，千万别出事。”

“瞧您，这不是劳改农场什么人都有，是女子钻井队。”马力冷笑着说。

“天快黑了，李艳儿一个人恐怕不行，俺上去帮她一把吧，指导员？”

不知什么时候，王玉凤站在她身后，问。

“你不是要上夜班吗？”

“电工正在找线安灯，再等等看。”黄主任摆摆手。

“要不是拍电影，上去几个都无所谓。咱总不能让人说，女的就是不行，一个男的就干了的活她们好几个人干。”马力说。

“那，再等一会也中。”玉凤讷讷地说。

风，狞笑着。

已经冻透的李艳儿，不时地把麻木的手伸进怀里取暖，怀里也没有一丝热气。她倒着绳子，棕绳硬邦邦的，几次滑落。她的牙齿咯咯地打架，鼻尖和两腮直发板。望一眼下边影影绰绰的灯光和人影，她大声喊着：“拿把管钳来！绳子放不下去，风太大！”声音又尖又细，像游丝一样消散得无影无踪。没有人理会她，没有人惦着她，她感到了孤单和无助。

要是有块石头把绳子坠住就好了。一把管钳，一块角铁，什么都成。她跺着剧痛的双脚，目光在平台上细细搜了一遍。除去她是可以活动的，其他一切都牢不可破。她失望地大声骂自己，骂老彩，骂拍电影的人。大头鞋踏在钢板上，空空作响。

有啦！

李艳儿飞快地拽回绳头，脱下两只工鞋，用僵硬的两手吃力地把它们绑在一起，咬着牙把棕绳重新放下去。

北风发出漫天的喧嚣。井架打着哆嗦。

李艳儿只觉着踩上了红的火炭。恨不得飞起来。又觉着所有的关节都焊住了，变成了僵直的凝固的井架。严寒从她的每个毛孔钻进体内，五脏六腑缩成了一个实心的小球。血和肉迅速地冷却凝结，变成了半透明的胶状物。快，快快！一个声音催促着她。她跪着，用臀部压住失去知觉的双足，冻僵的手却异常敏捷地倒着绳子。

李艳儿的鞋牵着大绳，摇摇晃晃坠落下去。望着恍恍惚惚的地面，泪珠一颗一颗凝在她的腮边，凝在她面前的钢板上。

## 17

王玉凤和三个小伙子上去接应李艳儿。她像蜡人一样听凭摆布，神智却清楚。她忽然记起很久以前的那个夜晚，大山讲的那个女孩儿的故事，她从平台上摔下，几乎摔碎，却还在微笑。李艳儿很想笑。假如她有笑容，那必定是无邪的，必定是惨烈的，然而她的表情已经冻结了，没有人对她想拥有的微笑报之以同样的微笑。他们双眉紧蹙，表情严峻。老彩边擦泪边不住地呼唤着她的名字。

“你们别害怕，我没事儿。”她的眼睛说。“艳儿，艳儿！”老彩不住地叫着她。

不知过了多久，几分钟抑或几个小时，李艳儿一直坠在云雾里，眼前是飘过来飘过去的脸，大汗淋漓的是老彩，嘴唇苍白的是指导员，怒冲冲的是懒猫，五官揪到一块儿的是卫生员，还有慈祥关切的……妈妈。

房里炉火烧得很旺。记者们给李艳儿拍了照。

卫生员是“赤脚”医生，只进过一个月的学习班，一时，不知如何是好，马力灌饱了几只热水袋，又撮来一盆雪。她记得孙达得冻伤脚战士们就用雪给他搓。

“小心，别碰疼了她。”黄主任小声叮嘱，抱着李艳儿的双脚。马力小心翼翼地剥下她的袜子，眼泪立即吧嗒吧嗒掉下来。那两只没有知觉的脚苍白发亮，皮下血管清晰可见。她撮了一把雪上去，雪不化。黄主任解开衣襟，把李艳儿的脚揣进怀里，立刻，她浑身一激灵，脸上没了血色。

“阿姨，您？我来吧。”马力说。

黄主任摇摇头。她知道准是血压又上去了，太阳穴的青筋直蹦，鸡皮疙瘩起了一层。

“为什么不早上人呢？女孩子天生就不如小伙子瓷实，这小家伙的事迹你连夜整理出来，我们要广泛宣扬一下。”

马力只是点头，眼泪又流下来。本来是很好的事嘛，谁想到弄成这样？万一李艳儿残废了，岂不恨她一辈子？

“阿姨，我建议，推荐她做省优秀团员。材料我尽快搞。”

黄主任喃喃地说：“要好好挖掘。是什么思想使她那样做的，本来已经冻僵了，还把鞋脱掉，后果她不是不知道。这就是一不怕苦二不怕死的铁人精神，铁姑娘精神。”

李艳儿抽搐了一下，又陷入昏睡之中。黄主任撩起衬衣，索性把那双僵硬的脚贴在胸脯上，顿时，她觉得自己紧贴着冰天雪地。

范宁拿来一瓶烧酒，黄主任把酒洒在干毛巾上，敷在李艳儿的小腿上，轻轻地揉搓。

李艳儿又抽搐一下，猛地睁开眼，几张脸又飘过来，还有一股温暖的气息漫上来。有个声音从遥远的地方问：“李艳儿，好些吗？”她点点头。冷、冷！风好大！她想缩起来，缩成小小的一团。可是四肢被绳索绑得很结实，她无法动弹。一只硬硬的手干烫，在她额上蹭来蹭去。“阿姨，她在发烧。”玛丽——你的名儿真洋，你干吗要写成力呢，都分不出男女。“给总医院打电话了吗？”“电话线路不通。”“用电台叫总调。”脚步声咚咚。别敲了，震得心烦。人怎么都走了？拿把管钳来！“你想吃东西吗？”妈妈怎么在这儿？抓住我，请抓住我的手。“大山你背我下去。”“再压一床被，她抖得厉害。”

“李艳儿、李艳儿！”马力把脸贴在李艳儿的滚烫的额头上，温柔地呼唤。她想对她说很多话，她真愿意代替她承受痛苦。可是她却一句话也说不出。

“通知杨大山同志，让他正确对待这件事。”

黄主任说。

等到试车成功，一切就绪，已经十点钟了。风小了，又飘起清雪。黄主任命令立即收工，全体休息。

夜餐是辣汤面，炸馃子，大伙吃得满脑门儿汗，全身的筋络都舒展活泛开来，然后心满意足地去睡。

下半夜，李艳儿完全清醒了，也不再发抖，只是高烧不退，四肢仍觉冷。她掀掉被，浑身仍冒火。黄主任亲自给她做了一碗细如发丝的拉面，撒了葱花，浇上红辣油，把着手喂她。李艳儿不肯，非要自己吃。十指肿得像胡萝卜，弯一下就钻心地疼。她勉强吃了一点。

“孩子，疼就哭，就喊，别不好意思，又没外人。”黄主任慈爱地说。

李艳儿笑笑，把脸埋在枕头里。

凌晨，总医院的救护车一路长鸣着，接走了李艳儿。女子钻井队的营地在茫茫的冬夜，沉入深沉的睡意中，只有指导员马力的房里，灯依然亮着。

二十天后，李艳儿做了手术。十趾因发生坏疽全部切除。许多天以来，她第一次落泪，失声痛哭而不可抑制，她伏在杨大山的怀里又哭又叫，在他的手臂上留下了密集的齿痕。对所有来探望她的伙伴非常冷漠疏远，视而不见。一星期后，她仿佛从另一个世界归来，坐在病床上，冷静地看医生拆线，看着自己短去一截的双脚，她说：“老天爷！这下我再不用穿大工鞋啦！”然后她让大山打来热水，认真地洗脸，搽雪花膏，在辫子上扎一条黑缎带。然后又穿上大山送给她的水红色拉毛羊绒衫，对镜子顾影自怜。

医生说，李艳儿的脚已发生了血栓性脉管炎，建议转到上海治疗，否则，仍可能再截肢。当然，这话李艳儿一点都不知道。

她走的那天，已是又一春了。风和日丽，积雪化得很快。女队去了很多人为她和杨大山送行，李艳儿打扮得光彩照人，她对每个伙伴都亲亲热热地说：“你瞧，我好好的，用不了多久就能回队啦。”她心里却隐隐约约有一种伤感。她知道她不大可能再当钻工了，尽管她不喜欢这一行但她爱女队呀。

# 18

李艳儿的信是傍晚送来的，信中说一切均好。可是马力的心绪却不好。

很难说清一天究竟带给人们什么，早上你也许充满希望、信心和勇气，到了夜晚，却只剩下说不清的惆怅和沮丧。

马力躺在床上，毫无睡意，睁大眼睛凝视着黑夜已经许久。黑暗中她又看到了李艳儿那张幸福的笑脸。那天车站上的情景历历在目，一想到杨大山像托着小娃娃，小心地把李艳儿从轮椅上抱起，走向车厢的场面，马力就感到那股阴森森的凉气立即浸透全身，她禁不住打个寒战，把被子拉到下巴。她不能理解甚至不能容忍，她替李艳儿羞愧，而李艳儿却迎着众目睽睽，紧搂着杨大山的脖子。在那一刻马力被一种冲动驱使，从人群里冲到最前面，面对着那该死的笑脸，她竟茫然无措。

“指导员，我们商量好了，五一节回来结婚。”隔着车窗，李艳儿探着身子，大声对她说。她只能报之一笑：结婚，好嘛。她知道自己笑得很勉强，但她还能有别样的笑吗？“大山，好好照顾她。”她的目光越过李艳儿，直视着杨大山，又说：“看到你们这样好，我真高兴。”列车在她面前缓缓地滑动了，她退后几步，举起右手，机械地摆动着。一张张相似的笑脸凝着笑容从眼前滑过，车轮吻着钢轨，充满温情地重复着一个字眼：我们、我们、我们……马力的心一下子乱了。

直到现在。

她举起一只手捂住眼睛，仿佛黑暗中李艳儿的脸十分耀眼。她不能正视她。

她必须承认她嫉妒。多少人渴望的，甚至奋斗半生而难求的荣誉、前途、爱情，李艳儿全都得到了。这一切对于她是那么容易。

马力咬着被角，拼命抑制那些纷至沓来的阴沉的思绪。她知道自己无论如何也难以真诚地对待李艳儿，这使自己很不高尚很小肚鸡肠，但是无法改变。对李艳儿的反感是本能的，理由却无可名状。那晚当人们把李艳儿从井架上背下来后，起初她的反应是相当冷静甚至淡漠的，她认为李艳儿的表现处处透出一种做作。后来她是抱着一种负疚心理，逼着自己用最大的热情对待李艳儿的。唯一不改变的是心中那种深深的冷淡和鄙视。

也许我的心太冷酷了？也许我对李艳儿的看法全是偏见？平心而论，李艳儿也算坚强，为什么我的心却阻止我改变对她的不良印象？假如李艳儿遭到更大的不幸，是不是我的过错？我阻止他们的恋爱完全出于公心，他们究竟对我如何看？其他人呢？

她感到了惊悸。她不能再想下去，她的性格使她不能深入自己内心世界的某个领域，她预感到那是一个禁区。

使马力的心得到安慰的是，她为李艳儿做了应该做的一切。她迅速地上报了李艳儿的事迹材料，于是李艳儿的名字登了报，照片上了光荣榜，成了“优秀共青团员”“铁姑娘标兵”。她的建议黄主任已采纳，李艳儿伤愈后即调到油田机关资料室工作。她没有哪一点对不起李艳儿。

纷乱的往事像魔鬼一样纠缠着马力，使她烦躁不安。她轻轻地呻吟着，觉着自己受了伤，或是害了热病。她欠起身，拍拍枕头，掀开被子，脱掉衬衣，片刻过去，又一件件穿好。

渴。

马力下床摸着黑喝了一气凉水，立刻感到透心地凉。

不知谁在外面唱歌，拿腔拿调，唱的是“小板凳摆一排，小朋友们坐上来”。

下夜班的人从井场回来了。开门关门。咣当咣当。水桶掉在地上，哗——有人把水泼在她的窗下。

马力啪地拧亮灯，一只老鼠缩头缩脑准备在她的靴子里过夜，她无名火起，一脚把鞋踢翻。

她打开皮箱一阵乱翻，找什么却不知道。刚上床，猛然想到那封信。她正是要找那封信。信夹在影集里，一下子就找到了。她心很急，手发抖，从信封里拽信纸时，用力过猛，撕脱一角。

“马力同志：你好。我考入大学已经半年了……你呢？打算考学吗？想必你无论做什么，都会永远保持着热情、坚定和纯真……我希望你永远美丽、热情，为崇高理想而奋斗。”

马力怔怔地盯着那个名字。许久，她才把信对折起来，又摊开，慢慢地撕成两半，每一半又一分为二，直到满怀纸屑。

什么都没有。什么都不是。

撕着纸屑，就像在撕那个人的衣襟。为什么？为什么是“同志”？

巨大的失望淹没了马力的心。眼泪急骤地涌满眼窝，她失声哭起来。

“妈妈，妈妈啊——”

似乎有一只温热的手正爱怜地抚着她的头发。马力把脸埋在掌心里，久久地，久久地抽泣。大约半个小时后，她不哭了，觉得心里很轻松很明朗。“真是，像精神病！”她自嘲着。她把纸屑一片一片拾起来，装入信封。

假如，假如当初……她不知道自己在哪个环节上搞错了。

他曾经是她的同行，下属，井下作业指挥部的团委书记。是的她喜欢他，却又时刻抗拒着他。他有一张生气勃勃的脸，他笑起来非常有感染力，他比杨大山清秀得多。他是个不露声色的成熟的男子。

那一次她借口检查工作，特地去看他。临别时，他当着许多人的面握住她的手不放，就那样紧握着，直到车来。

“上次你打电话来，他们都以为是我的女朋友呢。”他说。

“是吗？”她的脸飞红了。

“可以到你的新单位。到你们女队看你吗？”

“有必要吗？”她问。

“我可以给你写信，打电话吗？”

“好吧。”

他写过信，也打过电话。可是她总是怕。怕什么呢？他们始终没热起来。领导干涉过？没有。互相不吸引？不是。那么为什么错过？

什么都没开始。什么都不曾发生。一束脉脉的目光，一封热烈的书信，一个深情的亲吻……什么都不曾有。

那么她有过初恋吗？

只有过一次羞愧的记忆。那年她二十岁，还在插队。

一天收工回来，她帮男生洗衣服。一个男生把一封信塞到衣服里交给她。她是躲到厕所里，怀着巨大的好奇与恐惧展开那信的。她只看了几个字血就上了头。那几个字是：亲爱的小丽。本来她想把信丢进茅坑，不知怎么却交给了党支部书记。“亲爱的”！多么肉麻多么低级趣味！二十岁的虔诚地改造主观世界也改造着客观世界的马力，一想到“爱”就起鸡皮疙瘩，就本能地想到油头粉面、大腹便便的资产阶级。

在这个漆黑的、春意盎然的夜，二十五岁的姑娘马力，无法阻止自己去想很多往事。她的心平静不下来。

马力下床用凉水洗了脸，对着墙角的镜子慢慢地擦干。镜子是李艳儿走以前送给她的，足有四分之一张报纸那么大。马力第一次用这样大的镜子。镜子里一个面色苍白眼皮红肿的女子正用审视的目光打量她。她吃了一惊。你是谁，你怎能如此冷静？你穿着松松垮垮的衬衫，没有线条，没有色彩，你到底是男人还是女人？

她打开屋顶的大灯，把镜子取下来，选一个适当的地方重新挂好，走近镜子，她认真地端详自己。她挺直的鼻梁很美，娇艳的小嘴很美，整个脸的线条很美……她比李艳儿的确是美。她由衷地笑了。

她退后一步，慢慢地脱掉内衣，脱掉短裤，赤裸着身体站在镜子里。自己的皮肤竟是这样细滑，没有一个粉刺、瘊子或疤痕，两只乳房圆润饱满，无所顾忌地挺立着。她用手轻轻触一下乳头，两颗小扣子般的东西立即耸起来。

春风起了，在房子周围温柔地低吟，板房发出几声脆响。夜深了。马力打个寒噤，关上灯，钻进被窝。

她满怀着温情幻想着，渴望着做一件使自己心灵感动的事，渴望着一个温暖的怀抱。

大山、大山、大山，她轻轻地飞起来，在崇山峻岭中呼唤、寻找。

## 19

东南风扬起黄沙。在平原上不知疲倦地奔跑的季节，是石油工人玩命的季节。

118 号井是女子钻井队的第十一口井，预定“三八”节前完钻，向国际劳动妇女节献礼。

这口井于 3015 米进入奥陶系潜山。几天来，在石灰岩井段钻进中，油气显示和漏失现象反复交替出现。巨大的诱惑让人头脑发热，可怕的危险像魔鬼蛰伏在钻台周围。

刘小磊去部里开会的前夜，又一次召开对策分析会，就未来的生产形势和可能出现的情况，大家发表了充分的意见，最后制定出周密的措施，并连夜向总调做了汇报。

可是她还是不放心。部里的会议点名要她参加不可不去。这天早晨天刚亮她就上了路，去赶总部的专车。

“马力，我右眼皮跳了一夜。这井上的事全托付给你了，宁可慢，千万别出大事，人命关天呢，万一井喷了咱队就完啦，就全军覆没了。”

“小磊，别吓唬我。”

“真的，这空气都不对劲。我真他妈想不去开会，没法子，当标杆的使命嘛。拿不准的你千万要问老林。我知道你对他弦绷得特紧，他当然不是让我辈一眼看透的主儿，可是我觉得他人不坏，起码不坏。真的，一定要多和他商量，要知道只靠你我撑不起这块天。”

“小磊，你絮絮叨叨有完没完？难道你不在，地球就转慢了？”马力笑着推刘小磊上车。

“真希望它转慢呢。”刘小磊转身迅速地拥抱了马力，钻进车内。

现在，马力站在钻台的扶梯旁，听林放介绍夜班情况，又想到刘小磊的叮嘱。当然，蓄意破坏他未必敢，但又怎能确信他的话？他大学毕业后一多半的时间是在劳改队度过的，怎见得他的见解一定科学？小磊这家伙看人太简单了。

“……泥浆池多次出现气泡，根据差异聚集的原理，这口井极大可能是口气井。今天一定要严格控制钻速，要万分谨慎，起钻宁慢勿快。”

“好了，你休息吧。”

“请再调些重晶石粉。”

“可以。”

“白天司钻换大个儿吧？”大个儿是顾问之一。

“还应该和附近井队联系一下，杨大山离咱们最近，听说他上星期已经回来了。万一出了大事，姑娘们没力量顶住的。”

“老……林”，马力强笑一下，说：“你是不是太紧张啦？”

“也可能。”

林放苦笑着，裹紧油腻的棉袄，走了。望着他佝偻的背影，马力忽然想到了父亲，被母亲虐待的那个父亲。父亲也总是佝着腰，让你一见他就有一种无法发作的郁闷，只是父亲的表情永远的淡淡而无欲望。林放则不是。他紧锁的浓密的双眉下，目光总是自信而坚定的。

他脸上不多却很深刻的皱纹，应该说有一种让你忍不住多看几眼的吸引力，无论你厌恶他还是喜欢他。说实话，马力对他的戒备更多的并不是出自阶级的眼光，而是出自女性的眼光。

马力登上钻台，看到转盘飞快地旋转，心情豁然开朗。

不久，她就要离队赴任新职了。任命她为平原油田政治部副主任的命令锁在她的抽屉里。新的职务展示出她人生道路上新的里程，她热爱自己的人生。

扪心自问。马力对自己还算满意。那个失意的近乎歇斯底里的夜晚使她心中还留着淡淡的抑郁，但是，假如她曾有所失的话，那么她得到的足以抵偿。女队九次得到上级的通令嘉奖，五次获得锦旗，多次登报，并连年成为部的三八标杆队。这一切毋庸置疑，都渗透着她的心血。她爱女队。

太阳高高地升起，春风掀起田里的细土，一浪一浪在大地上涌动。马力紧一紧扎在棉工服腰际间的麻绳，用手搓搓粗糙的脸蛋，深深地吸了一口气。空气中有一丝隐隐约约的甜味儿。

“玉凤，快换钻头了吧？”她看看仪表，问当班司钻。

“嗯呐。这钻头真不抗用，钻不了几米就秃了。”

“今天我和你上这班。”

“敢情好，指导员。”

玉凤敦厚地笑着说：“有你壮胆，俺就放心了。”

“你也紧张？”

“咋不？老林说，这井底下锁的是气老虎，一不小心放出来的就不是一只两只，是一大群。”

“怎么至于？”马力哼了一声，她很不满意目前全队上下空前紧张的气氛，这不是灭自己的士气吗？有必要尽快召开一次党团员骨干会，再鼓一把劲，克服掉这种恐惧心理，不做小脚女人，要做顶天立地的一代新钻工。

看着马力凝神不语，玉凤低头操纵着刹把不再吭声。她不想惹指导员生气，反正她是快走的人了，将来就是政治部主任了，自己说不定就有求她的时候，为了老林的事。那么多冤案都平反了，谁敢说老林不冤？

“老林他还怎么说？”

“没有。其实都是俺自己想的。心急吃不了夜豆腐。”

“是热豆腐。”

“是夜豆腐。”

她们都笑了。

“玉凤，我快走了。这两年对你的帮助太少了，很对不起你。”马力诚恳地说。

“我已经向上级建议，提你当副队长。”

玉凤惊讶地“啊”了一声，随后连连摆手摇头：“求你了指导员，别让俺遭罪啦。”

“那也不能当一辈子钻井工。”

“谁说非一辈子？俺二十五啦，早想调走哩。”

“可以可以。我一定帮你找个好工作，再找个——好婆家！”马力咯咯地笑起来。

“算了吧，还是管你个人吧。俺早有啦。”

“谁？”马力瞪圆了眼睛，仿佛受了惊吓。

玉凤大笑起来，却没透露一个字。

马力凝视着眼前这张纯朴而诚实的脸，凝视着那不加掩饰的自信与幸福随笑容一同洋溢，她的心紧缩了，挤压出的是苦涩的汁。

“指导员，你看一会儿，俺下去看看泥浆池。”玉凤把刹把让给马力，用暖和的大手摸摸指导员的脸蛋，说：“你也不用为俺费心，俺认命。”说完她像男人似的从后面跳下去了。

一切都很正常。哪来的气老虎？只怕自己先做了纸老虎。马力咬咬牙，调了一下钻速。假如真的要井喷，就坚决压住刹把，决不后退一步。她对自己说。

轰的一声，不知哪里的声音，马力的神经为之一颤。她屏息倾听，原来是柴油机的马达声。刹把跳了几下，又平稳了。

空气里有一种甜味儿，是的，甜味儿。马力贪婪地猛吸了几口，有点醉。

玉凤、玉凤你快来。我正在往下掉，我控制不住自己。这是哪里？热浪袭过来，到处燃烧着篝火。马力顺着一条狭窄的苍道走呀走，走进一个大厅。头上是千姿百态的钟乳石，地上是温馨的迷人的湖，湖水是琥珀色的、珊瑚是宝蓝色的、鱼是碧绿的而人却一个也未见到。她继续前行，跨上湖面的桥，不断吸吮着甜蜜的风。迎面是一座灿烂的宫殿，一个金发小童问："你有证明吗？""什么？这是哪儿？""地狱！""胡说。我是无神论者。"小童哈哈大笑："不信就等着瞧吧！大王就要出来啦。"

她在小童凄厉的笑声里夺路而逃。怎么？条条路口都蜷卧着一只斑斓猛虎，虎们鼾声震耳……

## 20

"不好！"

王玉凤飞奔上钻台，直扑指导员。马力摇摇晃晃地扶着刹把，她目光涣散，口齿不清，喃喃地说："玉凤，咱们——起钻！"

玉凤扑到刹把上，推开马力，大声说："你中毒啦！快下去！快叫老林呀！"

话音刚落，刹把就剧烈地跳起来。一声尖厉的嘶鸣，从几千米下冲出，刹那间天空亮得刺眼，仿佛高悬着辉煌的夏日。

一股强劲的混合气流，冲破数亿年的积郁，裹着泥浆、石块喷薄而出，直上九天。

在这一瞬间，所有的生命都中断了呼吸，漫天的喧嚣，声音恐怖。玉凤扯着嗓门喊：“指导员，下去！”“不！这里危险，我不能走。”马力挣扎着，抱住玉凤。她们对视着，一秒钟竟有一百年那么长。忽然，马力挨了重重一记耳光，她愣了，蓦然清醒。

“马力你不是钻工是领导，别忘啦！”

马力噙着泪，踉踉跄跄地离去。

钻机刺耳地轰鸣着，转盘跳跃着，一股更汹涌的气流冲破井口。玉凤额头上青筋暴突，一阵阵呛咳窒息着她。

“玉凤，我在这里。”

一只大手有力地扳起她的肩膀，把一块湿毛巾捂在她脸上。

玉凤的泪哗地涌出来了。

老林，俺……能行。俺年轻，体格好。这事故，全是俺的错，俺脱了岗……

听不清玉凤喃喃地说了什么，林放粗鲁地把她推开，用自己的身体全力压住刹把。来吧，该来的一切。他只有这一条命，他情愿把它压在这里。

“关掉封井器！打开四通闸门！”他的声音被巨大的喧响立即淹灭。

玉凤蹒跚着，扑倒在林放的脚边。老林，俺，不走，不走，不走，让天崩地陷吧，俺跟你……

她的嘴唇无力地翕动着，视线越来越模糊。但她的心却十分明亮，她疼爱的那个人就在身边。她要守着他，护着他，这世上的事她看得很清楚，男人们支撑着世界，女人们支撑着男人。

女人支撑着男人。

男人支撑着世界。

玉凤觉得世界好宁静。她用双手紧紧抱住林放的腿，安详地睡了。

## 21

……那个阿拉伯渔民满心欢喜地打开铜瓶的封口，只见一缕青烟逸出，缥缥缈缈升到空中。随即，他听到一阵令人毛骨悚然的狂笑：“哈哈！告诉我，你选择怎样的死法？”

大地发抖了！

他的脊背因窒息而佝偻得更弯。他的身体重重地压在刹把上，一只手臂软软地垂下。

玉凤，好姑娘。这是我的手，抓住它站起来。我们一块走。

姑娘的脸朝着他，一双善良的眼睛似睡似醒，樱桃般红润的嘴唇上凝着一个亲切的笑意。“老林，你真命苦。俺……心里难受。”他仿佛又听到她在说。那一次他生病，她守在他的床畔，温暖的手轻轻地摩挲着他的脸，他侧过身冲着墙，流了泪。

玉凤，抓住我的手，站起来。

突然，一块石头从井口冲出，带着尖锐的哨音飞上天车台，又急骤地打着旋儿滚落，向他飞来。

我是清白的，为什么判我死刑？

行刑队狞笑着，举起排枪对准他的后脑勺扣动了扳机。

他发出一声沉重的叹息，头无力地垂下去，殷红的血汩汩地流淌，帽檐挂了一条艳丽的小瀑布。他的脚下，玉凤的身旁，绽开了耀眼的红花，大朵、小朵，重重叠叠地灿烂着。

空气甜得腻人。一种欣快感沿着嗅神经束迅速传遍大脑。他感到了从未有过的轻松、舒适、快乐和慵倦：是啊，多久没睡过安稳觉了？几个月？几年？抑或大半生？他以自己的生命终于换取了信任。

“天然气，同志们！这里是大气田啊！”他拼命地奔跑，大声疾呼着。人们看见他，四散奔逃。为什么？为什么？相信我，是真的。人影绰绰，无人理睬他。

他喊累了。他跑乏了。

从来不曾有的衰竭缠住了他。他匍匐在刹把上。想小憩片刻。

喧闹远了。他在自己的梦里轻轻飞起来，自由自在。感受到真正的愉快与舒畅。姑娘们，再见了。感谢你们给了我温暖、信赖和友爱，我深爱你们每一个人。

气吼着，风也吼着。

东南风用鞭子驱赶着气老虎，急急忙忙往西北方向跑。一路上它们纠缠着，撕咬着，翻滚着，遮住了半边天。

西北方向有个村庄。村民们接到熄灭通知，涌出家门纷纷往远处看。拄着拐杖的老人恍惚觉得鬼子又进村了，年轻的后生们举着“石油”发的面包香肠，边跑边吃，拖着铁锨去救火。任老人们跺着脚吼。他们不加理睬。

前线指挥部的电台信号灯闪闪灭灭。总调度口述着一个个命令。

118 号井场还沉浸在意外的打击造成的巨大震惊中。

钻台上人都撤下去了，只剩下他和她，守护着几十吨的设备和凶猛的井口。她凝视着他，一脸温情。他的嘴唇苍白如纸，微微颤抖。他们的神智与心灵，在这短暂的平静中，获得了真正的自由与解脱。他们彼此倾诉，不受任何世俗的侵扰。

玉凤，那个秋天你曾问我，为啥没娶过亲？爱过的已经忘却，我应该告诉你另外的事情。你听后还肯与我同行吗？

曾经有一个年轻的女人，叫什么名字谁都说不清，所有的人都叫她“大姑娘”。大姑娘犯的是腐蚀领导罪，与我同在一个劳改队。她长得小巧玲珑，瓜子脸上一双大大的眼睛常对人无缘无故地笑。每隔三五天，她便被弄走训一顿，半夜回来，她就敞着被撕烂的衣衫笑到天明。

那是初夏的一天，我们给玉米锄草，中午众人都歇着，唯有大姑娘还一锄一锄往前拱。她穿着一条破棉裤，一弯腰就露一截粉白的肉。那肉体吸引了全部猥亵的眼睛。下工后，一个青年劳改犯把自己的一套旧线衫送给她，问：“你为什么大夏天穿着棉裤？”“她们把我的单衣都偷光了。”她低垂着忧郁的目光没有看他，而他庆幸的是，那不知羞耻的表情在她脸上荡然无存。想不到几天后，那旧线衣成了他和她新的罪证，被挂在大槐树下示众。他和她被推来搡去，在太阳最毒的晌午，一刻不停地被罚做苦工。第四个夜，他出外解手，黑暗里被两条精瘦的胳膊拦腰抱住。“你要我吧要我吧！我不是破鞋不是坏人，不是！”他大吃一惊，立即把她推开，她又扑上来，跪在他面前，声泪俱下：“大哥，我只能这样报答你，你别嫌弃。一会儿他们又会找我，我想给你，给你……你要吧，求求你。”她浑身发抖，把脸埋在他的两腿之间。他忽然想到儿时，他七岁那年，曾拾到一只受伤的小家雀，小家伙跛着一条腿，也是这样簌簌发抖，也有一双黑亮哀伤的眼睛。可是她不是家雀，他对她只有厌恶。“你——真不要脸！”他低声怒斥，抬腿把她踢翻。她爬起身，依旧跪着，纹丝不动，连轻微的鼻息都听不见。他禁不住跨上前去，想扶她站起来。突然，几道电光唰地聚拢来。

那夜，他被打得半死。天亮以后，他被押着去收尸——她娇小的身子吊在老槐树上，下身一丝未挂。

她是谁？多大年龄？家在何方？他永远无法知道了，使他终生忏悔的是，在她伤痕累累的心上，也有他践踏过的痕迹。

他懂得了人，懂得了男人。男人的身心并没有摆脱残暴的兽性，他们在被同类撕咬的同时，也不忘残忍地践踏女人。就连自认为高尚善良崇尚人道的他，也不例外。一想起大姑娘那双凄凉美丽的眼睛，他就仿佛听到了她悲惨的哭声：我恨！我恨男人！

从此他决心以博大的爱心去保护、理解女人们。他自己很穷，却常常倾囊相助有求于他的女人。他爱过，很多。但那统统都不是爱情。

玉凤，你明白吗？我值不值得你信任？你看我肮脏还是干净？

一块更大的石头“咣”一声砸裂了他的帽盔，血又喷涌而出。

魔鬼站在海滩上，腿像桅杆，眼像灯笼，嘴像山洞，恶狠狠地说：

“我曾发誓，谁在第一个百年里救了我，我将送给他一座城堡，让他成为神圣的君王；在第二个百年里救我的人，我将送给他全世界的财富；在第三个百年里救我的人，我会让他享尽天下美人儿。三百年过去了，没有人救我。这一百年开始的时候，我又发誓，谁若救我，我就立即让他死。不过，他可以选择死的方法。告诉我，你打算怎么个死法？怎么个死法？怎么个死法？”

魔鬼跺着脚，哈哈大笑。

天摇了，地晃了。

泥浆翻滚，雾气迷蒙。风在高空悲鸣。

## 22

事后记者采访她，她说什么都记不清了，一切均出自本能。记者连忙把她的话记在小本上，她笑着说：“你看我像英雄吗？和你一样，本能，或者说一切都出于职业习惯。”

“听说大家都蒙了，只有你最清醒。”

“谁这样胡言乱语？清醒的人都死了。请你们多宣扬他们吧。老林、老彩，还有马指导员。”她的话冷峻而哀伤。

“马力同志当时说过什么？”记者又问。

她不假思索地说：“喊了一声妈妈吧？”

“你真的听见啦？”

“扯淡！我听见什么啦？满耳朵都是呼啸的井喷。”

“马力是高干子女？”

“不知道！”

“请介绍点你自己的情况。”

“我？没情况！早告诉你了。”

在那惊天动地的喧嚣中，她第一个冲出宿舍，奔向井场。

“小范，快叫电台！”

林放堵住她的去路，冲她大吼，她忘不了那令人心颤的声音，忘不了那双充血的眼睛，忘不了那飞奔而去不顾一切的身影。

当人们在震惊中茫然无措的时候，范宁已经向总调呼救求援，嘱咐伙房熄火，接着又拉下电闸。她的内心镇静得出奇，就像一部有条不紊的机器。做完这一切，她向井场跑去。快！快上钻台，老彩顶不住。

脚下重重一绊，她摔在马力身上。

“指导员，你受伤了？”她跪着去扶马力，马力挣扎着：“不要管我，快去……快点！”

你中毒啦！我把你搀到上风头去。”范宁不由分说，把马力抱起来。马力眼神恍惚，脸色苍白，一双手像冰一样凉。

“指导员，换换空气就会好。”

“小范……我……心里怕极啦……万一失火……”马力一阵呕吐，又瘫软下去。范宁扔下她，跌跌撞撞奔向发愣的人们。

马力摇摇晃晃地站起来。冲着奔跑的人们拼命地喊着：“快！关封井口……”

不知谁拉响了警报器，方圆几里，在一片隆隆声中又增添了一个凄厉的高亢的声音，这声音使所有的人都加速了心跳，不由自主地奔跑起来。

小地质工跑过来，哭着问：“指导员，怎么办？井口资料……我怕死了！”

马力为这位稚气未脱的小姑娘擦去眼泪，柔声说：“别怕，总调已经派人来了，去吧……去搬重晶石……小心别闪了腰。你告诉大家，听小范……的指挥……”

小地质工跑了。

一定要量准井口方入，这口井无论如何要保住。量准“方入”就能计算出钻头在井下的位置。马力自说着，又坚定地紧咬着嘴唇，踉跄着走到钻台下。她用尽全身力气扶住扶梯，一步一步登上了钻台，钻合上烟雾弥漫，井架不时发出可怕的巨响。此时此刻，马力没有恐惧，没有惊慌，她听到了地火劈啪劈啪在爆响，她看到了沸腾的岩浆，像小时候看过的高炉出铁的情景。

马力向着地火，向着岩浆，坚定地走过去了。死神在她头上狞笑着，她没有理会。

井口的转盘跳得真厉害啊。马力长长地吁一口气，弯起身体，扑向井口。

一股更大的气流挟着野性和狂暴，喷涌而出。马力的身体顿时像霜打了的树叶子一样蜷起来，轻轻地被抛起……她看到了地下宫殿的大门洞开，成千上万只面目凶残的老虎嗥叫着扑上来。啊——她呻吟着，缓缓地张开双臂。留在她思想中最后一个意念是：拦住它们！

……

## 23

白天过去了。

黑夜也过去了。

太阳升起来了。

太阳又沉下去了。

平原油田前线指挥部组织的敢死队轮番作战，三天后压住了118号井井喷。

## 24

很多年过去了。在那次大自然的肆虐中被强喷扭曲了的井架今犹安在。一年一度，青纱帐滴翠的时候，我便来此凭吊我的伙伴马力、老彩，还有老林。我攀上高高的平台，极目望去，围绕着井架的巨大的花环，在温暖的阳光里呈现着蓬勃的生命力。夏日里骄阳似火的季节，我坐在钻塔的阴影里，屏息倾听，依旧能听到一阵阵轻柔的低语，“范宁，我……真怕”。马力那饱含痛苦的声音，响在我的耳畔。我爱马力，因为她在生命的最后时刻，成为和我一样的普通女孩。

我知道这故事很快就会被历史遗忘。然而那黑色的井架，依旧在田野上矗立。不知要过多少年，它才会风蚀到乌有呢。

原载《中国作家》1989 年第 2 期

# 家属房

刘庆邦

# 一

家属房又叫配种站。叫法是不太文雅，好在那里的男男女女都不在意，人吃五谷杂粮，站起来两条腿，趴下去四条腿，不就那么回事。

黑丙从窑下出来，一通热水澡洗得浑身舒泰，回到家属房，老婆月儿已给他做好了饭，他不吃饭，先要吃肉。

月儿说："馋死你。"

"谁馋？我是怕长住。"

月儿想了想，才明白话意，脸上飞来一团红："你真不要脸！"

黑丙承认他是不要脸，他要另一种东西，这种东西虽和脸有点相像，但比脸丰满，实用，有意思。说着咯咯笑，露一口细密的白牙。

月儿恼了，说丈夫变坏了，当真变坏了，满嘴胡话臭话，不知跟谁学来的。在家时，听人说丈夫在矿上有了相好，她气得一夜没睡，飞马流星地赶来，就是为了试试丈夫的心。那件事虽未捅破，可她心里一刻也不曾放下。如今一切似乎在丈夫嘴上得到证实，她未免伤心，眼里泪花花的。

黑丙有些扫兴，骂她"土鳖"，不认玩儿，跟不上形势。问她来干啥的，知道不知道自己的任务，不知道就滚蛋。

月儿说："我土鳖，我当然是土鳖了，要不能落到这一步吗！我凭什么滚蛋，我滚了你好去找洋鳖学坏呀！我给你上养老，下养小，家里一把，地里一把……"她哭出了声。

“得得得，你听说什么了？”

“我能听说什么，我什么也没听说。”

儿子带着一个毛头小女孩从外面回来，见妈妈双手捂脸，爸爸正掰妈妈的手，他那抓满煤灰的小脸变得严肃起来，照爸爸屁股上擂了一拳：“操你妈！”

黑丙刚要发怒，却笑了，说：“骂你妈，她不让爸爸吃肉肉儿。”

儿子有点疑虑地看看妈妈。月儿说：“就骂他，他不是人。”

儿子一指黑丙：“就骂他，他不是人。”

黑丙表示服输：“好好好，我不是人，这行了吧！”他一把搂过儿子，“让老子看看，是不是我的种。”

“不是你的种。”儿子使劲往外挣，口气很是肯定。

月儿不禁笑了，骂儿子胡吣，给儿子和小女孩分了些糖，撵他们还到外面玩去，回身时顺便把门插上了。黑丙会意，看着月儿的腰身嘿嘿地笑。月儿说：“笑个屁，饭都快凉了，你到底吃不吃。”

“日你妹子，我的，我吗嘛不吃！不吃还能给狗留着……”

事情刚起头，就有人托托地敲门，问他关起门吃什么好东西，听声音是老嫖。黑丙示意老婆别吭声。自己却受不住干扰，没好气地说：“敲个毛球，我正洗澡。”老嫖说，刚洗过澡怎么又洗，小心别掉进河里出不来。他找门缝往里瞅，瞅不出名堂，只好走了，到另一家去了。

这里有好几排简易家属房，专门安排来矿探亲的家属，一排十几间，一间住一户人家。过了一会儿，月儿刚把门打开，老嫖就闪身进来了，他头发很长，戴一副墨镜。黑丙最见不上他这不土不洋不男不女的样子，不搭理他，端着一大碗饭，埋头呱唧呱唧地吃。月儿脸上还有些羞色，她先发制人，说：“这是谁，不拉磨还戴着驴罩眼。”老嫖叫着嫂子，把墨镜取下来，瞅瞅，又戴上，说：“我是驴，你是啥？”跟月儿打听他老婆。他们是同乡，所在的两个村相距不远，他老婆的事月儿当然知道。老嫖不挣钱，不顾家，前年那场大水过后，别人家都盖起了瓦屋，独他老婆小艾领着孩子住草棚子。小艾一赌气，跟人搭帮去万里之外的新疆包种棉花，想挣一把钱，靠自己的力量把房子盖给男人看，谁想棉花收成不好，赚的钱除掉路费还不够给孩子买一身衣服。家里的地也耽误了，两头儿不得一头儿。月儿有时在集上碰见小艾，小艾说不上三句话就哭成泪人，有心提出离婚，一来怕人笑话，二来舍不了丈夫是个工人。都说煤矿工人挣钱多，有谁知道给煤矿工人做老婆的难处。月儿由小艾想到自己，说："你还有脸问小艾，小艾生生糟蹋在你手里了。——你们这些男人都没良心。良心都让狗扒吃了。"月儿对老嫖说话，眼睛却瞅着自己男人，话有所指。

黑丙岔开话题，问老嫖今天怎么又没下窑。老嫖马上作痛苦状，搬起一条腿，用拳头捶膝盖，说他的风湿性关节炎又犯了，做一班窑下来，腿沉得几天拉不动。

黑丙说："是呀，下窑腿拉不动，见了女人成了金刚腿。"

老嫖被揭了短，不脸红，也不恼，只讪笑着。他一来想说：

"大哥别说二哥，你跟我也差不多，你给徐翠儿买呢子大衣，看电影看到玉米地里，两个人做成一个人，谁不知道！"因为黑丙事先有话，谁若向月儿透了消息，他就对谁不客气，老嫖不敢多嘴。队里要搞优化组合，黑丙问老嫖可知道。老嫖说知道，管他优不优的，反正他快调到窑上了，前天他又给人事科的麻科长提了两瓶酒，麻科长收下了。黑丙说："有酒给他喝，还不如倒进尿罐子里。他能把你调上窑？你要是他亲爹还差不离。他把你骗卖到屠宰场，你还以为给你找个有肉吃的地儿呢！"

老嫖说："我不跟你抬杠，到时候就知道了。"好像他对调动已经有了十分把握。

说话屋里来了好几个人，刚结婚的秀才小两口、老窑工"路妈妈"、外号叫"叛徒"的王连举、还有班长空枪。有的坐床，有的坐小凳，无处坐的就一只脚踩在煤火台上，另一只脚立在地上说话。这里煤总算不缺，炉火敞着口子熊熊燃烧，小屋里一股硫黄味，一股尿臊味，还有一股子热乎乎的男女相加的家庭气味儿。这些气味儿让男人们记起自己的女人，自己的家，自己的那一份生活，心头生出一片温暖和遐想。他们的眼睛过来过去朝月儿和秀才的新媳妇身上了，说些诸如麦根儿、下雪、物价之类的闲话。之后有人让老嫖跳一段“踢死狗”。这个提议一屋子人都赞同，中间腾开一块屁股大的地方，起哄着催老嫖“表演开始”。老嫖有些谦虚，说他不会跳，真不会跳。又说跳迪斯科有什么难的，只要脸皮厚，谁都会蹦跶几下。叛徒坐下面，说老嫖跳得棒着呢，屁股能扭到肩膀上。大家都笑。路妈妈撇着嘴，脸往一边扭，表示不屑一看。秀才说：“跳吧跳吧，娱乐娱乐。”月儿不知“踢死狗”怎么个踢法，让老嫖要踢快踢，别像大闺女似的扭扭捏捏。

老嫖被拉起来，他整整衣服，踢踢腿，低头酝酿了一下情绪，看样子要跳了。可抬起头咧了咧嘴，说没音乐伴奏，没法儿跳。

黑丙说：“你要会跳，狗都会跳。”

老嫖来了劲，非要跳个样子给黑丙看。他看了一眼班长空枪，怕空枪抓住他把柄，说他跳舞腿怎么不疼了，见空枪眼仁儿不像往日那么毒，才放心了。他刚跳了几下就把人笑坏了，天底下还有这种舞，简直就是瘸驴上鼓，一步三磕。老嫖却不笑，两手拍着自己的屁股：“看见没有，关键在这儿，这叫腾，腾越扭得大，扭得活，就越像。”说着又跳了几下，前鼓后撅，还转圈儿。转得冲着新媳妇时，新媳妇吓得直躲。众人笑得更厉害，连路妈妈和空枪也笑了。

外面天已黑下来了，是阴天，空气里有雪的气息。既然是冬天，乡下正是农闲，因丈夫不在家旱得要死的女人，该来的差不多都来了，寂寥了将近一年的家属房变得充实和热闹起来。有床铺和煤火的小屋必有一个女人。这些女人大都皮肤粗糙，但肌肉结实，奶子丰硕。心思在那个事情上多些，对于一些下流的玩笑领会极快，有时显得比城里女人还聪明伶俐。被吸引来的单身矿工乐意瞅窟子在女人腿上摸一把，除了有的女人为一种默契报以微笑，多数女人尖叫得又夸张又开心。也有的小屋传出哭声和粗野的骂声。有的小屋聚集了一帮子老乡在喝酒划拳。不知哪间屋子正放录音机，音量很大，放的是大鼓书，一个哑嗓子女人卖劲地唱，唱唱说一阵子，敲敲鼓再唱。一扇门打开，一个穿红毛衣的丰臀女人往家属房之间的夹道里泼了一盆水，水很快就冻了。若白天看，累累冰层里有白菜疙瘩、米粒和胖粉条，像琥珀。有摸黑来的不熟悉路径的人难免滑上一跤，他们只小声说了一句“我操”，很快就爬起来了。

黑丙两口子屋里的人还没散，他们商量哪天到附近农村钓回一只肥狗，炖狗肉喝烧酒。

## 二

小艾领着女儿到矿上来了，一路打听着到采煤队宿舍楼上找自己丈夫。有人在楼道里问她是不是找老嫖。她说不是，说了丈夫的名字，名字相当文气。人家告诉她，不错，老嫖就是她丈夫。她不知丈夫什么时候得了这么个外号，且不明白外号的含义，有些犯愣。这时已有好几个人过来上下打量她，对她的身条长相略露惊讶之意。一个脑子快的解释说，瓢嘛，是葫芦锯开做成的，瓢用得时间久了，就叫老瓢，这没什么。别人都笑，笑得有些异样。路妈妈得知她是老嫖的爱人小艾，分开众人上前说：“小艾同志，我是党员，跟我来。”把小艾领到自己住的宿舍里，用大瓦碗给小艾倒水，让小女孩喊他爷爷，两眼满瞅着小艾。小艾急于见到自己男人。路妈妈却要跟她谈谈。又说他是党员，对老嫖是负有责任的，年轻人犯错误不怕，改正了还是革命同志。小艾听出这位很热情的老工人话里有话，问丈夫犯了什么错误。

路妈妈说：“没啥没啥，你来了很好，咱们一起做他的工作。”

老嫖不知在哪儿听说老婆来了，急急赶将来，进门无话，冲小艾笑。他今天没戴墨镜。小艾见男人很瘦，眼圈红了一下，低下眉叫女儿喊爸爸。女儿似对这长头发的人有些陌生，声音很细微地叫了一声。老嫖还是听见了，答应着抱起女儿，鼻子有点酸。

小艾来了当然得住家属房。月儿住的那间屋对面有一间空屋，床板、煤火都现成，只因去年这间屋里出过人命，好多人不愿住。机电队的一个工人，拿一根锹把粗的栗木椽子，把自己老婆和队长棒死在被窝里了，脑壳都棒碎了，墙上至今还留着血迹和干脑浆子。别人不愿住，一是害怕，二是觉得不吉利。小艾不知这间屋的历史故事，老嫖又不在乎，就把铺盖卷从宿舍楼搬来了。小艾看见丈夫的床单黑得像剃头匠的擦刀布，不知多长时间没洗，可见男人平时有多懒。更可气的这床单还是结婚时娘家的陪嫁品，中间磨得极薄，都麻花了，也不换新的，可见男人有多穷酸。心里不高兴，就问他的外号是怎么回事。老嫖脸上黄了一下，支支吾吾，说要去买锅碗瓢勺，把话岔开了。炊具是要买，他哪里有钱。知道秀才好说话，去找秀才借。秀才见着小艾了，觉得这么好的女人嫁给老嫖实在可惜，心里同情小艾，才借钱给他。老嫖看看秀才住的屋子，床上撑着白蚊帐，被子叠得四角四正，墙上贴了白纸，床头挂着电影明星挂历，真像新房。临走时，老嫖挺关心地问秀才写的小说发表没有。秀才有些不自在，说："没有。回头再聊吧。"

老嫖买了炊具，月儿给他一些面和白菜，一家人烫烫地吃了一顿面条。当晚临睡前，小艾又问老嫖外号的来历。老嫖已编了一套话，说因为他瘦，人家说他像干葫芦老瓢。他编的话和别人对小艾的解释对了点子，小艾相信了。接着又问他犯什么错误。老嫖矢口否认。小艾搬出路妈妈的话。老嫖说："怎么能听他的，那个干鸡巴老不死的，长一张卖碎鱼的嘴，哪儿都显着他积极。我犯什么错误，我腿疼，上班少一点，他就看我不顺眼。"小艾还是有些疑惑，让丈夫说实话，不说实话就别想动她。老嫖已急得如狗不得过河，性急之中，赌了一个咒。小艾说："谁听你赌咒，看你这没成色样子。"推了他一把。老嫖趁势抱住她的手，把她拉过去了，两个人尽欢了一回。老嫖说他快调到窑上了，调到窑上就能天天上班挣工资，挣奖金。想到自己干的龌龊事，很觉愧疚，把小艾往怀里紧了紧，说小艾不胖，自己挣钱少，让小艾和孩子在家里吃苦了，小艾受了感动，温温柔柔地哭了一鼻子。

第二天，小艾就知道了底情。是叛徒王连举告诉她的。这天老嫖在小艾的催促下上班去了，叛徒没去。叛徒一大早就来小艾这里，在床沿坐着不走，说了许多闲话。他一再说老嫖不像话，要是他娶了小艾这样的老婆，保证对老婆一心一意，拴住脖子拉，也不会去干那种见不得人的事。他叫小艾妹子，问小艾相信不相信。小艾早气得转不过气来，对叛徒的话听到了如听不到。

叛徒见小艾生气，明白自己的话生效，心中暗喜，却叹了一口气，说他和妹子的命一样，妹子是男人不正经，他是老婆不正经，要不他一见妹子就觉得亲呢，说着过去拍拍小艾的肩膀，拍完了手却不拿开。

小艾使劲扭了一下身子，甩了一下肩，把叛徒的手甩开了。

叛徒闪了手，估量时机不到，自己操之过急了，再把话往老嫖身上引，说："妹子，这就是你的不对了，跟他生气，气出病来，罪还得自己受，谁心疼你！有时我就想，你不是胡乱来吗，兴你，也兴我，咱们八两对半斤。再说，现在外头的女人都兴开放……"

叛徒话没说完，对门月儿喊小艾，让小艾帮她撑蚊帐。她见秀才屋里有蚊帐，非让黑丙也买一床撑上。黑丙说她神经病，大冬天里撑什么蚊帐。她说结婚时没睡过帐子，现在得补补。她撑蚊帐不图挡蚊子，图个大屋套"小屋"，睡着严实。

黑丙说："屁，女人就是好跟人比，人家喝醋你流水。"

小艾过来帮忙，不说话，也不抬头，担心一开口就会哭出来。月儿问她怎么了。小艾说不怎么。只说不怎么，眼帘子已湿了。月儿是个灵透女人，知道老嫖的那个嫖的谜底被小艾得着了，说："艾儿，你想开点儿，谁叫咱是女人咧。"

小艾持不住，扑到月儿怀里，叫着姐，姐，哭了个一塌糊涂。月儿也哭，她是哭她自己。哭完了，月儿劝小艾伸伸脖子咽了算了，跟男人吵一阵子，闹一阵子，还能怎样，除了丢人现眼，还分男人的心。窑下的活，命在细麻绳上拴着，要是男人有个三长两短，当女人的得后悔一辈子。小艾点点头。

小艾心里盛不住事，老嫖下班回来，小艾还是跟他闹翻了，她一上来就逼老嫖说。老嫖样子傻傻的，说："你都知道了，我还说什么。"

"你不说，我一头碰死在你跟前。"

老嫖只得从实招来，说叫他老嫖其实是很亏的，那地方他只去过一次，花了十块钱。暗娼是个松皮拉塌的女人，无一点意思。后来公安局把窑窝子端了，那女人把他咬出来，上头罚了他一百块。事情传出去，起初人家叫他嫖客，后来喊来喊去成了老嫖，就这些。他挤巴挤巴眼，想挤出点泪来，以示悔过，谁知眼里干得很，一滴蛤蟆尿也挤不出。他把脸伸给小艾，让小艾出气。小艾不打，他就自己左右打了几下："我叫你不要脸，我叫你没出息……"打完了，他又嬉皮笑脸，说现在单身在外的窑工哪个不沾腥？一发工资，那些女的就冒出来了，热情得很，非把东西卖给你，不买也得买。不过他从来没买过。据他的观察，那些女人都比不上小艾。说着扳小艾的膀子。小艾说："滚远点，别挨我。我们娘儿们吃不上穿不上，你把钱往窑子里扔，我都没法说你。"

"你别说了好不好，再说我就不活了。"

## 三

矿上开大会，传说要搞优化劳动组合动员。有人说不一定是这事，因了邻矿有个优化下来的人把队长捅了，有血的教训，矿上不能不考虑，兔子急了也咬人，踢谁的饭碗谁都不干。也有人说，捅死人怎么着，这本身就是优化。为什么要优化，因中国人多，捅一个，毙一个，这一下就优下去两个。路妈妈说：“你们的观点我都不赞成，我们应当相信群众，我们应当相信党，这是两条基本的原理。”

秀才说：“路妈妈，要把你优下去怎么办？”

路妈妈说：“我？我一切行动听指挥。”

会在矿上礼堂开，果然不是优化的事，矿上的书记主持会议，说是端正党风报告会。大家一听这内容，就有些泄气，不少人借口撒尿，溜出去了。后来看到人事科麻科长提着两瓶酒上讲台，觉得这里头有戏，才来了些兴趣。

老嫖看见麻科长手里的酒，头一下涨得好大，“姓麻的，这狗日的，他要干什么”。

台下雀声四起，有人站起来伸长脖子辨认酒瓶上的商标，想看看是什么酒。

麻科长开始慢慢地讲，说他党风如何端正，如何一尘不染。会场上有人小声插话：“是呀，麻科长干净得跟屎壳郎一样。”

不少人都笑了。

麻科长最后才说到酒的事，说有人想调到井上，死乞白赖给他送礼，今天他把酒拿来了，以实际行动保持廉洁。至于谁的酒，就不点名了，酒放在这儿，谁的酒散会后请谁拿走。

老嫖觉得所有的人都看他。浑身热燥燥的，像长满了刺，他低下头，把鞋带拉开，装作系鞋带。又觉得这样不算好汉，就把脸仰起来，看着讲台，那两瓶酒笔直地在台上并排立着，特别刺眼。

黑丙在他旁边坐着，踢了他的脚一下，让他把酒拿回来。他装没听见，两眼仍看讲台，好像在认真听讲。他不打算承认是他的酒。黑丙骂他没有蛋子，自己离开座位，众目睽睽之下把酒提下来了。往回走的时候，他很坦然，还冲看他的人笑，仿佛从领导手里接过了奖品，可他突然不笑了，把两瓶酒砰地摔碎在水泥地上，酒瓶全碎，酒流了一地。书记问他干什么，要干什么。他说："我的酒，我想摔就摔，谁也管不着！"

回到家属房，大家才知道摔碎的酒是老嫖的，称赞黑丙有种。相比之下，老嫖显得有点窝囊。老嫖屋里来了不少人，听说老嫖给麻科长送酒送老了，都替老嫖鸣不平。叛徒情绪很激愤，说麻科长给人办难看，要是他，非跟狗日的拼了不可，说着眼一斜一斜地看着小艾。

小艾说她丢不起这人，拉了孩子要回老家，被月儿拖到她屋里去了。

老嫖横了横心，把菜刀揣在怀里，夺门出去了。来到麻科长家门口，他喊："姓麻的，你出来！麻连玉，有种你出来！"

不少人跟过来看热闹，家属房的孩子们高兴得乱钻，指着老嫖的怀，示意那里边有真家伙。也有的孩子帮着喊："出来，出来！"

不想麻科长从别的地方回来了，他往后理了理头发，态度从容、威严，一步一步往自己家门口走。麻科长是独门独院，房子有好几间。

有人捅老嫖的腰，让他上。谁知老嫖萎下来了，一句话也没有，眼睁睁地看着麻科长掏钥匙打开院子门，进去了。

围观的人大为失望，都说这回可算认识老嫖了，屁包一个。

老嫖调动的事算是吹了，只好咬着牙坚持下窑。他的腿见不得窑下的潮气，上窑来疼得龇牙咧嘴，一夜不知翻多少次身。有心像过去一样，干一班，歇两班，可架不住小艾数叨他，让他争气。

小艾对他是够体贴的，天天晚上把他的膝盖抱在自己热肚子上，给他暖，给他揉。有一夜揉着揉着睡着了，做了一个噩梦，梦见一个似曾相识的人强行压在她身上，她使劲推也推不开。不知怎么，受惩罚的却是她，办法就是把她的衣服全脱光，大庭广众之下，在她的肚子上压一块大石头，让人排队参观。那意思是你不爱让人压你吗，这次就把你压个够，让你舒服。排队参观的人嬉笑着，有人向她啐唾沫。她又气又臊，想把石头翻掉，把羞处遮住，可手脚像被钉在地上，怎么也翻不动，她就哭，就骂人，她觉得自己哭的声音很大，像是要把自己哭死。这时老嫖把腿挪开，推推她，让她醒醒，说她做梦了。小艾这才醒了，胸口还咚咚跳，出了一头汗。梦在脑子里过了一遍，觉得委屈，抱住老嫖的一只胳膊。老嫖问她做什么梦，又哭又叫。她只说石头压她肚子，压得喘不过气。讲了梦，小艾睡不着，说真想替老嫖去下窑。老嫖说，别胡扯八道，甭说下去干活，走一趟就得尿一裤裆。小艾觉得男人是吓唬她，说："只要你能干，我就能干。"

老嫖迷迷糊糊没精神，让她"睡吧，睡吧"，打了一个哈欠。小艾说："要不然，咱就不当这个工人了，回家种地去。"她提到老家村里的一个人，和老嫖同岁，人家用手扶拖拉机跑运输，跑发了，拖拉机换成大汽车。天天进钱，草房扒了盖瓦房，瓦房扒了盖楼房，人家过的那才叫日子。不听男人吭声，晃晃，他已经睡沉了，喉咙里咝咝地响，呼吸很沉重，小艾吐了一口气。

有下夜班的工人往家属房走，"一把火一把火"地唱，有人说："你那一把火别把弟妹的裤子烧破。"唱的人说："烧破了省得脱。"于是一阵放肆地笑。几处拍门声，几处开门声，还有女人的轻骂，很快就静了。

隔壁咕咚咕咚大响，床走椅子动，还有玻璃器皿的破碎声，孩子尖声哭号。小艾吓得缩成一团，把男人推醒，告他隔壁两口子干架。老嫖听了听，披衣起床，要去劝劝。小艾说："小心冻着。"自己赶紧蒙上头。又想听究竟，把头重露出来。

隔壁的矿工正把老婆往门外推，让她滚。那女人披头散发，骂男人流氓，她再也忍受不下去了，却撕撕扯扯往屋里挤。男人一脚把她踢出来了，从里边插死了门。女人发疯似的想找个家伙砸门，摸哪儿都是冰，拾不起来。就用两个拳头擂门。她上身没穿衣服，两个奶子举着，下身只穿一条花裤衩，光着脚。她边擂门边喊叫："你个流氓，你个畜生，你开门不开，你想冻死我呀，我依你还不行吗？”

几家的男人都出来了，帮着踹门，叫门。里边一点动静也没有，只有孩子号叫得更厉害。

月儿也出来了，拉女的去她屋。那女人犟得很，死活不去。月儿给她拿衣服和鞋，她也不穿，嚷着：“我死，我死！”

空枪也过来了，问怎么回事，半夜三更吵得别人不能睡觉，他让里边的人开门，说不开就把房子点了，让人拿火来。

屋里的矿工才开了门，他谁也不理，很快钻进被窝蒙上头。

那女人更有绝的，她不哭了，也不叫了，进屋就插上门。

人们在外面听了听，屋里偃旗息鼓，一点声息也没有，估计已搂到一块去了。

老嫖冻得上下牙直磕。小艾问他打架原因，他说：“说不来，说不来。”

“快，我给你暖暖。”

## 四

飘飘洒洒下了一场雪，家属房的平屋顶变得洁白臃肿，这排房与那排房之间的夹道显得更窄了，有人在夹道里走，伸开双臂可同时摘下两边房下的冰条子。家家房顶有一股白烟，丝丝缕缕地冒。有巧手的媳妇用红纸剪花，贴在玻璃窗上。红花映白雪，有些农家风味。

黑丙由白天班倒成夜班，半夜零点入窑，早上八点出来。这就是说，要是白天不睡觉的话，有一整天时间可以自己支配。

这天夜里，黑丙踩着响雪去上班，走到更衣室门口，有人碰了他一下，一看是徐翠。徐翠穿着一件呢子大衣，戴着大口罩，眉上结着霜，不知在这儿等他多久了。他看前后无人，把徐翠领到墙角处灯光照不到的地方，说：“我老婆来了。”

徐翠摘下口罩，却不说话，顺着眉，一副可怜兮兮的样子。

黑丙又说："我老婆开春儿就走。"

徐翠还是不说话。她的家就在矿南边不远的农村，男人常年生病，黑丙给她钱，也给她不少力。

黑丙掏出钱包，把三几张大小票子都给她。她不伸手接。

老嫖看见墙角有两个身影，过来瞅瞅，是他俩，"扑哧"笑了一下，捂着嘴走了。

黑丙说："我等着上班，有话回头再说。"捉过徐翠的手，硬把钱塞在她手里。

在更衣室里，老嫖在黑丙耳根问："哪个味儿好些？"

黑丙得意地笑了笑，又板起脸说："问你自己。胡说我抽你。"

下了班，黑丙要去自由市场贩菜。贩菜的事他以前常干，一天少说也能挣个十块二十块，也跟月儿说起过。月儿今天不让他去，她心里有个账，丈夫找相好的得花钱，他贩菜得的钱都花在那个娘们儿身上了，肯定是这样。再说，他说是出去贩菜，谁知撒出去的风筝往哪儿飘，说不定那个女人正在自由市场等他。

黑丙说："不让我去，我也得去。物价涨得像气吹的，挣那点死工资够屁用，现在谁不想法挣钱。"

月儿说："谁见你挣的钱在哪里，谁知你把钱花到哪里去了。"

黑丙瞪眼："蜷着舌头说话我揍你，咱家的房子不是我的钱盖的?！"

"你今天不去就不能活，有人在自由市场等你还是怎么的。"

"女人，真他妈女人！这样好不好，你跟我一块去。"

月儿把儿子托给小艾照看，当真跟黑丙一块来到市场。市场人头攒动，很热闹。月儿听人说过，丈夫给相好买了呢子大衣。她看见穿呢子大衣的女人就不顺眼。

黑丙的办法是把成宗的菜兑过来，再零卖。他买一堆白菜和一堆萝卜，对月儿说："你卖，我帮腔。"让月儿喊。月儿说："我不会。"

这时过来一个老头问白菜多少钱一斤，黑丙说："这个妇女的菜不错，我经常买她的菜。"一边向月儿递眼色。月儿脸红红的，很不自然。老头买了一棵白菜走了。

又过来一个妇女要买萝卜，月儿一见这女人穿着呢子大衣，描眉画眼，样子很娇，心里不受用，观察丈夫的表情。丈夫正冲人家笑，说："这个妇女的萝卜不错，我经常买她的萝卜。"月儿翻了他一眼，心说："哪个妇女？我是你老婆。"穿呢子大衣的女人伸出一个涂了指甲油的细指头在一个萝卜上摁摁，说萝卜好是好，价钱贵了点。月儿说："嫌贵你别买。"口气很生硬。那女人哼了一声，身子一扭走了，又说："没见这样卖菜的，土老帽。"

到手的生意飞了，黑丙让月儿靠边站。

月儿说："我就看不上你那样子，不认识人家，跟人家笑啥。"

黑丙骂了她一句："我是做生意，不笑，哭吧。"他把月儿一拉，把月儿挡在身后，开始喊："白菜，萝卜，不嫌便宜都来买喽！来，哥们儿，要多少，不用问价钱，你看我是来做生意的人吗，还看不出来，这是我买的储存菜，买得太多了，吃不完，处理一些，谁撒谎是小狗。"买菜的人多了，他让月儿收钱，他掌秤。月儿脸上又有喜色，没想到丈夫还有这么大能耐，说瞎话不脸红。

矿上的书记从市场过，站在黑丙的菜摊前，看了又看，插空子问黑丙是不是矿上的工人。黑丙说："不光是，是的还很呢！"月儿见书记脸大，派头也大，吓得大气不敢出。黑丙笑着向书记兜售他的菜："要白菜还是要萝卜？捏捏，白菜多瓷实。萝卜保证不糠，锯成板儿能做凳子。"哧哧咧咧地笑。书记点头，说不错，不错。又问他一天能挣多少钱。黑丙说："不多，也就万把块吧！"说着大笑起来。

月儿扯他衣服一下，不让他胡说。黑丙就不说，又喊："实心白菜萝卜喽……"

一天下来，他们赚了二十多块。黑丙对月儿说："说吧，想吃什么，想要什么，我给你买。"

月儿说："烧得你。"她不让花，要攒下来，买一件呢子大衣。

黑丙嘿嘿笑，想判一下月儿话后面的话。

"怎么，我不配穿呢子大衣，是不是？"

"谁说的？我老婆不配谁配！我老婆打扮打扮，比戏子都漂亮。"他抱住月儿的头，在她耳边说了一句脏话。

月儿推开他："滚蛋，不要脸！"

回到家属房，碰见空枪从外面回来。空枪的第二职业是给附近一家个体户的小煤窑当窑师，这事只有黑丙知道。黑丙掏出烟，两人吸着在路边说话。黑丙问小窑怎样。空枪说还是那样，窑主太坏，近来招了几个女的下窑，说是给男的提精神，实际还不是他自己用着方便，那些女的快让窑主用遍了。黑丙问，那些女的能没有男人吗，怎么能放她们出门，女的单独出门就没好事，石妮也能凿出窟窿。空枪说，看样子都像没结过婚的。黑丙建议空枪也弄一个搂搂。空枪说："我哪有那劲头，你还差不多。"两个人都笑了。

## 五

吃过晚饭，他们准备去钓狗。黑丙去喊秀才。秀才屋里亮着灯，敲门却没人应。原来秀才有交代，只要他不在家，任何人敲门都不许开。新媳妇两眼瞅着门，心里别别地跳，喘气都尽量放轻。秀才跟他约定的有敲门暗号，敲乱了谱就不是他，开了门就危险。

老嫖和叛徒等急了，催黑丙快走。他们正要走，秀才回来了。秀才让新媳妇开门，新媳妇还是不开，他使用了暗号，门才开了。这小两口还有一个约定，秀才每次回来，新媳妇必须亲他一下。今天新媳妇见秀才后面跟着人，不好意思就亲，但目光恋恋的，上唇抿了一下下唇。秀才知道让他一块儿去钓狗，他不大想去，装作不知道找他什么事。黑丙做了一个用棍闷狗的动作。秀才还是不能明白。黑丙只好明说。秀才拿不定主意，摸后脖梗子，又看了一眼新媳妇。新媳妇怕他刚回来又走，赌气噘嘴，眼圈也红了。黑丙也耐不住这两口子的斯文劲，就走了。

黑丙刚走，秀才就掩了门，张开双臂叫新媳妇猫咪。往日里他唤猫咪，新媳妇就马上过来，小两口搂在一起没鼻子没眼儿地亲。他俩是中学时的同学，在学校时偷偷好了三年，感情甚厚，两个人结婚了，还常常怀疑是不是真的结婚了。秀才上班或出门，要是晚回来一会儿，新媳妇就坐立不安，诸事无心，今天秀才到几十里外的矿工报社送稿去了，去了一天，撇下新媳妇在家闭门呆坐，好不容易把秀才等回来了，她当然得撒个娇，给秀才点颜色瞧瞧。

秀才唤她不动，知道她使小性子，走过去，双手捧了她的脸，看她的眼睛。她的眼睛不大，但很有情致。新媳妇故意把眉低下，偏不看他。她刚才还不想赌这么大的气。丈夫逗她，她觉得应当把气赌大一点才有意思。秀才低头亲她，她也不欢迎，把头一扭。

秀才不再勉强，说他这次送去的稿子有戏，编辑把稿子留下了。发了这一篇，他要接着发，发得多了，就会引起领导的注意，就有可能调离井下，他的设想越走越远，要是调他的话，就要求到矿上宣传科去，那里是耍笔杆子的地方。

新媳妇接话，不同意他调到宣传科去。家属房住有宣传科的一个人，正跟老婆闹离婚，老婆不同意离，那人就天天打老婆，把老婆的下身掐得青一块紫一块。那人的老婆解开衣服让好多家属看过她的伤。

秀才心里笑过，说："好吧，你说去哪儿咱就去哪儿，听你的，这行了吧。"

新媳妇记起刚才她在赌气，不能这么快就完了，说："回来这么晚，不知道人家心里……一下午我心口就怦怦跳。"

秀才作惊讶状："是吗，让我摸摸。"他一摸新媳妇就笑了，原来他很会摸。

那几个人已把狗结果了，正由老嫖扛着往回走，夜里看，老嫖脖子里像搭一条不错的大围巾。钓狗也简单，到村头把狗引出来，趁群狗争吠时，把包了肉的钩子抛出。狗见不得肉，当然要咬。这边像钓鱼似的把连结钩子的绳子猛地一拽，觉得沉了，背起绳子就跑。狗呢，当然有点不大情愿，也得跟着跑。持棍的人落在后面，在跑动中，照狗头来那么几下，狗就倒下了。

老嫖叫声不好，把狗扔在地上。

黑丙、叛徒以为村里农民追来了，欲跑，一看，田里白白的都是残雪，半个人影也没有。

老嫖说狗又活了。

黑丙、叛徒低头一瞅，可不是，狗东西一拱一拱地想往起站，眼也半睁着，喉咙里呲呲啦啦响。黑丙骂叛徒"笨蛋"，从叛徒手里夺过棍子，在狗头上结结实实夯了几下，狗的腿绷直抖了一阵，这回彻底完蛋了。

刚把死狗抬进黑丙屋里，空枪就来了，空枪说："我剥，狗皮归我。"他抓了抓狗毛，夸狗身上的花儿不错。

黑丙低头一看，说声"我操"，不由暗暗叫苦。灯光下他才看清楚了是谁家的狗。这狗对他是很友好的。他吃狗肉的兴致一点也没有了，退几步，找个小凳子坐下。

月儿已带儿子在帐子里睡下了，她怕儿子害怕血，已把儿子哄睡着。她听见丈夫说"我操"，问怎么了。

黑丙说："睡你的吧！"他让空枪把狗拖到老嫖屋里剥去。

路妈妈在老嫖屋里，正跟小艾说话。他给小艾送点钱和粮票，说是互相关心，互相帮助。小艾不要。他说什么也不答应。老嫖回来，小艾把此事跟他说了。老嫖说，不要不要，空枪说："怎么不要，路妈妈关心你们。"

路妈妈说："对对，我们都是来自五湖四海，为了一个……哎，哎，你干啥……你……"空枪手里拿着剥皮尖刀，冲路妈妈走过去，路妈妈往后退，他往前逼。

空枪说："闪开点，别溅身上血。"

路妈妈说："这事可得保密，让矿上知道可不得了，关系到工农关系问题。"

叛徒见路妈妈在小艾这里，心里很来气说："路妈妈，别走，一会儿把狗鸡巴剥出来给你啃。"

路妈妈生气了，指着叛徒："你怎么说话，你跟谁说话，我是你师傅。"

叛徒说："跟你开一个玩笑你当真，这是母狗，哪有那玩意儿，不信你来看看。"他过去分开死狗的两条腿。

"不看！"路妈妈态度很坚决。

空枪剥狗相当娴熟，先把头皮剥下，再把四条腿豁开，顺肚皮走一刀，拳头几捅几搡，一张完好的狗皮就下来了。

## 六

优化组合还要搞，因为人家都搞了。不全面铺开，先在空枪所在的采煤队搞试点。队长召集各班长开会，让他们提名单，看谁去谁留。空枪说："孬种让班长当，刀子捅不到队长、矿长头上，这主意不错。"

班长一时成了中心，得了不少笑脸。班长明白，把谁刷下去，一是收入减少，二是面子上难看，采煤队的活儿虽苦虽险，谁都不愿意这时候被砍掉。路妈妈给空枪出主意，张三李四提了几个名字，说这些人可优掉。其中还有老嫖。空枪看了一会儿路妈妈，说："你的意见可以考虑。"

井下工作面有淋水，像下雨一样，一班下来，衣服精湿。这样苦了老嫖，他的腿肿起来了。小艾抱住了他的腿哭了，让他歇一班。老嫖摇摇头。队里正说优化的事，节骨眼儿上不去上班，还有他的好吗？这些事情他没有跟小艾说，悄悄到空枪那里坐着，意思让空枪手下留情。空枪说他腿有病，根本不适合在采煤队干，优下来不见得是坏事，说不定能调个轻工作。老嫖说他也这么想，就怕小艾知道了生气。

空枪说他老婆长得不错，白。

老嫖笑笑："你光见她脸白，身上比脸上更白。"

空枪的老婆听见了，说老嫖不要鼻子，又不卖老婆，说老婆黑白干啥。空枪的老婆是个小矮胖子，一笑像个娃娃，不笑也像个娃娃。她连生了三个女儿还不罢休，意思要生一个男孩。空枪给她一瓶小药粒子，要她一天服一粒，说服下去会生男孩，并说这是祖传秘方，不可告别人。谁知几个月后，肚子还是瘪的。老婆问他怎么回事。他并不埋怨老婆，说这事可能怪他，他的子弹打完了，放的都是空枪。他老婆哭了一场，他的外号因此而得名。

老嫖说话没成色，也不知人心，以为空枪的老婆对小艾的白有所嫉妒，说："你身上也比脸上白。"

空枪的老婆恼了："不会说话就别说话，嘴痒了到南墙蹭蹭去。"

老嫖很尴尬，想笑笑，笑得不成样子。

空枪训老婆："爷们儿家说话，你插什么嘴，一边待着去。"又告给老嫖，优化的事走着说着，什么都在变，做窑这活儿……后面的话说出来有些悲观，他就不说了。

老嫖刚走，空枪的老婆就说："老嫖最不是东西，班里要砍人先砍他，你听见没有？"

空枪说："要兴砍老婆就好了，我先砍你，你都肥成小母猪了。"

"成老母猪也是你作践的。"

叛徒给秀才捎来一封信，信封上印着矿工报字样，他一进家属房的夹道就喊："秀才，这回你得请客，你的小说发表了！"

秀才小两口正在屋里炖狗肉。尽管他没参加钓狗，黑丙还是送给他一块狗肉。黑丙说他吃不完这么多。狗肉的香味弥漫了一小屋，秀才正跟新媳妇说到狗肉是滋补壮阳之物，吃了狗肉可不得了。新媳妇问怎么不得了，是不是上火。听到叛徒喊，秀才赶紧迎出来了。他接过信一掂量，脸霎时变得苍白。

他不马上拆信，只说谢谢、谢谢。

叛徒让他拆开看看。他说这会儿正忙，顾不上看。又说小说写得不好，没什么看的。进屋想关上门。叛徒不等关门就进来了，他执意要看看，说早就想拜读秀才的小说了，从队里办公室把信给他捎来，连看看都不让，不够哥们儿。

秀才问叛徒，怎么就断定他的小说发表了。是不是在别处看到报纸了。他对自己的小说还存有一线希望，希望信封里真的是报纸，而不是稿子，尽管他摸着像稿子。

叛徒说没有看到报纸，但他敢肯定信里装的是报纸，因为现在报社都不退稿子，别看他不写小说，行情他懂，他表姐就是写诗的。

既然这么说，信更不能让叛徒看了。信本来装在兜里，他觉得不保险，回身把信夹进一本书里，把这本书放在一摞书的最底层，他心里像塞了一团东西，没情没绪，想叹一口气，又不敢叹，装作把发表小说看得很淡，叉开话题，问班里优化组合的事有没有消息。

叛徒告诉他，优下去的可能有老嫖，是路妈妈先给他的内部消息。

秀才借机为自己叹了一口气，口说老嫖可怜。

新媳妇憋不住，把那封信翻出来，刚要拆开，秀才命令她放下："我的信，我还没看，你凭什么先看，你懂不懂文明！"他的脸色很难看。

新媳妇还没受过他这样训斥，又是当着别人的面，脸上下不来，把信甩在地上，捂着脸哭了。

叛徒觉得待下去无趣，到黑丙屋里去了。黑丙贩菜去了，月儿今天没去，正洗衣服。洗的是一件水红裤衩。叛徒断定这质地很薄臀围肥大的衣物是月儿的，不免多看了几眼，他不乏想象力，眼前慢慢画了一个圆，却问裤衩盛什么用的。

月儿说：“盛你的脸。”

叛徒很开心：“你的脸有这么大？”

“可不，你脸皮是城墙做的，光脸皮有多厚！”

叛徒夸月儿真聪明，真会说话，自己有些喃喃，一处发热，一处发哽，嘴里有些干，原来他又有了新发现，月儿俯下身子洗衣服，把后面的衣服揪上去了，露出一段白，叛徒的眼睛很抓色，一看见就抓住不放。直到月儿站起身，往炉口上方的一条铁丝上搭衣服，他眼前还是一段白。铁丝有些高，月儿踮起脚才够得着。叛徒说：“我帮你搭。”走过去要接裤衩。

月儿知道他是饿汉子，饿汉子最没出息，心里好笑，就随他去。

叛徒拿到裤衩手有些抖，搭在铁丝上拉了又拉，拉得很展样。回过脸来，他冲月儿笑，手无处放。

月儿说：“你老婆今天怎么不来？”.

“我老婆和你差远了。”

“怎么差，还不是一个鼻子两只眼。”月儿存心逗逗他，问他是不是长外心了。

叛徒说他光想长，就是没处长去，“谁会看得上我呀，你说是不是！”

月儿想起自己男人，说不定她不在时，男人见了别人家女人也是这副德行，看来男人都是一样的货。她撇撇嘴说：“你要个头儿有个头儿，要长相有长相人模狗样的，相好不知有多少呢，在我这儿叫穷充好人，鬼才信你的。”叛徒马上赌咒发誓，说好多人都有相好，独他没有。他挺神秘地告诉月儿，黑丙也有相好的，要月儿一定保密。

月儿作出吃惊的样子：“真的？我不信。”

“哄你我是这个。”他把一只手扣在另一只手背上，手指仿爪子乱动，接着把黑丙不许透消息的那件事一五一十对月儿讲了。月儿想多抓到一些细节，又怕太细，只由他说。他说的和月儿所知差不多。月儿装作气不过当下要拖了叛徒去找黑丙对证。这有点违了叛徒的初衷，叛徒身子往床上歪，装赖不走，“哎，哎，咱俩不错，我才对你说，你不能卖我呀！”

月儿说：“你呀，胆还没芝麻大。”

叛徒听出一个双关的意思，说：“不错，这事撑死胆大的，饿死胆小的。”他脱鞋上了月儿的床，把帐子也放下来，哼哼唧唧要睡睡嫂子的帐子啥滋味，“真舒服，哎哟，哎哟，我晕了”。

“下来，你又不是我儿子。”

叛徒嘴咧得像裤腰：“好，好，嫂子，我算服你了。”

## 七

班长们把优化组合名单向队长提出来，队长还在斟酌，那些人不知从哪里得到了消息，纷纷来到队里办公室要求证实。队长说：“急什么，到时候公布。”

看队长的冷脸，这就等于证实了，他们没说什么，都转回去了。停了一会儿，各人拿了一只空碗，一根筷子，到队办公室叮叮当当地敲。队长让他们到矿办公楼敲去，在这儿把碗敲碎也没用。他们的回答是一片更杂乱更响亮的敲击声。队长拿起电话要矿长，电话接通，队长不说什么事，只把送话器对着那碗筷大合奏。矿长问电话什么毛病，杂音这么大。队长说，电话没什么毛病，是人出毛病了，优化把人优出了能耐，拿筷子和碗当嘴使。说着挂了电话，找矿长去了。

碗筷演奏队尾随队长来到矿办公楼，他们一路走，一路敲。外队的人听见这特殊音响，觉得稀罕，飞跑过来看热闹。一个人敲得劲大了些，把大瓦碗敲豁了一块，他翻转看了看，有些遗憾，换个地方再敲，音色果然不如刚才圆润。叛徒拿的是蓝花搪瓷碗，正敲着，突然把碗抛向空中，碗在空中打着旋，落下时，碗底却立在筷子尖上，仍飞旋不止。围观的人一阵喝彩，让他再来一个。他刚要再来，被身旁的人照腿弯踹了一脚，提醒他不要儿戏，严肃些。他看了看别人，可不是，一个个死眉死眼，都相当严肃，他也使劲把脸板住，谁知竟板不住，由于用劲太大，弄得咬牙切齿，十分滑稽。惹得人们把他指出来，笑得弯腰叠肚。他们来到办公楼前，并不上楼，散坐在一个圆型花坛的池台上，紧一阵慢一阵地打击。有干部从楼里进出时，他们就紧锣密鼓，无人时就敲得稀些。有个年轻人从楼上窗户里伸出头来，说他们影响办公。“办你妈的蛋！”一个敲碗的工人跳进花坛里捡起土块往楼上扔。楼上的人吓得赶紧把窗户关上了。

太阳在头上走。中午时分，麻科长和工会的冯主席从楼上下来了，劝同志们先吃饭，这样影响不好。正是这吃饭二字使他们觉得愤怒和委屈，碗筷合奏掀起了高潮。他们分别围了麻科长和冯主席，把碗举在这两个人耳边敲，敲得两个人头皮发麻，说的话也被淹没在打击乐的演奏中了。这两人抽身要走。一个老工人拉了冯主席的手，要冯主席跟他走两步。原来这老工人是个瘸腿，一走一歪，把冯主席也带歪了。老工人说：“我这腿可是做窑砸断的，卸磨杀驴，你们忍心吗！社会主义，社会主义！”他蹲下去，哭起来了，嗓门较粗，哭得不太好听。

大家都不敲了，也不散，静下来听老工人号。天空很高，有些许蓝色，办公楼前宽阔的大院静得有些狠了。

空枪那个班挑剩下的除了叛徒等几个人物，还有路妈妈。路妈妈不信。叛徒喊他“亲爱的路妈妈”，让他拿碗筷快走。他以为叛徒跟他逗闷子，笑着咔嚓咔嚓眼皮，表示他已经识破了叛徒的骗局，叛徒说：“别人喊你妈妈，你就以为自己是母亲，你不信不是？好，算我没说，拜拜。”他走到门口又折回来：“爷们儿，你当空枪是好鸟儿，好鸟早死绝了，他背后朝你开火，你还以为放的是空枪呢！”

空枪的典故路妈妈是知道的，他对叛徒乱用典故极不悦，涩住眼珠子，挑手让叛徒去去去，叛徒想，老棺材瓤子。

叛徒走后，接二连三有人招呼路妈妈，在楼道里喊“运动啦”。其中一个外号小痞子的，跑过来朝路妈妈抱拳打躬，说没想到咱哥们儿成了一个草棍上拴的蚂蚱，叨光叨光。

路妈妈心里开始敲小锣了，越敲越没点儿，到家属房找空枪探究竟，他先说窑下的事，想给空枪造成一个印象：我什么都不知道，一切和原来一样，空枪不傻，碗筷敲得震天响，路妈妈不会听不到风声。他来掏底子，是他把这事看得太重，太要脸面。既然这样，明话不太好说，空枪夸路妈妈这样惦着出煤的事，不愧是伟大的，正确的……路妈妈爱听这个，有些心热，看来一切果然和原来一样，但他心里还不太托底，建议给组合下来的人做做工作，免得他们闹事。空枪拍了一下大腿：“亏得你提醒我，我怎么就没想到这一层呢，他们比不了你，你是党员，一切行动听指挥。”

路妈妈刚要说“那是”，又觉得不大对味，脸上黄了黄，改口说班里就他一个党员，是少点。

空枪说：“是呀，眼下党员是金贵，像你这样的，放在采煤班里太屈材料，安个把书记当当不为过，怎么，书记就兴龟子们做？”空枪有些义愤。

路妈妈又把空枪的话当真，也义愤，他劝空枪算了，屈材料不是一年两年，认了。他像是有些灰心似的叹了一口气：“我年纪大了，不想当书记多操心，在咱们班干到退休算拉倒。”

不料空枪说：“不行呀，优化的事上边派下来有比例指标，我有什么办法！”

这话算是说明白了，路妈妈瞅着空枪的嘴犯呆，头一圈一圈地大，“怎么？你是说……你把话说明白点！”

空枪看看红头涨脸的路妈妈，这才笑了，说：“路妈妈，班长你来当怎么样？你不要我，我保证没意见。”

路妈妈指着空枪，手乱抖：“你……踢开党委闹革命……搞阴谋诡计……”

回到宿舍，路妈妈浑身发软，瞅瞅碗筷，到底没拿起来，拉开被子蒙头躺下了。想到老了老了被人踢了，鼻子酸得像被人捅了一拳，眼角也痒痒的，有湿湿的东西溢出来。后来越想越气，老嫖算什么，要脸没脸，要力没力，这下窑子睡女人，自己难道还不如老嫖吗，这里头有问题。他不睡了，找到队里的党支部书记，派了空枪许多不是，说空枪有反党情绪，骂当书记的都是龟子；说空枪到农村偷鸡摸狗，破坏工农关系；他还怀疑空枪和老嫖的老婆有一腿，不然的话空枪不会组合老嫖……告下空枪，路妈妈觉得好受些。

## 八

老嫖跟小艾商量怎样谢谢空枪。小艾说，怎么谢呢，买瓶酒呗。老嫖问买什么酒。小艾明知他没钱，却说：“要买什么买什么，你不是钱多吗？”

“我哪里有钱？你又没给我挣。”老嫖冲小艾挤着眼笑。

小艾看出他笑里藏坏，说：“你不是有妹子吗，让你妹子给你挣去。”

老嫖并不生气：“我不是女人，要是女人我真的去挣，兴啥啥不丑。”他还有一件事瞒着小艾，前天收到父亲一封信，说他妹妹年前出嫁，要他寄一百元钱给妹妹添箱。自己连老婆孩子的嘴都顾不住，哪有余钱往家寄。可妹妹结婚一场，当哥的没点表示实在说不过去。信扔了，事情在心里存着。虽然他不知发愁，却明白过来过去绊他脚的都是狗日的钱字。当今的男人，没钱狗屁不值，倒是女人不怕，身上有个值钱货，走遍天下不挨饿。

小艾说：“你别急，下辈子你准得托生成女的。”

“谁等得到下辈子，现在我就想变女的。不光我，好些男的都想变女的，男人男人，做男人就是难。”

小艾撇嘴：“你还算个男人吗？摊上个你，这一辈子亏死了。”

“摊上谁不亏？你说。哎，我跟你说了，你别生气，空枪老是夸你长得漂亮，长得白，我说：‘我看你老婆也不错，咱俩换换吧？’空枪说：‘换就换。’我说：‘车换着开开，开完了，车还是各人的。’空枪同意这么着，他就怕你不同意。我说：‘没问题，我老婆好说话。’……”老嫖话没说完，见小艾捂着脸哭了。老嫖并不劝她，哭不见得不同意，哭哭是应当，他笑着去拉小艾的手，说这样就不用给空枪买酒了，酒有什么喝的。他往下还有趣话，小艾抬手给他一个嘴巴子，把他打愣怔了。

正说空枪，空枪就来了，两口子还在刚才话里没出来，见了空枪都有些不自然。空枪不知底里，并不问，两口子本来就是对头，磨嘴磕牙是正常事。他只说矿上的事，这月奖金发不成，工资恐怕也不能按时发，煤成了赔钱货，出得多，亏得多，煤矿还有鸡巴干头？马上就该过年了，听说矿上准备动员党员捐款救济困难户，当头头的真想得出来，工人没钱，党员就有钱？净他妈的穷对付。有钱人车拉肉，桶打酒，挖煤的想吃顿饺子还得等人救济，寒心死了。

空枪的话不知触着小艾心上哪根弦，小艾趴在床上流了泪。她原以为空枪上门“讨债”，听来听去空枪说的都是家常话，正经话，句句透着实情，打量自己听男人一面之词，把人想差了。有心起来给空枪倒碗水喝，又怕男人过后胡吣。自己到底命苦，在家不得过，出来靠男人，男人又是这么个缺心少肺的东西，她心里更悲戚。

空枪的矮胖子老婆霜着脸站在门口，让空枪回家。空枪问什么事。她说反正有事，回去再说。空枪明白她，站起来刚要走，宣传干事的老婆跑进来喊救命，一下子撞在空枪身上，她抓了空枪一下，把空枪推开，慌乱地东躲西藏，找不到合适的地方，才想起来去关门，可已经晚了，那位干事已经找来了。

干事脸上很平静，还带着一丝笑意，让老婆回去，说这样不好，让别人笑话。

干事老婆满脸惊恐往后退："不不，他要害我，他要掐死我。"

干事又笑了一下，说："我会害你？谁信你的，走吧，你说什么就是什么，还不行吗？"干事说话一直轻轻的，显得很有教养。

干事老婆越发害怕，说："别听他的。"她低下头，让人看她的头发。众人看见，她露着一块块白头皮，头发显然是被揪掉的。

这时秀才和新媳妇也过来了，大家都看着宣传干事，想象不出这么个文静的人背后怎样下的狠手。

老嫖瞅一个机会，低头想了一下，趁乱溜出来了。

月儿敢说话，她扒开干事老婆的头发看看，怜惜地连连感叹，说："我不信，人家是有学问的文明人，不会干这种缺德事，这不是人干的。"

众人听出话里的倾向，都笑了。

干事脸上毒了一下，咳咳喉咙，又露牙笑笑，说："好吧，再见！"

干事走后，一群家属娘们都围过来，问干事老婆到底怎么着。干事老婆眼泪汪汪，解开裤带让她们看。她下身乌青，没一块好肉。肚子上还有一个大燎泡，她说干事用烟头杵的。

月儿说："缠着他个龟孙，死也不跟他离，看他能把你怎样，弄死你他也活不成。"

干事老婆说，她也这么想，她来矿上找他，是想怀孕，生个孩子，拴拴他的心，谁知他硬憋着不沾她，惹急了，就拿她吃饭的地儿当尿罐子粪窑子糟填。

家属们都骂干事是畜生，连畜生都不如。

爷儿们家不便听她们说话，空枪、秀才等都走了。秀才回到自己屋，碰到一件意想不到的事，老嫖把他的木箱弄开了，正埋头翻找，见他进来，老嫖才胡乱把箱子盖上，红着脸朝他讪笑。

"你……干什么？"

老嫖预备的有话："我想找你的小说看看，你放哪儿了？"

“算了吧你，找小说？我还不知道你找什么！借我的钱还没还，又干这种事，真不像话！”秀才一把将老嫖拖开，打开箱子，见老婆的衣物被翻得乱七八糟，气得身上直抖，“我要喊人，让大家来评评理。”可他没喊，却问老嫖：“你说喊不喊吧？”

老嫖说：“你喊呗，喊人我也不怕，反正我没拿你的东西，不信你点点，看东西少了没有。”

“你不嫌丢人，我都替你嫌丢人，做人怎么能这样呢！”秀才到底没喊。

老嫖开始赌咒，说真的想读秀才的小说，因为想得太狠了，没经秀才允许就来找，这是不太合适。

秀才说：“算了，别描了，越描越黑，我根本就没写过小说。”他让老嫖走了。

老嫖临出门，觉得不太放心，嗫嚅着，请秀才别把这事告给小艾，秀才不理他。

新媳妇回来，秀才还在生气发呆。新媳妇看到干事老婆日子难过，觉得自己丈夫不错，舍不得碰她一指尖，搂住秀才的脖子撒娇，问他怎么了。秀才把老嫖的行径对新媳妇讲了。新媳妇惊得说不出话，随后就哭了。秀才也伤心，小说没写成一篇，倒把贼引来了，这怎么说。这小两口伤心还有一层，秀才挣的工资，两个人吃饭都紧巴，哪有什么可偷的。后来二人商量，这事不提了，老嫖也是穷极的人，今后防着他点就是了。

这天家属里还有一件小事可记。一位农村妇女来找狗，找到月儿屋里去了。月儿心虚，黑狗白狗公狗母狗问了一堆，到头说什么狗都没看见，生狗不会往屋子里钻。那妇女仍不走，打量月儿的屋子，打量月儿的脸。月儿装作生气，说要是信不过，就让她翻。那女人笑笑，说狗要是有良心的话，自己会回去。妇女走后，多嘴的人告诉月儿，这个女人名字叫徐翠。月儿一听炸了锅，敢情这不要脸的东西来和她碰瓢比高低来了，夜里借故跟黑丙一场好闹。

## 九

元旦前，矿上贷款给工人发了工资。那些不知在哪里待着的女人，闻讯纷纷聚拢来，在单身矿工宿舍里乱串。她们摘了眉，绞了脸，穿上新鲜衣服，随手提个篮子什么的，装作卖鸡蛋或者探亲的，进了宿舍楼，眼睛滴溜溜乱瞟，碰上一个矿工就问："大哥，买鸡蛋吗？"若这个矿工懂暗语，就反问一句："有带眼儿的吗？"问的是鸡蛋，眼里瞅的却是脸蛋。女人答："有，要现钱。"如这个矿工觉得买一回值得，就说："跟我来吧。"就把卖鸡蛋的带到他宿舍里去了。有时楼道里无人，那些女人就挨个敲门，门开了，碰上的一个矿工是手头紧不愿花钱的，这个矿工也知道敲门的女人是什么货色，说着"不干不干"，要关门。谁知女人死皮赖脸，扁着身子硬往屋里挤。进了屋，两个人难免逗嘴讲价钱，到底男人不经逗弄，结果还是把钱数到人家手里去了。说没钱女人也有办法，你床上有被子，有衣物，她啥都敢拿，她付出了代价，就得了理，就气壮，不由你不乖。

一个涂了胭脂的女人敲开了路妈妈的门，一看是个老家伙，想退出来，路妈妈对她倒欢迎，让坐问了她好多话，眼神显得很关切。那女人急着来真的，不料路妈妈严肃起来，说："实话告诉你，我是共产党员……"女的很不悦，脸子一吊："你怎么不早说，白耽误我半天工夫，真是的。"

叛徒挑了一个姑娘模样卖鸡蛋的女人，领到他屋里去了。

不花钱的便宜不得占，花钱的可以随便挑，看来还是钱好，使在哪儿哪儿滑溜。他今天舍得花钱，是要庆贺一番。优化组合的事吹了，不搞了。矿上头头说，优化不是不搞，是暂时不搞。暂时不搞绝对不是因为有人敲碗闹事，矿上决心要干的事情谁也挡不住，这是原则问题，而是因为上级要派安全检查团来检查安全，迎接检查这是大事，一切工作为接待检查团让路。叛徒他们不这样认为，认为他们斗争胜利了。

姑娘的样子有些羞，进屋后，叛徒问她鸡蛋有带眼儿的吗，她说："俺……俺不懂你说的黑话，俺是第一回出去卖鸡蛋。"

叛徒高兴得搓手："不懂好，不懂好。"就要下手，"来，我教给你"。

姑娘很扭捏，说："大哥，你这是干啥，俺……俺不喜欢这样儿。"

叛徒以为她真是好鸡蛋，愈加心花怒放，答应给这样子朴实的姑娘多一些钱。姑娘低头想了想，似乎下了很大的决心，又要叛徒保证不对别人说，才同意了。刚要动作，姑娘又不动，意思要叛徒先付给她钱。叛徒头脑发热发涨，把钱如数给她了。事毕，叛徒方知上当，但为时已晚，那女人随手揭了他枕头上的枕巾，大大方方走了。

有守在门口的工友问叛徒怎样，花多少钱，值不值。叛徒说："问个屁，现在什么都是假的。"直往地上啐唾沫。

那些女人都不到家属房去，她们知道那里的男人都是饱汉子，什么样的鸡蛋他们都不稀罕。

这天家属房出了点事，宣传干事两口子煤气中毒全死了，两人是在被窝里被熏死的，男的只穿内衣，女的却穿戴整齐，两只胳膊还搂着丈夫的脖子。两口子表情都不痛苦，平静得似乎有些幸福。经检查，煤火炉烟筒的阀门关死了，煤火已灭，尚有看不见的余毒徐徐冒出来，热烘烘地顶手。屋子的窗户关得严严的，有微缝的地方都用剪成条的报纸糊上了，毒气出不去，新鲜空气也进不来，许多迹象表明，这二人死得有些蹊跷。既然都死了，仔细推敲已没多大意义，就算他们不慎煤气中毒而亡，这样大家都省心，省事。

毕竟是两条年轻的人命没了，矿上来人家属房逐户查看，指这儿指那儿，以示关怀。工会冯主席在小艾屋里待的时间长些，检查了屋子通风情况，他一再询问小艾还有什么困难，并以巧妙方式，让小艾知道他是工会主席，有责任有义务帮助矿工和矿工家属解决困难。他换成开玩笑的口吻，说要是有困难不讲，就是不相信工会组织，就显得外气，就不像一家人，他打听出来是要批评的，他的意思非要小艾说出一件困难才罢。小艾想，这工会主席真不错，真热情，先说丈夫的腿有关节炎，不知能不能调到井上。冯主席先不答复，笑着说："怎样，我说你有困难吧！这就对了，这话跟我说，算是说到家了，你知道工会叫什么，工人之家，得，等着吧，我一定替你说话。不过这事你得保密，不要对别人说，包括你丈夫。"他问小艾能不能做到。小艾点点头。他说点头不算，得说出来，他要试试她是不是好孩子，听不听话。冯主席喽咕喽咕笑，目光火火的，仿佛他和小艾已是老熟人。

小艾低了头，说："能做到。"

"好，一言为定。"他向小艾伸出了手。

小艾的手有些畏缩，不大开展，指稍也有些抖，但她还是把手交给了他。他的手很热，很有力。

第二天，冯主席又来了，进门就说："好消息，好消息。"

小艾以为丈夫调动的事，冯主席说的却是另一件事。为欢迎检查团，矿上要挑一批女招待员，若考察合格，当上了招待员，并且当得好，以后的好处就多了，说不定在矿上安排一个工作干。冯主席说这次迎接安全检查团非同小可，检查过关，能得一笔数目可观的安全奖；侦查出漏洞，就要挨罚。检查结果如何，全凭检查人员一张嘴皮。这里的学问就大了，招待得熨帖、周到、大差不差，他们也不好说什么。招待不好，鸡蛋里也能挑出骨头。矿上已派车四处采购大虾、老鳖等鲜活食品。招待员要年轻、漂亮、身条儿好、笑得甜，到时候统一穿着，服装已去订做，学校的学生正练欢迎舞蹈，科室的干部也动员起来了，包片打扫卫生等。他考察小艾的办法，是让小艾正对了他站着，自上而下地审视："看着我，哎，对对。"他双手帮小艾正了正脸，"不错，五官端正，皮肤白净。"他又把小艾的两条胳膊顺下来，

“身条儿也没得说，有点像舞蹈演员。”他让小艾笑笑，小艾也笑了。最后他还要看看小艾的手纹，夸小艾有福气，要时来运转，看罢了拉住再不放松，两眼往门口瞅，看看门后的插销插上没有。

这时空枪推门进来，见工会主席在这里，随即退出去了。

冯主席装作和小艾握手告别，大声说：“再见再见，这个事情我们还要研究。”又小声对小艾说：“你到我办公室去吧。我自己一个屋。咱们再谈谈。你很聪明。”

冯主席走后，小艾想哭。聪明不聪明，这人的心思小艾是明白的。是去还是不去，她有些拿不定主意，心里乱七八糟，关节炎，调上井，当招待员，安排个工作干干，“你又没给我挣”，“兴你，也兴我”，“现在外头的女人都时兴开放”，“兴啥啥不丑”……她到底还是去了。

一进门，冯主席就抱紧了她。

这次“考察”比较彻底，冯主席很满意。他很自信，问小艾还来不来。这个问题不好回答。小艾没点头，也没摇头。冯主席从一个大纸箱里拿出一条崭新的床单递给小艾。小艾不要。他说：“干吗不要，这是矿上运动会发奖品剩下的，不光有床单，还有被罩、运动服、运动鞋，在这儿放着就是我的，我的就是你的。”他又给小艾加了一个床罩，用报纸包上，夹在她胳肢窝下了。

## 十

既然优化组合不搞了，路妈妈、叛徒他们还在空枪这个班干。受到一场小小的磨难，他们心里虽存了芥蒂，但在空枪面前谁也不敢露半点刺巴，个个都成了好乖乖。叛徒身前身后地围着空枪转，眼里露出巴结不及的神色。路妈妈对空枪的每一句话都表示赞赏，不停地冲空枪点头，并希望空枪注意到他的灰白的高贵的头。

倒是空枪觉得有些别扭，他一面在心里骂矿上的头头朝三暮四，一百个主意不到黑，粗头萝卜都让班长坐，一面做恶样子，装作对那些人没有任何歉意，有的只是不满。要拿人开刀时，却选中了老嫖。有一处采煤场子顶板破碎，还有淋水，空枪命老嫖去那里干。平日里一个场子两个人，今日他让老嫖单脚跳舞。老嫖刚要说自己的腿。空枪说："怎么？你的脸白些！你干不干？不干滚鸡巴蛋。"

路妈妈说："就是，就是。"冲空枪连连点头。

黑丙看不过，提出和老嫖一个场子干。

空枪说："不行，谁也不行。"

叛徒附和空枪："对，不能拉老乡关系。"

黑丙冲叛徒踢了一脚碎煤："哪有你说的话，什么老乡关系，我抽你个丈人！"掂着巴掌往叛徒身边凑。

叛徒知道黑丙拳头硬，打人如吃小菜儿，赶紧往空枪身后躲，嘴上说："你敢！"

"我不敢，我把你的肠瓤子打出来，你就知道了。"

空枪拦在黑丙前头："干什么，打架上窑打去。"

黑丙仍不罢休，指着叛徒说："日死你个亲姐，你等着瞧。"

叛徒想，是不是他在黑丙帐子里上床的事被黑丙知道了，叫黑丙"大哥"，说："好好好，我服你还不行吗，咱哥们儿，算我多嘴，你说抽哪边，我自己抽。"

黑丙得了面子，脸上活泛了一下，笑了。

老嫖在泥里水里攉煤支柱子，一会儿就滚得像头泥巴猪。他不明白怎么得罪了空枪，空枪这样拿他做伐子。这样想着，手脚迟钝些，上头开了口子，呼啦冒下一大堆碎碎石。空枪不知在哪个暗处站着，照他尻子上开了一脚，"你他妈会干不会，不会干上去吧。"老嫖没防备，一下子摔倒在煤水里，脑袋磕在一根柱子上，差点烂了。但他看了看空枪，一声也不敢吭，心里苦得想哭，挤巴挤巴眼，也不知眼泪出来没有，他忘了，上头淋水如下雨，他的眉毛成了房檐滴水，眼泪就是流八缸，空枪也看不见。

秀才的场子和老嫖的场子挨着，刚才那一幕他都看见了，吓得心口乱跳，窑下这活儿真不是人干的，累死累活不说，弄不好了，还挨打受气。空枪离开后，他悄悄过去，帮老嫖把顶板补住。

老嫖想起弄开秀才箱子那码子事，心里很愧，说："兄弟，你这人心好，我真对不住你。"

秀才说："算了，别提了，都不容易。"说到都不容易，他自己倒想哭了。

老嫖上窑回到家属房，小艾迎着他，马上给他端吃端喝，问他累不累。老嫖心里烦，没马上吃饭，坐在床边也不说话。小艾心虚，看了一眼床下塞着的破提包，床单和被罩都在提包里放着，她只铺在床上试了一下就收起来了，她担心丈夫听到了什么风声，搂住丈夫的脖子，想试试他。老嫖说人活着真没劲，不如死了，又说："你搽什么了，这么香！"小艾一惊，马上离开他。说没搽什么。

老嫖说："再让我闻闻。"把鼻子在小艾脸上哧哧地吸，吸了几下来了兴致，不再问小艾搽的什么，只把手往小艾衣服里伸。

小艾试出来了，丈夫是个没心的，乐得喂他一顿。

检查团明天就要来了，矿上张灯结彩，如同接驾。各队召开紧急会议传达矿领导最新指示：不许与检查人员随便接触；检查团问情况时，不准乱说，不知道就说不知道；不许向检查团告状，若发现有人告状，开除矿籍等。另外要求大家穿戴整齐，面带笑容。检查团在矿期间最好不要随便出来走动。

小艾烧了热水，把头发洗了一遍，净了一遍，梳得漆板儿一般。对着镜子左右照照，下帘不太齐，让月儿拿剪子给她掠掠。

月儿说："人家迎接检查团，有你什么事，打扮得这么漂亮，小心人家把你吃到眼里去。"在小艾翘翘的奶子上扭了一把。

小艾护了胸，说："谁打扮了，我想着该过年了，洗洗头。"她惦着冯主席让她当招待员的事，这事当然不便说。

月儿找条毛巾给她围上脖子，说："还说呢，哪天咱俩一块去洗个澡吧，我给你搓，你给我搓，别把今年的灰带到明年。"

"我才不跟你一块去，让黑大哥给你搓呗。"

"看看，刚才还跟我装文明，这会儿就浪上了不是，他给我搓可以，我怕没人给你搓，你这细皮嫩肉，一搓还不搓到肉里去。——别动，再动就进去了——剪子利着呢！"她问冯主席这个人怎样。

小艾没想到月儿会突然提到冯主席，心口撞了几下，说她也说不上来，那天见过一面，觉得冯主席挺关心群众的。

月儿说："我一看他就不是好东西，两只眼饿着呢。"她说现在的男人不知咋回事，一个二个都成了种猪，女人在他们眼里都是母猪，看见女人就想那条子事。

小艾说她打的比方难听，什么猪呀狗的。

月儿说："现在哪有好听的，人变猪，比猪懒，人变狗，比狗坏，越活越倒退。"她揭下毛巾，用手给小艾捏沾在脖子里的头发，捏不净，就扯了衣服领子用嘴吹，她存心使坏，把热乎乎的气息都吹到小艾脊沿沟儿里去了，把小艾痒痒得蹲在地上，笑出了两眼泪。

家属房别的几个娘儿们听见她俩闹，不知得了什么乐事，也过来了。人一多，热闹又增加几分。从小艾的头发说到她们也应该烫一次头，死了就不亏了。空枪的老婆不赞成，一头卷毛啥样子，头发想打弯钻进裤裆里操操。她说矿广播站有个女的花几十块钱烫个头，那一次被她见着了，娘哎，头发支蓬得像个鬼。

有人说，新媳妇应该烫头，又年轻，又有文化。新媳妇爱听别人说话，不愿别人说到她，说到她，她就不知如何是好。越是这样，那些老娘们儿越拿她开心。一个提议，摸摸她的肚子。看秀才给她种上没有。几个人就上来扒她的裤子。新媳妇死死抓住裤带，急得都快哭了，她们才放手，由新媳妇转到空枪老婆身上。关于"空枪"的诡计她早就识破了，说："种不上我就不走，不生一个男孩不算完，日他姐，他要不给我，我就跟别人睡，找野种，你看我敢不敢？"

女人们又是一阵好笑。

后来她们谈到不知什么人来矿检查，矿上动这么大的风景。有说是省上的，有说恐怕比省里的来头还大，不然矿上不会下这么大本钱，光老鳖就买了一百多只，养在一个水池子里，几百只爪子乱动弹，真算开了眼，见过鳖反潭是什么样。她们商量明天去看欢迎仪式，又怕衣冠不整，给矿上丢了面子。商量的结果是不去，矿上领导什么德行，不知是敬神，还是怕鬼。

## 十一

安全检查团来矿的当天，窑下出了事。一根钎橡别在运行的溜子里，又戗老嫖的肚子上，前面进去，后面出来。老嫖叫了一声，想把钎橡拔出来，钎橡没拔动，他的两只胳膊软软地垂下来。起初他的头像被捻着尾部的青虫一样拼命扶摇往上长，结果长不去，一落下来，便挂胸前不动。人们把钎橡拔出来时，留下一个空洞，矿灯一照，前墙后墙透亮，看来人是没救了。

吓坏了队长和安检员。检查团在矿长、党委书记、记者等簇拥下，正在别的工作面检查，一会儿就到这里来了，节骨眼上出这么大的事，如何得了，队长要大家镇静镇静，谁也不许离开工作面。他欲打电话向调度室汇报，电话摇通了，又不敢讲，赶紧把送话器捂上。

负责联络的副矿长小跑着过来打招呼，要大家作好准备，说不定检查团就要来了。听说工作面出了人命，他照队长脸上就是一耳光：“妈的，你干的好事，说好不让你们干活，谁让你开溜子的，我操你奶奶，这下都砸在你手里了。”

队长想哭不敢哭，一脸苦相，让副矿长赶快去通知矿长，把检查团引到别的地方去。

副矿长又是一顿臭骂，命他们赶快作现场处理，人先装进一截破风筒布里，码在废坑底下。那根钎橡埋起来。染血的煤都攉进空区里去，攉远些，多压点干煤。处理已毕，副矿长到工作面下风头嗅嗅，还有一股血腥味。他让放炮员赶紧崩两炮，用硝烟味把血腥味压住。

检查团当真来了，穿着崭新的工作服的一行人从工作面走过，对工程质量没说好，也没说不好。走到那堆废坑木旁边，矿长不明底细，提议休息一会儿，大家就散坐在坑木上休息。记者借机照了不少相。

老嫖是没什么说的了。风筒是漆胶的，密不透气，两头紧紧扎着，与现行的世界隔离，这于他很适宜。他睡得已经相当熟，人坐在哪里他都没意见，他变得比任何时候都宽容。

这回轮到副矿长害怕，生怕露出破绽。

检查团的一个成员说，这堆废坑木应当运上去，做些家具也是好的，在井下放久了就沤糟了。

矿长说这意见很好，要副矿长马上办。

副矿长说："是，是。"

检查团从井下出来，净水洗了澡，由招待员引到会客室，坐在沙发上喝茶吸烟吃水果，等候用餐。女招待们果然出色，她们上身穿洁白制服，下穿大红裤子，进退轻轻盈盈，惹人喜欢。

老嫖丧命的事矿长、书记都知道了，他们忙里抽闲，和有关人士紧急研究对策。人放在井下不是事，得想法弄上来。往上运时，最好和废坑木混装，这样可以遮人耳目。弄上来不能送医院，万一检查团心血来潮，提出到医院看望伤号，很容易露馅。最好送到家属房去。可死者家属一定会哭，哭声让检查团听见，仍将前功尽弃。后来冯主席想出一个好办法，让死者家属到招待所当招待员，把她拴在那里，检查团一走就不怕了。矿长说，就这么办。

小艾以为姓冯的骗了她，正在家属房生闷气，冯主席来了，拿来一套衣服，让她穿上赶快走，说："怎么样，我说让你当招待员吧，说到做到。"

小艾觉得自己错怪了冯主席，有些不好意思，很感激地望着冯主席，冯主席等不及，拉了小艾的手就走。小艾说要告诉月儿一声，让月儿帮她看着孩子。月儿脸子很难看，说她马上要出门去。冯主席让小艾把孩子带上一块儿走。月儿咣当把门摔上了。

小艾刚走一会儿两个人就用一节溜子槽把老嫖抬回来了，上面盖了一层碎煤。家属房里有人问抬的什么，那两人就说“煤，煤”。

月儿想，小艾又当招待员，又有人送煤上门，一定做下了不要脸的事。现在的人可真是的，不值钱了，还是不值钱了。

老嫖出事的消息是黑丙告诉小艾的。黑丙到招待所找小艾，冯主席等人拦住他，不让他进大门。黑丙从怀里掏出一把刀：“妈那个 ×，谁挡我我就杀谁！”见着小艾，他不那么凶了，说：“俊华受伤了，你回去看看吧！”

小艾问伤着哪里了，碍事不碍。

黑丙鼻子有些塞，只说：“你回去看看吧。”说了就低头走了。

小艾跑到门口就喊：“俊华，俊华。”无人应，迎出来两个人问她找谁，不让她进屋。小艾觉得事情不好，不让她进屋就不进，呆呆地，也不说话。看天，天有点阴，可能又要下雪。看地，地上结冰。天和地有些转，这是怎么了？

月儿出来一把拖住小艾，往自家屋里拖，她不看小艾，也不说话。这反常举动使小艾心上的不祥预感又加了几分。她说：“不，不。”挣脱月儿，冲进自己屋里去了。那两个人要她不要哭，不要哭。

王俊华已被人放置床上，盖着他家仅有的那条旧被子，头脸都看不见。

小艾慢慢揭开被子，王俊华嘴、眼都大张着，好像还在呼喊。

“你不要哭，不要哭。”一个人把被子又盖上了。

小艾当真没哭，就那么在床前傻站着。

女儿跟回来了，仰着脸摇她的手：“妈，妈，我爸爸怎么了？”

小艾低头看看，认出是女儿，一声没哭出来，人就倒下了。

安全检查全部合格，上头给矿上发了安全奖，各级头头脑脑留足后，余下的发给工人，每人都有一份。不知空枪还是谁说了一句，“这钱上沾血太多了，我们花不起。”把安全奖退回去了。一个人起了头，大家纷纷把钱退回去。

月儿哭得很痛，要男人立马跟她回家，这个工人说什么也不当了。黑丙只得请假送她回去。至于还回不回矿，到家再和她商量。

小艾被抢救过来了，冯主席建议让小艾顶替她丈夫当工人，他慷慨激昂，说这时候不替工人说话，他的工会主席就白当了。由于冯主席太热心，麻科长就不热心。麻科长搬出条文，把冯主席给挡了。

过了年，打罢春，家属房的家属们要忙春耕，纷纷扯儿带女回老家了，家属房里变得空落落的。

等秋收已毕，她们还会来，那时候，家属房又会变得热闹起来。

小艾大约不会来了。

1989年春节

原载《北京文学》1989年第5期

# 女　工

李肇正

# 一

金妹初中才毕业，就进了“精业”羊毛衫厂。金妹读书笨，心儿却灵巧，小眼睛一眨一眨的，一上机就能织出好几种花样。金妹做挡车工，整日价一头毛衣一身油垢，巴巴结结的总是超指标。到了第二年，“文化大革命”开始，主任老郝成了走资派，被关进牛棚。金妹根正苗红，造反队就叫她进了监管组。金妹也搞大批判，只是口舌笨拙，半天说不出个所以然，一迭连声地“社会主义好”。老郝想不开，就吊脖子，舌头也拖了出来，却正好被金妹撞见，抱住他腿儿喊道：“大男人吊脖子，死了喂狗！”老郝被她骂得缓过气来，就自己解开绳索跌了下来。两人滚作一团。老郝说：“金妹呀，我这条命硬是让你骂回来的，有我老郝抬头的日子，就是你金妹出头的时候。”老郝果不食言，当了厂长立即把金妹从车间里调到仓库。仓库清闲轻松，一线的工人都想去，当然要有本事才能去得。

老郝当了十几年的厂长，到后来羊毛衫厂的经济效益连年滑坡。老郝说这是大环境造成的，整个国有企业都不景气，纺织厂亏损了，机床厂亏损了，钢铁厂亏损了，为什么羊毛衫厂不能亏损呢？原材料价格大幅度上扬，银行又不肯贷款，不亏损才叫不合理。可是二轻局的领导却以为老郝缺乏改革意识，就来个明升暗降，让他做党支部书记，调老彭来当厂长。厂里现在是厂长当家。比不得地方党委，支部是人权财权一点儿没有，老郝自然是不高兴。老彭也不高兴，本来是局长办公室的副主任，属于亲信心腹之类，现在却下到基层的一个小厂。机关干部下去办企业人家都是求之不得，不仅有实惠，而且做出点成绩，又往往能破格提拔。老彭不高兴是因为羊毛衫厂太穷，休想捞多少实惠，弄不好倒闭了，自己就是倒了树的猢狲。老郝和老彭都有些浮躁，把不高兴挂在脸上。老郝怨老彭大权独揽，老彭怨老郝留下这个烂摊子，两人就较上了劲。这时厂里就以人画线：厂部都是老彭的人，支部都是老郝的人。

照理说金妹是老郝的人，是老郝一手调到仓库的。据说老郝当初是想把金妹调到厂部去当秘书的，只因金妹文化低才作罢。老郝还经常公开说，金妹是个大好人，自己这条命硬是金妹捡回来的。老彭进厂的时候，对厂部和车间都作了大幅度的调整，仓库自然也不例外。老彭把老郝的几个人调出仓库，把自己的几个人调了进去。厂里无甚规矩，经常有人想捞羊毛衫的外快。金妹却是做事板实，提货单上没有供销科长和仓库主任的联合签名就不发货，所以就有人恨着，跑到老彭那儿去扇小扇子说："金妹只听老郝的，厂部去提货特难。"老彭一抬眼骂道："金妹这人我最了解，是个大好人，别在我跟前嚼她的蛆。"

原来老彭也得过金妹的恩惠。"文革"的时候，金妹做工宣队员，到一所中学去领导教改。金妹那时比一般的高中生还小，抄着手儿在教室外闲逛，却会迎来不少敬佩的目光，因为金妹是工人阶级。那时学生毕业四个面向，有当工人的，也有当农民的，有留在本市的，也有分到外地的。学生的命把儿都捏在工宣队手里，金妹香着呢！老彭正是那个学校的学生，高中毕业等分配。老彭当过造反派，让学校里的不少领导和教师吃了苦头，一到分配就吃瘪，笃定到边疆当农民。老彭彻底蔫了，像偎灶猫。好在是个独子，他老娘就哭到金妹那儿。金妹动了恻隐之心，就和学校的领导和老师碰了起来。金妹翻来覆去说："小孩子家，难免做错事，你们却往死里赶，太不仁义！"到底是臭老九拗不过领导阶级，老彭被分配到本市的一家工厂。老彭去工厂报到那天，特地来找金妹告别，动情地说道："我姓彭的也不是池中之物，终有一朝飞黄腾达，到那时再报你的一饭之恩。”金妹听得不甚了了，默然不应，许久才说：“天再大，地再广，也要凭良心做事。”所以老彭把金妹看作自己的人。

## 二

金妹是个劳碌命，忙完厂里忙家里，一天到晚不歇手。仓库是二线，照理是清闲的，金妹却忙乎。她总是手里拿着仓库堆放货物的平面图，在砌成高墙一般的纸箱的夹缝里转圈子，顺手将戳出角儿的纸箱推平，扫扫抹抹。仓库很大，光线又暗，阴森森的。每只纸箱上都用黑色的记号笔写出硕大的阿拉伯数字，舞蹈一样，变幻出许多牛头马面的形状。白炽灯焦黄的光焰把人照得像蜡一般。仓库里难免有一种湿漉漉的味道，水泥地下有黄泉，潮气从那儿跑出来，躲进软绒绒的羊毛里，沤出了许多非人间的霉味。金妹一勤力，全身就出了一层细汗。不知怎的，金妹最近特别容易出虚汗，一觉醒来，身上总是湿滋滋的。丈夫试试她额头，说有点热。金妹说这叫盗汗。女人上了年纪，多少会有点毛病。金妹坐下来歇息。纸箱到处是，随你坐。金妹坐在纸箱上心里就踏实，纸箱里的羊毛衫绵软而又充实，坐在上面她就像回到了白绒绒轰隆隆的车间。只要毛衣头还在飞扬，机器声还在轰鸣，厂子里的几百号人就有活路。仓库里有一间值班室，七八个人整天围在里头热闹，麻将是他们最热衷的活动。男男女女们闲得无聊还会做一些苟且的事。金妹亲眼看到，男女俩躲在角落里，裤子都脱了半截。金妹闲不住，所以什么都看得见。不过金妹从不多事，看见和没看见一样。人们对她也没个避讳，不尴不尬地笑笑就算了。金妹怕进值班室，进去人们就会笑她：“劳动模范终于来了。”人人都喊她“劳动模范”，其实金妹从未沾过模范的边儿。仓库主任倒是区里的劳动模范。主任姓范，麻将桌上无人胜得过他。范主任也喊金妹“劳动模范”，说金妹做事既勤力又细心，仓库里只要一两个金妹就尽够了。

金妹坐下来歇息是因为下腹部隐隐地痛。这痛已持续了很长时间，金妹却从未说过。哪个女人没有三痛六病？女人到了45岁，医学上叫更年期，金妹却觉得像用烂的抹布，扫脱毛的笤帚。既然是烂抹布坏笤帚，那就不必顾惜了。不过金妹觉得这痛蹊跷，像个肉团在软乎乎地膨胀，不太猛烈，却很充实，柔韧地扩展到四周，把血脉淤塞了，把肌肉压扁了，把其他的器官都挤得挪了位。那疼痛似乎在转悠，好像是卵巢，还像是子宫，唉，反正都是女人的破玩意儿。老太太们说，女人小毛小病逃不了，大病大痛少得很，女人的癌，乳房、卵巢、子宫，割了就是。金妹信这话。而且，这种病痛说得出口吗？女人家最要紧的就这点儿了。再说，市人民医院的妇产科有不少男医生，打死她也不好意思在男人跟前脱裤子。最重要的当然还是钱的问题，厂里的医疗制度改革了，百分之三十要自费，另外的百分之七十也要等一年之后看厂里的经济效益再决定报销多少。而医院的涨价比粮油还要厉害，跑进去就像砧板上的一条鱼，被刮了周身的鳞儿。

金妹没有什么崇高的理想，也没有什么远大的抱负。60年代读中学时有，像江姐那样去面对徐鹏飞的屠刀。金妹问儿子：“你长大了做什么？”儿子不假思索地说：“做老板，赚大把的钞票。”金妹笑了，觉得儿子邪乎。金妹的钞票太少了，一月二百元左右。金妹不敢想票子能从自己的口袋里溢出来，只是梦想着用钱不要十分算计，买青菜不要为一分两分和小贩争，买米也不要老买最便宜的黄糙米，也能像别人那样去买老蔡酱油、老蔡酱瓜。不过金妹没钱不叫穷不诉苦，有钱也不张狂不夸耀。就像金妹上班那样，有奖金是勤力的，细心的，没奖金也是勤力的，细心的。金妹对好些事情看不惯，地下有脏看不惯，纸箱不平整看不惯，还有许多许多，看不惯就动手，手只会越动越灵，不像机器，又要用电又要用耗损。厂里都说金妹是怪人头，不言不语，忙忙碌碌。这年头，大锅饭吃不到就喝大锅粥，不会饿死人。金妹这一忙乎，倒照出许多人心底的一个懒字，所以大家都摇头，弄得金妹不合群，不入流。

## 三

老郝五十出头了，这是个“过了这一村就没有这一店”的年龄。因此老郝有危机感，特别注重这支部书记的职务，开口闭口说：“要站好最后一班岗。”老彭四十几岁，在局里都叫小彭，到了厂里就叫老彭。别人怎么喊都无所谓，他只在意老郝。老郝一定要喊老彭。现在的工人都把厂长喊作老板，老彭笑笑说：“咱是为共产党做事，还不成共产党要做老板？”心里却挺乐意的，老郝不快活了，心里说：“你做老板我成什么了？”就在支部会议上大声疾呼要坚持社会主义方向，干部是公仆，领导是服务。老彭说，现在是厂长负责制，要厂长说了算；老郝就说，党管大事，要书记说了算。老彭说，要搞活经营，就要回扣，就要请酒送礼；老郝就说要廉政建设，就要原则，就要洁身自好。老彭要整顿劳动纪律，老郝就强调工人的主人翁地位。老彭常到局里去汇报，找的是康局长，老彭就成了康局长的人。老郝也经常到局里去汇报，找的是翟副局长，于是就成了翟副局长的人。康局长说，改革开放，靠的是中青年干部的闯劲；翟副局长则说，现在是社会主义建设，少不了老同志的宝贵经验。两个局长互不相让，老彭和老郝也就没个准星，常有厂长兼任副书记的，老彭不愿意，找了康局长，就作罢；也有书记兼任副厂长的，老郝不愿意，找了翟副局长，也作罢。厂部和支部就成了两个衙门。厂部有个会议室，支部也有个会议室；厂部的会议室装了空调，支部的会议室就也装。只是一部“桑塔纳”不好使，总是厂部用得多一点，支部用得少一些。老郝心自不甘，一有事就叫司机小史，小史叹苦经说：“厂部的爷们不好侍候，支部的爷们也不好侍候。咱这两腿带这四轱辘，都他妈贼贱。”

这样的捣腾来捣腾去，老彭来了一年多，厂里的境况竟比老郝主政时还坏些。当初人们骂老郝，盼着来个青天大老爷，这时就一起骂老彭，倒念叨起老郝来了。厂里终于发不出工资了，老彭和老郝一起找到局里。康局长和翟副局长都火了，就要让“精业”羊毛衫厂倒闭。报告送到分管副市长手里，副市长一拍桌子骂道：“什么倒闭？想把这烂摊子撂到社会上去？市里十有七八的企业都亏损，一起倒闭了，还不把咱政府给撕了！”康翟二局长就请示对策，副市长说了两个字：“下岗。”

得了市里这尚方宝剑，局里就给“精业”厂下达了下岗指标，百分之二十。老彭大刀阔斧地干了起来，先摸了个底接着就草拟了下岗名单。老郝毕竟在厂里耽了几十年，那几百号人睡梦里也能想象出形容，心中就老大不忍。老彭说：“现在厂子是置之死地而后生，每个人都要有危机感，下岗是必须的。”老郝说：“下岗这百十人，一月省个二三万工资，还不及银行的贷款利息，经济上于厂无补，倒夺了这些人的口中食、身上衣，不利于安定团结。”争来争去，因得了局里的支持，老彭就占了上风。老郝无奈，也去摸摸底，拟定一份下岗名单。这两份名单只有一个重叠，那就是金妹。金妹是老郝的人，也是老彭的人。老彭为了表示公正，就把自己的人列一个上去；老郝也清明，就把自己的人斩一个下来。老郝圈到金妹的时候着实犹豫，最终想道“咱把她调到仓库，也算报答过她一次了，扯平了。总不能让她一辈子躺在咱身上。”于是笔下就画出了金妹的名字。老彭圈到金妹的时候长叹短吁，最后痛下决心道：“咱一来厂就有人要调走她，幸亏咱保她，也算是帮过她了，就由她去吧，在大问题上一定要公私分明。”这样想着心里就平实了。

面临下岗的威胁，仓库里的人就一起勤力了，细心了，打箱子码箱子的重活儿也有人抢着干了。产品销路清淡，仓库里是进得多出得少，所以也没多少活儿。七八个人一踊跃，金妹就被晾在一边了，只能做些琐事；实在没事干，就扫地，仓库大，总有扫不完的灰尘。如今是有本事的人退居二线，没本事的人挺上一线，仓库里不是老彭的人就是老郝的人。他们走马灯似的去找老彭和老郝，回来就笑嘻嘻，没几天又照样搓麻将吹牛皮了。金妹没有去找老彭，也没有去找老郝，心里很坦荡，见人又懒了，手脚就分外勤快。人人都知她要下岗了，只把她一个瞒得铁桶儿似的。人们的眼色怪怪的，见了她就车转身。金妹也没往坏处想，回去照照镜子对裘老师说："我这脸色特难看，人家的眼色都怪怪的。"镜子里的金妹，面色白里透黄，眼圈儿像描了黑影。裘老师是她的丈夫，中学里的语文老师。裘老师抬起头看看她说："是吗？那脸儿是像防冷涂的蜡。"说罢又去改他的作文了。作文把他改得肩高背低。

老彭和老郝都叫范主任找金妹谈话。范主任一见她那羸弱的身影儿钻进钻出地忙，就没了胆气，话说不出口，这样挨了几日，有人对金妹说："这两天外头热闹着呢，你也甭老在这不见天日的地方瞎忙乎，找头头脑脑去说说罢。这年头，害人之心可有可无，防人之心却非有不可。"这话儿有了点影子，金妹的心里就七高八低了，去找老范。范主任躲了两趟，实在躲不脱了，就直通通说"上头要你下岗！"金妹的脑袋立即晕乎起来，只觉得下身淅淅沥沥，上了趟厕所，果真见红了，就喃喃道："早不来晚不来，偏生在这个时候，可见是晦气撞了头。"说这话时金妹很怨艾，很伤心。隔着层板壁有人听见了，不由簌簌地落下两行眼泪。

金妹木然了，就有人来嗾使她去找领导吵闹。金妹从来不吵架，想想气愤，就先去找了老彭。气壮如牛地进了厂长办公室，一见老彭却像被挖了心肺，胸膛里空落落的。老彭很客气，赶紧招呼她在沙发上坐下，还习惯地掏烟，又缩了手去泡了杯茶。金妹斜弯着身子坐下去，愣愣地看老彭，心里有千言万语要说，只是不想说她在工宣队任上的杰作。老彭沉吟有顷，也不说话。金妹就攒足劲儿说："厂子里，咱苦了三十年，整整的。厂子是我爹，也是我娘，一脚踹了，咱就成孤儿了。"望见金妹的眼圈红艳艳了，老彭的脸也红洇洇了，推心置腹地说道："这怎说是踹呢？厂子要是垮了，人人都得吃鱿鱼卷儿，还不如趁早去拣个高枝，另谋职业。"金妹幽然道："女人上了四十，就破了烂了，咱厂子都看不上眼，只有跳崖的份儿，哪里有高枝可拣？"老彭像是自嘲地说道："别灭了咱工人阶级的志气！上海在招空嫂地嫂的，不信咱这里就不要嫂子大娘。再说，先下一部分人，能腾出点资金，还能激励职工的劳动积极性，兴许厂子能起死回生。"金妹说话突然流畅了："说省钱，下百号人的岗，一月攒那牛毛儿的钱，够个啥？说积极性，下岗只能下掉职工的积极性。不信你到仓库里去瞅瞅，懒人照样懒，勤力人却寒透了心。天天说咱是主人翁，其实咱就连自己的主也做不了。"老彭原本知道金妹心儿灵秀，听了这话，不由得暗自钦佩她比老郝说得更透彻。体制上的问题，确实不是下岗所能解决的，金妹那话可是说到心眼儿里去了。不是工人耽误了厂子，而是厂子害了工人呀！厂子把勤力人一起养懒了，养不起就一脚踹了；厂子也不分青红皂白地踹了勤力人，让人们一起懒下去。老彭叹口气说道："金妹呀，我向来把你当自己人。下岗的指标是局里定的，咱也回天无术。再说，人人都知道我对你好，留了你，背后就有人会骂我老彭营私舞弊。厂子是一定能活过来的，到时候我老彭第一个敲锣打鼓把你迎回来。金妹呀，我代表厂子，向你告罪了。"果真老彭做出作揖的样子。

金妹的心眼儿被老彭说得热乎乎的，糊里糊涂地转出来，却又赤溜溜地凉了，见支部办公室的门开着，就拐了进去。老郝正在看文件，赶紧起身让座，也泡了杯茶。金妹叹了口气，知道说了也没用，就没说啥。老郝心里酸着，真感情就一漾一漾的，说道："金妹呀，人非草木，孰能无情？你有恩于我，我结草衔环还来不及！但是，下岗是指标，是原则，不是下你，就是下他。我是共产党员，也只能铁面无私了。假如厂里有所好转，我第一个亲自去接你。"金妹无言以对，只觉得坐着没趣，就黑着脸跑了出来。外面的太阳很亮丽，光耀耀地兜头一照，她又十分后悔。跑这一趟，倒像是她在哀告别人赏口饭吃，其实到底啥人养活啥人呀！金妹的心里就来气了，真想一拍两散，又十分割舍不下厂子，回到仓库，就躲在角落里死活不作声。人们一起从麻将桌旁跑出来劝她，到最后就齐声说："金妹真是个大好人。"说这话时有些怜悯。金妹的心里就更苦涩了，跑到换洗间去整理自己的东西，见四周没人，就偷偷地哭了起来。这时外面有了响声，金妹赶紧擦干眼泪跑出去，原来是另一些下岗的女工找她，说要睡到厂长室去。金妹就劝道："厂里也难着，有心有眼的，哪能看不见？说不公正是有点儿，但是不下我就下他，都是苦命人，也就不要咬来咬去了。再说，胳膊扭不过大腿，哪回老百姓闹事能闹赢？"大家就说："金妹真是个大好人！"于是就走了。

金妹四点半下班，裘老师也四点半下班。金妹本想早点走，反正下岗了，但又习惯地扫扫抹抹，转眼就是下班的工夫：金妹骑自行车，有上班族的风度，在人与车的夹缝里游刃。裘老师安步当车，有老夫子的气态，在人流里构思着古典的诗句，兴来就随口吟两声。金妹本来下班是从这个战场跑到那个战场，放下自行车就忙晚饭，喝口茶的工夫都没有。今天金妹一停车，就觉得下面又淅淅沥沥了，坐了会马桶，疲惫不堪，就恹恹地睡了。儿子回来了，有点兴奋，说："妈，我和同学说好了，寒假出去摆摊头。"金妹生气了，想骂人，却又很乏力，便闷着头不应，裘老师回家了，见厨房里冰冷，十分诧异，又见金妹和衣而睡，赶紧去摸她的额头，却试不准冷热，用自己的太阳穴贴上去，说道："金妹，敢情是低热。低热不好，是大毛病。"金妹别转头去说："我下岗了。"裘老师笑道："开什么玩笑？谁不知你是劳动模范？再说，老郝和老彭再混账也不能不念旧情。"转而沉下脸，复问："真的？"金妹的眼里就滚出两串泪珠，裘老师两手粉笔灰未及洗，就赶紧去拭，把金妹抹出个大花脸，心里也伤感，口中说道："怕什么？社会主义是张床，躺到上面就别愁没饭吃。"接着便噤了声，幽幽地烧晚饭去了。裘老师的厨艺当晚有失水准，青菜炒得老黄，米饭却还夹生。裘老师一月工资三百刚出头，金妹一下岗就只有百十块，可他们的儿子还在读高中呢。往后的日子怎么过？金妹没心没绪，自然是不吃饭了，裘老师也神不守舍，扒拉了两口就推开碗，儿子嫌饭菜不好，就吃方便面，稀里哗啦地吸着，一边不在乎地说道："你们不行，脑子里传统的东西太多。那个死人的厂子，换上我，还轮得着它来下我的岗？早就甩了它！"裘老师和金妹就一起愣愣地看着他，喃喃说道："这是工作，工作就是饭碗。"

## 四

每天早晨六点，金妹总是惊乍，囫囵地翻起身儿，却又怏怏地躺下。几十年了，天天如此，六点起来忙早饭，然后咣咣咣地骑着自行车去上班。金妹下岗后，裘老师善解人意，说她身体不好，就主动承担了烧早饭的任务。马路上人流涌动的声音渗透到被窝里，有好几次金妹都忍不住，想要起身，到厂里去看看。儿子就在嘴角上扯出几个冷笑，裘老师则劝她说："哀莫大于心死，人家无情无义，你又何必要剃头匠的担子一头热呢？"其实，金妹一直在企盼着，老郝和老彭的脚步声能在这木楼梯上铿锵有力地响起。他们说的，厂里一有起色，就第一个请她回去。于是她躺在被窝里也有了骑在自行车上的感觉，被窝筒成了飞毯，像一只巨大的肥皂泡那样在人与车的洪流里拖曳着袅娜着，"噗"的一声炸了，才知已是人去楼空，孤寂与绝望都是那么的铭心刻骨。金妹深切地感触到了心灵上的一大片空白，这空白既是无法逾越的鸿沟，又是扑朔迷离、虚无缥缈的失落。金妹觉得失业这词儿有了实体感，和这片空白一样，在她的人生中投射下一大块销金铄银的白光。失业，就是鸟儿失了巢，孩儿失了娘亲。

几天睡下来，金妹就眼儿饧饧的，心儿木木的，一摸脸儿，就觉颊上的苍白在一块块地洇出来，染得手心手背都刷白。金妹不敢照镜子，就坐在桌前发呆。丈夫和儿子都走了，家里真静哪！冬日的阳光黄灿灿地扩大着12平方米的小屋，静穆的尘土熙熙攘攘，渲染出大海般的深幽旷远。金妹悠然想起，早晨依稀听得收音机里说，市里有个劳务市场开张了。播音员的声音仿佛带有磁性，充满着诱惑。

金妹出门了，迎面而来的阳光烈烈燃烧着，眩晕中她酥酥地熔化了。劳务市场在儿童乐园。以前金妹常常带儿子到这里来玩，那时她也穷，但心里感觉甜蜜、满足。儿童乐园里有很多摊位，招聘的工作人员像测字先生那样充满玄机，一副姜太公钓鱼的模样。每个摊位的前面都张贴着布告，金妹一一看去，见大都是宾馆酒楼，大都写着："女性，18至25岁，身高165公分以上，面容姣好。"几个眉细唇红的妙龄女郎正在殷勤探问。金妹有些酸意，且又不屑，心中道"卖脸蛋吃青春饭，贱！"有一个摊位招聘教师，年龄倒放宽到45岁，不过要大专以上学历。金妹自卑了，心里却歪着想，吃那碗开口碗，繁忙得眼睛发直，钱权皆无，只落个清高。金妹就从鼻孔里哼出两声。还有几个摊位围满了人，是外资单位，或招公关小姐，或招外语专业人才。年轻貌美加洋文，二者必居其一。金妹只能望洋兴叹。

郁郁地回到家里，金妹又上床睡了，中午也懒得起来吃饭。一直到裘老师回家，她才衣衫不整地起来烧晚饭，忍不住，就把劳务市场的见闻说了。裘老师未及发话，儿子却扑哧一声笑了，说道："你那脑子是彻底死亡了，被别人作践了几十年，还想去被人作践。钞票是做出来的？不，是玩出来的。你们不是从牙缝里刮了几千块钱，存在银行里孵小鸡吗？这叫作送上门去让人剥削。拿出来炒股票，现在是七百多点，牛到一千点就能进账三分之一。"裘老师真想一巴掌打过去，但又忍了，骂道："浑小子你在读什么书？考不上大学我裘老师的脸儿往哪儿搁去？"儿子就一缩颈儿做作业去了。

复又过了几天，就到了年关脚下。年头岁尾的，商店里的人儿像是蚂蚁爬蜜糖。自从下了岗，金妹就每天在家里用儿子的铅笔头和纸边儿记流水账。不知她从哪儿学来了许多顺口溜，什么"紧一紧，家中有黄金；松一松，黄金变烂铜"，什么"一分两分都是宝，居家度日不能少；老婆任它流将去，他日老公要上吊”。她一边念叨，一边把纸票花头对花头地撸平叠起，还把一分两分的硬币摞成圆柱的模样。金妹说这话和做这事都十分认真专注。裘老师有些不以为然，才说一句，金妹的泪珠就扑簌簌地落下来，说道：“下岗了，你就嫌我了。我这身子骨总觉不自在，谁知能活多久，死了也让你清爽。”裘老师也就心酸了，任她去忙乎。

金妹最喜欢吃炒虾仁了，裘老师和儿子也喜欢，于是她就去小菜场淘剩货买了几斤茅柴虾，回家后细细地剥了虾仁，放在邻居的冰箱里，到大年夜拿了出来。那天晚上，家家的油锅吱啦啦地响。金妹也神清气爽，里里外外地忙，炒虾仁的时候特别用心，倒了料酒，又打了蛋清调匀，开只大油锅，刺啦地一炒就装盆，极鲜极嫩。儿子吵着说，过年了，要图个吉利，买瓶“王朝”，金妹兴冲冲地跑到小店里一问，要 20 元一瓶，实在舍不得，就买了瓶红葡萄酒。儿子见了心中不快，开瓶后抿了一口，说是咳嗽药水，再也不去碰它了。金妹好不伤心，也不动筷儿。裘老师长吁短叹地说道：“穷伤心穷伤心，穷人过个年也伤心。”金妹忍不住落眼泪了，又赶紧用袖子擦了，低着头不吱声。儿子就大声说道：“穷则思变。像你们这样，只能落一辈子的眼泪！”

因为算计钞票，金妹一家子过年都窝在家里，就连金妹娘家的兄弟姐妹也未走动。新年的气氛全在这走亲访友之中，苦歪歪地闷在家里头，就被外面的世界比照得格外晦暗。好不容易等那年全过了，金妹一算计，还是比原定的计划多用了七八十元钱。常将有时思无时，这是金妹的宗旨。金妹要攒钱供儿子上大学、买房子、娶老婆，她决心把超支的钱抠回来，所以过年后的日子格外清苦。不料雪中送炭，厂里的小姐妹送来 50 元补助金，说是老彭老郝亲自交代要送到金妹的手上。其实那钱是市里规定的，要给下岗的职工送温暖。金妹却以为是老彭和老郝的心意，想想厂子还记挂着她，不由心中一阵阵地暖流泛滥。

年前老彭和老郝就想来看望金妹了，拿着那50元钱走到半路又折了回去，他们实在无法面对走投无路的金妹。金妹握着那钱，全身就像通了电，兴奋地对裘老师说："我就说厂子是不会抛下我们不管的。共产党最信咱工人，还能眼睁着咱没饭吃？老彭和老郝和我说好的，厂子缓过气来，就头一个请我回去。老裘，你给我留心听着，老彭的脚步又急又脆，老郝的脚步又重又闷，他们迟早会从这木楼梯走上来的。"说到老彭和老郝时，金妹的眼睛就像宝石般晶亮了。

## 五

先前歇着，金妹那下腹部的病痛轻巧了许多。过年一忙乎，下身又开始淅淅沥沥了。裘老师催着金妹去看医生，金妹却总是推三推四。听人说，去一次医院，没有百十块是回不来的，百十块就是金妹一个月的下岗津贴。金妹这时把钱看得尤其重，从手指缝里一分两分地掰出日常开销，还一如既往地每月存一百元。这钱就像勤俭的老太太滴自来水，一滴两滴都是宝。儿子也惨了，说道："一只南非钻戒二十万,一幢别墅几百万，也是人呀！"裘老师却自嘲道"瞧那农民，比咱更苦呢！我做过知青，现在总比'文革'时好。"金妹深有感触地说道："这话也是，咱厂就有几个小姐妹，夫妻都下岗了，咱家还有一条腿撑着呢！"

夫妻俩在被窝筒里也常这样地忆苦，很有些相濡以沫的意趣。金妹像小猫一样偎在丈夫的怀里，现在丈夫的胸膛是很男子汉的。金妹的小鸟依人更使裘老师觉得任重道远，侠骨柔情地去搂去抱，就动了饮食男女的本性。裘老师开不得这口，就用手摸索着，把自己的心思表现得明明白白。夫妻俩虽说天天晚上肌肤相亲，但自金妹下身不清爽，裘老师也总是隔靴抓痒，动不得真的，有时就有些猴急。这个时候，金妹就觉得特别对不起丈夫。那个晚上丈夫抚摩得十分周致，不由金妹也动了性情，身子就扭动出许多鼓励的意思。裘老师上了身，问道：“真的行吗？”金妹肯定地答复了，却又翻下去喘气，如是者三终于探秘寻幽，渐入佳境。一两个月的盘马弯弓，这时裘老师不由放出了些力气。金妹也淋漓尽致地欢畅着，夫妻双双在峰巅爆炸了，就相偎相拥地进入了梦境。

金妹恍然觉得一夜间下身一阵阵地涌出许多东西，却以为只是丈夫的秽物，黑魆魆换了几趟草纸，也不经意，天亮了见那草纸上尽是血水，而且有一股怪异的味道，却不忍说，怕伤了丈夫的心。日里就更加厉害了，而且还夹杂着不少黄乎乎稠黏黏的东西。就一个人，金妹不免有些喊天天不应，喊地地不灵，十分恐惧；等丈夫回来后，忍了许久，终于说了出来。裘老师一听就抽自己的嘴巴，骂自己是猪狗不如的畜生，抽过骂过，围着金妹不知所措地发呆，最后竟哭出声来。金妹好伤心，就用脸去擦丈夫的泪，说道：“昨晚像个男人，今天怎就蔫了？”说罢还硬挤出几道笑纹。第二天，裘老师就请了假，死活把金妹拖往医院。

春寒将尽，点点滴滴地漏出些许暖气。裘老师用自行车把金妹推到医院里，头上竟有了油汗。自从医疗费制度改革，他们就对看病畏之如虎了，不得已来一趟，就有恍若隔世的感觉，挂个号竟要四元钱，裘老师满脸诧异地重新掏口袋取钱，小方洞里就掼了一句话来：“土爬鳖。”裘老师没有心思去吵架，拿着号牌儿就扶金妹上了二楼的妇科病室。妇科病室的门上写着：“男同志不得入内”，门口有个护士把关。裘老师看着穿白大褂的男人进进出出，心里就不是滋味，来来回回地在走廊里踱着，忧虑得满脑门都是气泡一般的奇思异想。

金妹进去一见诊疗室里有男医生，就在喊号的护士跟前磨蹭。小护士板起面孔教训说：“医院里没有男的女的。”金妹硬着头皮坐到一个男医生面前，那医生头也不抬地看看病历，问过了写过了，手就朝身后的病床上一指，说道：“脱掉一只裤脚管。”金妹那手在腰间摸索着，又停住了，脸上妩媚地飞出两朵红云。医生不耐烦地说：“不看走人。”金妹怯怯地遵医嘱躺到病床上，医生就戴上橡胶手套，用鸭嘴般的扩宫器伸进去。金妹只觉下身由冰冷而撕裂，“哟”地叫出声来，医生就嗔道：“大惊小呼地干啥？”就一手按在下腹上，一手伸进两根指头。金妹只觉一阵搅动，医生手一抽的时候，就有一团热乎乎的东西滑出来。她闻到了一股腥臊味，于是就见医生横眉竖目。医生洗过手，就说：“做个CT。”金妹急了，说道：“先做个B超好吗？”医生唰唰地开着做CT的单子，说道：“听你的还是听我的？”就把病历和单子夹在一起往金妹跟前一推，跑到边上去点着根烟不睬人了。

一动腿儿，下身的痛楚就嘶嘶地蔓延开来。金妹跑出两扇门，裘老师就飞蛾扑火似的跑来，急问：“要紧吗？”金妹不知所云地说道：“要做CT。”裘老师一时无语。现在做个CT总是四位数。先前CT属于劳保公费的范围，人们头痛脚痛都要做。后来卫生部门改革了，凡是CT结果属正常，一律不予报销。要是CT结果为不正常，又多是不治之症，那钱报销得也极心酸。这样一来做CT的人就少了许多，医院的经济效益受了影响，医生就一有因头马上开单子。

金妹的意思是，是福不是祸，是祸躲不了，假如是癌，CT的做与不做都一样，这钱就花得冤枉了。裘老师既心疼妻子，又心疼钱，想来想去，最后说道：“我再去想想办法做个B超吧！”虾有虾路，鳖有鳖路。裘老师跑到学校去和教导主任一说，教导主任就把学生的花名册拿出来挨一挨二地找，终于找到了一个学生，他的爸爸是卫生局人事处处长。教导主任亲自去找那学生。那学生人小口气却不小，说道：“只要是市里的医院，没有不听我爸爸的。明天我把他的条子带来就行了。”第二天果然带来了他爸爸的条子。那条子上写道：“来者是我儿子的老师，务请关照。”那学生关照裘老师道：“我爸爸说的，先去找院长，要你出钱就告诉我。”裘老师就浑身不自在了，觉得自己好像在赖账找关系，又想这年头不拿白不拿，就涎着脸应了。

裘老师又用自行车驮着金妹上了医院。金妹不好意思去找院长，说是开后门捞外快，自己搁不下那张脸。裘老师就自告奋勇地独自个去了。院长办公室里有空调，就早早地春意盎然了。裘老师只觉身上撒了把虱子，全身痒痒得没一丝儿精气，那递条子的手就猥琐地颤抖起来。院长看了条子，嘿嘿一笑，一个电话打到专家门诊部，说道："局里介绍来一个病人，你给瞧瞧，必要就给她做个 CT。"院长那神态说不上客气，也说不上冷落，却像富老儿打发穷亲眷，不乏热情却又无动于衷。一听 CT 裘老师心里就犯怵，"假如做了却找咱掏钱，我也没这个脸面再去找人事处长了"，这样想着就赶紧说道："多谢院长的盛情，我妻子只想做个 B 超。"院长一如既往地挂着淡笑说："没关系，我会给 CT 室打电话的。"话虽未明说，意思却很清楚。裘老师有些惊喜，复又恨自己下贱，讪讪地笑了笑，就躬着身出来了。进了医院，金妹的心绪又极差，连带着焦虑，那病容就更显狼狈。听得裘老师说仍是做 CT，金妹态度坚决反对道："一个 CT 四位数，咱付不起，也不能捎处长的牌子揩医院的油。咱就做个 B 超，几十元，总算是借了院长一点光。"裘老师好像有共鸣，却又十分不满，咕哝道："我们这些平头百姓，难得捞点油水也心里不自在，活该是草民的命根。"

裘老师扶着金妹到院长指定的专家门诊部，却见门口排了不少人。裘老师不忍心让病恹恹的妻子排在后面等，找着门口的护士一说，那护士就极其严肃地走过来，把金妹领了进去。金妹知道专家门诊一个号要 15 元钱，自己揩了油，心里愧疚着，门口侍候的病人又浪出许多怪眼色和怪语言，恰如芒刺在背，便局促地跟进去。那护士旁若无人地把金妹领到一个主任医生跟前，里面的病人就叫了起来。那护士嗔道："你叫院长打个电话来，我保证把你服侍得舒坦。"病人们就不敢再说什么了。

主任医生是个老太太，那一头的银丝和满面的慈眉善目给人以亲切感和信任感。金妹的心儿就突地定了。照例是问病情，记病史，脱裤、卧床、扩宫、触摸。老太太动作极轻极柔，最后只有插入的感觉，而且是一种亲密的体己的感觉。老太太很仔细，复又叫她侧卧，一手按腹，一手伸指从肛门插入，也是极轻极柔。老太太检查完毕，就要开 CT 的单子。金妹急说：“我不做 CT，做个 B 超足够。”老太太笑问：“院长不是和那边说好了吗？”金妹说道：“做了我心里会难受。”老太太就说：“其实也不用，就做个 B 超吧！我是不会看错的，子宫内膜移位，或者说是肿块，8 公分左右。”金妹见老太太很安详，心里也就坦荡了，谢辞了出来。老太太极自然地送到门口，见金妹不备，就悄悄对裘老师说：“要赶紧住院手术。”裘老师知是不好，一刹那脸上扭出了泪水倾盆的神态。金妹回头见了，就笑他打喷嚏的模样太丑。裘老师佯作打喷嚏，就把泪儿一起咽了回去，扶着她去做 B 超。报告出来果真是 8 公分左右的肿块。裘老师用自行车驮着金妹回去时，默默无语，突然想起老郝老彭，发狠地骂道：“你为啥不做 CT，便宜了那些龟孙！”金妹却没有听出他的真意，以为是指医院，扬眉道：“咱们已揩油一个 B 超了，人心要平。”复又诧异，问道：“你这是怎么啦？”裘老师赶紧回眸，努力地笑出“扑哧”一声，眼睛晶亮晶亮的。

## 六

经人介绍，老彭认识了一个温州的私人老板。温州老板什么生意都做，知道“精业”厂要买一只十二万的锅炉，就缠住老彭不放，请了几顿酒，还送了只二千元的红包。前两年乡下老板是送鱼送肉送油送米，现在行送钞票。老彭当局办副主任时就经历了几次，当了厂长自然机会更多，所以也就笑纳了。老彭认为，十二万买只锅炉，到哪儿都是这个价，在不损害工厂利益的前提下，为何不能得点实惠？再说，且不和国外的经营者相比，沿海发达地区的厂长经理，帮国家发财的同时自己也发了财。以厂长所负的责任，所花的精力，比一般劳动者报酬高、利益厚，那是理所当然的事情。

裘老师找到老彭时，老彭的口袋里正揣着那两千元钱。裘老师打听过了，住院动大手术，必须交纳一万元保证金。裘老师考虑到金妹为“精业”厂鞠躬尽瘁三十年，厂家不能置人命于不顾，就理直气壮地找上门去。老彭听说金妹病情不妙，心中也悲戚，“笃笃”地在办公室里来回走着，却拿不出一个主意。一万元厂里从随便哪个角落都能扫出来，关键是厂里有规定，职工的医疗费一年后方可酌情报销。如开了这口子，“精业”这只破船就会撂上来许多大石头，非沉了不可；再说，在岗的职工都不能及时报，金妹又是下岗的，他实在说不出口。见老彭作难，裘老师着实苍凉，闭了闭眼睛，细密的眼纹里就透出了泪花。老彭立即想起了金妹的种种好处，拉着裘老师的手说：“你要理解我！你要理解我！”哽咽有顷，略作沉吟，从口袋里摸出二百元钱，想想不妥，又添了二百元，硬塞到裘老师的手中，说道：“我忘不了金妹的恩情。厂子能对不起金妹，我老彭不能对不起金妹。这是我私人的，你务必要收下。”裘老师想接了那钱，又想撕了那钱，半天的不知所措，最后一跺脚撂下那钱，“咚咚”地跑了出去。

那边老郝正竖着耳，一听裘老师跑出来，就赶紧去拉他进了支部办公室。老郝一问情由，就唏嘘着说：“这改革开放总不能改掉了革命的人道主义，一万元又怎样？厂里吃吃喝喝哪年不是几个万？什么厂里的规定，特殊情况也要特殊对待嘛！现在这世道，有能耐赚钱落个生活舒坦，没能耐人凶蛮也落个心里舒坦，哪能像金妹那样，善得像菩萨，软得像绵羊。现在的人脚丫子大着呢，就专门拣金妹一样的人踩着。老裘，你可不能像你老婆那样，被人踩惯了还不吭个声儿，找老彭去理论。共产党的天下，总有劳动人民说理的地方。”老郝说得激愤了，正气堂堂地坐在办公桌前，显出一副扭转乾坤的模样，最后说道：“现在厂里是老彭说了算，我也爱莫能助了。只是想想金妹的人情，心里就酸楚。”裘老师一听老郝嗾使他找老彭吵，想扭头就走，或者说他一句：“你不也是在踩金妹吗？”却又拉不下情面，忍了老大会儿，才循规蹈矩地辞别，跑到马路上自叹道："劳动人民就是劳碌命。"

团团地一圈兜下来，裘老师一无所获，只得回到学校，再找处长的儿子。老师的情面往往是一次性的，不能多用，裘老师第二次去找那学生，他却口气不大了，淡淡地说道："我回去再问问看。"第二天却不来找裘老师。裘老师也只得再保持一点自尊，没有再去找他。裘老师心里很苦。世上的事最令人悲哀的，莫过于眼巴巴地看着最亲爱的人无奈地走向死亡。裘老师深切地感受到了自己的无能，不知东西地竟又到了医院。他明知无望，却又执拗地走进院长室，果真院长婉拒了，说交保证金是医院的规定；乡下人看病经常赖账，医院已吃足苦头。裘老师想苦求却不能，就昏昏沉沉地辞了出来，正巧碰上那个帮金妹看病的老太。老太骂道："你这个男人丈夫是怎么当的？你妻子十有八九是子宫癌，还磨蹭干啥？"一个大男人竟在众目睽睽之下簌簌地落了泪，老太太知了究竟，叹了声"穷人看病难"，幽幽地去了。

一万元不是个小数目，是夫妻俩两年的工资总和。裘老师心头垒着那一万元，步履滞缓地回到家里。金妹对他迟迟不归有些生气，黑着脸不理不睬。裘老师赶紧去烧饭，见饭已煮好，又赶紧去烧菜，见菜也全都搁在桌子上了，实在没事干，就笑吟吟地面对金妹，却又不免时常敛眉垂目。裘老师已经把家里的存款算计了一千遍一万遍，却总是只有五千元。裘老师下定决心，就是砸锅卖铁，也要凑齐这短下的五千元，金妹总是疲怠，恹恹地早早睡了，却常常惊惊乍乍地喘气和挣扎。裘老师把儿子喊到厨房里，端来两只小板凳。爷儿俩面对面坐着。裘老师前所未有地严肃，儿子就深感一阵心灵的震撼。父亲说："你妈妈生的是癌。"儿子的嘴唇颤动着。儿子的上唇有着细软嫩黄的绒毛。父亲叹息了，又说："你妈妈住院开刀要交一万元保证金，咱家实在难凑齐。从今往后，咱俩能省的都要省下。"儿子十分庄重地点头。裘老师很少有嗜好，酒不沾，麻将不碰，只是抽两根烟，烟不是最差，三元一包的“画苑”，在家从不抽，学校里也是人来人往的客气。这烟其实只是用于人际的交流，裘老师身体力行，省了。同事们玩笑道：“老裘，气管炎啦？”这话一语双关。裘老师只是牵牵嘴角，沉默不语。儿子先把课间点心省了下来，想想一月只有十五元，心儿就紧了，瞄住了一个月八十元的饭费。原先金妹上班，儿子中午一顿就在学校吃。金妹下岗了，中午一个人在家也只是剩粥剩饭剩菜剩汤地吃一口，怕屈了儿子，所以还叫儿子在学校包饭。儿子吵着说学校的菜不好，中午要回家吃。儿子在区重点中学，回家要跑三里路，中午急匆匆奔回来吃妈妈的冷粥冷饭冷菜冷汤。金妹心疼，要另起炉灶，儿子就差点和妈反目，至多只肯吃一碗光面。儿子常常到了三四点就饥肠辘辘，咬着牙忍了，青春年少就尝到了人生的艰辛。

这样的节省离一万元还是遥遥无期，而金妹的病是等不得的，裘老师不得不四处告贷。穷人多的是穷亲眷，都被钱压得透不出气儿。裘老师读书人的面皮撕不下来，羞答答如求爱的少女开了口，却见亲眷们脸上起了愁云，赶快讪讪地作别出来。马路上见了一棵棵老树萌了细芽，就朦胧萌生许多悠悠扬扬的生的企盼，下定决心咬紧牙关一家家地羞怯下去，一家家地失望下去。裘老师和金妹的父母都是退休工人，可怜的退休金只够一口饭，所在的厂家又不景气，一口饭的钱也常常要拖欠甚至赖账。老人们暮年垂垂，想想子女们的不景气，就从牙缝里刮下一点棺材钱。面对裘老师的满脸悲戚，老人们无言劝慰，颤巍巍地一家拿了一千。裘老师双泪滚落，也颤巍巍地接了，哭声道：“爷娘把我们养成了四十多岁的大男大女，儿女们却没有孝顺的力量，到头来还要榨老人的骨髓。我们这些做子女的狼心狗肺哪！”老人也就哽咽着说：“总是咱的子女，总不成白头人送黑头人。”

七拼八凑了将近八千元，还差两千元。裘老师为那钱烦神，心事重重，却仍然要强颜欢笑。他每天早早地回来，在家里也不再改作文了，甜言蜜语地围着金妹转，手忙脚乱地包揽了所有的家务活。儿子也乖巧得出奇，娘的眼皮下认认真真地读书作业，又尽拣好听的说。

金妹一颗心全在丈夫和儿子的身上，对家里气氛的变化，十分诧异，就往坏处想，暗暗忖道："我这病许是不好。"她眉眼含悲，暗暗地放出话来套爷儿俩："我这病能治就治，不能治就拉倒。"金妹说着，抬眼凝视丈夫和儿子，那神色里就酥酥地飘荡出许多祈求。裘老师笑道："现代的医学，换心换肝都可以，还用说你那点妇科的疾病？"金妹听了芳心才算落定，偏巧瞥见丈夫背过去挤眼，复又生了疑窦，怕伤了丈夫的心，只得信任地笑笑，自顾云里雾里地瞎想。

这天日里，厂里来了几个小姐妹。金妹喜出望外，赶紧倒茶，一边问道："厂子怎样了？老彭和老郝和我说定的，一有好转，就让我回去。我等到今天，已经等得心儿焦干迸脆。"小姐妹相对无语，有一个竟掩了面。金妹把前前后后的事连起来一想，不由得心儿抽紧了，平平淡淡地说着，却极想从小姐妹的话里听出个究竟。那个掩面的就说："自从裘老师到厂里来过之后，老彭和老郝就说要奉献爱心，让职工捐款。老彭捐了四百元，老郝捐了二百元，大家伙儿七拼八凑的，聚了这三千元。厂子让咱给你们送来。"金妹这才知道事情的严重性，刚想谢一声，无数的心事就缠结起来，憋闷得身子骨儿起飘。小姐妹们把这钱摞在桌子上。金妹终于从千头万绪中抽出一缕思索来，款款地软语道："我生是'精业'人，死是'精业'鬼，厂子掏钱给咱治病，该。叫大家伙掏钱，我就愧受了。"小姐妹们一边推着钱，一边有一句没一句说着。见金妹动了真情，一个个于心不忍，安慰了几句，就前后脚一串蟹似的溜了走。金妹追到门口，就在那儿站定了，手里还捧着那钱，人却一动不动。裘老师回来见了，大惊诧，赶紧去扶。金妹一头倒在他肩上，呜呜地哭。裘老师心里酸极，却又故作嬉笑："娘子，小生这厢有礼了。"金妹悲愤地抬头，闪开身子，抄起一只茶杯，连汤带水砸了过来。裘老师未及躲让，头上就乌青出一块，胸前还渍出一片湿黑的颜色。裘老师的眼中滴下水来。金妹赶紧上前呵他那块乌青，半晌热急急地骂道："冤家，你为啥不和咱明说！"夫妻俩就抱到一起去了。

# 七

金妹变了，像个极柔顺的乖女孩，对丈夫十分的依恋。眼巴巴地送丈夫上班去，那耳朵就长在楼梯上，急不可耐地等着丈夫“咚咚咚”地上来。金妹吃药时必要喊苦，裘老师伸出舌头舔舔说不苦，她就咕地一口喝了。裘老师像慈父那样，常常十分怜惜地抚摸着金妹那日渐枯黄灰白的头发，动情了，喉结就一上一下地活动，有时还会发出“呃呃”的声音。夫妻俩都有些旁若无人。儿子故意别转头，眼里愣愣怔怔地蓄满清亮亮的水。裘老师说：“该住院手术了。”金妹满眼的惊惧，却小鸟依人地连连点头应允了。

金妹出门了，头巾把脸裹得十分严实，那眼就分外的圆大而且楚楚动人，还未挪步，却只管朝那住了几十年的老房子专注地看，就有了许许多多生离死别的酸楚。裘老师深知金妹的心情，把自行车的坐垫拍得咣咣响，揶揄道：“这房子看它不够，拆迁住了新公房，就看不到了。”三年前就讲拆迁了，此地户口也早已冻结，只是一直不拆不迁。金妹果真笑了，说道：“新公房就是好，不要天天倒马桶了。”复又阴了脸，径自朝外走去。

裘老师还是用自行车把金妹驮到医院。医院的住院部新盖了高层的大楼，所以病床较宽裕。裘老师办好住院手术，就送金妹到病房。妇科病房在五楼。裘老师瓶瓶罐罐地拎了一网兜杂物，自觉有些逃难的味道，默默地电梯乘到五楼，探头探脑地一间间寻过去，寻到了就回过头去欢欢地喊金妹。金妹行走还自如，裘老师却执意要扶，金妹就势撒几分娇，夫妻俩相依相拥地进了病房。

病房里有了四围洁白的墙，阳光就显得格外的明亮而且圣洁。病人们平静地抬起头看着，一张张病恹恹的灰脸在阳光里显得格外苍白。有两个顶上的苍白胜似脸上的苍白，看得金妹那眼皮坠了铅抬不起来。裘老师想着金妹往后的光头，心儿如刀绞似的，努力忍着，额上眼角就攒出许多蛛网似的皱纹。裘老师扶金妹上床，又对着号码找到了属于金妹的壁橱，放好杂物，就呆呆地看着金妹，在床边上坐下，执着她的手。金妹感觉到四周的眼光渐渐灼热起来，就抽了手，说道："你去上课吧。"裘老师双手空了，就搓着绞着，说了声"你要当心"，转身出去了。

金妹拥着被坐了，不停地看表，算计着丈夫几点下课。这时人们一起丢过眼光来。金妹窘了，赶紧报以微笑。病房里活了过来，就有人喊她 27 床。原来病友们不以姓名相称，相互用床号叫应，那几个简简单单的阿拉伯数字，这时就泯灭了职业与钱财的畛域，平平淡淡却又真真实实地显示出一段病友间的感情。26 号年最长，细看她眉镊过，睫毛也夹过，脸虽蜡黄，眼睛灼灼发光时依旧可见丰采。25 床脸黑，听口音是市郊的农民，头发掉光了，常常闷在角落里出神。24 床也是白亮亮的头皮，和金妹年龄相仿，耳里塞着袖珍录音机的耳塞，一次放开音量，竟是胡松华的《赞歌》，听得她眼泪汪汪。

26 床打开壁橱，里面尽是金光闪闪的吃食。她随意地分派，24 床不肯吃，金妹也不肯吃，25 床却吃得啧啧有声。金妹觉得自己没东西给人吃，就不能吃别人的东西。26 床说："有啥关系，同病相怜嘛！"话说得很得体，却也不勉强。午饭后照例是小憩，金妹哪里睡得着！金妹很怕见那光头，眼就不得斜视，正巧和 26 床对面，就看出了 26 床睡相很雅，也很宁静，略侧着身，有一种雍容肃穆的古典美。三点左右，26 床就魂不守舍了，时不时踱到窗前张望，见金妹看她，就说："一到四点，家属就可以探房了。"果然 24 床和 25 床也蠢蠢欲动了。金妹正在度日如年，也就赶紧翻身下床。四个女人一起守着窗口。26 床第一个欢呼起来，像个十七八岁的少女动了真情。楼下正是停车场，一辆车头有几个圈的小汽车稳稳地停了。

"这是你爱人的汽车？"金妹不免有些羡慕。26 床纠正道："是我先生。”就转到门口候着。果然是先生模样，一副金丝大眼镜盖住了半边脸，一件咖啡色皮风衣油亮亮地垂到膝盖，进门就和妻携了手，仍不忘极和善地朝每个人笑笑。金妹有些怨恨：“人家四轱辘能先到，你那两轱辘还要落后。”这样想着，耳朵就朝26床伸去，那眼也瞟了去。胖胖的丈夫坐在床头的一只椅子上，身体前倾，一只手伸进被窝里，被面上就很柔情地起了点波浪。金妹有些急吼吼了，赶紧扭过脸去，将期待的目光投向窗外。等着，等着，却来了25床的丈夫。那丈夫虽是衣冠不整，却也海派，把一网兜吃食往小桌上一放，就“啧巴啧巴”吃起盒饭来，抽空说道：“今天去谈一个工程，饭都没来得及吃。”25床那白生生的头皮就有些微红了，一漾一漾地在丈夫的臂弯里蹭了起来。金妹真的生气了，扭头坐到床上，发誓不再守着窗儿。裘老师却急匆匆来了，说道：“小家伙闯了祸，一处理就弄晚了。”金妹肚子里的气一下子跑了，愣愣地看着他，红红的眼睛里竟放出光来，低低道：“我好像已分别了十年八载。”这时26床丈夫衣袋里的移动电话“嘟嘟”地叫了起来，一屋的人都朝那声音注目。26床丈夫矜持地立起来，朝大家“对不起对不起”说两声，就跑到窗跟前通话，慢条斯理的，彬彬有礼的。这当口25床的丈夫就问26床：“你家先生是干啥的？”26床淡淡道：“是一家进出口公司的总经理。”25床丈夫眼睛一个闪电，待26床丈夫回来，就搭讪道：“看不出，你还是个大老板。”26床丈夫谦逊地说：“公仆公仆，为共产党做事，怎么好叫老板？”这样说着，就有不少人来探望26床，一个个都别着移动电话，粗声大气地客套着，临走时一个个都留个信封下来。26床丈夫十分儒雅地说：“内子患病，有劳你们的贵足，还让你们破费，我心领啦！”说罢很洋气地耸肩摊手。25床丈夫就很有感触地说：“当官就要当这样的官。”

小推车送来了晚饭。只有24床订了饭菜，其他几个都只订了饭。金妹不订菜是为了省钱，25床和26床却是因为吃不惯医院的菜肴。裘老师给金妹带来一块大排骨，一只荷包蛋。25床吃鸭肫方腿等熟食。26 床家的佣人送来了一烧锅鸽子汤。丈夫随意说道："我叫张妈炖汤时放了根西洋参。"26 床喝了一口就叫苦，张妈"太太太太"地哄着，丈夫连忙一匙一匙地喂了进去。26 床蹙额攒眉，左躲右闪地喝了。金妹叫丈夫不要去看，却说排骨烧老了，实在咬不动，生气地叫丈夫吃了。裘老师啃了一口说还好，金妹就一筷子夹了塞进他的嘴，恨恨地说："你说好就你吃。"方才开了脸色。只有 24 床最冷清，三口两口地扒了饭，就用被蒙住了头。一会儿金妹的儿子和 26 床的儿子一起来了。26 床的儿子一身名牌，见了妈就喊老娘，有些浮躁。金妹的儿子贴在妈的耳根说："儿子争气才是妈妈最大的福气。"一句话说得金妹眼圈又红红的了。

夜里护士来熄了灯，病室里格外冷清寂静，四只床上都在翻身。26 床意犹未尽，倡言道："我们本来素不相识，是这要命的病把我们连在一起，也算是投缘吧！我们就说说各自的家庭吧，也不枉了萍水相逢一场。"金妹说："你的家有的说，我的家没的说。"26 床就道："那也不见得。我们都是半条命了，是死是活还不晓得，把话说出来，也算是历史了。"这话说得惨然，人言一时俱与夜一样铁静。26 床复言道："你们不要看我先生光耀，其实他外面有个情人。我也管不了他了，只要他对我好就可以了。他是个半新半旧的男人，家庭也要，情人也要。"金妹马上想起"轧姘头"三个字，不由暗自心中庆幸。她依稀记得小时候爷娘说的故事：崇祯皇帝上吊前用宝剑砍杀亲生的女儿，一边说道："你为什么要生在帝王家？"金妹就有了贫贱夫妻百年好的自豪，朗朗地说道："我男人虽说赚不动钱，对我却一心一意，人也勤力，我也满足了。"25 床受了鼓励，也说道："我男人老粗，回家两腿一伸就打呼，不过会挣钱，当个包工头，十万八万地交给我。"24 床突然哭了起来，三个女人惊问，24 床说她正在听苏州评弹《宝玉夜探》。26 床勾动了心事，就叫 24 床放出来听听。24 床果真放了，那弹词是：

一阵阵朔风透入骨，
乌洞洞的大观园里是冷清清。
他是一个人、一盏灯，
黑影幢幢更愁闷。
孤单单独自到潇湘馆，
去看那林妹妹的病情可减轻。
行走已到病榻前，
只见她气息奄奄不作声。
一个儿叫林妹妹，
一个儿把表兄称。
未曾开言泪沾巾，
为什么这冤家我最操心？
……

月影移动，侧楼里医院悬晾着的许多白被单，投进来大块的幢幢黑影。那江南的吴侬软语，金妹们虽说听不分明，但幽怨凄切的乐调却一声声紧往心眼眼里钻。宝黛爱情的千古悲剧，渲染出一种旷古的却又贴近的气氛，惹得四个女人潸潸泪下。24床评弹般地说了起来。她原本是上海人，60年代初随父母支内来到本市，60年代末到内蒙古插队落户，结婚生子，70年代末返城，夫与子却留在内蒙古。儿子今年面临高考，丈夫只得留在那儿，夫妻俩天各一方，生死不能卜问。24床说：“《孽债》你们看了吗？电视里问，究竟是为什么，你们说说，究竟是为什么呀！”说罢号啕大哭。护士奔过来骂道：“寻死啊？半夜三更鬼哭狼嚎，发神经！”那声音就像被抽干了，一下子病房里凝固得如同荒野古坟一般。

# 八

这天裘老师一早就去了，不无得意地对金妹说："门口两只黑猫盘察得紧，我只管往里冲，反倒没事。"金妹喜出望外，赶紧夸耀地对几位病友说："我家的老夫子，难得有这份心。"27床附和道："还是老师好，没有课就可以到外面跑跑。"裘老师被她们一夸，就有些晕晕乎乎，脱口道："你说巧吗？我有个同学就住在这幢楼十层的高干病房。都几十年不见了，一照面依稀还能记起点模样。"这是个全班最靓的女生，高个大眼，皮肤白，头发黑，颇有维吾尔女郎的风味。裘老师宛然返回青春年华，有了诗情画意，那眼就管不住地跃起两束光焰。金妹笑道："是个女同学。"裘老师顿时有些尴尬，只得点头，边上就有人窃笑。正在说着，那女同学就款款地来了，化着淡妆，一袭米黄色的质地较薄的风衣，极典雅，极高贵，和金妹握了手，又和其他的病友招呼了，就坐在金妹身边，一见就熟地说道："几十年未见了，今天却意外地碰见小裘，我想这就是缘分。你们信不信？反正我信。""小裘"很局促，两手绞得麻花一样。女同学问了金妹的情况，又介绍了自己的家庭。她是市话剧团演员，丈夫是市府教卫办副主任。最后说到，这里条件太差，没有空调，没有空气清洁器，没有浴室，不像十楼，一应俱全，而且再三关照金妹，有什么不方便就去找她，说罢就高雅地踱了出去。

和那夫人一比，26床这个太太就相形见绌了，她悻悻然道：十楼人家都叫作贵族病房，护士都是经过特殊训练的，个个会按摩。"话说开去了，渐渐就说到开刀要给医生塞红包的事。裘老师和金妹都吃惊不小，家里已经洗劫一空了，再到哪儿去掘一只红包出来？金妹问已经开过刀的24床和25床，她们都说是。24床说，她是市图书馆的工作人员，清水衙门，为治病已经罄尽家财，为筹集这只红包，白发老父又亲亲眷眷地告贷数日。裘老师问道：“大概是什么尺寸？”她们都说最起码八百元，没有红包，那你就医院里尽住，没有人给你动刀。裘老师极其隐蔽地叹出一口气来，但还是给金妹发现了。金妹当即站了起来，说是理理东西就回家。裘老师严肃地把她扶回床上，斩钉截铁地说：“只要你还在，不管是坐着还是躺着，看见你眼睛转溜，我才活得下去。”一阵风吹进来，几张病历纸钱般飞了起来，直至落到地下，也没人去拾。金妹说：“死一个该死的，活着的更难，还有儿子呢！”

下午探病的时候，裘老师早早地去了，夫妻俩却无话，愁眉苦脸地枯坐着。护士进来叫道：“27 床家属，到医生值班室去一趟。”裘老师应声而去，只见一医生正在哗哗地翻着金妹的病历。裘老师惴惴地招呼一声，那医生却不抬头，极坦然地说道：“杀只鸡还要磨刀拔毛，开刀是件很麻烦的事，无影灯下全神贯注几个钟头，弄不好就是十几个钟头，小便也要护士帮着解扣子，那是很伤身体的，要有适当的营养补充才能保持生理的平衡。一个手术组有不少人，主刀副刀啦，麻醉师啦，化验师啦，护士啦……现在医院里兴这一套，北京上海都一样。”裘老师毫不犹豫道：“只要用心给我妻子开刀，我就是去偷去抢，也不会亏待你们的。”医生抬头笑着说：“到底是城里人，明白事理。碰到那些乡下糊涂蛋，大家都不舒服。”回到病房，金妹急问，裘老师那脸色是纸包不住火，却故作豪语道：“开刀是你的事，筹钱是我的事。你受了皮肉之苦，我就不作兴多费些心思？”到底是坐不住了，就早早地回转去。

金妹只怪自己连累了丈夫，全身抖抖地忐忑着，忽然想起十楼的“女同学”，不免病急乱投医，一电梯乘了上去。十楼的高干病房非同凡响，茶色玻璃的落地长窗，丝织的拂地帷幕，装点出琼楼玉宇的朦胧美。金妹一踩那绵软的地毯，就觉跟随了她一世的脚步声倏然不辞而别了，蹩手蹩脚地斜签着身子在沙发的一角坐下，顿时浑身燠热，解开外衣的纽子却又扣上了。“女同学”穿一件素色的羊绒衫，十分客气地倒了饮料，削了苹果，笑言道：“小裘以前是很有才气的，老师总是把他的作文当范文读出来，我们都叫他无冕之王。哦，无冕之王就是作家。怎么一当老师人就迂了？照理说教师是太阳底下最光辉的职业。”“女同学”京韵十足地说着，金妹云里雾里地听着，突然说道：“我也实在无法，就想找你试试。听说你爱人是管医院的。听说医生开刀要收红包。教师你是知道的，我也下岗了……”“女同学”还是微笑着，却透出了些许矜持，说道：“现在廉政建设是全党的工作重点之一，医院也在大力整顿行业不正之风，怎么会收红包呢？你尽管放心，出院的时候，医院会让你填写一份征询意见的表格，假如收红包，你就如实反映，医院一定会严肃处理的。”这样说了，金妹也有几分相信，不知所措地坐着无趣，就辞了出来，回到病房里，方觉五楼和十楼是天上人间。26 床问她去了哪儿，金妹老实说了，26 床就笑她太老实，是个大好人，说道：“我打听过了，你家先生的那个女同学，只是有点高血压，因和剧团领导闹别扭，就住上了十楼。十楼住一天多少钱你知道吗？三百元，她一住就是一个月。当然啰，哪个医务工作者敢对她搞不正之风？”

金妹以为医德所在，所以心存侥幸。正在胡思乱想着，24 床的白发老父颤巍巍地来了。24 床不想让老父看见泪眼，就别转头朝着金妹。老父少齿的嘴呢喃不清地说着女儿小时的笑话。24 床的眼里就牵出一线线的泪来，装作擤鼻涕偷偷用手绢擦了回头，见老父双耳的冻疮溃疡了，就说要帮老父结一只深筒的绒线帽。老父也掏手绢背过脸去擤鼻涕了。24 床最近一直在化疗，手术后化疗就说明所患是癌。24 床扶着墙送走了老父，闭目默坐在床上。金妹觉得与 24 床有更多的共同语言，也想劝劝她，就有话没话地找她说。24 床断断续续地说了，丈夫还不知她身患绝症，只知是一般的妇科手术。丈夫在旗的文化馆里做创作员，工资经常欠着，为了凑齐她的医药费，就在当地借了高利贷。她对一切都失望了，唯一的希望是儿子能考上本市的大学再回到她所不能割舍的城市，让她们这一辈的缺憾在下一代的身上得以消弭。两人窃窃私语着，病房就熄了灯。夜色凄迷地在她们的心头荡漾起来。24床突然吟诵道："天苍苍，野茫茫，风吹草低见牛羊。"那诵诗是梦幻的，漠北的长风从芳草萋萋的高原脉脉而来，拂拭去笼罩着城市千楼万宇的月色，鸣奏起胡松华《赞歌》的深远的旋律。金妹听见了一种生命的热切的呼唤，一种不甘死亡的无奈的祈祷，循声看去，只见24床两点瞳仁萤火虫般地一飘一漾，倏尔灭绝，便是一片万劫不复的死寂。金妹真正地哭了，为自己，也为她。

一夜没睡好，第二天金妹又觉得下身湿滋滋地难受，一看又是经血，也不十分上紧。这天26床手术，护士一早来做准备，脱了她的裤子。26床不自主用手去护下身，护士啪地打了一下，把她腹部和下身的毛剃得干干净净。26床忧心忡忡地说道："一刀下去，我就不是女人了。"医生八点查房，之前门房看得紧，家属是无法进入的。26床不知自己卵巢的瘤是良性的还是恶性的。医生说要手术后切片化验才能确诊。26床生死未卜，期期艾艾地等不到丈夫，就对金妹说："一上手术台就不知生死了。我先生来了，你就告诉他，就说是我关照他，随便他怎样。只要好生看待儿子。"这话有了遗言的意味，金妹听得惨然，就勉强说了些吉利的话。手术床推来了，26床爬了上去，竟一把攥着金妹的手不肯放。金妹一路小跑着送她到手术室门口。26床松手的刹那，竟对她落下两颗泪。九时许，穿皮风衣的丈夫匆匆地来了，问道："人呢？"金妹说了，那丈夫就沉静地坐稳了，拿出一本书看了起来。当了无声息的26床被手术床推回来的时候，金妹跑在那丈夫前头去看，见26床微微地开合着眼睛，平素那一头千姿百态的浓发，此时竟气息奄奄地粘结着汗水，疲软地倒伏了。那丈夫揭开被单抱起妻子时，26床未系裤带的宽松裤就滑落下来。金妹赫然看见腹部大片地渍红着消毒药水，中间贴着一大块纱布，也是暗红的下身张扬地精光着。金妹深切地感到女性的悲哀，赶紧过去掩了裤子。那丈夫把妻子放倒在床上，便急匆匆地去找主刀医生询问，回来就伏在26床耳边说：“主刀医生说的，肿瘤肯定是良性的。”这时26床的嘴角就有了极细微的笑靥。金妹在那小小的凹陷处，看出了极光辉灿烂的生的希望，就会心地笑出声来。那丈夫也被感染了，就说：“你出院后，我就在‘大富豪酒家’张宴祝你康复，到时候也请你27床。”金妹由人及己。不由声哑，喃喃道：“不知我有没有这个福分。”

约莫过了两三个小时，26床全醒了，痛苦地呻吟起来，肚皮里咕咕响。医生和护士一进来就问：“放屁了没有？”放屁就说明通气，说明手术时紊乱的肠子又重新理顺了。26床终于放出长长的响屁，释然道：“好轻松。”穿皮风衣的丈夫就口授了她的食谱：黑鱼火腿汤、鸽子洋参汤、乌骨鸡灵芝汤。还有冰糖燕窝、鹿茸白木耳等点心。到了次日，护士坚持要26床自己下来上厕所，说是活动活动，以免肠粘连。金妹出于同情，主动协助护理。26床走得趔趄，金妹扶得吃力。26床不过意，就要送两支西洋参。金妹执意不收。26床感动了，就说：“27床，你真是个大好人。”

金妹在这儿做大好人，裘老师又第二番四出告贷，亲亲眷眷又跑了一遍，毫无收获，就回家枯坐。其时市里正掀起献血的热潮，电视里也有了市委书记市长挽袖插针的镜头。献血的任务是按指标分到各单位的，裘老师的学校分到两个指标。没有人愿意献出自己的血，学校里就让教职工抽签，中签者哭哭啼啼，说抽血要伤元气，高低不肯。学校于是决定重赏，抽血者奖励四百元，公休半个月。这正中了裘老师的下怀：一能筹款填充红包，二能得空暇服侍妻子。裘老师欣然报名。学校的广播里就盛赞裘老师献爱心，讲人道。一进血站，裘老师觉得很悲壮，很崇高，心脏热烈地跃动起来，就想坐定了静静心，不料一扬眉见儿子坐在前面。左臂弯的针头源源不断地把鲜血引入一根细弯的皮管。儿子青春的双目闭合着，显得宁静而又圣洁。裘老师真想一步冲上去拔了针头。终于忍住了。为了母亲，儿子能吝惜自己的鲜血吗？但是儿子太年轻了，似乎血液也格外鲜嫩纯真，静穆地流淌着，像一条涌流而不显波动的小河。裘老师以前也曾听说过，有些极其贫困的高中生，顶替别人去献血，攒钱续学。许多老师只是怜惜这些学生，裘老师却以为是英雄好汉的作为，心中着实钦佩。裘老师现在真正地为儿子而自豪。他躲了出去，一小时后重返血站。第一次献血的那种担忧与恐惧消失殆尽，先前的悲壮与崇高也了无踪迹。裘老师像儿子那样宁静地坐下去，宁静地左袒。针勇锐地进入血管。裘老师耳边激流飞泻，惊涛拍岸，长江是母亲河，黄河是母亲河，母亲的河流呀，全身都是訇訇然的洪流。流动感消散了，眼前有无声的爆炸，飞散着细小密集的碎片，终于，一阵阵略似轻松的眩晕涟漪般泛泛地浮起，接着是令人销魂的绵软。

裘老师不知东西南北地跟着感觉走，推门进家，见儿子已躺下，噙着热泪走过去。儿子拿出六张崭新的“老人头”，沙哑地梦呓般地说道：“我得了一等奖学金，共六百元。”有个香港老板投了一笔钱给他的学校做教育基金，学校就每年三四月之际评一次奖学金。儿子得的其实是二等，二百元。另加的四百元从何而来，自然不言而喻。望着儿子苍白而又甜美的笑容，裘老师不忍点破这圣洁而又温情的谎言。他用力支撑住晕晕乎乎的脑袋，去炖了一钵鸡汤。儿子死活不肯喝，一定要留给妈妈。裘老师死活要他喝，说他老婆也要儿子也要。父子俩真的吵了。儿子一眼见了父亲眉宇间深浓的悲哀，明白了什么，就和着热泪喝了。裘老师身子软了下来，也不洗漱，和衣倒在床上。这是一个温柔的静谧的甜美的夜晚，为了妻子，为了母亲，父子俩都让自己的思绪在太空中不规则地遨游，追逐着无限，拥抱着永恒。

这晚丈夫和儿子都未去，金妹白白地等得心焦，就生了气。第二天裘老师去了，金妹就给他一个脊背。裘老师苍白着疲软着，却笑嘻嘻地嘴巴贴向她耳边道：“儿子得了特等奖学金，一千元。”金妹喜滋滋地调头，却又更加生气了，骂道：“你这狼心狗肺，为啥不让我早高兴一晚？却叫我好心焦。”说罢那泪就扑簌簌地落下来了，擦擦眼对26床说："千好万好，儿子好才最是真。"轮到26床羡慕了，说道："我儿子太纨绔了，我也无力管他啰。"裘老师心里酸酸的，脸上笑笑的，碎步去送红包。金妹一愣怔，竟发现他背有点驼了，后脑勺的螺旋也扩大了空白，黑灰的头发就陷阱似的齐往中间塌陷。裘老师回转来就说："医生叫你准备准备，还要做几个化验。"那话音竟失重一般起飘。裘老师又道："我倦了。"就朝边上的小桌上一趴，鼾出了声儿。金妹用手指深情地在他头顶的那口陷阱里画着圈，一圈又一圈。裘老师仿佛得了神助，睡得愈加甜美。

## 九

万事俱备，只欠东风，金妹就等着上手术台了。她吃不下饭，睡不好觉，觉得自己在热切地期盼着，竭力地追求着，又觉得自己在失望地逃避着，垂死地抵抗着。裘老师安慰道："我请了两星期假，来和你同甘苦，共生死。"说出个"死"字又极后悔，婉言道："吉人自有天相。人人说金妹是大好人，难道天不长眼？"金妹凄然道："好人活不长，坏人能百年。"裘老师一阵辛酸，急忙说要上厕所，跑到无人处，悲怆地喊道："天哪！天哪！放穷人一条生路！"

这时病房里突然发生了意外，24床发起高烧，一会儿沉沉地昏睡，一会儿响亮地谵语。金妹赶紧打铃喊护士。护士一来就怨怪她铃打得急，给24床量了体温，就喊来了医生。医生一看就攒着眉说："送重病房。"推走的时候24床突然半睡半醒地伸出一只手，一把攥着金妹不肯放。金妹跟着一进重病房就压抑得透不出气来。几只导弹一样的氧气瓶虎视眈眈地蛰伏着，男女混杂的几个骷髅似的病人悄然圆睁着眼瞠视，死亡的气息浸淫着金妹的心灵。24床突然全睁开少女的眼睛，那样的妩媚，那样的火辣，热烈地说着："你看见过草原的朝阳、大漠的落日吗？蒙古包里，马头琴总在深情地歌唱，骏马在草丛里驰骋，只能看见匀速的移动，听不见一丝儿声响……”裘老师怕金妹情绪不稳定影响了手术，跑进重病房高低拉走她。金妹斜靠在床上，那思绪却像一坨糨糊粘在24床身上。不多时，24床的白发老父蹒蹒跚跚地来了，找不到重病房就先到病房来问。白发老父说，他女儿怕是挨不过今夜，医院通知他来守候。金妹兔死狐悲地嘤嘤哭了，吵着要去看，却被丈夫守得一步不得动，心儿吊在重病房，就在床上辗转反侧。到了晚上，走廊上杂沓的脚步擂鼓似的响到金妹心头，骤然静了，这静就十分地狰狞，终于那方向传来了老年男性嘶哑的哭声。哭声意味着人类生的无奈。金妹的眼前交替出现了草原、太阳、骏马。她从未去过塞北高原，但她如此深切地感受到那长风、那起伏、那驰骋。白发老父进了病房，抑制住如悲吟一般的哭泣，坐倒在24床上，自言自语道："去了，就这样去了。她也算活过？三年自然灾害吃树皮，插队落户面朝黄土背朝天。好不容易回了城，夫妻分居像牛郎织女。改革开放了，那单位又穷得清水里没有一粒油花。去就去吧，赖活不如早死。"三个女人掩面而泣。金妹问道："她走的时候丢下什么话了？"白发老父梦幻般说道："她只说不要让爱人和儿子知道她的死讯！等儿子考上了本市的大学，再把骨灰盒交到他们的手中。"一种不祥之兆笼罩住金妹的心灵，哀叹替代了悲泣，像黑夜的呼吸，柔韧而又悠长地传入邈远深邃的天空。

金妹要动手术了，丈夫和儿子一清早就溜了进来。三人默默地坐着，相对无言，唯有思绪万千。金妹想起"文革"前看的歌剧《江姐》，江姐穿着蔚蓝的旗袍、红色的绒线马甲，含笑走向死亡。死亡是激情的，静穆的，崇高的。死去原知万事空，护士拿来了手术时穿的老白的宽松衣裤。金妹叹口气，默默到卫生间里换上，又特意洗了脸，梳了头，出来就坐在床边呆呆地等。手术车的橡皮轮子沙沙地擦着水泥地来了，却辘辘地滚上了夫妻和母子的心头。金妹含着笑躺了上去。裘老师惊慌了，一把抓着手儿不肯放。儿子就跟在后面声声地喊妈妈。金妹一下子从崇高的境地里跌落下来，突然觉得许许多多该说的话未及说，恨恨地在腿上拧一把，急急道：“你一定要让儿子读大学。你不能续弦，续弦儿子要吃苦。你夜里总是咳嗽，一定要去看……”手术床沙沙地进了手术间。裘老师手一松，两扇弹簧门顿时疯癫地晃荡起来。“去跟老彭老郝讲，我死了也是‘精业’的鬼，‘精业’要是垮了，我在阴间也不得心安。”那话音如此凄厉，且越传越深杳。裘老师蓦地觉得，那里面深深如海，遥远地飘来阴飕飕的医院特有的药物的气息，回头见儿子在铁色的门前踮足，就自言自语地呢喃道：“造物也欺贫弱……”

父子俩幽灵般在手术室门前徘徊。裘老师忽然想起要买黑鱼，就关照儿子务必在门口死等，自己匆匆去了小菜场。黑鱼补伤口。小菜场分两边，东边是公家冷冻的鱼肉，西边是私人热气的鱼肉。裘老师是从不去西边的，今天不得已去了，却又着实苦恼。黑鱼静静地沉在水底，要十五元一斤。裘老师咬着牙买了，又想想还必须有火腿的配料，跑到腌腊柜跟前，却望着金华火腿心绞痛，折中地买了袋装的本地火腿，回家拆开一看却见大都是肥的。隔壁老太说，动了刀伤，见不得油花。裘老师将黑鱼洗净搁了葱姜料酒，又将火腿肥肉削尽放下去，用小火煨。鱼汤浓稠如乳，且有火腿的异香。裘老师用保温瓶装了，匆匆赶往医院。

儿子还在痴骇骇地等着，突然掏出香烟，递给父亲一支。裘老师一惊，正想呵责，却见儿子的眼睛痛苦地扭曲了，实在不忍，也不抽那烟。父子手中的小白棍就一起僵硬地戳着。手术床呀呀地响了，父子俩就一起甩了香烟，迎声扑去。金妹僵直地平卧着，脸庞被汗润得油亮，却黄出了透明的色彩，头发像没有根柢的乱线，湿漉漉软塌塌地垂挂着，双眼凝视地翕开一条缝，却不见眸子的转动。丈夫和儿子都无声地哭了，随着手术床回到病房。裘老师掀开被单，只见那宽松裤褪了，从腹部到两腿，到处都弥漫着暗红的消毒药水，下身触目惊心地精光着。裘老师为妻子拉上裤子，就像生还者为战死者盖上国旗。丈夫和儿子小心翼翼地把金妹抱到床上，丈夫就去吹那鱼汤的热气。26 床急道："没有放屁不能进食。"裘老师赶紧旋紧保暖瓶的盖儿，这时见金妹抽了几下嘴角，就贴下耳朵。金妹从麻醉里挣扎出一线知觉，极明确却又极微弱地说："去——问——医——生——"裘老师狠狠地拍着脑袋，赛车似的奔了出去。只见主刀的医生正缓缓地步出手术室，急问，医生就道："看样子不太好。最终还要看切片化验。"裘老师躲到楼梯底下酣畅地哭了一场，然后跑进卫生间去照镜子，拢齐了散乱的头发，平复了粘湿的眼角和潮红的眼球，调整了呼吸，一步慢似一步地回到金妹跟前。金妹已醒了大半，正痛得涔涔汗出，眼睛嘴巴睁成三个圆圈，不敢问。儿子的脸上也有三个圆圈。裘老师淡淡道："还好。"说罢笑道："十个女人有九个是小鸡肚肠，无端地寻愁觅恨，把自己弄成明日黄花。"古典的词语金妹听不懂，那"还好"却实在费人猜详。金妹满腹狐疑，呆呆地想从丈夫的脸色上看出究竟，这时却满腹地咕噜起来，下面一松动，就有了一个回肠荡气的长屁。26 床和 25 床一起欣喜地叫道："放屁了！放屁了！"新来的 24 床就愣怔起一双秀目。裘老师赶紧揭盖儿，鱼汤上依旧袅绕着诱人的热气，舀了一匙，用舌尖试过冷热，就喂进妻子的嘴唇。金妹心存着"还好"，一喝那鱼汤就觉腥，一问没有开油锅煎，就生了气，嗔道："你一月的工资能买多少黑鱼？这么金贵的东西生生给你糟蹋了，我不吃！"裘老师悲极，不言不语，也不缩回手。儿子接了那匙，凝练地悄然地一匙匙喂去，金妹就乖女似的张嘴。裘老师躲到一边，回头见那母子的眷恋剪影一般凝重地印在雪白的墙上，看得痴迷了，就假装去拢发，用袖遮了脸。25 床和 26 床一起用被蒙住头。只有 24 床，还不解地新鲜地看着这幕人生的悲剧。

## 十

“精业”厂的倒闭已是指日可待，仓库里的存物以“大出血”“跳楼价”出现在许多商场的货架上，甚至小贩的地摊上。老彭和老郝心照不宣地团结了，经常在外边跑。老郝当过厂里的保卫科长，敌情观念强，于是想调到银行去当保安主任。银行是肥得流油的国有企业，旱涝保收。老彭一心想自己做老板。厂长们碰头时常常相互恭喜发财，又常常自嘲地叹苦经道：“帮共产党做事，人也是国家的，发的不是自己的财。”温州老板的理论是：谋国先谋身，富人先富己。这理论怎能不令老彭喊绝？老彭想起先前有人鼓噪，中国的进步关键在于培育一个中产阶层做领头羊，这样想来，做老板就有了一种历史的社会的责任感。老彭是厂长也要做，老板也要做，就让妻子下岗，以她的名义注册了一家公司，主要经营羊毛织品，自己垂帘听政，让“精业”的产品到他的公司来“跳楼”“出血”。老彭做得得意，只是见厂里民不聊生，不由得心里愧疚，但又想想马克思的资本原始积累的理论，觉得这是中国经济的必由之路，也就心安理得了。

老彭和老郝身在曹营心在汉，确实忙得放个屁的工夫都没有。他们实在想去看看金妹，却总是腾不出身。努力挤出点时间，跑到医院门口又折了回来，面对金妹眼巴巴的神色，他们能说些什么呢？

金妹切片化验的结果出来了，确凿是癌，且已扩散。裘老师欲哭无泪，欲悲无声，收起那化验报告单，十分真挚地在金妹跟前赔笑脸。金妹盯得紧，裘老师也瞒得紧。这样的二三日，裘老师终于挖出报告单。金妹却看不懂，医生写的字向来是天书不让病家看懂。裘老师就做夫子状，解释道：“任何科学都不可能百分之百的精确，化验说有，也不是全有，化验说无，也不是全无。”金妹追究追问道：“究竟是有还是无？”裘老师板脸道：“我们是夫妻，夫妻同体连心，你连我也不信了？”金妹惨然道：“哪能不信你呢？只是肚皮难过，皮和肉好像隔着层沸油，煎熬得紧。”是呀，金妹手术后一直发烧，刀伤也不肯收口，有明显的炎症。医生对裘老师说，金妹的炎症一得到控制，就要去化疗。金妹的防疫系统已被癌细胞破坏了，炎症肆虐，这倒给裘老师一个借口：“你瞧，假如是癌，医生会放过你不做化疗？”金妹坚决不信，却又努力去信，心儿就像腹部一样紧着煎熬。金妹形销骨立，脸上最显著的是眼窝和颧骨，手一伸，筋脉和骨节就历历在目，令人不敢注目。

工会主席老李和仓库主任老范终于来看金妹了。老李和老范前后脚，老李受老郝之托，老范受老彭之托。老范才和金妹聊了两句，老李来了，两人就握手。因着老郝和老彭的关系，老李和老范也素不相识，这时就相逢一笑泯恩仇，两人捉着手高高低低地摇。这时老李触着了老范右手拇指上的厚茧，诧异了就注目去看。老范领会了，就自豪地竖起拇指道：“这茧蹊跷是吧？做活儿做不出老茧，抹麻将却抹出来了。”于是定要老李捏这老茧，又说起了麻将经典。都是领导，又是代表老郝老彭来的，金妹就像听报告那样认真地听，待他们聊完了，就问道：“老郝和老彭怎么不来看我？”老李和老范异口同声道：“他们忙得团团转，怕是撒尿也要淋着裤子了。”金妹欣喜道：“厂里的头头脑脑忙活，厂子就有希望了。”老李和老范相视而笑，说道：“对，前途是光明的，道路是曲折的，你就等着吧！”

金妹着实地高兴了几天，一时以为自己命不该绝，竟又得陇望蜀，想自己出院后就能去厂里上班。那刀伤也可人，这时也消了红肿，有了丝线般的光彩，只是针脚怕人，黑魆魆像条蜈蚣。裘老师也高兴了，就乘机要金妹去化疗。裘老师说得很得体：“居家度日要常将有时思无时，这治病也同一道理，一定要以防为主。”金妹一听“化疗”二字就恍然大悟，木呆呆地暗淡了眼神，一转眼又正望着25床的光头。金妹背过脸去，也不垂泪，耳边回响起24床吟咏《敕勒歌》那脉脉的梦幻的韵律。广袤无垠的草原是那么的陌生又是那么的诱人，长河落日战栗着消融躯壳里的灵魂，人生像萋萋芳草般短促。金妹关闭上眼睑，用悟性寻找着天外边的声音，神情是那么的恬静、专注、深远，很久，很久，眸子里复又照耀出女性的光芒：“死生有命，富贵在天。化疗是很痛苦的，很花钱的，就让我少些疼痛少些牵挂地去吧！”裘老师和儿子泪雨倾盆，双双跪下。丈夫说道：“我别无所求，只想下班回来一推门你坐在家里就心满意足了。”儿子说道：“我唯一的心愿就是报答母亲。妈妈呀，你没有权利剥夺我这个唯一。”金妹挣扎着起床跪下，搂着丈夫儿子说道：“我做了一世的女工，到头来还要让你们爷儿俩替死人还债，我还是人吗？”25床和26床一起尖声痛哭起来。新来的24床也感悟到人生的绝境，感慨地说：“假如有来生，上天保佑我不要做女人，更不要做女工。”

金妹的病情一天天地恶化，每天只吃一点汤水。生命已屈指可数，金妹坦然地面对，只想给丈夫和儿子留下点什么。儿子总想赖学，依偎在妈妈的身边。金妹就生气，就发火，像风中的残叶哆嗦。儿子面对着她离开了，金妹就念叨起来：“可怜的孤儿呀，以后哪个来知你冷，知你暖，问你饥，问你寒？”丈夫也总是逃课来陪她，金妹也赶，已经欠了丈夫儿子许多，总不能再让丈夫欠下学生的。金妹冷清的时候，就反反复复地算这笔账：她欠下的债务，丈夫几年才能还清？金妹要给丈夫织一副手套。天开暖了，丈夫手上的冻疮却溃烂了。金妹要织一副天底下最美的手套！金妹还要给儿子织一件最漂亮的毛背心，儿子以后总是要穿西装的，那前襟敞着，该有母亲的织物灿烂地炫耀！金妹的手已经颤抖了，眼也总是看花，织一行就要疲惫地喘息。27床劝道：“什么都是假的，只有自己才是真。”金妹不信，就说：“好歹也在人世走了一遭，总要给别人留下点想头。”

金妹一生从未吃过好的，裘老师只想让妻子带点滋味儿去。隔壁老太也出主意道："生癌是一定要吃老鳖的。"裘老师胆气如牛地上了集市，一到老鳖摊前却瘪了，老鳖标价是160元一斤，咬咬牙痛下决心。花了180元买一只，回家就柔情万种地精心制作了清蒸甲鱼。父子俩吃惯了青菜，老鳖香飘四溢地诱得他们垂涎三尺。两人装了暖瓶一起去送，路上却十分犯难。金妹知道了价格，就会伤感得沸反盈天。父子俩只想尽其所有，扶持金妹走完这人生的最后几步。一进病房裘老师就笑嘻嘻地说："老婆，你说上算不上算？一个乡下人不领行情，傻乎乎地拎个甲鱼，开价只要60，我杀价又杀到40，只怕到2000年也碰不到这种便宜事。"金妹不知说啥才好，40元确实便宜，但毕竟要40元呀，自己又为丈夫和儿子添上了40元的债务。金妹的脸色一难看，裘老师就惊恐了，可怜巴巴地去看儿子了。儿子笑道："妈，你没有一点市场经济的意识：这只老鳖原本值180元，你吃下了，其实是赚了140元。"金妹照着他思路去算账，果然阴转多云了。裘老师长长地松出一口气，笑道："报纸电台电视台满天响地在叫：工人阶级是领导阶级，就不兴咱工人阶级吃个爬鳖吗？"金妹笑骂道："少油嘴。"转而严肃地说："下不为例，否则我就摔碗。"接着一揭盖，就大叫腥气，喝了点汁吃了条裙边就摔了筷，一定要叫丈夫和儿子帮忙，金妹说腥的时候明显夸张地皱眉，请求帮忙时又极其恳切。父子俩眼圈一起红了，却不敢落泪，硬忍着，却实在吃不下这180元的老鳖。明知这种时候的金妹总是犟牛，还苦苦地劝，结果又塞了个鳖腿给她，金妹格外开恩地吃了，就立逼着爷儿俩吃得精光。裘老师细声问道："你想吃啥？"金妹就认真思考起来，最后说："我只想吃斜桥榨菜，要正宗的，包装袋上有拱桥，有'上海蔬菜公司监制'的字样，你一定要看准。"父子俩彻心彻骨地酸楚起来，一迭连声道："一定买来！""一定买来！"

## 十一

春天的太阳终于席卷了乡野的土壤，城市的千门万户这时就充满了泥土的芬芳和温馨，病房的玻璃也映照出草木的绿意和天空的晴暖。金妹说气闷，裘老师就去开窗。外面的空气毛绒绒地涌了进来。金妹已经高烧数日不退了，全身浮肿，眼竭尽全力才能睁出一线，下身也像充了气似的。金妹大小便失禁了，穿不上裤子。金妹常常燥热地掀开被子，裘老师赶紧掩上，眼泪就滴滴答答地滚了下来。医生说，金妹要进重病房了。裘老师哀求，医生却摇头。裘老师把金妹抱进重病房，一刹那裘老师觉得非常幸福，和他一辈子守穷的妻子像婴儿般依偎在他怀里，夫妻间有一种永恒的默契。医生说金妹时日不多了，该让她留话了。裘老师和儿子静静地守在金妹身边，等着她那眼一线线地开。阳光落在金妹的脸庞，双颊的腠理间透出了一种水的莹白，黑色的睫毛迟缓地蠕动了。裘老师声声呼唤着金妹，问道："你还有什么话要说？"金妹摇头复又点头，衰竭地说："夫妻连心，我的话儿你还不知道吗？我只想见见老彭和老郝，当面问一声，'精业'究竟怎样了？"儿子哭道："妈，这当口你还想那厂子！"金妹的眉毛吃力地耸了起来。裘老师狠狠地剜了儿子一眼，贴在金妹耳边说："你放心，我这就去找！"

裘老师这时已不能从丈夫的角度来理解金妹。他被金妹的情怀深深地感动了，他相信，就是陌路相逢的人，也会为女工留在人世的最后的愿望而奔波。裘老师一头汗地撞进了"精业"，见老彭那一脚已踏上了"桑塔纳"，赶紧叫道："彭厂长，金妹不行了，要见你最后一面。"老彭正是急如星火，一愣，即道："你先去，我马上就来。"车上坐稳，就叫司机开往医院。这时口袋中的移动电话嘟嘟地叫了起来，老彭扳开一听，温州老板气急败坏地说，一批货被工商局扣了。原来温州老板在乡下织羊毛衫，然后贴“精业”的招牌，拿到老彭开的公司来经销。老彭也急了，这批货值几十万，有他的一半份儿，望望那医院就在眼前了，就叫司机转弯到工商局。老彭在局里做事时，结交了不少朋友，其中也有搞工商的。裘老师见老彭的“桑塔纳”嘟嘟地跑了，想是必去无疑，就匆匆跑去找老郝。老郝正在接电话，电话里说老郝的调令已到局里了，要他分秒必争地去办调动手续。老郝听裘老师一说，即去调小车，听说小车给老彭用了，就叫裘老师先去，说自己骑自行车即到。自行车一出厂门龙头就弯了过去。人人都削尖脑袋往银行里钻，所以这调动是瞬息万变。老郝决定先去拿调令再去医院。

四时许。

裘老师奔进重病房，也不觉汗水粘结了许久未换洗的内衣，凑到金妹耳边喃喃道：“他们马上来了，他们马上来了。”金妹的嘴角一阵抽搐。裘老师读出了，这是妻子铭于五内的感激的微笑。裘老师用自己汗湿的脸摩挲着妻子浮肿的脸。裘老师想起了“冰清玉洁”“玉殒香消”等古典词语，想起了许许多多描写女性美的古典诗词，比如元稹的悼亡诗《遣悲怀》，比如陆游的《沈园》。裘老师觉得自己火热的胸怀拥抱着一个美善的灵魂，一个白色的空气般的精灵。裘老师以为这一生最大的幸事，就是娶了一个天底下最好的妻子。

这时老彭跑进工商局，见朋友们正在闲聊，等着下班。老彭发了一圈“红塔山”，嬉笑怒骂皆成文章：“都是哥们，谁不知谁的斤两？你们玩白道，我玩黑道，咱们连理同枝，今儿个把咱们抽筋剥皮，明日你们就是清水衙门。”朋友们笑道：“这是哪儿到哪儿的话？咱们是上层建筑，你们是经济基础嘛！这是辩证法，是矛盾的对立统一。”当即叫人放了扣押的货物。老彭心里焦急金妹，却深知这不是一拍屁股走路的时候，朋友们都等着回报呢！就热情洋溢地和朋友们聊了起来，等着他们下班。市府狠抓了机关作风，法定的办公时间得到了充分的保证。

老郝赶到局里的人事处，同志们也正在闲聊等着下班。原先都是极熟的，这时就客套。人事处的同志说老郝栖高枝。老郝说自己是屈原南窜。人事处的同志说现在是靠山吃山，靠水吃水，在银行的钱垛上，放个屁都有美金的味道。老郝就诉苦说自己屈了几十年，改革开放时才更新了观念，去参与竞争。人事处的同志半开玩笑地不肯拿出调令，老郝心知他们的意思，也焦急着金妹，只得有一句无一句地神吹。

五时许。

金妹从浮肿的眼皮底下翻出一线眼光，混混沌沌地问："老彭和老郝来了吗？"插入鼻孔的输氧管也神经似的颤了起来。裘老师悲怆地摇头。金妹无望地关上眼皮，30 年的桩桩件件行云流水般从积淀的心底泛起，轻灵而又紊乱，缥缈而又迅疾。

工商局下班的铃声响了，老彭豪爽地说道："这也不是说话的地方，咱们去'大三元'酒家聚一聚。""大三元"是"精业"的协作单位，老彭在那儿不用买单，签个名就行。一拨人就逶逶迤迤地去了。

二轻局下班的铃声也响了，老郝就笑道："咱也别客套，上'大三元'说话去。"老郝也有在"大三元"签名的权力。人事处的同志就袋里装着那调令，随着老郝嘻嘻地去了。两队人马碰上了，老郝和老彭都难得好心境，齐声道："都是朋友，拼一桌，热闹热闹。"果真众人相拥入座，酒菜飘香，欢欢喜喜地吆五喝六起来。

七时许。

金妹的呼吸突然急促了又微弱了，突然微弱了又急促了。如是者三，金妹的大限终于来临了。金妹的嘴唇浮肿如气泡，微微努力地嚅动了。人将死其言也善。裘老师和儿子泪眼昏花地低头俯耳，这一刹那刻骨铭心的遗言，丈夫渴望得到爱情最后的闪耀，儿子渴望得到母亲最后的爱抚。在女工生命的尽头，她，金妹，留下了这样的箴言：“‘精业’厂、一定能、好起来，那时候，在我的、骨灰盒前、烧一炷……”两颗泪珠永恒地从金妹的眼角流落，两道闪亮的痕迹划过她美丽白净的脸颊，停住了，消失了，万劫不复的晶亮在静穆的白墙内缓缓地凝聚。

“大三元”里，老郝老彭们酒足饭饱。所有的个性都在酒精的作用下张扬了，人们就齐说要上“九重天”舞厅去跳舞。亭亭的舞女的裙迎风飘曳，男士们很贵族地投足举手，万紫千红的灯火把老彭和老郝照耀得流光溢彩。

九时许。

在天国的鼓乐中，金妹圣洁地凝视着茫茫大地，白云在襟袖间流转，长风飘拂起她那丝绸般的秀发。金妹闪耀起漫天的泪花，她的脚下正是她梦魂牵萦的可望不可及的故乡！

老彭和老郝意兴正浓地从“九重天”溜了出来，直扑医院。医院的铁门已在暗夜里竖立起鬼神的威严。老彭和老郝就不无遗憾地说道：“我们来迟了，赶明儿吧！”

第二天老彭和老郝果真丢了许多要紧事去了医院。保安员门神般矗着，老彭和老郝就偷儿般溜进去，到病房，见那床空着，复赶到重病房，也见床空着。两人去问护士，护士不抬头道：“死了。”两人复去看病床，却见边上的小桌上有一只“斜桥榨菜”的空袋。两人头轻脚重地怅惘着，竟踏空了楼梯。

## 十二

“精业”的女工们不邀自来，吊唁厅里哭声感天动地。金妹的遗容化了浓妆，一生素面的她此时却美艳如花。儿子执孝子礼，披麻戴孝，跪在母亲的身边。裘老师也一身缟素，唯唯诺诺地招呼着每一个吊唁者。丈夫和儿子不再流泪。老彭和老郝悄悄地来了，远远地望着金妹的巨幅遗像却不能抬步。金妹嫣然地笑着，几多羞怯几多美善。两人低头复抬头，就读到了围绕着金妹遗像的一副对联：

毕生辛苦牛马数十年富贵岂在天

一朝得病鸡狗几个月死生安有命

横批是：

悲我女工

一看就知这是女工们的构思和裘老师的手笔，两人既悲且愧，复又惶恐，赶紧滑脚溜了出去。

原载《清明》1995 年第 4 期

荣获 1997 年《小说月报》第七届百花奖

# 大　厂

谈　歌

早上一上班，厂长吕建国就觉得机关这帮人都跟得了鸡瘟似的，这年过得好像还没缓过劲来呢。就恨恨地想，今年一定要精减机关。在走廊里，工会主席王超见面就跟吕建国诉苦，说厂里好几个重病号都住不了院怎么办？吕厂长您得想法弄点钱啊。吕建国含含糊糊地乱点着头说，行行，就往办公室走，心里直骂娘：我他妈的去哪偷钱啊？

进了办公室，吕建国发现窗子没关，早春的寒风呼呼往屋里灌着，窗台上的那两盆月季花都打蔫了。吕建国忙着关上窗子，才发现窗子的插栓坏了，就又忙着找铁丝想把窗子拧上。

厂里越来越不景气，日子长长短短地瞎过着，已经两个月没开支了。前任许厂长让戴大盖帽的带走了，据说是弄走了厂里好几十万块钱，工人们恨得牙疼。吕建国上台一年多了，也没闹出什么起色来，春节前倒闹出来两件大事。

一件是厂办公室主任老郭陪着河南大客户郑主任嫖妓，让公安局抓了。今年郑主任要跟吕建国订一千多万的合同呢，所以吕建国叮嘱老郭，姓郑的要干什么，你就陪着他干什么，只要哄得王八蛋高兴，订了合同就行。郑主任是个酒色之徒，那天喝多了，非要找鸡玩玩。老郭傻乎乎地就真去找了两个鸡，也闹不清是正嫖着还是刚刚嫖完，公安局的就踹开门进来了。要是乖乖地让人家逮走，关上几天，再罚点钱，也就没什么事了，偏偏那天俩人都喝多了，跟公安局的动手打起来了。那个郑主任可能是练过几下子，还把两个警察给打坏了，一个打成了乌鱼眼，一个打得下巴脱了臼，还一劲瞎嚷嚷哪里有压迫哪里就有反抗。问题就严重了。人到现在还没放出来呢。郭主任的老婆又哭又叫，天天到厂里来找，要求厂里快快把老郭保出来，老郭是为革命工作去陪客的，是为革命被捕的。闹得吕建国乱藏乱躲，像个地下党。

第二件是厂里唯一的一辆高级轿车丢了。前任许厂长买了不少高级轿车，吕建国一上台都卖了，就留下一辆车为了跑业务，怕被客户们瞧不起。春节前，市里管计划生育的钟科长的儿子结婚，说要用用车。厂里管计划生育的老吴不敢得罪钟科长，就死乞白赖地跟吕建国求情，把车借出去了。谁知道开车的小梁那天接了亲就没回来，让人家留下喝酒，等喝完了酒，晕晕乎乎地出来，车就没了。

不光这两件窝心的事，还有那一大帮要账的，住在厂招待所里不走，嚷着要在沙家浜扎下去了。这帮人吃饱了喝足了睡醒了打够了麻将，就到厂里乱喊乱叫，各办公室乱串着找吕建国要钱，有几个还在吕建国家门口盯梢，跟特务似的。吕建国实在藏不住了，就和党委书记贺玉梅在饭店请这帮爷吃了一顿。这帮爷一边吃一边骂，说欠账不还是什么玩意儿啊？贺玉梅赔着笑说：我们已经撒出去大队人马要账了，一回来钱，马上还大家。吕建国也满脸堆着笑说：我姓吕的也是要脸的人，也不愿跟各位耍滚刀肉啊，实在是没钱啊。不瞒各位，我刚刚回来点钱，也得给工人们发工资啊。就快过节了，我要是一分钱不给职工发，我这个厂长还是人嘛？求各位替我想想，我给各位磕头了，说着就四下作揖，揖着揖着就泪流满面了，弄得这帮人也说不出什么来了。山东的老刘苦笑道：吕厂长把话说到这个份上了，那就算球的了，我们先回去过年吧。于是，这帮爷们儿就忙着回家了。吕建国算是松了口气，也忙着没头没脑地过年。

吕建国年也没过好。大年初一，郭主任的老婆又找上门，进了门就嚎，吕建国急不得恼不得，连蒙带劝把她哄走了。大年初二，厂里的总工袁家杰来拜年，又说起他想调走的事情。袁家杰是吕建国的同学，现在是技术上的台柱子。吕建国好话说了一火车，袁家杰阴着脸也没说不走的话。吕建国心里起火，一下子病了好几天，发高烧，厂卫生所还没药，说现在除了量量体温血压什么的，别的都不行。吕建国的老婆刘虹在电厂上班，慌着把电厂的医生请来，给吕建国打了几天针，才算好些了，可嗓子眼还是肿肿的。

好容易过了年，吕建国一上班，就把丢车的事交给秘书方大众办去了。方大众有个同学在派出所，想求那个同学卖卖力气，快点把车找回来。吕建国则去公安局说好话，先得把那位郑大爷弄出来再说啊。本想拉着贺玉梅一块去，可是贺玉梅回老家看老娘了，吕建国只好自己去，可是去了几趟都让公安局的呛回来了，公安局的说：你还是厂长呢，这是什么性质的事情啊？你还有脸找？嫖娼不说，还敢打我们，不好好治治要造反了哩。吕建国没办法，就又到处找关系。昨天晚上，吕建国跑了好几家，可找谁谁都嘬牙花子，都说不好办，吃了什么了？撑得敢打公安局的？弄得吕建国灰溜溜的。昨天贺玉梅上班了，吕建国就让贺玉梅去找找梁局长，请梁局长找人把那两个混蛋弄出来。吕建国最近跟梁局长关系挺紧张，有一次开厂党委会，吕建国说局里就知道天天开会，不干正事。不知道这话让谁捅给了梁局长，还给歪曲了，说吕厂长说梁局长不干正事，梁局长见了吕建国就直翻白眼。局里有跟吕建国不错的就告诉了吕建国，吕建国气得牙疼了好几天，可又不能跟梁局长解释，这种事越描越黑。贺玉梅跟梁局长关系挺好。贺玉梅是工农兵大学生，毕业后跟着当时还是科长的梁局长当科员。后来梁局长当了局长，就把贺玉梅提拔起来当局团委书记，去年厂里换班子，她就来当了党委书记。

吕建国找了根铁丝，把窗子拧上。屁股还没坐稳，财务科长冯志文就苦着一张脸进来了，朝吕建国嚷嚷着：我这个科长不当了，厂长您另派别人吧。

吕建国笑道：你是不是过年吃多了，还没消化呢，乱叫唤什么？

冯科长骂道：赵明不肯交钱，说要钱没有要命一条，我去找他，他还想动手打人呢。我这个财务科长成什么了？我不当了。

吕建国脸上就硬了：他不是说过了年就交钱的吗？说话是放屁呢？这事你别管了，我去找他。

冯科长苦笑：您去？怕是您也要不回来的，他就听齐书记一人的。

吕建国不耐烦地说：我就不相信他赵明没钱。对了，现在有回款的没有？

冯科长摇头叹气：也就是回来仨瓜俩枣，现在谁还钱啊？节前撒出去十几个人，要回万把块钱来，还不够差旅费的呢。这月的工资也还没影呢。

吕建国想了想：催催市里的几家，四海商行该咱们六十多万呢，弄回来够开工资的了。

冯科长摇头笑道：四海商行的赵志高是个地痞，怕是更不好要了。我去了好几趟，连人影也见不到。说完冯科长起身走了。

吕建国就给方大众打电话，想问问那车找得有没有眉目了。方大众不在。吕建国想了想就给袁家杰拨电话，想找袁家杰谈谈。他不想让袁家杰走，现在厂里的技术还真得靠老袁呢。袁家杰办公室也没人，吕建国骂了一句就放了电话。门一推，党委书记贺玉梅进来了，脸上血糊糊的好几道子。吕建国吓了一跳：怎么，又干仗了。

贺玉梅叹口气，眼睛就红了：这日子没法过了。就坐下闷闷地叹气。

贺玉梅两口子最近总干架。爱人谢跃进原来在局里当办公室主任，前几年下海开了个公司，听说挺挣钱的。谢跃进有了钱就不安分，贺玉梅管不了，俩人总打架。她是个挺要强的人，好几回想离婚算了，可又下不了狠心。吕建国也做过工作，说你刚刚当了书记就闹离婚就不怕别人说你什么吗？贺玉梅活得真是挺难的。

吕建国叹口气，他想不出怎么劝贺玉梅。班子里，他跟贺玉梅挺团结，纪委书记齐志远和赵副厂长几个都跟他尿不到一个壶里。老齐和老赵原来都憋着要当书记当厂长的，恨吕建国抢了饭碗，总跟他弯弯绕。贺玉梅家里又是这样一个情况，天天脑袋耷拉着，心不在焉。吕建国就觉得自己挺孤立，就后悔不该当这个球厂长的。

吕建国就问：你去找梁局长了吗？他怎么说？能保出来吗？

贺玉梅苦笑：我昨天晚上找他了，他说给试试。看样子他不想给使劲的，谁让你说他坏话来着。

吕建国骂：就是老齐那家伙乱造谣，我什么时候说过那种话的？

贺玉梅笑道：反正你是洗不清了。你这两天找公安局怎么样？

吕建国叹道：一下半下不好说的，那两个公安局的躺在医院不出来，听医院的偷偷告诉我，两人都不在医院睡觉，早就好了，每天到医院去一趟就是乱开药，什么鳖精啊太阳神啊的乱开一气。昨天又交给我两千多块的药条子，让报销呢。

贺玉梅恨道：真黑啊。

吕建国皱眉道：先不说这个了。老袁找你了吗？他坚持要走，得想办法留下他啊。

贺玉梅苦笑：你留不下他。换我也走，我听说那家乡镇企业一月给他两千块，还不算奖金。现在咱们厂都快开不出支了，有点本事的都想往外蹦呢，袁家杰这算是开了个头啊。

吕建国叹了口气：我想再找他谈谈。

贺玉梅摇头说：谈也没用，别看你俩是老同学，关系又铁，现在这社会都认钱了。

俩人就闷闷的，觉得没什么话说了。都感到挺压抑。

贺玉梅站起身：我去车间看看。三车间那点活挺吃紧呢，别误了工期啊！

吕建国想起赵明的事，就说：刚刚老冯来了，说赵明欠承包款还不给，还骂人，这事真是难办了。我想终止这小子的合同，你看呢？

贺玉梅想了想：还是跟他谈谈，咱们得顾着点他姐夫的面子啊，总是常常用人家，慎重点的好。

吕建国皱眉道：可这小子也太蹬鼻子上脸了。我去找他谈谈，他要是硬不交钱，就停了他算了。有的是人想承包呢。不然工人们还觉得咱们吃了他多少黑心钱呢。

贺玉梅笑笑：那你可得注点意，那小子是个二百五。说完就走了。

吕建国心说你贺玉梅是不是激我啊，你以为我怕他赵明啊。我偏找他试试。他抬起屁股就要去找赵明，桌上的电话急急地响起来了。

电话是妻子刘虹打来的。刘虹说：咱们村的志河来了，想弄点废钢材，你就给他弄点吧，也算咱们老三届支援贫困地区了。

吕建国苦笑道：你说得容易！我倒是有啊？志河是当年吕建国和妻子下乡那个村的团支部书记，这几年在村里开工厂，闹腾得挺欢实。每年都给吕建国送土特产，什么地瓜干儿啦，玉米楂儿啦，小米啦，绿豆啦，吕建国就有点烦了，集贸市场有的是，还送这干什么啊，还得知他们的人情，这老乡们是越来越精了。

刘虹不高兴道：我就不相信你办不了这事！刘虹要面子，当年的老乡们一找她她就帮人家。

吕建国想了想：他要多少？我这儿可也是不好过呢，还到处找米下锅呢。

刘虹笑道：他要不多，看把你吓的。你回来一下吧。跟志河坐坐。咱们找个饭馆吃点得了。

吕建国为难地说：我真是脱不开身啊，现在我正找人忙着往回弄车呢。

刘虹笑道：找回来也没有你一个车轱辘啊，志河可是等着你呢。

吕建国恨不得给妻子磕头了：你就替我解释解释吧。我真是脱不开身啊。

刘虹无奈地说：那我先陪志河喝着，你要有空就来一趟。就放了电话，吕建国就拔脚去找赵明了。

这几年厂里效益不好，在厂门口盖了一个饭馆。来了业务在那儿招待，方便，也比在街上吃便宜。盖好了就让销售科承包了。谁知道，饭馆弄得不像样子，价钱还挺宰人。厂里再来了客人，还是得到市里的饭店去吃，饭馆就冷清了。前年，销售科就又把饭馆转包给了赵明。赵明是个滚刀肉，厂里没人敢惹他。前年的承包费就没交，说是赔了。前任许厂长屁也没敢高声放一个，就算拉倒了。去年吕厂长上台，就重新找人承包，可是赵明把价钱抬得高高的，几个想承包的都吓跑了，于是还是给赵明承包了，讲好每年向厂里交十万块钱。春节前，赵明赖着说没钱，过了年一定给，这又不给了。吕建国心里蹿火，就准备亲自去找赵明谈谈。

吕建国走到厂门口，突然又停下了，他想自己去找赵明要是谈崩了怎么办，那小子仗着他姐夫是市委常委，谁的账也不买。这年头反正有点背景的，都鸡巴硬硬的。吕建国就多了个心眼，在门卫给保卫科打电话，保卫科有人接了电话，听出是吕建国，就忙说：我给您找徐科长啊。吕建国听见电话里边吵吵嚷嚷的，心里就烦。这些日子厂里总丢东西，年前四车间还丢了一台电机，保卫科长老徐从各车间抽调上来十几个人，夜里乱转，徐科长的两眼熬成了猴屁股，也没逮住谁。可东西还总是丢。

等了一会儿，徐科长接了电话。吕建国说：你来一趟。就低声说了去赵明饭馆的事情。老徐笑道：行，我就来，这小子欠钱不给，还挺牛的。厂长，这事你是该出马了。

贺玉梅进了三车间，见工人们正在扎堆说什么呢，就笑道：上班扎堆聊天，小心我扣你们的工资啊。工人们就轰地笑起来，有人说：贺书记，您扣什么啊？都两个月不开支了。说着就散了。

车间主任乔亮说：贺书记啊，您来得正好，您看这事怎么办啊？章荣师傅病了，他儿子刚刚找来了，跟我大吵了一通，说厂里卸磨杀驴，他爸爸干不动了，也没人管了。还骂骂咧咧的，讲了些不三不四的话。要不是看在章师傅面上，我真想揍他。

贺玉梅皱眉问：章师傅怎么了？

乔亮苦笑道：还是他那老病。去年老汉有两千多块钱的药条子没报销，不是厂里没钱嘛！这回老汉说什么也不去住院了。

贺玉梅就心里乱乱的。章荣是厂里的老劳动模范，还出席过全国的劳模大会，也是市里的知名人物了，现在弄得药费都报不了。这事传出去，让人家怎么看啊！贺玉梅硬硬地说了一句：你到章师傅家把那药条子要来，我去找吕厂长签字，报销。

乔亮苦笑：厂里不是没钱吗？

贺玉梅说：有钱没钱也得给章师傅治病。他那些年没日没夜地干，累了一身的病，老了老了，连病也看不了，日后谁还干活啊！我听说财务刚刚进了一万多块钱的回款。

乔亮看看贺玉梅，眼睛就潮了：贺书记，我不是当面奉承您，您这话叫话。现在真是没人好好干活。您知道，现在连工人阶级都不叫了，叫什么？叫工薪阶层。厂长不叫厂长，叫老板。真是操他妈的，都成了打工的跟资本家的关系了，还有什么主人翁责任感啊？工人们都骂，说办公室老郭带人去OK，还嫖，给抓起来了。厂里用的这叫什么鸟人？

贺玉梅不耐烦道：行了行了，别乱说了，你那嘴整天没个准头。那个姓郑的想，老郭不带着去行吗？咱们指着人家的合同呢。这个月的活能按时完成吗？

乔亮苦笑道：看看吧，我也吃不准，现在大家都憋着要工资呢，没钱大家不愿干。这半年多，我可是让人骂着过来的啊。

贺玉梅笑道：少哭穷，你上个月卖废铁的钱都哪去了？听说你卖了好几千呢。

乔亮吓了一跳，心说这车间里有汉奸呢，嘴上就叫：冤死了。好几千？我偷去啊？

贺玉梅笑道：你急什么？我又没说没收你的。反正你能让工人干活，我就不管你。

乔亮笑道：您真是个开明领导，不像吕厂长天天黑着个脸。

贺玉梅笑说：你小子当着我骂吕厂长，当着吕厂长骂我。迟早我和吕厂长得当面对质。你忙不忙？要是不忙，跟我去看看章师傅。

俩人就骑着自行车出了厂，到了街上，进了一家食品店，买了几听罐头两袋奶粉出来。刚刚上了车，贺玉梅就听到有个女的喊她，回头一看，就跳下车来，笑了：袁雪雪，你打扮这么漂亮干什么啊？

袁雪雪穿得挺洋气，骑着一辆大摩托车，赶过来就停住，笑道：老远看着就像你们。袁雪雪是袁家杰的妹妹，原来是厂里的车工，嫌累，前几年辞了职，跟男人去开饭馆了。听人说她钱都挣海了，还花了几十万元买了一套商品房呢，有人去过，说里边装修得跟宫殿似的。

袁雪雪看看乔亮手里提的东西，笑着问：你们这是去哪破坏党风啊？

乔亮笑说：章荣师傅病了，我们去看看他。

袁雪雪皱眉道：我听说他病得挺厉害的？就掏出一百块钱说，你替我给章师傅吧。贺玉梅忙说：我可不给你带这个，要去你自己去吧。

袁雪雪就笑：怎么，还怕我脏了谁啊？就骑上摩托嘟嘟地跑了。

贺玉梅看着袁雪雪的背影，就苦笑道：袁总一肚子学问也赶不上他这个小学没毕业的妹妹啊。

乔亮笑道：现在谁出去干都比在厂里傻干强。要不袁总也要走呢。

贺玉梅看看乔亮：你也听说袁总要走的事情了？

乔亮笑道：这种事还能瞒住谁啊？厂里都嚷嚷动了。

吕建国和徐科长去了赵明的饭馆。进了门，没几个人吃饭，可能是刚刚过了年的原因。两个打扮得花大姐似的服务员正跟一个大胡子男人乱逗呢。那个大胡子吕建国认识，是赵明的一个哥们儿，姓蔡，市委秘书长的外甥。

蔡大胡子起身笑道：吕厂长啊，哟，徐科长也来了。有饭局？

吕建国问：赵明呢？

蔡大胡子笑道：赵老板两天没来了，有事跟我说一声吧。

吕建国说：他去年的承包费还没交呢。什么时候交啊？

蔡大胡子笑道：这事啊，不瞒您说，现在真是没钱。

吕建国冷笑一声：没钱？鬼才相信。你告诉赵明，不交钱，厂里就把这饭馆封了。

蔡大胡子脸上就硬了，恶笑道：吕厂长，你也太凶了点吧？

吕建国火往上撞：凶？我今天就是要凶一凶了。我要是让你们坑厂里，我这个厂长就不是厂长了。老徐，把门给他们封了。

雅间的门就开了，赵明走出来笑道：吕厂长，这是干什么啊？有话慢慢讲嘛。

吕建国看了他一眼：你好容易露头了。什么时候交钱啊？

赵明嘿嘿笑道：烦不烦啊？不就是那点破钱嘛？都催了几回了？我不是不想交，可眼下真是没钱。这事我已经跟齐书记讲过了。齐书记也答应了。

吕建国一愣，没想到赵明把球踢到齐志远那里去了。

赵明一脸不耐烦：吕厂长，都是公家的事，您真是何必呢？

吕建国道：那好，我跟齐书记核实一下再找你。老徐，咱们走。就转身出来了。走出好远，老徐苦笑道：厂长，就这么算了？吕建国眼一瞪：算了？我先看看老齐是怎么乱答应的！就大步走了。

吕建国去了齐志远的办公室，齐志远不在，在走廊里迎面碰到了袁家杰。吕建国笑道：我一上班就找你，去哪了？

袁家杰皱眉说：我去四车间了，我想走之前把这批活弄完。

吕建国笑道：谁说同意你走了。真事似的。

袁家杰不笑：厂里真要是不同意，那我就辞职。

吕建国怔住，呆了呆，就问道：你真是铁心了？

袁家杰看吕建国一脸凄楚，就叹了口气，动情地说：建国，你跟我一块走吧。这个破厂有什么待头啊？你这个破官有什么当头啊？

吕建国摇摇头，空空地一笑：家杰，我可真不是舍不得这个破官。说实话，自上台那天起，我就后悔得肠子都疼了。我是没脸走，厂里现在这种样子，两千多工人盯着咱们呢，还指着咱们这几块破云彩下雨呢。我现在走了，我算怎么回事啊？就算是今后发了大财，我也没脸见大伙儿了。

袁家杰一愣，冷笑一声：你是说我吧？就生气地转身走了。

吕建国愣愣地看着袁家杰的背影，一时想不出自己哪句话说错了，苦苦一笑，转身回到自己的办公室。

刚坐下，门一开，齐志远笑嘻嘻进来了。吕建国忙说：我正找你呢。

齐志远一屁股坐在沙发上，笑道：你找赵明了吧。我刚听老徐说了。

吕建国看了齐志远一眼：我正要问你呢，你答应赵明不交钱了？

齐志远笑道：我是他什么人啊？我替他担保啊。没有的事。

吕建国说：那我今天就停了这小子，把门给他关了。

齐志远忙说：厂长，咱们不能跟他来硬的啊，他姐夫是市委常委，咱们惹不起啊。

吕建国看看齐志远：老齐，咱们都穷成这样了，还怕什么常委不常委的？这十万块钱，够全厂发奖金的了。我去告诉赵明，他要是两天之内不把钱交来，就叫他滚蛋。

齐书记脸一红：你别火，我去跟他说说，也许这小子手里是没钱。

吕建国说：他爱有钱没钱，没钱就去给我借，反正得交。

从章师傅家里出来，已经快中午了。贺玉梅和乔亮半道上分了手，在小饭馆吃了饭，她就去了谢跃进的公司。这几天谢跃进真是蹬鼻子上脸，有时半夜也有女人往家里打电话，弄得贺玉梅心里起火。昨天晚上两个人吵起来，还动了手。她知道谢跃进的公司里有一个叫方晶的女孩，最近跟谢跃进打得火热，整天黏黏糊糊的。贺玉梅决定去公司看看，顺便问问妹妹贺芳。

贺玉梅想来个突然袭击，轻手轻脚进了谢跃进的办公室，谢跃进正躺在沙发上打呼噜，嘴角还淌着口水，挺难看的睡相。脑门上两道子伤痕，那是昨天晚上让贺玉梅抓的。贺玉梅正要悄悄出去，就听到有人在她背后笑道：姐，你来了。

贺玉梅回头一看，是妹妹贺芳。贺芳手里拿着一张电报，看看躺在沙发上的谢跃进，就把电报放在了谢跃进的办公桌上，回头低声对贺玉梅说：有事啊？

贺玉梅就转身走出去，姐妹俩进了贺芳的办公室。贺芳前几年在农村干得不耐烦，就进城投奔姐姐，贺玉梅给她找了份临时工，又让她上夜大读书。她读完了夜大，就来姐夫这里当了公关部主任，天天打扮得花大姐似的，跟刚进城那会儿判若两人。贺玉梅常常感慨这城市真是把贺芳同化了。

贺芳给贺玉梅冲了一杯热奶。贺玉梅笑道：我喝不了这东西，你还是给我冲杯茶吧。

贺芳笑道：你总是赶不上潮流，这东西美容。

贺玉梅接过贺芳递过的茶，呷了一口，笑道：你上次见过的那个怎么样啊？也不给个信，人家都等不及了啊。

贺芳笑道：我早就把他忘了。他长得什么样来着？我现在已经回忆不起来了。说着就咯咯地笑起来。

贺玉梅就不大高兴，都二十八岁了，见过的男人快一个排了，没有一个看上眼的，也不知道她心里憋着嫁给谁呢？她好像也不着急，真让人摸不透。刚刚进城几年，就比城里人还城里人啊。为这事贺玉梅跟谢跃进说过好几回了，让他帮着贺芳找一个。谢跃进答应得挺好，可就是没动静，对这个小姨子的终身大事似乎没放在心上。

贺芳问：你找我们谢总有什么事啊。

贺玉梅笑道：什么谢总谢总的，他是我男人。

贺芳脸一红，也笑了：我几乎都记不得你们是两口子了。

贺玉梅想问问谢跃进最近的情况，可是张不开口，这种事不好跟妹妹讲，可要是不问问，心里又放不下，就说：小芳，你姐夫是不是跟你们公司一个叫方晶的挺那个的啊？

贺芳一愣，就笑：挺哪个的啊？你说什么呢？

贺玉梅就皱眉道：你姐夫那人爱花花，你可替我盯着点啊。

贺芳脸一红，说：姐，让我说你什么好啊。姐夫干的是生意，生意场上的事离得开吃喝玩乐吗？你真是的，那个方晶是什么层次啊，亏得你还能想到她身上去，真是抬举她了。

贺玉梅就笑：呵呵，我这才说他几句，你这个当小姨子的就吃劲了。不说了。就站起身说：我今天是有事找他，明明的学习最近下降得厉害，学校找了我好几回了。我想让他去学校一趟，跟老师说点好听的，哄哄人家。

贺芳就笑道：姐夫天天忙得恨不得长出四只手来，这事你还烦他啊！你自己去办办不就行了嘛。

贺芳送贺玉梅下了楼就回去了。贺玉梅拐弯去了百货公司，想去给自己买一件风衣，上次她看中了一件，浅绿色的，一千三百块钱。她想买，又怕穿出去让厂里人说闲话。最近她咬咬牙，还是想买下来。谢跃进开的这个公司，也没见他怎么费劲，可钱就挣得像流水似的了。贺玉梅知道，实际上是市委的头头在后边撑着腰呢。贺玉梅恨得不行，厂里的工人们死干活干，也挣不来多少，钱就都让谢跃进这些人挣去了，这世道可真是有点不讲理了啊。谢跃进月月提回好些钱来，开始贺玉梅还挺高兴，后来就害怕了，她担心迟早谢跃进得让抓进去。

贺玉梅到了百货公司二楼，售货员说那种风衣早卖完了。贺玉梅心想这年头有钱的还真是不少呢，就怏怏地出来。走到存车的地方，刚刚把车子推出来，就听到有人喊她的名字。她回头看，就笑了。

吕建国中午在厂食堂吃了点，躲过了饭口。他怕跟志河喝酒，那家伙太能喝，每次都得把吕建国灌醉。吕建国不喝，志河就跟在自己家里一样理直气壮地不高兴，还使性子。儿子吕强背后就骂，说农民都这样，你越对他客气，他就越上脸，就敢在你家地毯上大模大样地吐痰。开始吕建国不爱听，可渐渐地也特别烦村里那帮乡亲，尤其烦志河。进了家，浑身酒气的志河正躺在吕强的床上，四仰八叉地呼呼大睡，大脚片子朝着门，袜子也扒了，一股汗臭在屋里弥散。吕强没在家，一定是躲出去了，大概又跟女朋友跳舞去了。吕强大学没考上，小小年纪开始乱搞对象了，气得吕建国没话说。刘虹还挺惯着吕强，俩人就这么一个儿子。

桌上留着刘虹写的一张条子，说她有事到厂里去了。吕建国看了就轻手轻脚地躺到沙发上，闭着眼想厂里的乱事。想着想着，脑袋就沉了起来，刚要睡着，就有人敲门。他迷迷糊糊地应了一声，方大众就满头大汗地跑进来，笑道：厂长，车找到了。

吕建国马上精神了，又嘘了一声，压着嗓子问：真的？你这个同学还真办事。

方大众朝吕建国伸手：厂长来根烟抽。我的烟扔在派出所了。

吕建国忙打开抽屉，掏出一包红塔山，扔给方大众：奖给你了，快说说。

方大众低声说：妈的，就是结婚时来的那帮人中一个小子偷的，把车卖给郊区的下洼村了。真他妈的胆大，把牌子换了就开出来了。也该着，派出所的去调查的时候，那辆车就在村边停着呢。

吕建国高兴地说：现在怎么着呢？

方大众说：派出所让去看车呢。

吕建国急道：那你就去一趟吧！

方大众笑：那我就去一趟。不过得请派出所的一顿吧，人家挺辛苦的。

吕建国说：行。你就看着办，也别太那个了，咱们是穷厂，工人们挣点钱血苦的，不容易。财务上也就一万多块钱，还是刚刚追回来的呢。

早春的太阳明晃晃的，可是一点也不热烈。风倒是挺寒的。吕建国一路上打了好几个喷嚏，就觉着今天又不顺。他这些日子挺迷信的，总觉得要出点什么倒霉的事。

吕建国昨天晚上在家里跟志河喝了一场，又差点被灌趴下。志河一身高档服装，要不是那口土话，真像个城里的大款。志河一劲夸吕建国，说当年村里那些知青，就数吕建国有出息。吕建国听得挺受用，就迷迷糊糊地喝多了。志河就提出要十吨钢材，吕建国酒就醒了些，说这种事他一个说了不算，得跟书记商量商量。志河就有点不高兴：你当厂长还说了不算啊。刘虹也在一旁说：建国你就给办办嘛！吕建国不好当着志河的面顶刘虹，就说过两天我给你话吧。现在厂里有几件烂事，等我处理出个眉眼来。志河就取出一个大信封，厚厚的，往吕建国怀里塞，说是让吕建国买几包烟抽。吕建国酒就全醒了，忙说：咱们不闹这个，还不定办成办不成呢，要是来这个就成经济的事了。志河就尴尬地看刘虹，刘虹笑道：志河啊，建国可不是当年在乡下偷鸡的时候了，现在看不上这几个钱了。吕建国嘻嘻笑，没说话，心里骂刘虹爱小便宜，自己干这个要是传扬出去，在厂里就没法待了。

吕建国早上起来，已经把志河的事扔到脖子后头了，上班的路上就想着今天要拉上贺玉梅去找梁局长。梁局长总不能不给贺玉梅点面子吧。局里的人都知道贺玉梅跟梁局长好得不行，闲话委实不少。梁局长的爱人跑到局里闹过好几回了，为这事，才把贺玉梅放下来当书记的。可跟贺玉梅相处了这一阵子，吕建国又觉得这个人挺正经的，不像传说的那样啊？

一进贺玉梅的办公室，就看到贺玉梅和工会主席王超正在说什么呢，吕建国笑道：说我坏话呢？

贺玉梅抬头看看吕建国，说：正好，要找你呢。五车间一个工人的女儿病了，想借点钱呢。

吕建国连连摇头：不借不借。不是规定了嘛，私人一律不借款。

贺玉梅道：这次特殊。老王，你跟厂长说。

王超就说五车间小魏的女儿得了白血病，要做手术，得好几万块钱。小魏女人的厂子没效益，小半年不开支了。小魏还是车间的生产骨干呢。吕建国听完就闷住了，呆呆地抽烟。

贺玉梅想了想说：老王，工会能不能救济救济啊，你们不是还有工会经费呢吗？

王超苦笑道：那才几个钱啊。下个月就是“三八”妇女节了，我正在发愁给女工们发点什么呢，还想让厂长赞助我点钱呢。

吕建国摇头叹道：厂里真是没钱啊！这可怎么办啊？

三个人谁也不说话了，空气中有一种让人压抑的味道在弥散着。吕建国看着窗台上，那几盆花实在是该浇水了，叶子都蔫蔫的，好像要枯萎的样子。

王超想了想说：算了，我先跟医院说说，先让孩子住院啊。现在医院没押金不收。我小姨子的婆婆在医院当副院长呢，我先找找她吧。

贺玉梅笑道：太好了，有这个关系你怎么早不说啊。你快去吧。

王超走了。贺玉梅叹了口气：厂长，你看这事该怎么办啊？

吕建国痛苦地摇摇头：玉梅，我最近好像傻乎乎的，什么事都没主意。眼瞅着……算了，先不说这事了。先说怎么把那姓郑的小子弄出来吧，我都愁死了。

贺玉梅苦笑道：你跟我乱嚷有什么用嘛。

吕建国也笑了：我是急得不知道怎么好了。咱俩去找找梁局长吧，真得让他说话了。他认识人多，找找人把那混蛋放出来，哪怕咱们破费点呢。我得罪了他，我去跟他说好话。

贺玉梅道：就怕梁局长不管这事。梁局长滑着呢，这种破事他躲还躲不及呢，他肯往泥里踩啊？

吕建国一瞪眼：他是主管领导，不管怕是说不过去吧。

贺玉梅摇头叹道：厂长，你真是实在。行，咱们去一趟。现在就去？

刚刚出门，徐科长疾步走来了，喊着：吕厂长，贺书记。

贺玉梅问：什么事？

徐科长说：昨天晚上抓住了，四车间的，六个工人，年前那台电机也是他们偷的。

吕建国大怒：人呢？

徐科长骂：几个王八蛋都让我关在保卫科了。我让人接着审呢。

贺玉梅忙说：老徐，你可不能打人啊！把事情弄清楚再说。

徐科长说：厂长，您是不是去看看啊。开除他们算球了。

贺玉梅说：开除不开除，你说了不算。老徐，你接着问。我得跟吕厂长去找梁局长。有事呢。

梁局长正在开会，吕建国和贺玉梅就在办公室等着。等了一会儿，吕厂长不耐烦，就溜到会议室去扒着门缝听。就听到里边正嘻嘻哈哈地说笑话呢。梁局长有声有色地说他们家楼上的市委宣传部长老孙，天天给老婆按摩，按摩得他老婆兴起就乱叫，就跟老孙复习夫妻功课，复习得老孙面黄肌瘦，天天跟犯了大烟瘾似的。众人就乱笑。吕建国听了半天，没一句正经的，就气嘟嘟地回来了，见贺玉梅正看报纸，也拿起一张报纸看，也不知道看的是什么。

过了一会儿，走廊里乱响。吕建国知道散会了，忙站起来。梁局长端着个大茶杯走进来，朝俩人笑笑：这会开的，学邓选，学着学着就扯开了不正之风。乱七八糟的，也没学多少。你们喝水不？

贺玉梅忙笑道：不喝。您快坐吧。我们就是那点事，请您去帮着跑跑。您答应了我们马上就走。

梁局长苦笑道：这事情你让我怎么跟人家张嘴啊？

吕建国赔笑道：不管您怎么去讲，反正您得赶快把人帮我们弄出来，那小子手里有咱们一千多万合同呢，不能为这事泡了汤啊？

贺玉梅也说：是啊，局长，厂里今年还指望这一千多万活命呢。

梁局长皱眉道：嫖妓这事就够操蛋的了，还打警察。你们怎么让老郭干这种事啊，找个理由推了就得了嘛，打打麻将什么的，跳跳舞什么的，再不行去洗洗桑拿浴，也挺过瘾的嘛！说着，就嘿嘿地笑。

吕建国红着脸说：您现在说什么不是也晚了嘛。

梁局长叹道：你们啊，总是找麻烦。我去试试，可不一定行啊。你也别抱太大希望。对了，你们那车有信了吗？

吕建国答道：派出所说有点眉目了，看看怎么办吧。就说了方大众的消息。

梁局长道：找到了就好，不过，这年头我有个经验，凡事太顺了，就不是什么好事了。不定还出什么妖事呢，你们也别高兴太早了。

吕建国笑道：局长说得是。心里骂，你盼着我们出事才高兴呢。

梁局长看看表，就站起身：就这样吧，我抽时间去公安局找找。你们也别太指着我这块云彩下雨啊，这年头的事情真是不好办呢。再说企业早就转换经营机制了，什么事局里不管了，你们今后别再给局里找麻烦了。边说边送贺玉梅和吕建国出来，吕建国走在前边，眼角的余光看到梁局长好像在贺玉梅的腰上拧了一把。贺书记脸上笑着没吭气。吕建国就想传说梁局长和贺玉梅有那种事一定是真的了。

从梁局长那里回来，一路上贺玉梅皱眉想着，突然说：老吕，我想起来了，找老齐啊，公安局陈副局长是他党校的同学呢。我这脑子，真是乱了。

吕建国苦笑了：我早就知道，可是找老齐不如不找，他恨不得咱们出点事才好呢。有些人你就别指着他给成事，他不给你坏事你就算是念佛了。

贺玉梅笑道：你这人就是太倔，把人想得太绝对。我去跟他说。

吕建国笑道：你就去试试。

保卫科关着那六个偷铁的，吕建国老远就听见徐科长沙哑着嗓子乱吼乱喊：我操你们八辈祖宗！谁带的头，说！

六个人低着头，谁也不吭气。

说话啊！徐科长又炸雷似的吼了一声。一个小个子站起来，沮丧地说：徐科长，反正事情犯了，您就看着处理吧，该怎么着就怎么着。

徐科长一把揪住小个子的脖领子，狠狠打了一个耳光：你他妈的还嘴硬。

小个子栽倒在墙角，血就流下来。老徐怒气不息地冲过去，还要打。这时，吕建国进来了，伸手挡住老徐。

小个子就吼起来：姓徐的，老子犯法有国家处理，也轮不着挨你小子的黑打。吕厂长，你都看到了吧。

吕建国吼道：怎么，你们不该打是怎么着？厂子穷兮兮的你们还偷，偷谁啊？打得你们轻！

有人就低低地说：现在干活也没钱，总不能让人饿死吧。

吕建国冷笑：就你们怕饿死啊？全厂两千多人都不怕啊？你们看看你们自己那样子，送进公安局判个几年也不冤。

几个人就胆小了，领头的脸黄黄地问：厂长，还真送啊，我们退赔还不行啊？

吕建国黑下脸来：先把东西弄回来再说。你们……

话没说完，门就开了，方大众探进头来，朝吕建国说：吕厂长，您出来一下。

吕建国吩咐徐科长：让他们每人都写交代材料，等候处理。转身就出来了。徐科长忙跟出来：厂长，怎么处理啊？开除吗？吕建国恨道：往哪开？都开到社会上去？他们找谁吃饭啊？吓唬吓唬算了。徐科长笑笑，就进去了。

方大众在门口等他，吕建国问：弄回来了吗？

方大众气呼呼地骂道：他妈的，真不像话，车是找到了，可是开不回来。

吕建国纳闷道：你没带司机去啊？

方大众说：司机也没法，老百姓把车轱辘都卸了，还差点把咱们的人给打了。人家说得也有道理，这车是我们花钱买的，我们不知道是偷来的啊。

吕建国皱眉道：派出所的怎么说？

方大众说：派出所也没办法，李所长跟我说，不行厂里就掏点钱，赎回来算了。

吕建国火了：赎？我丢了东西还没理了？不赎，就跟公安局要，我就不相信，东西找着了还弄不回来了。你跟派出所的去找他们县长。

正说得热闹，宣传部的叶莉一脸惊慌地跑来：厂长，您快去看看吧，四车间的一帮人在财务科乱砸呢。

吕建国急了：怎么回事？

叶莉皱眉道：听说是为小魏借款的事，冯科长说没钱，就吵了起来。越吵越不像话，四车间就来了一帮人，说为什么有钱让姓郑的去嫖娼，工人的孩子有了病倒没钱了，就动手打起来，把财务科砸了。

吕建国骂道：反了球的了，我看看去。撒腿就跑。方大众忙跟上去。

财务科真是乱套了。几个工人把冯科长推搡到墙角，冯科长挨了几下子，头碰到桌子角上，血都冒出来。工人们开始乱砸，冯科长头上淌着血，嚷着：别乱来，别乱来啊。

没人听他的，一会儿工夫，财务科已经一片狼藉。

吕建国赶到的时候，楼道里塞满了人，都是看热闹的。有人还起哄喊着：打啊打啊。吕建国气得心里直哆嗦，眼睛红红地吼了一声：都干活去！有什么好看的！

众人忙让开一条道，吕建国进了财务科。

就听到有人喊：厂长来了，厂长来了。

吕建国先把冯科长拉起来，火冒冒地吼道：你们要造反啊？又对身后的方大众说：你先把老冯送卫生所去包一包。方大众就架着冯科长去了。

工人们都不吭气了。有人悄悄地从地上捡起账本放到桌上。

吕建国红着眼睛喊道：咱们都穷成这样了，你们还折腾？能折腾出钱来也行，我跟大家一块折腾！有事说事，这是干什么？谁带的头？站出来，有汉子做就有汉子当。

没有人吭气。

吕建国冷笑道：刚才的勇气都哪去了？砸了就是砸了，怕个球，站出来！

车间副主任于志强红着脸走出来：厂长，是我带的头，你别骂了。该怎么办就怎么办吧，我就是恨有些当官的不能一视同仁。

吕建国看着于志强，就愣了，于志强平常给他的印象挺不错，小伙子干活肯卖力气，刚刚提了车间副主任。

吕建国黑了脸：于志强，你知道这是什么性质的问题吗？

于志强闷在那里。有人嚷嚷起来：这事不能怪于志强，是我们一块来的。

吕建国看着于志强：你要是相信厂里有钱，你要是相信我姓吕的看着小魏的孩子住院不肯掏钱，你就当着众人打我吕建国的耳光！

于志强被吕建国说愣了，呆住了。

吕建国看看大家，难受地说：我这个厂长没本事，你们想打我就打，想骂就骂，可别砸东西啊。咱们厂经不起折腾了。小魏的女儿得了白血病，你们以为我心里好受啊？我……可是……

吕建国声音就涩住了。他顿了顿：我说句没出息的话吧，现在大家指望不上厂里，咱们自己帮帮自己吧。于志强，你负责给小魏募点钱。说着，就从兜里乱七八糟地掏出一把钱来，几个钢镚蹦蹦跳跳地跑到桌子下面，吕建国弯腰捡起来，又把手表摘了，放到于志强手里，颤声说：志强，我就这些，算是带个头，大家也捐一点，就算厂里动员大家了。说着，就弯下腰去，深深给大家鞠了个躬。

屋里一片死静。吕建国转身出来，他听到有人哭了，呜呜的。

起风了，这个季节是个刮风的季节。浑浑黄黄的大风生猛地扬起来，烈烈地扑打着窗子。太阳软软的，像一个破了口的西红柿，鲜血般的汁液，在西天上弄得一片狼狈，一片零零乱乱的红。

贺玉梅今天决定继续跟踪谢跃进，看看他到底去哪。

那天她在百货公司门口碰到了贾小芹。贾小芹原来是局团委的干事，跟贺玉梅一起干了好几年，前年放下去当了副厂长。可那破厂子不行，一年多不开支了，厂子就放了长假，贾小芹找贺玉梅说了说，就去谢跃进的公司打工了。贾小芹告诉贺玉梅，公司现在有好几个女人整天缠着谢跃进，让贺玉梅小心些，现在这些小姐可是不像咱们做姑娘的时候了，疯着呢。贺玉梅听了心里就更乱了。

今天谢跃进早上起来说：我中午不回家吃饭了，有客人。贺玉梅道：你最好天天有客人，我可省饭钱了。谢跃进苦笑道：我现在都吃怕了，真想天天回家吃点素的，贺玉梅心里好笑，就说：我们厂办主任老郭就跟你一样的，天天陪客吃白食，还卖乖。什么吃得太痛苦了，好像让你们去受刑似的。谢跃进笑笑，提着包就下楼了。贺玉梅感觉谢跃进已经出了楼门，就给吕建国打了个电话，说家里有事晚去厂里一会儿。放下电话，就跟了出来。

太阳亮亮的，街上没有风，真是一个好天气，街道两边的柳树都悄悄地抽条了。贺玉梅远远尾着谢跃进，拉开一百多步的距离，就看到谢跃进在路边招手喊住一辆出租车。贺玉梅也忙喊住一辆出租，上了车，司机是个大胡子，问道：小姐去哪？贺玉梅说：跟着前边那辆黄车。大胡子看看贺玉梅，笑笑，就来尾着那辆黄车跑起来。

谢跃进进了一家酒店。贺玉梅急忙下车跟进去。大胡子在后边喊她，她才记起没付钱呢，忙掏出一张五十元的票子让大胡子找。大胡子磨磨蹭蹭地找钱，贺玉梅急道：快点啊师傅。等大胡子找完了钱，贺玉梅已经看不到谢跃进的影子了，就在酒店里乱转着，转得眼花缭乱，觉得酒店就像一个装满了各种杂物的衣兜，谢跃进被装进去，就很难一把再掏出来。一个服务小姐走过来，朝贺玉梅笑道：您好。找人吗？

贺玉梅忙笑道：请问东方公司的谢经理在哪儿？

服务小姐笑笑：请跟我来。就款款地走进了一个雅间。贺玉梅跟进去一看，一个二十多岁的女人正搂着谢跃进的脖子喝交杯酒呢。贺玉梅气得声音都颤了，怒喝一声：谢跃进！

谢跃进猛地回过头来，惊讶地张大了嘴：你怎么来了？

贺玉梅嘿嘿冷笑道：我怎么就不能来啊。就看看那个女人，那女人嘴唇抹得刺眼红，满不在乎地看着贺玉梅。一桌人也都呆呆地看着贺玉梅。

贺玉梅恶笑道：谢跃进，我搅了你的兴致了吧。你跟这种臭女人在一起也不怕着上点什么病啊？

那位小姐拉下脸问：谢总，这人是干什么的？

贺玉梅骂道：滚一边去，你他妈的算干什么的？

谢跃进气得浑身哆嗦，他吼道：贺玉梅，你还像个有知识的人吗？我这里谈业务呢，你……

贺玉梅嘿嘿笑道：谈业务？我今天就让你业务业务。一伸手，把桌子掀了，响起一片瓶子盘子的碎裂声。满桌子的人都慌得四下散开，谢跃进气急败坏地过来跟贺玉梅抓挠在了一起。人们都傻傻地看着两个人打，这时慌慌地进来一个白胖白胖的男人，使劲把贺玉梅拉开了。贺玉梅认识这个白胖子，这人是这家酒店的老板，姓马，去过贺玉梅家。马老板气喘喘地赔着笑，贺小姐，贺小姐，消消气啊。

贺玉梅冷眼看了一眼马老板：你刚刚叫我什么，小姐？这年头婊子才叫小姐呢。转身就走。

下午一上班，吕建国先去了贺玉梅的办公室。进门就说：玉梅啊，你昨天不是说老齐公安局有熟人吗？咱们去求求他吧。他突然发现贺玉梅脸黄黄的，惊问道：你脸色怎么这么难看啊？病了？

贺玉梅强笑道：没事。

吕建国狐疑地问：是不是又跟老谢生气了？

贺玉梅笑道：像你这样天天咒我，没事也让你咒出事来的。

吕建国笑了：没事就好。怎么样？咱们是不是去求求老齐啊？

贺玉梅说：就怕他不办事，还看热闹。

吕建国叹道：试试吧。

贺玉梅站起身，突然又想起什么，就开了抽屉，拿出一个纸包递给吕建国。吕建国问：什么啊？

贺玉梅说：这是一万块钱，我放着也没用，谢跃进能挣。就捐给小魏的孩子看病吧。你别说是我捐的，省得工人们说闲话。

吕建国呆了呆，忙说：这不行，太多了，老谢挣钱也不容易的。

贺玉梅苦笑道：屁，他们挣钱跟玩似的，算了，不说这个了，越说越上火。

贺玉梅说："你只当是打土豪了。吕建国看看贺玉梅，一时不知道说什么好，就拿着那钱苦笑道：那我就处理了！就转身去办公室把钱锁了，然后俩人就去了齐志远的办公室。一进门，齐志远正在给宣传部的叶莉看手相呢。

叶莉这女人长得太妖，总让男人色眯眯的，又特别爱跟男人犯贱，有事没事总往齐志远的办公室跑。她原是车间的车工，上了两年文科函大，毕业后就想进机关，前任许厂长看中了她，调她到宣传部搞党员教育，机关里关于她和许厂长的闲话特别多。许厂长下台后，她又搭上了纪委书记齐志远，俩人混得挺热乎。去年宣传部长老李退休了，齐志远就提议让叶莉上，贺书记没同意。吕建国还想着今年机关精减把她减下去呢。

齐志远抬头见厂长书记两人进来，有点不好意思地笑道：我最近正在研究周易，拿小叶练练技术。你们二位不算算？

叶莉忙站起身：齐书记算得真是准哟。中了。

贺玉梅笑道：小叶，你就让齐书记骗你吧。全是胡说八道，没一句是真的。

叶莉笑道：是说得准呢。又对吕建国笑道：厂长，刚刚市委宣传部打电话来，说省报明天有两个记者要来采访，关于国有企业如何走出困境的话题。您见不见啊？

吕建国苦笑道：我现在就困境着呢。你就说我不在。

贺玉梅说：不见。不怕人家笑话，现在咱们真是饭都管不起了。

叶莉笑道：那就算了，屁股一扭，转身走了。

吕建国就坐在齐志远对面：老齐，我听说公安局陈局长是你的党校同学。你是不是求求他，把那个姓郑的王八蛋弄出来。

贺玉梅笑道：老齐你真得出山了啊。

齐志远笑道：厂长，姓郑的这种人，就该抓进去，蹲上几年。咱们还给他跑这事啊？算了吧。

吕建国就苦笑说：老齐，不是我这人犯贱，他手里不是有咱们一千多万的合同嘛？

贺玉梅也赔笑：就是，老齐，就找找你的那个老同学吧。

齐志远摇头道：真是，我不想为这件破事去求人。不够丢人的呢。

吕建国看看齐志远一脸不肯通融，就说：那就算球了。转身出去了。贺玉梅走在后面，突然又回过身来，问：老齐，说实话，你是想看老吕的笑话吧。

齐志远一下窘住了：贺书记，别瞎说啊。

贺玉梅笑道：别不说实话，你和老赵都想让老吕早点滚下台呢。其实，老吕也是瞎操心，要是换上我，就不为这么个半死不活的破厂操心，谁们家的啊，还让别人暗着解气。说完，掉身就走。

齐志远脸就红了，笑骂道：贺书记，你怎么也跟吕厂长学坏了，嘴里也吐不出好话来了啊。

晚上临下班的时候，吕建国给四海商行打电话要钱。一劲在电话里说好听的，最后泄气地把电话放了。

齐志远、贺玉梅一前一后进了吕建国的办公室。

吕建国淡淡地看了齐志远一眼，问道：有事？

齐志远笑道：老吕，我跟我那个同学说了，今天晚上在鸿宾楼谈谈放人的事。

吕建国一怔，喜道：老齐，真是得谢谢你。这事还得你出马。

齐志远笑道：怎么说也是咱们厂的事情。我要是不办，大家都得骂我。再说了，真是要发不出工资来，我也是一份啊。

吕建国没想到他一下子变得这样，竟怔住了。

齐志远笑道：厂长，你是不是信不过我啊？

吕建国忙笑：看你说的。

贺玉梅苦笑道：老齐，这一桌子得多少钱？咱们厂可是真没钱了。你这个同学好不好打发啊？

齐志远想了想：我去组织部借点党费吧。财务是没钱了，说完就出门走了。

吕建国苦笑：党员们要是知道咱们拿着党费去吃喝，而且还是给嫖娼的去走后门说情，不定骂咱们什么呢。

鸿宾楼是市里一家很有名的餐馆，据说请的是京城的名厨，价钱也很厉害，但是每天仍然食客如云。齐志远带着吕建国、贺玉梅到了鸿宾楼。贺玉梅说：老齐，你来过不少回了吧。

齐志远笑道：反正只要有人请，我就吃。齐志远在市委党校进修过，同学大都是头头脑脑的，平常总爱搞个小聚会，到处乱吃，乱找地方乱报销。进了餐厅，服务小姐好像跟齐志远很熟悉，微微笑着把他们三人让进了一个雅间。

陈局长还没来，三个人就坐着喝茶。吕建国笑道：老齐，这地方来一家伙得多少钱啊？

贺玉梅笑道：厂长你别害怕，钱不够，就把老齐押在这儿。

吕建国就看墙上挂着的一张画，一个外国女人，全身光光的，挺招人的眼神看着他们三个人。吕建国就笑骂：好像是干那个的吧。

齐志远就笑：厂长，您这叫什么眼神啊？这可是艺术品啊。

正要再说笑，就听到外边有人说话。齐志远忙站起身：来了。就迎出门去，引进来陈局长。

吕建国和贺玉梅忙站起来跟陈局长握手。

陈局长看看表，笑道：真是紧赶慢赶，还晚了十分钟。东城下午杀了一个出租车司机。

贺玉梅惊讶道：又杀人了？

陈局长骂道：这两年事出得太多，头春节到现在，我几乎就没睡过一个安生觉。

齐志远笑道：我也没见你瘦了。

一个亭亭玉立的服务小姐进来，微微一笑：几位点菜吗？贺玉梅笑道：点。就把桌上菜谱递给陈局长：陈局长，您点。吕建国也忙说：陈局长，点吧。

陈局长笑道：随便吧。真是的，不好让你们破费了，听老齐说，你们厂也太穷了。

吕建国就笑：再穷也不能穷了嘴，再苦也不能苦了胃。点。陈局长，咱们是头一回，一定得好好喝喝。

齐志远笑道：厂长，算了吧，你这话要是让工人听了，非得挨揍不可。老陈总在外面吃，今天就是坐着说说话，我来点。就拿过菜谱点了起来。

贺玉梅笑道：老齐你真是的，让陈局长点几个嘛，你知道他爱吃什么啊？

齐志远笑说：今天听我的。就点了几道便宜的菜，又要了两瓶古井贡。然后对服务小姐说：先吃着，不够再说。

贺玉梅给陈局长倒了杯茶，四个人闲扯社会治安。吕建国就想着怎么开口讲放人的事。菜上来了，齐志远起身忙着开酒瓶子。贺玉梅说不能喝，想喝饮料。陈局长笑道：不喝饮料，坐在一起就都喝一样的，现在女同志更能喝，都是改革改的。大家就笑。贺玉梅笑道：那我今天就舍命陪陈局长了。

四人连着干了三杯。吕建国就说了求陈局长放人的事。桌上的气氛有些紧张，齐志远看着陈局长：老陈，帮个忙吧。

贺玉梅叹道：真是没办法，我们还指着那小子吃饭呢。

陈局长对吕建国说：这人我们真是不好放，放了他，就等于给社会上的一些王八蛋长了志气，以后我手下的还不得让人随便打啦。换了你吕厂长，你肯干吗？

吕建国苦笑道：陈局长，我也知道不该来找您，可是我实在没办法。刚刚贺书记也说了，我们厂两千多职工还指着那个王八蛋一千多万的合同过日子呢。现在外面欠我们好几百万，也弄不回来，工人们等着吃饭啊。那天几个工人找到我问，厂长，我们要是没干活也行，可是我们辛辛苦苦干了，还是一分钱也拿不到，这叫什么事啊？吕建国眼圈红了，说不下去，猛地喝了一杯酒。

齐志远赔笑道：老陈，你就给我一点面子吧。我们真是不容易啊。现在都说当企业家的能捞，你是没到吕厂长家去看过，穷兮兮的。他这个破厂长当的，别提多窝囊了。

吕建国心里一热。没想到齐志远能说出这样几句话来，他感激地看了齐志远一眼，接过话头：真是像齐书记说的，陈局长，要说我心里话，我恨不得你们枪毙了那个王八蛋。可我得为厂里两千多口子的嘴发愁啊，这……说着泪就流下来。吕建国抬手去擦，可流得更猛了。吕建国就转过脸去，贺玉梅的眼睛也红了。

陈局长目光就软下来，叹口气：老吕，我看你这人也是个实在人，不像是那种不管工人死活的东西。你别急了，人，我想办法给你弄出来。掏出无线电话，拨通了，就说：刑警队吗，我是陈志雄，找杜洪。杜洪啊，那天打咱们人的那几个怎么处理的？什么？这么快？嗯，嗯，行，我下来再找你吧。陈局长脸灰灰地放了电话。

齐志远忙问：怎么回事？

陈局长叹道：不好说了，案子报到省里去了。怕是……

吕建国怔了怔，苦笑道：陈局长，您尽了心了。您的人情我领了。

陈局长想了想：我再想想办法。吕厂长、贺书记，你们别着急。操蛋，这事也就是晚了一天，我一准给你们办了。就仰脖干了一杯酒。

齐志远苦笑道：老陈，你这酒可不能白喝啊！你还得再想办法啊。

吕建国看看齐志远，心里热了一下，觉得老齐这人还是挺好的，自己不该跟他闹不团结的。

回到家里，刘虹刚刚吃过，见吕建国进了门，就说：志河走了，人家可是放下话了，过两天就来车提货呢。到底有戏没戏啊？

吕建国不耐烦地说：行了行了，快别烦我了。

刘虹不高兴道：全世界就好像你一个人忙似的，不就当了个破厂长吗？

家里的气氛一下子就沉下来，三口人呆呆地吃饭。吃完了，刘虹就进屋了，吕建国就去洗碗。吕强忙过来说：爸，您歇会儿吧，我来干。吕建国一愣，看了吕强一眼，吕强朝他笑着。吕建国心里一动，感觉儿子长大了，懂事了，就笑笑：好，好。就退出来，坐在沙发上看《新闻联播》。还没看出中央领导跟哪国的贵宾亲切友好地谈话呢，桌上的电话就响了。

是方大众从派出所打来的。方大众气呼呼地说：我们刚刚从县里回来，那辆车的事还是挺不好办，跟农民讲不出理来。那个县的县长就向着他们，说是要保护农民利益。那个乡长更不讲理。厂长您说这事还怎么办啊？他妈的地方保护主义！

吕建国恨道：你就别乱嚷嚷了。明天我去看看吧。把电话放了，又给厂汽车队打了个电话，明天一早要车去县里，先找他们的乡长。

一路上风景真是不错。田野里的麦子都探头探脑地钻出来了，绿绿得让人爽眼。吕建国想起当年下乡帮老百姓拔麦子的情景，就骂出声来：怎么这年头老百姓也都学坏了啊。

方大众笑道：您骂谁啊？老百姓还骂呢。这年头好像谁都不高兴，真是邪了。

吕建国想起来：你带上钱了吗？弄不好咱们得请兔崽子们一顿呢。

方大众苦笑：人家吃不吃你的请还是回事呢！

三十多里路一个多小时就到了。车子拐进了韩庄乡政府，就见一群农民正在乡政府门口吵吵什么呢，一群鸭子呱呱乱叫着，在院子里乱跑。

方大众把吕建国领到乡长办公室，门虚掩着，方大众敲敲门。

门开了，一个白胖子一脸不高兴地走出来，见到方大众，就说：你又来了？

方大众忙说：谭乡长，这是我们吕厂长。

吕建国忙上前跟谭乡长握手。谭乡长笑笑：屋里坐吧。

吕建国走进屋里，闻到满屋子酒气，就看到了办公桌下边一堆酒瓶子。屋里挺乱的，墙上挂着几面奖旗，什么先进之类的。

吕建国坐在靠墙的沙发上，笑道：谭乡长，我是来讨我们厂那辆车的，还请您多多帮忙啊。

谭乡长笑道：昨天方主任和两个公安的同志来过了，真是不好办啊。我们那家企业也是受了骗啊。

吕建国说：谭乡长，这车我们一定要带回去的，我们是个穷厂，还指着这辆车干活呢。现在国有企业也真是不容易啊。

门被轻轻推开了一个缝，一个妇女探进头：乡长，还开会不了？

谭乡长嘻嘻笑道：开你娘那脚，都把你们计划了。等着去吧！那妇女就笑着跑了。

谭乡长说：吕厂长，您也不容易，这我知道。可是老百姓也不容易啊，好容易攒俩钱，买辆车，你说是赃物，就弄走，真要是死两口子人咋办啊？您也替我想想。换换个，您能不管不顾去把车弄出来就让人家带走吗？

吕建国看着这个白白净净的乡长，总觉得他像某部电视剧里的太监，直想骂，可是脸上还得赔着笑：谭乡长，真是请您帮帮我们，我们厂真是太穷了。

谭乡长扑哧笑了：不能吧？穷厂还能买这种高级车啊？

吕建国叹口气：这不是图个脸面嘛。人是衣裳马是鞍嘛，不买车，人家看不起你，谁还跟你谈生意啊？

谭乡长看看表，起身说：吕厂长啊，您看这事是不是下午再商量，我还有个会，真是不好意思了。就坐到办公桌前，拉开抽屉乱找，也不知道找什么，嘴里还一个劲骂着脏话。

吕建国强笑道：好的，下午再说，您忙吧。就退出来。

上了车，方大众问：咱们去哪？

吕建国说：上县委，找县长去。

贺玉梅听吕建国说了去要车的经过，就笑：你真是行，没让人家打一顿就算是便宜了。

吕建国骂：打人？我还想打人呢。那个姓门的县长简直就是个混蛋，你跟他说东他说西，最后还发脾气，说他不管这些破事，说完就躲了。正说着，王超进来了，笑道：两位领导都在，市工会知道了章荣的病，体谅咱厂的困难，拨下来三千块钱，让给章荣看病。

吕建国高兴道：真是不错。给章荣送去了吗？

王超苦笑道：章师傅不收啊，让把这钱交到卫生所，给卫生所进药。可人家市工会说，这是特批款，专款专用的。

吕建国说：那当然，章师傅是省管劳模。走，咱们一起去看看他。

章荣住的还是厂里的旧宿舍，本来早想重盖，可总是没钱。楼道里的墙皮都已经剥落了，露出灰灰的水泥，还用粉笔写着某某小王八大王八之类的骂人话。吕建国记得，章荣早就应该搬进厂里的新宿舍，可是章荣让了几回，就一直没有搬成。吕建国心里酸酸的，现在像章荣这样的老工人真是不多了啊。

进了章荣的家，一股呛人的中药味扑得吕建国要呕。

章荣的儿子章小龙迎出来，懒懒地点头道：领导们来了，屋里坐吧。

屋里光线挺暗，窗帘拉着。章荣正躺着，就睁开眼问：谁来了？章小龙忙说：厂领导来看您了。就过去把窗帘拉开，太阳光软软地漫进来。吕建国看到玻璃坏了两块，用纤维板钉着呢。灰灰的墙上贴着好些奖状，纸都泛着黄，有些已经看不出日期了，吕建国感觉那好像是上一个世纪的故事了。

章荣撑起身子，笑道：快坐啊，小龙，给领导们拿椅子，沏点水来。章小龙就出去了。王超追出去：小章，别忙了，我们不喝。

吕建国凑到床前，笑道：好些了吗？整天是忙，也没顾上来看您。

章荣笑道：没事的，让领导操心了。老球的了，不中用了。想起咱们搞大会战的时候，就跟昨天似的。

吕建国笑道：可不是嘛！一眨眼，我都快五十岁了。

章荣笑笑：您那次为了赶活，出了废品还不想返工，我扣你的红旗分，你还哭鼻子哩……说着，章荣剧烈地咳嗽起来，脸立刻涨得通红。

章小龙忙过来给他捶背。吕建国摸摸章荣的额头，吓了一跳：章师傅，你发烧呢。

章荣笑笑：没事，一会儿泡点姜汤就行了。

贺玉梅说：章师傅，还是去住院吧。厂里都联系好了啊。

章荣说：我这病住院也不行了，就在家待着吧。我是真怕死在医院里。说着又咳嗽起来。

王超急道：章师傅，市工会拨给您的特款，让您住院的，您还是去吧。这不，厂长书记都来劝您了。

章荣摇摇头：不去了。我都这样了，干啥还糟蹋那钱啊。

吕建国看看章荣，眼睛就红了，叹道：章师傅，说什么还是要住院的，你是咱厂的老模范了，你不去，工人们要骂我们的。

章荣叹道：算了，厂长，是我自己不去的，谁骂你们啊。厂里对我挺好的，我满意着呢。现在厂里这么紧张，我这破病还治个什么劲啊？不给厂里添乱了。

吕建国说：您看病这点钱还是能挤出来的，再说市里也给了些钱专门给您看病的。

章荣还是摇头：不行，我知道厂里那点钱，都是工人们一分一分挣来的，我不能全扔在医院的病床上。市里要是真给点钱，就给咱厂的卫生所进点药吧。我听说现在卫生所连感冒药也没了，这怎么行啊？……

章荣说着又剧烈地咳嗽起来。

吕建国再也忍不住了，泪就流了满脸，说了声：章师傅，您歇着吧。就起身告辞。

章荣突然喊住吕建国：厂长，你站下，我、我有话说。

吕建国一脸泪水地回转过身：章师傅，您说。

章荣看看吕建国和贺玉梅：我老了，有今天没明天的，心里有句话，你们当领导的比我想得长远，我说得对不对的，就……

贺玉梅忙扶住章荣：您慢慢说，有什么困难就提。

章荣吃力地摆摆手：我没困难。我是说厂、厂里现在挺难的，你们千万顶住这一段困难，什么事情也有个潮起潮落的，别觉得天都要塌了，我说得不好，毛主席怎么说来着……

吕建国心头一阵痛热，他一下子抓住章荣的手，颤声道：章师傅，您说得对。您……吕建国的泪唰唰地流下来。

从章荣家回来，几个厂领导闷闷地坐在办公室，吕建国突然抓起电话，让徐科长来一下。不一会儿，徐科长就颠颠地跑来，一进门看出气氛不对，心虚地问吕建国：厂长，有事？

吕建国恶恶地说：老徐，你明儿就把赵明的饭馆给封了。告诉他，三天之内把十万块钱交来。

徐科长看看齐志远。齐志远望着窗外，不说话。窗外灰灰的，天渐渐阴死了，太阳胆怯地躲进了云层。

徐科长问：他要是真不交呢？

吕建国恶笑一声：你就让他滚蛋。你告诉他，就说这话是我姓吕的讲的。

徐科长答应一声就出去了。贺玉梅想了想：厂长，四海商行的钱也该再去要要了。

吕建国想了想说：我去一趟四海商行，找找那个姓赵的混蛋。这六十几万不是个小数啊。

贺玉梅叹道：怕是不好要啊！

吕建国说：不行就跟他打官司吧。

齐志远苦笑：赵志高那小子是个人精。他现在有好几个企业，跟咱们有关系的那个四海商行早就是个虚名了，法院就是查封，也掏不出几个子儿来，他盼着跟咱们打官司呢。再者，我听说他表姐夫就是法院院长。

吕建国骂：他妈的。这叫什么事啊？

一上班，贺玉梅就进了吕建国的办公室：厂长，你猜我找到谁了，这回准能治了那个姓谭的。

吕建国笑道：除非你找到了他爹。不过他听不听他爹的，也难说哩。

贺玉梅笑道：他不听他爹的，他得听县太爷的。

吕建国摇头苦笑：算球了，那个县长我上次就碰过了，也是个混蛋，根本不讲理。他能向着咱们说话？

贺玉梅坐下喝了口水，笑道：三车间乔亮告诉我，他们车间岳秀秀是那个姓门的县长的亲外甥女，我见岳秀秀了，岳秀秀说没问题，她姨父肯定给办。她刚刚给姓门的打了电话。

吕建国一下来了精神：真这么简单啊。

贺玉梅说：一把钥匙开一把锁，说简单就真简单。

吕建国说：那你去一趟吧，上次我跟姓门的差点吵起来。我一去，别再把事情办砸了屁的。

贺玉梅到县里的时候，正是中午。贺玉梅想，正好把门县长请出来吃顿饭。到了门县长的办公室，门县长正跟几个人说话呢，见到岳秀秀就忙让那几个人走了，跟岳秀秀嘻嘻哈哈笑着，聊着家长里短。

岳秀秀说了要车的事，门县长笑道：你怎么管这事啊？岳秀秀说：我在厂里负责呢，我不管谁管啊？门县长笑道：真的啊，早知道是这样一个关系，我早就让他们把车放了。说着，才看到贺玉梅。岳秀秀介绍了贺玉梅，贺玉梅笑着说：真是不好意思，我们办不了，只好麻烦您了。就说了谭乡长的态度。

门县长道：还挺牛的哩。放心，这事我给你们办了。对了，你们还没吃饭吧，咱们先吃饭去，就喊来一个瘦男人，门县长说：李秘书，你去打电话把老谭给我喊来。李秘书转身走了。贺玉梅笑道：不忙，咱们先吃饭吧。

门县长说：不是我着急，我上次开会听他们念叨了几句这件事，你们厂一个姓方的和一个姓吕的也来找过我。要是不赶紧找老谭，他们就敢再给你卖了球的。到时上哪找啊？

贺玉梅心里一紧张，脸上笑道：那得快点，这年月什么都讲改革速度，真要是卖了，我们可就惨了。

门县长就带着岳秀秀贺玉梅去了县委门口的饭店。进了门，老板慌慌地迎上来：县长，您吃饭啊？门县长笑道：临时来了几个亲戚，在你这闹一顿吧。老板忙笑道：平常请也请不到您呢，我说昨天晚上做梦听到喜鹊叫呢，敢情今天有贵客来啊。门县长哈哈笑：操蛋的，你可真会说好话。几个人就进了雅间。门县长也不看菜谱，乱点了一气，老板就让人把菜端上来，又端上两瓶五粮液和两盒红塔山，客气了几句，就退出去了。贺玉梅心里就害怕，怕一会儿结账钱带得不够。

小岳撒娇说：姨父，这事您可真是给办了啊，要不厂长可得扣我的工资啊。

门县长笑道：外甥女的事，我还能不管啊。来，贺书记，喝酒喝酒。我这个外甥女你可得照顾着点啊。贺玉梅忙笑道：您放心好了。

吃过饭，贺玉梅忙去结账。门县长拦住她，笑道：贺书记，到我这地面上还用你结账啊。就对老板说：先记在农业局吧。老板笑道：您甭管了。就忙着送他们几个出来。

贺玉梅觉得喝得有点多了，头晕晕的，就笑着说：看起来，真是当个县长好，一方土地，说了算啊。

门县长笑笑：您是没见我受治的时候呢。

回到县委，刚在门县长屋里坐了，李秘书就进来说：县长，谭乡长来了。门县长点点头：让他进来。

李秘书出去，一会儿，谭乡长就进来了，进门就笑：县长，您真是改革作风啊，连饭也不让我吃好啊，今天您得请我。又朝贺玉梅、小岳笑笑。

门县长哈哈笑了：你小子还用我管饭啊。坐吧，这两位找你有事呢。这是贺书记。就掏出烟来扔给谭乡长一支。

谭乡长点着烟，傻怔怔地笑问：县长，什么事啊？

门县长瞪眼道：什么事？你还好意思说，偷了人家的车，还不给人家。咱们县的脸快让你们丢球的光了。

谭乡长笑道：刚刚李秘书跟我讲了，县长，不大好办啊。谁知道是贼车啊，要知道是贼车，白给也不敢要啊。现在也不能说拿走就拿走啊，吴大水那个愣头青还不得跟我玩命啊？

门县长笑道：谁敢跟你玩命啊，说得吓人呼啦的。

谭乡长说：门县长，这事真是不好办。那车是吴大水花三十万买来的，手续都全，硬给他拿走，他真怕是接受不了。

门县长哈哈笑了：屁话。三十万？哄鬼呀？吴大水那个鬼精，我还怀疑他给钱没给钱呢！别废话了，这事你去办吧。这是我外甥女的车，你去告诉吴大水，他要是不放车，就是不给我老门面子，我还真就不要了。

谭乡长尴尬地站起身，朝贺玉梅笑道：上次您厂里的吕厂长找过我的，您能不能出几万？五万行不行？

贺玉梅心想这个姓谭的真够难缠的，笑了笑，刚想说几句没钱的话。门县长就火了：贺书记，你别理他，这小子见谁都想割一刀的。

谭乡长哈哈笑了：县长，我真是斗不过您的。好吧，既然县长发话了，我料定吴大水屁都不敢高声放一个的。我明天把车给您开到县委来。就朝贺玉梅笑笑，出门走了。

贺玉梅有点愣，没想到这事就这样有一句没一句开着玩笑就办了。

门县长朝贺玉梅笑道：那您就住一夜吧。明天一早他就送车来。

贺玉梅笑道：还是您面子大。

门县长说：大个屁，我要不是县长，他们才不理我呢。

岳秀秀笑问：姨父，他们明天要是不来呢？

门县长眼睛一瞪：敢？过明天中午我都饶不了他们。

吕建国正在给那几个要账回来的人开会呢，贺玉梅在门口探头。吕建国忙起身出来，贺玉梅笑道：车开回来了。就把事情跟吕建国说了个大概。

吕建国高兴道：行，真是有你的。你先回去歇歇吧，我看你累得也够呛。

贺玉梅笑说：我真得歇歇了，那个姓门的可真是个酒桶，昨天真把我灌坏了。

贺玉梅进了家，就想躺下睡一觉。躺在床上，又想给妹妹打了个电话，问问谢跃进这两天的行踪，自上次在酒店闹了那一回，谢跃进就没回家。

贺芳不在公司，一个女的接的电话，说贺芳住院了，两天了。贺玉梅吓了一跳，忙问贺芳怎么了。那女的说：我知道怎么了？我又不是她妈。你愿去就去看吧，妇产医院。

贺玉梅更是吓坏了，就问：妇产医院，她住妇产医院干什么？

那女的好像跟贺芳有深仇大恨似的，干硬硬地冷笑道：你这人好烦啊，你去看看不就明白了嘛。

贺玉梅一点睡意也没有了，慌慌地跑到街上叫住一辆出租就朝妇产医院去。一路上没头没脑地乱想，越想越怕，直到进了病房，看到谢跃进正坐在贺芳床前，她仍是没有反应过来，脑袋木木的。贺玉梅急急地问贺芳：怎么回事？你怎么住这儿了？

贺芳脸色苍白，朝贺玉梅笑笑：我没事。你怎么知道的？

贺玉梅喘着气说：我刚回来，打电话说你住院了。又看看一旁的谢跃进，贺玉梅心里突然跳了一下，似乎明白了些什么。看看贺芳，再看看谢跃进，贺芳头歪向一边，流下泪来。贺玉梅猛地搞清楚什么了。

谢跃进尴尬地站起身，笑笑：玉梅，你待一会儿吧。我还有点事，先走了。

病房里只剩下了姐妹两个了，空气有点发紧。贺玉梅低低地叫了声：小芳。贺芳回过头来，俩人呆呆地互相望着。

贺玉梅叹口气：芳芳，你都让我糊涂了。你和谢跃进到底怎么回事？

贺芳突然不哭了，冷笑一声：姐姐，你既然全知道了，还说什么蒙在鼓里。你让我说什么？我喜欢他。但我并不想在你们中间惹是生非，否则，我决不会打掉这个孩子的。

贺玉梅叫起来：什么？你真的有了孩子？

贺芳淡淡地说：你放心，我不会让他跟你离婚的。

贺玉梅只觉得头疼得厉害，全身颤抖。她怒吼起来：你不该这样啊！你知道谢跃进在外面搞着多少女人吗？

贺芳冷冷地说：你别乱吵乱嚷。他没有欺骗我，是我情愿的。你别恨他，是我自己对不住你。

贺玉梅静下来，看看贺芳：好吧，你先住院吧。就往外走。走到门口，又回过头来：小芳，也许他在你眼睛里是个什么了不起的。但是在我眼里他很不值钱，你愿意跟他，我拱手让给你。就摔门出去了。听到贺芳的哭声，贺玉梅脚步迟疑了一下，还是大步走了。

到了医院门口，看到谢跃进正在那里推着摩托车抽烟呢，似乎是在等她。贺玉梅没理他，取出自行车就要走。谢跃进跟上来：玉梅，你听我说。

贺玉梅硬声道：你还想跟我说什么？

谢跃进苦笑道：事情到这一步，还能说什么？

贺玉梅冷笑：你到底跟芳芳什么时候有的这种关系？

谢跃进道：一年前。你就看着办吧。

贺玉梅冷笑一声：我看着办？你把芳芳毁了，还问我怎么办？说罢，扬手给了谢跃进一个耳光，掉头就走。

就听到谢跃进在她身后冷笑道：别把自己装成修女的样子，你跟姓梁的事谁不知道啊？

贺玉梅身子一颤，她回过头来，盯着谢跃进，突然笑了：你也相信这事。谢跃进，我真是白白跟你过了这些年了！

谢跃进骑着摩托车走了，剩下贺玉梅呆呆地站在那里。阴阴的天空落下了几丝雨，夹着软软塌塌的雪花，冰冰的。贺玉梅仰起头，看着散散的雨夹雪，就记起上大学时一位老师讲过，这种东西叫作霰。

王超来找吕建国，说小魏的女儿明天要开刀了，问吕厂长是不是去看看？

吕建国说：去，厂领导们都去看看。

王超发愁说：职工们给小魏捐了五万多块钱，可还不够。医院要十万押金啊。怎么办啊？

吕建国叹道：下来再说吧，咱们先去看看。

两人起身出来，就听到楼道里一阵乱吵，赵明骂骂咧咧地走过来。

赵明喝得醉醺醺的，身后跟着蔡大胡子。方大众跟在他身后赔着笑：老赵，有意见慢慢讲嘛。赵明一把推开了方大众：滚一边去。你他妈的就会拍马屁，我找姓吕的说话。

吕建国黑着脸站在走廊里，冷冷地问：赵明，你来交钱了？

赵明抬头看到吕建国，就恶笑道：吕厂长，你凭什么封我的门？

吕建国不想跟他在走廊里吵，就转身进了办公室，赵明跟了进来。吕建国说：我正要找你，正好你来了。我就要你一句话，你到底交不交承包费。

赵明点一支烟，吐了个烟圈：我不是告诉你了嘛，现在没钱，先记着，年底一块算，少不了厂里一分钱。说完就往沙发上一躺，把脚蹬在了沙发扶手上。

吕建国摇头：那我跟你就没什么好说的了，厂里决定，你的承包合同就此终止。

赵明把烟在手里拧死了，狠狠摔在地上，跳起来：你姓吕的两片嘴一碰就完了？你不让我干，要包赔我的损失！

吕建国愤怒地站起来：赵明，你别在这里胡搅蛮缠。

赵明眼睛冒出火来，向前一步，一拳打在吕建国的脸上，吕建国鼻子就冒出血来。

王超和方大众呆住了，扑过去抱住赵明，赵明跳脚骂道：姓吕的，老子今天非打残了你不可。门外冲进来几个人，赶忙去扶吕建国。

吕建国摆摆手，对众人说：放开他，让他过来，我不相信他敢打死我姓吕的。

赵明愣住了，他不明白吕建国为什么不跟他急眼。

吕建国擦擦脸上的血，淡淡道：赵明，你小子用良心想想，如果你真是没钱，就算我姓吕的白活了。现在厂里穷得锅都揭不开了，好几个病号都……小魏的女儿白血病就在医院躺着，等着钱用。还有章荣，不说了，这你都知道。你该着厂里的钱不给，你要是有一点人味，你能不能这么干？我怎么也想不透，你也算是在厂里干了二十多年了。你……我告诉你，你今天不就是想惹急了我，让我也动手，你就可以赖账了吗？我就是当着这个厂长就算了，我真是连宰你的心都有了！说完，转身就走，走到门外，又转过身来，恶恶地骂一句：赵明，你是个王八蛋！就啪的一声把门摔上。门又弹开了，走廊里渐渐远去了吕建国生硬的脚步声。

一阵风生猛地刮进来，已经没有了严冬里那种尖利的寒气。这是冻人不冻冰的季节了。

众人都愣在那里，呆呆地听着风呼呼地刮着，十分的单调。

赵明呆呆的。蔡大胡子在一旁低声问道：赵哥，咱们……赵明低声吼道：明天把钱交给姓吕的！一跺脚转身走了。

吕建国到医院的时候，毛毛刚刚醒过来。厂里好多人都呆呆闷闷地坐在走廊里。吕建国看到袁家杰也来了。

吕建国进了病房，毛毛眼睛艰难地睁开了，看看吕建国他们，笑了：谢谢叔叔们。

吕建国笑道：毛毛，就会好的。就会好的。

毛毛额头上消着细细的汗珠，她艰难地说：还是让我出院吧。别再让厂里的叔叔阿姨们给我花钱了，治不好了，我知道的。谢谢叔叔阿姨们关心我。我现在一点都不疼了。

吕建国眼睛潮了，他努力克制着自己，不让眼泪掉下来，转身走出了病房。

病房外面，一帮人正在劝慰小魏。小魏两口子呆呆地坐着，傻了一样。吕建国走过来：小魏，先给孩子看病，有什么困难下来再说。

小魏哭着说：吕厂长，说什么也不看了，我不能拿着大家伙的钱往坑里扔啊。我……

于志强火冒冒地说：混账话。你怎么就知道治不好呢？

小魏泪流满面：我什么都明白。大家的心意我领了。真的，厂长，您就别让我难受了。

吕建国拍拍小魏的肩，叹道：别这样。治一定要治。只要咱厂子不垮，毛毛的病就得看。别说十万，就是二十万，厂里也会想办法。

小魏拼命地摇头：厂长，厂长。不能这样，真的不能这样。

齐志远眼泪落下来：小魏啊，你就别再乱说了啊。

小魏和他爱人就扑通跪下了。

吕建国心里一酸，怒声吼道：你这是干什么，混！你给我起来！起来！一把扯起小魏。吕建国的声音颤抖：要骂，就该骂我，打我，我这个厂长无能啊。

走廊里哭声大作。

吕建国中午饭也没吃好，跟刘虹吵了几句就出来了。刘虹一劲追问他志河的事办得怎么样了。吕建国恨不得狠狠骂妻子几句，他感到这帮人十分可恨，在自己倒霉的时候，连句安慰的话也没有，还一个劲比找事儿。他突然觉得自己挺没劲的，来到办公室，就坐在沙发上闷头闷脑地抽烟。

袁家杰走进来，看看吕建国，就重重地坐在沙发上，不说话。

吕建国笑道：又怎么了？看你样子怪怪的。掏出一支烟扔给袁家杰。

袁家杰接过吸了，吐出一团雾，叹道：我知道你挺恨我的。

吕建国抬起头：你说什么呢？我凭什么要恨你啊？

袁家杰苦笑笑，没说话，呆呆地抽烟。抽完了，又伸手朝吕建国要了一支。

吕建国叹道：我想通了，你还是走吧。在哪干好了都是国家的。

袁家杰一怔，迷茫地看着吕建国。

吕建国也苦脸看着他。

两人一时没话可说了。风从窗子缝中溜进来，发出滋滋的响声。

袁家杰呆呆地说：我不走了。今天把我那个专利卖了。

吕建国一怔：卖了？卖给谁了？

袁家杰苦笑道：卖给那个乡镇企业了，一百三十万。我跟他们要的现金，我怕钱汇过来让银行给截住抵了利息。

吕建国心慌地问：那你？……吕建国知道，袁家杰这个项目搞了好几年了，本来厂里想上这个项目，可是前任许厂长跟袁家杰闹不来，就耽误了。吕建国上台后想搞，可是厂里又没钱，银行一个子儿也不贷给了。

袁家杰脸色苍白地站起身：他们一两天就来谈。你接待一下吧。

吕建国站起身，声音有些发涩：家杰，这事是不是你再想想？这可是你十几年的心血啊！

袁家杰苦笑道：还想什么啊？厂里都到了这份上了，唉！转身就走。

吕建国猛地喊了一声：家杰……声音就哽住了。

袁家杰回过头来，也呆呆地看着吕建国。一时屋里静得能听到俩人的心跳声。

太阳明晃晃地照进来，吕建国脸上滑下几滴泪，在阳光中跳跃着。

袁家杰涩涩地笑笑：建国……就再无话了。

两个人都呆呆地盯着窗台上那盆月季，浇过水的月季，叶子已经悄悄舒展了。

有人把门撞开了，吕建国一惊，就见章小龙脸色灰灰地跑进来，进门就哭：厂长，我爸过去了。

吕建国一惊，袁家杰颤声道：昨天不是还挺能吃的吗？怎么这么快啊？

吕建国难过地对袁家杰说：咱们去送送章师傅吧。

章荣真是死了。等吕建国几个人赶到医院的时候，章荣已经被推进了太平间了，静静地躺着，眉头却紧紧皱着，似乎有无限的心事还没有放下。吕建国心头一阵凄楚，泪涌下来，就闷着头出来了。走廊里已经站了一大片厂里的工人。十几个过去给章荣当过徒弟的，呜呜呜哭着，哭声在医院里低低地传远了。

门外，春雨下得正紧，啪啪砸在台阶上，让人感觉心里冰冷。吕建国抬头看看，天空白茫茫的，院中的几棵杨树绽出星星点点的绿，就要抽出新条了。

下午快下班的时候，吕建国接到了陈局长的电话。

陈局长在电话里笑道：老吕，人今天就放，你们派人来接一下吧，写个保证，罚五千块钱，不能再少了。

吕建国高兴道：谢谢陈局长了。我什么时候请您喝酒啊？

陈局长哈哈笑道：行了行了，你那个破厂能给工人开支就算念佛了，别把工人们逼得上了街就算照顾我了。最近怎么样啊？

吕建国苦笑道：挣扎吧。

又说了几句，陈局长放了电话。吕建国就打电话喊方大众来。方大众进来问：厂长，有事？

吕建国骂道：你一会儿去把姓郑的那个王八蛋接回来，刚刚陈局长打了电话，说今天放人，你去财务拿上五千块钱的罚款。

方大众笑道：厂长，还是您亲自去一下吧，显得重视啊。

吕建国恼了：你让我重视什么？我坐着车去接那个流氓？我没心思。

方大众笑道：算了算了，看您这么多话，我去吧。在哪给他们接风啊？吕建国想了想：你随便找个地方吧，就说我不在家。

方大众笑了：那好，反正明天您得见人家啊。就转身走了。

吕建国就去告诉贺玉梅。进了贺玉梅办公室，就看出不对劲了，贺玉梅眼睛红肿着，好像是刚刚哭过。吕建国就问：又打架了？

贺玉梅恨恨地说：厂长，你别劝我了。我要跟谢跃进离婚。

吕建国惊讶道：你怎么说风就是雨啊？到底怎么了？

贺玉梅叹口气，摆摆手：不提了，我不想说。

吕建国就暗暗想：这个女人挺不容易的啊，就不再问，闷闷地坐着。

吕建国突然又想起志河的那件事来，就对贺玉梅说：有件事我一直忘了跟你说了，我下乡插队的那个村来人找我要几吨废钢材，我不好推出去，先给你打个招呼，日后我老婆要是来问你，你就说党委不同意。

贺玉梅苦笑道：你要是推不开就给人家几吨吧，好歹你在人家那里下过乡呢。

吕建国说：我那天喝酒喝多了，就随口乱答应了。不说了，今后你要是不愿办的事，就往我这儿推，我要是不想办的事，就往你这儿推。

贺玉梅笑道：行啊，互相背黑锅吧。

吕建国看看表：下班了，走吧。

贺玉梅说：你先走吧，我想一个人再待会儿。

吕建国苦笑道：别有什么想不开的吧？

贺玉梅突然问：厂长，都传说我跟梁局长有事，你相信吗？

吕建国一怔，哈哈笑了：你说什么啊？我怎么一点都没听说啊，别瞎想了。就出来了。走出几步，听到贺玉梅在办公室呜呜地哭了。吕建国心里一酸，仰天长叹了一声，大步走出楼去。

吕建国站在厂门口，突然发现厂门口的树一夜之间，已经绿绿的了，恼人的春寒大概就要过去了。

原载《人民文学》1996年第1期
荣获《人民文学》1996年特别奖
《小说选刊》1996年优秀作品奖
《小说月报》第七届百花奖（1997）

# 破　产

关仁山

冬天里，田北县破天荒没刮西北风，东北风却是越刮越硬了。这就使人想起毛主席的话来，不是东风压倒西风就是西风压倒东风。田北是有名的富县，大气候一变，亏损企业就成了片。一穷露百丑，县城入冬以来出现前所末有的三多现象，赌博要钱的多、东北的陪舞小姐多、小偷小摸的多。市场疲软，东北小姐的业务倒兴隆，城里妇女吃不住劲了，哭哭啼啼到县妇联告状，要求发动一场冬季运动，赶走东北虎还俺好丈夫。这个议题刚刚搬到常委会上研究，又被新的危机遮盖过去。城里又闹贼了，很可能是东北来的大盗，专偷各级领导和厂长经理。领导们见面客套先问家里被盗没有，盗浅了的就承认，还大骂盗贼是老和尚打伞无法无天了；盗疼了的就矢口否认，生怕盗贼被抓露了馅儿。老百姓还真盼着盗贼歪打正着，拽出两个大家伙曝曝光解解气。于是先前的口号又变了，变成抓住东北盗救救好领导。领导们惶惶，崔县长在全县综合治理动员会上说，我们有信心把东北风打下去，但也要警惕本土风。我们要抓紧让关门放假的企业开工，破产企业要安顿好职工就业，亏损企业要尽快扭亏为盈！哪里出漏子就撤哪里领导的职！县城所在地的田北镇镇长马英杰见县长急了眼，回到镇里赶紧招呼，对镇里百余家乡镇企业排队摸底，找出城北轧钢厂等十几家严重亏损户，由书记镇长们蹲点包厂，扭亏为盈消除隐患。濒临倒闭的城北轧钢厂是公认的老大难，厂长刘大拿又是手眼通天的铁腕人物，镇里领导除了一把手马英杰，他谁都不放在眼里。这蹲点的任务却落在了副镇长高德安头上，高德安一听险些犯了冠心病。但别扭了两天他还是应下了。高德安知道他不去就得马镇长出马了。马镇长老娘刚刚去世，据说是不久前马镇长家里被盗，老娘一窝囊就犯病死了。传言归传言，问起马镇长是否当真，马镇长笑着摇头否认。

但高德安发现，马镇长家里门户越发紧了。再说马镇长蹲点就在城里的鞋厂，十里开外的城北轧钢厂他自然不愿去。高德安想，有枣没枣打两竿子，死马当做活马医吧。所以他人没到电话就过去了，今天晚上班组长以上的干部开会。

傍晚停电，宣告破产的黄灯笼活像瘦年歉收的米幌子，几乎垂到了高德安的脑顶。饿急了眼的麻雀围着灯笼打扑楞儿，好歹抓一把，就能攥死俩仨的。年轻的副厂长杨金钟几乎与高德安同时赶到厂门口，两人正说着话，听见暗处有人骂：谁他妈把红灯笼弄成黄灯笼？唯恐天下不乱！高德安探头瞅见副厂长韩老祥正骑车过来，韩老祥围着一条破旧的红头巾，脸皱得像刚出锅的花卷，鼻孔和嘴里喷着哈气。走近了他才认出是高副镇长，嘴里才不再骂了。杨金钟抬头瞅瞅黄灯笼，连说咋变黄了呢？这时候门卫孙杠头走出来，笑嘻嘻地说，这叫防冷涂的蜡！韩老祥黑封了脸吼道：都他妈啥时候啦，你还瞎逗咕！是不是你给换的？咒厂子快黄了是不是？孙杠头怯怯地说，给俺仨胆子也不敢哪！换灯笼的人在办公室等你们哪。韩老祥和杨金钟互望一眼愣住，高德安的脸却给气黄了，拉着两位副厂长往厂里走，边走边说，看来真的没有王法了么？倒要看着是哪个马王爷，头一天就给我来个下马威。

推开办公室的门，一屋子都是坐没坐相站没站相的家伙，留长头发的、戴墨镜的和手腕子上纹龙的。高德安没好气地吼了声，谁让你们来捣蛋？领头的是个很匪的大块头，凑过来点头笑道，喂呀，这不是高叔么，俺是二邦子。高德安马上认出眼前这位马王爷是马镇长的大舅子，开了个公司，专往各个厂子倒废铁，眨眼间发了横财，有人马有刀枪，没人敢惹他。二邦子口口声声说，白天俺姐夫当家晚上俺当家。他在废铁里掺石头，一车废铁围着大秤绕三圈儿，质检员腰里有刀顶着不敢吱声。他的废铁一进炉，出来的都是低质罗纹钢，有的没法用干脆填大坑了。刘大拿能挡则挡，挡不住的就收下，但铁钱总欠着。最初马镇长还出面帮要钱，后来看企业亏得不行了，也不好意思张嘴了。这些事儿，高德安早有耳闻，在镇党委生活会上，旁敲侧击地给马镇长提过意见。邢书记调走后，马镇长兼书记成了一把手，便处处给高德安颜色看，把他排为第六副镇长负责文教卫生。去年腊月，县里要争当省级卫生先进城，责成镇里把城南那条煤河治理好。马镇长知道这活儿上面不拨款，谁干谁崴泥，就交给高德安主抓。高德安也是小五十的人了，又是老冠心病的底子，愣是东奔西跑去各厂化缘集资。老高人缘好，两袖清风，有点良心的人都愿拉他一把，没几天就集资十几万。高德安在寒风里亲自下河挖泥，晕倒好几回。结果工程提前完工，高德安还被县里评为劳动模范。他和马镇长的疙瘩便愈发解不开了。

高德安盯着二邦子说，你要债归要债，挂黄灯笼是啥意思？二邦子瞪起牛眼说，欠债不还，趁早儿黄了算了！高德安一口气噎在嗓子眼儿，半天下不去，他吼道，工厂黄不黄你说了算？牛槽里多出驴脸来啦！二邦子扭脸瞅着高德安说，你是抓文教卫生的，这关你屁事？高德安火了，浑身打抖。二邦子那群兄弟全都暗下了脸。杨金钟连忙出来圆场说，欠你们的钱又没说不还，眼下厂里实在难，连工人的工资都拖欠半年啦！等明年有了转机，还会忘了你们？黄了这棵摇钱树，对你们也没啥好处吧！二邦子冷冷地说，这破厂还有明年么？韩老祥看不过眼了，愤愤地骂，你们是瞎了眼还是瞎了心？就你们那些废铁光是石头，填坑都不平，没找你们要工钱就不赖啦！二邦子的赖劲就上来了，凑过去逼问韩老祥谁说俺送的是石头，从口袋抖出一张纸条说，这有质检单，还有刘厂长的签字，欠俺款子20万，不还帐俺们不走！高德安过来正要说话，听见门口汽车响，一辆桑塔纳停在办公室门前，刘大拿挺着肚子下了车，打着酒嗝走进来，见到屋里这阵势就怔住了，浮肿的眼袋突突跳动。二邦子颠着腿儿走过来笑说，猫哪儿风流去啦？其实俺跟他们瞎白话都没用，俺找的就是你这大厂长！说着一挥手，手下人就蹿出去，夺过司机手里的钥匙，钻进桑塔纳。刘大拿沉了脸骂，二邦子你小子要干啥？二邦子笑说，不干啥，这辆车你坐到头儿啦！然后把手里的条子扔给刘大拿，对顶啦，俺认倒霉，就不算折旧费啦！说完大摇大摆钻进车里走了。刘大拿追着骂，王八蛋，回头我找你姐夫要车！站在门外的车间班组长们都骂骂咧咧地进了屋。韩老祥还为刚才的事愤愤不平，说要报公安局。杨金钟见刘大拿不语，就顺坡下驴说，唉，告二邦子管啥用？不管咋说咱是欠人家钱呐！刘大拿也说，顶就顶吧，这车跑一年多了。也值不了20万。这回不给他，马镇长那儿也挡不过去呀！高德安说，咋就挡不过，俺看他马镇长敢明着要钱！刘大拿眨着眼睛不说话了，眼窝、鼻孔和头发都散发着烧酒的气味。

在蜡烛的暗影里开会，大伙的脸都很模糊。既然看不清脸，发言就都很冲。有人埋怨刘厂长光躲债不着面儿，又不放权；副厂长杨金钟年纪轻轻没魄力，光顾给别人干私活儿，就剩个爱厂如家的韩老祥，是丫环带钥匙当家做不了主。高德安竭力将话题往生产上引，大伙说说，咱们厂过去可是田北镇的一面旗帜呀！不能这么趴下，看看如何扭亏，看看还有没有前途？刘大拿抢先插言说，咋叫前途？前途就是有钱就图！可是俺们放过了多少挣大钱的机会？就说上次北京来人吧，俺好不容易花血本买通一位高干子弟，答应将咱的罗纹23号和31号角钢打进三峡工程。可人家来看货，愣让老韩给搅黄啦！韩老祥猛地咳了两声说，你别土地爷打哈欠装神气，露多大脸，现多大眼。来的那几块料，像是正经货么？一看就是高级骗子手！就算他们是管三峡工程的，就咱厂里的钢能往上凑么？说心里话，咱的钢盖猪圈俺都提溜着心。挣钱，得问问良心咋挣钱！高德安不动声色地听着。刘大拿舞着胳膊喊，高镇长，你看看，你听见了，就这保守思想，轧钢厂咋个兴旺？高德安的目光与身边的杨金钟碰了一下，暗示他说几句。杨金钟吸闷烟，不吭声。高德安知道他够为难的，韩老祥是他的师傅，一朝为师终身为父，而且他十分尊重韩老祥。可刘大拿呢，他更不能得罪，是刘大拿提拔了他。高德安就问韩老祥，咱厂的钢质量就那么差么？韩老祥叹息说，这么说吧，咱厂三号炉扩建，主体钢筋水泥柱建到半截儿就坍啦！一查事故原因，是咱的罗纹钢不过关！唤，俺真担心卖出去的钢会出乱子呀！高德安说，问题出在哪里呢？韩老祥说，原材料不过关，工人人心涣散。拖欠工资，又三天两头放假，工人能安心么？刘大拿补充道，还有一条，没有周转资金。卖出去的钢，收不回钱来！高德安心上嗖嗖泛凉气，过了一会儿，他问刘大拿，现在实际亏损程度咋样？刘大拿让会计股长报数，股长黑灯瞎火地翻兜里的本子，刘大拿急赤白脸地说，这么比方吧，停产时每天赔辆桑塔纳，开工每天亏一辆夏利！高德安呆呆地瞅着众人，心里想真是阎王爷不知小鬼难受，敢情这伙人整天瞎子点灯白忙活呢。见大伙都没啥兴致，高德安强撑着说了说鼓劲的话，就宣布散会了。

班组长们一撤，刘大拿就当着班子成员兜了底：咱们胡折腾，正巧应了一句俗话，有福之人不用忙，没福之人忙断肠啊！你看造纸厂的胡厂长，比他废物的人还有哇？人家就他妈有福，整天舞厅里泡妞儿，年底结利仍是300万！定好的秤，生就的命，咱认命吧！城北轧钢厂没救儿啦！说着就双眼汪泪。韩老祥心酸得捶着肋巴骨说，你疯啦，咋把刀子往自个心头剜？说着老泪也顺着眼角的皱纹淌下来。高德安愣了，他本来想来厂里拚一回，见了这阵势也有些灰心。面对现实也好，这么赔下去，镇财政也吃不消哇。他迟疑地问，怎样才能集体少受点损失呢？刘大拿胸有成竹地说，只有尽快申请破产。依法破产，然后清算财产，清偿债务。高德安忽然发觉刘大拿的管理不咋样，对企业破产倒是满精通的。这家伙这几年早搂足了钱，怕是又有新招子了，对自己没利的事他才不干呢。轧钢厂破产牵着他的哪股神经呢？高德安想。高德安试探着问，这样做马镇长同意么？县领导答应么？刘大拿说，他们不答应好办，往这大窟窿里扔钱吧！他们巴不得咱破产呢！可他们也不会逼咱，当官的谁愿坐这根大蜡？高德安忽然明白，刘大拿是和马镇长串通好的。马镇长派他来蹲点就是叫他栽这个脸的，心里不由一阵发紧，他妈的丢脸就丢脸，厂子黄了这个脸又有啥用？他又问刘大拿说，县里是让抓亏损企业隐患么？咱敢顶着东北风上？刘大拿说，咱轧钢厂是特殊情况，破例呗！只要把工人安顿好便是啦！高德安为难地说，人满为患，都不景气，那么好安顿的么？刘大拿不吭声了，也觉得胸部阵阵发紧，咳都咳不出来。蹲在地上的韩老祥正抬起袖衫擦着老眼。刘大拿掏出一棵烟，放在流泪的红蜡烛上点燃，快快地吐着烟圈儿，目光落在台历上，眼一亮，翻翻台历得意地笑了，操他妈的，虽说咱落配的凤凰不如鸡，可还是厂长呢！这月没有31号，赚他妈一辆夏利。桑塔纳没了，弄辆夏利先坐着！明天处理点钢材，买车！高德安瞠目结舌，许久没咂透刘大拿的意思，后来瞧见刘大拿笑着摇动台历才明白了，哭笑不得。韩老祥倔倔地站起身，骂一句活腻啦！然后说他反对破产，就扑扑跌跌地出了门。高德安望着老韩的背影很沉地叹了口气。刘大拿说，天要下雨娘要嫁人，不抓紧破产，恐怕亏得就更狠，这是他妈乐意不乐意的事么？我有破产的瘾呀？高德安默默地走出办公室，瞅见黄灯笼在夜风里晃荡。

高德安骑车回家，途中看见两拨结婚的。年前年后就能种下一茬，来年镇里的计划生育更不好抓了。但高德安怕看结婚，倒不是想到计划生育，他是为自家儿子发愁。儿子都26岁了，小对象也搞了三年，早该把喜酒喝了，可就是没有房子。儿子女儿都大了，还跟他们老两口挤在40平米的旧楼里，连病怏怏的乡下老父亲也不敢接来。他在镇里没实权，分不到好房子，更买不起商品房。只想在50岁之前熬上个正科，在田北镇，正科就是镇长。他跟县委组织部明确表态，他想报正科，不是看中镇长的权力，而是图着能分到房子。组织部领导就找马镇长，马镇长嘴上应着暗地拖着，既不上报正科也不给房子。马镇长自己两层独楼住着，正副之分就相差这么大么？其实事在人为，有的副镇长不也从镇里买地建了私房么？这么想着，高德安心口就发堵。

一进家门，老伴儿王淑敏见他脸色土灰，以为又犯冠心病了，赶紧扶他坐下，张罗着给他吃药，高德安摆摆手说没犯病。老伴儿问那这是为啥？高德安叹道，我蹲点的城北轧钢厂就要破产啦！王淑敏大喘一口气说，工厂破产关咱家屁事，看你一脸奔丧的样儿！高德安说咋不关我的事？这下马镇长又可以给我小鞋穿啦！这个狗东西！明明是整你，还让你说不出一句不是来。他心想这会影响到批正科分房子的。王淑敏跟着骂了几句马镇长，但她看不出马镇长哪一天能倒运，就催丈夫赶紧去跟他闹，不去轧钢厂蹲点。高德安眼前晃着黄灯笼，沮丧地说，现在撤回来也晚了。王淑敏嘟囔说，就你这破镇长当得叫窝囊。儿子结不了婚，老爹接不来，到今天还看着黑白电视。看人家马镇长，领导重用，洋楼住着，小姘挎着，家里被盗了也不在乎，损失又叫老娘给补回来啦！高德安问，他老娘不是刚死了吗？王淑敏说，对呀，不死咋挣钱呢？他娘让盗匪给吓死了，马镇长堤外损失堤内补，来个老喜丧大出殡，镇里那些厂长经理们一万两万的上厚礼，一场丧事下来就收了30多万，花销4万多，你说挣多少？高德安惊讶地问，有这事儿？王淑敏说，外面都这么传，都是明睁眼露的事。高德安也参加了马镇长老娘的葬礼，仅送了一块布帐子，看来自己在镇里不吃香也是自然的。他悻悻地说，这风气坏啦，就不怕遭报应？然后就想到刘大拿准不会给马镇长少送。便站起身，到孩子们的屋里望望，见女儿英子正在灯下读书，就问儿子高勇为啥还没回来。王淑敏叹道，英子正复习准备考试，我让高勇去鞋厂顶夜班了，免得干扰英子。巴掌大的地方，只好苦了孩子。说着就要抹眼泪。高德安脑皮发麻，坐下来默默地吸烟，一支烟吸光了，一直烧着了手指也不动。

转天一早儿，高德安正吃着早饭，刘大拿打来电话，告诉他直接到镇政府，刘大拿，杨金钟和会计股长马上到镇里跟马镇长商议破产，要他也参加。高德安就骑车去了镇政府。在镇政府门口，听见有人喊他，扭头看见高频焊管厂的厂长邓三奎走过来。高德安原在镇第一小学当校长，还干过一程子镇民政员，几乎在乡镇呆了大半辈子，摸透了乡镇企业头头的脾气，他们得志的时候从来不搭理他这个没权的官。果然，邓三奎一见面就骂姓马的过河拆桥，一问才知道马镇长把他的厂长撸了。邓三奎知道高德安是马镇长的对头，放着怨气说，此处不留爷，自有留爷处，老子还不伺候他们啦！我在镇五街开了个钢窗厂，你高镇长是大好人，有事就说话！高德安愣着问，为啥把你撤啦？邓三奎说，马镇长说我生了二胎，还有……高德安见邓三奎不往下说，就想起老婆跟他说过，邓三奎在舞厅嫖娼被抓住罚了款。邓三奎又骂，他娘的，生二胎，我从计生委弄了指标，我们两口是满族，政策允许的。我刚弄明白了，这都是借口，是给刘大拿腾地方！高德安摸不着头脑地问，这话怎讲？邓三奎说，刘大拿成了宝贝蛋啦，整黄了轧钢厂，又来整焊管厂，还不是敢给马镇长送大礼？如今人家是马镇长的大红人儿！高德安忽然明白了刘大拿为啥那么积极操办轧钢厂破产。可又一想，换地方可以正常调动，轧钢厂不破产他照样可以拍屁股走人呀？邓三奎怀有深意地一呶嘴说，我手头可有他们的材料，高镇长用得着就找我，咱们往上捅捅！高德安只是笑笑。邓三奎又夸了几句海口骑上摩托走了。

高德安对好些事都见怪不怪了，但他终于讨到了刘大拿的底细。从这理儿上推一推，昨天晚上二邦子抢车抵债也一定是刘大拿和马镇长谋划好的。这样想着上了楼，走到办公室门口摸钥匙开门，一抬头，见一位四十来岁的女人蹲在门口。女人出奇的瘦弱，脸色苍白，头发随便披散着。她站起身说，我叫齐艳，是城北轧钢厂的工人，听说高镇长到我们厂蹲点了，有点事儿跟您说说。高德安很客气地将齐艳让进办公室，给她倒了一杯水。齐艳还没说话就泪流满面了，高德安就怕见女人流泪，忙劝道莫哭鼻子嘛，有啥冤屈政府会给你做主的。说话时他就猜想，八成是告刘大拿的。齐艳抹抹眼泪说，高镇长我知道您是关心群众疾苦的领导，我实在无路可走，这才来麻烦您的！高德安笑着摆手，别给我戴高帽啦，有事说事吧。齐艳说，我儿子病了，吃了米心猪肉，脑袋里生了囊虫，住院三个月了也没好。家里那点积蓄都花光了，厢房都卖啦！我和孩子他爸都在轧钢厂，厂里又半年多没开支了，这可咋办哩？她低低地抽泣起来。高德安问，这事找过刘厂长吗？齐艳说，找过，他总是拖，后来连人影儿也见不着啦，求求高镇长，我们也没啥奢望，只求领导先把我们两口子的工资开了。高德安心头一热，竟有这种事？我马上找他们，不仅开了工资，还得想办法救济！又问了问病情，然后说，这可不是一般的病呢！这猪肉是哪买的？齐艳说是从村头买的，流动贩子。高德安问，找到卖肉人了吗？齐艳说没有，村里还有人得了这病呢！高德安愤愤地骂，这狗东西，我马上通知工商所去查，把全镇所有卖肉的都集中起来，叫你来认！然后再找刘厂长给你们补发工资。

齐艳千恩万谢地扭身走了。独自发了一阵子呆，就去楼下厕所解溲。从厕所出来，就看见大门口开进一辆夏利。车一停下来了刘大拿、杨金钟和财务股长也随他下了车。高德安迎着他们走过去说，你小子还真坐上夏利啦？刘大拿咧着大嘴笑，坐夏利也凑和了，轻便省油！昨晚你们都走了，我没车咋回家，就打电话找朋友，买了这辆二手货。高德安故意羞他说，刘厂长，我刚翻过日历，下月可是 29 天呐！刘大拿拍着肚子笑说，那他妈又赚两辆夏利！一群人都笑。

众人去了马镇长办公室。一推门，屋里正有客人说悄悄话。马镇长让他们先去小会议室等着。在会议室里，刘大拿拿过一摞材料递给高德安。高德安一翻见是企业亏损情况说明、会计报表、债务清册和债权清册。他掏出花镜戴上，粗翻了几页，就觉得心口发堵放下了。破产二字让他不舒服，确实不如看喜报痛快。刘大拿说，这材料一式两份，一份给镇里，一份交县法院。高德安见他若无其事的样子，更加证实了邓三奎的话，故意拿话刺他，看来刘厂长是早有破产的准备喽？是不是有了更可心的去处？刘大拿忙说，哪里，这都是为集体着想，我自己没啥，我这人才哪儿不抢？高德安冷冷一笑，心想你这败家子是有人抢，该破产的企业还真缺这号人才。他沉吟一会儿说，刘厂长，这乡镇企业破产为啥非经法院？刘大拿说，经法院好处多哇，法院一插手，那些要债的就不会整天跟我过不去啦，找清产小组要去吧！这样还可以避免腐败！高德安心里来气，你也配讲腐败？便淡淡地说，还是会哭的娃有奶吃呀！刘大拿岔开话头说，法院如今也牛气啦，还得给他们破产费，交了钱也还得求爷爷告奶奶的。他们不愿受理乡镇企业破产，怕沾了麻烦！乡镇企业是后娘养的？高德安说，他们咋没看看，现在乡镇企业支撑着全县半壁江山呢！刘大拿说，岂止半壁，县里头头出国，搞活动送礼，哪一项不是往咱乡镇企业头上摊派呀？咱轧钢厂出了多少血你知道么？这回厂子玩不转啦，又有哪个站出来帮帮？刘大拿忽然警醒，怕言多有失，赶忙收住话头。高德安看马镇长还没到，就跟刘大拿说了齐艳的事。刘大拿嘬了半天牙花子说，唉，不是我不可怜她。只是不好开这个头儿哇，工人都来要咋办？她这儿孩子住院，那家孩子结婚，还有等着盖房的，都来起哄咋办？高德安说，这拖欠工资早晚得还啊！总不能让他们也找法院领工资吧？刘大拿笑说，这是个好法儿，按破产法规定，法院变卖财产后，首先清偿的是拖欠工资和劳保费用，然后才还税款和债务。高德安说，你小子把破产法都背过来了。不过，这样做良心上过得去么？刘大拿说，管不了那么多了，甘蔗哪有两头甜的？高德安脑袋发胀，呼吸沉重地说，不管咋说，齐艳两口子的工资先给了，救人要紧。我看工资也不够干啥的，厂里是不是搞个献爱心活动？刘大拿摇头说，都散个屁的了，哪有爱心？再说，齐艳她们将来是哪个厂的人都不知道呢！高德安骂道，俺看你小子的心都黑完了，这事不办，破产的事也别操持，我嫌寒心！刘大拿见高德安真的火了，便没有强顶。他知道企业破产公布之后，他就不能插手了，而高德安肯定会进清产小组，有事还得他来协调，犯不着得罪破脸，就软了声说，我看高镇长的面子，可以想辙先给齐艳两口子开工资。不过，我看这献爱心募捐就算了吧。工人不开支，哪有钱？高德安想想也是，就说这工资款应该由咱们送医院去，顺便看看孩子，虽说厂子要散伙了，可还有党在有政府在，人心不能散哪！杨金钟和会计股长连连说是，弄得刘大拿也无话可说了。这时有一股阴风从办公室的窗缝吹进来，刺得四人都打了个颤。

傍晌午时马镇长才过来了。马镇长是从县交通局调来的干部，乡下人出身，穿戴十分朴素，小头小脸的一副贫相。人随势走，这两年算是碰上好运了，挤走了原来的一把手邢书记，如今是书记兼镇长了，人们还是习惯称他马镇长。马镇长朝屋里人笑笑，埋头看材料，然后满意地朝高德安点头说，没成想老高刚到厂一天，就这么快将材料报上来啦！高德安暗下脸说，下厂前马镇长没说让我抓破产吧？不是抓综合治理么！马镇长笑说，如果高镇长有啥高招儿，能在年前扭亏，为啥要破产呢？高德安心里骂，好处都让你们搂足了，驴牵走了让我拔橛子！就没好气地说，现在不是空谈扭亏的事儿，厂子弄到这个份上，就该追查责任！在国外，企业破产老板要跳楼的，咱们可好，倒跟功臣似的了。马镇长沉下脸说，照你说，社会主义不如资本主义好啦？高德安说，少给我戴帽子，我不是这意思，我是说责任！刘大拿一脸不高兴地问，嗳，高镇长，我没招你惹你吧，咋逼我跳楼？高德安说，刘厂长，我的话不是指哪个人，是说个现象！马镇长打圆场道，别争啦，老高的心情我理解；大拿的意思我也明白，干经济不是吹糖人，很复杂，哪个愿意自己的工厂破产呢？这事儿，最后由镇党委会讨论决定！高德安心想你马镇长一手遮天，讨论也是个幌子。马镇长又做了一番指示，破产前后，你们要做好工人的思想工作，注意安全保卫，杜绝上访现象。至于工人的去处，我出面协调，向其它企业疏散。另外，在这个关键时刻，我们这些领导更要廉洁自律，站好最后一班岗！我们还要打破旧有观念，不要以为破产多么丢人！优胜劣汰，不破不立嘛！高德安听着点头，觉得马镇长嘴皮子练得不善。这话听着挺舒服，如果咋说咋做就好了。散会时，马镇长朝刘大拿使个眼色说，刘厂长，去美味园酒家订桌饭，中午我请大家喝酒！高德安站起身说回家有事。马镇长沉下脸说，老高不能走，我主要是犒劳你的，这回可辛苦你啦！高德安笑说，都是党的工作，有啥苦？马镇长又关心地说，老高要多注意身体。你个人的问题，镇里正想办法哪！高德安经不住几句软话，只好随大溜儿喝酒去了。

喝完酒是下午二点左右，高德安逼着刘大拿取齐艳夫妇的工资，刘大拿无奈，回到厂里，在齐艳两口子的工资表上签了字，嘱咐身边人严加保密。高德安从会计手里接过2500块钱递给刘大拿说，你装着，咱们一同去医院。刘大拿推脱说，我下午有事，这不，法院经济庭的大侯呼我三遍啦，约我打麻将，这东西想赢我，我这会儿哪有玩心，没办法，哄那王八蛋高兴，还不是为了咱厂？老镇长，让金钟陪你去看看吧！高德安心里火，勉强按下了，把钱塞给杨金钟。他问杨金钟齐艳的丈夫在哪个车间，杨金钟说，他叫曹有，在转炉车间当组长。就径直去了转炉车间。

工人们还在加班加点地干活儿，曹有他们还不知道工厂将要破产，不时在墙上的表格上勾画什么。高德安望着满脸淌汗的曹有，心里又难过了。他问曹有来厂几年啦，曹有说建厂挖地沟就来了，有十一年了。高德安又问，喜欢这活儿么？曹有嘿嘿笑说，干长了就喜欢啦！说得高德安鼻头发酸。他把曹有叫到屋外，问了问孩子住几号病房，又告诉补发了工资．曹有眼圈就红了，连着说磕头的谢话。高德安倔倔地说，你谁也别谢，孩子病成那样，补给你工资是天理人情。眼下厂长们都忙，拖到今日，你们两口子别记恨就是啦！曹有眼里的泪转眼被东北风吹干了。高德安和杨金钟回到厂部，刘大拿早开夏利走了，就找韩老祥要了一辆闲着的大货车。韩老祥也随高德安一同去了医院。一路上闷闷无语。

昏黄的灯光将X光片上的小洞儿投影在墙上。远看像一些筛眼，近看像苍蝇蠕动。高德安傍晚进家就瞅着X光片发呆，王淑敏几次催他吃饭，他也不搭理，又拿出老烟斗来吸。这是齐艳10岁儿子的大脑透视图片。那孩子脑里生着囊虫，时常昏迷不醒，拖累得齐艳浑身几乎瘦干了。高德安现在也不明白，自己为啥将这图片要来，后来他终于找到了理由，他要把图片拿给镇工商所的同志们，教育那些唯利是图的小贩。刚才工商所把镇里50多个摆摊和流动卖肉的都叫齐了，齐艳认了半天也没找出那个家伙。

王淑敏夺过高德安手中的烟斗，拉他到桌上吃饭。高德安望着那一碗猪肉炖粉条，翻心不止。这时门铃响了，刘大拿急急地进屋，硬拉高德安去金梦康乐园陪客。高德安摇头道，我是冠心病，中午喝得就不舒服，晚上不能喝啦！刘大拿死乞白赖地拉，你不去可不行，是咱厂请法院的领导。马镇长陪着一拨检查团，抽不出身，镇里领导不出面，人家会不高兴。再说啦，这两人跟你都熟，法院经济庭的郭庭长说跟你在党校学习过，另一个是侯科长，他说是你的学生。高德安挣着身子，连说我不认识他们，但还是被牵着鼻子走了。

到了金梦康乐园的雅间，高德安还真觉得郭庭长和侯科长眼熟，就客套了几句，大侯说，我读小学时，高镇长是我们校长，那时候见了你特害怕。高德安说，你都成法官了，老师该怕你啦！刘大拿笑说，老师永远是老师，当学生的哪敢调歪？对不对，大侯？大侯嘿嘿笑着点头。说笑间丰盛的酒菜就上来了。大侯点了茅台，郭庭长点了长城干白。高德安平时只喝田北产的低度酒，抽一元一盒的山海关烟。当地人有个顺口溜，抽山海关喝散白酒，盗贼不去小姘没有，郭庭长笑呵呵地举杯说，高镇长家里没闹贼吧？高德安笑说，听说小偷也是奔一把手去，咱属于山海关散白酒那类。一桌人都笑。高德安喝了几杯茅台，翻着心说了些请多关照的话，说完之后自己都觉得不受听。刘大拿见高德安沉脸不语，就拿脚踢他，然后张罗着要喝出个高潮来。大侯就响应着要喝个“潜水艇”，他边说边把一小杯白酒放进一大杯啤酒里，然后仰首而饮，一滴没洒，舌尖挑着白酒杯直颤悠。满桌喝彩。大侯拿下白酒杯说，眼下乡镇企业破产，法院受理不多，就连破产法也是针对国营企业来的，乡镇企业只能往上套。法院可管可不管，大拿兄你说咋办？我们冲你和我老校长也得管啊，对吧，郭庭长？郭庭长连连点头。刘大拿知道大侯是逼他喝酒，就嚷着来个“核潜艇”。他将啤酒杯倒满四两白酒，再将小酒盅满上啤酒放进大杯里，一饮而尽，小酒杯也挑在舌尖，得意地摇头。人们又鼓掌，大侯说，大拿兄够意思，我们还能含糊？高德安头一回见这阵势，心里叹道，这不都喝出花儿来了，酒是公家的，胃可是自己的。这时候，他脑子里又想起那张 X 光片。

高德安总算把这场累人的饭局对付过来了，走出雅间时跟郭庭长和大侯告别，郭庭长说别走还要洗桑拿浴哪！高德安说，我有冠心病，蒸不了那玩艺儿。刘大拿赶过来说，高镇长不能走，不蒸，洗个澡按按摩，保你回去不翻心啦！郭庭长又拉他，高德安抹不开面子就跟着去了桑拿间。他算拿准了，郭庭长不走自己别想挪窝儿。金梦康乐园开张半年多了，高德安几次被人请，都推辞了。他听人说桑拿浴里没正经人，今天走进来也不过是个高级澡堂子。高德安草草洗了澡就穿上睡袍到休息室等郭庭长，大侯和刘大拿跟高德安前后脚进来，俩人跟领班捅捅咕咕地挑按摩小姐。大侯够挑剔的，换了好几个才有个中意的，领进按摩间。刘大拿等郭庭长出来，又给郭庭长和高德安找好了小姐，自己才和杨金钟进了按摩间。剩下高德安与郭庭长一室，按着小姐的指点躺上按摩台，就觉一双柔软的小手抚摸头部，还有一股脂粉气扑面而来。他不敢睁眼，只听一阵哗哗的骨节响。直到小姐给他踩背还浑身紧着，小姐的脚一踏上去，就压出一个响屁来。小姐笑着跌了下来，邻床的郭庭长哈哈大笑，高德安面红耳赤。按摩完事后，高德安见小姐磨蹭着不走，就没话找话，问她是哪里人。小姐一张嘴就听出是东北人，说她们针织厂发不起工资，就跟姐妹们进关学按摩了。高德安这才知道自己也领略东北风了。过了一会儿，刘大拿颠颠儿地进来发给两个小姐小费。高德安边往外走边嘟囔，这一会儿人家就挣 100 块！咱厂里的工人起早贪黑……刘大拿拦住话头，抢着跟郭庭长说大侯加时了。高德安愣了愣问，加时？难道再按摩一遍？刘大拿和郭庭长对望一眼，笑了。刘大拿说，下半时就该他给小姐按摩啦！高德安心跳起来，不说话了。

在休息室等大侯时，郭庭长跟高德安商量着回家，高德安正巴不得呢，可大侯满面春光地出来，又嚷嚷着去三楼舞厅。郭庭长没说不去，高德安也就硬着头皮跟着上楼。到了楼上，他把刘大拿叫到厕所嘀咕，悠着点吧，这得多少钱呢！刘大拿大声武气地说，三十六拜都拜啦，不就剩这一哆嗦了么？有一万块钱够折腾的啦！高镇长，放开了玩，别想那么多！高德安暗暗叫苦，无奈进了歌厅。五光十色的灯光晃得他眼睛发花，音乐鼓点震得他心里一挂一挂的。他坐在沙发上首先声明，不喝茶也不要小姐。大侯不客气，自己转着找小姐去了。郭庭长也说不跳舞，跟高镇长唠唠嗑。高德安连连摆手，不，快给郭庭长叫个小姐来，他会跳。刘大拿从吧台一下领来三个小姐，嚷道：谁也别闲着，每个人领一位。眨眼间就瓜分了。高德安身边也坐下一位，娇娇地往他身上拱。高德安连忙躲闪说，咱们说话。这时大侯以一种古怪的姿式挟着一个小姐朝包厢走来。小姐正与大侯调笑，看见刘大拿就嗷的一声扭头往回走。大侯拽住她的胳膊骂，妈的！不知道的还以为我怎么着你啦！这一来，好多人都往这边瞅，刘大拿马上认出那小姐是厂里的女工韩晓霞，便走过去，把她叫到包厢里坐下。韩晓霞怯怯地坐下垂头不语，那张认真化妆过的脸，在昏暗的灯影里显得格外妩媚生动。刘大拿把她介绍给大侯、郭庭长和高德安。高德安一听是轧钢厂女工，脸色便难看了。刘大拿说，有一阵子没见你上班了，你爸还说你上电大呢，原来是陪舞来了，我问你，咱厂除了你还有谁？韩晓霞喃喃地说，还有小英。刘大拿嚷道，去叫她也来，好生陪陪法院的领导。韩晓霞说小英正陪客呢。大侯已经眯着色眼从在座的东北小姐里选中了一位，他说，不必啦，刘厂长，我有舞伴儿啦！刘大拿明白，当地人怕碰上当地舞女，兔子还不吃窝边草呢。便气势很凶地说，你告诉小英，明天都别来这儿啦！我再给你们找个活儿干！韩晓霞瞪他一眼说，就那破班我不上，我和小英，还有齐艳大姐在翻砂车间，几年吃了多少铁粉哪，腰疼胸闷，连头发都变稀了，我们怨过没有？可厂里搞成那样，让人咋活呀？刘大拿说，你猪八戒倒打一耙，还怨我啦？你不听话，回头我告诉你爸！韩晓霞蔫了，讷讷道，刘叔，求求你，别跟我爸讲！高德安问，她爸是谁？刘大拿说是韩老祥。高德安吸了一口冷气，想不到朴实憨厚的韩老祥还有这么一位宝贝女儿。刘大拿又笑着说，晓霞，侯科长把你挑来，就是看上你啦！今晚给你个任务，让大侯跳好玩好，往后法院的事儿就交你去跑啦！韩晓霞冷下脸，法院！好人谁往那儿跑？刘大拿急了，眼下咱厂破产得求人家。韩晓霞更没好气了，让我求他们给咱厂破产，我才不干这缺德事儿呢！高德安摆摆手说，刘厂长去跳舞吧，我跟晓霞唠唠。刘大拿叹一声，拉起高德安身边的东北小姐下了场，到了舞池里，把小姐搂得贼紧，又抠又亲的。高德安看着这一幕，就劝韩晓霞说，晓霞，叔叔劝你别干这个啦，你看这里哪有好人哪！韩晓霞说，我们只陪舞不卖身！高德安脸上添了厉色，那也不行，不然我就跟你爸去说！韩晓霞愣了，咬了半天嘴唇说，我和英子是帮齐艳大姐的，眼下齐大姐的孩子闹病，几乎让她倾家荡产啦！厂领导吃啊喝的不管，我们姐妹还能看热闹？高德安脑袋轰地一响，心里有什么东西揪着作痛。韩晓霞又说，本想把补发的工资捐给齐大姐，可又发不下来。想想只有陪舞来得快了，豁出脸子去了，救人要紧哪！高德安连连点头，现在有这份情谊的不多啦！相比之下，我们当领导的应该反省啊！齐艳的事，厂里已经把工资补给她了，我和你爸都去看过她们母子。韩晓霞眼里汪着泪说，唉，这点钱不管用哩！齐大姐可是好人，好人命不好。高镇长，我跟你说件事，齐大姐不让往外讲。高德安静静地听着，韩晓霞一张嘴，眼泪就掉下来。她哽咽说，齐大姐两口子，眼下还卖血呢！高德安的心战栗了，有这事？韩晓霞抹抹泪说，是血站的同学告诉我的。起初，两口子互相瞒着，两人每半拉月都拿回二三百块钱来，齐大姐问曹有哪儿来的，曹有说拾破烂卖的，曹有也问齐艳哪来的钱，齐艳说是帮医院洗床被挣的。后来有一天他俩在血站碰上了，这才明白，两人抱在一起痛哭，哭得医生们都落泪了，当场就捐了钱呢。韩晓霞说不下去了，呜呜地哭，高德安呆傻了似的，老泪纵横。见刘大拿他们跳舞回来了，他急忙擦擦眼泪。刘大拿让韩晓霞坐在大侯身边，还让晓霞往大侯嘴里送葡萄。韩晓霞愣着不动。刘大拿火了，骂道，他妈的专跟家人立牌坊！大侯也起哄说，咱肥水别流外人田哪，这儿有小费呀！高德安坐不住了，啪地一拍茶几，拽起一嘟噜葡萄，恶声败气地吼道，侯科长，你张开嘴，我给你喂葡萄！全包厢人都傻了。大侯站起身要说话，郭庭长赶忙把他摁住。高德安长叹一声，人哪，就穿上棉大衣，颤颤抖抖地走了。韩晓霞喊一声高镇长就追了出去。迪斯科舞曲疯狂地响着，包厢里的人谁也不动。

高德安疲惫地走在大街上，东北风扑脸地抓挠。彩灯闪烁，人流如涌。烤羊肉串的香味在他身边荡漾。田北人已经开始迷恋夜生活了。

先是夜里风凉，后来白天也降温了。一连阴了几天，终于下起了腊月的首场小雪。高德安冒雪来到厂里，与郭庭长共同主持第一次债权人会议。那天在舞厅闹了别扭，后来郭庭长带着大侯主动找高德安认错，他们喝多了点，请高镇长别介意。高德安连说本来不算啥，打个哈哈也就过去了。轧钢厂的破产诉讼费已经交了，财产管理、变卖和分配所需的经费还没着落。账上连买个桌子的钱都没有了，刘大拿想卖些废铁，到处找买主。家里这摊子由高德安、杨金钟和韩老祥撑着。法院接管了厂子，按法定程序还有一个和解整顿过程。这段时间里，照常生产，边生产边开会。这是留给企业的最后机会，如果有起色，还可以中止破产程序。高德安仍抱着一线希望，这正好合了韩老祥的意。可是工人们人心惶惶，树倒猢狲散，除了聚众嚷着要工资，就是泡在车间里甩扑克。高德安忙得脚跟打后脑勺，到处做思想工作，还要与债权人周旋。刘大拿怕见债主，只有高德安抛头露面了。债权人都是满肚子气，银行、电力局、税务局和煤建公司还好对付，都是公对公的事，怕就怕占地欠债户和个体户。债权人会议开始前，高德安先拉一段家常，再说说企业的难处，还举出齐艳夫妇卖血的事例，讲得债权人有点蔫，然后说自己常犯冠心病的情形，当着众人吃上两片药，吓得那些人不敢跟他吵，万一惹得高镇长犯了病，自家可就比轧钢厂更早破产了。

中午陪上一顿酒，把这些人打发了，高德安醉迷呵眼地忽然想起，债权人还差一家没来，就是欠着占地费的大王庄。高德安问大侯，大王庄见到法院公告了么？申报债权了么？大侯翻了翻笔记本说，没有大王庄。公告寄去了，可他们没申报债权。爱报不报，逾期不报的，视为放弃债权！高德安不安地说，那大王庄不吃哑巴亏了吗？大侯悠闲地吸着烟，咱们省心就行了，小鸡后扒，猪往前拱，各有各的道儿。韩老祥在一边，嘟囔说，我得告诉他们，不然庄里人头一个骂我！高德安这才想起韩老祥是大王庄人，附和道，对，得告诉村领导，农民负担够重的，企业破产了，也不能亏了他们。韩老祥叹一声说，多谢高镇长想着我们农民，这年头，活得最苦的还是农民哩！高德安问："到底欠着多少呢？"韩老祥屈指算了算说，有30多万呢，当时给了点，后来每年还2万，这几年亏损就没还了，一晃儿这债有十年了。高德安说，该还了，这回卖完设备，地不空出来了么，村里还可收回呀！大侯说，那不行，土地也属破产财产。高德安不说了，窝了一肚子的烦乱。

大侯和郭庭长走了，只剩下高德安和韩老祥在小酒馆里吸烟喝茶。韩老祥眼见着自己亲手建的工厂走上了黄泉路，几天里，瘦去一圈肉。他定定地望着对面尘土飞扬的工厂，眼眶子一抖，泪就下来了。眼皮前边事，他不想，脚后根踩烂的事总也忘不掉。他又想起建厂大会战的情景。这里原来有个元宝坑，他从小就听说招财进宝的大坑福佑村人。为了建厂，带人把坑填了，腊月寒风里填土，冻掉过一根脚趾头，他不在乎，孕着一脸喜庆跟老少爷们说，虽说坑没了，可厂子会招财进宝，养这方人的！轧钢厂也的确有过招财进宝的年头，看看办公室那些锦旗奖状就知道了。高德安明白韩老祥在想啥，就劝道，别难过呀，老韩！虽说厂子没了，镇里会妥善安排你的。韩老祥叹道，唉，没生过娃的娘们做不得娘，我的营生干到头啦！高德安问，你想好去处啦？还跟刘大拿当助手？韩老祥骂道，跟刘大拿？他倒是找我儿回了，我还跟他丢人现眼？高德安说，刘大拿跟你说去哪儿？韩老祥说，去顶替邓三奎，他准备带些人过去。高德安沉吟半晌又问，老韩，你不跟他去，咋办？自己干？韩老祥沉着脸说，我都土埋半截儿的人了，不折腾啦。自己干，我要是自己干早发了，还不是丢不下这摊子。我的魂儿好像丢这里了。老虎还不吃瞎眼蚂蚱呢，谁知他妈的连锅端了，连锅端啦！说着痛苦地抱住脑袋。高德安看着韩老祥大手上青筋突跳，脸也木了，这才知道韩老祥往后日子怎么混还没谱呢。他想起舞厅里见到的韩晓霞，这孩子跟她父亲一样重义尚气。高德安说，老韩，我跟你商量个事儿，是你老闺女晓霞的事。本来不该跟你讲，可我总是对她放心不下。韩老祥惊了脸问，晓霞怎么了？高德安顾不得对韩晓霞的许诺说了实情。韩老祥恼得老脸通红，大骂，这不成器的东西，我回去打折她的腿！高德安说，她和小英做得对，可我怕她们学了坏呀！我有个想法，等这阵事忙过去，让晓霞她俩进清产小组，顺便在镇里的小学搞个献爱心募捐，救救齐艳的孩子。你看行么？韩老祥还在长吁短叹地埋怨女儿，高德安把齐艳和曹有卖血的事一说，韩老祥不再骂了，只粗粗地喘气。两人都闷闷地无话，高德安转脸看见窗外雪花飞舞，第二场小雪从午后开始。

杨金钟的变化使高德安吃惊。这个少言寡语的年轻人，一向在刘大拿和韩老祥之间周旋，从没显示一点魄力。法院进厂头几天，杨金钟神秘地失踪了，问谁谁也不知道。直到这天上午雪住了，他带一伙身份不明的商人回了厂。杨金钟带那伙人围着工厂转，指指点点地说笑，连办公室都没进，又随那伙人走了。高德安与杨金钟打了个照面，杨金钟只朝他笑笑，没介绍客人，就钻进了一辆奔驰560。高德安愣在那里，韩老祥带着韩晓霞走到跟前，他也没发觉，深沉的老脸朝着厂门口。一溜雪花在他脚下缕缕飘拂。韩老祥喊了两声才将高德安惊动，他扭回头，韩老祥说，老高，我把女儿交给你啦！交给你我才放心哪，你不嫌弃，就给你当干闺女吧！说着扭脸逼女儿叫干爸，韩晓霞红着脸就真喊了。高德安连连摆手，不成不成，咱党内人不兴这个。韩老祥说，对外不说，等你退休再叫你干爸总成吧？高德安憨笑着，那我可捡便宜喽，不操心费力，得了这么大的一个闺女，回家跟老伴一说，还不得把她乐坏喽！韩老样说，那她干工作找婆家可就全托给你啦！韩晓霞娇模娇样地拱着父亲，爸，你看你！高德安笑着打量韩晓霞，姑娘没化妆，依然眉清目秀，嫩骨朵似的，笑起来脸上有一双酒靥。跟舞厅见面时比，他更喜欢现在的韩晓霞。他招呼爷俩去办公室谈，韩老祥说车间里有事先走了，韩晓霞跺跺鞋上的雪粉跟着高德安进了屋。高德安让她坐在对面儿，问她小英咋没过来。韩晓霞没好气地说，这死丫头变坏了，不想回厂啦！昨晚在舞厅我跟她商量回来，她都爱搭不理的。听齐艳大姐说，小英近来也不给她钱了。高德安慢慢将心静住，说，这事儿不能强求。韩晓霞说，当初是我鼓动她去舞厅的，不把她拖回来，她们家人该怨我啦！高德安叹道，是得说服她呀！韩晓霞气得脸都寡白，这丫头好像是傍上大款啦！好衣裳成套地换，金耳环金项链，连化妆品都是800块钱一盒的。人一图享乐，就没心思帮别人喽！高德安叹道，没听有人说嘛，男人有钱就学坏，女人学坏就有钱。韩晓霞讷讷地说，小英傍的那大款好像是杨金钟给介绍的，这几天杨厂长总是陪些老板去金梦玩，你是不是找杨厂长说说。高德安这下对上号了，就是上午看厂子的那帮人。韩晓霞说，听小英说，杨厂长带的人是外商，韩国人。他想让韩国老板把咱厂子买下来。高德安听着，嘴角渐渐浮了笑影，关于小英的烦恼过去了，眼下更多的是对杨金钟的欣赏。这小伙子想在这乱摊子上重整旗鼓，不论成败都令高德安刮目相看。他兴奋地自语，好哇杨金钟，企业垮了，可精神没垮哩！韩晓霞听不懂高德安的话，依旧沉在小英的烦恼里，由小英又想起齐艳，她问，高镇长，听我爸说你想给齐大姐集资？高德安点头说，是呀，是你启发了我，应该真正帮帮他们。听说那孩子需要激光治疗，得好多钱哪！叫你来是占清产小组的指标，去干集资的工作。等都完了，我再想办法安置你！你去告诉齐艳，就说我说的，不准她偷偷卖血啦！韩晓霞眼圈又红了，是哩，她都瘦成什么样儿啦？高德安把脸扭向一边，看见窗外的厂景儿，觉得上午竟和黄昏没啥两样。

吃过午饭，高德安回到办公室，招呼韩晓霞跟他去镇第一小学。韩晓霞马上明白了，齐艳的儿子曹小山在那里上学。高德安穿好大衣戴上帽子，刚要走，就听屋外乱哄哄像闹土匪。有人跑进来说，大王庄村长邓铁嘴儿带人来拆机器。高德安这几天一直嘀咕大王庄没申报债权，怕他们胡搅蛮缠来邪的，果然碰上了。他跑到院里，看见邓铁嘴儿带着50多号农民，还开来了两辆大货车，嚷嚷着要厂里还债，不还就拆机器。郭庭长和大侯正堵着他们讲道理。红了眼的农民胆子大得能操天，根本不听这套，三说两说就谈崩了，邓铁嘴儿指挥农民动手抄家伙。郭庭长吼，我马上报告公安局，以干扰法院公务罪拘捕你们！邓铁嘴儿说，别在我跟前嚼蛆！公安局来了我们也不怕，欠债还钱，这条王法啥朝代也不会改吧？再说啦，我们是为集体！大侯怒着脸说，整个一法盲，你以为不装自己腰包就有理啦？犯在我们手上，照样让你们破产！邓铁嘴儿说，你不就是桥头剃头匠侯老歪的儿子么，凭啥让我们破产，是不是花果山上的弟兄们缺钱花？还是缺女人？农民们一阵哄笑。轧钢厂的工人也都来看热闹，人堆里有人嚷叫，老少爷们拆呀，拆个狗操的，不拆也让他们当官的糟尽啦！高德安憋足了劲儿，野野地吼了一句，邓村长，你别胡来！韩老祥也跑过来喝止村人。邓铁嘴儿还真给高德安面子，讪皮讪脸地笑道，是高镇长，我不是冲您来的，别生气！高德安把目光停留在邓铁嘴儿的脸上，从这张脸上他看到另外一个人的影子，他忽地想起了邓三奎，邓三奎就是邓铁嘴儿的儿子，他马上意识到邓铁嘴儿的真正用意。他扬了扬手，吩咐身边的韩老祥，让大王庄的老少爷们进屋喝茶。回头对邓铁嘴儿说，邓村长，你这是醉翁之意不在酒啊！邓铁嘴儿的花招被高德安窥破，不免惶惶，硬撑着问，高镇长咋这么骂我？高德安嘿嘿笑了，从三奎我们爷俩的关系，这么骂你不过分吧？邓铁嘴儿抓着后脑勺对村人说，你们喝茶待命，我跟高镇长去交涉！

高德安拉着邓铁嘴儿进了屋，把门关好，拍着邓铁嘴儿的肩膀说，你们拆机器是假，泄怨气是真！不然，你要债还会拖到今天？邓铁嘴儿拿指甲劈尖火柴棍，放在酒气熏天的嘴里剔着黄牙说，高镇长眼真毒！我们爷俩是出不来这口气呀，刘大拿买通马镇长挤走了我儿三奎！轧钢厂占我们村的地，厂里多一半是我们大王庄的人，我过去对刘大拿处处开绿灯。他呢？良心呢？他的良心顶不上一截狗杂碎！我就是找他闹，还要拉着村人去县政府门口闹！看看上边管不管，破产的厂长还有功啦？高德安吸着烟在屋里踱步，不吭声。邓铁嘴儿又骂，厂子破产也不打个招呼，把法院的搬出来吓我，老子不是稀泥软蛋！高德安说，你们现在闹，已经是打铁烤糊卵子过时啦！如今企业破产，刘大拿这个厂长算没事儿了，倒把我推到前台来啦！邓铁嘴儿说，听三奎常说，高镇长是个正派人，如今好人受气呀！咱这破村长也干够了，怕不着刘大拿，更怕不着马镇长！这些人哪，看看他们一天都干啥？上午你整我我整你，中午你敬我我敬你，下午你赢我我赢你，晚上你搂我我搂你！企业不破产倒怪啦！高德安听着有些好笑，细咂巴还挺对理儿，他说，好同志还是不少嘛！你看三奎和金钟他们，都是有志气的年轻企业家。邓铁嘴儿听见别人夸儿子，脸上便挂了笑。高德安说，你想咋办？闹六遭儿又有啥用？我看还是带人回去，申报债权，尽量减少损失吧。邓铁嘴儿说，不，我要见刘大拿，不能轻饶了这狗日的！高德安说，刘厂长几天没照面儿了，说是找人处理废钢，补足法院的款，也够难为他的了。邓铁嘴儿悄了声说，老镇长，我向你打听一件事，可要如实告诉我呀！高德安点点头。邓铁嘴儿问，听说刘大拿为拍马镇长的马屁，把桑塔纳抵债给了二邦子啦？高德安说，没错儿，我赶上啦。邓铁嘴儿又问，听说厂里欠二邦子的废铁款没到期？高德安怔怔地问，这你听谁说的？我没细看债条子。邓铁嘴儿得意地一笑，谁说的你别问。可有一条告诉你，按破产法规定，在法院受理破产案件前 6 个月到破产宣告那天，厂方对未到期的债务提前清偿，等于无效！哼，告上去，让他们烂红眼轰蝇子去吧！高德安瞪圆了眼问，有这说法？你听谁说的？邓铁嘴儿说这个保密。高德安笑说，你这是干过嘴瘾吧。邓铁嘴儿说，连那张刘大拿签字的债条子，我都复印了。我要见刘大拿谈条件。高德安瞅瞅邓铁嘴儿骂道，你们这路人一个臭毛病，要是刘大拿答应你的条件，你就罢手？邓铁嘴儿胡乱往地上吐口痰说，看势下菜碟，走哪步说哪步！高德安沉吟着，心想刘大拿整天研究破产法，终有算计不到的地方。他怕邓铁嘴儿胡来，就说，我跟你一起找刘大拿谈，行么？邓铁嘴儿知道高德安是自己这条线上的，就说，行，还得靠高镇长找到刘大拿呢。高德安说，我也有个条件，先放乡亲们回去，你再申报债权。邓铁嘴儿刚来的狂劲儿泄了，乖乖地去屋外张罗。高德安眼瞅着那些农民爬上车走了，觉得乡亲们可怜。又想，邓铁嘴儿说有欠条复印件，是真是假？是谁透给他的呢？委实断不透，直想得脸上肌肉都下垂了。

大侯跟刘大拿有热线联系，高德安从大侯那里讨了底，就和邓铁嘴儿到刘大拿家里堵他。刘大拿很少回家，他跟媳妇闹了一阵离婚没离成，就暗暗在开发区买了一套三室一厅，养着一个娇嫩可人的小姐，以躲债为名常住那头。高德安看看楼下没有那辆夏利，进屋见刘大拿媳妇趴在梳妆台上哭，就料定刘大拿刚走。刘大拿媳妇抹着眼泪说，高镇长你可得给我做主，刘大拿真不是个东西。邓铁嘴儿随着说，对，谁说他是个东西啦？他人哪？这个钟点应该是你赢我我赢你的时辰哪！刘大拿媳妇说，他竟敢把那小妖精带到我家里玩麻将，让我给打跑啦！高德安看见满地麻将，还有一些撕碎了的照片。他问，为啥到这儿玩呢？刘大拿媳妇说，这儿有电脑，边玩边看黄色光盘！他给儿子买了台电脑，弄得儿子也入邪啦，我以为儿子学习呢，前几天忽然看见儿子看黄片儿呢！我问是从哪儿弄的，儿子说是从他爸那儿翻来的。这不是上梁不正下梁歪么！邓铁嘴儿幸灾乐祸地笑，高德安忧心忡忡地说，这怎么行呢？我得好生说说他！他仰脸望着宫殿似的房子和豪华的摆设，心想有钱人也有有钱的烦恼。刘大拿媳妇马上把高德安当了亲人，不断地诉屈说冤，今儿个我才看见那小妖精啦，过去他一直骗我。其实我早看见大拿跟那小妖精的照片了，他唬我说是那人妖。他去泰国是照了不少跟人妖的照片，我也就信了。今天我从娘家回来看见他们玩麻将，那小妖精也在，我就问大拿人妖跨国界跑咱家表演来啦？邓铁嘴儿呵呵笑，高德安不知人妖是啥，没笑。后来见刘大拿媳妇唠叨不休，邓铁嘴儿坐不住了，问，大拿去哪儿啦？刘大拿媳妇茫然摇头，高德安就站起身，随邓铁嘴儿走出来。下楼的时候天都黑了，高德安问，邓村长，咋办？邓铁嘴儿说，我请高镇长涮羊肉，吃满喝足再说。高德安摇头说，不啦，今天累了，改天吧。嗳，我还没问你，你见到刘大拿提条件呢？邓铁嘴儿说，第一是我儿子三奎官复原位，第二才是占地费呢！高德安分析说，好像不大可能，三奎的事镇里下文了，况且三奎还有点错误，马镇长能打自己嘴巴？再说刘大拿一直盯着高频焊管厂这块肥肉，为这点事儿，他能罢手？邓铁嘴儿说，不应，我就跟他们没完，咱骑驴看唱本儿，走着瞧！高德安很沉地叹了口气。这时邓铁嘴儿的 BP 机响了，邓铁嘴儿一看就乐了，连说，是刘大拿呼我呢，他吃不住劲儿啦。高德安愣着问，他怎么这么快就知道啦？邓铁嘴儿笑说，准是花果山那哥们报的信儿。高德安马上想起大侯知道底细，他想了想说，我最好别出面了，你跟刘大拿谈吧。回头告诉我一声。邓铁嘴儿也没坚持，送高德安回了家，就单枪匹马地走了。

高德安进了家门儿，看见桌上摆着 4 瓶精装的药酒。他拿起看看说明，上头写着益气活血化瘀，扩张冠状血管，消除血块，增加心肌供血供氧，便高兴地问，淑敏，这正治我的病，从哪儿买来的？王淑敏从厨房里出来，笑着说，你就喝吧。还是企业油水大，你看你刚到企业蹲点儿，还是个破产企业，送礼的就上来啦！高德安忙问是谁送的？王淑敏说，是城北轧钢厂的工人。挺瘦的一个女工，叫啥艳来着？高德安沉下脸，哎呀，是齐艳，怎么能喝她的酒呢？王淑敏问，咋着？她作风不好？看着挺好的呀，她说你有冠心病，喝了这酒准管用。高德安听不下去了，说喝了她的酒，备不住惹起冠心病来。说着眼圈就红了，又从桌上拿起那张X光片，呆呆地瞧着。

这天一早气温回升，到处水啦啦地化雪。高德安骑车来到厂里，车圈几乎被泥糊住了。他在办公室独坐一会儿，等邓铁嘴的电话。他想，即使他们的黑交易弄成了，自己也不会沉默的，他看不惯拿集体的利益做交易。可是邓铁嘴儿那边没音信，却接到镇政府打来的电话，让他中午赶回镇里迎接省卫生检查团。高德安一掐算日子，学校就该放寒假了，忙叫上韩晓霞先去了镇第一小学。他们找到校长，还叫来齐艳儿子曹小山的班主任，把事情一说，校长和班主任都感动了，连说这几天就发动学生集资。当然高镇长是主抓文教卫生的，校长也不能不给他面子。高德安鼓励几句就带韩晓霞赶回到厂里，等邓铁嘴儿的电话，又呼了两遍，那头依然没回音。眼瞅着快晌午了，他只好回了镇里，陪着省里卫生检查团到各机关厂矿乱转，一转就是两天。

陪着检查团，高德安心里总丢不下两桩事，一是募捐的事，再就是邓铁嘴儿的事。第三天他陪着检查团到街心花园时，远远看见小学校长带着学生搞活动。学生列成长队，举着标语．齐声高唱《爱的奉献》。高德安以为是欢迎检查团的，到跟前才发现是为曹小山治病募捐。喇叭望轮番广播曹小山的病情和父母卖血的情况，行人纷纷往纸箱里投钱。高德安紧紧抓住校长的手说，你们真行啊！校长说，在学校里集了4千多元，怕不够，我和老师们商量到社会上来，效果很好，第二小学也知道啦，明天也来加盟！高德安表扬了一番，又嘱咐别宣传曹小山父母所在的企业破了产。回到厂里就派韩晓霞上街，联络各学校募捐。他自己还要等邓铁嘴儿那边的消息。电话铃一响，高德安立马就接，却是韩晓霞从街里打来的，募捐款毛算有一万多了，工商所的人领着一些卖猪肉的个体户也来捐款了，边捐款边教育。高德安高兴地放下电话，喝上一口水，韩晓霞又打电话来报喜说，电视台的来了，还让我带他们去医院录像，说不定还要去厂里请高镇长说上几句呢。高德安笑得像尊佛，急着想把好消息告诉曹有，就关上门往后院走。

后院生产区很安静，没有机器声，也没有人影，高德安心里犯嘀咕，看见车间里走出几个穿蓝警装的保安人员，一问方知道工厂竟已停工了。高德安脑袋发麻，倒背着手转到轧钢车间，看到地上杂乱堆放一些钢坯，麻雀在上面跳来跳去。风卷起铁粉，在空中发出五颜六色的闪光。站了一会儿，听见机器后面有喘息声，他绕过去，看见杨金钟蹲在那里默默地吸烟。这时候见到杨金钟，高德安眼睛一阵发酸。杨金钟这些天一直躲着高德安，今天见到他，却没完没了地说开了。杨金钟说，高镇长，你还不知道吧？厂子今天上午正式宣布破产啦！高德安惊讶地问，这么快，和解和整顿程序不是没完么？杨金钟叹口气说，马镇长和刘厂长逼着郭庭长终结整顿的，怕夜长梦多呗！整顿个啥，早黄了早省心！这二邦子的事不就是个例子？高德安急着问，二邦子的啥事？杨金钟递给高德安一支烟说，你刚来那天不是看见了，二邦子以车抵债，其实都是刘厂长和马镇长私下谋划好的，却要耍猴给人看！聪明反被聪明误，他刘大拿也有算计不到的地方，违反了破产法。不知是谁捅到县法院和监察局，郭庭长和大侯也不敢怠慢，让法警追回那辆桑塔纳，并入破产财产，这样二邦子也成了债权人！二邦子这两天就胡搅一气，弄得法院无法工作，车间无法开工。这事听说你、我和韩老祥都被列入怀疑对象，其实，我们不会背地捅刀子的！再说，刘厂长过去也对我不错。高德安长长地出了一口气，仅三天的时间，厂里就有了这么大变化。看来邓铁嘴儿跟刘大拿谈崩了，马镇长肯定以为是自己鼓动邓铁嘴儿告状的。他明白了自己的处境，说，金钟啊，邪不压正，咱们都别怕他们！杨金钟狠狠地掐灭手里的烟头说，我怕他们个啥？我也攥着他们的把柄呢！告诉你吧老镇长，马镇长和刘大拿为啥这么急于破产？高德安说，你说为啥？还不是怕企业老赔钱，刘大拿急着去高频焊管厂！杨金钟看看周围没人，悄声说，高镇长，告诉你吧，前年冬天，经马镇长介绍，刘厂长批发给南方一批建筑罗纹钢，不久前出事儿啦！钢架倒坍事故，没死人，可经济损失不小哇！要是追查过来，要把咱城北轧钢厂罚光的！细追究他们也跑不了，因为他们都从这批货里发了大财！高德安没想到破产幕后的勾当这么多，他久久没说话。不知怎的，眼前晃荡着曹小山脑透视的X光片，孩子纯洁的大脑，钻动着可怕的囊虫。杨金钟将憋了几年的话倾吐出来，感到异常轻松。他喃喃地说，总算过去了，这工厂也跟人一样，早死早托生哩！高德安从杨金钟动情的眼睛里看到另一番景象。他微笑着说，金钟，我早就想跟你谈谈，你有志气，又年青，该自己独挑一摊儿啦！咋样，跟韩国老板谈妥没有？开工那天，可别忘了叫上我给你捧场啊。杨金钟愣了愣问，你咋知道？我跟厂里谁都没讲啊！高德安笑道，嗳，这大好事还怕人知道？杨金钟淡淡一笑，我是怕露早了，谁都想吃一嘴！清产价高抬，一杠子夯跑了老外！我是外商代理，真他妈有意思，十年河东十年河西，一不留神变成汉奸啦！高德安说，咋能这样讲？田北出工人，田北拿税收，你是功臣。杨金钟闭上眼，几颗豆粒大的泪珠儿滚出眼眶，他抓住高德安的手说，高镇长，你是了解我的，我不愿给外国人干，我做梦都盼着咱镇里的企业在自己手里活起来。我把一生最好的年头交给了城北轧钢厂，可结果又咋样？是败将，是孬种！回家连我四岁的儿子都骂我是破产的厂长。佛争一炷香，人争一口气，我要再拚一回！高德安笑了，他想，只要杨金钟和韩老祥摽着劲儿干，这破产的工厂还会火起来。

下午电视台的来录像，高德安讲了讲为齐艳募捐的事，还顺便夸了几句杨金钟。电视台的一走，韩晓霞告诉高德安，电视台的人到医院时，校长将一万多元捐款递到齐艳手上，齐艳泣不成声，连说感谢党和政府，感谢高镇长。高德安笑说，别感谢我，只要治好孩子的病就成。韩晓霞说，后天专家会诊，可以做激光手术。高德安说，手术那天我们去医院看看。然后就坐下来喝水，忽然感觉胸闷，手脚发麻，怕是要犯病，立马让韩晓霞从他包里翻出氧立得。他吃过药眯眼靠在椅子上，韩晓霞单腿跪地，轻轻地给他捶背。这时候电话响了，是马镇长打来的，口气挺横，要高德安马上到他办公室。高德安心想不妙，站起来，稳稳心，还是要去，副职就只有被正职使唤的份儿，干多好也要记正职帐上，干砸了就只有吃不了兜着走了。

高德安进了马镇长办公室，只见马镇长满脸阴气。他一落座，马镇长就站起来拍了桌子，老高哇老高，你也岁数不小了，咋还干这些没屁眼儿的事？高德安冷冷地说，你嘴巴干净点，明人不做暗事，我又咋啦？马镇长说，你捅了漏子，还不知道么？崔县长打来电话，要拿我是问啦！给齐艳孩子募捐搞得那么大，惊动了社会，招来了电视台，省台也打电话，要来采访，你的名气大了，可把政府放哪里？企业破产，工人卖血，这么传出去，上级领导会咋看咱县？咋看咱田北镇？镇里派你去蹲点，是让你消除隐患，没成想倒给领导添乱！

高德安知道马镇长的火气是因二邦子退汽车而起，但这事没法说，只好拿电视台的事熊人，他淡淡地说，马镇长，我为齐艳奔波，是代表政府关心她们。我与她不沾亲不带故，捐款也是学校直接送去的，也就是说我不图利！至于电视台来录像，是因为这件事感动了社会上有良心的人。我错在哪里？马镇长气乎乎地说，你错在无组织无纪律！高德安反驳道，这事跟刘大拿讲过，也跟你说过，你们全当耳旁风了！马镇长被噎住了，想了想说，那你在电视里突出自己是啥意思？是不是凌驾于党和组织之上？高德安说，是电视台非找我，我可以叫他们把我的镜头删掉。马镇长说，不是删掉的问题，你必须把录像带整个追回！省台已经让崔县长说服了。眼下的情况你还不知道？企业亏损，干群关系紧张，点火就着，如果电视台播出惹出更大的乱子，谁来收场？高德安说，不宣传，我没意见！可人家电视台听我的？马镇长说，你就说你讲话有错误，要回纠正！高德安直了眼，大声说：我没说错话！马镇长也急了，真是歪锅对歪灶，歪嘴和尚对歪庙！这不是策略么？高德安闷着不理他，马镇长说，你咋这么认真？高德安说，世上怕就怕认真二字！说着瞪眼盯着马镇长，盯得马镇长毛手毛脚的，悻悻地说，崔县长怪罪下来，你吃不了兜着走！高德安笑笑，我正要找崔县长呢，跟他汇报工作。马镇长一听，口气就温和下来，好似快刀锩了刃子。

马镇长还是想办法制止了电视台播放录像。晚上高德安在轧钢厂值班时，接到邓三奎的电话，告诉他正科级没能批下来。高德安听邓三奎说好多熟人都升到正科，气得喘不上气来。他给组织部长打电话，部长说，你的为人和资历都不错，主要是政绩不行。高德安摔了电话，就知道自己吃了企业破产的挂落了，还有马镇长那些小人。夜半闹贼，高德安黑灯瞎火地跟着保安人员抓贼。逮住几个一审，才知是本厂的工人。眼看着几个偷铁的工人被警车拉走，后半夜他再也睡不着，心酸得长吁短叹，傍天亮就胸闷了，晕着脑袋，身子夸张地扭动。人们七手八脚把他送进医院。

连续几个白天，高德安都迷迷糊糊的，到了傍晚才能虚着眼睛看人。妻子王淑敏的脸渐渐清晰了，高德安含着氧气管跟妻子说话。王淑敏说，等你出院，就办个病退吧，别在外边受气啦。高德安眼睛红了，退？我才 49 岁呀！王淑敏说，上边有政策，一过 50 岁就不提拔了。马镇长比你小 5 岁呢，还有啥熬头？高德安呼噜着说，凭良心干工作，又不是为熬官。王淑敏温存地笑，伸出手，轻轻抚摸高德安的额头。

吸完氧，她扶高德安斜靠被垛坐起来，就跟他说，白天都有谁有谁来看他，城北轧钢厂还来了好多工人。高德安心腔热了一下，又想起那夜里被抓的工人，叹道，得抓紧安置他们，地被厂子占了，没地种总得混碗饭吃。王淑敏说，这还用你操心？高德安说，老不舍心哪！这时门开了，韩晓霞提着暖瓶轻轻地进来，见高德安醒了，甜甜地笑着。高德安见到韩晓霞从心底里喜欢，到破产企业蹲点使他失去好多，但得到这样一个干女儿，也算意外的报偿。王淑敏对高德安说，你这几天昏迷，多亏晓霞陪床护理，可把她累坏了。高德安微笑着点头。王淑敏说回家做些好吃的拿来，就出了病房。

韩晓霞在高德安身边坐下来，他看着韩晓霞就又想起那个没见过面的小英。便问，晓霞，近来见到小英了么？韩晓霞咬着牙说，见了，那天我去舞厅找她，老板说她已经走了。前两天，我在厂里见到她，她说她给韩国老板当秘书了，城北轧钢厂被韩国老板买了，她又杀回来啦！她一副阔太太的打扮，穿金挂银的。屁秘书，还不是傍大款，被人姘着？高德安说，别这么讲，她离开舞厅就好！韩晓霞又说，小英说那韩国老板真心爱她，还会娶她，她太天真啦，人家能娶你这乡下人？高德安说，人各有志，你管不了，如果小英真的肯为这件事出力，还是有良心的！

高德安的病一天一天好起来。那天上午，他觉得精力很好，就让王淑敏拿来纸笔，埋头写了份汇报材料，主要汇报城北轧钢厂破产的情况和给齐艳募捐的事，王淑敏说他写这有啥用？别再打不着狐狸反惹一身骚！高德安暗着脸说，我不是想当官，是咽不下这口气！说完瞅着材料发呆，也觉得挺没趣。明知这是大风里点灯没啥指望，还是把材料递了上去。

腊月二十三，是送灶王爷上天的日子，高德安出院了。下午就去乡下把老父亲接来过小年。虽说房间窄巴，但父亲带来了灶王爷像，像两边贴一副上天言好事下界保平安的对联，像下供上馒头和菜肴，便有了过小年的气氛。老父亲还用老家的玉米杆扎出一匹灶王的乘马。高德安看了感到很亲切，又为不能将父亲接来而愧疚。

果然是灶王显灵了，过小年的晚上，崔县长带着秘书来高德安家里看望。崔县长微笑着说，我们刚才去医院看你，才知你刚出院。你写的材料，我和书记都看了，总想跟你聊聊。我们都知道，你有资历，有水平，有干劲，又正直。这次审议干部，是有人说你政绩不行，把蹲点企业破了产！高德安哭笑不得，倔着问，这企业破产，是我的原因？我有这么大能耐就好啦！崔县长依旧笑着说，别急，听我把话说完。过去，我们对情况不摸底，犯了官僚主义。看过材料，才知道你做了大量工作，特别是为齐艳募捐，很感人，很有说服力，树立了党和政府的威信，你摸索出了亏损破产企业政治思想工作的新路子！高德安听着鼻子酸酸的，他知道崔县长与马镇长关系很好，能从他嘴里说出这样的话来，让高德安惊讶又感动。崔县长又说，你个人的困难，我们也知道啦！今年就算过去了，明年肯定办的。他转脸看看高德安的父亲，还有老人身后的黑白电视。高德安父亲说，谢谢县长啦！是我拖累了他们，糖尿病总犯，不然也不会过得这么寒酸！高德安默然不语，明年会咋样，谁能说清楚？明年马镇长还不知给他穿啥样的小鞋呢。崔县长说，县里亏损破产企业增多，我们一手抓扭亏，一手抓破产。准备成立个破产管理办公室，我们会考虑你的，眼下你要和马镇长搞好团结。高德安脑袋轰地一响，还要跟破产企业打交道？明着是提拔了，实际上还是被挤走了。高德安送崔县长下楼的时候，恍恍惚惚总是走神儿，心也觉得麻木了。

腊月二十八，夜里下了一场大雪，城北轧钢厂埋在积雪里，远看像盖着一块孝布。这天机关厂矿放年假，而沉寂了多时的轧钢厂却热闹起来。工人们被召回来，重新分配，再吃最后一顿散伙饭。高德安很早就骑车来到厂里，这也是他蹲点的最后一天了，年后干啥还没谱呢。他很想见见韩老祥、杨金钟和工人们，多日不见还真挺想他们。人们陆续来了，集中在转炉车间前面的空场上，都很亲热地跟高德安打招呼，但他看出他们彼此之间有些冷漠。韩晓霞和齐艳从人群里挤出来，找到高德安，齐艳说她儿子小山手术很成功，过了正月就能上学了。高德安很是高兴。过了一会儿，韩晓霞看见小英从一辆小轿车里下来，跟着杨金钟往这里走。高德安听韩晓霞说那是小英，扭头看时，只见小英身条很细很高，走路时透着一身的柔软，浓妆艳抹的，腰里别着 BP 机。韩晓霞说，哼，臭啥美？腰里别着 BP 机，不是经理就是鸡！高德安的眼睛被雪刺疼了，抬手揉揉眼窝，说，晓霞，你爸呢？我咋没看见他？韩晓霞四处张望，终于在墙根儿看见父亲。韩老祥更加老相，枯树根似地蹲在地上吸烟，很像打败仗的俘虏。相比之下，刘大拿和杨金钟倒很神气。刘大拿依旧张狂地说笑，杨金钟也是一副主人的派头。今天刘大拿和杨金钟对头唱戏，由他们挑选工人。刘大拿走马上任了，要在高频焊管厂踢头三脚呢，他要带一些自己满意的工人；而杨金钟已正式成为韩国老板的总代理，前天与清产小组签了约，金帝轧钢企业有限公司将在这里诞生，各为其主，他也要挑选自己的工人。而选工人的焦点就在韩老祥身上，厂里精干的工人大多是韩老祥从大王庄带来的。韩老祥爱兵如子，人缘好，技术过硬，肯定成为刘大拿和杨金钟争夺的核心人物。但人们心里明白刘大拿是争不过杨金钟的。韩老祥喜欢金钟这个徒弟，杨金钟更像儿子一样尊重他。韩老祥肯定会拥着杨金钟重整旗鼓的。

大会开始了，高德安往前台一站，就觉得没啥话说，企业破产毕竟不是光彩事儿，该说的都说了一百零八遍了。他只是给大家拜个早年，另外强调一下，不管分到哪个厂的工人都要尽心尽力。下面好一阵子鼓掌。高德安宣布由刘大拿和杨金钟两位厂长挑选工人，又一咂吧不对味儿，忙改口说，不是挑选，是跟大家商议。刘大拿先将高频焊管厂吹了一通，其实他不吹，人们也知道那儿肥，都乐意去，但又担心刘大拿胡来，又把厂子败了，所以没人出头。僵持着，刘大拿的目光落在韩老样的身上，老搭档儿了，他使着放心。谁知他一张嘴就碰了一鼻子灰，韩老祥闷闷地摇了摇头。刘大拿又点了几个人，人们犹豫着，探头探脑地往韩老祥这边张望。韩老祥脸上没有表情，冷风吹来，他打了一个冷颤，把烟袋嘴儿狠狠甩了几下。他那张脸上，网着土地的老皱，也网着工厂的历史，令人捉摸不透。刘大拿没辙了，自知争不过杨金钟，就胡乱点了几个人，都是经他手进厂的人。这些人跟他走了，刘大拿火气十足地骂道，都他妈不识抬举！不是马镇长逼着安置人，我还不尿你们！

高德安很欣慰，他希望骨干们都留下来。虽说是外资企业，终究也立在田北镇的地面儿上。刘大拿一走，人群里有说有笑。韩老祥瞅着杨金钟，脸上渐渐浮了笑意，吆喝说，精兵强将还在，大伙都听金钟的。人们都将目光落在杨金钟脸上，杨金钟蹙着眉头，扫了大伙一眼说，咱未来的工厂虽说地盘儿不动，可性质变啦，这是外企。大伙只要尽心干，工资待遇肯定是咱田北镇最高的！人群一阵骚动。杨金钟又说，我不强迫谁，干不干自愿。然后从身边小英手里接过一张纸条，大声说，我下面点名，念到谁的名字，谁就是金帝公司的正式职工，明年正月初六上班！高德安有些吃惊，韩老祥也愣了。杨金钟为啥不把人全留下呢？

名单念完了，没被点名的人群里，竟然还有韩老祥。韩老祥脸上的皱纹拉直了，含在嘴里的烟袋落在雪地上。杨金钟走到他跟前说，韩师傅，初一我给您拜年哪！然后扭身往门口走。韩老祥铁青着脸，不吭声。高德安见那些没被录用的工人追着杨金钟骂，也随着追过去。在汽车旁，杨金钟对高德安说，高镇长，韩师傅是个好人，可观念老了，他们这一代农民企业家该好好歇着了。高德安愣住，看着满地白雪没话可说。

韩老祥在雪地里坐到晌午。他耷蒙着眼皮，默默地坐在钢坯上，人也像一块老锈的钢坯。烟锅早已熄了，可烟杆仍在嘴里叼着。空场的雪被人踩黑了，几只麻雀在那里觅食。韩晓霞和高德安劝不动他，只好在远处静静地等他。刚才邓三奎来了，他听说韩老祥没被聘用，就上赶着要高薪聘请韩老祥到他的个体工厂去。韩老祥眼皮都没抬，说道，对于我老韩钱不算啥，我要把这甩下的十多个兄弟带去。那十几个人一听一个个眼泪汪汪，邓三奎却被吓回去了，忙说这几个家伙贼眉鼠眼的，快别招贼了。那十几个人抬脚就走，连说不拖累韩师傅。韩老祥看着这些自己带来的村人，混丢了饭碗，竟然还记着他的功德，老眼酸酸的想落泪。他们走了，从厂子后门走的，沿着羊肠子一样的田埂消失了。然后，韩老祥就想，我真成废人了么？我还有个好身板，浑身有用不完的力气。可抛弃我的，竟是自己心爱的徒弟！

今天这老脸就当抹布一样抹下来了。高德安和韩晓霞又过来催他吃饭，他还是一动不动。一大群麻雀飞在他头顶，叽叽喳喳地叫，仿佛在嘲弄他，你个老东西不是这里的主人了。是啊，他要多呆一会儿，在他有生之年也许再也走不到这里来了，无论这儿是衰是兴。后人还会想起他韩老祥么？韩老祥眯了一会儿眼睛，想起今天是天仓节，这是种地人才过的节日。从到厂里来，就一直没过这个节了。过天仓节的时候，家家将草灰洒在院里，围成一个圆圈儿，主人坐在当中杀鸡，将鸡血洒进酒里，喝鸡血酒，只有喝醉了，这一年才润生百谷。韩老祥想起自已兜里有扁瓶酒，就站起身，用脚在雪地里划个圈儿，慢慢坐下，拿牙咬破手指头，血就一滴一滴流进酒瓶，然后仰脸喝下去。高德安和韩晓霞冷冷地瞧着，他们知道老人在过天仓节，也知道老人要诚心实意地种地了。

田北县城的年味很浓。鞭炮不断地响着，雪地上又盖了一层鞭炮纸屑。初六上班，高德安就操持清理卫生。这时，他才听说马镇长出事了，家被检察院封了，人也被公安局逮走了。细问才听说是有个东北大盗被抓住了，那原是哈尔滨一家破产企业的保安人员，腊月里一直在田北活动，春节回家过年，在东北犯了案。他交待了两份大的，除县物资局赵局长就是马镇长了。他一下从马镇长家里盗走 80 万的存折、8 万现金和一些金货。田北县城热闹了，一上午就传得沸沸扬扬。高德安起初有些惊喜，后来也就淡了。

又过了两天，县里通知高德安代理镇长，抓全盘工作。于是便一天忙到晚，全是难事儿，连回家睡觉也不得安生，电话铃响得像作战指挥部。那天傍晚，高德安听韩晓霞说，城北轧钢厂那十几号没有工作的工人，有的出摊做了买卖，有的却在社会上游荡，大有犯罪的苗头，吃过晚饭就喊来司机，坐车去找厂家安置这些工人。王淑敏给高德安披上大衣，嘱咐他早些回来。可她万万没有料到，高德安这一走竟是她见到的最后一次活面儿。从鞋厂办完事出来，高德安就有些头晕，坐在汽车上也没说话，靠在后座上静静地离去了。到了家门口，司机见他不下车，打开后车门喊他，没反应，司机慌慌地把他送到医院，早已晚了。高德安永远不能醒来了，死时面带微笑，憨态可掬。

追悼会那天正是正月十五，街上游动着红灯笼。东北风也像死了似的，停止了喘息，天气却是冷得厉害。县委、县政府、县人大、县政协和镇里领导都来到高德安的家，还来了许多工人和农民，陆陆续续竟有二千多人。崔县长在高德安遗像前鞠躬之后告诉王淑敏，县委县政府已经做出决定，向党的好干部高德安学习，将高德安的先进事迹推向全社会。谁说田北镇没有好干部？高德安就是好干部！王淑敏泪都哭干了，她什么也没有说。她由韩晓霞和齐艳搀扶着，烧掉高德安的一些遗物，烧到那张X光片，她的手哆嗦了。崔县长接过来，愣愣地看着，看不明白，齐艳在一边哭着说了原委，崔县长眼圈红了，对王淑敏说："这X光片留给我吧！"齐艳把高德安没有动过的药酒洒在地上，边洒边说，高镇长，孩子病好了，我们不卖血了，你就喝一口吧！说得众人一片哭泣。王淑敏无意中发现很大的一个花圈，做工精细，雪白的花瓣儿铺展开去，染了一片活气。她看见花圈的署名是马英杰，脸沉下来让人搬走，有人劝道：还是放着吧，这是马镇长从看守所特意托人送来的。

崔县长要走了，他握住王淑敏的手，问她还有什么要求，王淑敏说，悼词里说老高三让住房，可老高正缺房，他从来没让过呀！崔县长一脸茫然。王淑敏便对着高德安的遗像说，德安，别太认真了，闭眼走吧，有啥不遂心愿的就怪我！人们听着心中一阵凄凉，默然无话，看着天上银白的月亮。十五的月亮并不很圆，像被天狗啃了豁边。

原载《人民文学》1996年第5期

# 最后一个工人

肖克凡

## 1

周家林听到工厂即将合资的消息，是“五一”的那天中午。每年的国际劳动节，他都要随着妻子到岳母家去，雷打不动。今年四十八岁的周家林结婚已经二十四年了，他在岳母家里过了二十四个“五一”。对一个工人家庭来说，“五一”节自然应当合家团聚，趁机改善一下伙食。譬如说炖肉或熬鱼，还有包饺子什么的，让肠胃繁忙一下。当然，这都是过去的事情了。

岳母住在安平里工人新村。当年这里是著名的卫星城。工人新村奠基的时候市委书记说这里的平房均为临时建筑，不出三年，都将推倒重盖，建成高楼。也就是人们常说的“楼上楼下，电灯电话”。三十年过去了，不见楼房踪影。住进工人新村平房的小媳妇们，也都成了姥姥。

周家林的岳母，也是如此。

当今实行大公休，每星期五天工作制。因此中国人引进许多洋人的节日：圣诞节、复活节、情人节以及愚人节。中西合璧，节日多如牛毛。于是“五一”之类的传统节日渐趋冷清，仿佛是掺了水的白酒，淡而无味。

周家林正是喝着那种淡而无味的低度白酒，坐在岳母家里听到内弟讲起工厂合资的事情。内弟当工人的时候，属于那种浑身都长满了耳朵的消息灵通人士。如今内弟当了干部，浑身又都长满了嘴。

每年的“五一”节，周家林都能在岳母家里与内弟相遇。虽说他们同在一座工厂里上班，平时也是很少见面的。这就好比猴子与猩猩，虽然同属灵长目，却分别关在两个笼子里。

岳母已经七十六岁了。七十六岁的岳母耳聪目明，每逢“五一”必然操刀下厨，煎炒烹炸，以示郑重。这的确使人肃然起敬。瘦小枯干的老太太早在日伪时期就是一家棉纺厂的童工，饱受折磨。她伤病在身，退休多年竟然健在，应当说是一个奇迹。老太太平常十分关心祖国的棉纺工业，常常竖起大拇指用那沙哑的声音说：“棉纺行业，上青天！”

她说的是中国棉纺工业的三大基地：上海，青岛，天津。殊不知这早就是老黄历了。老太太根本就不知道自己的国棉十八厂已经两年没发工资，接近全面停产。儿女们对她采取愚民政策，绝对是只报喜不报忧，她就以为祖国棉纺工业形势大好而不是小好。因此她活得非常硬朗。每年“五一”节亲自下厨炒上几个拿手好菜，目的是慰劳活跃在祖国工业生产第一线的儿女们。当然也包括姑爷周家林。

老太太只炒四个菜，求的是四平八稳的吉祥。她炒的第三个菜是咕咾肉。端上桌子的时候听着却像是“孤老肉”。

周家林对如今时兴的这种低度白酒不以为然，淡而又淡，失去了白酒那种先天的刚烈本性。咕咾肉上桌的时候，内弟说起了工厂合资的前景。内弟的本行是一个出色的电工。内弟的光荣历史就是曾在伊朗驻中国大使馆里当过两年电气技师，能讲几句英语并养成了不吃猪肉的良好习惯。完成援外任务，内弟回到工厂当了生产科的副科长。从此在内弟面前周家林总是怀有自卑心理。虽说自己在铸工车间也曾多次被评为技术标兵，但与内弟相比就小巫见大巫了。内弟口若悬河的时候，周家林静静听着就像一个小学生。

岳母又炒了一个糖醋面筋。这就是老太太的第四个拿手好菜。妻子将糖醋面筋端上桌子。内弟透露说这一次是与德国合资。是联邦德国而不是纳粹德国。两德早已统一，也就不分东德与西德了。

周家林脱口问道：“如今德国的首都不会是慕尼黑吧？”

身为生产科副科长的内弟看了看姐夫说：“你别是在讽刺我吧？说我是一个口若悬河的空谈家？告诉你吧姐夫，如今信息时代，必须知道很多事情才成！你知道英国王储查尔斯王子跟戴安娜王妃离婚的消息吗？目前中国的第三者插足也很普遍。你知道克林顿的媳妇叫什么名字吗？希拉里！”

他喝了一口白酒对内弟说：“英国王室的事情我不大清楚。我光知道戈尔巴乔夫的媳妇叫赖莎，当年她访问日本的时候还到自由市场去买鱼。当年我就看出苏联的物资很不丰富。哎，我说咱们别提这些超越国境的事情了。你还是给我说一说工厂的合资内幕吧。”

内弟养成了不吃猪肉的习惯，他夹了一筷子糖醋面筋然后用报丧的口吻说：“这一次工厂合资，你们铸工车间算是彻底完了，根本就没有你们的戏，撤销！今后工厂需要的铸件，全部扩散到乡镇企业去。你们的厂房啊，腾出来！腾出来改做金工车间，制造‘小水电’，就是专供山区小型水库安装的那种发电机组，你们呀跟合资全无关系。”

周家林追问内弟：“我们铸工车间的工人怎么办呢？二百多号人呐！”

“遣散！挑选一批身强力壮的，去合资车间当清洁工。其余的，只能听天由命啦。这就叫作社会大变革的时代！咱们算是赶上这惊心动魄的时刻啦。大动荡大改组大发展，给我们提供了千载难逢的大机遇。”

周家林的妻子名叫崔才花，是工厂装配车间的一名装配钳工，发福之后她干活儿猫不下腰，就被安排到仓库里去当保管员。听说工厂要合资，这位保管员连声对自己的弟弟说：“你一定要想想办法，安排我去合资车间，工资很高啊！”

弟弟笑了笑说：“姐，你也不看一看，中外合资的女工有你这样的三围吗？这一次又不是跟阿拉伯国家合资。”

听弟弟挖苦自己，崔才花立即火了：“你姐夫大半辈子啦都没嫌我胖，你倒长起了别人的志气，灭了自家的威风！你逼急了我就移居沙特阿拉伯。”

七十六岁的老太太显然听清了儿子与闺女的谈话，她颤着身子凑上来说：“是啊，当年日本人招收纺织女工，也是先看模样和身段。歪瓜裂枣的，不要。解放之后，我们女工才真正翻身得解放，无论长得是俊是丑，都是企业主人翁！”

听了老太太的话，崔才花只得干干一笑：“当年我也是一个苗条的女人，都怪社会主义把我养成了一个大胖子。”

老太太绝对正统：“工人阶级一员，不许说反动话！”

周家林试探着问内弟：“你，这一次保准能去合资吧？”

内弟自斟自饮，将一碟干煸牛肉丝吃得一干二净，嘿嘿一笑说：“姐夫，你千万不要忘记毛泽东军事思想的原理。别人都闹着去合资，我偏偏不去。这就叫敌进我退。人活着，可要充分掌握唯物辩证法啊。”

周家林呆呆地望着内弟，仿佛看见一个正在酗酒的哲学家。

“有一件事情我想问一问。咱厂，为什么非要跟外国人合资呢？咱们自己干就不成？”他小心翼翼问着内弟。

内弟似乎被姐夫的这个问题给难住了，举着酒杯想了想：“是啊，咱厂为什么非要跟外国人合资呢？兴许这就是潮流吧。”

这时崔才花端上四碟小菜。周家林非常惊讶，平时从未见过妻子制作这种酸辣可口的朝鲜风味小菜。崔才花撇撇嘴说：“我浑身都是优点，你慢慢发现吧。”

“这小菜，你是跟谁学的？”周家林饶有兴趣继续问道。

崔才花大声说：“阿妈尼！”

七十六岁的老太太笑了：“年轻的时候跟高丽大妈住邻居，得了真传。”

内弟说：“这事儿我怎么不记得？”

崔才花讽刺弟弟：“你天生就是大人物，记不住鸡毛蒜皮的事情！”

这就是一个工人家庭的“五一”节日气氛。温而不馨，空而不虚。

临近阳历年的时候，出访欧洲的书记和厂长终于回来了。工厂立即宣布与德国人合资。那一道“柏林墙”矗立起来，将过去的工厂拦腰切成两个世界。前院称为“中德合资重型电机制造公司”，门前挂上新匾，俗称“洋厂”，从原有的四千名工人之中几经筛选，招精兵一千，最低工资八百元起价。凡被选入合资的工人，无不欢欣鼓舞，颇有获得新生之感，这一千名工人，个个满面红光，仿佛减去了十岁。

后院依然属于中国，剩余工人三千。据内弟向姐夫透露：方案初拟这三千名工人之中，提前退休八百，病退三百，除名一百八十，加之自动辞职五百，去向不明者二百，最后所剩一千零多名工人，组成“水电设备制配厂”，俗称“国厂”，今后专门生产山区所需小型水电机组。力求挖掘国有企业的巨大潜力，早日走上集约发展的道路。

这次合资，铸工车间的结局最为悲惨，家园彻底丧失。失落的工人仿佛成了犹太复国主义者，却又无力回天。堂堂铸工车间却只有两个捣乱分子跳了出来。一个是清砂工人屠维明，一个是大炉工人胡成，都是年过四十的汉子。

这两个被编入“国厂”下岗行列的工人，都属于矽肺病患者。多年的劳作使他们的肺泡里粉尘沉积，患上无法治愈的职业病。屠维明和胡成四处去找厂长申诉。厂长合资去了，正忙着与德国人研究如何开拓国内市场。站在会议室门外，这两位职业病患者大声叫嚷起来：

“妈的！老子是计划经济时期患的职业病，如今一句话你就商品时代啦！我们的职业病也是商品，你们要花钱把这个商品收购回去！”

人们都忙着合资，对他们的呼吁置若罔闻。

屠维明与胡成当场大声宣布：“前往市委门口静坐，讨回一个公道。”

也不知道他俩是否去了市委。反正有消息说，屠胡二人被公安局抓走了。

于是，心怀不满的工人们平静下来，静观事态发展。

坐落在后院的“国厂”重新任命了常务副厂长。这位常务副厂长居然就是周家林的内弟。工厂原来的那十几位领导干部，全都抢着合资去了。于是周家林的内弟脱颖而出，趁着乱子坐上“国厂”的第二把交椅。这个位置相当于“水泊梁山”的二寨主卢俊义。内弟成了卢俊义，但他本名仍叫崔才焕。崔才焕走马上任，成了崔副厂长。

崔才花兴奋异常地对周家林说：“我们崔家祖上有德，出了一个厂长。”

她显然高兴得太早了。崔才焕上任之后就大义灭亲，将自己的姐姐列入下岗女工的行列。气得崔才花一连哭了三天。

周家林终于意识到，内弟崔才焕平日里韬光养晦的，绝对是个人物。

崔副厂长找到周家林说：“姐夫，你虽然被留下了，可是你知道事情的内幕吗？若不是我为你说了几句好话，你肯定划入下岗待业的行列了。唉，虽然留下了可目前也无法安排你的工作。铸工车间没了，你这个铸工能干什么呢？总不能让你去卖臭豆腐吧？你一定要做好各种思想准备，不打无准备之仗！”

周家林笑了笑说：“最坏的结局不就是下岗回家吗？你姐姐已经被你逼得申请回家自谋生路了，我还有什么要怕的呢！‘夫妻双双把家还’呗。”

内弟身材粗壮，棱角分明的脸上有着一双精致的三角形眼睛，炯炯放光。他讲一口极不标准的普通话，川鲁闽浙冀皖语音兼而有之。这就使人根本无法判断他是何方人氏。其实他就是本地土产。不知为什么许多人都认为崔才焕是一个复员军人。总之在人们心目之中崔才焕属于正面人物。此时他问周家林：“姐夫，我让我姐姐下岗待业，她一定最恨我吧？”

姐夫笑了笑："不，你姐姐最恨万恶的旧社会。"

崔才焕笑了："旧社会……"

初冬的太阳，照在周家林瘦瘦的脸上，也照在崔才焕棱角突出的脸上。

周家林原本是铸工车间的造型工。如今铸工车间殁了，他就认为自己成了烈士遗孤。遇到这种时代，每个人随时都面临着改行的挑战。你明明是一个车工，你必须改行去打铁。你明明是一个钳工，偏偏要你去烧锅炉。你不能适应这种巨变就只能下岗回家待业。待业就是失业。"是啊，千万不能失业。我周家林今年四十八岁了，又要脱胎换骨。除了铸造这行当，我还有什么本领呢？"

这样想着，周家林信步朝着"柏林墙"走去。是啊，除了铸造我还有什么本领呢？我会理发。这二十多年来的午休时间里总是有人找我理发，数以千计。另外我还会修理自行车、配钥匙、偏方治牙疼……

这时候，他突然想起了江忆兰。

江忆兰当年曾是"三八"焊接小组的铁姑娘，创下了大干三天三夜紧握焊枪不离焊缝的感人事迹。如今她也有四十岁了，不知道这次合资之后她将面临什么处境。渐渐，周家林感到一丝惆怅爬上心头。作为一个中年男人倘若暗中怀有花心，那么他承认自己偷偷爱着江忆兰。

走近"柏林墙"了。"柏林墙"上开了一座大门。大门属于欧洲建筑风格，门卫却是一个地道的中国人——设备科原来的副科长徐二狗。

徐二狗大声说："周家林！如今工厂合资了。进出这座大门要有门票。门票你懂吗？就是一张允许你进进出出的通行卡。"

"你怎么变成洋厂的门卫啦？"他问与自己同庚的徐二狗。

"嘿嘿，我这个人就是能官能民，能上能下，能大能小，能折能弯。这就叫改革开放大好形势下的重新站队。"徐二狗俨然一个乐观主义者。

周家林心中暗想："真是不得了啊！这工厂合资就好像二次投胎，重新出世。一个大活人眨眼之间就变了一个样子。"这样想着，他抬起头来远远看着大门里面的天地——那是另外一个世界了。

徐二狗压低声音对他说："操！只来了几个德国人，就合资啦！将咱厂一刀劈成两块。喂，你在'国厂'每月工资多少钱？"

周家林眨了眨小眼睛说："保密。"

## 2

原来的铸工车间改造为"国厂"金工车间，必须经历一次脱胎换骨才成。崔才焕不愧是在外国大使馆里见过世面的人，当了常务副厂长立即就能进入角色。他组织了一支庞大的施工队伍，一边改建车间，一边开始清理"国厂"的厂区。

周家林被派去清理露天仓库。

他认为仓库就是一座工厂博物馆。这里的"馆藏"，令人感到工厂的博大精深。

铸工车间的家当，首先要说砂箱。几十年的积累，砂箱仓库仿佛成了一座锈迹斑斑的钢铁废墟。一只砂箱就是一部史书，蕴含着一个失传的故事。所谓砂箱其实就是铸造用的工艺装备，生铁铸就。它们层层叠叠堆在一起，勾勾连连倚在一处，看上去关系极其复杂，令人费解。

周家林开着一座门式起重机，简称"龙门吊"。他心里盘算着怎样用三天时间完成清理任务。他的助手是一个姓方外号叫"方便面"的小伙子。

"今年你才三十岁吧？年纪轻轻的怎么不去合资呢？"

方便面手里拎着一根钢丝绳说："干活儿的时候，尤其是起重引钩的时候，不能聊天儿，安全第一。”

周家林这才想起，去年春节前夕方便面在清砂的时候被砸断一只手指。

方便面将钢丝绳挂在一只锈迹斑斑的砂箱上，说了一声：“起！”

吱吱嘎嘎的龙门吊车缓缓地将这一只巨大的砂箱吊了起来。砂箱底部，泛开一片湿土，露出一条蠕动的大蛇。

方便面被吓得尖叫起来。其实周家林从小就是一个怕蛇的孩子，此时为了维护男人的尊严，他强作镇定，操纵着龙门吊车朝前行走。

一条即将进入冬眠的大蛇，就这样被强行暴露在光天化日之下。周家林心中很是内疚，却又不知如何是好。开着龙门吊车将砂箱缓缓卸在空场上。一群乡镇企业派来的壮汉，一个个都是鲁智深倒拔垂杨柳的派头，抡着十八磅的大锤嘿哟嘿哟正在劈铁。砂箱被劈成碎块儿，成了回炉的原料，装上卡车运走。看着这个热烈的场面，周家林点燃一支烟，使劲抽了起来。

方便面走过来自言自语说：“赵忠祥说动物是人类的朋友！刚才那条大蛇一定会被弄死的。我就是属蛇的，这年头儿伤害同类也是要遭到报应的。”

周家林递去一支烟说：“工人与工人是同类。我也没看见有谁遭到了报应。你不要自己吓唬自己。”

听了这话，方便面渐渐镇定下来。

崔才焕领着几个女工扛着扫帚从这里走过：“周家林，方便面，你俩去整理成品库吧。三天时间一定要把场地清理出来！”

周家林朝自己的内弟点了点头，算是回答。方便面小声嘟囔着：“如今我们是磨坊里的磨盘，听驴的调遣。”

成品库里已有几路人马正在清理那一堆堆存放多年的铸件。

周家林又问方便面：“你年纪轻轻的怎么不去合资呢？”

方便面伸手抹了抹嘴角说：“那资，也不是我想合就能合的呀？你小舅子就是一个手眼通天的人物，如今又当了常务副厂长，你怎么也没去合资呢？崔才焕为了树立廉洁无私的形象，让你媳妇提前下了岗。我说的没错吧？”

方便面的一番话，揭了周家林的伤疤。是啊，崔才焕这家伙果然是一个心硬如铁的男人，他摇身一变当了“国厂”的常务副厂长，不但不让自己的姐夫进入中外合资的“洋厂”，还逼着一奶同胞的姐姐主动申请下岗，回家自谋生路。新官上任三把火，这小子一下就落了一个清正廉洁的好名声。为了达到搞活国有企业的目的，官运亨通的崔才焕不惜与自己的姐姐反目成仇。

周家林认为小舅子不是一个好饼。

吃过午饭，终于传来令人震惊的消息：崔才焕拎起那条出土的大蛇，出了工厂大门进了一家专做粤菜的餐馆，立马就卖了四十块钱。然后又将那四十元钱捐给了工会，存着备用。

妈的，这就是市场经济。周家林想起了历史上拔剑斩蛇的刘邦，心中暗想：“崔才焕这家伙胸怀大志又敢于大义灭亲，将来兴许能成气候。”

方便面启动了龙门吊车，又开始干活儿了。成品库很大，堆满了几十年以来出产的铸件。不知为什么，这一批批在“大干快上”口号下突击生产出来的铸件，却迟迟没能派上用场而多年沉睡在这里，任凭风雨锈蚀着。

周家林看见那根长达十六米的球墨铸铁的大轴静静躺在枯草丛中，心头不禁一热。四十八岁的周家林面相并不显老，当他激动起来的时候，越发显得年轻。方便面坐在一旁吸烟，根本不知道周家林为什么激动起来。伸手摸了摸这根大轴，周家林一下觉得自己老了。

方便面将两道钢索拴在大轴的两端，准备起吊。

周家林突然大发感慨：“这根大轴足有十吨，你知道它的来历吗？”

方便面摇了摇头，对这根大轴的历史毫无兴趣。

一个乡镇企业厂长模样的汉子，紫红着脸膛走过来大声问：“这根大轴有什么来历啊？你跟我说一说。”

“跟你说一说？你是哪一部分的！”周家林颇为不屑地说。

紫脸汉子大大咧咧地说：“我是来收购这儿的废铁的。你们的铸工车间撤销啦，往后这些铸件呢都迁到我们九里镇铸造厂去生产啦！嘿嘿，这也叫工农联盟啊。”

“你来收购废铁？”周家林指了指那根大轴，“废铁？这根大轴是1959年铸造的，全市的六位八级铸工，聚集一起攻克难关。用今天的话来说就是六位顶尖高手，联袂铸造这根球墨铸铁的大轴。朱老总当天就到现场参观……”

紫脸汉子立即问道：“朱老总，你说的是宏运公司的总经理呀？”

周家林怒了：“朱老总就是朱德！朱德这个名字你知道不知道哇？你这个人怎么任屁都不懂呢？”

紫脸汉子嘿嘿一笑，挠了挠头皮说：

“嗨！昨天跟一个姓朱的总经理喝的酒。人们都叫他朱老总……”

周家林心里想，这年头的伪劣产品太多了。姓朱的总经理都敢自称是朱老总。真他妈的操蛋！

那根被朱老总视察过的球墨铸铁大轴就这样被龙门吊车缓缓吊起，装在一辆加长卡车上，运走了。方便面凑过来小声问他：“你见过朱德？”

望着远去的大卡车，他摇了摇头说：“这故事是听我师傅说的。我师傅见过朱老总。”

“你师傅呢？”

“早就退休了，矽肺病，大前年死啦。”

这时，周家林心里猛地冒出一个念头：“既然聚集了当时本市六位八级铸工一道会战，大获成功。为什么那根大轴一搁就是三十多年，迟迟没有派上用场呢？如今，它却被当作废铁给拉走了。唉！这到底是怎么一回事呢？”

想到这里，周家林的心情一下就变得很坏，仿佛将一只腐烂的苹果吃到了胃里。整整一个下午，他都不言不语，默默地干活儿。成品库里积压了很多铸件，有的正是他当年亲手铸造的。譬如那一台八吨重的高压泵体，已经在这里放了整整十二年。十二年前，他的师傅还没有退休呢。

方便面似乎看出他心情郁闷，就主动递来一支烟卷。周家林知道方便面这个小伙子平时非常小气，从来不向别人敬烟。于是他从方便面那只伤残的左手上接过烟卷，随口问道："大家为什么都叫你方便面呢？"

"我穷。天天中午只吃一袋方便面，就给我起了这么一个外号。三年了。"

听了这话，周家林默然。

方便面突然问道："周家林，你说这辈子咱们还能过上好日子吗？"

他就朝方便面笑了笑："人人对好日子的理解，各有不同，咱们还是先干活儿吧，马克思不是说劳动必将成为人的第一需要吗？现在咱们就需要劳动。"

方便面说："我没看过马克思写的书。"

周家林说："肯定比琼瑶写的好。"

终于在成品库的角落里看见了当年被称为"争气车床"的轧辊车床的床身。周家林一下子激动起来，抡着手中的铁锨，气喘吁吁清除着地上的杂草。

巨大的轧辊车床的床身，终于完全显露出来了。周家林目光炯炯，不停地搓着双手，渐渐亢奋起来。

"小方！这就是当年机械部下达给咱厂的光荣任务，支援朝鲜民主主义人民共和国的轧辊车床。咱们自己起名叫'争气车床'！我参加啦。那一程子，光中央首长就来过五六拨，我记住名字的有李先念啊、谷牧啊、余秋里什么的，我还跟李水清部长握过手呢。咱厂为了保险起见，就铸了两件床身。这是第二件，头一件去了朝鲜。这件床身的导轨角有一个小砂眼。你知道江忆兰吗？当时她是‘三八’焊接班的铁姑娘。她亲手补焊了那个砂眼。好技术！那才叫天衣无缝呐。”

犹如江河入海。方便面呆呆望着滔滔不绝的周家林。

不知为什么周家林戛然而止，缓缓点燃一支烟卷，三口两口就吸去半截子。许久，他才转过脸来对方便面说：“我讲的都是陈芝麻烂谷子的故事，如今时髦的事情是合资啦……”

“千变万化，咱们还是工人阶级啊。”方便面似乎伤感起来。

“如今时兴新名词啦，工人阶级叫工薪阶层，咱们叫普通蓝领，崔才焕那样的人叫高级白领。”周家林无精打采地说着。

方便面自言自语：“我现在是黑领。”

临近下班的时候，一辆吉普车驶进工厂。这辆吉普车转了一圈儿停在成品库近前，从车里走出来屠维明和胡成。人们惊叫着迎了上去。

方便面压低声音问：“不是说你俩去市委门前静坐，给警察逮走了吗？”

胡成淡淡一笑：“对！这不是把我俩送回来啦。”

屠维明气宇轩昂补充一句说：“人民政府是不会扣押人民的。”

崔才焕手里拿着一台“大哥大”跑过来大声说：“二位辛苦啦。”

胡成气势汹汹说：“用不着小恩小惠，你要马上解决我们的吃饭问题！”

周家林挤上去低声说：“咱厂好几位下岗女工自谋生路，正在工厂门口卖盒饭呢。你吃饭吗？我给你买去，五块钱一盒。”

夕阳西去，将最后的余晖抛洒在人们的嘴唇上。

## 3

周家林的家住在全市闻名的工人新村——叫安平里。安平里建于美国将军克拉克板门店签字的那一年，因此安平里这名字听起来颇有朝鲜味道。下岗女工崔才花的下岗生活正是在安平里新村的家里以泡制朝鲜小菜开始的。历史在她面前画了一个巨大的圆圈儿。在这个巨大的圆圈儿里，中年女子崔才花正在搅拌红灿灿的辣酱。

制作朝鲜小菜的起因是有人说她的名字很像朝鲜妇女，于是她就灵机一动，就不愿意闲在家里了。她渐渐压住心中的火气，但还是不能谅解崔才焕："亲弟弟，谁叫你让我下岗回家呢？从今以后姐姐跟你一刀两断啦！"

她动手在一张黄纸上写了七个大字：

崔才焕请勿入内。

字迹虽然歪扭，但毕竟是自己亲手写的。然后她调制面粉打成糨子，将纸条贴在自家门上。

之后，她就备料，开始制作朝鲜小菜。

首先精选的是蒜蓉海带和辣味白菜。这时劳动变得亲切起来，她她想起童年。记得从六岁开始，她就随着母亲学习制作咸菜。那时候的日子比现在还穷，咸菜是家庭生活里的主角。记得腌制咸菜的大缸即便是在寒冬也不会封冻。妈妈告诉她因为水里有盐，寒冬天气之下大缸里的水才不会冻结。妈妈大声对她说，盐就好比人的精气神，没有精气神，人就活得没滋没味了。

妈妈的话语真是一句谶言，人到中年的崔才花竟然蹲在家里腌起了咸菜。生活里有了盐，但她并不觉得自己有了精气神。

丈夫周家林在厂里上班。儿子周小林正读烹饪中专，住校。家里只剩下我一个下岗女工，还长得这么胖。她望着那一堆红色朝天椒，咧嘴笑了笑。

劳动变得越来越简单了。她由一名工厂装配钳工变为一个腌制咸菜的家妇。手里使用的工具也从锉刀扳手而退化为一只大号铝盆。她觉得自己越发是一个女人了，干的都是只有女人才能完成的活计。譬如说腌制韭菜花。

想起弟弟，崔才花就怒火满腔。这家伙居然牙关一咬，在下岗回家的女工名单里写上了姐姐的名字。难道他真是一个廉洁无私的共产党人形象？崔才花一时难下结论。作为崔才焕的姐姐，她只知道弟弟自幼就是一个机警过人的男孩儿。大家结伴去偷人家树上的枣儿，别的顽童都被捕了，唯独他眼疾腿快，早早就越墙而走，还兜走了人家二斤红枣儿。长大以后，姐弟俩在同一个车间里工作。身为电工的崔才焕最大的优点就是干起活儿来拥有一个良好的形象。那年夏天，厂办主任陪着外事部门的官员来到车间挑选电工，然后派往外国驻华使馆充当技师。一大群工人围在一起干活儿，身上穿的都是油渍麻花的工作服。只有崔才焕的工作服洗得干干净净板板正正，穿在身上容光焕发显得一表人才。外事部门的官员目光一亮，当即就相中了这位干净利索的青年工人。三个月培训之后，崔才焕被送到伊朗驻华使馆工作，随即受到好评。但是没人知道，崔才焕的工作服常年都是姐姐崔才花亲手替他洗的。

崔才花早就看出身材敦实的弟弟是一个不显山不露水的人物。他那貌似憨厚的面相使人永远对他丧失警惕。弟弟的相貌注定他前程必然远大。果然，崔才焕因“敌进我退”的战术而没去“合资”，就被任命为“国厂”的常务副厂长。崔副厂长上任伊始，就让自己的姐姐下岗回家。这一举动堵住了很多人的嘴巴。

第一批咸菜泡制出来的时候，崔才花有些不知所措。为了镇定心绪她摘下围裙出了大门，到母亲家去。母亲也住在安平里工人新村，隔着三条马路。走进母亲小屋，崔才花告诫自己，万万不能让老太太为女儿担忧，就编了一个瞎话，说今天厂里停电，放假一天。听了这话母亲就不停地咳嗽。

“家林怎么没跟你一块儿来呢？”

“家林在厂里加班。”

“厂里没电怎么加班？”

“他加班，尽干那些不用电的活儿。”

母亲不言语了，闭目养神。

“腌白菜的时候，辣酱不能放得太多。”母亲突然说道。

她惊了：“您怎么知道我在家做咸菜啦？”

母亲睁开眼睛说：“人活到七十，就成精了，没有我不知道的事情。哎，你腌那么多咸菜干吗？”

“吃呗。”她搪塞着，暗暗惊讶母亲具有洞察人间的眼力。

她为母亲洗了两件衣裳。肥胖的身躯使她呼呼喘着粗气。母亲听着哗哗的水声，叫着她的乳名：“花儿，无论遇到什么事情，都不能灰心丧气。人活着就是要有精气神。工人呗，活着更要有精气神。你爸活着的时候，创下十年满勤义务加班一千八百多天的纪录。至今厂里没人能超过他。花儿，这就是你爸活着时候的精气神！你听见了吗？花儿！”

母亲已经多年没叫她的乳名了。她不知母亲今天为什么突然唤起自己的乳名。哗哗洗着衣裳，她嗯嗯应答着，泪珠儿便无声地落在水里。

“你弟弟这一程子在厂里怎么样啊？”母亲问道。

她努力使自己的喉咙清爽起来，说：“才焕他很好啊，能干，新近提拔成副厂长了。才焕日后一定能有大出息。”

“他还能经国济世啊？”母亲说罢就不言语了。

举着竹竿子将母亲的两件衣裳晾在院里的树枝上，崔才花跟老太太打了一个招呼就回家去了。路上，她看到一辆装有玻璃罩子的手推车靠在墙边，车上插着一支十字草标，看样子这车要卖。

一位满脸皱纹的老头子走了上来，说一千五。

崔才花笑了，问他这么好的车子为什么要卖。

老头子告诉他，儿子下岗在家卖了一年煎饼馃子。如今又找到了工作，这辆车放在家里碍事，所以急着出手。

崔才花问老头子他儿子找到了什么工作。老头子说儿子是制冷工，这年头好多地方缺乏制冷工，儿子就找到了事由。她问老头子什么地方需要钳工。老头子连忙摇头，问她到底买不买这辆手推车。

她报出一个价目："八百。"

老头子凑上前来定定地注视着她："你是不是陈凤珍的大闺女？"

"是啊，我母亲名叫陈凤珍。您是……"她随口问道。

老头子说："我跟你母亲陈凤珍是国棉十八厂的老同事。闺女啊，这辆车你要是真的想买，八百块就推走吧！明天送钱来也行，我叫李万。"

"李万！"崔才花笑了。八十年代初期李万还是国棉十八厂里大名鼎鼎的革新能手呢。面对昔日劳动模范，崔才花说："李叔，您千万不要告诉我母亲我买了您的手推车，她老人家不知道我已经下岗待业了。"

李万老人连连点头，眼里闪动着泪光。

崔才花推着这辆装有玻璃罩子的手推车，朝家里走去。工人新村的太阳投下冬日的光芒，抚摸着这辆价值八百元人民币的车子。

她将这辆车子推进院里，用清洁剂洗了一遍。

黄昏时分，一辆挂有"崔氏小菜"招牌的车子从院子里推了出来。身穿棉猴儿的崔才花，脸上捂着一只大口罩，推着八种朝鲜小菜，朝着繁华的大街走去。正是下班高峰时间，谁也没有注意到这个世界上又多了一辆出售朝鲜小菜的车子。只是"崔氏小菜"四个大字，使人愈发相信这是一个朝鲜族妇女。

她在一座立交桥的下面找到一个位置，停住车子，摆上电子台秤。她知道如今人们极其痛恨缺斤短两的行为而又无可奈何，因此对电子台秤颇有好感。电子台秤是她向邻居借的，一天押金一块钱，属于特邀友情出租，优惠。

一条胳膊上戴着红箍的胖老汉走过来大声说道："你有营业执照吗？"

她摘下口罩，目光直射对方："没有！"

胖老汉怔了怔："那，你交管理费了吗？"

“没交！”

她指了指“崔氏小菜”四个大字说：“我还没开张呢，哪有钱交什么管理费？半小时以后你再来吧！”

胳膊上戴着红箍的胖老汉疑惑地看了看她，竟然转身走开了。

一个姑娘来买朝鲜小菜了。崔才花心里一阵激动，她认定第一位顾客是个贵人，就在心里牢牢记住了她的面容。

半斤辣味白菜，她却给称了八两。姑娘并未察觉，拎着小菜走了。

第二位顾客又是一位姑娘。

莫非今天成了“三八”妇女节？她心里觉得好笑，就笑了。

天黑的时候，她点亮乙炔灯。只有在工厂里工作过的人，才懂得乙炔灯的物美价廉。灯光的照耀下，来了一位骑自行车的女顾客，八种朝鲜小菜，她每种都买了一点儿。崔才花知道，这是一个花钱非常精细的女人。

总共七块八毛钱。接过递来的那张十元钞票，崔才花无意之中看到对方伸了一双粗糙的小手。她的心头一颤。天啊，纹路密布，茧影重重，小手却充满力量，诉说着年华的消损。崔才花心中断定这是一双曾经从事艰苦劳动的女工的手，就抬起目光仔细打量着对方。

这是一双颇为熟悉的眼睛。

对方似乎也认出了崔才花，不禁微微一愣。双方都下意识地笑了笑。她找给对方两块两毛钱——迅速完成了这一笔关于朝鲜小菜的交易。

望着那个女人小巧玲珑的背影，崔才花终于想起了她的名字：江忆兰。

这就是当年闻名全厂的“三八”焊接班的铁姑娘江忆兰。

世界真是太小了。

抬头往远处望去，立交桥的桥墩旁边一个男人正在等着江忆兰。江忆兰走过去，将自行车重新停在那男人面前。天黑，崔才花看不大清楚那男人的模样。

那男人与江忆兰握了握手。

这时，崔才花突然放声吆喝起来："崔氏小菜！崔氏小菜！"

桥下的行人在她的吆喝声中来来去去的，好似万鸟回巢势不可当。远处那位戴红箍的胖老汉又朝这里走来了。而她的吆喝声，也仿佛是一种抗争，从立交桥下升腾起来，弥散开去。

这时，崔才花才蓦然感到泪水从脸颊上流淌下来。

## 4

临近下班时分，周家林找到屠维明和胡成："你俩到我家去吃晚饭吧。"

这是一顿令人意外的晚餐。屠胡二人以为周家林想当一个慈善家。

下班之后，周家林双脚点地跨在自行车上，远远看着活像一位整装待发的骑士。屠胡二人出了车间大门一看周家林动了真格的，心里愈发纳闷。

胡成十分认真地说："如今工人阶级正处于经济困难时期，你真的想请我们吃饭啊？"

屠维明态度诚恳："平时咱们素无往来，我呢是一个无权无势的穷工人！你请我吃饭有什么用呢？你还是用钱去巴结那些当官的吧。譬如你小舅子。"

周家林笑了笑。是啊，为什么要请他俩到我家去吃饭呢？从前彼此之间并没有这种往来。俗话说物以类聚，所以我们仨就在一起喝酒吃饭，聚一聚。这样想着，周家林骑上自行车，屠与胡也骑着车子跟在后边。

就这样不言不语骑了一程。周家林突然说："知道我为什么请你俩到我家吃饭吗？这就是物以类聚。咱们都是工人，就是同一类动物，同类动物总要在一起吃吃食吧？就是这个道理。”

屠维明与胡成听了这一番话，面面相觑。

周家林在前边骑着，屠与胡二人也都是四十多岁的年纪，不甘落后紧紧追赶。一行三人顶着西北风朝安平里工人新村的方向骑去。路上，一辆辆豪华的私家轿车从身边驶过，他们顶风骑车的身影就愈发显得顽强。

骑进安平里工人新村的十字路口，遇到红灯。三个人停下车子，比赛着喘气。屠维明感到问题严重，就与胡成小声商量了几句，然后使劲咳嗽了一声，对周家林说：“周家林啊，你要是有什么事情求我俩帮助，张口说一句就是了，也用不着这样大张旗鼓请我们吃饭。都是工人弟兄，用不着客气。”

这时红灯变绿灯。周家林笑了笑说：“我什么事情都没有，只想请你们吃一顿饭。实话告诉你们吧，我老婆自谋生路上街做生意已经三天啦，晚上收市总是要剩下几种朝鲜小菜。咱们吃小菜喝白酒。你俩一路上不要总是鬼鬼祟祟的。”

听了这番情况介绍，屠胡二人心里踏实了。

走进周家林院子的时候，屠维明黑暗之中看到门上贴着的一张黄纸上写着“崔才焕请勿入内”七个字，就对胡成大发感慨：“崔才花有志气！我要是有这么一个当厂长的弟弟，兴许天天去巴结他！”

听到别人称赞自己的妻子，周家林不言不语。看见屋门上挂着“铁将军”，他知道妻子外出卖货还没收市。这是妻子第三天上街。这时屠维明看见院里摆着许多石头，奇形怪状的，看上去引人深思。周家林说：“我喜欢石头。二十多年了，我收集了四百多块儿石头。嘿嘿，老百姓就盼望出现奇迹，石头开花！那才是真正的景致呢。”

胡成说：“周家林，我觉得你这人特别深沉。”

掏出钥匙打开锁，进了屋子，周家林立即从柜子里取出三瓶孔府宴酒，砰往桌上一蹾：“一人一瓶！”

胡成试探道：“菜呢？”

周家林十分豪爽："我老婆一进门，菜就到了。咱们一边喝一边等吧？"

屠维明立即响应，龇开大牙咬开了瓶盖："喝！一边喝酒一边等菜！"

人人肚里都有一截愁肠，见酒如见亲人，一会儿工夫就喝去了半瓶。

周家林起了兴致："讲一讲你们到市委门前上访的事情！"

屠与胡相视一笑，脸上都现出几分尴尬。

其实屠维明与胡成前往市委并不是想静坐示威的。中国工人知道什么叫适可而止，更懂得什么叫作有理有力有节。他们只想将那份誊写得工工整整的申诉材料交给市委的门卫，要求立即转呈市委第一书记。

屠维明身穿一件黑色再生布棉大衣，站在市委门前的时候，显出几分悲壮。胡成是一个配角，立在一旁陪衬着他。

后来驶来一辆黑色轿车。没容屠维明上前阻拦，司机就停下车子，胡成灵机一动，将申诉材料塞进车里。轿车开进市委大院。

两名武警跑上前来，将屠维明和胡成请进警卫室。那是一间亮亮堂堂的屋子。

"后来呢？"周家林问。

后来？后来就出现了一个戴眼镜的瘦男人，说是办公厅的副秘书长。副秘书长给上访者吃了盒饭，然后叫来一辆吉普车，一路绿灯送回工厂。

周家林若有所思："这里面一定还有故事，只是你们不知道罢了。改革开放嘛，总是要有一批人成为牺牲品的，历朝历代都是如此。你们知道王安石吗？"

胡成想了想："是不是前几天判刑的那个强奸犯？"

周家林哭笑不得："事到如今，咱厂打算怎样处置你俩呢？"

屠胡二人都认为自己绝对没有枪毙的罪过。

一阵门响。

屠胡二人同时伸长脖子，认为酒菜来了。

一只双脚行走的直立动物大步走了进来。周家林抬头一看，是自己的内弟崔才焕——如今的崔副厂长。

“我来看一看我姐。”说罢，崔才焕看了看屠与胡，对他们在场颇感意外。

周家林说：“你姐在门上贴了一张让你请勿入内的纸条，嘿嘿……”

崔才焕听了这话，不言不语。

周家林笑了。看来崔副厂长已经进入角色，颇有喜怒不形于色的大干部风范。

胡成有了几分酒意：“崔才焕崔副厂长，我跟屠维明的问题，厂方打算怎么解决？你要只争朝夕呀！”

崔才焕在屋里踱了几步：“你俩的工作问题，厂里一定能够妥善解决的。”

屠维明已经喝空了手中的酒瓶，说话却毫无醉态：“其实我们的要求非常简单，那就是只想继续当一个工人。这个世界上即使动物灭绝，也不能没有工人吧？真的，我们只想当一个工人，别无所求。”

崔才焕用讲课的口吻说道：“我知道你们只想当一个工人。可如今国营企业面临重重难关，这工人也不是你想当就能当上的。工厂用不上这么多工人，没办法只能下岗待业。当然啦，你俩属于职业病患者就另当别论了。”

说完，崔才焕与周家林打一个招呼，告辞出门。姐夫送内弟走出院子。崔副厂长说：“明天早晨八点钟一上班，你领着屠维明和胡成，到我办公室去谈话。”

周家林连忙问道：“出了什么事啊？”

崔才焕压低声音说：“好事，对于你来说是天大的好事。这样一来，我也就趁机将你的工作给安排了。你听着就是了。”

崔才焕毕竟是崔才焕。铁嘴钢牙铜舌头，只用了几分钟时间，就将一件复杂的事情说得一清二楚。面对内弟的精明强干，周家林从心里感到钦佩。

其实事情说来非常简单。屠与胡的上访信竟然落到新任市委书记高国华手里。这位父母官正是铸造工人出身，也是矽肺病患者。高书记对职业病感同身受，当即为此事做了专门的批示：“职业病患者因工患病，这好比战场上的伤员。在企业改革的过程中，他们的合法权益应当受到保护。”于是，市委办公厅的副秘书长立即给崔才焕打来电话，字字句句作了传达。屠维明与胡成这两个家伙，吉人天相终于见到了生活的曙光。

崔才焕对周家林说：“铸造车间撤销了。可是有时厂里的设备急需配件，拿到外面铸造总要耽误时间。我跟李书记商量，保留一个毛坯小组。这个小组设在原来的清砂工房。你也就不用下岗待业了，担任这个毛坯组的组长吧。组员就是那两个混账东西。从明天开始你们就去安营扎寨吧。每月由生产科给你们下达生产计划。今年之内发基本工资，奖金呢随二线工人浮动。”

听了内弟这番话，周家林心头猛地一热。许久他才说了一句：“谢谢你。”

崔才焕一边走一边说：“我姐已经下岗了。我不能让你们夫妻二人都下岗在家待业吧？就趁着市委书记的批示，把你给塞了进去。就算是我以权谋私吧。”

周家林激动起来，就又说了一声：“谢谢你！”

“自家兄弟你就不要客气啦，谁让你是我姐夫呢。别忘了，明天早晨八点钟一上班，就到我办公室去……”

周家林非常诧异：“你已经跟我说得清清楚楚了，明天还到你办公室里谈什么话呀？”

“姐夫你这个人真是公私不分。明天到我办公室，兴许还能遇到党委书记李义明。咱们为什么官盐当成私盐卖呢？既然是以权谋私，咱们就来一个光明正大。明天你就对我说你准备到乡镇企业去当技术顾问，每月工资一千二。后来考虑到奉献精神，才同意回到毛坯组的。记住了吗？”

“这样表演，是不是太离谱啦？”

崔才焕嘿嘿一笑：“绝不离谱。如今就是一个离谱的时代。你没听说一个六十四岁的老婆子，跟一个十九岁的大学生结婚吗？只要你上了‘辛德勒名单’，就必须‘与狼共舞’。”

周家林心中暗暗吃惊，他认为内弟学贯中西，再修行两年，一定成精。

走出院子，他看见门外街上停着一辆红色夏利。内弟点燃一支烟卷说：“这瓶减肥霜是给我姐的。你劝一劝她，下岗就下岗呗，不要对我记恨在心。实话实说吧，起码在三年之内，我不能腐败。你们总得让我在厂长的位置上站稳脚跟吧？工人呗，不要整天牢骚满腹的，应当看到，眼下恰恰是一个机会。要不是那几位厂长都争先恐后合资去了，怎么能有我副厂长的位置呢？穷则思变嘛。明天你到我办公室一看就会明白，如今是一个什么时代！”

周家林默默无语看着内弟钻进夏利汽车。没有司机，崔才焕自己驾车，颇有新一代企业家的风度。

红色夏利渐渐远去了。周家林站在街上，呆呆望着渐渐远去的尾灯。

过了一会儿，一辆装有玻璃罩子的手推车从远处朝这里行了过来。

周家林的心倏地一紧。妻子收市回家了。

这几天妻子的情绪一直不大正常。他迎上前去热热乎乎说：“才花你辛苦啦？才焕来了，给你送了一瓶进口减肥霜，刚走。”崔才花自言自语说：“崔才焕怎么还没死呢？”

他从妻子手里接过车把：“家里来了两个客人，我们正等着你的崔氏小菜下酒呢。”

身穿棉猴儿的崔才花显得更加臃肿。她毫无表情说道：“两个炒股票的记者，一眨眼睛就赚了五十万。说是要回报社会，就把我的小菜全买断了。然后俩人站在大街上一兜儿接一兜儿白白送给行人。整整一车小菜啊。今天我可见到什么叫作无私奉献啦。”

周家林听了非常惊讶：“他们是哪个报社的记者？这不成了梁山好汉吗？”

屋里，屠与胡一定是饮酒过量，跑到院子里大声唱着“咱们工人有力量”。

崔才花冷冷地说：“这年头儿怎么还有唱这支歌曲的？有病吧？嗓门这么洪亮怎么不去跟叫驴比赛呢？真是屈才啊！”

“是屠维明和胡成。唱一唱呢也是为解除心里的烦恼。其实他们的理想很简单，只想当一个工人罢了。”周家林小声向妻子解释。

崔才花不知从哪里冒出一股火气：“放屁！我也只想当一个工人，可谁让我当啊？我只能去卖朝鲜小菜！”

“不，是崔氏小菜。”周家林柔声细语为妻子更正着。

妻子挖苦道：“你什么时候变成一个大情种啦？真没意思。”

蓦地，周家林似乎悟出了妻子发火的原因。

## 5

走到崔才焕的办公室门外，周家林看到门上挂着“常务副厂长”的牌子。谁都知道如今合资企业最为吃香，趋之若鹜。崔才焕副厂长接管的“国厂”本是一个难以拾掇的破烂摊子。

崔才焕似乎对拾掇破烂摊子颇感兴趣，就好比有人喜欢吃臭鸡蛋一样，有癖。新官上任，他的办公室里挂着一个条幅，上写四个大字：百废皆兴。落款松二，好像一个日本书法家的名字。周家林领着屠维明和胡成走进崔副厂长办公室的时候，这里已经达到一个排的兵力。

使人想起老舍先生的茶馆。

屋里坐着的二十几个人，都是应崔副厂长的召唤前来谈话的。

上午八点钟，这里几乎成了劳务市场——人人都是待价而沽的表情。周家林心里好生纳闷，不明白崔才焕为何约请这么多人同时到他办公室来谈话。他似乎是在故意制造人口爆炸的局面。不知《孙子兵法》里是不是讲到这种密集战术。

根据“先来后到”的原则，周家林排在队伍的末尾。他悄悄对屠维明和胡成说：“我是最后一个工人。”听了这句意味深长的话，屠和胡同时咧嘴笑了笑。就这样，排在末尾的周家林有了充分的时间来欣赏崔副厂长的“舞台艺术”。他觉得办公室分明成了一个大舞台。

第一位起身说话的是来自外省的业务员，讨债。崔才焕摊开双手对这位彪形大汉说：“咱们中午再谈好不好？我现在是热锅上的蚂蚁啊。”

彪形大汉说：“崔厂长你新官上任少来这一套。朱厂长没死吧？四十万块钱他已经拖了两年，今天中午崔厂长你再要滑头，可别怪我们河南人不客气！”

崔才焕立即满脸堆笑：“我知道您来自焦裕禄同志的故乡。七品芝麻官牛得草先生也是你们的名人。我看咱们还是中午再谈吧。我已经安排了牛鞭和大虾！”

第二位是铣工老董的妻子。老董患脑瘤治病花了十四万，厂里却只给了一万。家里实在支撑不住了，董妻扑到崔才焕面前哭诉：“我不能亲手掐死老董吧？可住院就要花钱，要么我就去卖淫赚钱给老董治病！”

崔才焕摇了摇头：“千万不能走那条路。即使是资本原始积累，我们也不能出卖肉体呀！当然我们更不能出卖灵魂。实在不行，全厂职工也会发动募捐的。董嫂你先去财务科等我吧，只要咱厂没倒闭，今天我就不会让你空手回去！”

屋里的人们无不为之动容。老董的妻子呜咽着走了。

崔才焕看了看满屋的人们：“一定是我祖上无德，才当了这个副厂长！”

婚后无房的女天车工林来娣受到感动，嘤嘤哭了起来。

周家林定定望着崔才焕，觉得这位副厂长的形象一下变得陌生了。

林来娣正要哭诉，汽车队的装卸工鲁大春霍地站起一拍桌子：“崔才焕我操你妈妈！你让我下岗回家没饭吃，我就要你断子绝孙……”

办公室里猛然变得鸦雀无声。

崔才焕不言不语，目光定定注视着鲁大春。

鲁大春又啪地一拍桌子：“别以为工人好欺负！”

崔才焕站起身来，慢条斯理地说：“鲁大春啊，我想听一听你打算怎样让我断子绝孙？”

坐在角落里的几个工人站了起来，纷纷怒视着崔才焕。

“崔副厂长，鲁大春的意思是说，你不能把工人一脚从工厂里踢出去！”

“没错！我们跟鲁大春一样，要求工厂给拿一个说法。”

崔才焕一双三角眼眨了眨，终于急了：“你们叫唤什么？我现在要鲁大春告诉我，他打算怎样让我断子绝孙！告诉你们吧，我崔才焕已经断子绝孙啦，只生一胎，是一个女孩儿！我还有什么可怕的？”

喘了一口气崔才焕继续吼叫：“妈的！跑到我办公室里撒野来啦？你们还嫩了点儿。工人怎么着？我从十六岁进厂当工人。用不着拿工人这个字眼儿吓唬我。鲁大春你现在被除名了，滚吧！”

鲁大春急了：“崔才焕！早晚有一天我亲手杀了你……”

众人围上来劝说着情绪冲动的鲁大春，然后一起涌出办公室，站到厂院里去闹哄。屠维明和胡成也跟随出去了。很快，厂院里聚了一大群看热闹的工人。

崔才焕推开窗子说：“鲁大春！你不是要杀了我吗？你去买刀吧，别忘了开一张发票，我给你报销。”

鲁大春跳着脚说：“我自费杀你！不用报销！”

看热闹的工人们居然鼓掌起哄："集资买刀！集资买刀！"

工会主席阎德生及时赶来，软硬兼施将鲁大春弄走了。

关上窗子崔才焕自言自语："这就是毛主席他老人家生前所说的领导阶级？我的妈呀，还不如股民的素质呢！"

办公室里空空荡荡，只剩下周家林一人。

周家林郑重其事地说："轮到我谈话了吧？我是最后一个工人。"

崔才焕笑了笑："你是最后一个工人？那我就是最后一个厂长。其实咱们心里非常明白，你和我都属于过渡性角色。未来的工业动物园里，绝对没有咱们这样的四不像。"

周家林想了想，然后十分认真地朝崔才焕点了点头："说到骨里啦！"

"屠维明和胡成呢？一有风吹草动他俩就跟着掺和！要不是看在职业病的分儿上，我马上把他俩除名！"

"我看你这办公室真够乱的。如果没有三年的修行，怕是在这里坐不住啊。"

崔才焕阴险地笑了笑："趁着屋里没人，我跟你实话实说吧。你知道局里的组织部长在任命我担任副厂长的时候，怎样评价我吗？说我是治乱能手，能够在乱中治厂。他对我的评价说明了我的价值。所以，我必须扬长避短，以乱治乱，乱中求发展，从而达到乱中取胜的目的。中国企业的特点就是乱。不乱，就不是中国企业了。因此，我故意把办公室弄得人嘶马叫的，就好像是农村的牲口集市。乱，是我的强项。不乱，是我的弱项啊。什么时候我办公室里安静了，那我的饭碗也就快砸了。我的话你听明白了吗？"

"你的话，我听明白了。"

这时，身穿绿大衣的工厂党委书记李义明大步咚咚走了进来。

崔才焕立即说："这就是为什么成立毛坯组的意义。毛坯组虽小，意义重大。所以，我才亲自找你周家林谈话，就连李书记也非常重视毛坯组……"

好为人师的李书记接过话茬儿说："对！毛坯组虽小，但是它担负着应急的任务，尤其是急需配件的时候，你们要冲得上去，铸得出来。所以，在全厂职工纷纷下岗待业的形势下，成立了你们这个毛坯组。希望你们能够在企业改革的大潮之中，发挥拾遗补阙的作用！"

李书记说罢，意犹未尽的表情。这时他突然想起工会的一个计划生育工作会议要他前去讲话，就不得不迈着大步咚咚地走了。这位李书记是一个大忙人。担任合资"洋厂"总经理的同时，还兼任"国厂"的党委书记，称得上日理百机。

崔才焕端起茶杯喝了一口，皱了皱眉头对周家林说："必须压缩职工人数啊。我正在谋求一笔贷款，大数目！只要总工会不干预，我就实行内部退休制度。男工五十二岁，女工四十八岁，通通退休。一次性发给退休者十五年的退休金。活不到十五年死了，算你赚了。十五年之后还没死，算你倒霉。"

这时办公桌上的电话铃就响了。他咽下茶水抓起听筒，立即神色大变："什么什么？我老娘暴病送医院啦？喂喂送哪个医院啦？你是谁呀？"

"我是你张三爷。"对方说罢就挂断了电话。

周家林立即问道："怎么，老太太住院啦？"

身材敦敦实实的崔才焕在办公室里踱了几步："不要慌张，每逢大事要静气嘛。姐夫，我这里实在走不开，一会儿银行的郝主任就来，中午还得应付那个河南侉子。可要是老太太真的有个三长两短……"

周家林："我先回去看一看，有什么事情马上给你打电话！"说着他大步走出崔副厂长办公室，摸到一辆自行车骑上就走。迎面屠维明和胡成大声嚷着将他拦住，问是不是已经跟崔副厂长谈了话。

周家林急急忙忙说："从明天起成立毛坯组，咱们又正式上岗了。老本行，铸造工人。我呢就是你们的组长。应当相信中国共产党吧！你们去市委上访，这不问题就解决啦！党和政府还是非常关心工人死活的。现在我马上到我岳母家去一趟！”

屠与胡，同时咧开大嘴乐了，骑上车子追问周家林：“每月工资多少？”

周家林不睬，一直骑到工厂大门。抬头一看，他不由啊地叫了一声，猛地从自行车上跳了下来。

冬景天里，他看到一个身材矮小的老太太身穿一件老式葛丝棉袄，胳膊上挎着一只提盒，小步颠颠朝着工厂大门走了过来。

这正是岳母陈凤珍。

哦，老太太安然无恙。周家林紧张的心情一下就放松了。妈的，刚才那是个匿名电话，一定是崔才焕的仇人干的。周家林推着自行车迎上前去说：“妈，您老人家怎么来啦？”

七十六岁的退休女工陈凤珍眯了眯眼睛看清是自家姑爷，就笑了笑。然后她很有气魄地说：“我知道才焕新近当了副厂长。这年头在厂里管事，好比上刀山下火海，难啊。我呢也帮不上他，就炒了两个菜送来，算是对他的支持！人活到老，只要娘在，他就还是一个孩子。家林你可不要说我偏心，疼儿子不疼闺女。”

周家林的眼窝倏地湿了。望着这位白发苍苍的老岳母，他激动得无话可说。猛然想起才花下岗待业的事情，生怕老太太知道了操心，他连忙说：“妈，今天才花她没在厂里……”

老太太脸色黯然：“我知道才花没在厂里。”

莫非岳母已经知道女儿下岗的消息啦？周家林心里寻思着。

陈凤珍老太太挎着提盒雄赳赳气昂昂走进工厂大门。

工厂大道两旁的小松树，似乎都在向这位不屈不挠的老太太敬礼。

屠维明感慨不已：“瞧这老太太，不愧是纱厂童工出身，什么世面没见过？”

胡成的思维别具一格：“我看啊，让这位老太太来当厂长，咱厂一定振兴！”

周家林说："别胡吣啦，既然咱们重新上岗了，就好好干吧。"

天上飘下零星小雪。周家林猛然想起上街卖货的妻子。

之后，他又想起江忆兰。江忆兰那天打电话告诉他，本市废除有轨电车，拆下钢轨将近六十公里。市建委制定了废物利用的方案，拟以这批废旧钢轨为材料建一座风格独特的钢索吊桥。钢轨经过多年轧延，金相组织呈纤维状，焊接性能很差。这就成了一个攻关项目。周家林在电话里已经听出江忆兰语气的激动："周家林，我这个当年的焊接能手又有用武之地啦！真的，我真的特别高兴。我此时的心情，比我进入合资企业的时候，要高兴十倍百倍甚至千万倍……"

电话里的江忆兰已经四十岁了，激动起来却像一个技工学校的女生。

周家林心里非常羡慕江忆兰。一个技术标兵内心的喜悦，只有曾经拥有技术标兵称号的人才会理解。江忆兰为什么打电话将她的喜悦告诉我呢？大概正是由于她记得当年我也是技术标兵。是啊，俗话说惺惺惜惺惺，真是一点不假。

于是那天下班之后，他就约江忆兰在立交桥下见了一面。他与她交谈着，彼此都感到亲切。他变得健谈起来，祝江忆兰参加的焊接攻关项目获得成功。江忆兰听罢非常激动，与他紧紧握手并表示感谢。记得握手之后，江忆兰跑到立交桥下买了朝鲜小菜，颇有邀他举杯共饮的意味。

其实那朝鲜小菜正是妻子的"崔氏小菜"。

## 6

江忆兰是一个中等身材的女工。团团脸，杏核儿眼，不胖不瘦，是一位标致的铁姑娘。当年她的照片挂在工厂门口技术标兵的光荣榜上，堪称革命美人。尤其那幅题为"谁持彩练当空舞"的摄影作品，展现了她手持焊枪挥汗如雨的勃勃英姿，参加全国摄影展览之后被登在《中华先锋》杂志的封面上，更使铁姑娘江忆兰成了人人景仰的人物。

光阴似箭。三十岁的时候，革命美人仍然不曾品尝恋爱的滋味。革命使美人独守闺房。一晃，也就到高不成低不就的年岁。革命不再，美人易老。江忆兰终于不打算结婚，死心塌地过起了一人吃饱全家不饿的日子。

如今江忆兰已经是一个四十岁的独身女子。没人知道，她的卧室墙上挂着当年那幅“谁持彩练当空舞”的放大照片，已经成为重返青春时代的窗口。夜深人静之时，她目不转睛注视着照片里笑容灿烂、一身朝气的电焊女工，青春无悔。她坚信“凭劳动吃饭最光荣”这个道理。这是父亲弥留之际给她的最后赠言。她认为父亲是一个真正的工人。

白天上班，时光如流水。晚上独自在家的时候，她感到孤独。

就看书。就看了很多书。读到大众菜谱，她学会炒菜；读到琼瑶女士小说，她常常热泪横流。有一次读到高中历史课本，她竟然感到茫然。她将自己的身心交付给书籍。书籍成了她日常生活的主宰。初冬的夜晚她读罢日本小说《假如大雨降临》，心情一下变得湿漉漉的。第二天去厂里上班，万里晴空她竟然带了一把雨伞。路上行人惊异地看着这个求雨的女人。

江忆兰心态平和。她认为人活着好比一株花卉。无论是生是死，是爱是恨，是轰轰烈烈还是默默无闻，其实都在遵循着一个极其平常的逻辑，那就是“花要开放”。花开花落，本是大自然规律，不用大惊小怪。

正在这个时候，工厂与德国合资，成立“洋厂”。人心一夜之间大乱。仿佛来了一只方舟，接人们前往天国。于是人人奋力挤到船上，严重超载的方舟当然失去灵性，成了一艘无法启动的破船。

江忆兰找到党委书记李义明，对这位工人出身的领导说，如今工厂合资，发生了翻天覆地的变化。十几年来自己虽然伤病累累，但并没有丧失工作能力。

李书记并没有忘记江忆兰。他哈哈大笑说：“跟德国人合资，咱们的资金占百分之五十，还是控股方嘛。我明白你的意思，担心下岗是不是？工人是企业的主人。这句话如今还没有被否定嘛。你放心吧，我们是不会让当年的劳动模范啊技术标兵啊回家待业的。”

李书记果然一言九鼎。公布合资职工名单的时候，江忆兰成了工艺科绘图工，说是绘图工她很知足。工作起来很快就成了全科的勤杂工。她任劳任怨。她知道身在合资企业，不同以往。工资比以前高了，风险也大了，说不定什么时候就有意想不到的事情发生。

这时候，一座大桥从天而降，摆在江忆兰的生活之中。作为一名曾在焊接行业拥有几分名气的工人，参加这座大桥的焊接项目攻关，无疑是人生的一桩辉煌大事。然而如今身在合资企业，几十年来人们常说的那句话：全国工业一盘棋，无疑成了一个报废的口号。这一次焊接攻关项目的学术带头人乃是本市政协委员、人称“焊接大王”的赵洪川教授。此公深知如今的合资企业实行的劳动用工制度极其无情，请假超过二十天，即被炒鱿鱼。似乎正是由于这个原因，赵洪川先生为了保全江忆兰的饭碗，并未力邀她参加项目攻关。

然而江忆兰却热情高涨，颇有重出江湖再振雄风的豪迈情怀。

江忆兰正是在这种时候，趁着午休半小时从“洋厂”到“国厂”去找周家林的。是否参加建桥项目焊接攻关小组，她想听一听周家林的意见。不知为什么，每每遇到踌躇之事，她总是首先想到周家林。

出“洋厂”必须出示通行卡。冬日的阳光很好。江忆兰看到守门人竟是徐二狗。她看到这位原先设备科的副科长身穿经济警察的制服，庄重之中透着滑稽，就想笑。徐二狗一丝不苟查看了她的通行卡，突然压低声音问道：“合资啦，你每月工资多少钱？”

徐二狗自从当了门官，就变成一个好奇心盛的大孩子。逢人便问月薪多少，成了一个永恒的话题，也成了全厂职工的笑柄。

“江忆兰你告诉我，合资之后你每月工资至少也能拿到一千二吧？”

江忆兰朝徐二狗笑了笑说：“保密。”

徐二狗极其不满：“合资不到两个月，就添了一身洋人的毛病。个人隐私权？保密？工厂成了保密局。完啦！工人阶级开门见山心直口快的优良传统全丢啦！”

江忆兰在徐二狗的喟然长叹之中走进“国厂”的地界。这时她猛然感到进入了一个生疏的地方。“柏林墙”垒起不足三个月时光，这里已经面目全非。远远看着当初的铸造车间，形象大变。成品库被夷为平地，空空荡荡仿佛秋收之后的田野。这田野并没有多少丰收之后的喜悦，却充满寒冬的萧瑟。江忆兰知道铸造车间不复存在，摇身一变成了金工车间。俗话说三十年河东三十年河西，沧海还有变成良田的时候呢。江忆兰并不是一个悲观主义者。

迎面走来几个二十多岁的青年工人。江忆兰向他们打听周家林，其中一个小伙子就指了指远处一座破旧且低矮的工房：“周家林就在那座破庙里呢！”

破庙？江忆兰暗暗笑了。是啊，在这一群二十多岁的青工心里，这个世界的一切都是破旧不堪的。四十岁与二十岁之间，已然有了代沟。这个世界其实就是一个充满沟壑的世界，因此有了桥。

想到桥，江忆兰就想起建桥，想起关于废旧钢轨的焊接攻关课题。于是她的心情迫切起来。午休只有半个小时。在合资企业里午休超时，是要扣除奖金的，她必须立即找到周家林。

大步走到那座“破庙”门前，她大声喊道：“周家林！周家林！”

工厂里的女工到一个生疏的地方找人，总是颇有经验远远大声喊喝而从不轻易走入。工厂里的男人世界，处处有碍观瞻。你若擅自走入，发炎的只能是自己的眼睛。江忆兰喊了三声，然后静静等待着。

这座所谓的破庙就是人们所说的清砂工房。江忆兰知道如今这里已经成了周家林工作的地方。她想起《米老鼠和唐老鸭》片头的那句话：“演出开始了。”

这时候身披黑色棉衣的周家林从清砂工房里跑了出来。毛坯组虽然刚刚成立，但他们已经投入生产，今天正是首次开炉，浇铸铁水六百公斤。

江忆兰朝着周家林笑了笑。

“你……你有什么事情吗？”他显然对她的突然造访感到意外。

她说有事情。她说遇到一个难处，使自己处于顾此失彼的境地。

周家林尴尬地笑了笑。他说那天傍晚在立交桥下谈话的时候，就意识到这个问题。你刚刚进入合资企业，谋得一个蛮好的位置，那座大桥却又从天而降。人生在世，每逢重要关头总要遇到这种亦得亦失的局面。

江忆兰说：“你说，我到底应当怎么办呢？”

“能不能跟领导商量一下，争取做到两者兼顾？”

江忆兰笑了：“我就知道你会这样说的。其实鱼和熊掌同时兼得的好事，千载难逢。除非诸葛亮转世，谁也给我拿不出锦囊妙计。好啦，既然来了，我就参观一下你的工作环境吧。”

周家林不好意思，说毛坯小组白手起家刚刚成立，只有一座破旧的化铁炉和一台清理滚筒，再有就是双腿走路的工人。总共六条腿。

走进清砂间，刚刚浇铸的砂箱散发着袭人的热浪与粉尘，令外人难以忍受。江忆兰走近那座破旧的化铁炉，冬天随即变为盛夏。屠维明认识江忆兰，迎上来打着招呼。

胡成定定注视着江忆兰，以为来了一位工会干部。

江忆兰说：“依照国家有关职业病的规定，矽肺病患者应当调离铸造作业，这样才能控制病情的发展……”

胡成接过话题控诉起来：“你是饱汉子不知饿汉子的饥！我们现在最害怕的就是下岗回家待业，矽肺病有什么可怕的？最终一死呗，或重于泰山或轻于鸿毛。最难受的是活着。下岗回家每月工厂只给六十块钱，买西北风喝，都不够！国家法律不是规定工人有劳动的权利吗？可如今工人想劳动硬是找不到地方。劳动成了一件为难的事情。你们工会应当为工人解决实际困难，别整天倒腾那些红头文件，屁用也没有！”

周家林连声阻拦：“你住口！人家不是工会的干部……”

胡成很是失望：“嗬，我哭了半天，还不知道谁死啦！‘字字血声声泪’全都白费了。算我有眼无珠吧。”

屠维明说：“江忆兰你现在情况挺好啊！进了合资企业，工艺科绘图员又是一个养老的归宿。真是两全其美呀！”

江忆兰笑了笑，并不辩解。她看到周家林的工作环境与以前相比的确大有退步。劳动变得越来越简单了。一个人手持一件简单工具，就能够从事劳动了。天车作为工厂里最常见的起重设备，已经从这里拆卸下来运到别处去了。毛坯组只为工厂配套小型铸件，大活儿不过一头驴，小活儿仿佛一只梨。天车成了多余之物。有一台小炉子化铁浇铸也就成了。于是重新回到手提肩扛的作坊时代。想一想当年技术标兵周家林大搞“震荡式造型机”的技术革新，江忆兰心头不禁一抖，不知说什么才好。

周家林似乎也看出她的心思，就小声说：“没有剧比悲剧要好。有活儿干比没活儿干要好。”

江忆兰立即说：“你是不是说我对目前自己的状况应当感到知足，根本不应好高骛远异想天开啦？”

“不，我不是这意思，我真的不是这意思。我国政府发表的声明讲得明明白白，中国的人权首先是生存权。首先能生存，然后才有力量去做别的事情。你现在身为合资企业员工，温饱不成问题。因此完全可以做一做力所能及的事情，譬如说参与建桥焊接项目攻关。徐二狗肯定向你打听每月工资多少，是不是？”

江忆兰郑重起来：“其实我每月工资并不太多，九百九起价。可是除了谋生我总想做一做别的事情。所以说这次建桥的焊接项目攻关，让我心动了。”

“我很羡慕你，真的，我跟你不大一样。我面临的首先是生存问题，不过我想‘面包会有的’。好啦，我要干活儿去啦，祝你的大桥早日落成！”

江忆兰被他的这句话深深打动了。她不愿意让他看到自己的眼泪，就侧过脸去看着远处的建筑工地。

他从怀里掏出一块形若鹅卵的石头。石头当央，竟然透着一个通孔。

他告诉她，这就是十几年前收集的“滴水穿石”。无论是谁看见这块石头，都会鼓舞士气的。

她接过石头，说了声谢谢。这时她感觉到手中的石头分明含有周家林掌心的温度，在寒冬里使她心头漾起几分春意。

江忆兰头也不回地走了。

唉，已经过了午休半小时，她违反了合资企业的规章制度。这月奖金肯定全部剃光。周家林站在原地，久久注视着江忆兰远去的背影。这样想着，他的心情惆怅起来。

不知何时，他身后走过来俩人，一高一矮，都是三十多岁的样子，装束不伦不类，无法判断他们的职业。

周家林只想独自找个地方待一会儿。他转过身去却被这两个从天而降的人物着实吓了一跳。

高个子说：“别怕，我俩都是报社的记者。我姓冯，他姓赵。”

矮个子赵记者随即说：“你是崔才花的爱人吧？我们是专程来采访你的。”

“崔才花她怎么啦？”周家林慌忙问道。

高个子记者咬文嚼字说道：“不要慌张，一切正常。我们只想以她单枪匹马创立‘崔氏小菜’为题材，写一篇反映下岗女工自强不息的通讯。所以我们想跟你谈一谈。”

“谈什么呢？崔才花这个人非常强梁，吃苦耐劳呗。”

这时周家林暗中猜测，这一高一矮，一定就是炒股票赚大钱，然后把崔才花的小菜全部买断又沿途免费送给过往行人的那两位古怪的记者。

矮个子记者掏出录音机说："你心里怎么想的，就怎么谈，千万不要紧张。我就是要为小人物树碑立传……"

周家林说："工人嘛，虽然是这个国家的领导阶级，但我们首先考虑的还是饭碗问题。工人阶级若是饿着肚子，也就没法支撑这个国家了……"

高个子记者说："深刻！你是不是读过'业大'？"

## 7

崔才焕开着红色夏利驶进工厂车库，看到鲁大春的身影倏地一闪。他将车子停稳，心里打了一个问号。自从本市一位厂长被工人用斧头砍死，企业家协会就几次告诫厂长经理们注意人身安全。处于社会转型时期的人们，往往肝火旺盛，动不动就采取极端手段。崔才焕坐在车里慎了慎，笑了。当他走出车库的时候，一群工人迎了上来，分明已经等候多时了。为首的是变电室的电工刘鸣，说是要与他探讨一个问题。

他大声应着，来到篮球场上，这是一块开阔地。此时正是午休时间，太阳很好。崔才焕刚刚从银行谋得一笔难得的贷款，明年就能成为股份制试点企业，因此他心里喜气洋洋的。

面前的工人们却都阴沉着脸孔。

又细又高的电工刘鸣大声问道："崔才焕你说，如今谁是企业的主人？"

"你们这是跟我探讨问题呢，还是审臭贼呢？"

鲁大春站在远处喊道："你要是能够回答，我们就跟你探讨，你要是回答不上来，我们就审臭贼！当厂长的如今都是臭贼！"

"鲁大春，当心你的嘴给身子惹祸。我现在就能起诉你犯了诽谤罪！”

刘鸣说：“崔厂长你不要避重就轻、避实就虚，赶快回答我提的问题。”

“好吧，那我就给你们讲一讲吧。”崔才焕清了清喉咙，“按照传统说法，工人是企业的主人，这是毫无疑问的。每个工会会员都懂得这个道理。可是，去年国家又提出必须建立现代企业制度。你们知道什么是现代企业制度吗？”

篮球场上鸦雀无声。

“这就是你们的不对了。工人阶级要想当家做主，就要懂得企业改革的基本理论。简明扼要说，在现代企业制度里谁是企业的主人？是股东！”

篮球场上依然鸦雀无声。

“咱们厂是国有企业，下一步也要试行股份制。眼下呢，我这个常务副厂长是上级组织部任命的，党管干部嘛，既然我是常务副厂长，厂里的事情就要由我决定。这就是目前的状况，大家听明白了吧？”

钳工沈键挤上前来，推了推极度近视的眼镜：“工人，股东，厂长，你说了这三者到底谁是企业的主人呢？”

“是啊，到底谁是企业的主人呢？”崔才焕自言自语着。

这时，他听到汽车挡风玻璃被砸碎的声音。

刘鸣说道：“崔厂长你玩弄理论游戏，跟我们兜圈子！”

崔才焕摇了摇头：“我为什么要跟你们兜圈子呢？我母亲十二岁进纱厂当童工，今年七十六岁。她老人家问我谁是企业的主人，我也是这样回答她。有的事情，其实能够说清，可如今就是说不清。你们说我兜圈子，我跟银行兜圈子是为了贷款，我跟税务局兜圈子是为了避税。我跟你们兜圈子又有什么用呢？”

工人们一时语塞，看着这个工人出身的厂长。

崔才焕离开篮球场，走进车库看了看被砸碎的夏利挡风玻璃。“妈的，企业这么困难，我根本就不敢开桑塔纳。就这么一辆破夏利吧，你们还把它给砸啦？工人阶级怎么变成这种脾气了……”

崔才焕知道，此事如果报案，肯定拘留鲁大春，让他去吃十五天窝头，息事宁人吧。抓走一个鲁大春，兴许工人们的情绪就会爆发。还是安定团结为好。出了车库崔才焕朝自己办公室走去，自言自语着：

“谁是企业的主人？嘿嘿，党是企业的主人。我这个厂长是党任命的，所以党是企业的主人。党呢是工人阶级的先锋队，所以说工人阶级就是企业的主人啦。”

他很为自己擅长的逻辑思辨能力感到满意。

走进办公室刚刚坐定，一高一矮两位记者推门走了进来。

这两位记者他都认识，高的姓冯，矮的姓赵。从前也都在工厂里当工人，后来报社招聘，改行当了记者。

高个子冯记者说：“崔厂长你好！上次我们来的时候，你还是崔科长呢，真是步步高升啊，预祝你仕途发达。”

矮个子赵记者说：“近来厂里有什么新闻吗？我们的报纸就是一口大锅，该炒的还是要炒一炒嘛。”

崔才焕说：“你们喝茶吧。最近厂里正在酝酿两大举措。一个举措就是实行内部退休制度。”他边找杯子为客人沏茶边说，“你们也知道，工厂根本用不着这么多工人。女四十八，男五十二,一次性发放十五年的退休金，通通回家。这样就精干了职工队伍。为创造高效低耗的生产经营格局打下基础。第二个举措就是我们在保持水力发电设备市场的同时，还将大力开拓风力发电设备的市场。不过，这第二个举措请记者同志暂时为我厂保密，谢谢合作。”

矮个子赵记者说：“我们是来采访一个工人的，他叫周家林。”

高个子冯记者说：“是啊，自从来到报社当了记者，所写文章的篇幅从来没有超过一千字的。这一次呢我俩有意识要搞一个大东西，就选中了周家林的妻子下岗女工崔才花…”

“这篇大东西，你们打算弄上多少字啊？”崔才焕颇感兴趣地问道。

矮个子赵记者一拍桌子：“弄一篇三千字的大文章！登在头版头

条位置上，嘻嘻，一定产生轰动效应！文章呢就写下岗女工崔才花自强不息，从零做起创立崔氏小菜，也算是一个下岗女工的典型吧。”

崔才焕灵机一动：“我估计文章发表之后，这崔氏小菜兴许就会成为我市名牌食品呢。”

高矮二位记者面面相觑：“咦！我们怎么没有想到这个结尾呢？创出一个拳头产品，这样文章就有了更深层次的意义！”

这时，崔才焕为自己居然拥有这种灵感思维而振奋。他起身在办公室里踱来踱去，暗暗告诫自己必须迅速冷静下来，考虑如何利用报纸的新闻效应使自己一举成名，同时也让姐姐的“崔氏小菜”变成一个金娃娃……

于是，他立即叹了一口气，脸上的表情也随之悲伤起来。两位记者不知内情，都呆呆看着这位年富力强的厂长。崔才焕起身关严办公室的门，转身问道：“你们知道崔才花是谁吗？她是我的亲姐姐！为了秉公办事，我让自己的姐姐下岗待业，至今她也不肯谅解我。每次看到她推着车子上街卖货的身影，我的心里都非常难过……”

高个子冯记者猛地一拍大腿：“这太好啦！敢情这里还埋藏着一段弟弟廉政不徇私情，姐姐下岗自强不息的感人事迹啊。这篇关于崔氏小菜的文章，终于找到了新闻眼，非同寻常！非同寻常啊……”

矮个子赵记者激动得搓着双手说：“原来只是一个女工下岗的主题，现在又突出了廉政建设，无疑力度大增。咱们回到报社立即向值班的副总编辑汇报吧！”

崔才焕轻描淡写地说：“晚上六点半咱们在九河酒楼一起吃饭，这样还能聊得更充分更透彻，就这样定了吧？”

一高一矮两位记者风风火火走了。

他靠在椅子上闭目养神。

生活就是这样，每天都有意想不到的节目。静下心神他缓缓睁开眼睛，看到桌上的台历印着今天是双日，这才想起应当给远在滨海新区工作的妻子打一个电话。夫妻之间每天都要通上一个电话，已经养成习惯，逢单日她从滨海新区打过来，逢双日他从市区打过去。周日是夫妻团聚的日子。他与她拥有极其规律的夫妻生活——每周一歌。崔才焕认为这种夫妻关系正是大工业时代的产物，生活被一天天复制。

妻子不在办公室，他就请接电话的同事小于转告妻子，他来过电话。

小于是一个热情的姑娘。热情的小于永远也不能理解世界上居然还有这样一对极其规律的夫妻。

放下小于的电话，他吸了一支香烟。桌上的电话铃又响了。

是远在甘肃的一个铁杆朋友打来的，这几天他等待的就是这个长途电话。

铁杆朋友是当地的一个干部子弟，说起话来口吻极其冷硬。这种语言风格，只有在真正的朋友之间才能被接受。

铁杆朋友告诉他，关于小西北地区风力发电的项目的确已经上马，工程造价九千万，其中购置风力发电设备金额三千二百万，计划两年竣工。

听到这里，崔才焕激动起来。若将这项工程之中的风力发电设备的订单拿到手里，行将就木的工厂一下就活了。从前工厂只将目光投在水力发电设备上，为什么不更新观念也在风力发电设备上开拓市场，从而成为两栖动物呢？如今小西北的这个风力发电项目，正是千载难逢的一个机遇。

铁杆朋友在电话里低声低语说，将这个项目拿到手的可能性极大，但是必须给对方的黄副总指挥一笔酬金。

行贿。这是很冒风险的事情。

他在电话里问铁杆朋友，除了行贿还有没有别的办法取悦于黄副总指挥。

铁杆朋友冷冷一笑说，黄在当地属于著名阳痿患者，色情服务对他来说作用不大，黄爱钱。酬金是总额的百分之二。

崔才焕算了算，得到这个三千二百万元的项目，大约付给黄七十万元人民币。

他告诉铁杆朋友，他干。他想尽一切办法也要弄出这笔款子。

铁杆朋友告诉他，行贿七十万虽然数目不大，要是赶在刀口上也算得上大案了。“你冒这么大的风险，究竟与你的个人利益有多大关系？你至少能得到一百万元的好处吧？”

他笑着对电话里的铁杆朋友说：“对我个人来说，一分钱好处也没有。”

电话里传来朋友的声音：“你他妈的混账！为了工厂利益，你个人承担这么巨大的危险，你鸡巴脑子有毛病吧？”

“是啊，你这么骂我丝毫也不过分。人呢，就是世间的怪物。今天晚上六点半，我请两个棒槌记者在九河酒楼吃饭，为的是沽名钓誉，在报纸上发一篇文章。要说我是一个名利之徒吧？可是为了厂子的出路，这次我却宁愿担当巨大的危险。妈的，我脑子真的有毛病了。”

铁杆朋友说：“你工人出身，骨子里极有可能是一个理想主义者。别看你平时精明过人，其实你随时都有可能干出极其悲壮的傻事！这太危险啦。不过话又说回来，如今这种时代能够悲壮一把，难得。你也算是活出几分味道了……”

听了这话，崔才焕潸然泪下。

“无论如何，你还是帮我拿下这个项目吧。”他斩钉截铁对铁杆朋友说。

铁杆朋友说：“好吧，只能由我送你‘下地狱’了。”

晚上六点半钟，处于天堂与地狱之间的崔才焕准时赶到全市闻名的九河酒楼，请新闻界朋友吃饭。

落座之后，他打开手提电话，叫来了姐夫周家林。

周家林有生以来第一次见到红烧甲鱼。于是这就成为一个悲壮的夜晚。

崔才焕连连劝酒，于是宾主频频举杯。两位记者喝出了风格喝出了水平，说值班的副总编辑非常看好，三天之内文章肯定见报。

崔才焕扯了扯周家林的衣角小声说：“抓住良机趁热打铁，明天就去申请‘崔氏小菜’加工厂的营业执照，找区工商局的那个尹局长。”

“这不是天方夜谭啊？”他低声问。

崔才焕三角眼一瞪：“都是真事。”

散席的时候，崔才焕竟然酩酊大醉。周家林搀着内弟走在夜晚的大街上。崔才焕絮絮叨叨，几乎失态。

周家林伏在他耳边说：“才焕！干大事业的男人是万万不能醉酒的。你今天喝得太多啦！谨防言多语失啊。”

崔才焕继续说道：“姐夫，你记住我的话。谁是企业的主人？目前在国有企业里很难说清。只有在私营企业里能够说清。操！私营企业的老板就是企业主人。姐夫明天你就着手，以老太太的名义注册一间小工厂，名叫崔氏小菜加工厂。三天之后你等着看报纸吧。‘下岗女工崔才花自强不息’。嘿嘿，我姐一下子就被炒红啦！崔氏小菜一定风靡全市。借着这个机会，让我姐自己办上一个厂子！当老板，当资本家……”

周家林越听越觉得崔才焕的思维非常清晰，就问道：“才焕，听你说话怎么不像是一个喝醉的人呢？”

“我这是酒后吐真言。后天，我就飞往兰州谈判去啦！你一定替我保密。如今的企业，一是不能依靠政府，政府的日子也不好过啊；二是不能依靠上级领导，上级领导都忙着打自己的算盘。说来说去，只能依靠自己。为了全厂职工，我必须去冒风险。姐夫，日后我若是有个山高水低的，我妻子肯定自奔前程，你就跟我姐姐一起替我照顾老太太吧。”

周家林心里一惊，紧紧握住内弟的手说：“留得青山在，不怕没柴烧！”

崔才焕不再说话，任他搀着，朝前走去。通过这个夜晚，周家林彻底看清了内弟的内心世界。虽然他当了常务副厂长，但骨子里仍然是个工人。

## 8

七十六岁的老太太陈凤珍双目微闭盘腿坐在床沿上，静静听着姑爷说话。周家林就将内弟崔才焕的意图一字一句传达给岳母和妻子。

崔才花坐在母亲身旁，觉得自己的丈夫正在讲述一个遥远的故事。

他告诉岳母，成立“崔氏小菜加工厂”并不是一件复杂的事情，注册资金人民币一万元足矣。工商局的尹局长说，目前可将“崔氏小菜加工厂”当作一间个体作坊对待，手续从简。下一步再视其生产规模与发展前景，给予定性不迟。

陈凤珍老太太显然不能适应这种神话故事般的现实生活。她有些拿不定主意。可崔才焕又偏偏不在家，飞往大西北出差了。这就使她不能当即与儿子讨论横空出世的“崔氏小菜加工厂”究竟是凶是吉。老革命遇到了新问题。

她老人家终于睁开眼睛说：“才花只是一个普通的下岗女工罢了。女工下岗就得自谋饭碗呗！天啊，我女儿推车上街卖了几天朝鲜小菜就能登报？如今这世道真是大变啦。我在国棉十八厂当了几十年先进人物，只登过一次报纸，豆腐块大小。才花一下子就要登一大版，这事儿我听着怎么就跟说评书一样呢。这年头的记者是不是也多如牛毛？”

母亲的态度影响了崔才花。她疑疑惑惑说：“真的成立了崔氏小菜加工厂，我可就从一个大工人变成一个小资本家啦！这个弯子一时还转不过来啊。”

周家林鼓励道：“你若真的成了资本家，也属于红色资本家，团结对象。”

陈凤珍老太太终于拍板：“办厂子的底金我出，但要等报纸登出来再说！”

从岳母家里出来，一路上崔才花几次欲言又止。周家林知道过了初一过不了十五，干脆停住脚步等待妻子说话。

平时颇有几分阳刚之气的崔才花突然问道：“周家林你到底还爱不爱我？”

二十年的老夫老妻了，丈夫从未听到妻子这样发问。他心底阵阵吃紧。

“你今天是怎么啦？站在马路上问这种话，人家还以为咱正拍电影呢。”

“你不要避实就虚。告诉你吧，我第一天推车上街卖货，就在立交桥下看见你啦！你四十多岁的大男人，怎么还在大街上跟江忆兰手拉手呢？”

周家林沉默着，目光望着远方。

“我问心无愧。”他对她只说了这么一句话，又沉默下去了。

崔才花似乎立即就要发作，不知道为什么却忍住了。她与丈夫肩并肩朝回家的方向走着，一路不言不语。

周家林突然说：“人到中年，居家过日子是一件很不容易的事情啊。”

崔才花自言自语说：“乱了。”

儿子周小林正独自坐在家里大声唱着“咱们老百姓，今儿个真高兴”。

“真是乱了。”周家林走进家门之前，悄悄拢住妻子滚圆的肩头，飞快地吻了她一下，说，“我真的问心无愧。”

她压低声音问：

“你是不是嫌我太胖了？”

“自从上街卖货，你瘦多了。”

这时候，方便面走进院子，来找周家林。

周家林不知道这一程子，方便面跑到什么地方发财去了。

方便面说：“下了岗，我就给乡镇企业的铸造厂跑业务去啦。基本能够养家糊口。今天，我是专门来给你送一项业务的。遇见好事我首先想到你周家林。”

几日不见，方便面变了。变得有了转轴儿的脑子，也变得有了虚实结合的口才。看来，动物园里的动物一旦放还山林，寻水觅食的能力随即大增。

方便面说他如今已经不吃方便面了。之后他凑到周家林近前，颇为神秘地说道：“你的毛坯组，铸不铸铜佛？如今的乡镇铸造企业多得很，技术太差。我知道你有过硬的手艺，才敢来找你的。”

听了这话，周家林的目光灿烂起来。

是啊，周家林的强项就是有色金属的铸造。尤其是黄铜，记得那时候用的还是苏联牌号。看了看方便面，周家林说：

“铸造铜佛是一件积德的事情，我当然愿意干。不过工厂不是我的，我还要向有关领导请示一下。”

“是啊，国营企业就是婆婆多。三天之内，能听见最后的决定吗？”方便面颇不放心问道。

崔才花站在一旁说：“要是私营企业，就没有这些麻烦了。”

方便面说：“大嫂你就带头注册一间私人企业，这辈子也尝一尝真正当家做主的滋味！”

崔才花笑了：“方便面啊怎么你也这样劝我呢？你们是不是提前串通好了，非要我成立那个崔氏小菜加工厂呀？”

“我可不知道什么崔氏小菜加工厂，这叫英雄所见略同！”方便面说罢，腰里的BP机就响了。他看了看汉显的内容，说又来了一笔业务。方便面郑重其事对周家林说，铸造铜佛的事情，三天之内一定要有一个最终的决定。

说罢，方便面就匆匆告辞走了。

“铸造铜佛，铸造铜佛……”周家林在屋里踱来踱去，口中念念有词。儿子周小林说：“爸，您这么走来走去的，跟动物园笼子里的狼一样。”

他定定注视着周小林，觉得儿子一语中的，准确刻画了自己此时的心境。

走到厨房，他对正在淘米的妻子说：

“一个人活着，还是应当拼上一拼的，做自己想做的事情。”

“废话！这个道理谁不明白？”妻子将高压锅放在灶上。

周家林拍了拍妻子的肩膀：“你就下定决心吧，办一个崔氏小菜加工厂！”

妻子抬起头来眼里闪着泪光：

“你一定要跟我同心同德过日子！”

丈夫使劲闭上双眼说：“我向你保证。”

她说：“那就干吧。毛主席死了这么多年啦，咱只求他老人家在天之灵保佑咱们吧……”

他说：“《国际歌》里唱得明明白白的，要创造人类的幸福，全靠我们自己。”

这时周小林在那间屋里唱着“天不下雨，天不刮风，天上有太阳……”

“就借儿子这句吉言吧。”周家林说着，站在院子里沉思起来。

冬天里的太阳，看上去很是温暖。

胡成推着自行车走进院子：“今儿歇班，那个江忆兰找到我家。敢情跟我住在一趟街上。她说搞什么焊接实验，请咱们给她铸一个支座……”

崔才花从厨房里走出来说：“这事情江忆兰怎么不直接找周家林来说呢？”

胡成想了想：“大概她不好意思直接来找你吧。”

周家林急了：“胡成你不要瞎解释！工作上的事情有什么不好意思的？”

胡成果然是一个不懂眉眼高低的人，接着说：“江忆兰的意思是说这是一件私活儿，要咱们给她帮个忙。”

崔才花及时参加进来：“建设大桥怎么会是私活儿呢？这不是大白天说瞎话吗？”

周家林低声对妻子说：“你不知道，江忆兰参加焊接项目攻关，是焊接学会的课题。她参加这项活动，是要向合资企业请假的，还得扣她的工资呢。”

“江忆兰的事儿，怎么你比她本人都清楚？”崔才花问着丈夫。

“刚才说得挺好的，怎么一有风吹草动你就窝儿里反呢？”周家林反问妻子。

胡成终于明白了，走上前劝解着：“嫂子，你千万不要多心，周家林跟江忆兰啊，情况正常！”

崔才花碍于面子，只得自言自语：“真是天下大乱啦。”

周家林为了改变一下沉闷的气氛，就对胡成说起铸造铜佛的事情。患有矽肺病的胡成喘着粗气说：“人活一口气，我看干脆咱仨把这个毛坯组承包了吧！除了按时完成厂里的任务，咱们也来一个面向社会走向市场，兴许就能闹腾起来。”

看了看院子里自己收藏多年的石头，他在心中反问自己：“周家林莫非你也变成一块石头啦？”

他让胡成去叫屠维明，说毛坯组今天要在公休日召开三人紧急会议。

胡成笑着说：“看这紧张气氛，就跟‘八一’南昌起义差不多。”

不知为什么，疏远已久的工厂蓦然之间又在周家林心里亲切起来。

## 9

周家林是在毛坯组的小屋里读到当天日报的。由于那天酒席上两位记者频频许诺：“绝对头版头条！”因此读报的时候周家林也就没有过于注意其他版面。关于崔才花的文章，其实发表在第四版上。第四版是报告文学。崔才花的照片登在右下角。这位下岗女工面含微笑，正在出售她的“崔氏小菜”。

尽管心中已有准备，但他蓦然看到这张照片的时候，还是听到一个男人的心脏跳得咚咚山响。这个男人捧着报纸心里懵懵懂懂的，就定定与妻子对视着。

报告文学的作者署名冯赵，正是那一高一矮两个记者的合用笔名。全篇洋洋七千字，从两个角度三个方面写了下岗女工崔才花下岗之后的故事。关于这些故事，周家林一字也读不进去。他只是默默看着崔才花的照片，似乎是在端详着别人的妻子。

屠维明走进屋子，说方便面来了。周家林刚刚放下报纸，方便面就走了进来。屠维明抄起报纸看了起来。方便面迎头就问铸造铜佛的事情。

周家林告诉方便面，这两天根本就没闲着，一直在找领导呼吁。可是常务副厂长崔才焕出差还没回来。厂里的工作由一位姓倪的副厂长临时负责。倪副厂长真是实在，说成立毛坯组只是权宜之计，因为当时市委书记对两位职业病患者的上访有一个口头批示。至于毛坯组是否能够长久存在，不容乐观。这种情况之下毛坯组居然提出面对社会走向市场的承包方案，跟足球场上的越位没有什么两样。倪副厂长要求毛坯组在完成厂里配件任务的同时，不要抬脚过高。

听了周家林的情况介绍，方便面沉着脸问周家林：“这么说毛坯组就是一口棺材，你们三个人躺在棺材里，随时都在等待咽气的通知？”

方便面说得一针见血，将目前的毛坯组形容为一口活棺材并不过分。周家林问方便面：“你说的铜佛，总共要铸几尊啊？”

方便面说：“周家林几天不见你怎么成一个外行啦？铸造行业说话从来都是论重量论公斤呀！”

周家林腾地红了脸。是啊，我居然成了一个外行。莫非我已经不是一个名副其实的工人啦？几十年的工厂生涯，似乎成了一段遥远且无法证明的历史，恍恍惚惚令人生疑。如今我是一个什么东西呢？如今我什么都不是。想到这里，周家林的自尊心受到撞击。

屠维明不停地翻动着手中的报纸，居然没去留意第四版上的风景。方便面这时递给周家林一支烟，催他做出最后的决定。

“好啦！无论厂里的头头意见如何，反正铸造铜佛的任务我们接下啦。”

方便面连声叫好，说这才像是工人阶级说的话。周家林指了指屠维明手里的报纸，说第四版上有崔才花。

胡成瞪大眼睛：“周家林你说什么？”

“我说今天报纸的第四版上登了你嫂子的事迹……”

胡成伸手去抢屠维明手里的报纸。方便面大声喊道：“真的？这可是风水呀！嫂子成了名人。你家祖坟上的草啊，一定比驴腿都粗！嫂子是帮夫的命相。”

周家林不知说什么才好，就拍了拍胸脯：“那铜活儿，无论如何是接啦！实在不行我就把队伍拉出去，找个铸造车间一样干活儿！”

这时，屠维明开始朗读四版上的报告文学《自强不息的下岗女工》。

> 河流奔向大海，人流却涌向四方。在我们城市川流不息的大街上，你见过这样一辆手推车吗？无论是清晨还是黄昏……

周家林走出小屋。屠维明的声音四处飘散着，似乎正在诉说一个被人忽略的故事。而对于周家林来说，这又是一个既生疏又熟悉的故事。此时他才发觉自己并不了解妻子。崔才花仿佛一个似曾相识的女子，款款朝他走来。

但愿这个世界的故事是真实的。

终于盼到下班时间，周家林骑上车子朝家里奔去。

工人新村的气氛与往日有所不同。周家林骑到自家门前才发现门上刚刚贴了一副对联。他顾不得去看上联下联，只看见横批是四个大字：前方更好。

进了院子，他弄不清楚这里聚集着几路兵马。首先是工人新村居委会主任范大妈，正在动员崔才花，让她以街委会的名义注册一个“三产”小厂，专门生产小袋包装的“崔氏小菜”。周家林心里一惊，暗暗钦佩内弟的预见能力。文章今天刚刚见报，就有人前来洽谈建立“崔氏小菜加工厂”事由。

第二路人马由工会主席阎德生率领。这位身材肥胖的工人领袖说：“小崔啊，其实你做的就是朝鲜小菜，街上处处都有卖的。可是谁让你上了报纸呢？所以你的崔氏小菜一下有了知名度，我们才登门拜访。我希望你能把崔氏小菜这块牌子献给厂里，带领大家共同致富。”

崔才花马上表态：“目前的我，任务不是致富是脱贫！”

第三路人马是市妇联的干部，这几位和蔼的老大姐专门前来告诉崔才花，前车之鉴，一定要迅速申请“崔氏小菜”的专利权，以防成果流失。市妇联的妇女权益保障委员会已经为崔才花拟定了申请专利的报告题目：“一种以酸辣为特征的关于蔬菜与海藻的泡制方法。”

崔才花应接不暇，用求援的目光看着丈夫。

周家林说：“你们是不是明天上午再来商谈？一会儿崔才花还要上街去卖崔氏小菜，今天刚刚见报，大家更应当支持她精神抖擞走上街头，让下岗女工自强不息的形象牢固树立起来！”

几路兵马虽然很不甘心，但又都觉得周家林说得很有道理，不得不纷纷退兵，约好明天上午再来拜访。

屋里骤然冷清下来，只剩下夫妻二人。

周家林说："我在厂里看了报纸……"

崔才花愣愣坐在床沿上，目光定定注视着桌上的暖瓶，不言不语。

他以为妻子要喝水，就斟了一杯递她。

她木然接过水杯，呆呆望着丈夫说："我累极啦，你替我把家伙都装到车上，歇一会儿我就该上街卖货去了……"

他说："你歇一天吧，今天我替你上街卖货。"

她说："这根本不可能啊。今天刚刚登了报纸，说不定一大群人专门在立交桥底下等着买我的崔氏小菜呢，谁也替不了我，我只能硬顶着朝前走啦。"

他沉了沉说："人怕出名猪怕壮。既然你上了报纸，往后就要有个打算啊。"

她叹了一口气："我也不知道才焕这是救我呢还是害我呢，全中国的改革都是摸着石头过河，咱们也走一步说一步吧。"

周家林将妻子制作的崔氏小菜一盆接一盆搬到手推车的玻璃罩子里，然后摆上电子台秤。这时他才注意到妻子制作的小菜果然是优质产品，干净，鲜亮，散发着诱人食欲的味道。只有在这种时候，他才能够体会到妻子的艰辛。当了二十多年工人了，突然中途下岗变成一个沿街叫卖的小生意人。人的一生，真是神仙老虎狗，生旦净末丑，难以预料啊。

崔才花喝足了水，戴上白围裙，穿上白大褂，慢慢从屋里走了出来。周家林将车推出院子。小街沉浸在暮色之中。崔才花从丈夫手中接过车把，压低声音说："我想通了，要想真正当家做主，就必须自己注册一间加工厂，省得鸡一嘴鸭一嘴的，弄得你整天晕头转向的。"

周家林也压低声音说："是啊，我也接了方便面的业务，准备铸造铜佛。厂子要是不让承包，我就拉出队伍走向社会。这年头反正饿不死人……"

妻子接过手推车，朝前边走去。周家林目送着妻子的背影。无论报纸上怎么说。周家林心里最清楚，崔才花吃苦耐劳的劲头，是中国女工的真正精神。

周家林转身朝着岳母家走去。进了门，老太太不等姑爷说话就抢先开口："家林呀我想明白啦。你告诉才花甭犹豫了，赶紧自己办个厂子，真正当家做主！"

周家林说："妈，您老人家是不是已经看了今天的报纸啦？"

陈凤珍老太太噙着泪，使劲点点头。

## 10

崔才焕从兰州登机之后，一路不停祈祷："所有在位的天神保佑这趟航班一路平安。"飞机在北京平稳降落，他那颗悬浮的心才一下放在肚子里。

他的公文包里装着一千二百万元的合同。有了这份合同上的生产任务，全厂职工的饭碗也就有了指望。而从那位黄副总指挥手里拿到这份合同究竟费了多少气力，只有崔才焕自己知道。

从机场驱车直接来到金工车间的改造工地。他从轿车里钻出来大步跑进施工现场，四处寻找施工公司的侯经理。

崔才焕拉住侯经理的手说："工程提前三十天完成，怎么样？"

侯经理说："崔厂长你没喝酒吧？"

"只要能提前三十天完成，工人的奖金我出。"

侯经理想了想："提前二十天完成还是很有把握的。"

"那就拜托侯经理啦。"说罢，崔才焕又朝着清砂工房走去。

一阵烟尘从清砂工房的房顶上升腾起来，这是生产的迹象。他想立即见到周家林。在崔才焕心目之中，周家林生来就是一个工人。只可惜赶上了这个剧烈变革的时代，成为一首乐章的最后一个音符。

走进清砂工房，猛然看到一个红彤彤的天地。这是毛坯组的工人正在开炉浇铸。崔才焕虽然电工出身，但还是看出了这里的异样。他大声喊道："周家林！你这是化铁还是化铜呢？"

周家林的身影猛地出现在他的面前，很像武侠电影里英雄从天而降的镜头。周家林只要是在自己的天地里，就能成为来去自如的英雄。

"这不是化铁也不是化铜，这是在配制中间合金。你什么时候回来的？"

"从机场一口气开了一百四十公里，一直开到金工车间的工地。报纸已经登出来了吧？"

"才花她正在着手建立崔氏小菜加工厂。有三方愿意合股，一起干。推举才花当总经理。"

崔才焕听罢，哈哈大笑："总经理，我姐当了总经理！这太好啦！其实我姐从小组织能力就很强，还戴过三道杠呢。"

周家林告诉崔才焕，毛坯组不愿意停留在目前这种小作坊小生产的倒退状态，很想面对社会走向市场，渐渐干出一个大模样。

"这一次我从小西北风力发电工程拿来了一千二百万的项目，可是其中没有什么铸造任务。国有企业只要度过这个困难时期，兴许就能找到长远发展的办法。你们毛坯组目前的战术是防守反击，只要能从社会上揽来活计，就干。从零做起吧，小作坊必然变成大工厂。"

周家林笑了。

走出毛坯组，崔才焕大步朝着停在远处的轿车走去。望着他的背影周家林暗暗说道："才焕啊，你是特殊年代里的特殊厂长啊。祝你好运吧。"

转身他朝清砂工房走去，一抬头看见江忆兰身穿一件奶白色的呢子大衣，站在远处的砸铁机旁边。他笑了笑，就与她静静对视着。

江忆兰也无声地朝他笑了笑。

"胡成跟我说了，你搞焊接实验需要工艺装备，明天开炉那个支座就能铸造出来。到时候给你送到什么地方去？"

江忆兰显出几分尴尬："不用啦……"

周家林很是不解："不用啦？为什么不用啦？"

“说起来简直就像是一个神话故事。”江忆兰操着不紧不慢的语调，仿佛是在讲述一件与自己无关的事情。周家林静静听着。

江忆兰为了参加大桥焊接项目的攻关课题时常请假。很快科长就找到她，说如今中外合资的新型企业不比从前的传统国营企业。一个员工倘若不能全身心投入企业的工作，随时都有可能从岗位上辞退。江忆兰请求科长谅解，表示她真的无法离开那座大桥。江忆兰永远也不会忘记自己与科长的那次对话。

科长问：“你所说的那座大桥目前在哪里呢？”

江忆兰：“目前还躺在图纸上。我们接手研究的课题就是那些废旧钢轨的焊接性能……”

科长说：“我觉得那只是一座虚拟的大桥。如果你是一个理想主义者，那么我敢断定那座虚拟的大桥已经完全建构在你的灵魂世界里了。恕我直言，这样下去你肯定会被工厂当局裁掉的。”

科长早年毕业于北京大学机械系。如今是高级工程师，同时也是一位清醒的现实主义者。果然不出科长所料，江忆兰只参加了四次焊接项目的研究活动，就接到工厂人事部的通知，要她下岗待命。

她失去了众人向往的合资企业的饭碗，但她坦然接受这个残酷的现实。向科长告辞的时候她说，我这是咎由自取。

听罢，周家林叹了一口气说：“人人梦寐以求的位置你轻易就给丢掉了。看来是很可惜。其实对你来说这是必然的结局，只是或早或晚的问题。这样也好，你就能够全心全意投入大桥焊接项目的攻关，也算是有失有得。”

江忆兰笑了：“我的故事还没有讲完呐。一位副市长批了条子，将那一批废旧钢轨低价卖给了他家乡的小钢厂，前几天已经回炉了。这样一来，那座躺在图纸上的大桥也就自然下马啦……”

故事竟然出现这么一个令人意想不到的结尾，周家林惊呆了。之后他不停地踏着双脚，心头的愤懑撞击着胸中的栅栏。望着面前这位“洋厂”的下岗女工，他真想破口大骂那位副市长，又觉得不能跟那种贪官一般见识，就朝江忆兰苦苦一笑说："遇到这种事情只要你自己不后悔，也就没有什么了不起的……"

江忆兰激动起来："我身边的人都替我感到后悔，好像天塌地陷了。只有你周家林说出这么豁达的话来！谢谢你……"

"我也只能说几句鼓励你的话，不过崔才焕出差已经回来了，是不是要他出面为你说几句话？"

江忆兰摇了摇头："我看不用了。通过这件事情我从心里敬佩崔才花。她下了岗，不言不语找到了自己生存的道路，咬紧牙关朝前走！报纸上的文章说得对，这不是每个下岗女工都能做到的。我也得靠自己的力量，渡过难关。"

周家林眼睛潮湿了。

江忆兰走上前来，与他握了握手。她的小手被他紧紧握在掌中，显得意味深长。他大声说："江忆兰，你的脾气秉性到什么时候都是一个真正的工人。"

她呜咽了一声，转身跑走了。

工厂很大。江忆兰走远了，身影渐渐显得很小很小。最后融入蒙蒙天色之中。周家林知道，这就是工厂与工人啊。

屠维明和胡成一起从清砂工房里走出来，定定望着他。

屠维明说："周家林我跟你说，如果今后江忆兰有什么困难需要帮助，你不便利，就指派我和胡成去，省得嫂子跟你抬杠拌嘴……"

胡成说："对，大家都是工人呗！"

周家林笑了笑说："咱们干活儿去吧！"

方便面骑着摩托车驶了过来："三天之内，能交活儿吗？"

屠维明指着这辆大红摩托车说："谁说中国工人生活贫困？看！再添上两个轱辘，就能赶上日本小轿车啦！"

方便面说："对！这就是中国的特产——乐观主义精神！"

当天下午，毛坯组召开全体会议。总共三个人，由周家林讲话。

"从明天起，咱们三个人就要拧成一股绳子，干铜活儿了。铜活与铁活不同，首先技术上有难度，造型呀熔化呀都有讲究，咱们多加小心就是了。最为重要的是精气神。从明天起，谁也不许说粗话，谁也不许有邪念。要讲究卫生，要净身。说通俗了净身就是洗澡啊。记住了，这年头你可以什么都不相信，但不可以什么都不敬重。”

第二天上午，召开了全厂大干六十天动员大会。自从进入市场经济，厂里多年没开这种大会了。市场经济，给钱干活儿，用不着动员。但崔才焕与众不同，坐在台上讲话，简明扼要。今后工厂要转化为“两栖动物”，既生产水力发电设备，也生产风力发电设备。目前摆在面前的是一千二百万元的合同，必须一炮打响占领新的市场，赢得新的用户。

“你们看清楚了，这是一张纸。但它是大家共同的饭碗！”崔才焕挥舞着手里那份来之不易的合同，讲话极具煽动性。工人们觉得实在，就为他鼓掌。

周家林坐在台下听着，觉得内弟看上去有一种悲壮的内质。这种内质存在于平常生活之中，总是被人们所忽略。

下班回到家里，他看见桌上摆着妻子的留言：“租赁了一间仓库做厂房，我跟人家谈价钱去了，吃饭就别等我了。”

他坐在桌前摊开《金属手册》，找出儿子淘汰的计算器，计算那尊铜佛的重量。知道了重量，就能掐算熔化几块铜锭了。

这时候，他觉得心中非常神圣。“就这样开始啦？”他轻声问自己。

开炉化铜那天，天气极好。周家林给崔才焕打了一个电话。四处都找不到这位常务副厂长，周家林急中生智拨通了他的手机，一下就找着了。

崔副厂长说忙，没时间。

周家林说：“如今开业都讲究剪彩。我们既不是开业也不是剪彩。我觉得这是一件庄重的事情，所以必须请你到场。”

崔才焕想了想，就应允了。

周家林在清砂工房门外迎接崔副厂长的到来。崔才焕小声说：“你什么时候学会溜须拍马啦？”

周家林说："我认为这是公事，公事嘛，就要分出长幼尊卑，就要讲究礼仪场合……"

"有素质！"崔才焕拍了拍他的肩膀，"你知道刚才你给我手机打电话时我在什么地方吗？在检察院呐。"

周家林一惊："有案子啊？"

"我敢断定是鲁大春那小子四处举报，还说我在报纸上为自己树碑立传。当上如今这种操蛋厂长，随时随地都有进班房的机会。这就叫视死如归。"崔才焕笑呵呵说着，仿佛十分开心。

周家林想起那天醉酒之后他搀着内弟回家，内弟与他说起为了争取合同必须给对方高额回扣的事情。如今越管越严，送给对方高额回扣弄不好就被定为行贿。行贿可就是犯罪啊。

他紧拉住内弟的手，低声说："才焕，真的你要是犯了什么案子，只要不是枪毙的罪过，完全可以推到我头上，我替你顶着！"

崔才焕仿佛没有听见，不言不语朝前走去。

周家林换了个话题："我们毛坯组虽然只有三个工人，但也要面对社会。今天就是从佛教协会领来的任务，为讲经堂铸造一尊铜佛。"

崔才焕点了点头："好！"

胡成身穿白色小帆布工作服，守候在大型钳锅近前，正在化铜。

屠维明走上前来，与崔才焕打着招呼："自从你当了常务副厂长，还真给大家找到了饭辙，虽然比不上合资企业，但我们都赞成你！"

胡成添油加醋说："热烈欢迎你给我们讲话。"

崔才焕十分认真地说："今天我还真想讲几句话！"

周家林说："那你就讲吧。"

崔才焕朝着火光走了几步，泪水就涌满了眼窝。

1996年7月27日·七级堂。

原载《小说家》1996年第6期

荣获《中篇小说选刊》全国优秀中篇小说奖（1996—1997）

# 沈阳啊沈阳

徐　坤

# 1

进了腊月二十三，机关里的人就没心思办公了，忙着分东西过年。鱼们肉们冻得硬邦邦的一箱一坨规规矩矩在地上躺好，等着欢天喜地的人们往各家的冰箱里搬。到处都已是一片祝福的气息。二处处长陈刚指挥着本处处员，手忙脚乱地把自己室要领的那些个份额从后勤处往楼上挪动。上上下下跑了好几个来回，正在这数数清点着，那边电话铃响了。打字员小宋拿起来一听，扭头喊："处长，你的电话。"陈刚扑打扑打手，接过电话，用长年累月修积出来的标准办公室软腔道："喂——哪位？"电话那边有一个理直气壮的声音直愣愣地扑他的面门说："我是你爸。"

陈刚一激灵，握着话筒的手栽歪了一下，好悬没扔在地上。心说你瞅瞅我爸你瞅瞅我爸，告诉过他电话里别这么说别这么说，可他还是要这么说，那股子东北人的直脾气就是改不了。万一他听差了音儿，哪个别人的声儿跟我差不离乎，那造成的后果该有多不好。也算是受过高等教育的人，多半辈子都快活过去了，怎么连点打电话的规矩都没整明白呢？不过……可也是，爸往自己办公室打长途电话的次数都是有限的，没事不会轻易打。平时都是陈刚利用职务之便，借用办公室的程控电话往家里问安。记忆当中一次是奶奶去世，一次是三叔出事儿，从工地脚手架上摔下来丧生，再一次是弟弟陈强给他生了个胖孙子，爸就来过这么三次电话。爸在听筒里一律这么直火火地说"我是你爸"，不管什么红白喜事，语气和出调竟没有半点区别。前两次电话里的噩耗给陈刚造成的刺激太深，以至于第三次爸刚说完“我是你爸”，陈刚的两腿就已经颓软下去，手指颤巍巍地捏着话筒，心脏扑通扑通狂跳着等爸大喘气地说：“啊，那什么，也没啥事，我就是告诉你，小二刚生了个胖小子，八斤六两……”

陈刚这一边虚汗都冒出来了，好歹把身子先稳住，用惊魂未定软绵无力的腔调恳求说：“爸，下次家里再有什么事儿，能不能让妈打电话来说？”

长年漂泊在外的人，最经受不起的，大概就是从老家故土传来什么不幸的消息。尤其像陈刚这样的北京新移民，压根儿还没有在这块新大陆上站稳，对各种灾变的承受能力就更加显弱，似乎国家的或自家的稍微一点风吹草动，都有可能把他刚刚建立起来的新生活大面积摧毁。陈刚心里头最害怕这个。可如今这大过年的，爸又大老远亲自打电话来，该不会是发布他们陈氏家族的什么最新噩耗吧？

陈刚的脑瓜仁儿又绷紧了，眼睛里金花直冒，耳朵也仄愣得老长，屏气凝神捕捉着爸的话语尾音。只听爸大着嗓门，却又极力想迂回曲折地说：“那什么，陈刚啊，过年放假能不能早点回来？”

“干哈？”陈刚被爸的迂回弄得更加紧张警觉。

“啊，那什么，也没啥。”爸的语调丝毫也不降低，让人听着这“没啥”更像是“有啥”，整得陈刚愈发不敢往下松弛，几乎有了要上厕所的想法。

“你二婶跟你二叔又要闹离婚了，你早点回来，给他们说和说和。”

陈刚心里一块石头“吧嗒”落了地。换了一个站姿，把紧张得发木的腿活动了一下，忍不住又好气又好笑地说：“爸——我说你可真是的，也不够你操心的了。他们家又不是头一回闹，都吵了一辈子，你管那么多干啥？”

“不是啊，小刚，那什么，是这么回事儿，”爸显然有些着急，说话上气不接下气，“你二婶她这回闹大发劲儿了，说是要把你爷你奶的坟合到一块，不合坟，就坚决跟你二叔打离婚。”

“什么什么什么？什么‘合坟’‘离婚’的？爸你说慢点。”陈刚丈二和尚摸不着头脑。

“是这么回事，听我打头里跟你说，喂喂，陈刚，你听着没有？”

“听着呢听着呢，爸，你说。”

“你二婶啊，不知中了哪门子邪了，说是听一个算命先生给她算了一卦，她跟你二叔俩人这辈子老打，老过不到一块堆去的原因，就是因为你奶和你爷死后坟没有合到一块儿，都是让两位老人的坟给妨的……”

“她她她……她放屁！”

陈刚一着急，就把办公室里修炼出来的斯文全忘脑后去了，跟他爸一样，露出了农民后代的淳朴无邪以及强烈的宗族意识的本相。“我奶和我爷什么时候死的呵，他们又是什么时候开始打的呵……再说，我奶临走时不是留话了吗，不让跟我爷合坟……他们离婚，跟两位老人的坟有什么关系，胡搅蛮缠，瞎胡闹么不是！”

“我也说的是呢。”爸获得了知音，嗓门明显又高一截，“你说不理她吧，眼瞅着你二叔被闹得归不了家，东躲西躲不得安生。我跟你几个姑姑都看不过去眼。你要说理她吧，你也知道你二婶那张唱评戏出身的嘴，谁也劝服不了她。这个家，你二婶也就挺高看你，你放假赶紧回来劝劝，给他们说和说和。”

说完，“呱唧”一声，电话撂了，也不等陈刚给他个回话，比方说应一声是“回”还是“不回”啊。陈刚瞅了一眼送话筒，无可奈何地摇了摇头，心说自己这个爸啊，可真是的，还当我是个正在读书的学生呢，令我放假回去就得乖乖回去，他都忘了，我也是当了好几年爸的人了，也有了老婆孩子，哪能说自己想上哪儿就上哪儿呢！

转过脸来，见东西已经按人头分完，自己的那份冻黄鱼和鲜贝正靠桌脚撂着。处里的几个人正兴奋地谈论今年春节放七天假该到哪儿去消遣。小宋叽叽喳喳地扭身过来问:“处长，想好地儿了没有?该跟漂亮夫人一道出门旅行了吧?”陈刚闷闷地一屁股坐在椅子上，无可奈何地长叹一声:“唉，旅什么行啊，买票，回老家。”

## 2

好不容易挖门盗洞讨弄来了票，又在一群群看不见首尾的民工队伍中迂回穿行了老半晌，陈刚这才挤挤擦擦地爬上了火车。说着话就已经是腊月二十八，眼见得到大年三十儿了。归乡的人们都火急火燎地往前蹿，就跟不要钱去白抢什么东西，去晚就赶不上了似的。陈刚擦了擦满脑袋的汗，先坐在下铺稳当稳当神儿。慢条斯理地从提包里拿出茶杯来把水倒上，轻呷了一口，这才回过眼来，漫无目的地四下打量。过道里拥拥塞塞的不畅快，上车的人往里拥，送完客的人往下挤，不上不下的便隔着车窗玻璃做一些依依不舍絮叨分别状。看来火车票调价也没什么大用，该满员超载还一样满员超载。

陈刚眼睛看得疲塌了，便把目光收回来，想静下心来养养神。刚把眼睛眯缝上，忽然就感觉好像有什么东西忘带了，这心里边有点没着没落的不踏实。这种感觉一时间冒得十分强烈，竟让他不自觉地伸出手来上上下下挨个兜里摸了一摸。没啥呀，该带的东西好像都带在身边了。给爸妈买的新毛衣都拎着了。自从李春波的《一封家书》唱红以后，沈阳小伙儿过年孝敬父母大人的礼物就都成了“我买了一件毛衣给妈妈，别舍不得穿上吧”。给七大姑八大姨家孩子的压岁钱也都准备得足足的，这是东北人过年必备的一笔开销。这两年物价连年上涨，压岁钱还不也得跟着往上升啊?陈刚为此特地到银行换了一些五十元一张的嘎嘎新一摞票子，免得到时候钱数小了拿不出去手，在亲戚面前下不来台。

还能有啥落下没带的？手提箱里还有压箱底的几千块钱，随时准备应付些个突发事件。在这方面他可是有过深刻的教训，该掏钱的时候掏不出来钱，背后让人讲究起来是“小抠”，那在东北乡亲们面前可是没法活了。虽说这钱基本上都不是由他挣来的，他那点正处级工资连自己吃饭都不够，全是靠妻子柳青在律师事务所辛辛苦苦挣来的血汗钱支撑着他们这个家，花媳妇挣来的钱腰杆不是那么很硬气，可是在老婆面前再怎么服软，也比在亲戚面前露怯强啊。唉，这年头，只要有了钱，连鬼都能给你推磨，更何况人间的什么这个那个的。即便是落下点什么又能咋的，到时候现掏钱买就是了。

可是……不对，总觉得有什么最最重要的东西没有随身带着。这种形单影只、孤苦伶仃、百无聊赖独自往老家走的感觉他还是第一次体会到……噢，对了对了对了，想起来了，是妻子和儿子没随身带来。

怪不得怎么捉摸半天不对劲呢，原来就是因为妻子和孩子没一起跟回来。

陈刚拍了拍自己的脑门，一时间显得很懊丧。

做妻子的思想动员工作，可是费了老鼻子牛劲了，到了末了也没能把妻子动员得回来。原本打算趁今年过年放七天假，一家三口去杭州旅游。妻子连“掌上宝”摄像机都买好了，兴致勃勃就等着一放假立马就走。平日里陈刚在机关里忙，妻子在事务所里没黑没白价的忙，儿子辰辰刚上小学一年级，就已被功课压得喘不上气来，三口人难得能有闲心凑到一起休闲一下。好不容易盼来了个春节，全家准备撒下心来好好聚一聚，偏偏陈刚半道里又杀出个要回老家的要求。妻子不说“回”也不说“不回”，默不作声，只把一张鸭蛋脸阴得跟霜打了一样。陈刚一看，得，要没戏，赶紧把要到嘴边的话又咽了回去，爸在电话里说的“合坟”“离婚”一类的事儿连提都没敢提，只是笑么嘻嘻地涎着个脸，做足了讨好的表情对妻子说：“哎，我说，咱还是回去看看吧，啊？你跟辰辰都有两年没回去过年了，咱妈还挺想她大儿媳和大孙子的。”

妻子没搭茬，翻了个身，默默地把脸转过去冲墙，只给他留下一个梆硬的脊背。陈刚一看，心里头发毛，赶紧伏下身子凑过去，连哄带劝地央求说：“哎，哎，有啥想不通的？大冬天的，杭州有什么好玩？等回了老家，我领你们去堆雪人，打雪仗，划雪橇，看冰灯，痛痛快快玩一场，啊，怎么样？”

妻子猛地扭过身来，话音里边冒着白烟直呛进他的肺管子：“得了得了你，又拿这一套来骗傻子啊？留着你的冰车雪橇梦里划去吧。你说你们东北那鬼地方啊，哪来的那么些穷讲究？冰天雪地的拜来拜去还不说，压岁钱还都互相攀比着给，一样做不周全就挑理，光挑理也要把人挑死了，更别提挨累受冻遭的那个罪。要回呀，你就自己回，我跟辰辰我们娘儿俩上杭州。”

“唉，过年嘛，全国各地哪还不是这规矩？再说你也不能太贬低俺们东北人了，可别忘了你们满族祖先是从哪疙瘩发源出来的……”

“去去去，一边待着去，又跟我这儿犯贫是不是？这次你就是你说什么也甭想再把我骗回去。”

陈刚一听就没辙，知道是前几年回家探亲没探好，活活把妻子给得罪伤了。要说这事也不能怪妻子，就他老家的那些老规矩旧理解，连陈刚本人从小在那旮长大的如今都有些不适应，更何况他从北京娶回去的这个小媳妇呢！北风烟雪的天儿，陈刚领着媳妇俩人深一脚浅一脚提拎着果匣子挨家走到处拜，七大姑八大姨的哪家不拜到也不行，哪家拜不到都挑理。这家饭是整现成的，那家的饭也早预备好了。那啥，小刚你能去他家就不能来我家？能吃他家的饭就不能来喝我家的茶？亲戚咋的呢亲戚，亲戚就更不应该分出个高低远近了。小陈刚你上北京念书，当了大官了，回来一次，连个年都不来家拜，是瞧不上你这个穷姑姑穷叔叔了是咋的呢？

陈刚真是有嘴也说不清。每逢如此，他总是忐忐忑忑地抬不起个头来，千抵赖，万解释，实在说不通就一走了之，让爸妈在身后跟亲戚们说和磨牙去吧。每次回去过年也就是个五六天的假，哪跑得过来那么些家，哪尽得到那么些个礼数呢？时间净费在道上了。他觉得亲戚们实在是对他不够体谅。可转念一想，可也是，人家拜年都拜了几千年了，也不能说到了陈刚这块一下子就打住，只能是陈刚遵从规矩，也不可能是让规矩就乎陈刚。别说是他，就连这两年北京等大城市兴起电话拜年，家乡那疙瘩也是拒腐蚀，永不沾，愣是没被传染过去，逢年过节该串门还照样串，该走动还走动，领导看望群众，下级看望上级，晚辈看望长辈，同辈人之间互相交流，礼数少了一点，规矩偏废了一点那都不行。从初一到十五，谁家都别想有个消停，别想关起门来睡个囫囵懒觉。陈刚回家时曾试图号召过把年在电话里头拜，他好借机会睡个早觉，偷点懒，跟自己爸妈在一起多待上一会子，不承想他的建议却立刻就招来了亲戚一干人等众口一词的反对。亲戚们说："哎哟哟电话里拜的那叫啥年哪，用嘴出溜人呢嘛那不是！你们北京的那些知识分子可真能整啊，啥事都想得出来，都干得出来哈？那玩意显得多疏远，多别扭，多没礼貌啊你说说。小刚你可千万别学那么价。"

整得陈刚心里惴惴的，简直就是没了辙。

火车叽里哐当一开出站台，满车的家乡话就飘起来了，一股子东北"曲麻菜"味，还带着曲里拐弯余韵绕梁的话语尾音，陈刚的思绪一下子就给从京城拉回到沈阳去了。语言真是一种很奇妙的东西，它能在刹那间就把我们从此地拖曳到彼地，简直胜过超时空的蒙太奇，乘务员推着卖货的小车在过道里来回走，粗门大嗓不停地吆喝，听着总像要找谁干仗。腰里别着"大哥大"的男人们，这时都把手机的开关纷纷打开了，一个个脸冲着窗户，冲着墙，冲着厕所门，冲着过道，叽里哇啦不住地用个人隐私练着各自的嗓门。也不知是咋回事，只要火车一发动，人们打电话的情绪就全上来了，比着赛地在那里说。陈刚看见坐他对面的一个红脸大汉眼望虚空，将一个绛紫色的“大哥二”紧贴在右耳根子上，笑么吃吃地在那儿一个劲儿地绵绵情话：“……啊，那么，整点啥好吃的没？啥？猪又（肉）炖粉条子？好，好，再馇点大米稀粥……那啥，我明天一早就到家了，你就好好搁家等我吧……行，行，就这么地。撂了啊。”

陈刚听得直想乐，赶忙呷了一口茶，把浮到嘴边的笑意硬给堵回去了。

火车不紧不慢吭哧吭哧在轨道上向前滑行。陈刚躺在铺上翻来覆去不能入睡。北京越来越远，正沉入无边无底的夜幕之中。故乡的土地正带着冬夜凄清的寒意扑面而来。离开中心了。陈刚在心里边暗自感喟。每次无论是离京出差还是回乡探亲，只要飞机一上天，火车一启动，陈刚就觉得自己已是远离中国的政治经济中心，走向边缘了。这种感觉来得非常奇怪，陈刚自己也弄不清它的确切来源。即便到了广州、上海那样的大城市，他仍旧觉得自己是到了边缘，被祖国的文化母体一把给抛了出去，抛得远远的，再说出来的话，都显得不是一样的味儿。难怪北京的老百姓都是那样牛皮哄哄的，一个个都把一口儿化音卷得舌头翻在嘴里抻不直，速度快得故意让人听不清，那就是因为他们明晓自己是在“中心”的位置上，别人都得随着他们，就乎着他们，跟着他们这中心行事。这中心要是稍微一晃荡了，全中国的土地可不就都跟着一起颤悠起来了嘛！

不知怎了，离家乡越来越近，陈刚的心也紧跟着越来越悬了起来。父老乡亲一大家子人那殷殷期待的笑脸一张一张地从他眼前晃过去，牵着他的心，撕扯着他的精力，让他不能够安生。数不清的人和事，像一堆乱麻，纠缠在他嗓子眼里，吞也吞不进，咽也咽不完。唉！一个跳上“龙门”的穷小子背后，拖着多少个穷乡亲期待的目光啊！人哪，可是不敢轻易忘了本。

# 3

还没有走出站台，陈刚就看见了爸已等候在了出站口那儿。与其说是看到的，不如说是感应到的，完全是靠着父子之间血缘亲情相互感应到的。先是看到了爸慈眉善目的笑，接着是见到爸伸过来接提包的一只手。陈刚叫了一声“爸……”，一时竟有些不知说什么好。爸习惯性地打量他身后，嘴里说：“柳青跟辰辰俩没回来？”陈刚一听，昨晚临回来前自己已打电话向家里通报过，说就自己一个人回来，可见了面，爸还是忍不住要问，爸的心里大概真的是非常想念儿媳和孙子，当然，更主要的还可能是想念他大孙子。于是就顺口回答说：“啊，那什么，辰辰闹病了，他妈在家看着他呢。”没想到爷一听眼睛就瞪大了：“啥？孩子病了？那你还着急回来干啥呀？”陈刚一想，坏了，这谎没撒好，净惹老爷子着急。赶忙又用话往回圆：“没事，没事，没啥大病，也就是个头疼脑热的。小孩子，皮实，一会儿就好。”爸这才半信不信地拎起提包跟陈刚一起往外走。

阴唏呼啦的天，不冷，倒显得有些不合时宜的热。可也是的，现如今地球的臭氧层都给破坏得差不离乎了，连北极的冰山都在热得直冒暖气，东北还哪儿找从前那么冷去？再想瞧瞧“冰天雪地”“天寒地冻”这类景儿，就得到老头老太太的记忆里边去找，年纪稍微轻一点的，怕是对那些形容词都生疏了。尤其像辰辰这代孩子，恐怕连看上一场正正经经的冬天大雪的福气都没有。要说世道变了呢，从环保这上头说起来，变得是好是坏还都很难说。

新北站前面的广场很大，很宽敞，倒反衬出了车站里面人迹寥寥，香火不旺。四周围竟然会很静，让陈刚稍微有点不适应。从前的沈阳站历来就是全市最最最脏乱差的地方，拥挤、肮脏、嘈杂，盲流、要饭花子成群成宿地守在那儿，好人一分钟都不想在那儿多待，每次候车，陈刚都恨不能下次再也不回来了。现在车站这块儿竟然这么干净、祥和，真是让陈刚没有想到。尤其是已经到了年根底下了，连一声“麻雷子”和“二踢脚”的爆响都听不见，看来在“禁放”这一点上沈阳人民跟全国的形势还跟得挺紧。不过倒显得有点寂寞、寥落了点儿，耳朵里没个响动，就总觉得过年不像个过年样，缺少个节日气氛。

几辆拉客的“夏利”殷勤地停在他们脚前。爸想装作没看见，要绕过去坐招手小公共，陈刚二话没说，扯住爸一头就钻进了停在最前头的红色夏利车。爸眨了眨眼睛，很有些责怪他太奢侈的意思。陈刚碍着有司机在场，没好意思对爸反驳，只是在心里说，爸，你可真是没有比较就没有鉴别。你瞅瞅在沈阳坐出租车有多便宜，四公里起价才七块钱，这要在北京，这好事哪儿找去，简直可就跟白坐似的，还不赶紧地可劲儿坐？！

路上也没见堵什么车，出租车顺着东北大马路一直向前跑。正是各个工厂上班的时间，街面上却几乎见不到什么像样的去上班的人。陈刚心里忽然升起一股隐隐的惆怅。自打记事时候起，他就看惯了古城浩浩荡荡的上班和下班的人流。每天清晨太阳升起的时刻，穿藏蓝色劳动布制服的工人们骑着他们年代久远的破自行车，车后架夹着铝制的大饭盒，有的带着一个，有的夹着俩（把饭菜分别装着），向着各个社会主义的车间工厂幸福地奔去；每天傍晚日头落山时分，夹着空饭盒的破自行车们披星戴月抓完革命促完生产愉快地归来。伴着那种有节奏的饭盒撞击铁架的叮当响声，陈刚度过了他生在红旗下长在蜜糖中的童年和少年。从小大人们就教育他知道，有了那么些工厂，有了那么些在厂子里出来进去忙的产业工人，有了那么些工厂的大烟囱，有了那么些烟囱里边冒出的黑烟，这才叫真正有了古城沈阳，有了沈阳在全国以及全世界人民心目中的形象。

如今这上班的高峰时间，街道上却是如此的寥落、清静。这才是几年的时间啊，就有了这么大的变化。陈刚心里暗自思忖。

出租车司机顺手塞进机器一盘带子，音响扭开，飞出来的竟是当年一曲老歌，名叫《我的故乡在沈阳》：

沈阳啊沈阳啊我的故乡
马路上灯火辉煌
大街小巷是人来人往
像那鲜花盛开的村庄
社会主义的高楼大厦
矗立在古老的沈阳
我要回到那个地方
去建设我可爱的家乡

实在是一首老而又老的歌，那些词儿现在听起来简直可笑极了。谁会想到它当初却曾是轰动一时的“黄歌”呢？想当年下乡到盘锦沼泽地带的沈阳知识青年，想家想得实在熬不住了，就乱编出一些歌儿来唱。不知是哪个聪明的小青年儿，借用了朝鲜电影《摘苹果的时候》里的一首曲子，编出了怀念故乡的这支歌，不出几天就在各个青年点里唱红了，更出名的是它马上又被打成了“破坏知识青年扎根农村干革命”的“反动黄歌”，竟遭禁唱。凡是个大事小情都一样，越是明令不让干的，就偏是干的人越多。结果这首歌越唱越有名，一直唱遍了整个辽宁，连省城里的知青亲友们都会唱了。陈刚是跟着他下乡回来休假的老姑偷着学会唱的，那时他也就是刚上小学吧。若干年后，“通俗歌曲”这个名称刚一流行，沈阳歌舞团的一个年轻歌手叫张小梅的，又翻唱着它到一个什么什么比赛上获得了一个不小的大奖。这一下子闹得全国人民都把这首歌儿知道了。想来这支歌子也应该算是轰动“两时”。“大街小巷是人来人往 / 像那鲜花盛开的村庄”，听听，听听，多么亲切、朴实、动人！谁还能有咱沈阳人实在又厚道?

时至今日，想来流行歌曲都换了多少茬多少代了?一茬比一茬不流行，一代比一代更短命。真正能够深入人心留下来的能有几首呢?可这首歌不歌、口号不口号的东西竟然流传下来了，陈刚真的没想到还有人记得它，还有人在听它。歌儿没有变，可听它的人的心情却变了，歌里边唱的那个城市也变了，变得哪哪都跟记忆中不一样了，唯有社会主义的小康大道还是那么笔直溜圆地通向远方。

车子在“建设我可爱的家乡”那个音符上“吱扭”一声停在了家门口。陈刚从遐想中回过神来，交过了钱，拿好东西，三步两步奔上了楼，把爸远远地落在了后边。上了楼梯口；见门虚掩着没关严，一定是妈在给他们留着门。陈刚心里一阵温热，喊了一声“妈”，人就跟着声音进去了。妈正扎着围裙在厨房忙活，应声走出去，满脸慈祥地答话:“回来啦?”陈刚说:“回来啦。”妈见只进来陈刚一个人，下意识地又伸长脖子往他身后望，嘴里说:“柳青和辰辰呢?”陈刚一边换鞋一边答话说:“啊，那什么，小崽子病了，他妈在家照应着，就没一起回来。”妈一听:“啥?辰辰病了?要紧不要紧哪?去没去医院看看哪?”陈刚一听，不住地在心里骂自己，心说，瞅瞅我这点谎撒的，可真不是个地方，都撒到狗国去了，竟惹爹妈着急了。嘴里赶紧往回倒腾:“那啥，不要紧不要紧，也就是个感冒发烧啥的，大夫给开了点药，吃了就好了。”妈说:“小孩子的病，可别马马虎虎的。你小时候就是老爱发烧，到现在都影响得气管不太好。”陈刚听得一时竟有些百感交集，心里滋味挺复杂的。

## 4

进了屋，净手洗脸，三口人坐下来围着桌子吃饭，陈刚这才注意到爸妈都胖了。是一种老之将至无所事事的虚胖。尤其是妈，更是见老得厉害，泪囊松松的在眼下垂着，还不曾完全变白的头发乱蓬蓬恣在脑袋上，仿佛是好长时间没有修剪了，看起来要比实际年龄老上个十岁，任谁也想象不出她曾是三十年前机械工程学院里的一枝校花。陈刚看着有些于心不忍，眼睛一时非常不适应，只顾低头往嘴里扒饭，不怎么愿意抬起头来。在他的记忆当中，爸妈永远是八十年代初他离家上大学时的那副样子：年轻，帅气，意气风发，精神抖擞地迎接人生第二春，满心欢喜地拥抱拨乱反正新时代的到来。陈刚在大学新生宿舍屡屡做的想家的梦里，每每总是做见自己跟弟弟陈强手拉手去厂子里看爸在篮球队打中锋，妈在她们厂子文艺队唱民歌当台柱子。那时的爸妈多么的满腔抱负，富有朝气，那时的工人阶级是多么趾高气昂神气无比啊！

可一转眼，一切都已成为过去。还没见他们折腾出个什么名堂，干成个什么大事业，市场经济大潮一压过来，国有大中型企业一转轨，爸妈他们就被挤在夹缝里，跟数十万产业工人一道，一呼啦给整得靠边站了。辽宁是全国的重工业基地，经济转型，理所当然最先受冲击，“辽老大”当个改革样板，成为个重灾区困难户什么的也是意料之中的事情。沈阳又是省会城市，当然要成为重中之重。可一旦这压力具体落实到哪个个别的人头上，说实在话，那还真就有点受不住，给压趴下的可不是一家两家，一户两户，就拿爸妈来说吧，自打提前退休回家以后，眼见着一天天衰老下去，速度之快，正跟整个的工业不景气程度成正比。爸他老人家还算是小有自知之明，没等人家厂长前来哭穷做动员，就自个儿主动打报告申请提前退休了，企业欠着一屁股三角债，揽不来活儿，光养着技术室里的几个工程师也是白扯，跟摆设似的，还不如趁早拿着退休金回家待着呢。说是“退休”，总比说“遣散”和“解聘”好听点，大家也好都有个台阶下。现在连联合国不也是经费不足，在号召工作人员提前退休吗？爸不住地以这种阿Q精神来反复安慰自己。

就这么着，五十来岁，正算是个“中青年知识分子”的爸，却提前退休赋闲回家待着了。

妈可就没有这么好的运气。妈是被厂里一刀切，硬给精简下来的。厂里凡是年龄过了五十的妇女，全被同一批给裁减掉了。妈听到这个消息后，一股火上的，牙花子立刻就肿了，半边脸整个肿得都跟馒头那么大，吃饭、说话都费劲，可就这样，还是攥着电话不停地往外打，到处串联、上告，非要从厂领导部门“讨个说法”。其实她自己就在厂“领导部门”，而且还是个挺大不小的部门——在劳资科里当个职权在握的大科长。可现如今工厂全改成了厂长负责制，也就是全由厂长一人儿说了算，别人全成了变相为他打工的，那还不是想辞谁就辞谁啊？妈不能咽下这口恶气的原因倒不是她的女权意识有多么超前，多么多么地为妇女姐妹们鸣不平，而是她平时的自我感觉有些太好，自认为厂长待她还不错，她也整天价任劳任怨，挺为厂里卖力气干活。自打她二十一岁毕业进厂那年就一直在厂各职能部门转悠，什么宣传处组织处人事科秘书股，净围着领导屁股后边转了，从没正经干过几天专业。谁让她长得漂亮、嘴甜，又能歌善舞了呢！这下好，为领导们服务了一辈子，临到老了，却说精简就被一脚给精简出去了。她还原以为厂长就是精简谁，也精简不到她劳资科长头上呢！哪承想，市场经济这玩意，是一点情面都不讲，见谁碍眼多余都开刀哇！要是不先把妈这个女行政人员精简下去了，要想再去减一线生产的女工的话谁还能服从呢？

妈心里憋的这口浊气噎就噎在这儿了。

那帮同被扒拉下去的老姊妹们，也全都吵了巴呼地嚷嚷来嚷嚷去，七个不服八个不忿，拿出妇女儿童权益保障法，劳动工资合同法，集体咋呼着要去上告，告那个不是他亲娘养的鳖厂长。老姊妹们一合计，干脆就推举妈当代表去替她们告状。妈搞惯了党政领导工作，遇啥事挺爱出头露面的，毫不犹豫就答应了。

没想到到了有关部门一上告，妈还没说几句话就被人顶了回来。有关部门负责接待的人挺慢条斯理其实是绵里藏针地说，像你们厂这种情况就算够仁义的了，凡工龄超过三十年的，一律都给你们按退休待遇，不够年头的，每月还给发百分之五十基本工资。人家厂长不是还答应以后一旦厂子效益上去了，再需要人手，你们这些女工可以作为优先考虑对象吗？那么还闹啥闹？放开眼睛四下望一望，现在哪哪不这样，别的厂子早就开不出来资，工人放长假回家待着了，像你们厂还能将就着维持下去，还能有口饭吃，你们还吵吵个啥吵吵？还不知足是咋的？

她说："那啥玩意，改革那也不能光裁女同志不裁男同志，这样做是不是违反妇女儿童保障法？"

有关部门负责人说："哎哟我说老同志，改革就是要首先牺牲一部分人的利益，要顾全大局嘛！你等把男同志也一块给改下来，那厂子里的活儿还谁干？你们每个月白拿的工资从哪儿来？要换了我，我巴不得自己是女的呢，不用天天来上班，待在家里干拿钱，多好！还不偷着乐去呀。"

妈一听，知道自己是遇到一个嘴茬子，胡诌白咧有一套，自己再说什么也是白说。唉，干脆算了吧！谁让自己托生为女人了呢？活该倒霉吧，受了歧视，反倒要被说成是"照顾"。唉，自古国家有难也好，自家遭灾也罢，首先倒霉遭殃的，总要数女人。一辈子白上进心那么强，白背诵毛主席的"男女都一样"了，再怎么一样也不一样。无论时代变啥样，男女就是不一样。男同志没有挨裁的事情，女同志照样挨裁。

至此，妈算是彻底把这个道理整明白了。妈也只好带着一肚子的想不开，窝窝囊囊地一生革命到了头，不情愿地回家做起家庭妇女来。

时年妈虚岁整整五十又有二。

刚退下来那会儿，可是不得了，那个不适应劲儿可就甭提了。妈刚刚被厂子精简下来，适逢爸又刚办完提前退休。两个工人阶级知识分子一辈子忙忙碌碌，风里雨里上班下班，共同为社会主义建设出力，心里头都觉得挺有寄托的，挺光荣的，这一下子却一股脑同时怀才不遇了，整天窝在家里你瞅我我瞅你的，谁看谁都心烦，都别扭，都有气。尤其是妈，更年期一下子大面积爆发起来，跟爸的关系简直就紧张到了极点，似乎两人每天要是不吵吵架，拌拌嘴，要是一天不拿对方练练嗓撒撒气什么的，就觉得这心里边堵得慌，这一天的时光就说什么也熬不过去了似的。三十多年前的大学同窗之谊，三十多年来的夫妻相濡以沫情分，通通都被他们忘到了后脑勺去了。

还多亏弟弟陈强及时救了爸妈的急。陈强也不知咋整的，就把日子拿捏掐算得那么准，按时不差地让妻子怀上了孕，一生就生下一个八斤六两的胖小子。这一下立刻就分散了老两口的注意力，整得他们见天价忙得脚不沾地团团转。媳妇月子坐满了，小两口仍赖在爸妈家里不肯走。老两口这时带孩子已经带出了感情，眼见得孙子像个小癞蛤蟆，一气鼓一气鼓地往大了蹿，心里边登时就充满了成就感。这不价，义务保姆就这么蔫么悄悄地当上了。老二陈强又通过关系给爸揽了一个“星期日工程师”的活儿，给郊区的一家乡镇企业搞搞设计，画画图纸什么的。说是工程师，其实也没啥事儿，平时也不用去，来了活，就偶尔忙叨一阵，能挣多少钱还是其次，主要的，是让爸心里有个抓挠。老两口各自有了拴心的事，这才不总那么吵来吵去没完没了地瞎叽咕。

正在这屋里闲唠着嗑，那屋的小崽子睡醒了，“哇”的一声用哭声召唤他奶奶，妈立即起身颠儿颠儿跑过去，一会儿就抱出一个肥头大耳的小胖墩。这就是那位八斤六两的大侄儿了。比陈刚上次回来见时又大了一号，白白胖胖，一尘不染，很容易就猜想出爸妈的心血都付到了哪上头，妈说：“亮亮快看看大伯回来了，快叫‘伯伯’。”小胖子撇了撇嘴，愣愣地盯了陈刚一会儿，然后“哇”的一声张开牙没长齐的大嘴哇哇哭。爸说：“快抱走快抱走，抱那屋哄，我跟小刚有话说。瞧叫你妈把这孩子给惯的，一点见不得世面，来了生人就哭。”

陈刚说："妈也是，把这孩子在家捂得太厉害，没事儿勤出去溜达溜达。"

妇女和儿童一出去，陈刚知道接下来两个男人就该谈家族里的正事。

果然，爸起身出去到厨房拿来两个小酒盅，又打开一瓶"老龙口"，分别给陈刚和自己斟上。陈刚说："爸，你什么时候也学会喝酒了？上岁数了，喝酒对身体不好，你自己多注意点。"爸说："没事，心里烦，就自己喝两盅。喝不到哪去，你放心得了。"

父子俩端起酒盅照了一下，又各自抿了一口。陈刚就觉得热辣辣的，一股火顺着嗓子眼儿一直下到肚里。爸脸上的血丝开始泛红，显出一种不正常的光亮，话匣子也不能控制地扯开。

"我说，小刚啊，咱们老陈家的下一代，可就靠你了，我看了，别的那些孩子啊，都不长出息，全都指望不上。"

"爸……"陈刚嗫嗫嚅嚅地叫了一声，又不知道往下该说什么好。

"人生在世啊，也就是那么几十年，将来一闭眼，可就啥都没了。现在你爷跟你奶的坟，还有我们这些当儿女的时不时去看看，填两锹土，赶明个等我们这代人下世的时候，就指不定咋样啦，逢年过节谁还能想起来去看看……"

"爸，别这么说，别说这些，爸……"

陈刚见爸竟现出一脸伤感的样子，也不知道该怎样劝他才好。人还不到六十，没病没灾的健健康康就说出这么泄气的话，陈刚也闹不清他这感慨是从哪儿来的。提前退了一个休，难道说就把爸打击成这样？于是赶紧换个话茬说："二婶提出的合坟的事，到底是咋回事？"

爸用手掌抹了一把脸，又抿了一口酒道："你知道，你爷和你奶两人生前就不和，打了一辈子，你奶是小团圆媳妇（东北的童养媳），是嫁到你爷爷家给冲喜的。你爷有痨病。结果你奶不到四十就守寡，一个人把七个孩子拉扯成人，然后又接着你们这些孙男嫡女，一辈子没享着什么福。你奶临死前就留下两句话，一是不让用火烧她，害怕火葬以后阴魂不能升天；二是不让跟你爷爷埋在一块，说是在阳间都打怵了，不想再跟那死老头子到地底下再去打……”

说到这里，爸竟哽咽了，使劲抹擦两把脸，说不下去了。陈刚也听得眼圈直发红。他和弟弟陈强小时候都没上过托儿所，全是由奶奶一手给带大的。养育之恩，终身难报。他觉得自己这辈子最欠的，就是报答奶奶的恩情。可惜奶奶还没能等到他大学毕业参加工作，还没能花上他挣的钱，就已经去世了。

“这不，你都知道了，你爷爷的坟在东陵，你奶奶的棺木却埋在了浑河岸边，没给埋到一块。这都是按着你奶的遗嘱做的。”

“是，是，那年我奶入土的时候我回来过，那块地方傍水向阳，选得挺好的。咋的，后来又有啥变化了？

“唉，这不是么，你二婶提出来，地底下的老人不合坟，地上的子女们就会夫妻不和，没有安生日子过。”

“净瞎胡扯淡。都这年头了还搞迷信。要提当初我奶入土的时候她咋不提啊？都这么多年过去了，还怎么合坟？还能把我奶从地底下现挖出来再埋一次啊？不像话嘛不是。”

“唉，要说这事呢，也怨你二叔自个儿，连个媳妇也辖服不住，也就是在外边当个厂长逞个能啥的，一回到家里就熊了。平常他也是太不顾家，整天价掌在厂里头，在家里没有什么发言权。那回厂子里没有订货款，他还背着你二婶，偷偷把家里存折拿去了……”

妈这时也进来插嘴说：“哎呀你二婶到咱家来那个闹哇，非得让你爸和我评评理，看看这是不是两口子之间能干出来的事儿。”

陈刚说：“二叔他咋又那样做呢？从前我奶活着的时候，他就总背着我二婶偷偷给我奶钱，因为这事儿他们家可是没少打。难怪他叫陈忠孝，这个‘忠孝’可把他一辈子害苦了。看来我二婶也不是一点道理都没有。”

爸长叹了一声说：“唉，都土埋半身的人了总打啥打呀，还吵吵着要‘离婚’，离什么婚离婚，咱们老陈家从古到今就没有谁离过婚的，传扬出去多让外人见笑，一大家子人的脸还往哪儿搁。”

陈刚一听，简直就气得直乐：“哎，行了，行了爸，快别说你那套嗑了，这‘合坟’的事我二叔知道不呢？”

爸说：“还都没敢告诉他，你二叔可是个大孝子，要是让他知道了，他是宁可离婚都不会同意折腾你爷和你奶的坟。这事都是你二婶向我和你几个姑姑提出来的。”

陈刚说：“那可不行，这不是瞎胡扯吗？这么大的事，怎么也得先征求他的意见。他没表态，你们谁敢说个‘合’还是‘不合’？”

爸说：“你二叔这辈子为了这个家，受的那个罪还不够吗？在外边在外边受气，回到家回到家没好脸子看，临到老了，怎么也得想法让他享点清福是吧？”

陈刚说：“你可得了吧，啥人就啥命，他那种没主意的人，还就得我二婶那样的厉害人辖服他，要不，他那个家早就散摊黄铺了，哪还能挨到今天一双儿女都成才有出息。”

爸一听，话不顺耳，立即显得有点不耐烦：“得得得，你小孩子家家的能懂个啥，怎么说话胳膊肘老爱往外拐？”

陈刚赶忙哄爸说：“行行行，爸，我不说了，我听着，行了吗？你说吧。”

爸却闷闷的，显得没了什么说话的兴致。陈刚一想，可了不得，爸这是已经提前进入老年心态，只允许人说话顺着他，不兴别人说一句反驳的话。毛主席开会，还得允许梁漱溟提点反对意见呢，自己家这个东北老爸，可是把一个封建大家长的气势做得足足的。他老人家也没睁眼看看现在已是什么朝代了。

父子俩正在这儿僵持着，门叽里哐啷一阵响，接着是“哐”一声使劲带门声，一个粗门大嗓的话音灌了进来：“哎呀嗬，老大回来了？”

妈应声迎了出来说：“小二你干啥玩意，轻点带门，看把孩子吓着。”

# 5

弟弟陈强一回来，整个家庭里的气氛立刻就活跃起来了。不知怎的，从小到大，爸妈跟陈刚说话的时候，总是按照正式的父子母子谈话程序像模像样地进行。虽然他们家不是什么皇帝人家，可是受“嫡长子继承制”的流毒影响特别的深，总不拿对待一个正常儿童的眼光来对待陈家的第三代（从农村进城以后算起）掌门人陈大刚。爷爷的大孙子、爸爸的大儿子小陈刚在父老乡亲殷殷拳拳的目光下，总是有一份说不出的惴惴与惶惶。相比之下，老二陈强就像一个自由战士一样无所畏惧地野玩着成长。小时候陈刚在学校里一挨欺负，总是勾比他小两岁的陈强去给他报仇。小哥俩一唱一和，正经是一对出类拔萃的人物。

陈强进门一看说：“嗬，爷俩谈心呢呀？哎老大，我嫂子和我大侄儿呢？”

陈刚脸上带着笑说：“你嫂子有点事，没回来……”

小二说：“干哈玩意，大过年的能有啥事，还不一块回家来过年？我还顺道给我嫂子买了她最爱吃的朝鲜咸菜呢。”

陈刚一听，有点感动，心里想，作为一个已婚男人，在春节这样阖家团聚时刻，真是不该一个人出来，别人根本不把你当成一个单位，自己也觉着孤零零地别扭。嘴里说：“还是我二弟会疼人哈。嘿，老二这身税务服一穿，你还别说，正经挺提气的呢。”

老二说：“这话说的，咱是谁？一米八八，正经是财经学院毕业出来的国家税务干部，吃皇粮的。饭吃完了没？来，老大，兄弟跟你杀一盘。”

妈说：“小二你瞅瞅你，一口一个‘老大’‘老大’的，还有没有个大小？你哥坐了一晚上火车，你让他吃完饭眯一觉。”

陈强说：“叫老大显得亲热，叫哥显得外道，哥你说是不？”

陈刚光顾乐，说不出来话。

小二去找棋盘。陈刚看看被冷落在一边的爸，便打圆场说：“咱俩玩，叫我爸当裁判，省着小二你总悔棋。”

小二说：“不带我爸，不带我爸，一有他就话多。爸你看电视去吧哈？”

妈闻声说：“你还让你爸看电视？一天到晚他都掌在电视里出不来了，吆喝他干啥他都听不见。那天你爸告诉我，中央台电影频道一天共演了八个电影，你看他看电视都看到什么程度了。”

陈刚说：“爸，你别总守着电视看起来没完，那玩意害人，容易得老年痴呆症，没事儿你勤下楼活动活动腿脚。”

可惜的是他们说的话爸一点也没听着，老爸一门心思全神贯注钻进电视里去了，别人说什么他都当耳旁风。

兄弟俩摆上棋盘，小二说：“咱一把多少的？数小了赢起来没劲，我可不跟你玩。”

陈刚说：“又年底分红了吧？你们过年又揩企业多少油？”

小二说：“还揩啥油哇，不像头两年了。现在企业都没活干，开不出来资，税收收不上来。年底完不成任务，税务局领导急了，干脆动员银行提前给企业贷款，从明年的贷款里先把今年年底的税交上来。”

“哎，这不是弄虚作假，寅吃卯粮吗？企业能干吗？”

“不干能咋的？不干企业就连明年的银行贷款都贷不出来，这它还得感谢我们税务局呢！”

“那要是明年再完不成任务呢？”

“那就先吃后年的贷款呗。你企业爱怎么改怎么改，管你是股份制还是承包合同制呢，只要你不破产，国家的税收就不能不上来。来来来，将！”

不知怎的，陈刚的心里竟是沉甸甸的。

两个人没将几下，门一推，小二媳妇从银行下班，悄么悄地走进来，她跟小二俩人是大学里同班同学，财经学院毕业后走了好大一通后门，才分别分配到了银行和税务局这种旱涝保收的单位，所以一时倒无失业下岗之虞，还能时不时地往爸妈这儿搬点大鱼大肉什么的进贡货。小二媳妇一进门看见陈刚，就笑吟吟地招呼：“哎呀，大哥回来啦？我大嫂呢？”

陈刚一想，完喽完喽，我今天已经是第四次要回答这个问题了。一个三十多岁的大男人，身后边要是不拖着个老婆孩子，在别人眼里简直就不算是个完人，谁见了谁都要问上几句。嘴里忙又把那套话重复了一遍：“喔，那啥，你大嫂她在家有点事儿……”

撒完了谎，放下棋子立起身，借上厕所工夫扭身进了小屋，关好房门，拿起电话拨北京长途，也不知怎么想的顺手就先拨到了丈母娘家，丈母娘挺奇怪地说：“没，没有啊，小青跟辰辰都没回来呀，听她说你们不是要上杭州旅游吗？”

陈刚一听，赶紧支支吾吾地把电话撂下，心想差点漏了嘴，好悬把两口子闹意见的事儿给说漏了出去。赶紧又重新往自己的小家里拨，一听，柳青果然在。陈刚问：“你怎么还没走啊？我昨儿个回来时你不已经让人去订票去了吗？”柳青一听，委屈得呜呜咽咽地在电话里头说：“走什么走呀，我不想去了……我哪像你那么狠心，说撇下我们娘俩走就撇下走了，一家三口，缺了一个，还有什么意思……”

陈刚一听，赶忙哄着说：“哎哎，别哭，别哭你，你不了解情况，我回来是带着任务的……那什么，你要是没走，就赶紧来吧，领辰辰坐明天一早的飞机，快回来吧，人家想你想得快不行了……”

几句好话过去，立即把妻子说软了，答应明儿一早就飞来，又跟辰辰在电话里唠了两句，嘱咐他要当个好男子汉，好好照顾妈妈，听妈妈的话，明儿上午爸爸到机场去接他。辰辰在那头乐得直蹦高，陈刚在这头高兴得也快要跳起来了，心寻话，大男人嘛，要想顶天立地，就得有妻子儿女在身边环绕衬托着。

喜气洋洋从小屋里钻出来，没等发布最新消息，就听爸已经在那儿派任务：“那啥，明儿个大年三十儿，陈刚你们几个到你爷你奶坟上去看看，过年了，给烧烧纸，送点钱物啥的。”

小二说：“东陵离浑河多远哪？一上午跑不过来。”

爸说：“跑不过来不会下午跑？”

小二说：“下午人都回家过年了，谁还去上坟？”

陈刚说：“明天上午我还要到机场去接柳青和辰辰娘俩……”

小二说：“我嫂子他们俩又回来啦？这下咱们家可就大团圆了。听见没爸？你大孙子和大儿媳妇就要回来给你老拜年来了。那可是你从北京回来的大孙子哈。”

爸说：“去去去，你少跟我这皮了嘎叽的。要不那什么玩意，明天就光看看你奶的坟得了，在浑河那边，跟桃仙机场一个路。你把他们娘俩接回来，顺道就拉到你奶奶坟上看看，给培两锹土。”

小二说：“哎呀妈爸呀，人家那叫从北京回来的大儿媳妇，大过年的，下了飞机就把人往坟地里拉，可要出人命了啊……”

爸厉声说：“小二你给我住嘴！还有一点正经没了？”

陈刚伸手把小二扯一边说：“行了行了，小二，你想法给借个车，明天给跑一趟。”

小二说：“要借车不早说？都这时候了还上哪儿借去？再说谁大过年的愿意给你往坟地里跑？我借不着。”

爸满脸的不高兴：“不借就拉倒，你趁早给我少曰曰几句。还有没有点孝心了？我算看透了，等我死了那天，骨头都扔到乱坟岗子里去喂野狗，也甭指望你们哪个能给我上上坟。”

小二说：“哎呀爸，你活着我们都这么孝顺你还不行啊？等往后我给你烧纸钱纸马你能用上是咋的？”

妈说：“小二你快别胡说了，惹得你爸不高兴。你老姑家三斌子不是开出租呢吗？让他明天歇一天，少挣一天钱，开车给往他姥的坟上跑一趟。”

## 6

小时候，大年三十儿是陈刚最盼望的节日，穿新鞋，戴新帽，跟小朋友们一起堆雪人儿，划冰车，放鞭炮，滚得像个脏猴似的回家也不会挨大人说，围着火炉吃奶奶炸的油馓子，把个小肚子吃得溜溜圆溜溜圆的，结果每次都吃得直打伤食嗝，爸总是开来一盒一盒的山楂丸逼着他和弟弟两人吃。现如今这日子过得好了，吃的喝的全不愁，大家就不知道过年再盼什么。尤其像辰辰这一代孩子，日子都甜得发腻，过年过节对他们来说也就缺乏什么新鲜刺激，不知道这“年”过不过的还有个什么意思。

三斌子开着一辆灰不溜丢的“夏利”拉着陈刚和陈强往机场路走。陈强媳妇要跟去，陈刚给拦住没让去，说是怕回来接人坐不下，实际上他是觉得上坟这是一种自家的事，不必去惊动外姓人，老二媳妇连奶奶模样都没看见过，还去上个什么坟，走那个形式干啥。不过这个心思当着老二的面没好意思说。

上了车，小二问：“哥，你真要把嫂子和辰辰直接接坟地去啊？”陈刚说：“你听我爸那么说吧，去什么去，你嫂子都没见过咱奶什么模样，就别让她去了。咱仨先去上坟，然后直接奔机场。”又问：“三斌，能快点开不？咱抓紧点时间。”三斌子说：“没问题，就咱这技术，大哥，保证把你平安驮到我姥坟上。”说着，一踩油门，“嗖”的一声，“夏利”就眼见得离地了。

路过自由市场，车开不动了，不得不放慢了速度，大年三十儿，猫在屋里的人们全都拥到大街上逛来了，只见各种羽绒服、呢大衣、棉坎肩异彩纷呈摩肩擦踵地不停地晃悠，把个大街上整得热气腾腾，喧闹非凡，吆喝什么、卖什么的都有，市场一片繁荣。一辆大卡车的翻斗上堆满了毛毯、自行车、洗脸盆、塑料盒一类的东西，上面都蒙了一层厚厚的灰，旁边两个小伙子站在车上用小电喇叭不住地喊话，号召大家都去摸彩券中奖，为了招徕顾客，他们还时不时撒下一把糖果之类的东西扬到人群堆里，还真就有人低头哈下腰满地去捡。紧挨道边上一排溜净是卖烧纸的，各种各样色彩型号异彩纷呈。陈刚这才知道这几年虽说形势日新月异，可家乡人过年悼念祖宗的传统还是没有丢，心里不由颇多感慨。回头让三斌子把车在路边踩一脚，他和小二下来顺便给奶奶买几道坟上烧的冥纸。走到一个摊上，捡起来翻腾翻腾，见阴间的钱全是大票，花花绿绿，蓝的，黄的，红的，粉的都有，印的不怎么精美，很容易大批量仿造，上面分别印着红脸关公、赵公元帅和横眉立目的钟馗。一万元是最低面额，其他几张大的他跟小二数了半天后边的“0”，才勉强数得过来的是“千亿”“万亿”“兆亿”。小二憋住笑，一本正经地冲卖票子的人说：

“干哈玩意，这阴间也时兴通货膨胀是咋的？我是税务局的，我可要照章收税了啊。”

卖冥钱的老头挺机灵，反应也挺快地说：“啥？小伙子？税务局的？要收税你就到阎王爷那块儿收去吧。他正在那疙瘩等你哪。”

“你说啥？你再说一遍！”

小二梗梗脖子就要往上上，陈刚在旁边一手给拉回来，忙甩给老头十块钱，换回一摞好几个亿，在怀里抱着上了车。

驶上五里河的立交桥，道儿可就好走多了。从立交桥上放眼望去，一片片高楼大厦鳞次栉比拔地而起，矗立在灰蒙蒙的冬日天空下，古老的工业城市到这儿才显出了现代化的气派。想想沈阳这两年的城建速度可真够快的，就说他们陈家这些从农村进城还不超过三代的平头百姓穷亲戚吧，没几年的时间，全都噼里啪啦动迁搬进了新楼房，这要是搁在十年前，他那些老实巴交的姑姑叔叔心里肯定还没有这辈子住好房的念想呢。说变，变得就是快，像吹气变魔术似的。这速度，恐怕连北京也比不上。在北京，还有多少人住在小破四合院里挤挤擦擦地熬日子呢！

三斌子扭开车里的收录机，放出来的竟又是那曲《我的故乡在沈阳》：沈阳啊沈阳啊我的故乡，马路上灯火辉煌，大街小巷是人来人往，像那鲜花盛开的村庄……

陈刚听着，不解地问："我说三斌子，这首歌咋这么流行呢？是你们出租公司统一发的咋的？"

"那啥玩意大哥，不是，街上到处都有清仓大甩卖的，一块钱一盘，我就买回来一大堆，没事闲听着玩儿。"

"喔，我说的呢，唱这首歌的时候你还太小，没赶上，咋会突然就对它感起兴趣了呢。"

三斌子一笑，露出一嘴好看的苞米小牙："哎呀我说大哥，你还跟我倚老卖老呀你？你不就是比我才大个八九岁吗？你能赶上的，我啥没赶上？"

陈刚强词夺理说："八九岁？八九岁就差出去了一代人，你信不信？你知道啥叫'鲜花盛开的村庄'啊？"

三斌子说："那有啥不知道的，就是农村呗。"

陈刚笑了："你看，我说你小，没赶上吧，就是在说咱们沈阳呢。"

三斌子说："得得得，大哥，你净绕腾我，我不跟你争了。你是打北京回来的，是官员，比我嘴茬子硬，说不过你。"

车子平稳地滑过金碧辉煌的沈阳夏宫，就是中央台天气预报节目里常打出影像的那个。整个外形设计得宏伟、豪华，不知道的还以为是到了澳大利亚悉尼的水上音乐厅，或者不小心走进了世界公园迎头撞见异国建筑了呢。就这么好的地方，去年却不知怎的着了一把火，给烧毁了不少。沈阳人民面对困难不气馁，立马又把它修复了过来，而且比着火以前还要威武，还要气派。三斌子一手指窗外说："夏宫，大哥你进去过没？老大了，里面啥玩的都有，赶明个领你和我大嫂进去玩玩。”

一直都没吱声的小二接嘴说：“夏宫啥破玩令，人家你大哥在北京，啥康乐宫没进去过，还瞧得起这点玩意，你说是不老大？”

三斌子说：“那不对。康乐宫是北京的康乐宫，夏宫是俺沈阳的夏宫，玩起来滋味就是不一样，对不大哥？”

陈刚说：“那对，哪儿好也不比家乡好。”

“这就对了。”三斌子很满意地赞同说，“前些日子我看你们北京报纸上登的叫啥《走出沈阳》？还连登了好几天……”

“哦？三子，还挺关心国家大事的嘛。”

“那是啊，写谁谁不关心哪，大哥你看了没有？”

“咋的啦？写得好哇？”陈刚是听说过有这么个连续报道，可惜当时开会忙，没有顾得上挨排看。

没想到三斌子嘴一撇说：“得了吧，写的那叫啥鸡巴玩令！竟埋汰俺们沈阳了，一点什么好嗑都没唠。”

陈刚说：“哎呀，三斌子，话可不能这么说。人家记者那叫如实反映问题，给你报道上去，说不定就有人注意到，下来帮你解决一把呢。”

三斌子说：“大哥，你可拉倒吧，要是把俺们的问题都那么给反映出去了，那谁还敢来咱们沈阳啊？你还让外商来投资不投资了？”

陈刚听着直意外，连声说：“行啊我说小三子，真没看出来嗬，觉悟性还挺高的么！”

三斌子说：“那说啥了，这年头，写谁谁愿意，说谁谁爱听？”

陈刚听了，忽然想起刚考到北京上学那会儿，同寝室的一个北京当地的小子知道他是从沈阳考上的，也不知是有意还是无意地说：“沈阳？全世界污染最严重的十大城市，你们辽宁就占俩，沈阳和本溪排在了第一第二，听说那里出来的人一个个都给熏得像煤黑子……”陈刚当时的拳头已经在手里捏得嘎巴嘎巴响，就差立即冲上去揍他一个“电炮”乌眼青，后来慢慢才明白，北京人的嘴就是那个习性，自己住在小四合院趴趴房里啃着窝头咸菜，照样敢笑话外地人住高楼大厦吃大米白面，不一定就是有什么恶意，也不一定就有什么真能耐，就是大大咧咧地要贫嘴爱说。

不过沈阳这两年变得干净了，环境治理得好了这也是事实，修了一个带状公园，用一条护城河把整个市区打通连接起来，给城市风景提老鼻子气了。尤其是这两年修的那些高速公路和城区立交桥，虽然样子是土了点，修得比较寒碜，被沈阳人民昵称为“新加坡”和“土而奇”，可是毕竟还是解决了交通老大难题，不再像以前那么出门半天走不动车。

立交桥下一排排白色小别墅在阳光下耀眼，在清一色的老式棺材盒建筑中显得气度不凡，有些提前致富外加点殖民地的贵族味儿，三斌子说：“看见没大哥，最漂亮的那座小洋楼，被赵本山买去了，操，一下就花了好几百万元哪！”口气中不无炫耀、羡慕以及替名人高兴的成分。

小二听了，不以为然地说：“几百万算啥，对他来讲还不是小菜一碟，再说，你讲的那都是老黄历了，赵本山一晚上就把小楼给输了出去，你不知道吧？多潇洒，出手多威风，当名人就得那么干。”

三斌子一听，急赤白脸地争辩：“二哥你瞎说啥呀二哥？人家赵本山怎么会输？他玩啥，光赢还赢不过来呢，咋可能是输？你可别在那编瞎话了。”

小二也开始较劲：“谁告诉你的他不输？你跟他一起玩过是咋的？”

三斌子说：“人家是名人，我哪跟他玩得上呀，我就是希望他总也不输，把全国其他那些演小品的全给打败。”

陈刚乐得止住他俩：“我说行了行了，赵本山也不是你们亲戚，两个人争那个嘴干啥。”

三斌子说：“那可不行，咱辽宁出一个名人容易吗？可不能谁说啥就是啥。”

陈刚说："哎哟，地域往外扩大了？不是咱'沈阳'，又变成咱'辽宁'啦？"

三斌子说："咱们跟着借点名人光还不行啊？"

上完了坟，到了机场按时接来了媳妇和孩子，一家三口坐在车里往回赶，陈刚这会儿才有了全家团聚、放宽身心松松快快过个大年的感觉，车子回来时走的是高速公路，无遮无拦跑得飞快，陈刚的心也一颠儿一颠儿的美得要飞，高速公路下边还有一条普通便道，上面缕缕行行挤满了各种车辆，蜿蜒蛇行着一点点地往前蹭着挪动，陈刚看着，不解地问三斌子："那些车为啥不上高速路？在那儿挤着多慢腾？"三斌子说："现在各厂子都没有钱，哪还上得起，都交不起公路费，原先是六十块钱呢，现在没人上，都降到二十块钱了。"柳青像听天方夜谭似的，说："噢，你们沈阳还有这事儿？"

到了家，已是下午，按老规矩，就算是正式开始过大年三十儿，柳青一进屋，先叫了一声"爸""妈"，爸妈都笑么吟吟地迎出来。儿子辰辰非常乖，一路上早就被他妈给训练好了，一见面就给爷爷奶奶鞠躬说："爷爷过年好！""奶奶过年好！"爷爷奶奶都笑得合不拢嘴，爷爷问他："辰辰哪，感冒发烧好没？"陈刚在一旁一听，坏了！这事儿忘了跟他们娘俩串通口供了。一颗心立马悬到了嗓子眼儿，果然，辰辰挠了挠小脑袋瓜，十分诚实坦然地说："我没发烧，妈妈说要带我去杭州。"爸妈像是无意地同时瞥了陈刚一眼，陈刚嘴嘎巴了一下还没等说出话来，还是媳妇柳青当律师的脑袋反应快，立即接过话茬说："这孩子一刻也在家待不住，非得要闹着出去玩，这不，我就带他回来了。"

陈刚这下才稍稍放下心来，感觉到柳青已经背后在他腿上狠狠地拧了一把，疼得他龇牙咧嘴地没敢出声，面对众人脸上还得不住地挂着笑。

妈说："快都脱了衣服进屋吃饭吧，待会儿你叔叔和姑姑他们就都来了。”

“咦，”陈刚不解地问，“往年不都是大年初一才在一起过吗？今年咋改成过三十儿了？”

妈说：“这也是你爸临时通知的，今年不是有点特殊情况吗？趁着你们都回来了人口齐，大家伙儿还要商量商量你二婶提出的‘合坟’‘离婚’那档子事。”

陈刚说：“这还有什么可商量的，干脆拒绝她就完了嘛。”

爸说：“啥玩意要都像你想象的那么简单就好了。赶紧领着大人孩子上桌吃饭吧。”

## 7

一家子人的饭还没等吃完，过年的人都赶来了。最先来的积极分子是二姑，三姑也跟着前后脚迈进门坎，爸在他们家里排行老四，上面有三个姐姐，下有两个弟弟，外加上一个妹妹，总共有七个兄弟姊妹，旧社会东北的穷人家庭里几乎家家都有这么些个孩子，爷爷奶奶去世后，每年过年召集兄弟姐妹一起聚会的任务就自然而然地落到了爸的身上，姑娘们出了嫁就是人家的人，肯定是指望不上，大姑是个老面太太，六十多岁了，精力不济，手脚也不大利索，做点过年饭啥的都做不齐整，二姑比大姑还面，小时候得了气管炎，整天喉咙气喘，干不了什么大事儿，三姑身体好一点，可婆家那边也一大家子穷人等着她去张罗，所以娘家这边也就不靠她了。老四就是陈刚他爸，身为兄弟当中的长子，当然是长兄如父，这个群龙无首的家他不出头料理谁来料理？

三姑一进门就把一个包着水淋淋塑料袋的网兜递给了陈刚妈：“惠芬啊，我给你们带来几棵酸菜，晚上年夜饭包酸菜馅儿饺子吃。”

妈说：“三姐，你们家又开始渍酸菜了？”

三姑说：“可不，我们家今年渍了二百来斤呢。”

惠芬说：“现在市场上细菜这么多，想吃啥有啥，三姐你还渍那么多酸菜干啥？”

二姑这时接嘴说：“俺们家也渍了，渍了三百多斤，我还腌了三十来斤‘雪里红’咸菜，跟胡萝卜掺在一起腌的。现在物价都这么贵，孩子们在厂子里开不出来资，吃细菜也吃不起，我寻思着日子还得节省着点过呀，谁知道万一将来有个啥变化唔的，到时候可别抓瞎。”

三姑说：“可不是咋的，我们家那个酸菜缸都十来年没用了，差一点想扔，谁知道现在回头又用上了呢，还是我大侄儿好，念大书，到北京当大官儿，不用防备工厂黄铺失业啥的，是不哇小刚？将来你官儿做大了，你几个穷姑姑要饭要到你家门口，你可得给点残汤剩饭唔的，可不能装作不认识啊。”

陈刚说：“哎哟，你瞧我三姑说的，还越说越像了呢，我三姑父当那么大个厂党委书记，饿着谁也饿不着你家呀！咦，我三姑父咋没跟你一道来？”

三姑嘴一撇：“书记能顶啥书记，现在啥事都是厂长一把抓，你三姑父给派广西去要钱讨债去了，到处都是三角债，哪儿那么容易要回来？”

陈刚说：“去那么大老远？我三姑父那么大岁数了，受得了吗？”

这么一说，三姑变得紧张起来：“就是的，你三姑父大前儿个打电话回来，说二十九晚上能到家，可这会儿咋还没到呢？二姐啊，你说能不能是半道上出了点啥事儿啊？”

二姑忙拦住她：“三丫头你别瞎说，大过年的多说点吉利话，肯定是买不到火车票给耽误了，不能有啥别的事儿。”

正在这儿闲唠着，陈刚的老姑蓬头垢面地推门进来，一进门就咋咋呼呼嚷嚷：“哎呀，我大侄儿回来啦？”在陈刚背上拍了一巴掌，又转身扯住柳青白软细腻的小手："哎呀妈我大侄媳妇，越长越俊了，瞧人这手多细乎，再瞧瞧你老姑这手，这都不像个女人手，纯粹是劳动人民出身的手。"

辰辰从柳青身后钻出来，给老姑鞠了一躬说："老姑奶过年好！"老姑鼻子眼睛全挤出笑："哎呀妈辰辰都长这么大？越来越有出息了。快来快来，老姑奶给你压岁钱。"说着就解裤腰去掏钱包。

二姑在一旁忙拦住她说："快拉倒吧四丫头，今年的压岁钱就别给了，你这都下岗了，攒那点钱不容易，快留点将来给孩子上大学用吧。"

陈刚没大没小地跟这个比他大了七八岁的老姑逗："嚯，我老姑下岗了？现在又到哪儿放哨去了？"

老姑仍旧是笑呵呵地说："哎呀妈我大侄儿，还有心跟你老姑逗呢，厂子黄铺，给人家兼并过去了，富余人员都回家待着，你说你老姑才四十来岁还挺年富力强的就开始失业，我操他妈这叫啥市场经济啊还市场经济……"

小二陈强过来跟老姑逗趣说："干啥玩意老姑，跟形势唱反调啊？忘了当年你们厂效益好的时候，你穿八百块钱一双的'美人瓢'，一只手上戴六个戒指的风光时候啦？我们的同志啊，在困难的时候，要看到成绩，要看到光明，要提高我们的勇气，我说老姑，你就把你那些保值的戒指卖掉几个，就足够你们家王勇上大学用的了，也省得你天天再去挨累扫大街。"

陈刚诧异地问："老姑去扫大街？"

老姑说："唉，你老姑哪像你们有文化，能进大机关。老姑没能耐，只能去干点力气活，挣钱糊口，社会主义，也不能让人饿死啊！瞅你老姑这手，都磨出几层茧子来了。"说着伸出手在众人面前晃，陈刚一看，老姑右手虎口握扫帚把处，肌肉都已经磨僵了，凸起一块硬硬的肉疙瘩，手背皴裂，掌心也粗糙得直起毛刺儿，戒指倒是一个也不戴了。

三姑说："四丫头你也别不知足，你这才扫几天，人家一辈子都扫大街的该咋办？就是从前大锅饭享福享惯了，一点吃不得苦，再说了，现在想找一个扫街的活也不容易，多少双眼睛都盯着呢。"

小二说："我三姑到底是党委书记夫人啊，觉悟就是比别人高出一截。"

老姑缩回供大家浏览、向人抱屈的手，对着墙镜子拢着毛烘烘的头发说："可也是，想找一个能挣钱的活儿是不容易。俺厂子的劳模也给裁下来了，还是全国劳模呢，也是白扯，厂子没有了，还要劳模有啥用。嘿，还不好意思找工作呢，嫌寒碜，人家从前是被中央领导接见过的，连大会堂都进去过，像干点俺们这种扫大街、做小买卖的糊口活儿什么的，还嫌掉价，不愿意做，不做，不做就得饿着了，我算看透了，我操他妈啥叫市场经济，市场经济就是一点啥情面都不讲，对谁可是都一样，哪儿也没有白养活人的。"

三姑说："想明白啦，那就别再抱什么屈了。"

一大家子人正在这儿东一句西一句说话磨牙，大姑和几个姑父们也陆续到齐，还有几个跟陈刚同辈的孩子也来了，叽叽嘎嘎热热闹闹把三个房间和一个客厅都占满，妈关在厨房里把菜炒得花样翻新，油烟滚滚，二姑三姑以及陈刚陈强的俩媳妇在旁边帮忙打下手，男人们身不动膀不摇盘腿大坐地扯闲篇儿，情等着吃现成的。

爸看了一眼墙上的挂钟，转头问："小雷子啊，你爸妈咋还不来？"

小雷子是二叔和二婶的儿子，去年也结了婚，刚生了个女儿才满月，小雷子说："那啥，我妈说她头疼，不一定过来了，让你们大家伙别等她，我爸那人大伯你还不知道吗，当了一个了不起的破厂长，平时都整天不着家，过年过节就更找不到人了，说不定是去挨家走访访贫问苦去了。"

爸说："那啥，姐夫，要不咱们先喝着？待会儿春节晚会该开始了。"

大姑父说："那行，摆上摆上，咱们先开喝。"

说着就把两个饭桌支上，大屋一个，小屋一个，分别供男人和女眷们上坐，这是陈家祖祖辈辈传下来的老规矩，男人从来都要坐正桌、上座，女人和孩子打入旁桌另册。

几个女人穿梭着往上端菜，两箱子啤酒也扛来了，一瓶茅台酒酒瓶启开，陈刚非要多事拿过来检查一下，从瓶塞到瓶底儿来来回回瞄了个臭烂够，也没能看出个子午卯酉来，嘴里边却一个劲儿地说："假的，假的，十有八九是假的。"众人听了，不服气地反问："你怎么断定是假的？"陈刚说："现在市场上但凡是好酒就没有什么真的。"说着就想拦着大家不要喝，没想到却遭到了亲戚们的一致反对，老姑父说："假就假，现在除了人还是真的，哪还有什么是真？大不了是酒精多点，没事儿，喝点儿，解解闷，也解解乏。"

于是男士们在这屋推杯换盏，女人们在那屋笑声连天，倪萍和赵忠祥也出来在电视里报幕了。整个过年的气氛已经闹得足足的。爸带头频频举杯，一家老少爷们儿你推我劝，脸上的汗毛也都被酒精烧得支棱开了，话说着说着就渐渐离谱，不知不觉就拐到了旁边一巴拉。

爸说："小雷子，咱们陈家的男人，今儿个都到场了，就差了你爸，你就替你爸喝一杯。"

座下的几个外姓姑父也并不以为醋，晕晕乎乎地举起杯来说："来，来，小雷子，你是你们陈家这一辈里最小的，你替你爸喝一杯。"

小雷子面对姑父伯伯们的盛情，一仰脖，傻乎乎地二两烧酒灌进肚子。

老姑父抹了一抹嘴巴说："小雷子行，小雷子像他爸，现在也是劳模，工会委员，还是厂团支部书记，将来呀，也是块当厂长的料，说不定还会超过他爸。"

小雷子说："唉，没啥奔头，早知今天，还不如当初好好学习，也像我大哥似的，考上大学，进机关，就不用当工人这么挨累，还总担心被解职下岗了。像我爸，最后混上个破厂长，整天操心巴力的，也没啥意思。”

大姑父说：“雷子呀，你不知道，你爸这辈子，不易呀！小时候家里穷，没钱上学，为了能让你大伯把学念完，你爸连小学都没毕业就回家帮你爷卖菜种地了，后来进了城里，十四岁让你爸就进厂当学徒，可没少挨师傅打呀，愣是一点一点磨出徒，给打成才了。也跟你现在似的，当劳模，进党校，保送上大学，熬上了厂长，你爸从放猪娃当成个厂长，吃了多少苦，受了多少罪！雷子，你可得帮着你爸，可不能跟你妈一道在家挤对你爸。”

小雷子说：“咱家我妈其实就是心疼我爸，当厂长得罪人，我妈总担心我爸受人欺负，出个意外啥的。”

老姑父说：“你看看，你看看，到底是母子一条心，处处向着他妈说话。雷子啊，劝劝你妈，别总跟你爸吵吵，也别提给你爷和你奶合坟的事了。多闹心，也不合理。”

小雷子说：“我妈那脾气，我可劝不了，再说那是你们上一代人的事，我怎么好插嘴。”

大姑父抿一口酒，长叹一声道：“唉，雷子，你还小，你没赶上，你妈这辈子跟你爸享了不少福，说实话也遭了不少罪。你爸娶你妈的时候，你奶奶不同意，嫌你妈是个唱戏的，愣是不让你妈进门儿，你爸是个孝子，可就在这件事上拂了你奶的意，领你妈俩人搬出去过了。你妈和你奶婆媳俩这一辈子就落下了怨，临到你奶死都没有和好。整得你爸在中间也受了一辈子的夹板气。”

小雷子说：“我奶可真是死脑筋，她自己就是童养媳出身，倒还要嫌乎我妈是个唱戏的，唱戏的有什么不好？我妈那评戏唱得多好听啊。”

大姑父说：“你们小孩不懂，旧社会唱戏的可是属于下九流，更何况你妈跟你爸闹恋爱那会你爸正当青年劳模，披红戴花，敲锣打鼓大红喜报送到家，那时候的劳模可不像现在，那时候当劳模要多风光有多风光，光荣啊！你奶咋能允许劳模儿子跟一个唱戏的在一起？”

小二不爱听他们老叨咕这些陈年旧事，就故意装作醉醺醺的样子在旁边打断说：“大……大姑父，你就别……别大过年的给俺们忆……忆苦思甜了，我二叔二婶要是不结婚，哪……哪还有小雷子跟他姐小娟了？”

陈刚爸说：“算了，大姐夫，别跟他们这辈人说，没用，我算看透了，这群小没良心的，根本就啥也不懂得，还想指望他们孝顺哪，哼……”

陈刚陈强还有小雷子互相挤咕挤咕眼儿，没吱声。

爸说：“大姐夫，这个家你岁数最大，还得听你拿个主意，老二媳妇既然都把给咱爹娘合坟这事提出来了，咱也不能不把它当成个事儿考虑。”

大姑父思忖一阵，很为难的样子说：“这事儿呢……不给老人合坟吧，老二媳妇不干，老二在家里不得安生；合了吧，老太太临下世前特地嘱咐过，不让合坟……”

爸脸色红红地说：“咱现在就别考虑那么多了，这个坟不管是合不合吧，咱娘在浑河那块溜都待不住了。去年夏天发大水，只要再漫过河堤一点，咱娘的坟就得给淹了……”

小二接嘴说：“哎呀爸……爸呀，瞅你说的，水要是再……再漫过来一点，别说是我奶的坟呀，就连咱们沈阳城啊，都……都得整个给淹喽……水，水火不认人哪，哪还认得坟？”

爸朝小二瞪了一下喝红的眼睛：“去！哪儿有你说话的地方，一点正经都没有。”

小二吐了吐舌头，嬉皮笑脸躲一边去了。

爸又转头对大姑父说：“大姐夫，我估摸着，咱娘的坟早晚都得挪，那地方已经靠近高速公路边上了，不怎么安全。”

大姑父说：“挪哪儿？挪东陵咱爹那边去？”

爸说：“不行，东陵那边爹的坟也快搁不住了，有一个什么中外合资厂正在那块溜征地，我看也快征到爹的坟边上了。还得勤盯着点报纸上的迁坟地启事，这年头，活人日子不好过，死人也给闹得不安生。”

老姑父说：“那就只好到公墓去。听说灰山那块正在建公墓，咱厂子一个同志正张罗着给他家老爷子在那儿买一个位儿呢。”

爸说：“买一个位儿要多少钱？怕要上万吧？”

老姑父说：“不止，我听说一个单穴就要两三万，要是把咱爹娘挪到一起，少说也要五六万下不来。”

爸一沉吟：“那么多？……怕是要各家往一起凑了。”

大姑父腮帮上的肌肉动了几动，半晌才慢吞吞地开口：“是……贵了点，这会儿各家都挺紧张，都有难处，厂子里不景气，开不出来资，攒下的那点钱还得防备公房改革交费，还有将来孙男嫡女孩子们的上学交费，一时要掏出万把多块，怕是都拿不出来啊。”

一涉及具体的钱的问题，酒桌上立时沉寂了。老的小的都不说话，无滋无味地咂摸酒，气氛闷得不像是过年样。

还是小二首先打破沉默，异常亢奋咋咋呼呼地喊：“快看啊，快看啊，赵本山出来啦啊，老赵来啦！”又冲着对面屋大叫，“妈！妈！你快过来看赵本山，快到这屋来看彩色的。”

妈以及几个姑姑颠巴颠巴挤进来，嘴里还不住地念叨：“哎呀妈不是说赵本山的节目给刷下去了吗？咋的又有啦？”

小二说：“刷谁也不能刷赵本山，没有老赵这台晚会俺们还看谁。”

爸的眼珠儿直勾勾地盯在荧屏上，嘴里不耐烦地截住小二：“快住嘴快住嘴！听你的还是听赵本山的？”

赵本山的三鞭子很快就抽完了，不知怎的，众人心里边都微微地有些失望，三姑一边往外走嘴里一边说：“春节晚会是越来越没意思了。”妈也跟在后边嘟嘟囔囔地说：“赵本山还挺主旋律的呢哈？”

正说着，门铃“嘀零零”响，爸说：“去看看谁来了。”小二过去开门，二叔风尘仆仆一脚踏进门来。

# 8

“爸，可把你给等来了，俺们老陈家今天可就缺你一个人。”

小雷子嘴里招呼着，殷勤地给他爸倒上酒，陈刚叫了一声：“二叔……”就有些感慨得说不出话。才两年不见，二叔的头发竟然花白了，尤其是两个鬓角处，白得厉害，背驼得像是被什么东西使劲给压弯的，脸上黑瘦黑瘦，皮肤里的水分都被东北的冬天给风干了出去，只剩下发皱的皮紧裹在脸架子上。唯有那双眼睛，仍然是陈刚所熟悉的，大而明亮，如一头负重的骆驼的眼，吃苦耐劳，任劳任怨，竟看不出有半点怨悔的情绪。这就是他的二叔，为这个大家牺牲了一辈子，奉献了一辈子的二叔，上托着哥哥姐姐，下拉着弟弟妹妹，又要不断在娘和媳妇之间调停说和，一辈子净受苦净受气了。等熬到给爹娘送完终，弟妹也各自立业成家，二叔也把自己给熬老了，熬干了，眼望着面前的二叔，陈刚却总要情不自禁地想起小时候看见的那个一米八〇浓眉大眼的美男子，那个披红戴花的朝气蓬勃的英俊形象。

“二叔你先喝口水。”陈刚端一杯水到二叔面前。

“噢，小刚，咋样啊，在北京还挺好吧？”二叔亲昵地伸手揉了揉陈刚的头发，“我大侄儿比上次回来胖点了，在那块儿溜工作还行啊？”

“行行，有啥不行的。二叔你这过年也不休息？连个年夜饭也吃不团圆？”

“唉，休息个啥，”二叔叹了一声说，“企业那么多下岗的工人，不得去看看哪，有没有吃不上饭的，有没有过不去这个年的，得下去走走，安慰安慰。咱东北的工人可不像一般的工人，东北人火气大，劲儿冲，一旦把怨火集体撒起来，那家伙，谁也扛不了。”

二叔转头又问小雷子："你妈跟你姐她们没来啊？"

小雷子说："我姐去她老婆婆那儿了，我妈说她头疼，今儿不来了。"

"净瞎扯，那她一个人留在家过三十哪？"二叔有些不放心地说，"雷子你快点吃，吃完早点回去陪陪你妈。"

陈刚说："二叔，你是不是在家又跟我二婶闹意见了？"

二叔头一低，干咳两声说："咳咳，哪儿有的事儿，老夫老妻了，有啥可闹的。"

陈刚笑着说："真没有假没有？我可听说你又偷着从家里拿钱上厂里……"

二叔急了："别瞎说别瞎说，肯定又是听你爸瞎说的，拿什么钱拿钱，我那只不过是先垫一下，又不是说不还了……"

陈刚说："二叔，不是我这个当侄儿的多言，本来这就是你的不对，也怨不着人我二婶。早些年你不就因为背着我二婶偷着给我奶钱，俩人就总吵架吗？二叔，你大侄儿现在好歹也叫个国家官员，也是个拖家带口的人，也是刚刚才整明白，忠孝是忠孝，家庭责任是家庭责任，可不能全给搅和到一起……"

二叔说："得得，小刚，话说是那么说，可实际上哪儿掰扯那么清去？不总得有个先后吗？搁你你能怎么做？"

爸这时也进来插话说："就是的，小刚，你听听你二叔说的才在理，哪像你和小二，才做了几天官儿，就六亲不认开始忘本。"

陈刚生气地冲着他爸："爸，我说你到底站在谁的一边说话？你看你看，你让我回来做工作，我这才刚开始做，你就进来掺和，你到底还让我说不让我说啊？"

没等爸说话，妈在那屋嚷嚷："都别吵吵，别吵吵了，十二点了，都过来吃饺子吃饺子。"

于是大家暂时把这些烦人的话题撇开，眼神投放到电视上。电视里这时"当当当"的报时钟响，接着又呜呜嗷嗷又蹦又跳地开始团拜，主持人一个个情绪使劲亢奋，嗓音都已不是正常的调儿了。画面上花花绿绿闹闹哄哄，也分不出个完整的人和物，往年这个时候全家人就该狠劲出外放鞭，崩一崩一年积下来的晦气和邪气。今年的鞭不能再放，就只好哑么悄悄地吃饺子。热气腾腾的饺子端上来，一家人拿着碗碟，蘸着又酸又辣的腊八醋忙着品尝好几年都不见的猪肉酸菜馅儿。刚尝没几口，正在这儿夸“好吃，好吃”呢，就听门铃连续地响，众人都纳闷：这大年三十儿，深更半夜的，谁还来串门？

妈先走过去，从猫眼里往外观瞧，见来人不认识，像是个年轻人，穿着厚厚的军大衣，手里头还提拎两瓶酒和两个果匣子，妈站在门里警惕地问：“你找谁呢？”

来人在门外答：“我找老陈家，陈师傅在这儿住不？”

妈又问：“你找哪个陈师傅？”

来人说：“俺厂子陈厂长，陈忠孝厂长。”

妈一听：“老二，是找你的。”

二叔从门里往外一瞧：“是俺厂子青工杨铁蛋，他爸老杨是带我出徒的师傅，他咋找到这块儿来了。”

一边纳闷，一边打开门把人放进来。杨铁蛋一迈进门就说：“那啥，陈厂长过年好！我是特地来给你老拜年来的。”

二叔挺奇怪地问：“铁蛋子，咋找到这儿来的？”

杨铁蛋说：“我一晚上都找了好几个地方，最后到你老家里去了，还是你家里我大姨告诉我你有可能在这块儿。”

二叔一听，辈分有点乱，差不点想乐。杨铁蛋他爸外号叫“杨大拿”，是厂里的老工人，技术那叫真正过得硬，一个大字不识，却能将车钳铣刨样样精通，一提起来厂子里没有人对他不服气的。二叔能摊上这么个师傅带，也算是他的造化不浅。眼看着徒弟茁壮成长，师傅也就一天天老了，退休了。杨铁蛋是属于照顾，接替他爸爸的班，这才进了厂，穿起了工作服。只可惜这小子有点浑，在学校时就调皮捣蛋，进了工厂还屡教不改，又仗着厂长是他爸的徒弟，就以为天老大他老二了呢，技术不好好学，上班还吊儿郎当，这次一下子就给整下岗了。离了岗，失了职，这下子他才开始有些傻眼。

进了屋，二叔让他坐下，心里明白他这是来者不善，一直对下岗不服，可能要有点说道。就耐心等着应付着，嘴里还得跟他没话找话说："啊，那什么，你爸你妈都挺好哇？我这两天忙，没顾得上，等过两天抽空过你家去看看去。"

杨铁蛋说："啊，不用不用，我爸知道你当厂长忙，特地叫我来看看，还让你多多批评、教育我。这不，过节了，也没啥拿的，就拎了两瓶酒过来……"

二叔说："铁蛋，你来看看我就看了，这酒，你拿回去，你又不是不知道，我平常是烟酒不沾。"

杨铁蛋说："那哪行，你老可一定要收下。"

二叔板起脸说："我说拿走就拿走，就算我孝敬你爸的。"

杨铁蛋一听急了："陈厂长啊，看在我爸的面子上，你也得照顾照顾我，不能让我回家待业啊。"

二叔一听，拐到正题了，把脸板得更紧说："铁蛋，不是我不给你面子，你想想你给过我面子没？哪怕你能赶上你爸一个小手指头呢，也不至于落到今天这个地步。"

杨铁蛋急赤赤地说："厂长，厂长，求你原谅我这一次吧，只要这次厂子里能留下我，让我干什么我都干，就是别让我丢了这个饭碗。家里我媳妇也刚刚下岗，儿子今年夏天就该上小学了，还不知要交多少钱呢。厂长，厂长，看在我爸曾带过你的面子上，求你再让我在厂里继续干吧。"

二叔的脸绷得像块石头，一点表情都没有。

空气一时僵住了。妈这时端着一杯茶进来客气地说："那什么，小杨，喝点水，这大过年的，跑这么大老远。"

杨铁蛋一看，像抓住了一线转机，冲着妈说："大……大姨，求你替我说说情，让陈厂长别把我整下岗。"

妈刚张口说："啊，是啊？……"二叔就厉声打断她："大嫂你回屋，这事跟你没关系。铁蛋，今天这种结局都是你自己造成的，你就别再指望厂里什么了，要我说，你趁早到人才市场上去瞅瞅，去晚了怕是也没了机会。"

没想到杨铁蛋脸一白，"呼"地一下站起来，用手指着二叔的鼻子，扯着嗓子大声说："姓陈的，没想到你能这么不开面儿。可别给你老脸不要脸，放着敬酒不吃吃罚酒！"说着，从袄袖筒子里"嗖"地亮出一把三角刮刀，明晃晃地就冲二叔奔过来了。

妈给吓得尖声惊叫："哎呀，哎呀，杀人啦，杀人啦！快来人哪！"

小二陈强从那屋一个箭步就蹿过来，高声吼道："谁？谁？谁想干啥？"进来一见，杨铁蛋正拿着刮刀紧逼二叔，二叔步步后退，已被逼到了立柜角，小二手疾眼快，抄起一把椅子就砸了过去，喊嚓咔嚓，几下子就把杨铁蛋给拐别在了墙角上，脚下同时一使劲，抬腿就在他软裆上来了一下子，疼得杨铁蛋龇牙咧嘴直冒冷汗，刀子一扔，双手捂住裤裆颓软下去，小二把椅子哐当撂下，就劲把杨铁蛋双手反剪到背后，一手薅住他的头发往后揪着问："就你小子也敢牛逼？也不睁眼看看你这是在啥地方！今天你是想怎么的吧？要死要活由你选。"

杨铁蛋脸色蜡黄，嘴里带着哭声说："饶了我吧大哥，我错了。我家里上有七十多岁的老父亲，下有等饭吃的老婆孩子，大哥你就饶我一条命。"

"算了，小二，放了他吧。"二叔用惊魂未定的嗓音给杨铁蛋求着情，妈也在一旁惊吓不小地说："小二呀，你快把他整走。"

小二忿忿地使劲用膝盖在杨铁蛋后腰上顶了一下："哼，快给我滚吧，今天我把话撂在这儿了，你小子要是敢再起屁，看我怎么捏巴死你！滚！"

随后使劲一推搡，就把杨铁蛋摔巴出门去了，随手又把他拎的点心和酒一块给甩出去，嘴里可劲嚷嚷着说："小子哎，你听好，你们厂长要是有什么三长两短，看我不连你全家老小一窝端！”

妈使劲往回拽小二，不停地揉着自己的胸口窝，还一个劲地批评小二说：“别吵吵。大过年的，那么大声吵吵个啥，让左邻右舍都听见了。”

妈无论如何也没想到，小二的最后几句话竟不幸成了谶语，更大的灾祸已经在后边等着二叔了。

## 9

二叔让人给打了。

正月初三的下午，二叔在去职工家里探望回来的路上，被几个蒙面人从后边跟上来给打了。那些人出手可真是太黑了，一看就知是专业打手，总共也就只干了三下：照准颅骨一棒子砸下去先给撂倒，接着对准软肋再狠抽两道。绝对不会给打死，又绝对给打得奄奄一息，打完以后眨眼之间撤退离去，一点可供侦破的痕迹都没有留，手法简直是娴熟到家了。

消息是小二最先知道的。小二那天恰巧在单位里值班，一个做好事的出租司机用电话传呼小二。出租司机在路口拐弯处碰到了横在地上的血肉模糊的二叔，差点没给吓得半死，想绕过去跑，却老半天都没挪得了地方，手脚都不听使唤，缓过神儿来，才战战兢兢下去往车上抬人，拉着就往医院开，到了急诊室，小护士不收，说凡是流氓打架斗殴的，医院一律不收。司机火了，破口大骂：“你妈逼你家六十多岁的人还能去打架斗殴啊？你可给我睁大眼睛看着，我送进来的可是活的，剩下的你们给我掂量着办。”护士吓傻了，也不知对方是什么来头，赶紧找人，往医生家里打电话。司机从二叔身上翻出证件本通信录，一看税务局陈强的名，认识，在朋友家一起喝过酒，立马从急诊室往小二那儿传呼，电话一通，司机就说：“你是陈强啊？赶紧到医院来，你家老爷子出事了。”小二一听，脑袋“嗡”的一声，问：“啥？你说清楚点。”司机说：“你们老爷子被人给打了，伤得不轻，赶紧来吧，晚了怕是看不见了。”小二急了：“你他妈的给我说明白，谁被打了？”司机也急：“陈忠孝，你家老爷子。”陈强一听，心里又是“忽悠”一下子，腿也软了，脑袋里也全明白了，结结巴巴地说：“好，你等着，我马上就到。”又接了一句“谢谢”。

放下电话，慌里慌张打车往医院跑，拎着单位的手机，一路上把各家亲戚全通知到了，无一个不被吓得脸色煞白。

小二到医院时，亲戚们也差不多前后脚跟到。二婶家离得远，是最后到的。陈刚看见二婶哭着喊着一头就扑进来：“我那短命鬼啊，你这是自己找死啊，你说你当这么个破厂长干什么吧啊……”二姑上前揽住二婶说：“桂芝啊，你冷静点啊桂芝，老二他现在正在里头急救啊，你可别太激动，看伤着身子骨。”

二婶依旧不依不饶，哭天号地地当着众亲戚数落：“我的命好苦哇！我为你们老陈家操心了一辈子，咋就落到这地步了啊！自打进了你们老陈家门，我可就没得着几天好哇，摊上这么个窝囊废男人，里外都跟着他受气。现在谁个厂长的老婆不是穿金戴银的，可我除了跟他担惊受怕，哪享着什么福了，如今连人命也快要搭上了，我就差成了寡妇。死老头和老太太啊，你们行行好，在地底下保佑你们活着的儿女过几天消停日子吧……”一把鼻涕一把眼泪的，像哭丧。

亲戚们也不敢使劲劝了，心情差不多都跟她一样悲戚，一个个蔫头耷脑，有气无力地等在手术室外面。小二脸色煞白地说：“那啥，二婶你别哭，看我去怎么整死老杨家那小子。”说完戴上帽子往外走。爸一把把他薅回来：“小二你快给我回来！咱家躺下一个还不够受吗？你还要再添一个是咋的？你是不是想把你爸这把老骨头也搭进去才完哪？”

小二一耸动身子：“爸你别管，我自有办法。”说完嗖嗖嗖就蹿了出去。妈跟在后边不住地招手吆喝：“二呀，小二，你快听你爸的话，快给我回来……”小二头也不回，气冲冲地大踏步走了。

陈刚盯着悲痛欲绝的二婶，心里有如乱麻一般扭缠搅拌着不是个滋味，这就是那个他熟悉的，打从一小就崇拜、热爱的二婶吗？年轻时候的二叔二婶，真是一对郎才女貌的才子佳人，走到哪儿都显眼，尤其是二婶，鲜亮，俊俏，往人群中一站，身段一拿一个眼神，一句唱腔，立时就能把众人的目光吸引过去，整个迷倒一大片。那时日子过得虽穷，却时时对未来充满希望，可眼前的这个二婶，苍老，疲惫，邋遢，年轻时的精神气儿一点都没了，像是被什么压垮似的。连那眼神都是无力、混浊的。

陈刚的心里不由得一阵阵发酸。

二叔的手术动得还算凑合，已经能醒过来多少明白点人事儿。做手术的大夫被陈家用红包给打点过，要不然，谁会在大年初三就来给你上手术台，认真做这么大个手术啊！红包是陈刚出的，不是几百块钱一个小红包，而是两千块钱的一个大包，媳妇柳青大度得很，二话没说就掏钱了，临领孩子回北京，还一再嘱咐陈刚该为家里出什么力就尽可能地出力，别有什么舍不得。陈刚感激涕零地把他们娘们孩子送走，让她替自己到单位请假，他自己回到家里继续处理二叔的事情。

杨铁蛋作为最大的打人嫌疑犯，已被整进局子里蹲着，那小子还装傻，死不承认，出事那会儿他正在老丈人家搓麻将，有不在现场的证据，但不排除是他出钱雇了黑道上的人干的可能，又一想他家里穷成那样，哪还有闲钱雇人去打人？小二陈强不管那些，小二对公安局里的小哥们儿叮嘱：“哥几个，你们先给我把他胖揍几顿，圈几天饿瘦他再说。”小警察说：“哥们儿，我们也不能随便打，得有证据。”小二急了，说：“我操！我们家我叔都被他打瘫了，这口气我说什么得找回来。你们不帮我是不？”警察说：“我们调查了，你叔六七千人的厂子，下岗的有三分之二，谁知道哪个跟你叔憋着气啥的背地里干的？也不一定是杨铁蛋。”小二说：“好，你们不够哥们意思。你们不打，我打。”警察说：“哥们儿你可别，现在这种事情太多了。我们会尽量优先给处理你这个。”

医院里前来探望二叔的人缕缕行行从没间断过。工人们听说厂长出了事，一个接一个拎着罐头水果蜂王精营养液什么的都来了，探视时间不到不让进，就干待在外边等，杨铁蛋他爸杨大拿，也颤颤巍巍拎着两铁桶“麦乳精”找来了，一进门，见床上躺着的浑身缠满绷带的徒弟，心疼得连胡须都颤巍巍的了，走过去，手摸摸，脚摸摸，“扑通”一声，顺着床沿跪倒，老泪模糊地说：“二陈子呀，师傅对不住你，师傅养了一个孽子……呜呜呜……”

二叔费劲地扬了扬手，一旁的二婶赶紧过去把杨师傅扶起来，二叔有气无力地说：“师傅啊，是我……我对不住您，我没把咱厂……厂子带好，让工……工人们跟着受委屈了，我……我对不住大家……”老杨师傅听了，忍不住呜呜呜放声大哭了起来，在场的几个工人也看得眼泪瓣直往下掉，一个女工抽抽搭搭地说：“那啥，陈厂长，你可一定得好起来呀，咱厂子千八百号人可都等着你呢……”旁边几个工人也附和着说：“陈厂长啊，你可不能倒下啊，咱厂子还全指望你哪……”

二婶在一旁默默地听着，眼眶子也有点湿润了。

## 10

合坟的事终于被提到了议事日程。经过了一场灾难的打击，二婶完全失魂落魄，又完全地走火入魔，更加坚决地认定，地面上的这一切灾祸都是由于地下的老人没有合坟而造成的。陈刚想上去劝劝她，想跟她说这一切都不关合坟的事，二叔的挨打跟合坟并不成什么因果。同时还想从大道理上给她讲一讲，经济转型引起的人际关系的一系列变化，以及什么什么少数人既得利益的受损，个别人职业的重新选择，等等的大理论。可是一看到二婶那副悲痛欲绝、心碎欲裂的样子，忽然又什么都不忍心说了，就觉得自己非常的迂腐和可笑甚至还有了几分可恶。面对一个饱经风霜、饱受折磨的普通妇女，一个劳碌、操心了大半辈子的妻子和母亲，眼下她的亲人正躺在病床上受着生死煎熬，自己却要道貌岸然地去给她大讲生产力和生产关系，这简直是太愚蠢太没人味儿了。

家庭会议在一片悲戚的气氛里举行，二叔一出事，大家伙好像一下子被打蒙了，恍然间倒忘了去追问二婶提出的合坟一事的合理性，迷迷糊糊地倒真觉得像是老祖宗在冥冥之中主宰着儿女们的祸福。于是每个人的心里都不禁悚然，唉，事已至此，合就合吧，如今死的活的只能顾一头，爹娘的坟反正已经待不长了，迟早都要挪。全家人商量着，先把陈刚奶奶的坟迁到东陵山上，和他爷爷的临时埋在一处，以后再慢慢攒钱买墓地，修碑，到时候把二老的坟一起挪进去。

一直没表态的二姑在底下犹犹疑疑地小声嘟囔："不是清明，也不是七月十五，哪有正月里动土惊动阴间的……"

二婶一听就炸了："啥？不能正月里动土？还没有正月里打人的呢！你们非得看着人给折腾死了才算心里安稳哪？正月里不能动土？老太太就是在正月里死的，你们耽误一天埋了吗？"

众人都不吱声了，知道老二媳妇受的刺激太大，有些歇斯底里，就谁都避免去招惹她。

二婶意犹未尽，泄起气来就收不住："你们从来就不拿老二的事情当回事，用不着他了，就把他一脚踢开，像踢一条狗似的。忘了他是怎么给你们老陈家老牛拉破车，拉扯你们陈家老的小的了？要是早按我说的合坟，哪还会出今天的事儿？老二的病就是好了，人是呆是傻还难说呢……"说完，又"呜呜呜"地顿足捶胸大哭起来。

大家神色忧戚，面面相觑。

正月里去挖坟，实在是件愚蠢的迫不得已的举动。雇民工挖坟也雇不到，只好是爸和姑父领着陈刚、陈强、小雷子、三斌子，以及二姑三姑家的几个男丁扛着铁锹和铁镐直奔坟地。女眷们要去，被爸给拦住了，怕她们受不了刺激。其实兄弟几个每个人的心里也都胆儿突突的。

“半截美”载着几个人呼呼地往浑河方向开，突然间就变了天，前两天还暖得要命，肉放屋外窗台上都冻不住，转眼就刮起了北风，卷着细碎的雪花，斜着朝人的脸上身上打。刺骨的寒意让陈家的男人们从上到下冷了个透。埋了十来年以后，也不知道地下的尸体会是个什么样子．如果例行公事，去挖什么别人家的坟倒还罢了。如今是去挖自己的祖宗，他们几乎每个人都沐浴过她老人家恩德的祖宗，这要是挖出一堆骷髅白骨来让他们这些后人可怎么忍心看？！

陈刚的腿有些发软，手也哆哆嗦嗦地握不住锹把。就要见到一手将他带大的奶奶了。不是在阳间，而是在底下，在冻土层里，陈刚一想起来就有些怕。事先虽然设想过种种可能，想象了一下各种处理办法，想来想去，最终还是决定要把尸骨殓起来，先送火葬厂火化，然后再往东陵埋骨灰盒。若埋骨殖，人体206块骨头，占好大一片地，以后进公墓不太可能，买不起那么大的穴位。只能是到火葬厂去炼，炼完收入骨灰匣。

奶奶的坟就在眼前。也不过就是河滩地面上一堆小小的隆起。这样的土堆一转圈有很大一片。当年给奶奶入土下葬时，陈刚还特地在奶奶坟边插上了两棵杨树苗以做标志，十来年过去，杨树苗已长得碗口粗，快成了大树，树枝子正在风里摇摇晃晃地发抖。大年三十儿时陈刚陈强他们给奶奶上坟烧的纸灰还没有被风吹净，留下星星点点的黑斑。一群乌鸦嘎嘎哀鸣着在冷风里飞过，陈刚仿佛听到奶奶在冻土层下喊：“不要炼我！我不跟那死老头子埋在一起……”

陈刚的心颤颤的，猛抖了几抖，眼泪刚欲盈出眼眶，却又迅即被西北风无情地给在眼里风干了。

爸给每个人递过一根香烟。陈刚也接过来，叼在嘴上给自己驱寒壮胆。战战兢兢挖了将近一米深时，已有了朽木的碎片。子孙们都停下手，呵气，有些怕，不敢再往下挖。

爸拿出预备好的酒和纸钱，往坟周围一转圈儿撒上，然后又“扑通”跪下：

“娘啊，惊动您老人家了，您也不想眼看着儿女们受苦是不？您就委屈跟爹到一处吧，我们保证孝敬你，逢年过节给您老人家送吃的，穿的。您就原谅儿女们的一次不孝吧。”

说着，“哐哐哐”在坚硬的冻土上磕起了响头。黄土末子沾满了蓬蓬的头发，陈刚他们看着，心都跟着乱了，也跟着跪下，磕了几个响头，然后站起来，六神无主重又攥起了铁锹。

还没等他们继续往下挖，却见一辆红色夏利疾驰而来，又一辆黄色出租车紧随其后。头一辆车里下来的是头缠绷带的二叔，后面车追来的是二婶和闺女小娟。

二叔跳下来，踉踉跄跄嘴里大声喊着：“在哪儿？在哪儿？你们想干什么啊你们？”

众人都愣了，谁也不敢回话。

二叔歪歪斜斜地走过去：“谁让你们挖坟的？谁让你们挖的？啊？娘过世时说的话你们都忘了？”

“二弟……”爸红着眼圈，哽咽着说不出来话。

“你们这就忘本了？就不听祖宗的了？”

二叔血红着眼睛，疯了似的，拨开众人，“扑通”一声跪到坑边，拍打着黄土，仰天长嚎：“娘啊娘啊，子女们不孝啊，不让你老人家得安生，儿对不住你啊……”

说完匍匐往前跪爬了几步，大头朝下一头栽进坑里，嘴里不住哭喊着：“你们挖，你们挖，要挖，就连我也一块挖走吧……”

“爸呀——”小娟“嗷”的一声喊着扑了过来，小雷子也赶紧跟着往前扑。

“二叔——”

“二舅——”

哭喊声惊天动地响成一片。

“我那短命鬼哎——”

二婶也踉跄着扬了扬手，无力地喊了一声。

再一看二叔，已经蜷在坑里昏过去了，绷带上渗出了滴滴鲜血。

二婶惊急得在一旁抽起了羊角风，嘴角不停地冒出白沫。

……

## 11

正月十五，陈刚要回北京上班了。妈眼泪巴擦的，有些依依不舍。爸低头寻思了一下，说："走就走吧，你也得回去干你自个儿的事业，去跟你二叔道个别。"

陈刚拎着一些水果到了医院，见二叔一家人都在医院里陪他过十五。二叔脑袋上的绷带还没有拆下去，手臂上还插着输液管儿。二婶正在床头一小口一小口地喂他什么水儿喝。女儿小娟带着孩子围着他转来转去，小外孙一口一个"姥爷""姥爷"地叫得甜。床头柜上堆的全是工人们送来的慰问品，点心、罐头、水果什么的堆得冒尖，像座小山似的。

合坟的事谁也不再提了。尤其是二婶，只字不提。两次将二叔从生死线上拽回来，二婶像突然间想开了，看明白了，啥也不说，啥也不提了。

二叔拽着陈刚的手说："刚儿，要走了？"

陈刚抚着二叔青筋暴起的手，轻轻点点头。

二叔艰难地喘息了一阵，费力地将气息调匀，说："刚儿，家里的事，你都看见了，你可别往心里去，啊？二叔跟你说句心里话，二叔哇，文化低，念书没有你们多，大道理二叔讲不上来，二叔这辈子啊，就盼着你们那一代人能过得比二叔强。不管是到了啥形势，也不管是谁当了这个官，都得让老百姓有饭吃，让工人们有好日子过是不呢？谁走道的时候还不遇到点拐弯抹角的啥困难唔的呢？人哪，可不能说忘就忘了祖宗，忘了本。你在北京那疙瘩工作，凡事都要长点心眼，别没事总跟着瞎哄哄。”

“嗯，二叔，你就放心吧。”陈刚的眼睛又不自觉地湿润了，喉咙里哽咽得说不出话来。

正月十五的车站广场上，闹花灯的队伍喜气洋洋。中老年秧歌队敲锣打鼓，披红挂绿，一个个勾脸描眉，把鼻子嘴巴都描画得分外喜兴夸张。老头老太太们，大叔大婶子们，扭着腰，耸着胯，扬臂踢腿，把一根根红绸舞得眼花缭乱，把一个个高跷踩得滴溜溜乱转。数百盏彩灯同时耀眼地亮了，天地间被照得一片鲜明。看热闹的人挤挤擦擦围了一圈又一圈，挤了一层又一层，全都兴高采烈拥到明亮的大街上，欢庆一年当中又一个喜庆节日的到来。父老乡亲们纵情地舞着，叫着，笑着，闹着，尽情释放、宣泄着他们内心的情感，无所顾忌地向世人展现他们永远都不会沉寂、永远豪放、永远达观向上的力量。

“锵锵，锵锵锵——”

“锵锵，锵锵锵——”

一声声震撼人心的锣鼓，直敲散了冬的凛冽，倾诉着人们对春的热烈期许。

“锵锵，锵锵锵——”

“锵锵，锵锵锵——”

铿锵的鼓声深深地敲在陈刚的心上，将他的心弦深深地震颤了。在火车徐徐开动的尖厉汽笛声里，陈刚不禁倚住车门，久久地临窗回望。

故乡啊，故乡！故乡今在何方？

……

1996年5月1日于京西

原载《青年文学》1996年第7期

# 钳工王

梁晓声

好大一场雪!

这是一九九六年最后几天中的一天。更确切地说，是十二月二十八日。星期六。

四天后一九九七年就和人们碰脑门儿了……

章华勋在梦中被电话惊醒——“厂长，下雪了！”

他听出是厂办主任李长柏的声音。他先撩起窗帘一角朝外望了望，天还完全黑着。扯亮灯，又从床头柜上抓起手表一看，四点十五。

“你没见过下雪呀？”

他不禁有些生气。他昨晚十一点半才回到家里。和港方代表的“谈判”很令他沮丧。事实上那并不能算是一场正式的谈判。谈判结果早已形成具有法律意义的合同。他企图改变合同内容的要求显得唐突而又强人所难。全过程无非是他慷慨激昂了一通，甚至大发脾气——对方非常有涵养，非常理解，却又爱莫能助地听着罢了。结束的时候他几乎什么都没改变。这一点在他的预料之中。他明知改变不了什么竟仍然强烈地要求改变什么，完全是受一种巨大的责任感的促使。没谁逼着他非担负起那一种责任感。他有充足的理由推卸得一干二净。是他自己非负担起那一种责任感的。它鼓励他扮演一个挺身而出同时回天乏术的角色。

“三二三”厂是国内的老军工厂。建国以来它一直生产一种东西——枪，各式各样的枪，各式各样的枪所需要的子弹。“抗美援朝”战争中，它生产的枪武装过志愿军。那时它只有五百多人。现在发展到三千多人了。还不包括他们的家属。如果包括，已经一万二千余人了。在A县之县城的东南地带，“三二三”厂的三千多名职工加上他们的家属，组成了一片庞大的社区。不过是一片房舍老旧甚至可以说破烂不堪的社区。整个社区内仅有几条水泥路和几条沙石路，其余皆是土路。当地的土质盐碱成分含量大。灰白色，狼粪那一种灰白色。夏秋两季，大风一刮，灰白色的土尘飞扬起来，远远望去像放了烟幕弹似的。而春季冰雪一化，土路皆被踏成一条条灰白色的泥泞带。因而邻县的一家鞋厂，与“三二三”厂一直保持友好关系。“三二三”厂的职工，每家都有邻县鞋厂生产的几双胶鞋或雨鞋。自然是“批发价”。除了厂一级领导和有突出贡献的科技人员住的是几排砖房，其余人家住的全是泥房。泥房当然也是灰白色的。所以A县人，将他们那一片社区叫作“茧房区”。将他们和他们的家属及子女，不分老少，一概地叫作“蛾子”。

但正是经由这些“蛾子”之手制造出来的枪，始终源源不断地供给着中国的军队。他们引以为荣的是，大约每十支中国造的步枪的枪身上，有一支准印着永远也磨不平的“323”。前几年，军工厂“下马转产”，“三二三”厂错过了机会。中国既还有军队，军队既还需要枪，就不能没有造枪的厂。世界还没和平到使中国人认为可以解散军队的程度，这个道理是再简单再明白不过的。结果“三二三”厂“下马转产”的报告没被批准，仍造枪。主要是步枪。“三二三”厂生产的步枪是跟得上世界水平的。中国军人“大比武”年代的“神枪手”，乃至近些年在国际射击比赛中获了金牌的冠军们，用的也几乎全是“蛾子”们造的步枪。

中国毕竟不是一个靠输出军火富强的国家。当然也不允许军火贩子的存在。没有战争，武器的生产便没有利润可言。但“三二三”厂的“蛾子”们一如既往，一代代为国家造枪。“三二三”厂一年比一年穷。它的前几任厂长，曾因资金短缺修不起厂房，改造不起社区的路况而烦恼多多，一筹莫展。它的后几任厂长，却早已因拖欠工人的工资而有苦无处诉了。像许多大中型企业一样，“三二三”厂的退休工人，比在厂职工还多出一千余人。如今，许多商品的价格都由市场来“调整”了，有些商品的价格已涨了十几倍，乃至几十倍。但“三二三”厂生产的精良步枪，毕竟非是什么“商品”，毕竟不可能按照“市场”行情来进行价格“调整”，毕竟不可能靠广告宣传，靠消费导向制造对枪的销售热点。

“三二三”厂的穷也是再简单再明白不过的事。

“蛾子”们的日子过得穷，更是再简单再明白不过的事。

穷只有一个好处，就是无须防贼。在“三二三”厂的庞大社区内，多年来没发生过失窃案。某些人家仍没养成离家锁门的习惯。县城里的贼也不滋扰“茧房区”。知道那里没油水儿。

三年前，一位军界首长视察“三二三”，所见令他辛酸万分。

一行人走在社区内，走至一户人家门前，见门虚掩着，军界首长问：“可以进去看看么？”

陪同的厂长书记们说：“可以。有什么不可以的。首长请进去看看吧！”

于是十几个人都进去了。屋内无人。里一间，外一间，只有几样破旧家具。火炕上铺的是城里人家十年前时兴铺地的那一种简易铺地革。图案已经磨损得模糊了。

首长秘书说：“什么东西，用得好莫如用得巧。这就是用得巧的一个例子。不过这地板革太旧了，该换块新的了！”

党委书记听了连连点头说：“是啊是啊，是太旧了！”

厂长也说：“该换块新的了。的确该换块新的了！”

章华勋当时也是陪员之一。他当时是李长柏现在的角色——厂办主任。他当厂长后，李长柏才替了他的厂办主任。他当时听出了，也看出了书记和厂长的话说得都不那么由衷，都不过是在虚与委蛇地随口附和罢了。他忍了几忍，终于没忍住，冷眼瞪着首长秘书说：“换块新的当然好啦！那多美观呀！可那不是得花钱买么？工人的钱是工资。厂里已经三个月只发百分之六十了。工资基数低，平均下来不过一百七十多元。你的算术一定比我好，你算算，一百七十多的百分之六十是多少？”

他的话，使首长秘书的脸顿时红到了耳根，讪讪地仰望屋顶，默默退了一步，避开他那不敬的目光，隐到了首长身后。

他说话时，首长没看他，而在瞧着炕上的一盆蒸土豆。他说到工资基数时，首长从那盆里拿起一个土豆，剥了皮，挺爱吃地吃着。待他的话说完，首长手里的土豆只剩下了一小块儿。首长将土豆全送入口中，掏出手绢擦手。首长咽下土豆，揣起了手绢，这才将脸转向他，不动声色地盯着他脸问：“你是厂里的什么人物？”

党委书记替他回答：“首长，他是厂办主任。姓章，文章的章，章华勋。他父亲是解放前咱们兵工厂的有功之臣，四七年牺牲了。那时他刚一岁多。”

首长仍不动声色地盯着他脸问：“这么说你是烈士子弟啰？”

他刚欲开口，厂长又抢先替他回答了：“对对，他是烈士子弟，烈士子弟。”

厂长一边说，一边向他暗使眼色，那意思是免开尊口，别惹首长不高兴。他明白，书记和厂长，都是为他好。因为首长在视察过程中，已发过了几次火。

首长又问：“听你刚才那话的意思是，工人们已经穷得连几米铺地革都买不起啰？”

这一问，使书记和厂长一时你看我，我看你，都噤若寒蝉，不敢替他回答什么了。其他一干人等，也都面面相觑，空气一时仿佛凝固了。

他犹豫一下，以肯定的口吻说：“对，情况正是首长理解的这样。尤其这一家，生活更困难。”

“厂里像这一家生活这么困难的工人，还有多少？”

“少说有几百户。”

首长不再问什么了。又抓起一个土豆，若有所思地剥着吃。比吃第一个土豆下口慢了。

于是书记说："大家吃土豆，吃土豆呀！这土豆是厂里开了片荒地自己种的，很沙，也很面。"

于是厂长双手去抓土豆，一一分给大家。

于是大家都默默地剥着吃。偶尔有人小声说，是很沙，是很面。只有章华勋没接土豆。他若接，就不够分了。当然他没接，并非因为不够分。而是心里知道那盆土豆的重要，不忍接了吃。

大家正吃着，一个少女回家了。她见满屋子人，显得非常局促不安。目光朝炕上一望，见小盆空了，一个土豆也没有了，愣了片刻，哇的一声哭了。

大家被哭得懵里懵懂。

章华勋从旁低声说："咱们把她家的午饭吃了，孩子下午还要继续上学呢！"

屋里的空气顿时又像是凝固住了。

有那没吃完的，窘态万状的，将手中啃得不成形的土豆，惭愧地放回了盆里。

首长秘书尤其窘尤其惭愧，连说："对不起对不起……"

"你别废话了！"——首长打断他，"你给我到县里去买馒头！买包子！买烧饼！买挂面！要多多地买！开车去！限你十分钟内买回来！……"

秘书二话不说，拔腿便走。

首长蹲下，双手轻轻拉住那少女的双手，端详了她片刻，张张嘴，想说什么，话到唇边咽回去了。首长直起身，摸了一下少女的头，从内衣兜掏出钱包，放在了炕上。愣了愣，又脱下呢大衣，撸下手表，一并放在炕上。

首长一言不发，谁都不看，拔腿往外便走。

众人默然，肃然，一个个悄无声息地跟将出去。门外蹲着一个人，正是五十多岁、胡子邋遢、面色黑黄的"钳工王"。那是他的家。那是他的女儿。他还有一个儿子，当时读高中，住校。

首长发现“钳工王”，脚步停住了一下，似乎想走到“钳工王”身前去再问什么话，但犹犹豫豫的，又将目光从“钳工王”身上转移开了。撇下众人，独自踽踽前行。

章华勋注意到，首长眼角挂着一滴泪。

他问“钳工王”：“你怎么见家里有了客人，就连家门都不进了？”

“钳工王”袖着双手，头也不抬地嘟哝：“日子过成这样，没脸待客。更没脸见什么首长。”

那时刚过完新年，离春节还有半个来月，正是最冷的日子。一阵北风啸过，卷起一团雪，将首长瘦小的身影几乎完全裹没了……

众人怕首长冻坏了，有的在拦车，有的脱了自己的大衣追赶上去……

春节一过，刚到三月份，上级出其不意地下达了文件，批准“三二三”厂转产。并批准可以行使如下企业自主权——合并、被兼并、合资、拍卖，乃至宣告破产。

这一文件使全厂干部职工着实地欢天喜地了一番。仿佛那文件本身即是一剂灵丹妙药，足以使该厂起死回生似的。

公正而论，三千多被叫作“蛾子”的军工厂的工人，并非一个个皆是穷而惰、一门心思坐等国家拯救的人。有一个时期三千多人下了班几乎人人都去摆摊儿“创收”。但是全县城才十几万人，是个穷县，呼啦啦剧增了三千多摆摊儿的，别的百姓还做不做小买卖小生意了？“改革开放”十几年来，老百姓终于获得了被允许做小买卖小生意的“特权”，一旦受到来自三千多“三二三”厂的工人们的巨大冲击，矛盾发生了，由发生而渐渐激化了。“三二三”厂是军工厂，又使这一矛盾似乎带有了影响军民关系的性质。于是县里的领导们，紧急会晤厂里的领导们。最后解决矛盾的办法是——在县城边上，辟出一块场地，专供“三二三”厂的三千多工人摆摊设位做小买卖小生意。三千多人，形成了一处规模极庞大极壮观的民间贸易市场。但县里的居民们，订了同盟之约似的，几乎都不到那市场去买什么。因而那市场的情形往往是只见卖家，不见买主。三千多人的工资水平都很低，消费水平更有限得可怜。人人都成了卖家，县里的居民又不去买，买卖状况是多么冷清也就可想而知了。往往是挨到天黑不得不收摊儿时，以我家的萝卜，换你家的白菜，或以你家的小葱，换我家的大蒜罢了。

章华勋和工人们的关系都挺不错。那时他常想——怎么着肥水也别流外人田啊！买菜啦，买小东西啦，他一向去那市场。但工人们都不好意思收他钱。几元钱的东西，关系挺不错，能好意思收他钱么？几次以后，连他也不去那市场买菜买东西了。

不久市场自行解体，又成了一片空旷地。有许多工人非但没为自己的家庭“创”什么“收”，反而还赔了钱。都道买卖买卖，有赔有赚，赔赔赚赚。可对每月工资只能拿到手一百七十多元二百来元的百分之六十的他们，一个月内赔个一百来元，就足以赔得他们胆颤心寒啊！

他们只剩下了一个盼头，盼着什么效益好的厂来与他们合并，盼着什么财力雄厚的大公司来兼并他们，盼着有外商来支持本厂的转产。在盼的过程中，并未停产，还一如既往地造枪。总不能停了产盼着啊，他们普遍都有这样的觉悟。一边生产一边盼，仍月月圆满完成国家下达的生产指标……

有一阵子，厂里的头儿们似乎全都变成了公关先生，从早到晚忙于接待，忙于引领着来宾们四处参观，一个个介绍起厂情厂况来，都变得能说会道了。当然，还要陪宴。既陪宴，也就还要陪酒。常都喝得红头涨脸的。厂里的工人们，不像别的厂别的企业的工人们，看见了知道了就来气，就恨，就骂娘。恰恰相反，他们高兴。知道厂头儿们是在忙于为厂找“婆家”，为工人弟兄们找出路。那一阵章华勋最忙，跑前跑后，忙得一天到晚顾不上回家。而他和厂头儿们一旦消停了，不在会客室里而在办公室里了，工人们的情绪便低落了，有人便垂头丧气长吁短叹了……

终于有一次几乎就让工人们盼出头了——国内某公司意欲接手改变“三二三”厂的命运了。意向书已签订了。消息不胫而走，已经沸沸扬扬地传开了。工会主席已经向车间主任们下“毛毛雨”了，说不久将要召开职工代表大会表决重大选择了……

但后来摸清了对方们的牌路——他们并不诚心改变“三二三”厂的命运。他们的动念在于据说国家将会贴补的三千多万“企业破产安置费”。一旦三千多万到手，他们便宣布“三二三”厂破产，用一千多万打发工人们回家，余下的一千多万，岂非得来全不费工夫么？正所谓“醉翁之意不在酒，在乎山水之间”。险些既成事实，上一次空前大当！工人们一怒之下，揍了那些“机关算尽太聪明”的家伙一顿，并烧毁了他们的一辆“凌志”。他们想告，想要求赔车，但惹恼的不是三十名三百名工人，而是三千多名工人，这个数字使他们畏惧，没敢告……

经历了那一件事，领导也罢，工人也罢，似乎全都明白了——他们的厂不是俊俏媳妇，没人愿娶！县里自是没有魄力接受的。两亿多元欠款，县里若接收了，猴年马月才能替厂里还清啊！省里也没一家企业或集团公司有胆量染指“三二三”厂。除了两亿多元欠款，还有三千多工人转产后的再就业问题呐，还有四千多退休工人的劳保福利问题呢，还有工人子女的就读问题呢！“三二三”厂是企业社会化的一个典型。

好事多磨。现在，厂是终于“嫁”出去了，用词更恰当地说，是卖出去了，卖给香港富商了。合同一年前就签毕了，并且公证了，具有了法律性质。前几天，香港富商派全权代表来正式接收工厂了。而也直到前几天，章华勋才明白，按照那合同，全厂四十岁以下的工人，只有百分之五十经过严格考核，方能重新被招募为合同工。其余百分之五十的工人，只有一个选择——领取几个月的辞退金，回家另谋出路。而四十岁以上的工人，只能照顾性保留百分之二十，百分之八十也得领辞退金回家！也就是说，全厂三千多人中，将有半数以上陷入失业困境。

这合同是前任厂长签的。当时人们皆因厂终于被“嫁”出去了而高兴。仿佛人人自己都是“老大难”女子，终于被“嫁”出去了一样庆幸，一样喜出望外。所以也就没谁真正关心那合同的详细内容。前任厂长签完那一份合同不久，香港方面就汇来了一笔款，于是全厂工人都补发了工资。那一天一些年轻的工人，放了鞭炮，扭起了秧歌。这之后不久，前任厂长调到省里当什么厅的副厅长去了。还带走了几个人，都是了解合同内容的人。从此，那合同就在保险柜里存放着，没谁再去多想它，连新任厂长章华勋也不曾多想到它。更不曾打开保险柜看它。他认为，自己这个新任厂长，事实上只不过是一位过渡厂长，而过渡时期又是很短的。香港人一来，自己将这个厂一交接清楚，自己这个厂长也就等于自行废黜，连自己的去留或任用，都将听香港新厂主的安排，他哪里还有那种打开保险柜取出合同文本细看的好奇心！……

他是在收到一份电传后才命秘书取出合同文本的。那是一份很普通的电传。文字极短，通告全权代表何日到达而已。他看那合同文本时心理很特殊，似乎有几分不情愿。有几分被迫。似乎与自己的命运紧密相关，又似乎与自己一点关系都没有。他对这个厂有深厚的感情。却对自己的去留持无所谓的态度。儿子已经上大学了，学费全由岳父母包管了。岳父母都是离休的师级干部，他们只有一个女儿。儿子的大学和岳父母安度晚年的干休所在同一城市，使他们夫妻俩简直半点儿都不必为儿子操什么心。至于他自己，他的几名当“总裁”、当“董事长”的大学同窗，已向他发来了又郑重又诚挚的邀请信，希望他去助他们“一臂之力”，当位副经理什么的。许下的月薪也是很可观很令他满意的。何况，他这位厂长，并非上级红头文件正式委任的。厂都将不厂了，还委任的什么厂长呢？说得体面点儿，是“代理”厂长。说得不敬，其实不过是短期的“维持会长”。在这个厂还没被接收前，总得有个人临时维持着不是？不能叫人家来接收一盘散沙无首人群吧？

但他看过那份合同后，震惊极了。呆坐了半天，接连吸了三支烟，仍缓不过神儿来！一半还多的工人明摆着将要面临失业呀！他妈的怎么能这么卖厂！这不是卖厂，已经意味着是出卖一千几百名工人弟兄的最根本利益了呀！他妈的这样的人怎么还能升官呢？走时还受到许多工人自发的欢送！工人们还依依不舍千恩万谢！

他恨得七窍生烟。如果对方正在他面前，他定会一个大嘴巴子狠狠地扇过去！

他又将那合同文本锁进了保险柜，没敢将他看到的内容向任何人透露。倘若合同中的两个百分数被工人们知道了，后果不堪设想。愤怒起来的工人们，也许会变成三千头愤怒的狮子吧？

从那一天起，他没再睡过一个踏实觉。

从那一天起，他觉得他肩上担起了一份责任。他想他章华勋，要为工人弟兄们的根本利益义正词严地向港商的全权代表提出修改合同的建议。不错，使合同生效的是法，但在这个国家里，与法同在的，总该还有点儿良心吧？三千多的几代工人并不情愿是包袱呀！他们平均拿一百七十多元的月薪，每月干的可绝不是只值一百七十多元的活呀！说他们是包袱，太昧良心了吧？就算他们是沉重的不知该往哪儿甩的包袱，那么又是谁将他们变成了包袱的呢？往小了说还不是这个厂么？往大了说还不是这个国家么？还不是这个国家将他们牢牢地死死地几十年如一日一代代按住在这个厂里的么？历史事实是，当年谁如果进了这个厂穿上了这个厂的工作服，那就等于是在无期限的生死契约上按了手印画了押！若想活着离开这个厂，几乎是痴心妄想！都说当年的知青返城难，成了这个厂的工人再想离开这个厂，绝不比当年的知青想返城容易！他章华勋当年就曾因企图调离这个厂，不但受到了大会小会的批判帮助，还险险乎被开除党籍！……

这种时候，是一个人最需要与别人商议的时候，也是需要党委作出理性的“集体决定”的时候。但章华勋却不知该去与谁商议。老书记已经离休，回原籍去了。一位副书记在那份合同签订以后调走了。另一位副书记便是他自己。还有三四位党委成员，章华勋认为他们的嘴巴又都不够严谨。与他们商议的结果，无非有两种可能——或者真情泄露，全厂义愤填膺，闹静坐请愿，闹示威游行，闹集体上访，最终将合同闹成废纸一张拉倒；或者他们借口合同已签，厂已实际上易主，党委已没有存在的意义，不肯和他一起做出什么决定。因为道理是那么的简单——不管做出的是怎样的决定，谁一旦参与了意见，谁就将对那决定负起一切责任。请愿、上访的责任，谁肯与他分担呢？将合同闹成废纸一张的责任，谁肯与他分担呢？这种时候，谁还有那么许多的责任感呢？

最初的震惊与愤慨平息下去以后，章华勋甚至也不再生他的前任厂长的气了。工厂的债权债务，国家解决一部分，另一部分由港商负担。港商自然不会接收这样的债务，省里又在其他项目上给港商优惠，算是扯平了。由生产步枪的兵工厂，港商将它转轨生产农机，专业不对口，必然要淘汰掉大部分人员，这是可以理解的。人家愿多保留年轻的工人，也是理所当然的啊！前任厂长能签订这么一份合同，其谈判过程，可想而知该是多么的艰难啊！其功劳也是不可抹杀的啊！起码是功大于过的啊！而港商的条件一点儿也不算苛刻么！人家能做到的，人家都做到了啊！与其三千多人捆绑在一起沦于有厂无薪的困境，莫如先给一千多人找条出路，也不失为上策啊！

章华勋真后悔不该在这么特殊的时期当上了什么代理厂长！他觉得自己所面对的现实，简直是在对他进行刻毒的嘲弄，说是耍弄也不过分！……

港商的全权代表一见到他，便客气地对他说：“章先生，我方诚意聘请您出任新厂的副总经理，不知您愿不愿今后与我们同舟共济？”

这是他万万没想到的。

全权代表年轻得很，才三十一二岁，风度翩翩，踌躇满志。对他所表现出的客气，是那种很矜持的客气，矜持中有几分居高临下的意味儿。

尽管，对方居高临下的心态，是以相当客气甚至不失敬意的语调“包装”了的，比对方年长近二十岁的章华勋，还是感到自尊心被什么尖锐又细长的东西深深刺了一下。

他怔了几秒钟，一笑，不置可否地说：“我非常感谢贵方对我本人的信赖。我想提醒贵方，难道就不需要对我进行一番起码的了解和考查了么？……”

对方也一笑，说早了解过了，也考查过了。对他在工人中的群众基础和威信，对他管理方面的能力，是丝毫也不怀疑的。还如背个人简历似的，道出他在哪一年毕业于什么大学什么专业，哪一年开始当车间主任，哪几年成功过哪几项技术改革，哪几年当过一时期的厂长助理……

“为了表达我们的诚意，现在就可以由我向您颁发委任证书！”——对方打开拷克箱，取出大红证书，郑重地双手向他呈送。

刚握过手没几分钟，就当面颁发委任证书！对方雷厉风行的工作作风，使他内心暗暗钦佩。

但他并没伸出手去接。

他迟疑了一下，说：“可我是有二十余年党龄的党员……”

对方又一笑：“这没什么。章先生太多虑了！我们对信仰不干涉的。只要不影响将来的企业管理和发展，我们绝不要求任何是党员的人退党。”

他仍犹豫着不接证书。一想到将有半数以上工人失业，他内心矛盾极了。仿佛接了证书，就等于从道义上背叛了那半数以上的工人似的。

“章先生有什么条件，尽管讲出来。只要不过分，我们都可以考虑的！”

“……”

“您的儿子大学毕业后，如果愿意，可以入厂。厂里今后将需要和重用一批大学毕业生……”

他双手不由自主地接过了证书。

“那么，现在，我们之间，就是志同道合的自己人的关系了。希望章先生鼎力协助，使我顺利完成接收事项……”

“一定，一定！请您放心……”

章华勋嘴上这么说着，又想到那半数以上工人的失业问题，心里很不自在，很别扭，很不是滋味儿。暗暗谴责自己未免太快地就成了对方志同道合的“自己人”。

他陪对方四处视察厂区时，几次欲开口提出修改合同上那两个百分数的建议，但对方不断地问这问那，使他根本没机会提出。

一些工人正在厂区挖沟，抢修暖气管道。

全权代表站在沟沿上，望着沟中锈得起鳞的管道问：“多少年没换过了？”

章华勋据实相告——那些管道从五一年建厂起，就深睡在地下了，距今已四十五年了。

“真不可思议！”

全权代表说着，跃下了两米多深的沟底。而且竟能像高水平的体操运动员一样，一步也未踉跄，稳稳地就站了起来。

对方既已跃下，章华勋也不能站在沟沿上了。他也跃了下去。他落地的情形可没对方那么潇洒。毕竟五十多了。毕竟比对方年长近二十岁。他落地时向前扑倒在稀泥堆上，双手和衣服都沾了稀泥。

全权代表则已蹲下细看那些管道了。他捡起一块卵石敲管道。管道一敲掉一片锈渣儿。

一名工人担心地说：“先生您别敲哇，没见我们在修嘛！敲个大窟窿怎么办？”

全权代表弃了卵石，掏出手绢一边擦手一边感慨地说：“都这样了，居然还能将就着供暖，你们居然还善于修，不简单！难为你们了啊！……”

另一名工人说：“我们是干这行的嘛！再不容易修，也得修啊！哪怕锈成了酥皮儿点心似的，只要厂里不更换，我们也得保证修好保证供暖啊！……”

管道四处射水，沟底下“细雨”蒙蒙。那几名工人的衣服全湿了。脸也全湿了。在十二月的寒冷之下，一个个冻得双唇发紫，浑身哆嗦。

全权代表看了他们一眼，什么也没再问再说，一声不吭便往沟上攀。沟上垂下一条绳子，沟壁上铲出了几个踏脚的浅窝儿。他攀得也很灵活，猫似的转眼就攀上去了。

章华勋就没他那般灵活了。他有关节炎。由于厂里的供暖管道常出问题，许多个冬季，车间里的暖气热三天，凉五天。他的关节炎，就是因日久天长落下的。几名工人见他自己难以攀上去，不得不托着他屁股朝上举他。全权代表也不得不伸手拽他。

他上了沟，不禁满面窘色。

全权代表又感慨：“在这样的厂里，拿差不多是世界上最低的工资，造出差不多是世界上一流的步枪，这个厂的工人们都很可敬啊！”

对方的话使章华勋心头一热，顿时觉得，和对方真有那么点儿“自己人”之间的关系了。

他也感慨起来：“对对，您说得对极了！我们厂的工人，个个都是好工人！绝非一半儿素质好，一半儿素质不好。这一点我可以很负责任地向您打保票！……”

对方有点儿困惑地看了他一眼，似乎不解他的话为什么要那么说。

“我们厂的老工人们，尤其有一种良好的传统，遵厂规，守厂纪……”

不料对方打断他说：“遵守厂规厂纪，那是一名工人起码应该做到的。如果工人连这一点都做不到，是管理松懈，管理者失职。”——用手朝沟下一指，俯视着那几名工人低声又说，“你替我记住他们的名字。他们都可以免过考核这一关成为厂里的工人！我们面临的第一件事是改造厂房，很需要他们这样的管道工……”

章华勋听了，心中亦喜亦忧。替那几名可以免过考核的年轻工人喜，替“钳工王”等一批老工人的命运如何而忧。他们中许多人也和章华勋一样，患了比他还严重的关节炎。有的还因风湿性关节炎而有风湿性心脏病。但他们年轻时都曾是厂里的骨干工人。十之八九曾是各级“劳模”。“钳工王”还曾是章华勋的师傅……

回到会客室，章华勋为全权代表沏了一杯茶，待对方坐在沙发上后，终于有机会说他早想说的话了。

“我们现在谈谈合同好么？”

“谈谈……合同？合同不是早签订了么？”

对方将刚端起的茶杯，缓缓地又放下了。很显然，他的话使对方感到了几分意外，也感到了几分麻烦。而对方那种猜疑的表情和那种本能设防的口吻告诉他，一切关于合同的话题，都是对方所不愿谈、认为根本没必要谈的。

“是啊是啊，是早签订了。但不是我签的，是我的前任……”

对方的态度，使章华勋的心理倍受压力。

“我知道是你的前任厂长签的，我方的签署人也不是我，不管是谁签的，总之是签订了。而且公证了。具有法律性质了。所以关于合同的一切条款，都已经是既成事实。我的责任和权限，只不过是来履行一下接收这个厂的程序罢了。我看我们最好不要谈合同。谈超出了我们二人责任和权限的问题，我认为对我们都是不明智的，也肯定是徒劳无益的！”

对方以毫不含糊的言辞封章华勋的口，一开始就不给他留有一点儿余地。

“可……我现在不还是这个厂的厂长么？所以我认为那合同……”

因为明明知道从对方到达那一天起，便意味着这个厂已经正式易主了，便意味着自己这位厂长已经被取消资格了——章华勋有点儿理直气壮不起来。

“可你已接受了委任证书，你已不是什么‘三二三’厂的厂长了。‘三二三’厂已成为历史了，不存在了。你已是我们将定名为‘宏达农机厂’的副经理了。所以我有必要郑重提醒你，你的立场，应该彻底地发生一个转变，转变到和我相一致的立场上来！”

对方的口吻中，已经带有训导的意味了。

“即使我以‘宏达农机厂’副经理的头脑思考，我也还是认为那合同……”

“章副经理，我再强调一次，我不愿，不想，也没有半点儿义务跟你谈合同，请不要使我反感！”

对方沉下了脸，口吻已经变得有点儿盛气凌人了。

章华勋怔愣住了。他眯起眼望着对方，一时陷入尴尬，不知还该怎么继续谈下去。

而对方重又端起茶杯，缓和气氛地笑笑：“咱们君子协定，说不谈合同就不谈合同！你也坐下嘛，喝杯茶暖暖身子嘛！今天可真够冷的，有零下三十度吧？……”

章华勋突然大光其火，挥了下胳膊，放开嗓门嚷道：“谈！必须谈！非谈不可！你他妈竖起耳朵给我听明白了，我说时你再也不许打断我！……”

对方没料到他会突然发作，被他的嗓门惊得手一抖，洒了一身茶。

于是轮到对方愣住了，眯起眼望着他也陷入尴尬。

他从桌上拿起了那大红的委任证书，一大步跨到对方跟前：“你以为就这么个玩意儿，就能收买我的良心啊？就能使我一丁点儿都不替工人们的利益着想啦？就能使我彻底地站在你们的立场上啦？没门儿！你们对我章华勋了解得那么清楚，怎么就忘了，也了解了解我章华勋和工人是什么关系？我章华勋不那么容易被收买！……”

他将大红的委任证书抛在了对方脚旁。

对方弯腰捡起证书，掏出手绢擦了擦沾上的水迹，竖立地按在膝上，二指轻轻敲点着，不言不语地矜持地笑望他——那意思是，你说吧，我洗耳恭听，但你说也白说，我听也白听。

于是章华勋开门见山，直奔主题，就合同中的两个百分数，慷慨陈词，据理力争。

他说时，对方果然耐心可嘉地听着，一次也不打断他。不过二指始终轻轻敲点证书，任由他自说自话。

章华勋直说得口干舌燥，直说得嘴角泛起了白沫儿。他说得声情并茂，至仁至善……

“您说完了？”

“说完了！”

“您说了半天，说到底只有一个意思，就是认为——四十岁以下的工人保留百分之五十,四十岁以上的工人保留百分之二十，都保留得太少太少，对不对？”

“对！”

“我们接收这个厂的同时，根本不可能保留百分之百的工人，这您同意吗？”

“同意！”

“很好。我很高兴在这一点上我们首先达到了共识。那么，就得打发回家一批工人。无论从有良心没良心，是否符合社会正义感，以及是否仁是否善的角度思考，这都是没奈何的事，对不对？……”

“……”

“您回答我呀，大叫大嚷地回答也没关系！”

“对……”

章华勋的声音低了下去。

“那么，依您章先生，四十岁以下的工人究竟该保留多少？四十岁以上的工人又究竟该保留多少？……”

“这……”

章华勋没想到对方绕了两个弯子，将问题反问给他了。

“前提是——只能从三千余名工人中，重新吸纳一千三百余名工人。这可不是一个保守的数字，而是一个在极限边缘的数字。这个数字，是由一些专家，根据企业的规模、投资的总额，未来几年内生产、销售的科学预测确定的。也是经过电脑一次次进行的各项数据统计印证了的。多保留年轻工人，就只能少保留老工人。两部分工人都想多保留，那么就超过了吸纳极限。超过了极限，企业就背上了人员过剩的包袱，就没有发展二字可言了。那么不必您章先生慷慨激昂，我方也就不会投资了。您的良心不会有什么不安了，您也实践了您所谓的社会正义感，完善了您的仁和善的主张。但您同时也应该为全体工人找工作。否则，您的所谓良心，所谓社会正义感，所谓仁和善，不是空洞得很，虚妄得很，事与愿违么？……”

章华勋从对方跟前一步步退开了，缓缓坐在沙发上了，低着头吸烟了……

“我们是办厂的，办企业的，不是办同情收容所，办慈善事业的。我认为，我们的总裁，比您章先生慈善得多！至今他已将几千万捐给了大陆的各项慈善事业！他的慈善才是名副其实的慈善。但是，如果他办一个厂，一个厂亏，他又哪儿来的钱捐给什么慈善事业？所以，我们总裁有句格言——以硬心肠创业，以软心肠济世，先薄爱而后博爱之！不知章先生以为如何？……”

章华勋一口接一口吸烟。吸罢一支，又燃一支。他被对方驳得无话可说。他提不出他自认为合情合理的两个百分数。与合同上的两个原百分数差距太大，等于强词夺理。正如对方所言，等于从基础上推翻合同。姑且不论他是否能够做到，一千三百多名本可重新被吸纳为工人的人，要不恨死他才怪呢！另外一千七百多人也并没从中获得丝毫利益，因而也未必会感激他。空洞的，虚妄的，事与愿违的良心、正义感，以及仁和善，不是明摆着反而破灭了一半左右的工人的希望么？而与合同上的两个百分数差距不大，也不过就等于再勉强塞给对方一些人，还是解决不了更多的人不可逃脱的失业命运……

“章先生，我看这样吧！”——对方站了起来，第二次双手将委任证书递向他，“用您的话说，这个玩意儿，您还是应该接受。我们并没有什么收买的意图。未来的企业需要您。您熟悉的一千三百多名工人，我想也是需要您的。希望您别太感情用事。我虽然比您年轻得多，却明白感情用事的严重危害性……”

章华勋抬起头来了，伸出手去了，双手欲接未接之际，不知为什么又缩了回去。

“当然，考虑到您在厂里可能有一些特殊的人际关系需要感情照顾，我个人做主，给你五个名额。只能五个，再多一个我也没权利了。我也是性情中人，该理解的，可以理解。大陆不是有句话，叫‘理解万岁’么？……”

对方又笑了笑。

章华勋也不禁地笑了笑。连他自己都意识到了，他是笑得多么的不自然啊！又是笑得多么的屈辱啊！

他的双手，违背意愿地伸了出去，第二次接过了那份大红的委任证书……

对方从拷克箱里取出一页纸，将自己的笔横放在纸上，然后饮起茶来——单等他在那页纸上写下五个人名。

这是他平生所面临的，最使自己感到颜窘，感到心理屈辱和难堪的情形。

他抬头望着桌子，吸着烟，许久未动。

对方不催他，不看他，独自默默地静静地饮茶。

他终于按灭烟，起身走向那桌子，坐了下去，拿起了笔……

他在纸上写下的第一个名字，是“钳工王”的名字。

写罢他开始发呆。发呆了半天，才写了第二个自己认为必须照顾的老工人的名字。又发呆了半天，落笔写下了第三个老工人的名字。

只剩下两个名额了。他觉得手中的笔沉甸甸的！他手心出汗了。他放下笔，将手在衣服上抹了抹，一笔一画地写下了第四个名字。

“五个。五个名额。对我来说，这也是一个极限了。希望您千万不要使我太为难……”

对方低声从旁提醒着他。

而这时他心里正想到他的妻子。她的年龄当然也在四十岁以上。是老车工。按车工这一行来说，她的年龄太大了些，眼力不行了。再干下去是很容易出事故的。农机厂不需要四十五六岁的女车工，她当在被淘汰的百分之八十老工人以内，而且肯定将是属于坚决淘汰的人。她对这一点怕极了，近来已经怕到神经兮兮的可怜地步，一天到晚絮絮叨叨地问他，她变成了家庭妇女以后他会不会烦她会不会和她闹离婚？他认为她的怕主要是一种心理失落的反应，也许还跟更年期有关。她的怕也影响得他有些怕了。怕她真变成了家庭妇女以后整日愁眉不展长吁短叹，仿佛一名害了思乡病的终身女佣，而他真的烦她又没法儿安慰她没法儿为她再谋职更没法儿“解雇”她。这时代哪个单位还需要四十五六岁的女车工啊？……

她那张神经兮兮的表情可怜的脸，清清楚楚地浮现在他眼前了，似乎在发急地对他说——写我的名字！快写上我的名字！最后一个名额得是我的！要不然我跟你一辈子别扭起来没完！

他闭了一会儿眼睛，然而还是能清清楚楚地看见她那神经兮兮的表情可怜的脸。

“还没写完？……”

他睁开眼睛，一横心，在纸上写下了最后一个名字。并非他妻子的名字。仍是一位老工人的名字。

他将那页纸交给对方时，以为对方一定会问问他，那些人都跟他是什么特殊的关系。其实，除了“钳工王”曾当过他两年师傅，另外四人和他的关系丝毫也不带有特殊性。他写上他们的名字仅只因为一点——他们还能否有一份儿工资对他们的家庭生活实在是太举足轻重了。即使对“钳工王”，也非是师徒之情在起大的作用。“钳工王”的老妻比他的妻子大两岁，同样是厂里的车工。四年前患了胃癌，手术后提前病退了。在全厂人都只能开百分之六十工资的情况下，给她那点儿退休金不过三十多元。前不久她又住了一次院，癌症复发，早已全面扩散。如果“钳工王”再失业，他们的日子就没法儿过下去了……

章华勋想好了，对方一旦问，他就从“钳工王”开始讲起，讲完五位老工人的具体情况，还要接着讲许许多多老工人几十年来对厂里的贡献，讲他们和厂史那种休戚与共的关系，给对方好好上一堂中国工人阶级的起码概念课。

然而对方并不问他。对方看了那页纸一眼，当即折起，锁入拷克箱了。分明的，对方对他们究竟是五名什么样的工人，对他和他们之间的关系，半点儿都不感兴趣。

对方向他保证地说：“你放心，他们的事就这么决定了！到时候你给我提个醒，免得我忘。”

他却什么也不愿说了。

“怎么，我们之间这场由不愉快开始的谈话，只能不愉快地结束么？你还有何指教？”

“我……我愉快了……”

章华勋强作一笑……

厂办主任李长柏打来电话时，他正梦见“钳工王”拉着女儿的手向他走来。走到他跟前，开口便命女儿给他跪下，叫他“爸爸……”惊得他扯起那少女，骇问“钳工王”怎么了怎么了？“钳工王”惨然一笑，眨眼不见了。他正转着身子寻找“钳工王”，电话便响了……

“厂长，厂长你在听么？……”

“在听！有什么要紧事儿你快说！没什么要紧事儿你把电话放下！现在才四点多你知道不知道？……”

“知道知道！厂长我是有要紧事儿才不得不给你打电话的！……”

“别啰嗦！”

“好好好，我不啰嗦。我简明扼要向你报告——刚才，也就是半个小时前，厂里的粮店被盗了！我现在已在现场……”

“什……么？！……”

“厂里的粮、店、被、盗、了！……”

“你别离开，我马上去！……”

他放下电话急急忙忙穿衣服。

妻子也醒了，不安地问他出了什么事？

他没好气地吼了一句：“少问！睡你的！……”

他家住的是平房。他推了几下，才将门推开。西北风啸起一阵阵呼哨，其声凄厉。风将雪扫向他家那一排平房，家家户户的门前都堆起了二尺高的雪墙……

雪仍在下。他弯着腰，低着头，袖着双手，顶着一阵强过一阵的西北风，踏着深雪，艰难地朝粮店的方向走去。路上他看见大标语牌被刮倒了。标语牌上写的一条标语是——发扬工人阶级优良传统，争取改革年代再立新功！他也看见一株大树被雪压折了巨枝，如同一条被砍断的手臂，垂撑于地。只不过那白森森的断处没有鲜血流淌着，只不过树是不会发出痛苦的呻吟的……

粮店门口，手电光晃来晃去，有几个人出出进进的。一个人向他迎上来，他看不清对方是谁。

“李主任！李长柏！……”

“厂长，你不来，我还真不知道该如何处理！天一亮，那影响可就太恶劣了！……”

他这才听出迎到他跟前的正是厂办主任。

“被盗了多少？……”

“你亲自看看吧……”

“我在问你！”

“不少！三百多袋苞谷面、一百多袋面粉、六七十袋大米……”

他走入粮店，见内况并不像预想的那么糟，看不出什么哄抢的迹象，更没有肆意破坏的迹象。只不过堆放粮袋的库房几乎空了，使人觉得更像是被一伙人秩序井然地搬运空的……

“挂面、油、馒头什么的，都光了……”

“你是谁？”

“我是粮店负责人。厂长，我们可是几个人承包的，你得给我们做主哇！……”

对方嘤嘤地，孩子似的哭了。

“别哭！一个大男人，动不动就哭，讨厌！李主任，你过来！……”

李长柏立即走到他跟前。

“什么人带的头？……”

“这……这我现在也没弄清楚……没一点儿动静。巡夜的警卫巡到这儿，见粮店门开着，觉得奇怪，进去一看，空了，心想可能是被盗了……”

三百多袋加一百多袋再加六七十袋，还有挂面、油，没二百人，绝不可能悄没声地，迅速地就将粮店搬空了！

章华勋走出粮店，见一片脚印虽然被雪覆盖了，却依稀可辨。所去的方向都是一致的，将他的目光导向了宿舍区的一条主要土路。

“你们就没谁想到，应该顺着脚印追查追查么？”

“厂长，我们都想到了……”

保卫科长这么说着，走到他跟前，打算向他汇报的样子。

“别叫我厂长！厂都被接收了，我还是什么厂长！”

“那……那……怎么叫你？……”

“叫我名字！或者叫我老章！叫什么都行，就是不许再叫我厂长！……”

他离家时忘了戴棉帽子，此时两只耳朵冻得锥刺似的疼，只得用双手捂耳朵。心里一股股的恼火直往脑门儿蹿。

保卫科长呆瞪着他，不开口了。

“你倒是说话呀！哑巴了！”

“滚你妈的！老子没什么跟你好说的了！你不是厂长了，难道老子还是科长么？香港老板并没委任我是保卫科长！哼，老子回家睡觉去了！……”

保卫科长一说完，转身便走。走了几步，又回头对保卫科一干人吼：“你们干吗还不走？陪在这儿挨冻，都不知是在替谁尽职尽责！走哇！……”

于是保卫科一干人，犹犹豫豫的，都先后跟随保卫科长走了。

转眼间，粮店门前只剩下了章华勋和厂办主任二人。厂办主任李长柏临出家门没顾上穿棉鞋，脚上是一双在家里穿的单鞋，脚冻得不停地蹦高。

章华勋迁怒地冲他嚷：“你还在这儿挨冻干什么？你也走哇！走哇！……”

李长柏哀求地说：“厂长……”

“别叫我厂长！”

“老章，咱们进粮店吧！我脚冻僵了！……”

“你家被窝里暖和！滚回家去吧！……”

李长柏却一转身冲进了粮店……

章华勋跟入粮店，见李长柏已脱了鞋，坐在地上，双腿上跷，将两脚蹬在暖气上。

李长柏看也不看他，自言自语似的说：“人人火气都大，这是可以理解的。但发火之前也得想一想，发的多少有点儿道理没有？人家保卫科长一接到汇报就来现场了，人家按常规照了相，人家及时通告了我，人家也顺着脚印追查了……但厂里许多人都走那条路，夜里又过了几辆车，再加上大雪一覆盖，分辨不清……”

他听出，李长柏也憋了一肚子对他的不满。

他靠着暖气蹲下，低声问："你认为是谁们干的？"

李长柏一仰脸，瞪着房顶说："没根没据的，这我怎么能随便乱猜疑呢！不过一会儿县公安局的人就来了……"

"县公安局？……谁通知他们的？……"

"我，我还提醒他们牵条狼狗来。狼狗一嗅，准能追查出几个人……"

"嗨，你好糊涂！……"

章华勋"腾"地站了起来。目光四处寻找电话。一发现，立刻奔了过去……

"快告诉我县公安局的电话！"

李长柏告诉了他以后，他抓起电话就拨。但是迟了，县公安局的值班员说，刑警队长召集了十几个刑警队员，牵着两条警犬，已经出发到这儿来了……

他放下电话，又走到暖气那儿蹲下，双手捂着耳朵一个劲儿地搓，直搓得两耳火辣辣的。

李长柏瞧着他的脸问："难道我通知县公安局，也通知错了？"

他根本不愿让县公安局的人来办这桩案子。更进一步说，他根本就不愿这件事成为一桩案子。他想大事化小，小事化了，不张不扬地，抹平过去拉倒。为了安定，有时不得不采取睁只眼闭只眼的策略。对于国家，安定是第一位的，是压倒一切的至高原则；对于这个厂，在此特殊的敏感的人心动乱的时期，又何尝不是呢？

但他却懒得向李长柏解释。

李长柏倒也识趣儿，并不追问，掏出烟来。

二人都吸了几口烟后，李长柏耐不住寂寞，没话儿找话儿地嘟哝："县公安局的人也该来了呀！"

他说："他们来了，你就这么告诉他们——不过是粮店的人一时粗心，下班忘锁门了。风一刮，将门刮开了。巡夜警卫以为被盗了，其实什么也没丢，一场虚惊……"

“这……不太好吧？”

“有什么不好的？”

“这不等于……耍人家么！”

“你要说得像真事儿似的！”

“那也等于是耍人家呀！”

“叫你怎么说，你就怎么说！”

“我打电话通知他们来的，你又叫我骗他们，不也等于耍我么？我不干。你想怎么骗他们，就自己骗！”

“我？……我是厂长，你是厂办主任！”

“你少来这套！刚才你还亲口说你已经不是厂长了！还莫名其妙毫无道理地发脾气，不许我和保卫科长叫你厂长！……”

“刚才我情绪太冲动，现在我不是情绪平定了么！”

“你情绪平定了？我情绪现在开始不平定了！我图的什么？还不知香港资本家要不要我这个人呢！保卫科长说对了，都不知是在为谁尽职责！……”

“你别这么想嘛！”

“那我该怎么想？哎，透露透露，怎么研究我这个具体人的问题的？”

“研究你？研究你什么问题啊？”

“别装蒜！好歹我也是厂办主任，或去，或留，你总得和那位接收大员研究研究吧？我没功劳还有苦劳吧？”

“功劳也罢，苦劳也罢，都是算在前一本账上的了，人家根本不看前一本账。人家是重打锣鼓另开张，对一切人都重新认识，重新衡量……”

“妈的！操他妈！操他八辈祖宗！听你这话，已经没我的戏了？……”

李长柏的脸顿时由于激动涨红了，双脚从暖气上滑落，脚后跟咚地磕在地上……

“你别犯急啊！我可没说你已经没戏了！”

“听话听腔，锣鼓听音，当我是傻子呀？”

李长柏表情大变，一反平素温良谦恭之模样，有点儿气急败坏地瞪着他。

“我并没和那位全权代表研究过你嘛！真的！……”

“那……那你呢？……”

“我怎么啦？”

“你是去，还是留？……”

“我……”

“你说！说！……”

“我……我留……他们聘我当副经理……”

他本想搪塞过去，不说实话。可不知为什么，已在内心里编好了的假话，舌尖上打个滚儿，竟没说出口，骨碌又滑回嗓子眼儿里去了，真话倒蹦出了口……

“你王八蛋！……”

李长柏骂了一句，就开始穿鞋。一穿上鞋，立即站了起来。

他仰脸瞪着李长柏，李长柏低头瞪着他。二人互瞪片刻，李长柏恨恨地几乎是咬牙切齿地说：“姓章的，我今天算把你看透了！原来到了关键时刻，你这人自私透顶！把自己的后路安排好了，就一点儿感情都不讲了，就谁都不顾了！我……我踢你！……”

李长柏狠狠地朝他后腰上踢了一脚，踢得他身子向前扑了下去。

待他站起来，李长柏已离开了粮店。

他追出粮店喊：“你回来！你给我回来！……”

李长柏大步腾腾往前走，哪里有回来的意思！

而这时，天微微亮了。

他又退回了粮店。就剩他自己了，他想他不能拔腿走。他若也一走了之，县公安局的人来了，谁接待呢？连个接待的人都没有，那像话么？他想他这又是在为谁尽职尽责呢？前一个厂已经不存在了，后一个厂还没定型，该抓谁抓谁呗！和我章华勋又有什么相干呢？若能一股脑儿抓走几百，还少了几百人竞争呢！我为什么要一手遮着盖着呢？我何苦来的呢？

正这么想着，外面传来刹车声。不待他往外迎，县公安局的人们，已经雄赳赳地大踏步闯进来了。来的人还真不少，十二三个。果然牵着两条大如毛驴似的凶猛警犬。

刑警队长和他是认识的。

握过手后，刑警队长说，半路车陷住了，要不早赶到了。他们浑身是雪。刑警队长又说，他的部下们都是一个个被他从被窝里拽起来的……

章华勋不过意极了，赶紧用自己的双手替他们拍打身上的雪。两条警犬扬起鼻子，在空气中不停地嗅，发出呜呜的激动的低吠，一蹿一蹿的，扯得警犬员拖不住犬缰站不稳脚……

刑警队长说："粮店都快被盗空了？这可算是一桩大要案了！正是严打时期，顶风上嘛！我早憋着侦破一桩大要案了！我的部下来时也一个个摩拳擦掌！这案子好破！我保证一个星期内一网打尽！咱们也争取上一次省电视台，爆个新闻大冷门！……"

而那些刑警队员，已经分散开了，已经在各处详察细看了。

"其实……其实没发生什么案子，不过是……是一场误会……什么也没被盗……"

"误会？……"

刑警队长浓眉之下那双似乎时刻在洞察什么的眼睛一下子睁圆了，表现出令章华勋无地自容的愕然。

"章厂长，您说，原来不过是一场误会？……"

"对对，不过是一场误会。其实……这都怪我们的厂办李主任，和我们的保卫科长……他们不应该在还没搞清楚的情况下就给你们打电话，害得你们……"

刑警队长皱起眉打断他，对自己的部下说："同志们同志们，暂停暂停，都围过来，过来……”

于是他的部下们都围过来了。

刑警队长又说：“章厂长，我是没法儿解释了！您向他们解释吧！……”

于是章华勋开始将全部“过错”往李长柏和保卫科长身上推，开始现编“故事”骗他们。他不是一个撒谎的专家，他的故事编得漏洞百出。而他们则交换着心照不宣的眼色。他看出他们谁都不相信他。他尴尬极了，想将“故事”编圆，却越编破绽越多，漏洞越明显……

“章厂长，解释完了？……”

“解释完了……”

他竟出了一脑门儿的汗。他将手伸进兜里掏手绢儿，却掏了个空。没揣手绢儿。只得以手抹脑门儿上的汗。抹了往地上甩……

刑警队长说：“章厂长，您别这么出汗，犯不着出汗。”一一扫视着自己的部下，紧接着问，“你们怎么看？”

“一切迹象很明显，肯定是被盗了！”

“当然是被盗了。如果连这一点都看不出来，不是白吃这一碗饭了么！”

“队长你看这米这面撒的！有个家伙还在这儿被撒在地上的米滑了一跤，摔破了哪儿，你看这是血迹！……”

他们七言八语。

两条警犬早已耐不住性子了，一蹿一蹿地要往外冲。一名警犬员没扯住犬缰，被犬挣脱，箭似的冲出门外去了。那警犬员也急忙追出去，于是外面一时的犬吠声唤犬声乱成一片……

刑警队长望着章华勋问：“章厂长，您看这事儿，到底该怎么办呢？”

章华勋诅天咒地：“同志们，同志们，请一定要相信我！如果我解释得不明白，那……那也是因为我有难言之衷啊！这么着行不行？大家看天已经亮了，早上了，各位都怪辛苦的，我陪各位吃早饭，陪各位喝儿盅，我替我们厂办主任和保卫科长向大家鞠躬谢罪了！……”

于是他左转身，右转身，四面鞠起躬来。

他赔着笑脸拉拉扯扯，终于将刑警队一干人半情愿不情愿地引到了厂食堂的小餐厅。时间太早，还不到七点，食堂刚起火。他交代大师傅快炒一桌菜，然后就隐藏起一肚子的窝囊，陪着那些人喝茶，吸烟，无话找话东一句西一句瞎聊……

大师傅没料到食堂刚起火，厂长就陪客共进早餐。一个穷县城，煤气还没普及。厂里的大食堂小食堂也是用煤的。不过比工人家多一台鼓风机。着急了，火势弱，就开动鼓风机吹一阵罢了。七点半，才上第一盘菜。八点多，菜刚上齐。

“来来来，诸位都别客气！家常饭菜，实在是算不上招待啊！只是给大家暖暖身子，满上满上，请，请……”

章华勋寒暄不已。

除了两名开车的刑警，其他人倒也不见外，擎起杯便饮酒，操起筷子便夹菜。章华勋看得出来，自己这位厂长若不陪他们共进这顿早餐，他们一个个心里是没法儿顺气的。满以为要破一桩大要案，亢亢奋奋地牵着两条警犬急如旋风般赶来，怎是他“误会”两个字就可以轻轻巧巧地将人家打发走的呢？人家不是招之即来挥之即去的“应招女郎”们啊！设身处地，站在人家的角度想想，人家一个个都不发火儿都不骂娘而且他恳求人家留下吃顿早饭，人家就留下了，面对着炒土豆丝儿炖萝卜块儿，不挑荤说素，就算都很给他面子很有涵养了！

章华勋满腹的愧疚没法儿说，只能以主动地热情地陪酒的方式来表达。他不胜酒力，尽管摆上的是一瓶低度酒。三巡过后，脸红得像关公了。

忽然厂办的一名同志出现在桌前，朝他跺着脚激头掰脸地说：“哎呀呀厂长，你怎么在这儿喝起酒来了！你这不是自找着要挨众人骂么？……”

他放下刚刚擎起的酒杯，惴惴不安地问："又出什么事儿了？"

"今天早晨八点钟，你不是召集全厂干部和党员开情况通告会么！现在都八点四十多了！礼堂的管道漏水，没通暖气，都冻得受不了啦！许多人分头寻找你，哪哪儿都找遍了，没想到你在这儿喝得怪来情绪的！……"

一番话，说得客人们你看我，我看你，都放下了筷子落下了杯，一个个神色比他还窘十分。说得他不由自主地，晃晃悠悠地站了起来……

而对方又一跺脚，转身先自悻悻而去。

"糟糕！"——章华勋使劲儿拍了下脑门儿，然后朝客人们抱着拳口齿不清地说，"我……我险些误了大事！我得立刻走……走了……"

刑警队长也往起一站，连说："章厂长，真对不起！我们原本都不愿留下嘛，是你偏让我们留下啊！我们不留下实在是怕你觉得太没面子啊！你快去吧快去吧！同志们，我看我们也撤了吧……"

于是他们纷纷站起，牵上警犬，撇下章华勋，以紧急转移般的速度离开了……

大师傅送来一盆馒头，见状不满地嘟哝："这不是浪费嘛，贪污和浪费是极大的犯罪！"

章华勋气得大喝："你别跟我念这套经！"

他脚步虚浮地走到外边，没戴棉帽子的头被寒风一吹，冷气逼心，浑身打了个哆嗦。胃里一阵翻腾，抱住门旁一棵树，哇地大吐起来。吐过，觉得胃里是好受些了，但身上更冷了。不过头脑倒顿时清醒了许多。

他撒腿向大礼堂一路小跑……

跑到半路，头疼欲裂，就先跑回办公室，沏了杯浓茶。想喝，无奈茶烫。也不敢再多耽误片刻，双手捧着保温杯又往礼堂一路小跑……

刚奔上礼堂台阶，正巧他妻子冲出来，夫妻差点儿撞了个满怀。

他妻子大声数落他："一早儿厂里来的什么贵客，非得你陪着吃饭！你存心把全厂的干部和党员都冻僵在这儿呀！四点多钟就离开家，帽子也不戴，脸也顾不上洗！看你两眼角的眵目糊！给你手绢儿擦擦！……"

他妻子也是党员。也和大家一样，在礼堂干等了他一个来小时，干冻了一个来小时。与大家不同的是，她两耳早已灌满了人们说他的损言损语。而她对他说的话，其实也是有意说给别人听的，包含变相替他开脱的意思。

但他此时已是意乱如麻。对妻子的大声数落，哪里还能领悟得那么全面！她的话，简直等于火上浇油。他心想，我这个代理厂长，我这个非常时期的"维持会长"有多难，别人不理解不体恤，你还不理解不体恤吗？亏你还是我老婆！有别人数落我的份儿，还有你数落我的份儿么？

他一手擎杯，腾出另一只手，猛将妻子往旁一推："闭上你的嘴！躲开！"

他妻子险些被他推得跌下台阶去……

他走入礼堂，听到一片远雷般的跺脚声。不供暖，礼堂内比外边的温度高不了多少，只是北风吹不着人们罢了。

他听到背后有人骂道："还捧着个保温杯来！人五人六的，以为都是来等着听长篇大论的呀！厂都卖定了，一个前朝代理厂长还充的哪门子大瓣儿蒜呢！……"

他走上台，张了张嘴，觉得嗓子发紧，发不出声来。不得不打开保温杯盖，先喝口茶……

"别他妈喝了！……"

又有人怒骂一句。

嗓子湿润了点儿，不那么发紧了，但还是头疼欲裂。

"同志们……"

"别打官腔儿了！开门见山吧！……"

“我……我头疼得厉害……”

“活该！……”

“酒烧的！……”

“让我……让我喝完这杯茶……”

“装什么可怜样儿！通告完了情况回家喝去！”

任凭人们向他发泄怒气，他还是将那杯浓茶一口气喝光了，刹时出了一额头一身的虚汗……

“同志们，昨夜，咱们的粮店被盗了，几乎被盗光了……”

一片远雷般的跺脚声顿时停止了，人们渐渐安静了。

很多很多年以来，厂保卫科的人一减再减。因为他们除了例行的保卫工作，实际上没什么事可做。很多很多年以来，这个厂和它所属的社区内，连小偷小摸都很少有过……

他的话使人们感到愕异，感到震惊。

“我四点多就到现场了。我个人不想将这件性质严重的事当成一桩案件。但是我赶到现场之前，已经有人向县公安局报案了。由于我和在现场的同志意见不统一，所以县公安局的人赶到时，只剩我一个人留守现场了。我对他们说，不是案件，是一场误会……”

一时间鸦雀无声。

“你们应该不难想象，我对他们撒谎时，是多么的难堪，多么的尴尬。咱们在一个厂里相处二十几年了，大家都知道我并不是一个善于撒谎的人。尤其在明显被盗过的现场，在公安人员面前，撒谎对我更是一件很困难的事。他们是为破案而来的，他们途中陷了车，他们都冻得够呛。天又亮了，快到吃早饭的时间了，不留人家吃顿早饭暖暖身子驱驱寒气，我不忍心，所以我陪他们吃饭。所以我也陪他们喝了几盅酒。大家都知道，我并不爱喝酒，喝酒对我是受苦。总之我来晚了，我让大家久等了，我让大家挨冻了，我现在向大家谢罪！……”

他在台上一次次深弯下腰，四面八方地鞠躬。

已给县公安局的人们鞠过躬谢过罪，现在又给厂里的人们鞠躬谢罪，他内心里替自己难过极了，想哭。

“同志们，到年根了。再有几天就是新年了。新年一过春节紧接着就到了。厂里已经又几个月没发工资了。尽管与我厂签了合同的港方答应，工资一定会补发，但毕竟只是一种承诺，还没发到大家手里。中国人不过新年，总得过春节吧！厂里许多工人家生活都很困难，所以，我坚持认为，三百多袋苞谷面、一百多袋面粉、六七十袋大米，是某些家里生活很困难的工人，为了过个年，为了过上春节，向粮店借的。我相信，工资补发以后，他们是会主动地自觉地去粮店补交钱的。一时还交不上的也没罪，由我章华勋替他们担着了！在座的都是干部，都是党员，如果在座的中，也有人参与了昨夜的‘借粮’活动，我希望能站出来，当众认个错儿。毕竟，那不是一种‘借粮’的好方式……”

鸦雀无声，空气仿佛凝固了。人们仿佛定住了。都一动也不动。如同他是在面对一排排石头人说肺腑之言。

“那么，我希望，不……我请求大家，起码表个态，对我个人的决定，认为对，或错，支持，或不支持，也给我个明白，让我这个代理厂长，在刚才那件事儿上，心安一点儿，知情一点儿……”

依然是一片鸦雀无声。竟无一人开口。

他内心更替自己倍感难过了。他低下头了。

突然地，许许多多的人异口同声地喊出一个字——“对！”

他抬起了头，不知不觉间已泪流满面！

“支持！”

“支持！”

“支持！”

他欣慰地笑了。如果不是他举手制止，全场人不知还要喊多少遍支持……

“同志们，下面，我将情况向大家通报一下……”

于是整个礼堂又鸦雀无声。

他首先从那份合同讲起。讲它是在怎样一种没有第二个选择的万般无奈的大背景之下产生的。讲港商所做的种种承诺的可靠性，讲哪些方面港方做不到，为什么做不到。讲自己就合同和港方全权接收代表发生的争论，以及自己如何被那全权接收代表驳得哑口无言，没有道理再坚持……最后讲到了合同上两个冷酷无情的百分数……

有人哭了。

站在台上的章华勋，一开始并没听到那哭声。他只看到一些人回头。但仅仅半分钟后，他就听到哭声了。是一些女人，女党员们在哭。听得出来，她们都企图竭力控制自己不哭出声。那些四十多岁的女人啊，她们一个个低垂着头，紧咬住自己的唇，有的甚至用手紧捂住自己的嘴，却还是哭出了声。于是她们的哭声此起彼伏，于是她们的哭声渐渐汇成一片。仿佛一些看不见的，淌出响声的水流在往一处汇集。汇集到足够高的水位，要猝地跌落为瀑布似的。

某些被丈夫抛弃了的妻子往往就是那么哭的。那是一种内心充满了委屈和悲伤，又没法儿对人说，又不知该用什么方式宣泄一番的女人们的哭声。是一种使男人们听了揪心的哭声。是一种最能引起男人们大的怜悯的哭声。是一种男人们听了，愿像哄小女孩儿一样试图哄哄她们，抚慰她们的哭声。某些男人们在这种情况下，常常会黔驴技穷地大耍活宝，希望能使她们破涕为笑……

果然有一个男人高叫："嗨，我们的女布尔什维克们，今天都怎么了啊？想合演一出《小寡妇上坟》啊？……"

几个男人凑趣儿地笑了。

又有一个男人高叫道："她们的年纪不可能再演小寡妇了！……"

然而没男人再跟着笑了。

蓦地，一个男人哭了起来。那是男人的号啕大哭。男人根本不加克制的，根本不顾及自尊的，根本不怕遭到耻笑的，旁若无人痛痛快快的号啕大哭。响亮而高亢。这一个男人的哭声，加入到女人们的那一种各自压抑着的哭声中去，形成了极强烈的反差。

于是女人们的哭声受到影响受到促发，顿时大了起来。

于是几乎所有的女人所有的男人，都受到影响受到促发，都呜呜咽咽哭了起来……

站在台上的章华勋束手无策，泪在脸上唰唰地流。

他想不出一句可以安慰大家的话！

“都别哭！”

有人厉喝了一声，其声淹没在哭声中。

章华勋看到一个人站了起来——“钳工王”。身子干巴瘦小的“钳工王”，离开座位，一手捂着心窝，略微弯着腰，步子缓慢地向台上走来……

“钳工王”不姓王。姓姚。六十年代初，各行各业大摆擂台，竞出许多行业状元。他就是那时一举夺魁，被誉为全国的钳工状元的。锉、钻、铰刀、老虎钳等工具，在他那双手里，曾都被运用得如同法宝一般。当年竞赛时，他不与自己的同行们比，却向几位比出来的、全国顶尖的车工挑战。结果，他手工锉出来的零件，组装后所达到的严密程度，和那几位全国顶尖的车工们车出来的零件难以区别。有人大加怀疑，而他为了证明自己那双手控制力度的准确性，当众将他的奖品——一块手表从腕上撸了下来，往表壳上抹了些黄油，放在锻台上，问参赛的锻工们敢不敢用汽锤一下子沾尽表壳上的黄油？他们不敢一试。而他自信地坐上了锻工椅，手握汽锤操柄，在众目睽睽下，锤起锤落，沾尽了表壳上的黄油，而表完好无损。于是不但钳工们服了，车工们锻工们也都服了，都看他那双长满茧子的平凡的神手。都说他这位钳工，真是气死车工，羞死锻工。“钳工王”的尊称，从此跟定了他。他的本姓，倒渐渐地被人们淡忘了……

“钳工王”上了台，站在章华勋身旁，又厉喝一声：“都别哭！”

大多数人不哭了，噙着泪，呆瞪他。

章华勋往一旁闪了闪身，扯了“钳工王”的袖子一下，将“钳工王”扯到了台上的中心位置。他对“钳工王”说：“师傅啊，帮帮我！帮我劝大家别哭了，我不知道该用什么话劝……”

“钳工王”说：“徒弟啊，我也不知道。”

师徒二人在台上互瞪片刻，“钳工王”将目光扫向了台下……

“钳工王”举起了双臂……

战士肩上枪
我们手中造
枪上的准星
像我们的眼睛……

“钳工王”沙哑着嗓子，低声唱了起来。他唱的是厂里人人都曾会唱的一首歌，他挥舞着他的双臂，自己为自己打拍子，他的声音不但沙哑而且气弱。但他的双臂，却是在尽量挥舞出力度。“钳工王”不会唱歌。更没当众在台上唱过。年轻时最不好意思的事便是被逼着当众唱歌。他自然也不会打拍子，只不过是在胡乱地挥舞着双臂罢了。他几乎每一句都唱走了调。他的手势没有一下准确地合在音阶上……

然而一些男人竟跟着唱了起来：

战士肩上枪
我们手中造

然而一些女人竟也跟着唱了起来：

战士立军功
我们绽微笑……

脸上挂着泪的男人和女人们，将一首自豪欢乐的歌，似乎唱出了一首挽歌的意味儿。

“钳工王”的手臂停止挥舞，垂下了。

他张阖了几次嘴，开口说话了。

他这么说：“大家刚才都哭什么呀？天没塌下来，地没陷下去，没谁宣判我们集体的死刑，明天、后天、大后天，明年、后年、大后年，我们还活着。还得活着，还要活着，那现在又哭个什么劲儿呢？我老姚，自打入厂以来，从没在大庭广众面前发过言，是不是？可今天我想说两句。希望大家给我一次机会，允许我从从容容地，把心里想说的话都说完。今天以后，我肯定没机会说了。我想说的是‘文革’中，因我是劳模，多次调我去大学里当工宣队队长。我没去过。也没把工宣队长这种预封当成过一回事儿。我这辈子，最大的光荣就是靠自己的双手挣了个‘钳工王’的尊称。人一辈子有过一种符合自己实际的光荣，应该知足了。当年我为什么不愿去当工宣队长呢？当年我寻思——咱才小学五年级的文化水儿，到大学去横插一腿干什么呢？怂恿咱去管大学咱就傻兮兮地去呀？管得了么？去了不也是瞎胡闹么？……”

不再有人哭了。尽管还有人在默默流泪。尽管人们都不太明白“钳工王”今天为什么要上台当众提当年的事儿，但出于对他一向的尊敬，全体望着他，全体聚精会神地听着……

章华勋也不明白他，也在认真听他的每一句话。

“近些年来，时兴了一个新词叫‘反思’。‘反思’不就是咱们老百姓常说的反过来想一想么？近些年来我就总反过来想，一个国家，在快到二十一世纪的这个年代，要富强，要改革，要腾飞什么的，就不可能再按照老路走下去了！这就叫改弦易辙啊！好比一幢高楼，盖了一半儿，因为原先的设计毛病太多，不合理，不切实际，非改图纸一样。图纸一改，原先的砖瓦沙石，钢筋水泥，可能就不合规不合标号了！一旦想通了这一点，也就想通了现在的许多事儿。下岗啊，失业啊，果真是改革需要咱们咽这颗苦果么？那，咱们就当成是咱们的命吧！人对命可以不满，可以不服。不满不服，才生出志气。哭多丢人啊！哭有什么意义啊！……”

气氛又恢复到鸦雀无声了。人人听得屏息敛气。

章华勋怕“钳工王”说出什么影响不良的话，急对他说：“师傅师傅，您别说得这么这么……那个……师傅，大家听着，我现在很负责任地宣布，经过我的争取，姚师傅和另外四位老师傅，已经被港方无条件地收纳为新工人了！”

“钳工王”却一点儿也没高兴。

他看了章华勋片刻。他的目光变得忧郁而温柔了。仿佛一位因为什么事内心里觉得对不起儿子的父亲似的。他的目光里分明包含有比语言更多的意思，以及语言难以表达的意思。

他接着说：“徒弟啊，这我当然是非常感激你的。难得你这么多年来，心里一直揣着我这个师傅，但我，不想入新厂……”

章华勋非常不解他究竟是怎么想的。却又不便直问，只是一个劲儿地重复着：“师傅您这又何必呢！师傅您这又何必呢！……”

台下的人们对“钳工王”也大惑不解。他们皆静静地望着他，期待着他给他们一个明白。

“钳工王”接着说：“近几年，厂里开不出工资的情况下，我和我老伴儿还花了厂里不少医药费。我常感对不起厂。对不起大家。我这厢给大家鞠个躬呢！……”

于是他恭恭敬敬地向台下鞠了三次九十度大躬。

鞠躬后，他那原本佝偻着的腰，似乎更挺不直了。

他就那么弯着腰，一手捂着胃，保持着近于鞠躬的体态，又缓慢地说：“我老了，腿发软了，手也发抖了。我干不了什么了。我真的干不了什么了。已经干不了什么了，编入新厂，不是等于想躺倒在新厂的福利上么？这多让人瞧不起啊！这点儿志气，该保留，咱们还是要保留的。空出名额，多解决一个年轻工人的就业问题吧！再多解决一个家里困难之人的就业问题也好啊！说了这么半天，其实我想对大家说明白的意思只有一个——如果咱们面临的是绝境，如果前边是一条大江大河，只有一条船，只能渡过去一部分人，渡过去的人就有了生路，难道咱们在座的，都会如狼似虎地争着往那条船上爬么？我看不会。起码我‘钳工王’不会。我想你章华勋和许多人也不会！何况，农村人能离乡背井地到城里来打工，我们城里人，不需要离乡背井，我们去打工还不行么？天无绝人之路啊！所以，一句话归百种，咱们别哭，别争，别闹事儿，老的让年轻的，年轻的体恤点儿老的，没精神的，也要抖擞起点儿精神啊！任人家挑，任人家选吧！这世界，造农机具的人多了，总比造枪造炮的人多了好啊！如果咱们是投资商，要投入多少个亿办工厂，不是也愿挑选年轻的，文化水平高点儿的工人吗？不是也不情愿收五十多岁干不了几年就得养起来的么？最近我又常想，每人一张嘴，张大了也不过就直径三十多毫米，可乘以十二亿，那就是一个直径三百多公里的巨洞啊！每天都得往这个洞里倒吃的，倒喝的！谁叫咱们中国人多呢！将来的厂，还是咱们中国人当家做主的厂嘛！咱们中的一部分，还是在咱们中国的土地上，名分还是中国工人嘛！咱们中的一部分，终于又有工作了，终于每月能开全资了，终于盼到工资比以前高不少的日子了，咱们不是应该高兴吗？不是一件大喜之事么？……我老姚今天就说这些，大家爱听不爱听的，反正都听了。不对的，你们也别背后骂我。我真的没机会再跟大家说这么多了……”

在人们鸦雀无声的注视下，“钳工王”如释重负地长出一口气，一手捂着胃，低头往台下走。他走到台口，站住，转身对章华勋又说：“徒弟啊，还有一件事儿，我当众拜托给你了。就是我那女儿，大家都清楚的，她不是我‘钳工王’的亲生女儿。是我当年捡的。反正她肯定是咱们这个厂的工人的后代无疑。哪一天我和我老伴儿，如果……都不在了，希望你能将她当成自己的女儿一样，对她负起份儿责任来……”

被“钳工王”的“演说”打动得心酸泪流感慨万千的章华勋，省过神来赶紧走过去扶着“钳工王”下台，一边说：“师傅您放心，您一定放心吧！……”

将“钳工王”扶到台下后，章华勋又登上台，接着发表“演说”。其实他觉得已经没什么可讲的。也明知自己是不可以讲得像“钳工王”那么实在，那么直率，那么掏心的。但“钳工王”讲完，自己不再接着讲几句，又似乎有些不妥。没什么可讲的而必须得讲，他就讲得很没条理，很不由衷，无非一再重复自己已经讲过的话，一再自以为是地修正“钳工王”讲得不够全面不够艺术的意思。他颠三倒四地讲了二十多分钟，台下渐渐又响起了嘘声，又响起了跺脚声，有人干脆起身退场……

“哎哎，那几个人，都别走都别走，坚持一会儿，还没发表儿呢！……”

站起来大声制止的是李长柏。他怀抱着一大摞表格。不管章华勋是否还要继续说什么，便自作主张地散发起来。

章华勋在台上尴尬了几秒钟，趁机跃下台，躲到一个角落吸烟。他认为自己所主持的最难的一次会，也就如此这般地临近结束了。他有一种安全着陆的庆幸。庆幸没被撵下台，没挨骂，没受唾，没发生什么控制不住的局面。这使他不禁地暗暗感激“钳工王”。谁也不能不承认，“钳工王”的一番掏心窝子的“演说”，对稳定人们的情绪起了非常巨大的作用……

“‘钳工王’，姚师傅！老姚师傅！……”

他的妻子在拿着一张表格纸寻找“钳工王”。那表格没什么特殊的意义，只不过是录用时的履历参考罢了。

“‘钳工王’！……”

“姚师傅！……”

“咦，他哪儿去了呢？……”

一些人帮着他妻子寻找“钳工王”。

“钳工王”早已离开会场了。

他走到他妻子跟前，要过那张表格说：“给我吧！老姚师傅的履历我十分清楚……”

他掏出笔，想坐下替“钳工王”填写表格。将坐下还没坐下之际，听到了外头“轰”的一声，接着是人群的呼喊声。

人们争相往外冲。章华勋被人流裹挟到外边，跟随人们朝西北方向一片空旷野地跑……

旷野里是一片皑皑白雪，什么也没有。那一声轰响是怎么回事，大家也说不出来。这时，“钳工王”的女儿哭着跑到章华勋跟前，把一封信给他。那信写道：“徒弟，我走了，工厂找到了出路，我也高兴。外商也有难处，不要太为难人家了。我不放心的还是我这养女，你把她当作自己的女儿吧，我在九泉之下也会感激你的……”

章华勋的泪珠子噼里啪啦地往信上掉。

他没看完那封信，就将“钳工王”的女儿扯入怀中，紧紧地紧紧地搂抱住，怕她被谁从怀中夺走似的。

而那少女，就哭着叫了一声：“爸爸！……”

章华勋被叫得肝肠寸断，心如刀绞。他几乎哭得喘不过气来……

他从怀中推开少女，向那远方跪了下去，大家也跟着他纷纷跪了下去……

人们在心里默祷着：如果你远走他乡，让上天保佑你平安吧……

离人们不远处，站立着港方的全权接收代表。他缓缓地，也跟在人们后头跪了下去……

第二天，港商代表紧急约见章华勋。

“非常抱歉，我又经过一夜的思考，决定还给你们这个。我想，我应该带领那些将被裁减下来的工人另谋我们共同的出路……”章华勋将那大红的委任证书放在了桌上。

“不后悔？”

“不。”

“等等，先别走……我想告诉你——昨天，我与我们总裁通了一次电话。他已决定再拿出一部分资金，扶植将被裁减下来的工人们，办一个分厂，隶属总厂。将来可以为总厂进行多种经营。我的意思是……这也需要一个有凝聚力而又有奉献精神的人……”

“……”

“章先生，昨天，我的心情也非常难过。我希望你为大家重新考虑一下我们的委任。”

章华勋凝视着对方，默默地，然而也是表情坚定不移地说：“好吧，不过我们要好好谈谈。”

“当然可以。”全权代表欣慰地笑了。

1996 年 11 月 7 日于北京

原载《北京文学》1997 年第 1 期

**图书在版编目（CIP）数据**

中国百年工业文学大系：中篇小说卷Ⅱ / 樊洛平主编.
-- 北京：中国工人出版社，2025. 5.
ISBN 978-7-5008-8572-6
Ⅰ. I211
中国国家版本馆CIP数据核字第2025KY0119号

中国百年工业文学大系：中篇小说卷Ⅱ

| | |
|---|---|
| **出 版 人** | 董　宽 |
| **责任编辑** | 宋　杨　傅　娉 |
| **责任校对** | 张　彦 |
| **责任印制** | 黄　丽 |
| **出版发行** | 中国工人出版社 |
| **地　　址** | 北京市东城区鼓楼外大街45号　邮编：100120 |
| **网　　址** | http：//www.wp-china.com |
| **电　　话** | （010）62005043（总编室）　62005039（印制管理中心）<br>（010）62379038（社科文艺分社） |
| **发行热线** | （010）82029051　62383056 |
| **经　　销** | 各地书店 |
| **印　　刷** | 北京印刷集团有限责任公司 |
| **开　　本** | 880毫米×1230毫米　1/32 |
| **印　　张** | 26.875 |
| **字　　数** | 560千字 |
| **版　　次** | 2025年6月第1版　2025年6月第1次印刷 |
| **定　　价** | 138.00元 |